La comunidad secreta

EL LIBRO DE LA OSCURIDAD. VOLUMEN II

La comunidad secreta

Philip Pullman

Traducción de Dolors Gallart

Rocaeditorial

Título original: *The Secret Commonwealth*

Primera edición: marzo de 2020

Av. Marquès de l'Argentera, 17, pral.
08003 Barcelona
actualidad@rocaeditorial.com
www.rocalibros.com

Impreso por LIBERDÚPLEX, S. L. U.

ISBN: 978-84-17167-08-0
Depósito legal: B. 3040-2020
Código IBIC: YFB

RE67080

A Nick Messenger,
excelente poeta y amigo indómito

Nota del autor

La comunidad secreta es la segunda parte de El libro de la oscuridad. El personaje principal, Lyra Lenguadeplata, que antes se llamaba Lyra Belacqua, era también la protagonista de una trilogía anterior, La Materia Oscura. De hecho, su nombre era la primera y la última palabra que aparecía en esa obra. En esa serie, tenía unos once o doce años.

En la primera parte de El libro de la oscuridad, *La bella salvaje*, Lyra era una niña de meses. Aunque era un elemento fundamental de la historia, el peso central de la narración recaía en un niño llamado Malcolm Polstead, que a su vez tenía once años, más o menos.

En este libro, efectuamos un salto de aproximadamente veinte años. Los acontecimientos de La Materia Oscura remontan a diez años atrás y tanto Malcolm como Lyra son ahora adultos. Desde los sucesos narrados en *La bella salvaje* ha transcurrido todavía más tiempo.

Todo lo que acontece tiene consecuencias y a veces los efectos de lo que hicimos en un momento determinado tardan mucho en manifestarse. Al mismo tiempo, el mundo sigue su curso. El poder y la influencia se desplazan, se incrementan o disminuyen, y los problemas y preocupaciones de las personas mayores no son necesariamente los mismos que tenían de jóvenes. Tal como he dicho, Lyra y Malcolm ya no son unos niños.

PHILIP PULLMAN

Todo lo creíble es una imagen de la verdad.

William Blake

Índice

1

Incidente cruento a la luz de la luna

Pantalaimon, el daimonion de Lyra Belacqua, ahora llamada Lyra Lenguadeplata, seguía acostado en el alféizar de la ventana del pequeño apartamento que ella ocupaba en el Saint Sophia's College. Intentaba no pensar en nada. Sí era consciente de la fría corriente que se colaba por debajo de la ventana de guillotina (que no ajustaba bien), de la cálida luz de la lámpara de petróleo sobre el escritorio (bajo la ventana), del ruido que producía la pluma de Lyra raspando el papel y de la oscuridad del exterior. En ese momento era el frío y la oscuridad lo que más anhelaba. Mientras seguía allí tendido, volviéndose de vez en cuando para sentir el frío ahora por delante, ahora en la espalda, el deseo de salir fuera se hizo insufrible hasta vencer su renuencia a hablar con Lyra.

—Abre la ventana —dijo por fin—. Quiero salir.

Lyra detuvo la pluma, corrió la silla y se puso en pie. Pantalaimon vio su reflejo en el vidrio, suspendido sobre la noche de Oxford, y hasta alcanzó a percibir su expresión de contrariedad.

—Ya sé lo que vas a decir —añadió—. Claro que tendré cuidado. No soy tonto.

—En algunas cosas, sí lo eres —replicó ella.

Alargando la mano por encima del daimonion, subió la ventana y la apuntaló con un libro.

—No... —quiso advertir Pan.

—Que no cierre la ventana, ya. Sí, me quedaré helándome aquí hasta que Pan decida volver a casa. No soy tan tonta. Venga, largo.

Una vez fuera, el daimonion se coló entre la hiedra que cubría la pared del *college*. Lyra solo alcanzó a oír un leve roce, que apenas duró unos segundos. A Pan no le gustaba cómo se hablaban últimamente, o más bien cómo no se hablaban. En realidad, aquellas eran las primeras palabras que intercambiaban en todo el día. Él no sabía cómo arreglar la situación, y ella tampoco.

A medio bajar la pared, agarró un ratón entre sus afilados dientes y se planteó comérselo, pero al final desistió. El animal se llevó una buena sorpresa cuando lo soltó. Agazapado sobre la recia rama de hiedra, se deleitaba con todos los olores, todas las rachas de aire, todo lo que aquella noche desplegaba a su alrededor.

Sin embargo, tenía que ser prudente. Debía tener cuidado con dos cosas. Una era la mancha de color blanco crema que le cubría el cuello y que destacaba claramente sobre el resto de su pelaje rojizo de marta. De todas formas, no era difícil mantener la cabeza gacha, o correr muy deprisa. El otro motivo que exigía cautela era más preocupante. Nadie que lo viera creería ni por un instante que fuera una marta: por más que pareciera una marta en todos los sentidos, era un daimonion. Por más difícil que fuera precisar en qué radicaba la diferencia, cualquier humano del mundo de Lyra lo habría distinguido de inmediato, tal como identificaba el olor del café o el color rojo.

Lo cierto era que una persona lejos de su daimonion, o un daimonion que estuviera solo sin su persona cerca, era algo insólito, monstruoso, imposible. Ninguna persona normal podía separarse de esa forma, a excepción, según se decía, de las brujas. Lyra y Pan lo habían logrado a costa de un duro sacrificio en el mundo de los muertos. Desde su regreso a Oxford después de esa extraña aventura, no se lo habían contado a nadie y tenían un cuidado escrupuloso para mantenerlo en secreto. No obstante, a veces, sobre todo últimamente, tenían que separarse el uno del otro.

Por todo eso, Pan se mantenía en la sombra, avanzando silencioso y encogido entre los arbustos y las hierbas altas que bordeaban la gran extensión de primoroso césped de los parques universitarios, al tiempo que disfrutaba la noche con todos los sentidos. Esa tarde había llovido y la tierra estaba blanda y húmeda bajo sus pies. Cuando llegó a un charco embarrado, se agachó y se embadurnó el cuello y el pecho para recubrir la traicionera mancha de color blanco crema.

Dejando atrás los parques, atravesó con celeridad Banbury Road en un momento en que no había peatones en la calzada y apenas se divisaban vehículos. Después se coló en el jardín de una de las espaciosas casas del otro lado; a continuación, sorteando setos, paredes y vallas, y atravesando franjas de césped, se dirigió a Jericho y al canal, situado unas cuantas calles más allá.

En cuanto llegó al enfangado camino de sirga se sintió menos expuesto, pues había arbustos y hierbas altas donde esconderse, así como árboles a los que podía trepar a la misma velocidad que el fuego en la mecha de un cohete. Aquel sector medio silvestre de la ciudad era su lugar preferido. Había nadado infinidad de veces en todos y cada uno de los numerosos tramos de agua de Oxford, no solo en el canal, sino también en el ancho curso del propio Támesis y de su afluente, el Cherwell, así como en los incontables cursos de agua que se desviaban de los cauces principales para accionar un molino o alimentar un lago artificial, algunos de los cuales discurrían bajo tierra hasta aflorar debajo de su *college* o detrás de algún cementerio o fábrica de cerveza.

En el trecho en que uno de esos riachuelos discurría junto al canal, separado de este solo por el camino de sirga, Pan lo cruzó por un pequeño puente de hierro y siguió caminando en el sentido de la corriente hasta el gran espacio abierto de los huertos, delimitado por el mercado de ganado de Oxpens al norte y el depósito de correos, contiguo a la estación del tren, al oeste. Había luna llena y entre los jirones de nubes asomaban unas cuantas estrellas. La luz lo volvía todo más peligroso, pero Pan disfrutaba con su fría claridad plateada mientras merodeaba entre los huertos, deslizándose entre los tallos de las coles de Bruselas o de las coliflores, las hojas de las cebollas o de las espinacas. Se movía silencioso como una sombra. Al llegar a un cobertizo de herramientas, saltó hasta el techo y, tumbado en la dura tela asfáltica, contempló el despejado prado en dirección del depósito de correos.

Aquel era el único lugar de la ciudad que parecía despierto.

Pan y Lyra habían ido allí en más de una ocasión, juntos, a mirar los trenes que llegaban del norte y del sur, y que permanecían en el andén, parados y humeantes, mientras los trabajadores descargaban sacas de cartas y paquetes en unos grandes cestos con ruedas que luego llevaban al inmenso cobertizo de paredes metálicas; allí se seleccionaría el correo con destino a Londres y al continente, a tiempo para salir con el zepelín de la mañana. Amarrado por la proa y la popa, el dirigible se balanceaba en el aire y las cuerdas crujían y chasqueaban rozando el mástil. Las luces iluminaban el andén, el mástil de amarre y las puertas del edificio de correo; unos vagones de mercancías se desplazaron con estrépito en una vía muerta y, en algún lugar, alguien dio un sonoro portazo.

Pan captó un movimiento entre los huertos, a la derecha. Muy despacio, volvió la cabeza para mirar. Un gato avanzaba con sigilo por una hilera de coles o de brécoles, pendiente de un ratón; sin embargo, antes de que el gato se abalanzara sobre él, un silencioso animal blanco, mayor que el propio Pan, cayó desde el cielo, agarró al ratón y se fue volando, lejos de las garras del gato. La lechuza regresó con un callado batir de alas a uno de los árboles de detrás de Paradise Square. El gato se quedó parado, como si rumiara el asunto; luego reanudó la caza entre medio de las verduras.

La luna se elevaba en el cielo, reluciente, casi sin nubes. Pan percibía con todo detalle los huertos y el mercado de ganado desde lo alto del tejado del cobertizo. Invernaderos; espantapájaros; corrales de hierro galvanizado; barriles de agua de lluvia; vallas corroídas y desvencijadas, o derechas y bien pintadas; palos de emparrar guisantes entrecruzados que guardaban una curiosa semejanza con armazones de tipis. Todo seguía en silencio bajo la luz de la luna como un escenario dispuesto para una representación fantasmal.

—Lyra, ¿qué nos ha pasado? —susurró Pan.

No obtuvo respuesta.

Una vez descargado, el tren del correo emitió un breve silbido antes de empezar a moverse. En lugar de salir por la vía que cruzaba el río hacia el sur, más allá de los huertos, avanzó despacio y después retrocedió por una vía muerta, con un gran estruendo de vagones. Las nubes de vapor desprendidas por la locomotora quedaron convertidas en jirones dispersos, azotados por el frío viento.

Por la otra orilla del río, detrás de los árboles, llegaba otro tren. No era un tren correo; en lugar de detenerse en el depósito, prosiguió trescientos metros más hasta entrar en la estación. Pan, al oír el lejano bufido del vapor y el quedo chirrido de los frenos que produjo al detenerse junto al andén, dedujo que debía de ser el lento tren regional.

Había algo más que se movía.

A la izquierda de Pan, en el tramo donde un puente de hierro cruzaba el río, un hombre caminaba por la orilla poblada de densos juncos..., o más bien se apresuraba, con un aire de apremio furtivo.

Pan bajó de inmediato del cobertizo para echar a correr con sigilo en su dirección, entre las hileras de cebollas y coles. Después de traspasar varias vallas y deslizarse bajo un oxidado depósito de agua de metal, llegó al límite de los huertos y, a través de una brecha de la valla, observó el prado del otro lado.

El hombre siguió desplazándose hacia el depósito de correos, cada vez con más cautela, hasta detenerse junto a un sauce de la ribera, a unos cien metros de la puerta del depósito, casi enfrente de donde Pan permanecía agazapado bajo la cerca de los huertos. Incluso con su aguzada vista, el daimonion apenas lograba distinguirlo entre las sombras; si desviaba un instante la mirada, ya no podría volver a localizarlo.

Después no vio nada. Era como si el hombre se hubiera esfumado. Transcurrió un minuto y luego otro. Detrás de Pan, en la ciudad, a lo lejos, sonaron unas campanadas, en series de dos: las doce y media de la noche.

Pan escudriñó los árboles de la orilla del río. Un poco más a la izquierda del sauce veía un viejo roble, que alzaba sus ramas peladas con la desnudez del invierno. A la derecha...

A la derecha, alguien trepaba por la valla del depósito de correos. El recién llegado la dejó atrás de un salto y después echó a andar con paso presuroso por la orilla, hacia el sauce donde aguardaba el otro hombre.

Una nube cubrió la luna un momento. En la penumbra, Pan se coló por debajo de la cerca para luego atravesar corriendo la extensión de hierba húmeda, pegado al suelo, consciente de la proximidad de aquella lechuza y del hombre que se ocultaba, en dirección al roble. Al llegar hasta él, tomó impulso y, con las garras abiertas para aferrarse a la corteza, se propulsó hacia una rama alta desde la que podría ver perfectamente el sauce en cuanto volviera a salir la luna.

El individuo que provenía del depósito de correos se aproximaba a toda prisa. Cuando ya casi llegaba, moviéndose más despacio y escrutando las sombras, el primer hombre avanzó un paso y dijo algo en voz baja. El segundo respondió quedamente y ambos se retiraron al amparo de la oscuridad. Aunque estaban demasiado lejos para que pudiera oír lo que decían, Pan captó su tono de complicidad. Estaba claro que habían previsto encontrarse allí.

Ambos tenían un perro por daimonion: uno, una especie de mastín; el otro, un can de patas cortas. Pese a que no podían trepar al árbol, sí eran capaces de detectarlo por el olor. Por esa razón, Pan se pegó todavía más a la recia rama sobre la que estaba acostado. Oyó un tenue susurro, pero esa vez tampoco alcanzó a distinguir las palabras pronunciadas por los dos hombres.

Entre la elevada valla de alambre del depósito de correos y el río, un camino conducía del prado contiguo a los huertos a la estación de tren. Esa era la vía más utilizada para desplazarse hasta allí desde la parroquia de St. Ebbe y las callejuelas de casas que se apiñaban a lo largo del río, cerca de la fábrica de gas. Desde lo alto de la rama del roble, Pan disponía de un campo de visión mayor que los individuos de abajo, de modo que vio acercarse antes que ellos a alguien que venía de la estación: un hombre solo, con el cuello de la chaqueta levantado para protegerse del frío.

Entonces, de debajo del sauce sonó un «Sssshh». Los hombres habían visto al recién llegado.

Ese mismo día, unas horas antes, en una elegante casa del siglo XVII cercana a la catedral de San Pedro de Ginebra, conversaban dos hombres. Estaban en una habitación de paredes recubiertas de libros, por cuyas ventanas, encaradas a una tranquila calle, entraba la tenue luz de la tarde invernal. En una larga mesa de caoba había dispuestos secantes, papel, plumas y lápices, vasos y jarras de agua, pero los hombres estaban sentados en unos cómodos sillones a ambos lados de un fuego de leña.

El anfitrión era Marcel Delamare, el secretario general de

una organización conocida de manera informal con el nombre del edificio que albergaba su sede, el mismo en el que tenía lugar la entrevista. La casa se llamaba La Maison Juste. Delamare, de unos cuarenta y tantos años, llevaba gafas, el pelo cuidado y un traje de exquisito corte que hacía juego con el color gris oscuro de su cabello. Su daimonion, un búho nival, estaba en el respaldo de su sillón, observando fijamente con los ojos amarillos al daimonion del otro individuo, una serpiente escarlata que no paraba de moverse, enroscada entre sus dedos. El visitante, Pierre Binaud, tenía unos sesenta años y llevaba un atuendo austero con cuello clerical. Era el presidente del Tribunal Consistorial, el brazo principal del magisterio encargado de la aplicación de la disciplina y las cuestiones de seguridad.

—¿Y bien? —inquirió Binaud.

—Ha desaparecido otro miembro del equipo científico de la estación de Lop Nor —respondió Delamare.

—¿Por qué? ¿Qué dice su agente del asunto?

—La explicación oficial es que el desaparecido y su acompañante se perdieron entre los cursos de agua, que varían de posición de una manera rápida e imprevisible. Se trata de un lugar muy difícil de transitar, y todos los que salen de la estación deben llevar un guía. Nuestro agente me dice, sin embargo, que corre el rumor de que entraron en el desierto, que empieza más allá del lago. Por la zona existen leyendas concernientes al oro...

—Dejémonos de leyendas. Esas personas eran teólogos experimentales, botánicos, hombres de ciencia. Lo que les interesaba eran las rosas y no el oro. Bueno, si dice que uno de ellos desapareció ¿qué fue del otro?

—Volvió a la estación, pero se marchó de inmediato a Europa. Se llama Hassall. La semana pasada le hablé de él, pero quizás estaba usted demasiado ocupado para entenderme. Mi agente cree que lleva consigo muestras de materiales de rosa y determinados documentos.

—¿No lo hemos capturado todavía?

Delamare hizo un esfuerzo casi perceptible para no perder la calma.

—Como quizá recuerde, Pierre —contestó por fin—, yo habría mandado detenerlo en Venecia, pero sus asistentes desestimaron la idea. Hay que dejar que llegue a Britania y después seguirlo para averiguar adónde se dirige: esa fue la orden. Pues bien, ahora ha llegado allí y esta noche lo van a interceptar.

—Téngame al corriente en cuanto disponga de esos materiales. Y ahora, pasemos a otra cuestión. Esa joven, ¿qué sabe usted de ella?

—El aletiómetro…

—No, no, no. Eso es algo anticuado, vago, lleno de conjeturas. Quiero los hechos, Marcel.

—Tenemos un nuevo lector, que…

—Ah, sí, he oído hablar de él. Usa un nuevo método. ¿Es mejor que el de antes?

—Los tiempos cambian y la interpretación también debe hacerlo.

—¿Qué significa eso?

—Significa que hemos descubierto ciertos detalles sobre la chica que no estaban claros anteriormente. Parece ser que se encuentra bajo el resguardo de ciertas protecciones, legales y de otra índole. Yo querría empezar desmontando la red de defensa que la rodea, de manera discreta, silenciosa, invisible por así decirlo. Y cuando esté en situación vulnerable, habrá llegado el momento de pasar a la acción. Hasta entonces…

—Prudencia —lo atajó Binaud, levantándose—. Es usted demasiado prudente, Marcel. Es un gran defecto. Tiene que ser más decisivo y actuar. Lo que habría que hacer es buscarla, hacerse con ella y traerla aquí. Pero obre a su manera; esta vez no le voy a dictar su proceder.

Delamare se puso en pie para estrechar la mano del visitante y acompañarlo a la puerta. Una vez que hubo salido, su daimonion se le posó en el hombro y juntos se quedaron mirando por la ventana mientras el presidente se alejaba con prisas, atendido por un ayudante que le llevaba el maletín y otro que le sostenía un paraguas para protegerlo de la nieve que había empezado a caer.

—No me gusta que me interrumpan —comentó Delamare.

—No creo que se haya percatado —señaló su daimonion.

—Bah, ya se dará cuenta algún día.

El hombre que venía de la estación de tren avanzaba deprisa; en menos de un minuto había llegado al árbol; en cuanto se detuvo, los otros dos lo atacaron. Uno se adelantó y le dio un bastonazo en las piernas. El hombre se vino abajo de inmediato, con un gruñido de estupor, y entonces el otro individuo empezó a apalearlo con una porra, en la cabeza, los hombros y los brazos.

Nadie pronunció una sola palabra. El daimonion de la víctima, un pequeño halcón, se elevaba en el aire, chillando y batiendo frenéticamente las alas, y después volvía a caer una y otra vez a medida que su persona se debilitaba a consecuencia de los golpes.

Entonces Pan vio un destello de luz de luna reflejado en la hoja de un cuchillo y el hombre que había venido del depósito de correos lanzó un grito y cayó. El otro agresor, sin embargo, volvió a la carga repetidas veces, hasta que la víctima quedó inerte. Pan oía cada uno de los golpes.

El hombre estaba muerto. El agresor se enderezó y miró a su compañero.

—¿Qué hacemos? —preguntó en voz baja.

—Me ha cortado el tendón de la corva, maldita sea, el muy desgraciado. Mira, estoy sangrando como un cerdo.

El daimonion del hombre, el mastín cruzado, daba quejidos y se revolvía en el suelo a su lado.

—¿Te puedes levantar? —El asesino tenía la voz tomada, como si estuviera acatarrado, y hablaba con acento de Liverpool.

—¿A ti qué te parece?

Sus voces apenas se oían, reducidas a un murmullo.

—¿Te puedes mover al menos?

El primer individuo intentó levantarse, con un gruñido de dolor. El otro le ofreció la mano y al final logró ponerse en pie, aunque era evidente que solo podía utilizar una pierna.

—¿Qué vamos a hacer? —dijo.

La luna los iluminó con todo su resplandor: al asesino, al hombre que no podía caminar y al muerto. A Pan le latía con tal fuerza el corazón que incluso temió que lo pudieran oír.

—Mira que eres estúpido… ¿No has visto que tenía un cuchillo? —le recriminó el asesino.

—Ha sido demasiado rápido…

—Tendrías que saber más de estas cosas. Apártate.

El herido retrocedió cojeando. El asesino se encorvó para agarrar al muerto por los tobillos y lo arrastró hasta la espesura de juncos.

Después volvió a aparecer y exigió con un gesto impaciente que avanzara.

—Apóyate en mí —dijo—. Casi estoy por dejarte y que te las arregles por tu cuenta aquí. Vaya una maldita carga. Ahora voy a tener que volver y encargarme yo solo de él, y esa dichosa luna que cada vez alumbra más. ¿Dónde tiene la bolsa? ¿No llevaba una bolsa?

—No llevaba ninguna. No llevaba nada.

—Algo tenía que llevar. ¡Qué mierda!

—Barry volverá contigo para ayudarte.

—Hace demasiado ruido. Es demasiado nervioso. Dame el brazo, venga, deprisa.

—Ay, Dios..., ten cuidado... Aaay, cómo duele...

—Cállate y muévete lo más rápido que puedas. Me da igual si te duele. Tú solo mantén el pico cerrado.

El herido apoyó el brazo en el hombro del asesino y fue cojeando despacio a su lado mientras pasaban debajo del roble y emprendían el regreso por la orilla del río. Al mirar abajo, Pan vio una roja mancha de sangre en la hierba, que relucía bajo la luz de la luna.

Aguardó hasta que se perdieron de vista y ya se disponía a saltar, cuando algo se agitó en los juncos donde yacía el cadáver. Una forma pálida semejante a la de un ave ascendió, cayó y volvió a remontar el vuelo titubeando, para volver a irse al suelo, hasta que con un último arranque de vida se acercó directamente a Pan.

Este estaba demasiado asustado para moverse. Si el hombre estaba muerto... Pero ese daimonion parecía muerto también... ¿Qué podía hacer entonces? Pan estaba dispuesto a luchar, a huir, a desmayarse, pero al final el ave se plantó justo a su lado en la rama, haciendo esfuerzos para estabilizarse, y él tuvo que alargar una pata para impedir que cayera. Estaba fría como el hielo, pero viva, aunque a duras penas. El hombre no estaba muerto del todo.

—Socorro —susurró con voz desmayada—. Ayúdanos...

—Sí —dijo él—, sí...

—¡Deprisa!

Se dejó caer y logró llegar aleteando hasta el juncal. Pan bajó raudo por el tronco y, siguiéndolo, encontró tendido entre los juncos al hombre, que aún respiraba, con el daimonion pegado a la mejilla.

—Daimonion… separado —le oyó decir Pan.

El hombre volvió un poco la cabeza y emitió un quejido. Pan oyó el roce de un hueso fracturado.

—¿Separado? —murmuró el hombre.

—Sí…, aprendimos a hacerlo…

—Una suerte para mí. El bolsillo interior. Ahí. —Levantó la mano con gran esfuerzo para tocar el lado derecho de la chaqueta—. Sácalo —susurró.

Procurando no hacerle daño y tratando de superar el enorme tabú que prohibía tocar el cuerpo de otra persona, Pan apartó la chaqueta con el hocico y encontró una cartera de cuero en el bolsillo interior.

—Eso es. Llévatela. No dejes que la encuentren. Todo queda en tus manos y… en las de tu…

Pan tiró de ella, pero la cartera no salía, porque la chaqueta estaba atrapada bajo el cuerpo del hombre, que no se podía mover. Al cabo de unos segundos de forcejeo, no obstante, logró liberarla y la dejó en el suelo.

—Llévatela ahora mismo…, antes de que vuelvan…

El pálido daimonion búho ya casi no se veía, reducido a una voluta de sombra blanquecina que aleteaba arrebujándose contra su piel. Pan aborrecía presenciar la muerte de las personas por lo que ocurría con sus daimonions, que se esfumaban como la llama de una vela al apagarse. Deseaba consolar a aquella pobre criatura, que sabía que iba a desaparecer, pero lo único que quería esta era sentir por última vez la calidez que había encontrado en el contacto del cuerpo que la había acompañado durante toda su vida. El hombre inspiró con un ronco estertor y después el bonito daimonion búho dejó de existir por entero.

Y ahora Pan tenía que cargar con aquella cartera hasta el St. Sophia's College, hasta la cama de Lyra.

Sujetándola con los dientes, se abrió paso hasta el límite de los juncos. No pesaba mucho, aunque sí era incómodo. Lo peor era que estaba impregnada del olor de otra persona, olor a sudor, a colonia, a hoja de fumar. Era una proximidad excesiva con alguien que no fuera Lyra. De todas formas, no había prisa. Aún quedaba mucha noche por delante.

Lyra estaba profundamente dormida cuando la despertó una sensación de conmoción, como una especie de caída, algo físico que no supo definir. Alargó la mano en busca de Pan y se acordó de que no estaba. ¿Le habría pasado algo? Aquella no era la primera noche en que había tenido que acostarse sola, y no le gustaba nada. Aquello de salir solo de esa forma era una locura, pero no quería escuchar, no quería dejar de ausentarse, y un día les iba a costar caro a los dos.

Permaneció despierta un momento, pero el sueño la envolvió de nuevo y no tardó en cerrar los ojos y rendirse a él.

Las campanas de Oxford daban las dos cuando Pan entró en el cuarto. Dejó la cartera en la mesa y movió la boca varias veces para aliviar el dolor de la mandíbula antes de retirar el libro que había mantenido la ventana abierta. Pan lo conocía. Era una novela titulada *Los hyperchorasmios,* a la que a su juicio Lyra dedicaba una excesiva atención. Después de dejarla caer al suelo, se limpió meticulosamente antes de empujar la cartera hasta la estantería, apartándola de la vista.

A continuación, se posó con un ágil salto en su almohada. Agachándose, con el rayo de luz de luna que se colaba entre las cortinas, se puso a contemplar la cara dormida de Lyra.

Tenía las mejillas coloradas, y el pelo de color dorado oscuro se veía húmedo; aquellos labios que tan a menudo le habían susurrado, lo habían besado y habían besado también a Will, estaban comprimidos; el entrecejo se fruncía de forma intermitente en la frente, como nubarrones empujados por el viento en el cielo...Todo aquello eran señales de que algo no iba bien, de que aquella persona se estaba distanciando cada vez más de él, y viceversa.

No tenía ni idea de cómo remediarlo. Lo único que podía hacer era acostarse pegado a su piel, que a pesar de todo todavía le resultaba cálida y acogedora. Por lo menos, todavía estaban vivos.

2

La ropa les olía a rosas

Lyra despertó con el sonido de las campanas del colegio, que daban las ocho. Durante los primeros minutos de adormilada inconsciencia, antes de que empezara a inmiscuirse en ella el pensamiento, tuvo unas deliciosas sensaciones, una de las cuales fue la calidez de la piel de su daimonion enroscado en su cuello. Aquel sensual acomodo mutuo había formado parte de su vida ya en sus más remotos recuerdos.

Permaneció acostada tratando de no pensar, pero el pensamiento era como una marea creciente. Los reclamos de la realidad (un trabajo que acabar, la ropa que tenía que lavar, la conciencia de que si no llegaba al comedor antes de las nueve se iba a quedar sin desayuno) llegaban desde todas direcciones, socavando el castillo de arena de su somnolencia. Entonces llegó la ola de mayores proporciones: Pan y su distanciamiento. Algo se había interpuesto entre ambos y ninguno de los dos sabía muy bien qué era; por otro lado, solo podían confiar el uno en el otro, pero justo era eso lo que ahora no podían hacer.

Apartó las mantas y se levantó temblando, porque en St. Sophia's escatimaban la calefacción. Después de lavarse someramente en el pequeño lavabo con un agua caliente que golpeó y sacudió las cañerías a modo de protesta antes de dignarse a salir, se puso la falda escocesa y el jersey gris, que eran, más o menos, las únicas prendas limpias que tenía.

Mientras tanto, Pan seguía acostado en la almohada haciéndose el dormido. Antes, cuando eran más jóvenes, nunca ocurría eso, nunca.

—Pan —lo llamó con fastidio.

Tenía que ir con ella y no dudaba que fuera a hacerlo. Él, efectivamente, se levantó, se estiró y dejó que lo posara en su hombro. Luego salieron del cuarto y empezaron a bajar las escaleras.

—Lyra, hagamos como si nos habláramos —susurró Pan.

—No sé si eso de fingir es una buena manera de vivir.

—Es mejor que nada. Quiero contarte lo que vi anoche. Es importante.

—¿Por qué no me lo contaste cuando volviste?

—Estabas dormida.

—No lo estaba, como tú tampoco lo estabas antes.

—Entonces ¿por qué no sabías que tenía algo importante que decirte?

—Sí lo sabía. Sentí que pasaba algo, pero preveía que tendría que discutir contigo para conseguir que me hablaras de eso, y la verdad…

Pan guardó silencio. Lyra llegó al final de las escaleras y salió afuera, donde la envolvió el frío y húmedo aire de la mañana. Un par de chicas caminaban hacia el comedor; otras, que ya habían desayunado, salían con paso apurado para ir a la biblioteca, a atender las tareas de la mañana, asistir a clase o a un seminario.

—No sé, la verdad… —concluyó—. Me tiene cansada esto. Ya me lo contarás después del desayuno.

En el comedor, se sirvió un tazón de gachas, que llevó a un sitio libre en una de las largas mesas, y se sentó. A su alrededor, otras chicas de su edad terminaban de comer huevos revueltos, gachas o tostadas; algunas charlaban animadamente, otras parecían aburridas, cansadas o preocupadas; un par de ellas leían cartas o simplemente comían ensimismadas. A algunas las conocía por el nombre y a otras solo de vista; algunas eran amigas a quienes apreciaba por su bondad o su ingenio; otras, solo conocidas; unas cuantas, sin ser exactamente enemigas, no le inspiraban simpatía, porque eran esnobs, engreídas o distantes. En aquella comunidad académica, entre aquellas jóvenes de su edad, sobresalientes o trabajadoras, o bien charlatanas, se sentía prácticamente como en su casa, igual que en otras partes. Debería de estar satisfecha por ello.

Mientras removía la leche de las gachas, Lyra advirtió que tenía enfrente a Miriam Jacobs. Era una chica bonita, morena, lo bastante despierta e inteligente como para superar los exámenes sin trabajar apenas. Aunque era algo presumida, no se tomaba en serio del todo y era capaz de aceptar las bromas. Su daimonion ardilla, Syriax, se aferraba a ella con expresión afligida, mientras ella leía una carta, con la mano delante de la boca y la cara pálida.

Nadie más se había percatado.

—Miriam, ¿qué pasa? —le preguntó Lyra, inclinándose, cuando despegó la mirada de la carta.

Miriam pestañeó con un suspiro, como si se acabara de despertar, y dejó la carta en el regazo.

—Es de casa —respondió—. Una tontería.

El daimonion se posó en la falda junto a la carta, mientras Miriam hacía una ostentosa demostración de indiferencia más bien innecesaria, puesto que sus vecinas de comedor no la estaban mirando.

—¿Y yo no te puedo ayudar con eso? —se ofreció Lyra.

Pan se había reunido con Syriax debajo de la mesa. Ambas chicas eran conscientes de que sus daimonions estaban hablando y de que Lyra no tardaría en estar al corriente de todo lo que Syriax le dijera a Pan. Miriam miró a Lyra con actitud abatida, casi a punto de llorar.

—Vamos —la instó Lyra, poniéndose en pie.

La otra chica estaba tan perturbada que la firmeza de Lyra se le presentó como un salvavidas en medio del mar. Salió con ella del comedor, con el daimonion apretado contra el pecho, siguiéndola como un corderillo, sin preguntar adónde iban.

—Estoy más que harta de gachas, tostadas frías y huevos revueltos resecos —añadió Lyra—. Está claro lo que hay que hacer en casos así.

—¿Qué? —preguntó Miriam.

—Ir al bar de George.

—Pero yo tengo una clase…

—No. El que tiene una clase es el profesor, no tú, ni yo tampoco. Además, me apetece comer huevos fritos con beicon. Venga, salgamos. ¿Tú fuiste guía con las *scouts*?

—No.

—Yo tampoco. No sé por qué lo he preguntado.

—Tengo que hacer un trabajo…

—¿Sabes de alguien que no tenga que hacer un trabajo? Hay miles de señoritas y caballeros que tienen trabajos pendientes. Lo contrario sería de mal gusto. El George's nos está esperando. El Cadena aún no está abierto. Si no, podríamos ir allí. Vamos, que hace frío. ¿Quieres ir a buscar un abrigo?

—Sí..., voy enseguida...

Subieron a recoger los abrigos. El de Lyra era una raída prenda que le quedaba demasiado pequeña. El de Miriam era de lana de cachemira azul marino y le sentaba como un guante.

—Y si alguien pregunta por qué no fuiste a clase, a la conferencia o lo que sea, puedes explicar que te encontrabas mal y que Lyra tuvo la amabilidad de acompañarte a dar una vuelta —propuso Lyra mientras cruzaban la portería.

—Nunca he estado en el George's —dijo Miriam.

—Bobadas. Seguro que has ido.

—Sé dónde está, pero... no sé. Pensaba que no era un sitio adecuado para nosotras.

El George's era un café del Mercado Cubierto, frecuentado por los comerciantes del mercado y los trabajadores de la zona.

—Yo voy allí desde que era niña —explicó Lyra—. Pero una niña de verdad, ¿eh? Muchas veces me quedaba fuera hasta que me dieran un bollo.

—¿Ah, sí? ¿De verdad?

—Un bollo o un tortazo. Incluso trabajé un tiempo allí, fregando platos y preparando té y café. Tenía unos nueve años, me parece.

—¿Y tus padre te dejaban...? Ay, Dios. Perdona. Perdona.

Lo único que sabían las amigas de Lyra sobre sus orígenes era que sus padres eran personas de alta alcurnia que habían muerto cuando era niña. Como se daba por sentado que aquello la apenaba mucho y que ella no hablaba nunca de la cuestión, habían surgido muchas conjeturas al respecto. Miriam, en todo caso, pareció avergonzada.

—No, entonces ya estaba a cargo del Jordan —precisó alegremente Lyra—. Si lo hubieran sabido en el Jordan, se habrían llevado una sorpresa, supongo, pero después se habrían olvidado del asunto. En general, siempre hacía lo que quería.

—¿Nadie sabía lo que hacías?

—La mayordoma, la señora Lonsdale. Tenía un carácter terrible. Siempre me regañaba, pero sabía que no iba a servir de nada. Yo podía ser muy modosa cuando me interesaba.

—Cuánto tiempo…, quiero decir, ¿qué edad tenías cuando…? Perdona, no quería ser indiscreta.

—El primer recuerdo que tengo es de cuando me llevaron al Jordan por primera vez. No sé qué edad tendría…, probablemente unos meses. Me llevaba en brazos un hombre alto. Era de noche y había una tormenta con rayos y truenos, y llovía a cántaros. Él iba a caballo y me tapaba con su capa. Después aporreó una puerta con una pistola; cuando la abrieron, dentro había luz y calor. Después me entregó a otra persona… y creo que me dio un beso, se subió al caballo y se marchó. Debía de ser mi padre.

Miriam se quedó muy impresionada. En realidad, Lyra no estaba segura de lo del caballo, pero le gustaba el detalle.

—Qué romántico —comentó Miriam—. ¿Y ese es tu recuerdo más antiguo?

—Sí. Después de eso, pues… vivía en el Jordan. Estuve allí desde entonces. ¿Cuál es tu primer recuerdo?

—El olor a rosas —respondió Miriam de inmediato.

—¿De qué, de un jardín o algo por el estilo?

—No, de la fábrica de mi padre, donde fabrican jabón y cosas así. Yo iba sentada en sus hombros y estábamos en la planta de embotellado. Había un olor dulce, fuerte… La ropa de los obreros olía a rosas y sus mujeres tenían que lavarla para quitárselo.

Lyra sabía que la familia de Miriam era rica y que los jabones, perfumes y artículos similares constituían la base de su fortuna; Miriam tenía una amplia colección de fragancias, de ungüentos perfumados y champús, y una de las ocupaciones favoritas de sus amigas consistía en probar las últimas novedades.

De improviso, Lyra se dio cuenta de que la otra chica estaba llorando. Se detuvo y la cogió del brazo.

—¿Qué ocurre, Miriam? ¿Es por la carta?

—Papá está arruinado —confió Miriam con voz temblorosa—. Todo se ha ido a pique. Eso es lo que pasa. Ahora ya lo sabes.

—¡Ay, Miriam, qué horrible!

—Y no podemos…, no pueden…, van a vender la casa, y tendré que irme de la universidad…, no se lo pueden permitir…

No pudo continuar. Lyra tendió los brazos y Miriam se apoyó en ella, sollozando. Al percibir el aroma de su champú, Lyra se preguntó si también tenía fragancia de rosas.

—No llores —dijo—. Ya sabes que hay becas y fondos especiales y... No te tendrás que ir, ¡ya verás!

—Pero ¡ya nada va a ser igual! Van a tener que venderlo todo y mudarse a... No sé... Y Danny tendrá que dejar Cambridge y... todo va a ser horrible.

—Seguro que parece peor de lo que es —aseguró Lyra. Por el rabillo del ojo vio que Pan susurraba algo a Syriax y tuvo la certeza de que le estaba diciendo algo similar—. La impresión ha sido fuerte, claro, al haberte enterado por una carta a la hora del desayuno, pero la gente sale adelante en estas situaciones, de verdad, y a veces las cosas acaban saliendo mejor de lo que uno pensaba. Seguro que no vas a tener que dejar la universidad.

—Pero todo el mundo lo sabrá...

—¿Y qué? No hay de qué avergonzarse. Las familias sufren percances continuamente, y no es por su culpa. Si lo sobrellevas con valentía, la gente te admirará.

—Al fin y al cabo, no es por culpa de mi padre.

—Claro que no —corroboró Lyra, pese a que no tenía ni idea—. Es como lo que nos enseñan en historia económica..., lo de los ciclos comerciales. Hay cosas demasiado fuertes a las que uno no puede oponerse.

—Ocurrió de repente y nadie lo vio venir. —Miriam rebuscó en el bolsillo, hasta sacar la carta arrugada, que empezó a repasar—: Los proveedores han tenido unas exigencias excesivas y, aunque papá ha ido a Latakia varias veces, no puede encontrar un buen suministro en ninguna parte... Por lo visto, las grandes compañías médicas lo están comprando todo, sin dejar margen a los demás... No hay nada que podamos hacer... Es espantoso...

—¿Los proveedores de qué? —preguntó Lyra—. ¿De rosas?

—Sí. Las compran a los jardines de allá y las destilan o algo por el estilo. Attar. Attar de rosas. Algo así.

—¿Y las rosas inglesas no sirven?

—Me parece que no. Tienen que ser rosas de allí.

—O lavanda. Aquí hay mucha.

—Ah..., ¡no sé!

—Supongo que los obreros perderán el empleo —dedujo Lyra mientras torcían hacia Broad Street, frente a la biblioteca Bodleiana—. Los hombres cuya ropa olía a rosas.

—Probablemente. Ah, es horrible.

—Sí, pero tú lo puedes superar. Ahora nos sentaremos y elaboraremos un plan de lo que puedes hacer, con todas las opciones y posibilidades, y después enseguida te sentirás mejor. Ya lo verás.

En el bar, Lyra pidió huevos con beicon y té. Miriam solo quería café, pero Lyra le encargó de todas formas a George que les llevara un bollo de pasas grande.

—Si no se lo come ella, me lo comeré yo —afirmó.

—¿No te dan de comer en ese colegio? —dijo George, un hombre que movía las manos a una velocidad como Lyra no había visto nunca igual, rebanando, untando, vertiendo, rociando con sal o partiendo huevos.

De niña le inspiraba una gran admiración su habilidad para partir tres huevos a la vez y volcarlos en la sartén con una mano, sin derramar ni una gota de clara, ni romper la yema, ni dejar caer un fragmento de cáscara. Cierto día, ella gastó dos docenas intentándolo. Se ganó un tortazo, que hasta ella misma reconoció que lo tenía merecido. George era más respetuoso últimamente, aunque ella seguía siendo incapaz de ejecutar su proeza con los huevos.

Con el lápiz y el papel que le prestó George, Lyra trazó tres columnas, una titulada «Cosas que hacer», otra «Cosas que averiguar» y la tercera «Cosas de las que no vale la pena preocuparse». Después, ella y Miriam, junto con los dos daimonions, las rellenaron con sugerencias e ideas mientras comían. Miriam se terminó el bollo de pasas; cuando acabaron de completar las hileras, estaba casi animada.

—¿Ves? —dijo Lyra—. Siempre es una buena idea venir al George's. Los desayunos del St. Sophia's son muy frugales. En cuanto a los del Jordan…

—Apuesto a que no son tan austeros como los nuestros.

—Con sus pretenciosos calientaplatos de plata llenos de arroz con pescado, riñones en salsa picante o arenques ahumados. Tienen que mantener a los jóvenes caballeros al mismo nivel al que están acostumbrados. No está mal, pero no me apetecería comerlo cada día.

—Gracias, Lyra —dijo Miriam—. Me siento mucho mejor. Tenías razón.

—¿Qué vas a hacer ahora?

—Ir a ver a la doctora Bell y después escribir a casa.

La doctora Bell era la tutora moral de Miriam, una especie de guía pastoral y mentora. Era una mujer brusca, pero bondadosa, que sabría de qué medios disponía la universidad para ayudarla.

—Está bien —aprobó Lyra—. Ya me contarás cómo sigue.

—Descuida —prometió Miriam.

Lyra se quedó unos minutos más una vez que Miriam se hubo ido, charlando con George, mientras terminaba el té. Lamentó tener que rehusar su oferta de trabajo para las vacaciones de Navidad. Al final, se quedó de nuevo a solas con Pan.

—Lo que de verdad le preocupa es su novio. No sabe cómo decírselo, porque cree que ya no le gustará si no es rica. Él está en el Cardinal's. Es una especie de aristócrata.

—Así pues, con todo el tiempo y el esfuerzo que hemos invertido, ¿no me ha dicho qué era lo que más le preocupaba? No es muy loable, que digamos —opinó Lyra, recogiendo su raído abrigo—. De todas formas, si ve las cosas de esa forma, es que no es digno de ella. Pan, perdona —añadió. La disculpa, que surgió de repente de sus labios, la dejó igual de sorprendida que a Pan—. Antes querías contarme lo que viste anoche y no tenía tiempo para escucharte.

Agitó la mano para despedirse de George mientras salían del bar.

—Vi cómo asesinaban a alguien —dijo Pan.

3

Equipaje en consigna

Lyra se quedó paralizada. Se encontraban delante del bar, junto a la entrada del Mercado Cubierto, rodeados del aroma a café tostado.

—¿Qué has dicho? —preguntó.

—Vi cómo dos hombres atacaban a otro y lo mataban. Fue al lado de los huertos, cerca del depósito de correos...

Mientras reanudaban su camino despacio, adentrándose en Market Street para regresar al St. Sophia's College, el daimonion le relató el incidente.

—Y parecía que estaban enterados de lo de la separación —comentó—. Me refiero al hombre al que mataron y a su daimonion. Ellos también lo podían hacer. El daimonion debió de haberme visto encima de la rama y vino volando directamente hacia mí... Bueno, con esfuerzo, porque estaba herido..., y no se asustó ni nada, quiero decir que no se asustó porque yo estuviera solo, como ocurriría con casi todo el mundo. Y con el hombre fue igual.

—¿Y la cartera? ¿Dónde está ahora?

—En nuestra estantería, justo al lado del diccionario de alemán.

—¿Y qué fue lo que te dijo?

—Dijo: «Llévatela... No dejes que la encuentren... Todo queda en tus manos y en las de tu...». Y luego se murió.

—Todo queda en nuestras manos —repitió Lyra—. Entonces será mejor que le echemos un vistazo.

En su estudio-dormitorio del St. Sophia's, encendieron la estufa de gas y también la pequeña lámpara ambárica, porque el cielo estaba gris y había poca luz.

Lyra cogió la cartera de la estantería. Era una billetera sencilla, sin cierre, apenas más grande que la palma de su mano. El cuero había tenido unos motivos repujados de marroquinería, que habían quedado prácticamente desgastados, pulidos con una fina capa de grasa. En un principio debió de haber sido marrón, pero ahora se veía casi negra, puntuada con las marcas de la dentadura de Pan.

Tenía un olor propio, un tenue aroma acre, con reminiscencia de especias, como el de una colonia masculina mezclada con sudor. Pan agitó la pata delante del hocico mientras ella la examinaba con atención por fuera en busca de algún distintivo o monograma, pero no había nada.

Abrió la cartera y, como antes, le pareció totalmente normal, sin nada de particular. Contenía cuatro billetes, seis dólares y cien francos en total, lo que no suponía mucho dinero. En el otro bolsillo encontró un billete de tren para un trayecto de regreso de París a Marsella.

—¿Era francés? —preguntó Pan.

—Aún no lo sé —respondió Lyra—. Mira, aquí hay una foto.

Del otro compartimento sacó una tarjeta mugrienta y manoseada que atestiguaba la identidad de su propietario, con una fotografía de un hombre de unos cuarenta años, de pelo negro rizado y bigote fino.

—Es él —dijo Pan.

El documento, otorgado por el Ministerio de Asuntos Exteriores a Anthony John Roderick Hassall, revelaba que era ciudadano británico y que, de acuerdo con su fecha de nacimiento, tenía treinta y ocho años. En la fotografía del daimonion, constaba una pequeña ave de presa similar a un halcón. Pan observaba las fotos con intenso interés, apenado.

A continuación, Lyra encontró una tarjeta pequeña, que reconoció porque ella tenía una idéntica en su propia cartera. Era la tarjeta de la biblioteca Bodleiana. Pan emitió una queda exclamación de sorpresa.

—Debió de haber trabajado para la universidad —dedujo—. Mira, ¿qué es eso?

Era otra tarjeta, expedida por el Departamento de Botánica de la universidad, que certificaba la condición del doctor Roderick Hassall como miembro del Departamento de Ciencias de las Plantas.

—¿Por qué querrían agredirlo? —planteó Lyra, sin esperar respuesta—. ¿Parecía rico o llevaba algo de valor?

—Dijeron... —contestó Pan, tratando de hacer memoria—. Uno de ellos..., el que lo mató..., se quedó extrañado de que no llevara ninguna bolsa. Parecía como si hubiera previsto que llevaría una. El otro hombre, en cambio, el que resultó herido, no demostró interés por esa cuestión.

—¿Y llevaba alguna bolsa, una maleta, un maletín o algo así?

—No, nada.

El siguiente papel que encontró estaba muy replegado y reforzado con cinta adhesiva en las dobleces. En el encabezamiento ponía SALVOCONDUCTO.

—¿Qué es eso? —preguntó Pan.

—Una especie de pasaporte, me parece...

Estaba expedido por el Ministerio de Seguridad Interna de la Sublime Puerta del Imperio otomano, en Constantinopla. Especificaba en francés, inglés y anatolio que Anthony John Roderick Hassall, botánico, de Oxford, Britania, estaba autorizado a viajar por los territorios del Imperio otomano y que las autoridades debían procurarle asistencia y protección en caso necesario.

—¿Es muy grande el Imperio otomano? —dijo Pan.

—Enorme. Abarca Turquía, el Líbano, Egipto, Libia y continúa miles de millas más allá, hacia el este. Eso creo. Espera, aquí hay otro papel...

—Y detrás de ese, hay otro más.

Los otros dos documentos habían sido otorgados por el janato de Turkestán, con inclusión de las regiones de Bactria y Sogdiana, y por la prefectura de Sin Kiang, situado en el Imperio Celestial de Catay. En ambos ponía lo mismo, con unos términos parecidos, que en el salvoconducto del Imperio otomano.

—Están caducados —observó Lyra.

—Pero el de Sin Kiang es anterior al del Turkestán. Eso

significa que venía de allí y que tardó... tres meses. Es un viaje largo.

—Aquí hay algo más.

Palpando, había localizado otro papel en un compartimento interior. Después de sacarlo, lo desplegó y encontró algo de una naturaleza distinta: un folleto de una compañía de barcos de vapor que hacía publicidad de un crucero por el Levante en un navío llamado *SS Zenobia*. La empresa Imperial Orient Line prometía, en el texto en inglés: «Un mundo de romance y de sol».

—«Un mundo de sedas y perfumes —leyó Pan—, de alfombras y confites, de espadas damascenas, del hermoso brillo de unos ojos bajo el cielo tachonado de estrellas...»

—«Podrá bailar con la romántica música de Carlo Pomerini y su Salon Serenade Orquesta —siguió leyendo Lyra—, emocionarse con el susurro de la luz de la luna sobre las tranquilas aguas del Mediterráneo...» ¿Cómo puede susurrar la luz de la luna? «El crucero levantino con la Imperial Orient es la puerta de entrada a un mundo de encanto...» Un momento, Pan, mira.

En la parte de atrás había una tabla de horarios donde constaban las fechas de llegada y salida de varios puertos. El barco iba a zarpar de Londres el jueves 17 de abril y regresaría a Southampton el viernes 23 de mayo, tras un recorrido con escala en catorce ciudades. Alguien había marcado con un círculo la fecha del lunes 12 de mayo, en que el *Zenobia* se detenía en Esmirna, y había trazado una línea que unía esta con una anotación al margen que decía: «Café Antalya, plaza Suleimán, once de la mañana».

—¡Una cita! —exclamó Pan.

Saltó de la mesa a la repisa de la chimenea y se irguió, apoyando las patas en la pared, para consultar el calendario allí colgado.

—No es de este año... Un momento..., ¡es del año próximo! —anunció—. Los días de la semana se corresponden. Es algo que aún no ha ocurrido. ¿Qué vamos a hacer?

—Hombre... —dijo Lyra—, tendríamos que llevarlo a la policía. En este caso, no hay duda, ¿no?

—No —convino Pan, que regresó a la mesa, donde revolvió los papeles para inspeccionarlos—. ¿No había nada más en la cartera?

—Creo que no. —Lyra volvió a revisarla, introduciendo los dedos en los compartimentos—. No..., un momento... Aquí hay algo... ¿Una moneda?

Puso la billetera boca abajo y la sacudió. Lo que cayó no era una moneda, sino una llave con una chapa metálica enganchada, en la que había grabado el número 36.

—Parece... —dijo Pan.

—Sí. Hemos visto una así... Tuvimos una como esta. ¿Cuándo fue?

—El año pasado... En la estación de tren...

—¡La consigna! —exclamó Lyra—. Puso algo en una casilla de la consigna.

—¡La bolsa que creían que llevaba encima!

—Debe de estar allí todavía.

Se miraron con ojos desorbitados.

Después Lyra sacudió la cabeza.

—Deberíamos llevar esto a la policía —recordó—. Hemos hecho lo que nadie habría hecho. Hemos mirado para ver quién era el propietario y..., y...

—Bueno, también podríamos llevarlo al Jardín Botánico, a ese sitio de la Ciencia de las Plantas. Ellos sabrán quién era.

—Sí, pero sabemos que lo mataron, así que es un asunto del que debe ocuparse la policía. Eso es lo que tenemos que hacer, Pan.

—Mmm —masculló—. Supongo.

—Aunque también podríamos copiar algunas cosas, como las fechas de ese viaje, la cita en Esmirna...

Se puso a anotarlo.

—¿Ya está? —preguntó Pan.

—Sí. Voy a intentar colocarlo todo tal como estaba y después iremos a la comisaría.

—¿Para qué hacemos eso de copiar estas cosas?

Lyra lo observó un momento antes de volver a centrarse en la billetera.

—Por curiosidad —repuso—. Por una parte, no es asunto nuestro, pero como sabemos de qué manera fue a parar allí entre las hierbas sí lo es.

Después apagó el fuego, cerró la puerta y se dirigieron a la comisaría central de St. Aldate, con la cartera en el bolsillo.

ϒ

Al cabo de veinticinco minutos, se pusieron a hacer cola delante de un mostrador, mientras el agente de servicio atendía a un hombre que quería una licencia de pesca y se negaba a aceptar que fueran las autoridades fluviales quienes la concedían, y no la policía. Como no paraba de protestar, Lyra optó por sentarse en la única silla disponible, a esperar hasta la hora de la comida.

Instalado en su regazo, Pan lo observaba todo. Cuando los otros dos policías salieron de la parte posterior y se detuvieron a hablar cerca del mostrador, se volvió a mirarlos; al cabo de un instante, Lyra notó que le clavaba las garras en la mano.

Ella permaneció impasible, previendo que no tardaría en explicarle lo que ocurría, como así hizo. Se le subió al hombro y le susurró al oído:

—Es el mismo hombre de anoche, el asesino. Estoy seguro.

Se refería al más alto y fornido de los policías.

—No, eran horas extra, algo totalmente legal —le oyó asegurar Lyra, hablando con el otro—. Todo se hizo según las normas, no hay ninguna duda al respecto.

Tenía una voz desagradable, áspera y pastosa, así como un acento de Liverpool. En ese mismo momento, el individuo que quería la licencia de pesca desistió de su propósito.

—Bueno, si está seguro, no me queda más remedio. Pero quiero que me lo ponga por escrito.

—Vuelva esta tarde y mi colega que se ocupa de estas cuestiones le dará el documento pertinente —respondió el sargento, dirigiendo un guiño a los otros dos compañeros.

—Muy bien, así lo haré. No me voy a dar por vencido.

—No, por supuesto, señor. ¿Dígame, señorita? ¿Qué desea?

Miraba a Lyra; los otros dos policías también la miraban.

—No sé si he venido al sitio indicado —contestó, levantándose—, pero es que me han robado la bicicleta.

—Sí, es el sitio indicado, señorita. Rellene este formulario y veremos qué podemos hacer.

—Tengo un poco de prisa —adujo, cogiendo el papel que le tendía—. ¿Puedo volver después?

—Cuando quiera, señorita.

Puesto que su caso no tenía gran interés, el agente se dio la vuelta para sumarse a la conversación sobre las horas extra. Al cabo de un momento, Lyra y Pan se encontraban de nuevo en la calle.

—¿Y ahora qué hacemos? —preguntó Pan.
—Vamos a mirar en la consigna, claro.

No obstante, Lyra quiso ir a ver antes la orilla del río. Mientras cruzaban Carfax y bajaban en dirección al castillo, volvió a repasar lo ocurrido con Pan. Ambos se trataban con una amabilidad y un comedimiento tan rígidos que casi resultaba penoso. Toda la gente a quien Lyra veía en las calles o en las tiendas, todas las personas con quienes había hablado en el mercado, se sentían totalmente a gusto con su daimonion. El daimonion de George, el dueño del bar, una llamativa rata, permanecía sentado en el bolsillo de la pechera de su delantal haciendo comentarios sarcásticos sobre todo lo que sucedía a su alrededor, tal como hacía cuando Lyra era una niña, absolutamente satisfecho con George; estaban orgullosos el uno del otro. Solo Lyra y Pan estaban descontentos entre sí.

Por eso se esforzaban tanto. Fueron hasta los huertos e inspeccionaron la puerta de la valla del depósito de correos por la que había trepado el otro agresor, y también el camino que provenía de la estación de tren por donde había llegado la víctima.

Ese día había mercado; además del ruido de los vagones que estacionaban en las vías muertas y de un taladro o un afilador utilizado para reparar alguna máquina en los hangares de correos, Lyra oía los distantes mugidos del ganado encerrado en los corrales. Había gente por todas partes.
—Podría haber alguien espiándonos —señaló.
—Es posible.
—Hagamos como si fuéramos paseando sin rumbo, medio distraídos.

Miró despacio en torno a sí. Se encontraban en la zona situada entre el río y los huertos, un prado despejado, algo silvestre, adonde iba a pasear o merendar la gente en verano, a bañarse en el río o a jugar al fútbol. Aquella era la parte de Oxford que Lyra consideraba como territorio propio. Siempre se había sentido identificada con los pilluelos de Jericho, barrio situado a menos de un kilómetro, por el lado norte. Había participado en muchas peleas con las bandas de los alrededores, de St. Ebbe, antes de viajar al Ártico y desplazarse a otro mundo. Incluso a aquellas alturas, siendo ya una joven de veinte años, instruida, alumna del St. Sophia, sentía un miedo atávico a encontrarse en territorio enemigo.

Echó a caminar despacio, a través de la extensión de hierba, hacia la ribera del río, procurando aparentar que hacía cualquier cosa menos buscar el escenario de un crimen.

Se detuvieron a mirar un tren cargado de carbón que se acercaba lentamente por la derecha en dirección al puente de madera. Los trenes nunca lo cruzaban deprisa. Oyeron el retumbar de los vagones sobre la estructura y observaron cómo se alejaban por la izquierda, en la vía destinada a la fábrica de gas, para luego desviarse por otra secundaria junto al edificio principal donde los hornos ardían día y noche.

—Pan, y si no lo hubieran atacado, ¿adónde iba? —preguntó Lyra—. ¿Adónde conduce este camino?

Se encontraban en el límite meridional de los huertos, donde estaba Pan cuando vio que los hombres se ocultaban debajo del sauce. De cara al río, los dos árboles quedaban justo frente a ellos, a unos cien metros de distancia. Si no lo hubieran agredido, el camino lo habría llevado por la orilla, en el tramo en que el río trazaba una curva hacia la izquierda. Sin consultarlo, Lyra y Pan reanudaron la marcha en esa dirección para ver adónde habría ido.

El camino proseguía por la ribera hacia un puente peatonal que cruzaba un arroyo y que comunicaba con las estrechas calles de las casas adosadas de las proximidades de la fábrica de gas y la parroquia de St. Ebbe propiamente dicha.

—O sea, que iba hacia allí —constató Pan.

—Aunque él igual no lo sabía. Aunque solo estuviera siguiendo el camino.

—Por allí debió de llegar el otro hombre..., el que no venía del depósito de correos.

—Desde esa parte se puede llegar a cualquier sitio —señaló Lyra—. Por todo ese laberinto de viejas calles de St. Ebbe y después de St. Aldate y Carfax... A cualquier sitio.

—Pero nunca lo sabremos, y menos haciendo cábalas.

Ambos sabían por qué se habían quedado hablando de esa manera, en la punta del puente peatonal. Ninguno de los dos tenía ganas de ir a mirar el lugar donde habían asesinado a aquel hombre.

—Tendríamos que ir —reconoció Lyra.

—Sí, vamos —aceptó él.

Después de retroceder, se pusieron a bordear el río en dirección al sauce y el roble, donde había una espesura de juncos y el camino estaba cubierto de barro. Lyra miraba con disimulo a su alrededor, pero no había nadie con aspecto siniestro o amenazador, solo unos niños que jugaban junto al arroyo un poco más allá, unos cuantos hombres que trabajaban en los huertos y una pareja mayor que iba delante por el camino, cogidos del brazo, cargando bolsas de compra.

Adelantaron a la pareja, que correspondió con una sonrisa y una inclinación de cabeza al saludo de Lyra, y enseguida se hallaron debajo del roble. Pan se propulsó desde los hombros de Lyra para enseñarle el lugar donde había permanecido acostado sobre la rama, y después volvió a bajar y prosiguió en dirección al sauce.

Lyra lo siguió, inspeccionando el suelo para localizar indicios de una pelea, pero solo vio hierba y fango apisonados que no se diferenciaban del resto del camino.

—¿Viene alguien? —preguntó a Pan.

El daimonion se subió a su hombro para otear.

—Una mujer con un niño y una bolsa de la compra que cruzan el puente peatonal. Nadie más.

—Vamos a mirar en los juncos. Por aquí, ¿no?

—Sí. Justo ahí.

—¿Y arrastró el cadáver hasta el agua?

—Entre los juncos, pero no hasta el agua. En todo caso, no cuando yo estaba mirando. Probablemente vino más tarde y lo tiró al río.

Lyra salió del camino para adentrarse en la pendiente poblada de juncos. Eran altos, y la cuesta empinada. Unos seis metros más allá, había quedado fuera del alcance de la vista para cualquiera que se encontrara en el prado. Aunque le costaba no perder el equilibrio y preveía que se iba a poner perdidos los zapatos, logró estabilizarse; entonces se agachó para mirar con detenimiento. Algunos juncos estaban doblados, con los tallos rotos. Estaba claro que habían arrastrado algo por encima del barro, algo que podía corresponderse con el tamaño de un hombre.

No había, sin embargo, rastro de ningún cadáver.

—No podemos demorarnos mucho por aquí —dijo, subiendo—. Si no, vamos a llamar la atención.

—Vamos a la estación entonces.

Mientras iban por el camino, junto al depósito de correos, al oír la gran campana del Cardinal's College, Lyra se acordó de la clase a la que debería estar asistiendo en ese momento, la última del trimestre. De todas formas, Annie y Helen estarían, y le prestarían los apuntes; y quizás ese chico tan guapo y tan tímido del Magdalen se instalaría en la parte de atrás, como antes, y quizás ella podría ir a sentarse a su lado para ver qué pasaba; y todo habría vuelto a la normalidad. Lo malo era que mientras tuviera esa llave en el bolsillo, nada iba a ser normal.

—En otros tiempos, eras tú la impulsiva y yo el que te tenía que retener —comentó Pan—. Ahora somos diferentes.

—Sí, es que las cosas cambian... Podríamos esperar, Pan, y volver a la comisaría de St. Aldate cuando no esté de servicio ese policía, esta tarde por ejemplo, hacia las seis. No es posible que todos sean conspiradores. Debe de haber alguien honrado allí. No se trata de... un simple hurto, sino de un asesinato.

—Ya lo sé. Yo estaba allí.

—Quizás obrando de esta manera, podríamos estar ayudando a que quede impune el asesino, interfiriendo en la investigación. Eso no estaría bien.

—Ese es otro aspecto —dijo Pan.

—¿Cómo?

—Antes eras optimista. A menudo pensabas que todo lo que hiciéramos saldría bien. Incluso cuando volvimos del norte pensabas de esa manera. Ahora eres prudente, eres temerosa... Eres pesimista.

Sabía que tenía razón, pero no era correcto que le hablara con ese tono acusador, como si ella tuviera la culpa.

—Entonces era más joven. —Eso fue lo único que se le ocurrió responder.

Pan no contestó.

No volvieron a hablar hasta que llegaron a la estación de tren.

—Pan, ven aquí —le pidió entonces Lyra, y él se subió de un salto hasta sus manos. Ella lo colocó a la altura de su hombro, añadiendo en voz baja—: Vas a tener que vigilar hacia atrás. Podría haber alguien observándonos.

Pan se dio la vuelta y buscó acomodo allá arriba, mientras ella subía las escaleras de la entrada.

—No vayas directamente a la consigna —murmuró—. Ve a mirar las revistas primero. Yo veré si hay alguien por ahí espiando.

Lyra asintió. Una vez franqueadas las puertas de la estación, torció a la izquierda para dirigirse al quiosco. Mientras hojeaba varias revistas, Pan observó a todas las personas que hacían cola para comprar billetes, tomaban café en las mesas, consultaban los horarios o preguntaban algo en el mostrador de información.

—Parece que todo el mundo está concentrado haciendo algo —susurró—. No veo a nadie que esté merodeando.

—Entonces ¿voy? —consultó Lyra, con la llave de la casilla lista en el bolsillo.

—Sí, adelante. Pero no te des prisa. Camina con naturalidad. Mira la hora o los horarios de salidas y llegadas o algo...

Lyra dejó la revista y se alejó del quiosco. Aunque tenía la impresión de que la estaban observando varios centenares de ojos, trató de caminar con desenvoltura mientras atravesaba el vestíbulo hasta llegar a la consigna.

—Por ahora hay vía libre —constató Pan—. No hay nadie mirando. Hazlo ahora.

La casilla número 36 le quedaba a la altura de la cadera. Tras hacer girar la llave, abrió la puerta y encontró una baqueteada mochila de lona en el interior.

—Espero que no pese demasiado —murmuró.

Luego la sacó y dejó la llave dentro. Aunque pesaba bastante, se la colgó del hombro derecho sin dificultad.

—Ojalá pudiéramos hacer lo que hacía Will —dijo.

Pan sabía a qué se refería. Will Parry tenía una capacidad para volverse invisible que había suscitado el asombro de las brujas del norte, quienes solían desaparecer de la vista de la misma manera, restringiendo los rasgos interesantes de sí mismas hasta volverse imperceptibles. El muchacho había practicado dicha habilidad durante toda su vida, para pasar inadvertido frente a los agentes de policía y los asistentes sociales, que podrían haberse preguntado qué hacía ese niño fuera de la escuela y haber hecho ciertas indagaciones que habrían acabado por provocar la separación de su querida madre, atormentada por toda clase de obsesiones y miedos imaginarios.

Cuando Will le contó a Lyra cómo había tenido que vivir y lo difícil que había sido no atraer las miradas, ella se había quedado asombrada de que alguien pudiera llevar una vida tan solitaria y también le había conmovido su valentía. Aparte, no le extrañó en lo más mínimo que las brujas valorasen tanto su capacidad.

Se preguntó, como hacía a menudo, qué estaría haciendo ahora, si su madre estaría bien y qué aspecto tendría a aquellas alturas...

—Por ahora, todo bien —murmuró Pan—. Pero ve un poco más deprisa. Hay un hombre en las escaleras que nos está mirando.

Se encontraban ya delante de la estación, en la explanada donde los taxis y los autobuses dejaban y recogían a los pasajeros. Pensando en Will, Lyra apenas se había dado cuenta del espacio que habían recorrido.

—¿Cómo es? —preguntó en voz baja.

—Alto, con un sombrero de lana negro. El daimonion parece un mastín.

Apretó el paso, encaminándose a Hythebridge Street y el centro de la ciudad.

—¿Qué hace?

—Sigue observando...

La ruta más rápida hacia el Jordan habría sido la más directa, por supuesto, pero también la más peligrosa, porque habría quedado expuesta a las miradas en todo el tramo de Hythebridge Street y luego de George Street.

—¿Aún nos puede ver? —consultó.

—No..., el hotel queda entre medio.

—Entonces agárrate bien.

—¿Qué vas a...?

De repente, cruzó a toda velocidad la calle y se coló por debajo de las vallas del muelle del canal adonde acudían los barcos a descargar el carbón. Sin prestar atención a los hombres que se pararon a mirar, rodeó a la carrera la grúa de vapor, por detrás de la sede del Consorcio del Canal para después salir por la callejuela de George Street Mews.

—No lo veo —informó Pan, alargando el cuello para mirar.

Lyra se adentró corriendo por Bulwarks Lane, una angosta vía de paso entre dos altos muros que alcanzaba a tocar extendiendo los brazos. Allí nadie podía verla, aunque tampoco había nadie para ayudarla en caso de que tuviera problemas... No obstante, llegó sin percance hasta el final del callejón. Allí se desvió a la izquierda por otra callejuela que arrancaba por detrás del oratorio de St. Peter y desembocaba en la New Inn Hall Street, que estaba llena de tiendas.

—Parece que le hemos dado esquinazo —dijo Pan.

Atravesaron la calle y luego entraron en Sewy Lane, una callejuela situada al lado del hotel Clarendon. Un hombre llenaba un cubo de basura grande, con gran lentitud, mientras su pesado daimonion cerdo mordisqueaba un nabo acostado a su lado. Lyra lo sorteó de un brinco, sobresaltando al individuo, que dejó caer el cigarrillo de la boca.

—¡Eh! —gritó.

Sin embargo, ella ya había llegado a Cornmarket, la principal calle comercial de la ciudad, abarrotada de transeúntes y vehículos de reparto.

—Sigue vigilando —pidió Lyra, casi sin resuello.

Tras cruzar la calle, se precipitó por un callejón contiguo a la Golden Cross Inn, que desembocaba en el Mercado Cubierto.

—Voy a tener que ir más despacio —dijo—. Esto pesa muchísimo.

Atravesó a paso normal el mercado, escrutando a la gente por delante mientras Pan observaba por detrás, al tiempo que trataba de recobrar el aliento. Ya le faltaba poco. Solo tenía que salir a Market Street, girar a la izquierda por Turl Street, a tan solo cincuenta metros de distancia, y ya habría llegado al Jordan College. Fue cuestión de menos de un minuto. Controlando todos los músculos del cuerpo, llegó con pausado andar a la portería.

Justo entonces, alguien salió de la garita del portero.

—¡Lyra! Hola. ¿Has pasado un buen trimestre?

Era el doctor Polstead, un fornido y afable historiador pelirrojo con el que no tenía ningunas ganas de hablar. Hacía unos años que había dejado el Jordan y ahora trabajaba en Durham College, situado al otro lado de Broad Street, pero seguramente tenía asuntos que reclamaban de vez en cuando su presencia allí.

—Sí, gracias —respondió sin entusiasmo.

En ese momento, pasó un grupo de estudiantes, de camino a alguna clase o conferencia. Aunque Lyra no les prestó atención, ellos sí la miraron, tal como había previsto, e incluso se callaron, por timidez. Cuando se hubieron alejado, el doctor Polstead había renunciado a obtener una respuesta más larga por parte de Lyra y reanudó la conversación con el portero, así que se marchó. Al cabo de dos minutos, ella y Pan estaban en la pequeña salita del último piso de la Escalera Uno, donde dejó caer con un bufido de alivio la mochila en el suelo, antes de cerrar la puerta con llave.

—Bueno, ahora ya no hay vuelta atrás —comentó Pan.

4

La vajilla de plata de la universidad

—¿Qué fue lo que pasó? —preguntó Marcel Delamare.

El secretario general estaba de pie en su despacho de La Maison Juste, hablando con un joven vestido de manera informal, moreno de pelo, delgado, tenso y de expresión mohína, recostado en un sofá con las piernas estiradas y las manos en los bolsillos. Su daimonion halcón miraba con furia a Delamare.

—Es que si emplea a chapuceros… —replicó.

—Responda a la pregunta.

—Metieron la pata —contestó, encogiéndose de hombros, el joven—. Eran unos incompetentes.

—¿Está muerto?

—Eso parece.

—Pero no encontraron nada. ¿Llevaba una bolsa o alguna especie de maleta?

—No pude ver ese tipo de detalles, aunque me parece que no.

—Entonces vuelva a mirar, con más empeño.

El joven agitó una mano con languidez, como si ahuyentara la idea. Estaba ceñudo y pálido, tenía los ojos entornados y la frente cubierta por una tenue película de sudor.

—¿No se encuentra bien? —pregunto Delamare.

—Ya sabe cómo me afecta el nuevo método. Me produce una grave tensión nerviosa.

—Se le paga muy bien para que soporte tales inconvenientes. De todas formas, le dije que no utilizara ese nuevo método. No me merece confianza.

—Lo miraré, sí. Lo miraré, de acuerdo, pero no ahora. Necesito recuperarme antes. Pero sí puedo decirle una cosa: había alguien observando.

—¿Observando la operación? ¿Quién era?

—No tengo ni idea. No lo percibí, pero había alguien más que lo vio todo.

—¿Se dieron cuenta los mecánicos?

—No.

—¿Eso es todo lo que me puede decir del asunto?

—Es todo lo que sé. Todo lo que es posible llegar a saber. Aunque…

Dejó la frase en suspenso. El secretario general, que estaba acostumbrado a sus maneras, contuvo su impaciencia.

—Aunque creo que quizá podría tratarse de ella, de esa chica. No la vi, fíjese bien, pero podría haber sido ella.

Mantenía la vista fija en Delamare mientras lo decía. Su patrón tomó asiento frente al escritorio, escribió un par de frases en un papel con membrete, lo dobló y después tapó la punta de la pluma.

—Aquí tiene, Olivier. Lleve esto al banco y después descanse. Coma bien y recupérese.

El joven desplegó el papel y lo leyó antes de guardárselo en el bolsillo, para luego marcharse sin añadir una palabra. No obstante, se había percatado de algo que ya había advertido en otras ocasiones: al oír mencionar a la chica, a Marcel Delamare le temblaron los labios.

Lyra depositó la mochila en el suelo y se dejó caer en el baqueteado sillón.

—¿Por qué te has escondido cuando ha aparecido el doctor Polstead? —preguntó.

—No me he escondido —negó Pantalaimon.

—Sí. Te has metido debajo de mi abrigo en cuanto has oído su voz.

—Solo quería quitarme de en medio —adujo—. Abramos esto, a ver qué hay. —Observaba la mochila, levantando las hebillas con el hocico—. Es suya, seguro. Tiene el mismo olor. No es la clase de colonia que fabrica el padre de Miriam.

—Pues ahora ya no puede —le recordó ella—. Tenemos veinte minutos para volver al St. Sophia's a ver a la doctora Lieberson.

Se trataba de una entrevista que cada estudiante mantenía con su tutor a finales de trimestre, en la que recibía elogios, o una amonestación para que trabajara más, una felicitación por la excelencia en la labor o sugerencias para las lecturas de vacaciones. Lyra nunca había faltado a una de aquellas reuniones, aunque si no se daba prisa...

Se puso en pie, pero Pan no se movió.

—Será mejor que escondamos esto —indicó.

—¿Cómo? ¡Si aquí nunca entra nadie! No hay ningún peligro.

—Sí, ya. Piensa en ese hombre de anoche. Alguien tenía tanto empeño en conseguir esto que no reparó en matarlo para ello.

Convencida, Lyra levantó la desgastada alfombra. Debajo de las planchas del suelo había un espacio donde ya habían escondido cosas en otras ocasiones. Después de embutir la mochila en el estrecho hueco, lo volvieron a tapar con la alfombra. Mientras bajaba las escaleras a toda prisa, Lyra oyó cómo en el reloj del Jordan sonaban las doce menos cuarto.

Llegaron con un minuto de antelación y tuvieron que quedarse sentados, rojos y acalorados, escuchando las alabanzas de la doctora Lieberson. Por lo visto, Lyra había trabajado bien y empezaba a comprender las complejidades de la política mediterránea y bizantina, aunque siempre existía el peligro de pensar que un dominio superficial de los acontecimientos tenía el mismo valor que la comprensión profunda de los principios subyacentes. Lyra demostraba su conformidad asintiendo repetidamente con la cabeza. Ella misma podría haberlo escrito. Su tutora, una joven rubia con un severo corte de pelo y un daimonion jilguero, la miraba con escepticismo.

—Procura leer algunos textos —le aconsejó—. Frankospan está bien. Hughes-Williams tiene un capítulo muy interesante sobre el comercio con el Levante mediterráneo. No olvides...

—El comercio, sí. Doctora Lieberson..., perdone que la interrumpa... ¿En el comercio con el Levante mediterráneo siempre fueron fundamentales las rosas, los perfumes y artículos de ese tipo?

—Y la hoja de fumar, desde que se descubrió. El principal abastecedor de aceite de rosas, el attar de rosas, en la época medieval fue Bulgaria, pero el comercio con ese país se deterioró a raíz de las guerras de los Balcanes y los impuestos exigidos por el Imperio otomano en el tráfico del Bósforo. Aparte, el clima se alteró un poco y a los productores de rosas búlgaros cada vez les costaba más cultivar las mejores variedades de rosales, de manera que el comercio se fue desplazando hacia el este.

—¿Sabe por qué podría haber dificultades de abastecimiento ahora?

—¿Las hay?

Lyra le habló del problema que tenía el padre de Miriam para conseguir suministros para la fábrica.

—Qué interesante —comentó la doctora Lieberson—. Como ves, la historia no es algo acabado, sino que evoluciona continuamente. Supongo que, hoy en día, el problema debe de derivar de la política de la zona. Me informaré. Que pases unas buenas vacaciones.

El final del primer trimestre se celebraba con distintos rituales en cada centro universitario. El St. Sophia's College consideraba con desdén los rituales; casi a regañadientes, ofrecía una cena algo mejor de lo habitual cuando lo exigía la fecha. En el Jordan, en cambio, daban un espléndido festín consagrado a los fundadores del centro en el que se permitían todo tipo de excesos culinarios. De niña, Lyra siempre esperaba con ilusión aquella cena, no porque estuviera invitada, sino porque representaba la ocasión de ganar unas cuantas guineas puliendo la vajilla de plata. Aquella tarea se había convertido en una especie de tradición, de modo que, después de una breve comida con unas amigas en St. Sophia's, durante la cual Miriam se mostró mucho más animada, Lyra se apresuró a ir a la despensa del Jordan, donde el señor Cawson, el mayordomo, estaba sacando los platos, los tazones, las fuentes, las copas y la gran lata de polvo de pulimento.

El mayordomo era el empleado de servicio de más edad del colegio, que supervisaba todas las ceremonias, cenas de gala, vajilla y cubertería de plata, la Sala Reservada y todos los elementos de lujo que contenía. En otro tiempo, el señor Cawson era la persona que más terror le causaba de todo Oxford, pero últimamente había empezado a demostrar insospechados signos de humanidad. Sentada frente a la larga mesa cubierta con un tapete verde, con un paño húmedo que iba impregnando con los polvos de la caja, Lyra frotaba tazones, platos y copas hasta que su superficie parecía difuminarse y disolverse bajo la luz de la lámpara de petróleo.

—Vas bien —aprobó el señor Cawson, haciendo girar entre las manos un tazón para escrutar su impecable brillo.

—¿Es todo de mucho valor, señor Cawson? —preguntó ella, cogiendo la fuente de mayor tamaño, de más de medio metro de ancho, provista de una concavidad central en forma de tazón en el centro.

—No tiene precio —confirmó él—. Son piezas insustituibles. No se podría comprar nada de esto hoy en día, porque ya no las fabrican. Se ha perdido la técnica. Esa —dijo, mirando la gran fuente que pulía Lyra— tiene trescientos cuarenta años de antigüedad y un grosor como el de dos guineas juntas. No hay ninguna suma de dinero que se le pueda comparar. Y lo más probable es que este sea el último banquete en honor de los fundadores en que se utilice —añadió con un suspiro.

—¿Ah, sí? ¿Y para qué sirve?

—Tú nunca has estado en un banquete de esos, ¿verdad, Lyra? —dijo el anciano—. Sí cenaste unas cuantas veces en la Gran Sala y más de una en la mesa de los profesores, pero nunca has asistido a todo un banquete, ¿no?

—Es que no me podían invitar —adujo, con afectada humildad, Lyra—. No sería correcto. Después no me podrían admitir en la Sala Reservada, ni todo lo demás.

—Mmm —murmuró, con semblante impasible, el señor Cawson.

—Así que nunca he visto para qué es esta bandeja tan grande. ¿Es para las trufas, en el postre?

—Prueba a ponerla encima de la mesa.

Lyra dejó la fuente sobre el mantel y, debido a su fondo redondeado, esta se inclinó hacia un lado adoptando una estrambótica posición.

—No queda muy bien —observó.

—Es que no es para ponerla sobre la mesa, sino solo para transportarla. Es una fuente para el agua de rosas.

—¿Agua de rosas? —Lyra desvió la mirada hacia el anciano, con repentina curiosidad.

—Eso es. Después de la carne, antes de que los comensales cambien de sitio para el postre, circulamos con las fuentes de agua de rosas. Con cuatro, las más refinadas. Es para que los caballeros y sus invitados mojen en ellas las servilletas y se enjuaguen los dedos, o lo que se les antoje. Pero ahora ya no podemos conseguir agua de rosas. Nos queda solo para este banquete nada más.

—¿Y por qué no la pueden conseguir? Los rosales crecen por todas partes. ¡El jardín del decano está lleno de rosas! Seguro que podrían hacer un poco de agua de rosas. Apuesto a que no es tan difícil.

—Ah, el agua de rosas inglesa no escasea —reconoció el mayordomo, extrayendo un pesado frasco de un estante situado encima de la puerta—, pero no es de calidad. No tiene cuerpo. La mejor viene del Levante... o de tierras más lejanas. A ver..., huele esto.

Luego destapó el frasco. Lyra se inclinó y, al aspirar, halló la fragancia concentrada de todas y cada una de las rosas que habían florecido en el mundo: una dulzura y una fuerza tan intensas que en su complejidad superaba el calificativo de dulce para instalarse en el ámbito de una prístina y sencilla pureza y belleza. Era como el olor del mismo sol.

—¡Ah! —exclamó—. Ya veo a qué se refiere. ¿Y esto es lo único que queda?

—Lo único que pude conseguir. Creo que el señor Ellis, el chambelán del Cardinal, tiene aún unas cuantas botellas, pero las guarda con mucho celo. Voy a tratar de ganarme su aprecio.

El señor Cawson hablaba con un tono tan seco que Lyra nunca sabía si bromeaba o no. En cualquier caso, aquel asunto del agua de rosas era demasiado interesante para no seguir haciendo preguntas.

—¿De dónde dice que traen el agua de rosas de calidad? —continuó.

—Del Levante. De Siria y de Turquía sobre todo, tengo entendido. Hay una manera de detectar la diferencia entre ambas, pero yo nunca pude. No es como con el vino, como con el tokay o el oporto... Cada copa contiene una infinidad de sabores y, una vez que uno ha aprendido a detectarlos, no hay forma de confundir una cosecha de otra y aún menos una variedad de vino de otra. Claro que en el vino intervienen la lengua y el paladar, la totalidad de la boca. Con el agua de rosas, solo se trata de captar una fragancia. De todas formas, estoy seguro de que algunas personas son capaces de detectar la diferencia.

—¿Por qué escasea ahora?

—Por el pulgón, supongo. Y dime, Lyra, ¿ya lo has pulido todo?

—Solo me falta ese candelabro. Señor Cawson ¿quién es el proveedor del agua de rosas? ¿A quién se la compran, quiero decir?

—A una empresa llamada Sidwick's. ¿A qué viene ese repentino interés por el agua de rosas?

—A mí me interesa todo.

—Es verdad. Me había olvidado. Bueno, no te vendría mal tener esto... —Abrió un cajón y sacó un diminuto frasco de vidrio del tamaño del dedo meñique de Lyra y se lo entregó—. Saca el tapón de corcho y aguántalo sin mover la mano.

Lyra siguió las indicaciones y, con gran cuidado y pulso firme, el señor Cawson llenó la botellita con el frasco de agua de rosas.

—Ahí tienes —dijo—. Nos podemos permitir prescindir de esa cantidad... Como no estás invitada al banquete y no tienes acceso a la Sala Reservada, por lo menos tendrás esto.

—¡Gracias!

—Y ahora largo de aquí. Ah..., si quieres saber más cosas sobre el Levante y el este, lo mejor es que vayas a preguntar al doctor Polstead al Durham.

—Ah, sí. Igual sí. Gracias, señor Cawson.

Tras abandonar la despensa del mayordomo, salió a la tarde invernal del exterior y observó sin entusiasmo los edificios del Durham College. Seguro que el doctor Polstead estaba en sus habitaciones. Podría cruzar la calle, llamar a la puerta y él, sin duda, la recibiría con gran amabilidad, la invitaría a sentarse, se pondría a hablar de forma inacabable de la historia de la zona del Levante y, al cabo de cinco minutos, ella se arrepentiría de haber ido a verlo.

—¿Qué? —consultó a Pan.

—No. Podemos verlo en cualquier otro momento. Pero no podríamos hablarle de la mochila, porque él diría que la llevemos a la policía, y entonces tendríamos que decirle que no podemos y...

—Pan, ¿qué pasa?

—¿Cómo?

—Me estás ocultando algo.

—No, no es verdad. Vamos a mirar lo que había en la mochila.

—Ahora no. Eso puede esperar. Tenemos un trabajo real del que ocuparnos, no te olvides —le recordó Lyra—. Si empezamos hoy, después nos quedará mucho menos pendiente.

—Bueno, entonces llevémonos por lo menos la mochila.

—¡No! Dejémosla donde está. Es un sitio seguro. El sábado volveremos para pasar las vacaciones; si la tenemos con nosotros en el St. Sophia's, no pararás de darme la lata para que miremos.

—Yo no doy la lata.

—Tendrías que oírte.

Cuando llegaron al St. Sophia's, Pan fingió que se quedaba dormido mientras Lyra se ponía a consultar las referencias de su trabajo de fin de curso. También volvió a pensar en la mochila: después se puso el último vestido limpio que le quedaba y bajó a cenar.

Mientras comían carne de cordero hervida, algunas amigas trataron de convencerla para que las acompañara a un concierto en el ayuntamiento, donde un joven pianista extraordinariamente guapo iba a tocar obras de Mozart. En condiciones normales, la propuesta habría sido tentadora, pero Lyra tenía otros planes, de modo que después del pudin de arroz, se marchó y, tras ponerse el abrigo, se fue por Broad Street y entró en un pub llamado White Horse.

No era normal que las señoritas fueran solas a un pub, pero, en su estado de ánimo del momento, Lyra distaba de ser una señorita. En todo caso, había ido en busca de alguien y no tardó en encontrarlo. La zona de la barra del White Horse era estrecha y pequeña, lo cual obligó a Lyra a abrirse paso entre los oficinistas apiñados en ella hasta llegar al reducido salón de atrás. En pleno trimestre, habría estado abarrotado de estudiantes, porque, a diferencia de algunos otros pubs, al White Horse acudían por igual los universitarios que la gente ajena al mundo académico, pero, en ese periodo de fin de año, los estudiantes se habían ausentado hasta mediados de enero. De todas formas, esa noche Lyra no iba allí como estudiante.

En el saloncito se encontraba Dick Orchard, en compañía de Billy Warner y de dos chicas a quienes Lyra no conocía.

—Hola, Dick —saludó.

Al joven, muy bien parecido, se le iluminó la cara. Tenía el pelo negro, rizado y brillante; los ojos grandes, de radiantes iris oscuros contrastados con el blanco de la córnea; los rasgos bien definidos, la piel impecable y dorada. Era el tipo de cara que quedaría bien en un fotograma, sin manchas y bien perfilada; además, en cada expresión que adoptaba había un asomo de risa o cuando menos de alegría. Llevaba un pañuelo a topos azul y blanco anudado al cuello, al estilo gitano. Su daimonion era un esbelto zorro, que se levantó con placer para recibir a Pan; siempre se habían profesado una simpatía mutua. Cuando Lyra tenía nueve años, Dick era el cabecilla de una banda de niños que merodeaban por los alrededores del mercado. Entonces le tenía una tremenda admiración por su habilidad para escupir más lejos que nadie. En una época más reciente, había mantenido con él un breve y apasionado romance, tras el cual quedaron como amigos. Lyra se alegró de encontrarlo allí, pero, como había las otras dos chicas mirando, se guardó bien de demostrarlo.

—¿Dónde te habías metido? —dijo Dick—. Hace semanas que no te veía.

—Tenía cosas que hacer, ver a gente, leer libros… —respondió ella.

—Hola, Lyra —la saludó Billy, un afable muchacho que siempre iba detrás de Dick desde que estaban en la escuela primaria—. ¿Qué tal?

—Hola, Billy. ¿Me podéis hacer un sitio?

—¿Quién es? —preguntó una de las chicas.

Nadie le hizo caso. Billy se desplazó en el banco y Lyra se sentó.

—Eh, ¿y tú qué vienes a hacer aquí? —espetó la otra chica.

—¿Ya no trabajas en el mercado, Dick? —preguntó Lyra, como si no la hubiera oído.

—No, lo mandé al cuerno. Estaba harto de levantar patatas y apilar cajas de coles. Ahora trabajo en el depósito de correos. ¿Qué tomas, Lyra?

—Una Badger —respondió con íntimo regocijo, al comprobar que eran ciertas sus conjeturas con respecto al nuevo empleo de Dick.

Este se levantó y pasó con apreturas delante de una de las chicas.

—¿Qué haces, Dick? —protestó ella—. ¿Quién es?

—Es mi novia.

Dick miró a Lyra con una especie de indolente sonrisa en los ojos y ella le devolvió la mirada con aplomo y complicidad. Cuando se alejó, la chica cogió el bolso y lo siguió, quejándose. Lyra ni siquiera le había dirigido una mirada.

—¿Cómo era que te ha llamado? ¿Laura? —preguntó la otra joven.

—Lyra.

—Ella es Ellen —la presentó Billy—. Trabaja en la central de teléfonos.

—Ah, ya —dijo Lyra—. ¿Y tú a qué te dedicas ahora, Billy?

—Estoy en Acott's, en High Street.

—¿Vendes pianos? No sabía que tocaras el piano.

—No lo toco. Solo los muevo. Como esta noche, que, como hay un concierto en el ayuntamiento y allí tienen un piano pésimo, han alquilado uno de la empresa, uno bueno. Hemos tenido que llevarlo entre tres, pero el que paga manda. ¿Y tú en qué andas? ¿Ya has pasado los exámenes?

—Aún no.

—¿Qué exámenes? ¿Eres estudiante? —preguntó la chica.

Lyra asintió con la cabeza. Dick regresó con media pinta de Badger Ale. La otra chica había desaparecido.

—Ah, una media. Gracias por la media pinta, Dick —ironizó Lyra—. Si hubiera sabido que ibas mal de dinero, habría pedido un vaso de agua.

—¿Dónde está Rachel? —preguntó la chica.

Dick tomó asiento.

—No te he traído una pinta entera porque leí ese artículo en el periódico que decía que las mujeres no tienen que beber tanta cantidad de golpe, porque es demasiado fuerte para ellas y las deja trastocadas con extraños deseos y ansias.

—Demasiado para ti, ¿no? —replicó Lyra.

—Hombre, yo me las podría arreglar, pero es que pensaba en los inocentes espectadores.

—¿Se ha ido Rachel? —insistió la chica, tratando de ver algo entre la aglomeración de gente.

—Te ves muy giptano hoy —comentó Lyra a Dick.

—Hay que aprovechar lo mejor que uno tiene, ¿no? —contestó él.

—¿Ah, sí?

—¿No te acuerdas de que mi abuelo es giptano? Giorgio Brabandt. Él también tiene buena planta. Va a venir a Oxford dentro de unos días... Te lo presentaré.

—Ya estoy harta —le dijo la chica a Billy.

—Oh, venga, Ellen...

—Me voy con Rachel. Tú puedes venir o quedarte, elige —puntualizó.

Su daimonion estornino aleteó sobre sus hombros mientras se levantaba. Billy consultó con la mirada a Dick; al ver que se encogía de hombros, se puso de pie también.

—Nos vemos, Dick. Hasta pronto, Lyra —se despidió, antes de irse en pos de la chica abriéndose paso entre los clientes del bar.

—Bueno, pues mejor —dijo Dick—. Así estamos solos.

—Háblame de ese empleo en correos. ¿Qué es lo que haces?

—Es el puesto principal para la distribución del correo para el sur de Inglaterra. Las cartas y los paquetes llegan en los trenes correo, en sacas precintadas, y nosotros las abrimos y lo clasificamos todo por zonas. Después lo ponemos en cajas, de distinto color según las zonas, y lo cargamos en otros trenes, o en el zepelín que va a Londres.

—¿Y eso dura todo el día?

—Todo el día y toda la noche. Las veinticuatro horas. ¿Por qué lo quieres saber?

—Tengo un motivo. Puede que te lo explique o puede que no. ¿En qué turno estás tú?

—Esta semana trabajo en el de noche. Hoy empiezo a las diez.

—¿Hay allí un empleado..., un hombre robusto..., que trabajaba el lunes por la noche, anoche, y que se hizo daño en la pierna?

—Vaya pregunta más rara. En ese sitio trabajan cientos de personas, sobre todo en esta época del año.

—Supongo...

—Pero da la casualidad de que conozco a la persona de la que hablas, me parece. Hay un tipo alto y feo, que se llama Benny Morris. Hoy mismo he oído decir que se había hecho daño en la pierna al caerse de una escalera. Lástima que no se partiera la crisma. Lo curioso es que trabajaba anoche, en la primera parte del turno en todo caso, y después se largó sin acabarlo. Por lo menos, nadie lo vio después de eso de las doce. Y luego, esta tarde, me entero de que se ha roto una pierna o algo así.

—¿Es fácil salir del depósito sin que nadie se dé cuenta?

—Hombre, uno no puede salir por la puerta principal sin que alguien lo vea, pero no es difícil saltar por encima de la valla... o colarse por ella. ¿Qué es lo que pasa, Lyra?

El daimonion de Dick, Bindi, que se había posado en el banco a su lado, observaba a Lyra con sus relucientes ojos negros. Pan estaba encima de la mesa, cerca del codo de Lyra. Ambos seguían con interés la conversación.

Lyra adelantó el torso para responder, bajando la voz.

—Anoche, después de la medianoche, alguien salió del depósito por la valla del lado de los huertos, siguió por la orilla del río y se encontró con otro individuo que estaba escondido entre los árboles. Después llegó otro hombre por el camino de la estación y lo atacaron. Lo mataron y escondieron el cadáver entre los juncos. Esta mañana ya no estaba; hemos ido a mirar.

—¿Y tú cómo lo sabes?

—Porque lo vimos.

—¿Por qué no se lo has contado a la policía?

Lyra tomó un buen trago de cerveza, sin dejar de mirarlo a la cara.

—No podemos —respondió—. Existe una razón de peso.

—Pero ¿qué hacíais por allí, a esas horas?

—Robar rábanos. Da igual lo que estuviéramos haciendo. Estábamos allí y lo vimos.

Bindi miró a Pan, el cual lo miró a su vez, con la misma expresión de indolente inocencia que Lyra era capaz de adoptar.

—Y esos dos hombres... ¿no os vieron?

—Si nos hubieran visto, nos habrían perseguido y habrían intentado matarnos también. Bueno, a lo que iba... , ellos no esperaban que se defendiera, pero tenía un cuchillo y se lo clavó a uno en la pierna.

Dick pestañeó, echando atrás la cabeza, sorprendido.

—¿Y dices que los viste tirar el cadáver al río?

—En todo caso, lo dejaron entre los juncos. Después se fueron hacia el puente peatonal del lado de la fábrica de gas, y el otro tenía que ayudar al que se había herido en la pierna.

—Si el cadáver estaba entre los juncos, tuvieron que haber vuelto después para deshacerse de él. Cualquiera podría haberlo encontrado allí. Los niños juegan por la orilla y hay un trajín continuo de gente por el camino, durante el día por lo menos.

—No quisimos quedarnos a averiguarlo —adujo Lyra.

—Claro.

Lyra apuró la cerveza.

—¿Quieres otra? —propuso Dick—. Esta vez te pediré una pinta.

—No, gracias. Me tengo que marchar pronto.

—El otro hombre, no al que mataron, el que estaba esperando... ¿Visteis cómo era?

—No lo vimos bien, pero sí lo oímos. Por eso —miró a su alrededor, para comprobar que nadie los observaba—, por eso no podemos ir a la policía, porque oímos a un policía que hablaba con otro, y era la misma voz..., exactamente la misma voz. El policía fue el que lo mató.

Dick adelantó los labios para soltar un silbido, pero no llegó a soplar. Después tomó un largo trago.

—Vaya, sí que es complicado —reconoció.

—No sé qué hacer, Dick.

—Entonces lo mejor es no hacer nada. Olvídate del asunto.

—No puedo.

—Eso es porque no paras de pensar en eso. Piensa en otra cosa.

Lyra inclinó la cabeza, consciente de que no obtendría un consejo mejor por su parte. Después, de repente, se acordó de algo más.

—Dick, en correos contratan más empleados para la campaña de Navidad, ¿verdad?

—Sí. ¿Te apetece trabajar?

—Tal vez.

—Pues ve a la oficina y pídelo. Allí uno se ríe mucho, aunque hay que trabajar duro, eso sí. No tendrás tiempo para ir haciendo de detective por ahí.

—No. Solo quiero ver qué tal es el sitio. De todas formas, sería por poco tiempo.

—¿Seguro que no quieres tomar nada más?

—Seguro.

—¿Qué vas a hacer durante el resto de la noche?

—Tengo cosas que hacer, leer unos libros...

—Quédate conmigo. Lo pasaríamos bien. Ya que has echado a las otras chicas, no me vas a dejar solo...

—¡Yo no las he echado!

—Las has asustado.

Sintió un acceso de vergüenza. Con un inicio de rubor, recordó abochornada lo desagradable que había estado con las dos jóvenes; no le habría costado nada ser más simpática.

—Otro día, Dick —dijo.

No era fácil hablar.

—Siempre me sales con promesas —le reprochó él, aunque en tono amigable.

Sabía que no tardaría mucho en encontrar otra chica con quien pasar la velada, una chica que no tuviera nada de qué avergonzarse y que estuviera a gusto con su daimonion, con la que lo pasaría bien, tal como había dicho. Por un instante, Lyra envidió a esa chica desconocida, porque Dick era un buen compañero, y considerado además de guapo. Después recordó, no obstante, que al cabo de unas semanas de relación con él, se había empezado a sentir constreñida. Había aspectos muy importantes de su vida que a él solo le inspiraban indiferencia o que incluso desconocía. Nunca sería capaz de hablar con él de Pan y de la separación, por ejemplo.

Después de levantarse, se inclinó para darle un beso, tomándolo por sorpresa.

—No tendrás que esperar mucho —pronosticó.

Él sonrió. Bindi y Pan se rozaron el hocico, luego Pan saltó al hombro de Lyra y juntos se alejaron bordeando la barra hasta salir a la gélida calle.

Cuando se disponía a girar a la izquierda, se detuvo y, tras reflexionar un segundo, cruzó la calle para ir al Jordan.

—¿Y ahora qué? —dijo Pan, mientras Lyra saludaba con la mano al portero apostado detrás del cristal.

—La mochila.

Subieron en silencio las escaleras de su antigua habitación. Después de cerrar con llave y encender el fuego de gas, Lyra enrolló la alfombra y desencajó la tabla que cubría el hueco. Todo estaba tal como lo habían dejado.

A continuación, sacó la mochila y la trasladó hasta el sillón, bajo la lámpara. Pan se agachó encima de la mesita mientras Lyra deshacía las hebillas. Le habría gustado confiarle a Pan lo inquieta que se sentía, embargada por la tristeza y la culpa, y acuciada al mismo tiempo por una insuperable curiosidad. Le resultaba, no obstante, muy difícil hablar.

—¿A quién le vamos a explicar esto? —preguntó Pan.

—Depende de lo que encontremos.

—¿Por qué?

—No sé. Quizá no dependa de eso. Por ahora…

Sin molestarse en terminar la frase, abrió la mochila. Dentro había una camisa cuidadosamente plegada, de un color blanco desvaído, así como un jersey de tosca lana azul oscuro, ambos con diversos remiendos; debajo, había un par de sandalias de suela de esparto, muy gastadas, y una caja metálica más o menos del tamaño de una Biblia grande, sujeta con un par de cintas elásticas anchas. Pesaba bastante y su contenido no se movió ni produjo ruido alguno cuando la hizo girar entre las manos. En un principio, había sido una caja de hojas de fumar turcas, pero los dibujos pintados estaban casi borrados. Al abrirla, encontró varias botellitas y cajas de cartón precintadas, envueltas con fibras de algodón.

—Puede que sean muestras botánicas —aventuró.

—¿Y no hay nada más? —preguntó Pan.

—No. Aquí está su neceser o algo por el estilo.

Dentro de la bolsa de lona descolorida había una cuchilla de afeitar, una brocha y un tubo de dentífrico casi vacío.

—Hay algo más —advirtió Pan, mirando el interior de la mochila.

Palpando a tientas, localizó un libro…, luego otro, y los sacó. Se llevó una decepción al ver que ambos estaban escritos en lenguas que era incapaz de leer, aunque, a juzgar por las ilustraciones, uno de ellos parecía un libro de texto de botánica, y el otro, por la disposición de las páginas, un poema largo.

—Aún hay más cosas —anunció Pan.

En el fondo de la mochila, Lyra encontró un fajo de papeles. Eran tres o cuatro artículos de publicaciones científicas, sobre temas de botánica, un pequeño cuaderno baqueteado que, al primer vistazo, parecía contener nombres y direcciones de toda

Europa y otros continentes, así como unas cuantas páginas manuscritas. El papel de estas últimas estaba arrugado y manchado, y las letras habían sido trazadas con un lápiz de tono claro. En cambio, Lyra se percató enseguida de que, a diferencia de los artículos, que estaban en latín o en alemán, los escritos de esas hojas estaban en inglés.

—¿Qué? ¿No lo vamos a leer? —la incitó Pan.

—Claro que sí, pero no ahora mismo. La luz de aquí es pésima. No sé ni cómo conseguimos trabajar en este sitio.

Tras doblar las hojas, las metió en un bolsillo interior y, a continuación, lo volvió a guardar todo antes de hacer girar la llave en la puerta y prepararse para salir.

—¿Y yo voy a tener también derecho a leerlo? —preguntó Pan.

—Bah, por el amor de Dios.

Durante el camino hacia el St. Sophia's, no intercambiaron ni una sola palabra.

5

El diario del doctor Strauss

Después de prepararse un *chocolatl* caliente, Lyra se sentó frente a la mesita, junto al fuego, cerca de la lámpara, para leer el documento de la mochila. Eran varias páginas de papel rayado, seguramente arrancadas de una libreta de ejercicios, cubiertas de líneas escritas a lápiz. Pan se instaló a una llamativa distancia de su brazo, que le permitía, con todo, leer al mismo tiempo que ella.

DEL DIARIO DEL DOCTOR STRAUSS

Tashbulak, 12 de septiembre

Chen el camellero asegura que ha estado en Karamakán. Una vez dentro, logró penetrar en el corazón del desierto. Le pregunté qué había allí y dijo que estaba custodiado por unos sacerdotes. Esa fue la palabra que utilizó, pero me consta que estaba buscando otra que expresara mejor lo que eran. Una especie de soldados, dijo, pero sacerdotes también.

¿Qué era lo que custodiaban? Un edificio. No podía decir qué había dentro, pues no lo dejaron entrar.

¿Qué clase de edificio? ¿De qué tamaño? ¿Qué aspecto tenía? Tan grande como una enorme duna de arena, respondió, la mayor del mundo, construido con piedra roja, muy antiguo. No como los edificios que hacía la gente. ¿Como una colina, entonces, o una montaña? No, parejo como un edificio. Y rojo. Aunque no como una casa o una vivienda. ¿Cómo un templo? Se encogió de hombros.

¿Qué lengua hablaban los guardianes? Todas las lenguas, respondió. (Supongo que se refiere a todas las lenguas que él conoce, que no son pocas: como muchos camelleros, se desenvuelve bien en doce idiomas diferentes, desde el mandarín al persa.)

Tashbulak, 15 de septiembre

Volví a ver a Chen. Le pregunté por qué quiso entrar en Karamakán. Contestó que siempre había oído contar historias sobre las riquezas infinitas que allí había. Mucha gente lo había intentado, pero la mayoría había renunciado después de recorrer un corto trecho, debido al dolor del viaje *akterrakeh*, como lo pronuncian ellos.

Le pregunté cómo superó el dolor. «Pensando en el oro», respondió.

«¿Y encontraste algo de oro?» «No tienes más que mirarme», me contestó. Míranos.

Es un individuo esquelético, harapiento. Tiene las mejillas chupadas y los ojos hundidos, rodeados de una tupida red de arrugas. Lleva las manos incrustadas de mugre, una ropa en peor estado que la de un espantapájaros. Su daimonion, una rata del desierto, se ha quedado casi sin pelo y tiene la piel cubierta de llagas. Los otros camelleros lo evitan, como si le tuvieran miedo. Se nota que está a gusto con esa vida solitaria que lleva. Los demás han empezado a evitarme, seguramente por el contacto que mantengo con él. Saben de su capacidad para separarse y lo temen y rehúyen por ello.

¿Y no tenía miedo por su daimonion? ¿Qué haría si se perdiera?

Lo buscaría en al-Khan al-Azraq. Mi árabe es deficiente, pero Hassan me informó de que significa «Hotel Azul». Indagué al respecto, pero Chen insistió: «Al-Khan al-Azraq, el Hotel Azul». ¿Y dónde estaba ese Hotel Azul? Él lo ignoraba. Era solo un lugar adonde van los daimonions. De todas formas, argumentó, seguramente no iría allí, porque deseaba tanto el oro como él. Al parecer, se trataba de una broma, porque se rio cuando lo dijo.

Lyra miró a Pan y advirtió que tenía clavada la vista en la página, con una expresión feroz. Luego siguió leyendo:

Tashbulak, 17 de septiembre

Cuanto más lo investigamos, más nos parece que *Rosa lopnoriae* es el progenitor y las otras, *R. tadjikiae* y las demás, los descendientes. Los fenómenos ópticos son en cierta medida más marcados con *ol. R. lopnoriae*, y cuanto mayor es la distancia de Karamakán, más difícil es de cultivar. Incluso tomando disposiciones para obtener una réplica del suelo, la temperatura, la humedad, etcétera, de K., hasta el punto de lograr unas condiciones prácticamente idénticas, los especímenes de *R. lopnoriae* desmedran y mueren al poco tiempo. Hay algo que se nos escapa. Las otras variantes deben de haber sido hibridadas para obtener una planta con algunas de las virtudes *R. lop* y que resulte viable en otros lugares.

Plantea dudas la manera de exponer todo esto sobre el papel. Las publicaciones científicas serán las primeras en salir a la luz, desde luego. No obstante, ninguno de nosotros puede hacer abstracción de las implicaciones que puedan tener. Una vez que se dé a conocer al mundo la información sobre las rosas, se generará un frenesí de exploración y de explotación, de tal forma que nosotros (nuestra pequeña base) quedaremos relegados o incluso barridos del mapa. Lo mismo ocurrirá con los cultivadores de rosas de la zona. Y eso no es todo: dada la naturaleza de lo que revela el proceso óptico, se van a producir sin el menor asomo de duda reacciones de ira, pánico y persecución en los ámbitos religioso y político.

Tashbulak, 23 de septiembre

Le he pedido a Chen que nos haga de guía para adentrarnos en el Karamakán. Él tendrá su parte de oro. Rod Hassan también irá. Aunque me causa pavor, no hay forma de evitarlo. Preveía que costaría convencer a Cartwright para que nos dejara intentarlo, pero se mostró muy favorable. Él también es consciente de la importancia que puede tener. En cualquier caso, la situación aquí es desesperada.

Tashbulak, 25 de septiembre

Llegan rumores de violencia desde Khulanshán y Akdzhar, a tan solo unos ciento cincuenta kilómetros al oeste. Unos hombres venidos de las montañas…, o eso dicen…, han quemado y arrasado las rosaledas. Creíamos que este problema en concreto estaba circunscrito al Asia Menor. Malas noticias si se ha propagado hasta tan lejos.

Mañana iremos al Karamakán, si es posible. Cariad me ruega que no vayamos y el daimonion de Hassall hace lo mismo. Tienen miedo, por supuesto, y Dios sabe que yo también lo tengo.

Karamakán, 26 de septiembre

El dolor es atroz, indescriptible casi, absolutamente imperioso y abrumador. Aunque ahora ya no es del todo un dolor, sino una especie de honda angustia y pena, una suerte de tormento, un temor, una desesperación casi fatal. Todas esas cosas combinadas, en intensidad variable. El dolor físico dejó de aumentar al cabo de media hora, más o menos. No creo que hubiera podido soportarlo más tiempo. En cuanto a Cariad..., es demasiado doloroso hablar de él. ¿Qué he hecho? ¿Qué le he hecho a mi alma? Tenía los ojos tan abiertos por la conmoción, cuando me volví a mirar...

No puedo escribir sobre eso.

Es lo peor que he hecho nunca, y lo más necesario. Ruego por que exista un futuro en que podamos reunirnos y que él me perdone.

La página acababa allí. Mientras la leía, Lyra captó un movimiento a su lado y percibió que Pan se alejaba. Luego el daimonion se acostó en el borde de la mesa, de espaldas a ella. A Lyra se le formó un nudo en la garganta; habría sido incapaz de hablar, incluso de haber sabido qué decirle.

Cerró los ojos un momento y reanudó la lectura:

Nos hemos adentrado cuatro kilómetros en la región y estamos descansando para recobrar un poco de fuerzas. Es un sitio infernal. Hassall quedó muy afectado al principio, pero se ha recuperado más deprisa que yo. Chen, en cambio, está bastante animado. Claro que él ya lo había experimentado antes.

El paisaje es totalmente árido. Solo grandes dunas de arena desde cuya cresta no se ven más que dunas y dunas. El calor es horroroso. Los espejismos vibran en el borde del campo de visión y todos los sonidos se oyen como magnificados; el paso del viento sobre la arena suelta crea un intolerable roce, un continuo crujido, como si debajo de la capa superior de arena vivieran un millón de insectos y también debajo de la propia piel, igual como si fuera de nuestra vista esas horrendas criaturas se pasaran la vida royendo, masticando, desgarrando y mordiendo tanto nuestras entrañas como la misma sustancia del mundo. No hay, sin embargo, vida alguna, ni vegetal ni animal. Solo nuestros camellos parecen impasibles.

Los espejismos, si es que de espejismos se trata, desaparecen en cuanto uno los mira directamente, pero se vuelven a combinar en cuanto se aparta la vista. Parece como si fueran imágenes de colécos dioses o demonios de gesto amenazador. Es muy duro de soportar. A Hassall también le resulta insufrible. Chen dice que deberíamos pedir perdón a esas deidades, recitando una fórmula de contrición y disculpa que intentó enseñarnos. Dice que los espejismos son aspectos de Simurgh, una especie de monstruoso pájaro. Cuesta mucho hallarle sentido a lo que dice.

Es hora de reemprender el camino.

Karamakán, más tarde

Avanzamos despacio. Vamos a acampar durante la noche, pese a que Chen nos aconseja seguir adelante. No nos quedan fuerzas. Debemos descansar y recuperarnos. Chen nos despertará antes del amanecer para que podamos viajar durante la parte más fresca del día. Ay, Cariad, Cariad.

Karamakán, 27 de septiembre

Una noche espantosa. Apenas dormí por culpa de las pesadillas de tortura, descuartizamiento, destripamiento..., un sufrimiento atroz que debía observar, incapaz de huir, de cerrar los ojos o de ayudar. No paraba de despertarme por culpa de mis propios gritos; aunque temía volverme a dormir, no podía evitarlo. Ay, Dios, espero que Cariad no se vea perturbado de esa forma. Hassall, en un estado parecido. Chen rezongaba y acabó acostándose más lejos para que no lo molestáramos.

Nos despertó cuando el amanecer producía una levísima luz por el este. Desayunamos higos secos y rajas de carne de camello seca. Viajamos antes de que empezara el gran calor.

A mediodía, Chen dijo: «Allí está».

Señalaba hacia el este, hacia donde calculo que se halla el propio centro del desierto de Karamakán. Hassall y yo escrutamos el horizonte, protegiéndonos los ojos del sol, pero no vimos nada entre el relumbre.

Ahora es la tarde, la parte más calurosa del día, y estamos descansando. Hassall ha improvisado un tosco abrigo con un par de mantas que proyectan un retazo de sombra donde nos hemos acostado todos, incluido Chen, y hemos dormido un poco. No ha habido sueños. Los camellos doblan las piernas, cierran los ojos y dormitan, impasibles.

El dolor ha disminuido, tal como dijo Chen, pero aún persiste una herida profunda en el corazón..., un perpetuo lastre de angustia, que no sé si tendrá fin.

Karamakán, 27 de septiembre, anochecer

De nuevo, en marcha. Escribo a lomos de un camello. Chen ya no está seguro de la dirección. Si se le pregunta dónde, responde: «Más allá». Aún queda un trecho, pero es vago en concretarlo. No lo ha visto desde ayer. Cuando le preguntamos, es incapaz de decir qué vio exactamente. Supongo que el edificio rojo, pero H y yo no vimos señales de él, ni siquiera del color, solo la interminable y casi insoportable monotonía de arena.

Imposible de calcular la distancia que hemos recorrido. No muchos kilómetros; otro día bastará sin duda para llegar al centro de este sitio desolado.

Karamakán, 28 de septiembre

Una noche mejor, gracias a Dios. Sueños complejos y confusos, pero menos truculentos. Dormí como un tronco hasta que Chen nos despertó antes del amanecer.

Ahora sí lo vemos. Al principio, era como un espejismo, un atisbo que flotaba, ondulando, sobre el horizonte. Después pareció como si le saliera una base que lo fijara a la tierra. Ahora tiene una presencia sólida e inconfundible..., un edificio como una fortaleza o un hangar de una vasta aeronave. Ningún detalle visible a esta distancia, ni puertas ni ventanas ni almenas, nada. Solo un voluminoso bloque rectangular, de color rojo oscuro. Escribo esto justo después de mediodía, antes de meternos debajo del cobertizo de mantas a descansar durante el horrendo calor. Cuando despertemos, la última etapa.

Karamakán, 28 de septiembre, anochecer

Hemos llegado hasta el edificio y hemos visto a los sacerdotes/soldados/guardianes. Parecen ser todo a la vez. Sin armas, pero de constitución fuerte y aspecto amenazador. No se puede discernir si tienen rasgos de europeos occidentales, chinos, tártaros o moscovitas; piel clara, pelo negro, ojos redondeados; tal vez más persas que otra cosa. No hablan inglés..., como mínimo no han tenido ninguna reacción cuando Hassall y yo hemos intentado hablarles..., pero Chen se comunica de inmediato con ellos en una lengua que creo que es tayiko. Visten simples túnicas y pantalones holgados de algodón rojo oscuro, el mismo color que el edificio, y sandalias de cuero. No parece que tengan daimonion, aunque a estas alturas no es algo que nos asuste a Hassall y a mí.

Preguntamos a través de Chen si podíamos entrar en el edificio.

Un no inmediato y rotundo. Preguntamos qué ocurre en el interior. Después de hablar entre ellos, respondieron con una negativa a decírnoslo. Al cabo de otras preguntas, que no suscitaron ninguna respuesta útil, obtuvimos un indicio cuando uno de ellos, más parlanchín que los demás, estuvo hablando con Chen durante un minuto o más. Entre el torrente de palabras, tanto Hassall como yo distinguimos, varias veces, la palabra *gül*, que significa rosa en muchas lenguas de Asia Central. Chen nos miró varias veces mientras hablaba el hombre, pero, cuando terminó, solamente dijo: «No hay manera. No quedarnos aquí. No hay manera».

«¿Qué ha dicho de las rosas?», le preguntamos. Chen se limitó a sacudir la cabeza. «¿Ha hablado de rosas?» «No. No hay manera. Nos tenemos que ir.»

Los guardias nos observaban atentamente, desplazando la mirada de nosotros a Chen, y viceversa.

Entonces se me ocurrió algo. Sabiendo que los romanos habían estado en ciertas partes de Asia Central, me pregunté si habrían conservado algo de su lengua. «No tenemos intención de haceros daño a vosotros ni a los vuestros —probé a decir en latín—. ¿Podemos saber qué es lo que custodiáis en este lugar?»

La comprensión fue inmediata. El locuaz respondió en el acto en el mismo idioma:

—¿Qué habéis traído como pago?

—No sabíamos que se necesitaba hacer un pago —contesté—. Estábamos preocupados porque nuestros amigos han desaparecido y creemos que podrían haber venido aquí. ¿Habéis visto viajeros como nosotros?

—Hemos visto muchos viajeros. Si vienen *akterrakeh* y traen con qué pagar, pueden entrar. De una sola forma. Pero si entran, no pueden salir.

—¿Nos podéis decir entonces si nuestros amigos están dentro de este edificio rojo?

Su respuesta fue:

—Si están aquí, no están allí, y si están allí, no están aquí.

Parecía como una fórmula, una serie estandarizada de palabras que de tanto haber sido repetida había quedado desgastada. Con eso pude al menos concluir que otros habían planteado preguntas similares. Probé con otra.

—Habéis hablado de un pago. ¿Os referíais a cambio de rosas?

—¿De qué más?

—De conocimiento, tal vez.

—Nuestro conocimiento no es para vosotros.

—¿Qué tipo de pago sería satisfactorio?

—Una vida.

Esa fue la desconcertante respuesta.

—¿Uno de nosotros debe morir?

—Todos vamos a morir.

Aquello no sirvió de mucho, desde luego. Probé con otra pregunta.

—¿Por qué no podemos cultivar vuestras rosas fuera de este desierto?

La única contestación que recibí fue una mirada de desprecio. Después el guardián se alejó.

—¿Sabes de alguien que haya entrado? —pregunté a Chen.

—Un hombre —respondió—. No volvió. Nadie vuelve.

Hassall y yo regresamos, frustrados, a nuestro pequeño cobertizo y nos planteamos qué hacer. Fue una conversación inútil, dolorosa y repetitiva. Estábamos maniatados por imperativos: es imprescindible investigar esas rosas; es imposible hacerlo sin entrar y no regresar nunca.

Volvimos a analizar la situación. ¿Por qué es necesario investigar las rosas? Por lo que nos enseñan con respecto a la naturaleza del polvo. Y si el Magisterium se entera de lo que hay aquí en Karamakán, no repararán en medios para impedir que se propague ese conocimiento, y para eso vendrán aquí y destruirán el edificio rojo y cuanto contiene; y disponen de ejércitos y armamento más que suficientes para hacerlo. Los recientes sucesos ocurridos en Khulanshán y en Akdzhar son obra suya..., no cabe duda. Se están acercando.

Debemos investigar, pues, y la consecuencia inevitable de ello es que uno de nosotros debe entrar y el otro ha de regresar con el conocimiento que hemos adquirido hasta ahora. No hay otra alternativa, ninguna. Y eso no lo podemos hacer.

Todavía no hay ni rastro de nuestros daimonions y las provisiones de comida y de agua están mermando. No podemos quedarnos mucho tiempo más.

Al final había una nota, escrita con otra letra:

Esa noche, más tarde, llegó Cariad, el daimonion de Strausss. Estaba agotado, asustado, deteriorado. Al día siguiente, Cariad y Strauss entraron en el edificio rojo y yo volví con Chen. Las complicaciones nos acechan. Ted Cartwright y yo convinimos en que debía ponerme de inmediato en camino con el escaso conocimiento de que disponemos. Ruego a Dios que encuentre a Strella y que me perdone.

R. H.

Lyra dejó las hojas en la mesa, con una sensación de vértigo. Sentía como si hubiera percibido el atisbo de un recuerdo remoto, algo de una importancia tan grande que permanecía enterrado bajo millares de días de vida normal. ¿Qué era lo que la había afectado tanto? El edificio rojo…, el desierto que lo rodeaba…, los guardianes que hablaban en latín…, algo enterrado a una profundidad tal que no alcanzaba a discernir si era verdad, un sueño, un recuerdo o incluso un cuento que le gustaba tanto de niña que siempre lo reclamaba a la hora de acostarse, hasta que lo había dejado de lado y lo había olvidado por completo. En todo caso, ella sabía algo de ese edificio del desierto, pero no tenía ni idea de qué era.

Pan estaba ovillado encima de la mesa, durmiendo o haciéndose el dormido. Ella conocía la razón. La descripción que había hecho el doctor Strauss de la separación de su daimonion Cariad le había recordado al instante aquella abominable traición cometida por ella en las orillas del mundo de los muertos, cuando abandonó a Pan para ir en busca del fantasma de su amigo Roger. La culpa y la vergüenza conservarían en su corazón la misma lacerante intensidad hasta el día de su muerte, por más años que pasaran.

Tal vez aquella herida era una de las razones de su distanciamiento actual. Nunca se había llegado a curar. No había nadie con vida con quien pudiera hablar de aquello, con excepción de Serafina Pekkala, la reina de las brujas; las brujas eran, sin embargo, diferentes y, de todas formas, no había vuelto a ver a Serafina desde aquel viaje que hizo al Ártico hacía muchos años.

Ah, pero…

—¿Pan? —susurró.

El daimonion no dio señales de haberla oído. Parecía dormir profundamente, aunque ella sabía que no era así.

—Pan —continuó con un susurro—, lo que dijiste del hombre al que mataron…, ese del que habla el diario, Hassall. Él y su daimonion se podían separar, ¿no fue eso lo que dijiste?

Silencio.

—Debió de encontrarlo de nuevo cuando salió de ese desierto, Karamakán... Debe de ser un sitio parecido al que van las brujas de jóvenes y al que no pueden ir sus daimonions. O sea, que quizás haya otra gente...

Pan permaneció mudo e inmóvil.

Lyra apartó la vista con desánimo. Entonces algo atrajo su mirada en las proximidades de la estantería. Era el libro que había utilizado para apuntalar la ventana y que Pan había dejado caer con disgusto. ¿No lo había vuelto a colocar ella en el estante? Seguramente, él lo había vuelto a arrojar al suelo.

Cuando se levantó para guardarlo, Pan se dio cuenta.

—¿Por qué no te deshaces de esa porquería? —dijo.

—Porque no es una porquería. Preferiría que no lo tirases por ahí de cualquier manera solo porque no te gusta.

—Es un veneno que te está destruyendo.

—Bah, déjate de niñerías.

Lyra dejó el libro en el escritorio y él saltó al suelo, con el pelo erizado. Luego se quedó sentado mirándola, mientras barría la alfombra con la cola. Percibiendo el desdén que irradiaba, Lyra dio un respingo, pero no apartó la mano del libro.

No volvieron a dirigirse la palabra y ella se acostó. Él durmió en el sillón.

6

La señora Londsdale

No pudo dormir de tanto pensar en el diario y en el significado de la palabra *akterrakeh*. Tenía algo que ver con el viaje al edificio rojo y probablemente también con la separación, pero estaba tan cansada que no le encontraba un sentido. El hombre al que habían asesinado era capaz de separarse y, a juzgar por lo que había escrito el doctor Strauss, parecía que nadie podía efectuar el viaje estando intacto. ¿Sería *akterrakeh* una palabra equivalente a «separación» en las lenguas de la zona?

La mejor manera de pensar sobre el asunto habría sido hablando con Pan, pero él seguía con su actitud cerrada. El relato de la separación de los dos hombres de Tashbulak había suscitado en él una mezcla de malestar, rabia y temor, tal como le había sucedido a ella, pero después había surgido la distracción de aquella novela que detestaba tanto. De las numerosas cuestiones en las que no estaban de acuerdo, aquella era la que generaba un desencuentro más marcado entre ellos.

Los hyperchorasmios, de un filósofo alemán llamado Gottfried Brande, era una novela que causaba furor entre los jóvenes cultivados de toda Europa y otros continentes. Era un fenómeno editorial: con sus novecientas páginas, un título impronunciable (al menos hasta que Lyra había aprendido a pronunciar la ch como una k), un estilo severo sin concesiones y nada que pudiera interpretarse ni remotamente como un interés por las cuestiones amorosas, había vendido millones de ejemplares e influido en la manera de pensar de toda una generación. Relataba la historia de un joven que se proponía matar a Dios y lograba su propósito. Su particularidad más destacada, la característica que lo distinguía de todo cuanto había leído Lyra, era que, en el mundo descrito por Brande, los humanos no tenían daimonion. Estaban completamente solos.

Al igual que muchos otros lectores, Lyra había quedado fascinada, hipnotizada por la fuerza de la narración, y en su cabeza resonaba como martillazos la denuncia del protagonista de todo aquello que se opusiera a la razón pura. Incluso su búsqueda para localizar a Dios y matarlo estaba expresada con unos términos de feroz racionalidad: era irracional que existiera un ser así, y lo racional era prescindir de él. No había el menor rastro de lenguaje figurativo, de metáforas y recursos similares. En la escena final de la novela, en la que el héroe tendía la vista desde las montañas al amanecer, que en manos de otro escritor podría haber representado el albor de una nueva era de ilustración, libre de superstición y tinieblas, el narrador desechaba con desdén el simbolismo tópico. La última frase decía: «No era nada más de lo que era».

Aquella frase era una especie de piedra de toque del pensamiento progresista entre el ambiente en el que se movía Lyra. Se había puesto de moda considerar con menosprecio cualquier tipo de reacción emocional excesiva, cualquier tentativa de hallar otros significados a algo que ocurría o cualquier argumento que no se pudiera justificar a través de la lógica: «No es nada más de lo que es». La propia Lyra había utilizado la frase más de una vez en el curso de una conversación y siempre había notado que Pan le volvía la espalda con desdén en tales casos.

Cuando despertaron a la mañana siguiente después de haber leído el diario del doctor Strauss, su discrepancia en torno a *Los hyperchorasmios* seguía en pie, destilando amargura.

—Pan, ¿qué te ha pasado este año? Antes no eras así. No éramos así. Aunque no estuviéramos de acuerdo en algo, no nos quedábamos enfurruñados todo el tiempo...

—¿Es que no ves adónde te está llevando esta actitud que finges tener? —estalló él, de pie encima de la estantería.

—¿Qué actitud? ¿A qué te refieres?

—Ese hombre tiene una influencia maligna. ¿No has visto lo que le pasa a Camilla? ¿O a ese chico de Balliol…, cómo se llama, Guy o algo así? Desde que empezaron a leer *Los hyperchoramios*, o como se llame ese libro, se han vuelto arrogantes y desagradables en todos los sentidos. No hacen caso a sus daimonions, como si no existieran. Y en ti también percibo algo igual, una especie de absolutismo…

—¿Cómo? Es contradictorio lo que dices. Te niegas a saber nada del libro y luego te crees con derecho a criticarlo…

—¡No solo tengo el derecho, sino la responsabilidad de hacerlo! Lyra, te estás cerrando mentalmente. Por supuesto que sé algo de ese maldito libro. Sé exactamente lo mismo que tú. En realidad, probablemente sé más que tú, porque no dejé a un lado mi sentido común, ni mi capacidad de distinguir lo que es acertado de lo que no, mientras tú lo leías.

—¿Todavía estás alterado porque esta novela prescinde de los daimonions?

Pan la miró con ira antes de bajar de un salto hasta el escritorio. Lyra retrocedió. Aquella era una de esas ocasiones en que tomaba conciencia de lo afilados que tenía los dientes.

—¿Qué vas a hacer? —le dijo—. ¿Morderme hasta que te dé la razón?

—¿Es que no lo ves? —insistió él.

—Lo que veo es un libro que considero muy convincente e inspirador desde el punto de vista intelectual. Comprendo el interés de la razón, la racionalidad, la lógica. No…, no es que vea el interés…, estoy persuadida de su peso. Yo no soy un arrebato emocional. Es tan solo una cuestión de racional…

—Todo lo emocional tiene que ser entonces un mero arrebato, ¿no?

—Por la manera como te estás comportando…

—No me estás escuchando, Lyra. Me parece que ya no tenemos nada en común. Es que no me puedo quedar mirando cómo te conviertes en ese rencoroso monstruo que lo reduce todo a una fría lógica. Estás cambiando, ese es el problema, y no me gusta. Ah…, antes nos avisábamos el uno al otro de esta clase de…

—¿Y tú crees que es todo por culpa de una novela?

—No. También es por culpa de ese tal Talbot. Es igual de nefasto, de una manera menos atrevida.

—¿Talbot? ¿Simon Talbot? A ver si te aclaras, Pan. No puede haber dos pensadores más distintos, más diametralmente opuestos. Según Talbot, no existe ningún tipo de verdad. Brande...

—¿No viste ese capítulo de *El impostor constante*?

—¿Qué capítulo?

—Ese que tuve que soportar que leyeras durante la semana pasada. Por lo visto, no lo captaste, pero yo sí. Ese donde afirma que los daimonions son unas meras..., ¿cómo era?..., proyecciones psicológicas sin realidad aparte. Ese mismo, aderezado con una bonita argumentación, una encantadora y elegante prosa, lleno de ingenio y de brillantes paradojas. Ya sabes a cuál me refiero.

—Pero tú no tienes una realidad aparte, ya lo sabes. Si yo muriera...

—Ni tú tampoco, idiota. Si yo muriera, tú también morirías. *Touché*.

Lyra se volvió de espaldas, demasiado enojada para hablar.

Simon Talbot era un filósofo de Oxford de cuyo último libro se hablaba mucho en la universidad. Mientras que *Los hyperchorasmios* era un éxito popular considerado como una bobada por la crítica y que leían principalmente los jóvenes, *El impostor constante* era la obra favorita de los expertos en literatura, que elogiaban su elegancia de estilo y su jovial ingeniosidad. Talbot era un escéptico radical, para quien la verdad e incluso la realidad no eran más que epifenómenos accesorios carentes de sentido último. Bajo el plateado encanto de su prosa, todo lo sólido fluía, discurría y se desintegraba como el mercurio derramado por un termómetro.

—No, no son distintos —reiteró Pan—. Son caras de la misma moneda.

—Solo por lo que dicen sobre los daimonions... o por lo que no dicen. No os rinden tributo suficiente...

—Lyra, ojalá oyeras lo que dices. No sé qué ha pasado. Estás embrujada o algo así. ¡Esos hombres son peligrosos!

—Supersticiones —replicó ella, experimentando un gran desdén por Pan; lo lamentaba, pero no lo podía evitar—. Eres incapaz de examinar algo con calma, de manera desapasionada. Tienes que verter insultos encima. Es infantil, Pan, eso de atribuir una especie de maldad o de magia a un argumento al que no puedes dar respuesta... Antes veías las cosas de una manera clara, y ahora tienes los ojos vendados por la niebla, la superstición y la magia. Tienes miedo de algo porque no lo comprendes.

—Lo comprendo perfectamente. El problema está en que tú no lo entiendes. Crees que esos dos charlatanes son filósofos de calado. Estás hipnotizada con ellos. Leíste las mayúsculas sandeces que escriben, tanto uno como otro, y te crees que son lo último en logro intelectual. Ambos mienten, Lyra. Talbot piensa que puede hacer desaparecer la verdad formando una madeja de paradojas alrededor. Brande piensa que lo puede conseguir simplemente negándola con terquedad. ¿Sabes qué me parece a mí que hay por debajo de ese encandilamiento tuyo?

—Ya estás otra vez describiendo algo que no existe. Bueno, da igual, di lo que quieras.

—No se trata de una posición que tú adoptas. Tú crees a medias en esas personas, ese filósofo alemán y el otro individuo. Eso es lo que hay en el fondo. Presentas una fachada de persona inteligente, pero por debajo eres tan ingenua como para medio creer que sus mentiras son ciertas.

Lyra sacudió la cabeza y extendió los brazos, desconcertada.

—No sé qué decir —contestó—, pero lo que yo crea, crea a medias o deje de creer no es asunto de nadie más. Eso de abrir ventanas en el alma de la gente...

—¡Es que yo no soy nadie más! ¡Yo soy tú! —Giró sobre sí y se volvió a posar de un salto sobre la estantería, desde donde le dirigió una mirada ardiente—. Estás haciendo lo posible para olvidar —la acusó con rabia.

—Ahora sí que no sé de qué hablas —respondió ella con sinceridad.

—Estás olvidando todo lo importante. Y estás tratando de creer en cosas que nos van a matar.

—No —replicó ella, procurando mantener un tono calmado—. Lo has entendido mal, Pan. Solo estoy interesada en otras maneras de pensar. Eso es lo que uno hace cuando estudia, una de las cosas, en cualquier caso. Uno ve ideas, intenta ver ideas, con los ojos de otra persona. Ve lo que se siente al creer en lo que creen ellos.

—Es despreciable.

—¿Qué? ¿La filosofía?

—Si la filosofía dice que yo no existo, sí, la filosofía es despreciable. Yo existo. Todos nosotros, los daimonions, y otras cosas también... otras entidades, como dirían tus filósofos..., existimos. Tratando de creer en esos desatinos nos vais a matar.

—Mira, si lo calificas de desatinos, ni siquiera empiezas a establecer un compromiso intelectual. Te rindes de entrada. Tú has renunciado a argumentar de manera racional. Tanto daría que te pusieras a arrojar piedras.

Pan le dio la espalda. No dijeron nada más mientras iban a desayunar. Aquel iba a ser otro día de mutismo. Él quería decirle algo sobre aquel cuaderno de la mochila, el que contenía nombres y direcciones, pero, a raíz de la discusión, se lo guardó para sí.

Después del desayuno, Lyra examinó la pila de ropa pendiente de lavar y, después de exhalar un hondo suspiro, se dispuso a remediar la situación. El St. Sophia's tenía una lavandería llena de máquinas donde las señoritas podían lavar su ropa, ya que se consideraba que eso era mejor para forjar su carácter que el hecho de darla a lavar a los criados, tal como hacían los jóvenes caballeros del Jordan.

Estaba sola en la lavandería, porque casi todas sus amigas se iban a casa a pasar la Navidad y se llevaban la ropa para que se la lavaran allí. La condición de huérfana de Lyra, que solo contaba con un colegio universitario masculino como hogar, había suscitado la compasión de diversas amigas en años sucesivos, de modo que había pasado varias Navidades en las casas de distintas chicas, interesada por ver cómo era un hogar familiar, ser bien acogida, dar y recibir regalos, y participar en todos los juegos y salidas de la familia. A veces, había algún hermano con el que coquetear; otras se había sentido desplazada en aquel clima de íntima y enfática alegría; en alguna ocasión, había tenido que soportar un montón de preguntas molestas sobre su insólita trayectoria. Al final siempre volvía, con gusto, a la calma y la quietud del Jordan College, donde solo quedaban unos cuantos profesores y sirvientes. Ese era su hogar.

Los profesores eran afables, aunque distantes, absortos en sus estudios. Los sirvientes prestaban atención a las cosas importantes e inmediatas, como la comida, los buenos modales o los pequeños trabajos gracias a los cuales podía ganar un poco de dinero, como pulir los objetos de plata. Una de las personas del cuerpo de empleados del Jordan College cuya relación había ido evolucionando con el curso de los años era la señora Lonsdale. La llamaban el «ama de llaves», pese a que ese puesto no era habitual en la mayoría de centros universitarios. En realidad, una parte de su cometido consistía en velar para que la pequeña Lyra fuera limpia y bien vestida, que supiera decir «por favor» y «gracias», y ese tipo de cosas, y que en los otros *college* no tuvieran ninguna Lyra.

Ahora que su pupila era capaz de vestirse sola y había aprendido suficientes modales para desenvolverse, la señora Lonsdale se había tranquilizado bastante. Se había quedado viuda muy joven; como no tenía hijos, se había convertido en una pieza tan fundamental del centro que no había forma de imaginarlo sin ella. Nadie había tratado nunca de definir exactamente sus funciones y a aquellas alturas habría sido tarea imposible intentarlo. Incluso el enérgico tesorero nuevo había tenido que renunciar al cabo de un par de tentativas y reconocer su poder e importancia. No obstante, ella nunca adquiría el poder por mera ambición. El tesorero era consciente, al igual que el resto de los empleados de servicio y al igual que todo el personal académico y el decano, de que la señora Lonsdale siempre utilizaba su considerable influencia para apuntalar el colegio y para cuidar de Lyra. A punto de cumplir los veinte años, la misma Lyra había empezado a darse cuenta de ello.

Había tomado por costumbre ir a ver de vez en cuando a la señora Lonsdale a su salón para charlar, pedirle consejo o llevarle algún pequeño regalo. La mujer mantenía el mismo hablar corrosivo que cuando Lyra era pequeña. Por supuesto, había cosas de las que Lyra nunca le habría hablado, pero se podía decir que, en la medida de lo posible, había surgido una amistad entre ellas. Además, Lyra había advertido que la señora Lonsdale, como también le había sucedido con otras personas que le habían parecido imponentes, todopoderosas e intemporales de niña, no era tan vieja como creía. Todavía habría podido tener hijos. En todo caso, ese era un tema del que, desde luego, nunca iban a hablar las dos.

Después de llevar la ropa limpia al Jordan y haber efectuado otro viaje para cargar con todos los libros que iba a necesitar para las vacaciones, fue al mercado y gastó una parte del dinero ganado puliendo plata en una caja de bombones, tras lo cual fue a visitar a la señora Lonsdale en un momento en que sabía que estaría tomando el té en su salón.

—Hola, señora Lonsdale —saludó, y la besó en la mejilla.

—¿Y a ti qué te pasa? —dijo la señora Lonsdale.

—Nada.

—No intentes mentirme. Algo pasa. ¿Es ese Dick Orchard que te está enredando?

—No, hemos terminado con Dick —respondió Lyra, sentándose.

—De todas formas, es un chico muy guapo.

—Sí, no digo que no —concedió Lyra—, pero al final se nos acababan los temas de conversación.

—Sí, suele pasar. Pon la hervidora en el fuego, querida.

Lyra cogió la renegrida hervidora de la plancha del hogar y la colocó sobre el trébede mientras la señora Lonsdale abría la caja de bombones.

—Aaah, qué bien —exclamó—. Trufas de Maidment. Me extraña que quedara alguna después del banquete del Jordan. Cuéntame en qué has andado. Quiero saberlo todo de tus ricas y sofisticadas amigas.

—No tan ricas ya, al menos algunas —respondió Lyra.

A continuación le habló de las dificultades del padre de Miriam y del otro punto de vista sobre el asunto que le había presentado el señor Cawson el día anterior.

—Agua de rosas —dijo la señora Lonsdale—. Mi abuela la fabricaba ella misma. Tenía una gran cazuela de cobre que llenaba con rosas y agua de manantial, y luego lo hacía hervir y destilaba el vapor, o como se llame. Se hace pasar por un montón de tubos de vidrio y se deja que se vuelva a convertir en agua, y ya está. Ella también hacía agua de lavanda. A mí me parecía mucha complicación, cuando uno puede comprar el agua de colonia a buen precio en Boswell's.

—El señor Cawson me dio una botellita de esa agua de rosas especial, y era..., no sé..., muy densa y concentrada.

—Attar de rosas, así lo llaman. Aunque puede que sea algo diferente.

—El señor Cawson no sabía por qué cuesta tanto encontrarlo ahora. Dijo que el doctor Polstead igual lo sabía.

—¿Por qué no se lo preguntas?

—Es que... —Lyra torció el gesto.

—¿Qué?

—No creo que el doctor Polstead tenga muy buen concepto de mí.

—¿Por qué no?

—Porque cuando intentaba enseñarme, hace unos años, fui desconsiderada con él, probablemente.

—¿Qué significa eso de «probablemente»?

—Que no nos llevábamos bien. Yo creo que a uno tienen que gustarle los profesores que tiene. Bueno, si no gustar, sentir alguna afinidad con ellos. Yo no tengo nada en común con él. Me siento incómoda a su lado y creo que a él le ocurre lo mismo.

La señora Lonsdale sirvió el té. Estuvieron charlando un poco más, sobre las intrigas de la cocina del colegio, presididas por las disputas que mantenían el chef principal y el encargado de la repostería; sobre el abrigo que se había comprado la señora Lonsdale y la necesidad de que Lyra adquiriera uno también; acerca de las amigas que Lyra tenía en el St. Sophia's y sobre la adoración que le inspiraba el guapo pianista que acababa de tocar en la ciudad.

En un par de ocasiones, Lyra se planteó hablarle del asesinato, de la cartera y la mochila, pero se contuvo. No había nadie que pudiera ayudarla con eso, salvo Pan, y todo apuntaba a que no iban a hablar mucho de lo que fuera durante un tiempo.

De vez en cuando, la señora Lonsdale dedicaba una ojeada a Pantalaimon, que permanecía acostado en el suelo fingiendo dormir. Lyra adivinaba lo que pensaba: «¿A qué viene esa tirantez? ¿Por qué no os dirigís la palabra?». No obstante, resultaba complicado hablar de eso en presencia de Pan, lo cual era una lástima, porque a Lyra le constaba que el ama de llaves aportaría unas buenas dosis de agudeza y sentido común sobre el asunto.

Al cabo de una hora, cuando estaba a punto de despedirse, alguien llamó a la puerta. Luego la empujó sin aguardar respuesta, cosa que sorprendió a Lyra, y después su sorpresa fue aún mayor al constatar que el recién llegado era precisamente el doctor Polstead.

Entonces sucedieron varias cosas a la vez.

Pan se levantó, como espantado, y saltó al regazo de Lyra, que lo rodeó de forma automática con los brazos.

—Ah…, Lyra…, disculpa… —dijo el doctor Polstead, de lo que ella dedujo que tenía por costumbre entrar en aquella habitación, que el ama de llaves era amiga suya y que esperaba encontrarla sola.

—Perdona, Alice —añadió, dirigiéndose a la señora Lonsdale—. Volveré más tarde.

—No seas tonto, Mal —le contestó ella—. Siéntate.

Sus daimonions (un perro en el caso de ella, y un gato en el de él) se rozaron la nariz con gran familiaridad y afecto. Pan los miraba con agresividad y Lyra notó bajo las manos una carga casi ambárica en su piel.

—No —declinó el doctor Polstead—. No hay prisa. Te veré después.

Estaba claro que la presencia de Lyra lo incomodaba, y su daimonion observaba a Pan con una extraña intensidad. Pan temblaba en el regazo de Lyra. El doctor Polstead se volvió y se marchó, ocupando con su gran corpulencia casi todo el hueco de la puerta. Su daimonion se fue tras él. En cuanto se cerró la puerta, Lyra sintió que aquella carga ambárica abandonaba la piel de Pan, como el agua que se desagua de un estanque.

—¿Qué pasa, Pan? —preguntó—. ¿Qué te ocurre?

—Te lo diré después —murmuró él.

—¿Y eso de Alice y Mal? —preguntó, volviéndose hacia la señora Lonsdale—. ¿De qué va todo eso?

—No es asunto de tu incumbencia.

Lyra nunca había visto abochornada a la señora Lonsdale. Habría jurado que era algo imposible. El ama de llaves estaba incluso ruborizada cuando se volvió de espaldas para atizar el fuego.

—Ni siquiera sabía que se llamaba Alice —prosiguió Lyra.

—Te lo habría dicho si me lo hubieras preguntado.

—Y eso de Mal… Yo no lo veía como Mal. Sabía que la letra inicial de su nombre era M, pero pensaba que era Matusalén.

Recuperando la compostura, la señora Lonsdale se volvió a sentar en el sillón y juntó las manos en el regazo.

—Malcolm Polstead es el hombre más bueno y más valiente que conocerás en tu vida, muchacha —declaró—. De no haber sido por él, tú no estarías aquí ahora.

—¿A qué se refiere? —preguntó Lyra, desconcertada.

—Le dije muchas veces que deberíamos contártelo, pero nunca parecía que fuera el momento oportuno.

—¿El qué? ¿De qué habla?

—De algo que ocurrió cuando eras muy niña.

—¿Y qué fue?

—Deja que hable primero con él.

—Si es algo que tiene que ver conmigo, debería saberlo —insistió Lyra, con mala cara.

—Ya lo sé. Tienes razón.

—Entonces... ¿por qué...?

—Déjalo de mi cuenta y hablaré con él.

—¿Y cuánto va a tardar? ¿Otros veinte años?

La antigua señora Lonsdale habría replicado: «No emplees ese tono conmigo, niña», y habría acompañado esas palabras de una bofetada. La nueva, aquella que se llamaba Alice, se limitó a sacudir levemente la cabeza.

—No —respondió—. Podría contarte toda la historia, pero no lo haré hasta que él esté de acuerdo.

—Salta a la vista que está molesto con eso, aunque para mí es más molesto todavía. Nadie debería mantener en secreto algo que tenga que ver con uno.

—No es nada de lo que nadie se tenga que avergonzar. Bájate del burro de una vez.

Lyra se quedó un poco más, pero el ambiente ya no era tan caluroso como antes. Se despidió con un beso del ama de llaves y se fue. Mientras cruzaba el oscuro patio del Jordan, Lyra consideró la posibilidad de cruzar la calle para ir al Durhan College a preguntar directamente al doctor Polstead, pero no bien se lo empezó a plantear, notó que Pan se ponía a temblar en su hombro.

—Bueno, me vas a explicar de una vez qué es lo que pasa —dijo—, y no me vengas con excusas.

—Entremos primero.

—¿Por qué?

—Nunca se sabe quién podría escuchar.

Las campanas del colegio dieron las seis cuando cerró la puerta de su antigua sala de estar. Después de depositar a Pan en la alfombra, se sentó en el hundido sillón y encendió la lámpara de la mesa, que aportó con su luz una cierta calidez a su alrededor.

—Tú dirás —lo apremió.

—La otra noche cuando salí…, ¿no notaste algo? ¿No te despertaste?

—Sí, sí —reconoció tras un instante de reflexión—. Solo fue un momento. Creí que fue cuando presenciaste el asesinato.

—No. Sé que no fue entonces porque habría notado que te despertabas. Fue después, cuando volvía al St. Sophia's con la cartera de ese hombre. Fue…, eh…, es que alguien me vio.

Lyra notó una inmediata opresión en el corazón. Sabía que aquello iba a pasar. Pan se amedrentó al ver la expresión de su cara.

—El caso es que no era una persona —añadió.

—¿A qué diablos te refieres? ¿Quién era entonces?

—Era un daimonion. Otro daimonion, separado igual que nosotros.

Lyra sacudió la cabeza. Aquello no tenía pies ni cabeza.

—No hay nadie más como nosotros, excepto las brujas —afirmó—. Y ese hombre muerto. ¿Era el daimonion de una bruja?

—No.

—¿Y dónde fue eso?

—En los parques. Era…

—¿Sí?

—Era el daimonion del doctor Polstead, el gato. No me acuerdo de su nombre. Por eso antes…

Lyra se quedó sin respiración, incapaz de hablar.

—No me lo creo —dijo por fin—. No me lo creo. ¿Ellos se pueden separar?

—Pues el gato iba solo. Y me vio. Aunque no estaba seguro de que fuera él hasta que ha entrado antes en la habitación. Ya ves cómo me ha mirado. Quizá tampoco estaba seguro de que fuera yo hasta ese momento.

—Pero ¿cómo pueden…?

—La gente sabe que existe la separación. Hay otra gente. El hombre al que atacaron, cuando su daimonion me vino a buscar, le dijo que yo estaba separado. Y él sabía lo que significaba y me dijo que la cartera la llevara a mí…, que te la llevara a ti.

Lyra sintió otro mazazo en el corazón, al caer en la cuenta de lo que debía de haber percibido el daimonion del doctor Polstead.

—Te vio corriendo de regreso al St. Sophia's llevando la cartera. Debió de pensar que la habías robado. Creen que somos unos ladrones.

Se hundió en el sillón y se tapó los ojos con las manos.

—Eso no podemos remediarlo —contestó Pan—. Nosotros sabemos que no lo somos y ellos tendrán que creernos.

—Ah, ¿así de fácil? ¿Y cuándo se lo vamos a decir?

—Entonces se lo diremos a la señora Lonsdale, a Alice. Ella nos creerá.

Lyra se sentía demasiado cansada para hablar.

—Ya sé que no es un buen momento... —dijo Pan, sin concluir la frase.

—¿En serio? Oh, Pan.

Lyra nunca se había sentido tan decepcionada, y Pan lo advirtió.

—Lyra, yo...

—¿Pensabas decírmelo siquiera?

—Sí, claro, pero...

—No te molestes ahora. Mejor no digas nada. Tengo que cambiarme. Solo me faltaba eso, la verdad.

Se desplazó con desánimo al dormitorio y eligió un vestido. Tenían que asistir a una cena con el decano antes de volver a hablar.

Durante las vacaciones o en las noches como aquella, la cena en el Jordan College no era un acto tan formal como durante el trimestre. A veces, en función del número de profesores presentes, ni siquiera se servía en la Gran Sala, sino en un pequeño comedor situado encima de la cantina.

De todos modos, Lyra prefería comer con el servicio. Ese era uno de los privilegios de su particular posición: poder moverse en cualquiera de los círculos que componían la compleja ecología del lugar. Los graduados universitarios se habrían sentido, o se les habría hecho sentir, en su opinión, incómodos en compañía del personal de cocina o de los porteros, pero Lyra se sentía tan a gusto con ellos o con los jardineros o los carpinteros como con los empleados de mayor rango, como el señor Cawson o la señora Lonsdale, o con el decano y sus invitados. En ciertas ocasiones, esos invitados (políticos, hombres de negocios, altos funcionarios o cortesanos) traían consigo una amplitud de conocimientos y un mundo de experiencia muy distintos de la especialización académica del profesorado, que era profunda, pero estrecha.

Y no eran pocos los visitantes llegados del ámbito exterior que quedaban sorprendidos por la presencia de aquella joven, de apariencia tan confiada, tan ansiosa por oír lo que podían explicarle del mundo. Lyra había descubierto cómo tenía que escuchar, responder y alentar a aquellas personas para que dijeran más de lo que se proponían, para que fueran indiscretas. Le sorprendió averiguar el gran número de hombres astutos y mundanos (y mujeres también) que parecían disfrutar con la sensación de revelar pequeños secretos, pequeños atisbos del trasfondo de las maniobras políticas o las fusiones de empresas. Aunque no hacía nada con el conocimiento que adquiría de esa forma, era consciente de que, en algunas ocasiones, un profesor del colegio que escuchaba en las proximidades, un economista, un filósofo o un historiador tal vez, le agradecía que propiciara un par de pequeñas revelaciones que de otro modo no habría logrado conseguir por sí mismo.

La única persona que parecía incómoda con su habilidad diplomática y a veces hasta con su propia presencia era el decano del colegio: el nuevo decano, tal como lo consideraban todavía algunos (de manera indefinida tal vez). El antiguo decano, que había demostrado un interés especial por ella y siempre había reafirmado su derecho a llevar aquella extraña vida en el colegio sin formar parte de él (o formando parte de él, sin estar siempre allí), había fallecido un año atrás, a una edad avanzada, gozando, en general, de una gran estima e incluso afecto.

El nuevo decano, el doctor Werner Hammond, no era un erudito del Jordan, ni siquiera de Oxford, sino un hombre de negocios proveniente del ámbito de la industria farmacéutica, que había tenido una distinguida carrera como profesor de química antes de convertirse en presidente de una de las grandes empresas médicas e incrementar de forma considerable sus ingresos y poder. Ahora que había vuelto a los círculos académicos, nadie podía decir que fuera un intruso allí; hacía gala de una erudición impecable, un tacto sin tacha y un concienzudo e irreprochable conocimiento de la historia y tradiciones del Jordan. Aun así, algunos miembros más antiguos del personal docente, que encontraban sospechosa tanta excelencia, se preguntaban si el cargo de decano del colegio era la auténtica culminación de su carrera o una catapulta hacia un puesto incluso superior.

Lo único que no había acabado de comprender del Jordan College era a Lyra. El doctor Hammond nunca había conocido a nadie parecido a aquella extraña joven tan dueña de sí misma que habitaba en el colegio como si fuera un pájaro salvaje que había elegido hacer su nido en un rincón del tejado del oratorio, entre las gárgolas, y que por entonces gozaba del afecto protector de todo el personal de la institución. Se interesó por conocer el proceso que había llevado a aquella situación; efectuó indagaciones; consultó a los empleados de mayor edad; y, la semana anterior al final del trimestre, mandó una nota a Lyra en la que la invitaba a cenar en los aposentos del decanato la noche posterior al banquete.

La invitación causó cierto desconcierto en Lyra, pero no preocupación. Era lógico que quisiera hablar con ella, o más bien escucharla, probablemente. Seguro que había un montón de cosas de las que ella podía ponerlo al corriente y que le serían de utilidad. Cuando el señor Cawson la informó de que ella iba a ser la única invitada, se extrañó un poco, pero el mayordomo no pudo aclararle nada acerca de las intenciones del decano.

El señor Hammond la recibió con gran amabilidad. Era delgado, de pelo cano y llevaba unas gafas sin montura y un traje gris de impecable corte. Su daimonion, un pequeño y elegante lince, se instaló frente a la chimenea con Pantalaimon e inició con él una fluida conversación. Después de ofrecerle un jerez, el decano empezó a hacerle preguntas sobre sus estudios, su trayectoria escolar y su vida en el St. Sophia's College. También se interesó por las clases privadas que recibía con *dame* Hannah Relf, le contó que la había conocido en Múnich, en una reunión de empresa, le confió que la tenía en gran estima y le explicó que había sido clave en unas complejas negociaciones que habían permitido el cierre de un pacto comercial internacional con una remota región de Oriente Próximo. Con la impresión de que aquello no concordaba con la personalidad de Hannah, Lyra se hizo el propósito de consultarla sobre el asunto.

Durante la cena, que sirvió uno de los miembros del personal particular del decano a quien Lyra no había visto nunca, esta intentó indagar en la trayectoria profesional del decano, sus antecedentes y cuestiones similares. En realidad, solo le daba conversación por mera educación, pues ya había llegado a la conclusión de que, pese a su inteligencia y cortesía, era un hombre aburrido. Apenas le interesó saber si estaba soltero o viudo, dada la evidente inexistencia de ninguna señora Hammond. El antiguo decano era soltero, pero no había ninguna norma que impidiera que el decano estuviera casado. Una esposa agradable y algún hijo menor habrían aportado vida al centro. El señor Hammond era bastante presentable, todavía joven como para complementar de esa manera su hogar, pero evitó responder a las preguntas de Lyra con gran habilidad, sin dejar entrever en lo más mínimo que las considerase inoportunas.

Después, a la hora del postre, se hizo evidente el objetivo de la cena.

—Lyra, yo quería preguntarte sobre tu situación aquí en el Jordan College —inició la cuestión el decano.

Ella sintió una tenue sensación, como un temblor en el suelo.

—Es muy poco habitual —prosiguió con afabilidad él.

—Sí —acordó ella—. Soy muy afortunada. Mi padre me dejó aquí, por así decirlo, y ellos..., bueno, me soportaron.

—¿Cuántos años tienes ahora? ¿Veintiuno?

—Veinte.

—Tu padre, lord Asriel —dijo.

—Exacto. Era un investigador del colegio. El doctor Carne, el antiguo decano, fue una especie de tutor para mí, se puede decir.

—En cierto modo —convino él—, aunque no parece que hubiera tomado nunca una disposición legal en ese sentido.

¿Para qué quería aclarar eso?, se preguntó, sorprendida.

—¿Tiene alguna importancia ahora que está muerto? —preguntó con cautela.

—No. Pero sí podría tener alguna repercusión en cómo evolucionen las cosas en el futuro.

—Me parece que no lo entiendo.

—¿Conoces el origen del dinero con el que se costea tu manutención?

Otro leve temblor de tierra.

—Sé que mi padre dejó algo de dinero —repuso—. No sé cuánto ni si alguien se ocupó de él. Son cuestiones que nunca me planteé. Supongo que pensé que todo estaba... bien. Quiero decir que..., supongo que pensaba que... Doctor Hammond, si me permite preguntarle por qué hablamos de este asunto...

—Porque el colegio, y yo en cuanto decano, ejercemos como *in loco parentis* con respecto a ti. De manera informal, porque tú nunca has estado realmente *in statu pupillari*. Es mi obligación mantenerme al tanto de tu situación hasta tu mayoría de edad. Había una suma de dinero destinada a tus gastos, a tu alojamiento y demás. Sin embargo, no fue tu padre quien la desembolsó. Se trataba del dinero del doctor Carne.

—¿De verdad?

Lyra se sentía casi estúpida, como si hubiera tenido que estar enterada de esa cuestión desde hacía mucho e ignorarlo fuera una negligencia por su parte.

—¿Así que nunca te lo dijo? —preguntó el decano.

—Ni una palabra. Me dijo que cuidarían de mí y que no tenía de qué preocuparme, de modo que no me preocupé. En cierta manera, creía que todo el colegio... cuidaba de mí, más o menos. Sentía que esta era mi casa. Era muy niña y uno no se plantea determinadas cosas... ¿Y siempre se trató de su dinero y no del de mi padre?

—Corrígeme si me equivoco, pero creo que tu padre llevaba una existencia de investigador independiente, de forma bastante precaria. Desapareció cuando tú tenías... trece años, ¿no?

—Doce —precisó Lyra, con un nudo en la garganta.

—Doce. Debió de ser entonces cuando el doctor Carne decidió reservar una suma de dinero destinada a ti. Aunque no era un hombre rico, había suficiente. Se encargaban de ella los asesores del colegio, que invertían con tino y pagaban una cantidad periódica al colegio para tu alojamiento y manutención y otros gastos. Aun así, debo decirte, Lyra, que los intereses de ese capital nunca fueron del todo suficientes. Según parece, el doctor Carne siguió financiándolo con sus ingresos y el dinero que colocó inicialmente con el asesor destinado a ti se ha agotado ya.

Lyra dejó la cuchara en el plato. De repente, las natillas le resultaban incomibles.

—¿Cómo...? Disculpe, pero me viene de nuevo una pregunta —dijo.

—Desde luego. Es comprensible.

Lyra deslizó los dedos entre el pelo de Pan, que se había subido a su regazo.

—Eso representa... ¿que me voy a tener que ir? —preguntó.

—¿Estás en el segundo año de carrera?

—Sí.

—Aún te queda otro para terminar. Es una lástima que nadie te informara de esto antes, Lyra, para que no te cogiera desprevenida.

—Supongo que yo también debí preguntar.

—Eras muy joven, y los niños toman las cosas tal como vienen. No es culpa tuya y sería muy injusto exponerte a las consecuencias de algo que no pudiste prever. Verás, yo te propongo esto: el Jordan College financiará el resto de tu educación en el St. Sophia's. En lo concerniente a tu alojamiento al margen del trimestre escolar, puedes seguir viviendo, desde luego, aquí en el Jordan, que es al fin y al cabo tu único hogar, hasta que te gradúes. Tengo entendido que empleas otra habitación aparte de un dormitorio, ¿no es así?

—Sí —confirmó, con una debilidad en la voz que la sorprendió.

—Bien, eso nos plantea un pequeño problema. Verás, las habitaciones de esa escalera se necesitan para los estudiantes, para los jóvenes del Jordan. Para eso se construyeron, ese es el uso que siempre se pretendió darles. Las habitaciones que tú ocupas podrían acoger a dos estudiantes de primer curso que actualmente tienen que vivir fuera del colegio, lo cual no es ideal. Podríamos, movidos por la necesidad, pedirte que usaras solo una habitación, con lo cual quedaría la otra libre para un joven, pero hay que tener en cuenta cuestiones de decoro, de honestidad podríamos decir, que lo hacen inadecuado...

—En la misma escalera han vivido siempre estudiantes —señaló Lyra—, y nunca se ha considerado inadecuado.

—Pero no en el mismo rellano. No sería factible, Lyra.

—Además, yo solo estoy aquí en las vacaciones —agregó, con un asomo de desesperación—. Durante el trimestre vivo en el St. Sophia's.

—Por supuesto, pero que tus pertenencias estén en esa habitación imposibilitaría que un joven estudiante acabara de sentirla como propia. Lyra, esto es lo que el colegio está en condiciones de ofrecerte. Hay una habitación... bastante pequeña, debo reconocerlo..., encima de la cocina, que en la actualidad se utiliza como almacén. El tesorero tomará las disposiciones para que amueblen y pongan a tu disposición esa habitación durante el resto de tus estudios. Puedes vivir aquí tal como lo has hecho toda tu vida, hasta que te gradúes. Nosotros nos haremos cargo del alquiler y de las comidas durante las vacaciones. Debes comprender, no obstante, que estas son las condiciones a partir de ahora.

—Comprendo —dijo.

—Quería preguntarte... ¿Tienes algún otro familiar?

—Ninguno.

—Tu madre...

—Desapareció al mismo tiempo que mi padre.

—¿Y no tienes ningún pariente por su parte?

—No que yo sepa. Aunque... creo que quizá tenga un hermano. Alguien me lo dijo una vez, pero no sé nada de él y nunca se ha puesto en contacto conmigo.

—Ah. Lo siento.

Lyra trató de coger una cucharada de postre, pero le temblaba la mano, de modo que desistió.

—¿Te apetece un café? —ofreció el decano.

—No, gracias. Creo que debería irme. Gracias por la cena.

El hombre se puso en pie, con actitud formal, elegante, compasiva, con su hermoso traje gris y su cabello plateado. Su daimonion acudió a su lado; Lyra rodeó a Pan con los brazos mientras se levantaba.

—¿Quiere que cambie de habitación enseguida? —dijo.

—Hacia el final de las vacaciones, si es posible.

—Sí, de acuerdo.

—Y algo más, Lyra. Estás acostumbrada a cenar en el comedor principal, a aceptar la hospitalidad del profesorado, a ir y venir a tu antojo como si tú misma fueras un profesor. Me han llegado voces de varias personas, y a quienes debo darles la razón, que opinan que este comportamiento ya no es apropiado. Vivirás entre el personal de servicio. Y vivirás, por así decirlo, como uno de ellos. Ya no sería correcto que vivieras en condiciones de igualdad social con el cuerpo académico.

—Desde luego que no —dijo ella, con la impresión de que debía de estar soñando.

—Me alegra que lo entiendas. Seguramente, hay cosas sobre las que tienes que reflexionar. Si te sirve de alguna ayuda hablar conmigo, plantearme alguna pregunta, no dudes en hacerlo.

—No, no será necesario. Gracias, doctor Hammond. A partir de ahora no tengo ninguna duda de cuál es mi sitio y cuándo me voy a tener que ir. Siento haber causado complicaciones durante tanto tiempo. Si el doctor Carne me hubiera podido explicar las cosas con la misma claridad que usted, me habría dado cuenta antes de que he sido una carga y le habría ahorrado la molestia de tener que decírmelo. Buenas noches.

Había usado su voz apocada y su mirada inocente de ojos muy abiertos, y comprobó con secreto regocijo que todavía surtían efecto, porque el decano no supo cómo reaccionar.

Le dirigió tan solo una somera y rígida inclinación, y ella se marchó sin añadir nada más.

Regresó despacio por el patio principal y se detuvo a mirar la ventana de su dormitorio, recortada sobre la mole cuadrada de la torre de la portería.

—Qué te parece —dijo.

—Ha sido algo cruel.

—No sé. Si ya no queda dinero... No sé.

—No me refería a eso. Ya sabes a qué me refiero, a eso del personal de servicio.

—No tiene nada de malo ser un sirviente.

—Sí, y eso de las «voces de varias personas», ¿qué? No creo que ningún profesor del colegio querría que nos traten así. Simplemente, pretendía desviar la culpa sobre ellos.

—Bueno, ya sabes que de nada nos va a servir quejarnos. De nada.

—No me estaba quejando. Solo estaba...

—Sea lo que sea, mejor será que pares. Hay cosas que sí causan tristeza, como lo de las habitaciones... Ya conocemos ese cuartito de encima de la cocina. No tiene ni siquiera ventana. De todas formas, deberíamos haber despertado antes, Pan. Ni siquiera se nos ocurrió pensar ni una vez en el dinero, excepto en el que ganaba puliendo la plata y cosas así. Tenía que haber gastos a la fuerza, porque la comida y las habitaciones cuestan dinero... Alguien lo estuvo pagando durante todo ese tiempo y nosotros no pensamos en eso.

—Dejaron que se acabara el dinero y no nos lo dijeron. Deberían habernos avisado.

—Sí, puede que sí. Pero a nosotros se nos debería haber ocurrido preguntar..., preguntar quién corría con los gastos. Aunque estoy segura de que el antiguo decano dijo que lord Asriel había dejado mucho. Estoy segura.

Con una inusitada debilidad en las piernas, tropezó dos o tres veces al subir las escaleras de su dormitorio. Se sentía magullada y perturbada. Una vez acostada en la cama, con Pan ovillado encima de la almohada, apagó la luz de inmediato y permaneció mucho rato despierta antes de conciliar el sueño.

7

Hannah Relf

A la mañana siguiente, Lyra despertó nerviosa, con aprensión a la hora de bajar a desayunar. Entró discretamente en el comedor de servicio y se sirvió gachas, sin mirar a su alrededor. Solo sonreía e inclinaba la cabeza cuando alguien la saludaba. Se sentía como si hubiera despertado atada con cadenas y no se pudiera liberar, de tal modo que tenía que cargar con ellas adonde quiera que fuera, como un estigma.

Después del desayuno se fue por la portería, porque no quería volver a las pequeñas habitaciones que habían constituido su hogar. Se sentía falta de energía y de vida, demasiado apenada para ir a pedir una plaza vacante en el depósito de correos para el periodo de vacaciones, tal como le había dicho a Dick. El portero la llamó.

—Una carta para ti, Lyra —anunció—. ¿Quieres llevártela ahora o recogerla después?

—Ah, gracias.

Era un sobre sencillo, con su nombre escrito en una letra nítida y fluida que identificó como la de *dame* Hannah Relf. En su pecho brotó un pequeño manantial de gratitud, pues consideraba a aquella señora una auténtica amiga, pero enseguida se secó. ¿Y si le comunicaba que iba a empezar a tener que pagarle por las clases de aletiómetro que le daba? ¿Cómo iba a conseguir el dinero?

—Ábrela, tonta —la instó Pan.

—Sí —dijo.

En la tarjeta que había dentro ponía: «Querida Lyra, ¿podrías pasar a verme esta tarde? Es importante. Hannah Relf».

Lyra se quedó observándola, aturdida. ¿Esta tarde? ¿A qué tarde se refería? ¿No tendría que haber enviado la carta el día anterior? Lo cierto era que la fecha de la tarjeta correspondía a ese mismo día.

Volvió a mirar el sobre. No se había percatado de que no tenía sello, ni de que en la esquina superior izquierda había especificado: «Entrega en mano».

Se volvió hacia el portero, que estaba distribuyendo otras cartas en un casillero.

—Bill, ¿cuándo ha llegado esto? —preguntó.

—Hará cosa de media hora. Lo han entregado en mano.

—Gracias...

Guardó la carta en el bolsillo y retrocedió por el patio y entró en el Jardín de los Académicos. La mayoría de los árboles estaban desnudos y los macizos de flores se veían vacíos y marchitos; solo el gran cedro parecía vivo, aunque también tenía un aire aletargado. Era otro de esos días grises en los que el propio silencio se asemejaba a un fenómeno meteorológico, no la mera consecuencia de que no ocurriera nada. Era como una presencia concreta, mayor que los jardines, los colegios universitarios y la vida.

Lyra subió los escalones de piedra de un terraplén de un extremo del jardín. Una vez arriba, se sentó en el banco que alguien había colocado allí mucho tiempo atrás, desde el cual se disfrutaba de una buena panorámica de Radcliffe Square.

—¿Sabes unas cosa? —dijo Pan.

—¿Qué?

—No nos podemos fiar de la cerradura de nuestra puerta.

—No veo por qué.

—Porque no nos podemos fiar de él.

—¿Ah, no?

—Pues no. No teníamos ni la menor sospecha de lo que nos iba a decir anoche. Siempre estuvo cortés y agradable. Es un hipócrita.

—¿Qué te dijo su daimonion?

—Fórmulas de paternalismo amable. Nada que tuviera la menor importancia.

—Bueno, no tenemos otra opción —concluyó, con dificultad para encontrar las palabras—. El decano necesita nuestras habitaciones. Realmente, nosotros no formamos parte del colegio. Ya no queda dinero. Él tiene que..., debe procurar... Ay, no sé, Pan. Es todo tan deprimente... Y ahora me preocupa lo que me vaya a decir Hannah.

—Bah, es una tontería.

—Ya lo sé, pero igualmente no puedo remediarlo.

Pan se fue hasta la punta del banco y luego saltó hasta lo alto de la pared de enfrente, situada nueve metros por encima de los adoquines de la plaza. Lyra sintió una punzada de miedo, pero por nada del mundo lo habría reconocido ante él. El daimonion fingió tambalearse y tropezar sobre el borde de la piedra y luego, al ver que Lyra no reaccionaba, se posó sobre el vientre adoptando una postura de esfinge, con las patas extendidas hacia delante y la cabeza erguida mirando al frente.

—Una vez que salgamos, nos quedaremos fuera —dijo—. No podremos volver a poner los pies en este sitio. Seremos forasteros.

—Sí, lo sé. Ya lo he pensado, Pan.

—¿Qué vamos a hacer entonces?

—¿Cuándo?

—Cuando se acabe todo. Cuando nos vayamos.

—Buscar un trabajo. Buscar un sitio donde vivir.

—Como si fuera tan fácil.

—Ya sé que no va a ser fácil. En realidad..., no sé..., podría ser muy fácil. De todas formas, todo el mundo debe pasar por eso. Irse de su casa, me refiero, salir y construir su propia vida.

—En el caso de la mayoría, siempre se les permite volver a su casa, se les acoge y se presta atención a cómo les va.

—Pues mejor para ellos. Pero nosotros somos diferentes. Siempre lo hemos sido. Ya lo sabes. Lo que no vamos a hacer, de ninguna manera, óyeme bien, es armar un escándalo, ni quejarnos, ni lloriquear diciendo que son injustos con nosotros. Es justo. El decano nos va a dejar quedar otro año y pico, aunque se haya acabado el dinero, y va a pagar el St. Sophia's. Eso es más que justo. Lo demás es..., bueno, dependerá de nosotros. De todas maneras, habría sido así. No íbamos a quedarnos a vivir aquí para siempre, ¿no?

—No veo por qué no. Somos un ornamento para el colegio. Deberían estar orgullosos de tenernos aquí.

Aquello provocó una fugaz sonrisa en la cara de Lyra.
—De todas maneras, puede que tengas razón con lo de la habitación, Pan, en lo de la cerradura.
—Ah.
—El aletiómetro…
—Esa es una de las cosas a las que me refería. Ya no estamos como en casa, debemos tenerlo en cuenta.
—¿Una de las cosas? ¿Cuáles son las otras?
—La mochila —respondió con contundencia Pan.
—Sí. ¡Claro!
—Supongamos que alguien entrara a fisgar y la encontrara…
—Pensarían que la hemos robado.
—O algo peor. Si supieran lo del asesinato…
—Necesitamos un sitio mejor, un lugar seguro.
—Hannah tiene una caja fuerte.
—Sí, pero ¿se lo vamos a contar?
Pan guardó silencio un instante.
—La señora Lonsdale —sugirió.
—Alice. Eso también es extraño. Están cambiando muchas cosas… Es como si se resquebrajara el hielo bajo nuestros pies.
—Debíamos habernos enterado de que su nombre de pila era Alice.
—Sí, pero eso de oírlo a él llamándola Alice…
—Quizá sean amantes.
La hipótesis era tan absurda que no merecía siquiera respuesta.
Al cabo de unos minutos, Lyra se levantó.
—Vayamos a tomar precauciones, pues —dijo, antes de encaminarse a sus habitaciones.

Cuando visitaba a Hannah Relf, tal como hacía cada semana a lo largo del trimestre escolar y con mayor frecuencia durante las vacaciones, Lyra solía llevar consigo el aletiómetro, puesto que ese era su objeto de estudio. Cuando pensaba en la despreocupación con que lo había llevado al Ártico y a otros mundos, en su negligencia, que había propiciado que se lo robaran, y en el esfuerzo y los riesgos que habían incurrido con Will para recuperarlo, se asombraba de su propia confianza, de su propia suerte. En aquel momento, no le quedaba mucho de esas cualidades.

Por ello, después de efectuar algunas modificaciones en el escondite de la mochila y correr la mesa sobre la alfombra para desorientar a quien pudiera registrar el cuarto, introdujo el aletiómetro junto con la cartera de Hassall en la bolsa que se llevó consigo al dirigirse a la casita donde vivía *dame* Hannah en Jericho.

—No creo que tenga intención de darnos otra clase —apuntó Lyra.

—Tampoco creo que haya ningún problema. Eso espero al menos.

Pese a que aún no estaba avanzada la tarde, la doctora Relf había encendido las lámparas de su salita de estar, confiriéndole así un aire alegre y acogedor frente a la creciente oscuridad de fuera. Lyra habría sido incapaz de precisar la cantidad de veces que había estado en aquella habitación, mientras Pan y el daimonion de Hannah, Jesper, charlaban tranquilamente delante de la chimenea, y ella y la doctora Relf consultaban como mínimo una docena de libros antiguos antes de volver a probar el aletiómetro, o simplemente conversaban… Entonces se dio cuenta de lo mucho que quería a aquella mujer afable y erudita, y de lo mucho que le gustaba su manera de vivir.

—Siéntate, bonita. No te inquietes —la tranquilizó Hannah—. No hay motivos para ello. Simplemente, tenemos algo de que hablar.

—Estaba preocupada —reconoció Lyra.

—Se nota. Pero ahora háblame del decano…, Werner Hammond. Sé que cenaste con él anoche. ¿Qué te quería decir?

No debía de ser nuevo para ella. Poseía una capacidad de percepción tan rápida y precisa que habría podido considerarse rayana en lo inexplicable para quien no estuviera al corriente de su habilidad para manejar el aletiómetro. Aun así, Lyra se llevó una sorpresa.

Describió, con la mayor precisión posible, cómo se había desarrollado la cena con el decano, mientras Hannah escuchaba en silencio.

—Ah, también dijo algo que había olvidado hasta ahora —añadió al final Lyra—. Dijo que la conocía a usted, que se habían visto en un acto diplomático. Aunque no especificó de qué se trataba, dijo que usted era muy inteligente. ¿Lo conoce?

—Sí, nos hemos visto. Lo poco que vi de él me bastó para saber que hay que tener mucho cuidado con ese hombre.

—¿Por qué? ¿Es deshonesto, peligroso o algo por el estilo? Estoy confundida, la verdad —confesó Lyra—. Siento como si se hubiera abierto un boquete bajo mis pies. No pude refutar lo que dijo. Me quedé de piedra... ¿Y qué es lo que sabe de él?

—Te voy a revelar algunas cosas que debería mantener en secreto, pero como te conozco bien y confío en tu capacidad para guardar un secreto si yo te lo pido, y como corres cierto peligro... Ah, ahí llegan las personas a quien estaba esperando.

Se levantó mientras sonaba el timbre de la puerta. Lyra se quedó sentada, con una sensación de vértigo. En el pequeño recibidor sonaron voces y luego Hannah regresó, con...

—Doctor Polstead —dijo Lyra—. Y... ¿señora Lonsdale? ¿Usted también?

—Alice, boba —la corrigió la señora—. Las cosas están cambiando, Lyra.

—Hola, Lyra —la saludó el doctor Polstead—. No te muevas. Me sentaré aquí.

Pan se coló detrás de las piernas de Lyra mientras el doctor Polstead se instalaba en el sofá al lado de Alice. Con una corpulencia que hacía parecer más pequeño el salón, con una afectuosa sonrisa en medio de la ancha cara rubicunda, un rostro de campesino, tal como pensó Lyra, con su cabello pelirrojo claro, del mismo color exacto que el de su daimonion gato, los recios dedos de las manos entrelazados. En el momento en que adelantó el torso con los codos apoyados en las rodillas, ella sintió como si irradiara torpeza, pese a que nunca había hecho nada torpe. Entonces se acordó del breve periodo durante el cual, unos años atrás, a él le habían adjudicado la tarea de darle clases particulares de geografía e historia económica; entonces, ambos habían experimentado la incómoda impresión de que la labor no daba sus frutos, aunque habían preferido no decir nada. Él tenía que haber dicho algo, pues, al fin y al cabo, era el adulto, pero ella era consciente de que había sido una alumna difícil, insolente a veces, y que la culpa era sobre todo suya. No habían hecho buenas migas y no hubo más remedio que interrumpir las clases. Desde entonces, habían mantenido un trato de escrupulosa educación y amabilidad, aunque para ellos era un alivio no verse más que de forma pasajera, el mínimo de tiempo imprescindible.

Claro que lo que Alice había dicho de él el día anterior..., y ahora, al verlos a ambos unidos por un evidente lazo de amistad con *dame* Hannah, cuando ninguno de ellos había dado muestras de conocer siquiera la existencia de los otros... Ciertamente, aquellos últimos días habían aflorado un montón de extraños vínculos y conexiones.

—No sabía que ustedes tres se conocían —comentó.

—Somos amigos desde hace... diecinueve años —respondió el doctor Polstead.

—Fue el aletiómetro el que me indicó cómo localizar a Malcolm —explicó Hannah, mientras entraba con una bandeja de té y galletas—. Él debía de tener unos once años.

—¿Localizarlo? ¿Lo estaba buscando?

—Estaba buscando algo que se había perdido y el aletiómetro me dirigió hacia Malcolm, que lo había encontrado. Entonces establecimos una especie de amistad.

—Comprendo —dijo Lyra.

—Para mí fue un golpe de suerte —afirmó él—. Y bien, ¿de qué han hablado hasta el momento?

—Lyra me ha explicado lo que le dijo el decano anoche. Le dijo que no había estado viviendo gracias al dinero de su padre, tal como pensaba ella, sino al del doctor Carne. Lyra, eso es verdad. El antiguo decano no quería que lo supieras, pero fue él quien corrió con todos los gastos. Tu padre no dejó ni un penique.

—¿Y usted lo sabía? —preguntó Lyra—. ¿Lo sabía desde siempre?

—Sí —confirmó Hannah—. No te lo dije porque él no quería. Además...

—Pues me da un poco de rabia —estalló Lyra—. Durante toda mi vida, la gente me ha estado ocultando cosas. No me dijeron que Asriel era mi padre y que la señora Coulter era mi madre. Imaginen lo que fue enterarme, con la sensación de que todo el mundo lo sabía y de que yo era la única tonta que lo ignoraba. Hannah, fuera lo que fuese lo que le dijo el doctor Carne, por más que le hiciera prometer algo, no estuvo bien que me lo ocultara. Tenía derecho a saberlo. Me habría hecho abrir los ojos. Me habría incitado a pensar en el dinero, a plantear preguntas al respecto y a averiguar que quedaba solo un poco. No me habría llevado una sorpresa tan horrible anoche.

Nunca le había hablado de esa forma a su vieja amiga, pero sabía que tenía razón. Hannah inclinó la cabeza y asintió.

—En defensa de Hannah, Lyra, te diré que no sabíamos lo que iba a hacer el decano.

—Sea como fuere, no debió hacer eso —declaró Alice—. Nunca me inspiró confianza, desde el momento en que llegó.

—No, es verdad —apoyó Hannah—. De hecho, Lyra, Alice tenía mucho interés en contarte todo esto mientras el antiguo decano estaba aún con vida. Ella no tiene la culpa.

—Cuando cumplieras los veintiún años —dijo el doctor Polstead— y tuvieras la edad legal para administrar tus cosas, habría salido a la luz, y me consta que Hannah tenía previsto hablar contigo antes. Se nos ha adelantado.

—Están hablando como si fueran un grupo —señaló Lyra—. ¿Y a qué se refiere con «todo esto»? Perdone, doctor Polstead, pero no lo entiendo. ¿Usted tiene algo que ver en esto? Y el otro día..., lo que dijo de usted la señora Lonsdale, Alice..., que también me tomó por sorpresa..., por el mismo motivo. Usted sabe algo de mí que yo no sé, y eso no es justo. Así pues, dígame qué tiene que ver usted, por favor.

—Esa es una de las cosas que te vamos a explicar esta tarde —repuso él—. Por eso Hannah me ha pedido que viniera. ¿Empiezo yo? —consultó, volviéndose hacia ella, que asintió con la cabeza—. Si me dejo algo importante, Hannah me lo recordará.

Lyra se inclinó hacia atrás, tensa. Pan se subió a su regazo. Alice los observaba con seriedad.

—Todo empezó por la época que acaba de mencionar Hannah —comenzó a exponer el doctor Polstead—, cuando encontré algo que iba dirigido a ella, y ella me localizó. Yo tenía once años y vivía con mis padres en la posada La Trucha de Godstow...

El relato que desplegó a continuación resultó muy extraño. Escuchándolo, Lyra sintió como si se encontrara en lo alto de una montaña mientras el viento barría nubes y bancos de niebla, dejando al descubierto un panorama cuya existencia ni siquiera sospechaba minutos atrás. Si bien algunas partes eran realmente inéditas y desconocidas, otras las había percibido a través de la niebla en una fantasmagoría que de pronto se perfilaba bajo la luz del sol. Había un recuerdo de una noche en que alguien recorría de un lado a otro un jardín iluminado por la luna, susurrándole algo mientras la sostenía en brazos, con un gran leopardo que caminaba tranquilamente a su lado. Otro recuerdo tenía como telón de fondo un jardín distinto, con luces colgadas de los árboles en medio de la noche, donde todo el mundo reía y reía de pura felicidad, y una barca. También había atisbado una tormenta y un estruendoso golpe en una puerta en la oscuridad, aunque en la narración del doctor Polstead no había ningún caballo…

—Yo creía que había un caballo —señaló Lyra.

—No hubo ningún caballo —corroboró Alice.

—Asriel nos llevó en un giróptero y aterrizó en Radcliffe Square —prosiguió Malcolm—. Y después te puso en los brazos del decano e invocó la ley de asilo académico. Esa ley nunca ha sido revocada.

—¿Qué es el asilo académico?

—Era una ley que protegía de la persecución a profesores y estudiosos.

—Pero ¡yo no era profesora ni estudiosa!

—Curiosamente, eso mismo fue lo que dijo el decano. Tu padre le contestó: «Entonces tendrá que procurar que lo llegue a ser, ¿no?». Y después se marchó.

Lyra se apoyó en el asiento, digiriendo el torbellino de ideas y emociones. ¡Había tantas cosas que no entendía! Ni siquiera sabía por dónde empezar a preguntar.

Hannah, que había estado escuchando en silencio, se inclinó para añadir otro leño al fuego. Después se levantó para correr las cortinas, tapando la oscuridad de fuera.

—Vaya —dijo Lyra—. Supongo que… Gracias. No querría parecer descortés o algo así. Gracias por haberme salvado de la inundación y todo lo demás. Esto es muy extraño. Y el aletiómetro…, este…

Lo sacó de la mochila. Después de retirar el terciopelo negro, lo dejó reposar en el regazo. El metal relució con la luz de la lámpara.

—Ese tal Bonneville, el hombre que tenía un daimonion hiena y que los perseguía, ¿era quien lo tenía? —dijo—. Cuesta creerlo. ¿De dónde lo sacó?

—Lo averiguamos mucho después —respondió Hannah—. Lo robó en un monasterio de Bohemia.

—Entonces, ¿no lo tendría que devolver allí? —preguntó Lyra.

No obstante, se le encogió el corazón al pensar en la posibilidad de perder su más preciado bien, aquel instrumento que la había ayudado a encontrar el camino de ida y vuelta del mundo de los muertos, que le había revelado la verdad sobre Will («Es un asesino») de la única manera que le hubiera permitido confiar en él, que les había salvado la vida, recompuesto la armadura del rey de los osos y realizado cientos de prodigios más. Sin querer, crispó las manos en torno a él.

—No —contestó Hannah—. Los monjes se lo habían robado a su vez a un viajero que cometió el error de buscar posada en el monasterio. Llevó un mes entero investigar el origen de tu aletiómetro y, por lo visto, estuvo pasando de manos de unos ladrones a otros durante siglos. Cuando Malcolm lo puso entre tus mantas, fue la primera vez que cambió de manos de manera honrada desde hacía siglos, y yo creo que eso provocó una interrupción en el ciclo.

—Me lo robaron una vez —puntualizó Lyra—, y luego tuvimos que robarlo para poderlo recuperar.

—Es tuyo. Y, a menos que prefieras renunciar a él, será tuyo para toda la vida —aseguró el doctor Polstead.

—Y de todas esas cosas que me ha contado... Esa hada... ¿De veras se refería a un hada? ¿No sería que la imaginaron...? No puede ser verdad...

—Sí lo era —afirmó Alice—. Se llamaba Diania. Te acercó a su pecho y te amamantó. Tú bebiste leche de hada, y aún estarías con ella si Malcolm no se las hubiera ingeniado para engañarla y conseguir que nos pudiéramos marchar.

—La riada hizo aflorar un montón de cosas extrañas —comentó Malcolm.

—Pero ¿por qué no me lo contaron antes?

Malcolm parecía un poco abochornado. Qué cara más expresiva tenía, pensó Lyra. Le daba la sensación de que era un desconocido, como si lo viera por primera vez.

—Alice y yo siempre tuvimos el propósito de hacerlo —explicó—, pero era como si nunca llegara el momento oportuno. Además, el doctor Carne nos hizo prometer que nunca te hablaríamos de Bonneville ni de nada que tuviera relación el. Era algo que formaba parte del pacto del asilo. Al principio, no lo entendimos, pero luego nos dimos cuenta de que era para protegerte. Sin embargo, la situación está cambiando muy deprisa. Ahora cedo la palabra a Hannah.

—Cuando conocí a Malcolm —explicó ella—, hice algo bastante osado. Resultó que él se encontraba en una posición ideal para recabar el tipo de información que a mí me interesaba y lo animé a hacerlo. Él a veces oía cosas en el pub de sus padres, o en otros lugares, que me merecía la pena retener. Me traía mensajes o los iba a recoger a otros lugares. Por ejemplo, me puso al corriente de una abominable organización llamada la Liga de St. Alexander, que reclutaba niños en las escuelas para que informaran al Magisterio de las actividades de sus padres.

—Parece... —dijo Lyra—. No sé, una novela de espías o algo así. Es difícil creerlo.

—Seguramente. Hay que tener en cuenta que muchas de las discusiones y luchas políticas del momento había que llevarlas a cabo de forma clandestina y anónima. Era una época peligrosa.

—¿Y ustedes llevaban a cabo acciones políticas?

—Más o menos. Aquello duró y aún no ha acabado. En cierta manera, la situación es más difícil ahora. Por ejemplo: en este momento, se va a presentar en el Parlamento un proyecto de ley denominado «Rectificación de Anomalías Históricas». Aunque lo pintan como una simple medida de renovación, para quitar de en medio muchos estatutos antiguos que ya no tienen sentido o son irrelevantes para la vida moderna, como las asignaciones del clero, o el derecho de determinadas cofradías a cazar y comer garzas y cisnes, o la recaudación de diezmos por parte de congregaciones monásticas que han dejado de existir hace tiempo..., antiguos privilegios que nadie ha utilizado durante años. El caso es que, camuflado entre las disposiciones obsoletas, se encuentra el derecho a solicitar asilo académico, que es lo que todavía te procura protección a ti.

—¿De qué me protege? —preguntó Lyra con voz temblorosa.

—Del Magisterio.

—Pero ¿por qué querría hacerme daño?

—No lo sabemos.

—Pero ¿por qué no se ha dado cuenta nadie en el Parlamento? ¿No va a presentar nadie alegaciones en contra?

—Es una medida legislativa muy complicada y prolija. Según he podido saber, salió adelante a instancias de una nueva organización que está cobrando poder en Ginebra, la Maison Juste. Tienen más influencia de lo que parece a primera vista y están conectados, según creo, con el TCD. Sea como fuere, está muy bien redactada y se necesitan ojos de lince y la paciencia de un caracol para poder rebatir algo así. Había un diputado llamado Bernard Crombie que lideraba la oposición a ese proyecto, pero falleció recientemente, en un supuesto accidente de coche.

—Lo leí —dijo Lyra—. Fue aquí en Oxford. Lo atropellaron y el conductor no paró. ¿No querría dar a entender que lo asesinaron?

—Me temo que sí —corroboró el doctor Polstead—. Sabemos lo que ocurrió, pero no podemos demostrarlo ante la justicia. La cuestión es que la protección que te envolvía desde que lord Asriel te puso en manos del decano está siendo desmantelada, de manera lenta y deliberada.

—Y lo que te dijo anoche el nuevo decano no hace más que confirmarlo —recalcó Hannah.

—O sea, que... el doctor Hammond... ¿está en el otro bando, el que sea?

—Él no forma parte del mundo universitario —destacó Alice con contundencia—. Es solo un empresario.

—Sí —convino el doctor Polstead—. Su currículo tiene importancia. Aún no estamos seguros de cómo está conectado, pero, si se aprueba esa ley, sin ir más lejos, les dará a las corporaciones empresariales la oportunidad de quedarse con un gran porcentaje de bienes cuya propiedad no ha quedado claramente establecida. En caso de disputa, se decantará en favor de quienes poseen el dinero y el poder. Hasta las ruinas del priorato de Godstow se pondrán a la venta.

—Hace solo unos días, fueron unos hombres a hacer mediciones —señaló Alice.

—Los cambios de los que te habló anoche el doctor Hammond forman parte de un plan general —aseguró Hannah—. Todo ello te hace aún más vulnerable.

Incapaz de hablar, Lyra posó la mirada en el fuego, abrazando a Pantalaimon.

—Pero él dijo... —dijo con un hilo de voz, que enseguida se hizo más audible—: Él dijo que el colegio pagaría el resto de mi educación..., la estancia en el St. Sophia's... ¿Qué es lo que pretende? ¿Que termine los estudios y consiga el título...? No lo entiendo..., no consigo entenderlo.

—Me temo que hay motivaciones más profundas —apuntó Hannah—. Malcolm te puede hablar del dinero que dejó para ti el doctor Carne, ese dinero que Hammond dijo que se había acabado.

—Al llegar a la vejez, el doctor Carne estaba algo confuso —explicó el doctor Polstead—. Y, de todas formas, él nunca fue muy fuerte en cuestiones de dinero y números. Por lo visto, lo que ocurrió fue que él puso una considerable suma en reserva... Aunque no conocemos la cantidad, normalmente debería quedar aún mucho dinero... Lo malo fue que lo convencieron para que invirtiera en unos fondos que quebraron. Fue un fracaso, causado por una pésima gestión o un propósito de ruina deliberado. El dinero no estaba en manos del asesor jurídico del colegio, al contrario de lo que te dijo el doctor Hammond. En realidad, el asesor hizo todo lo posible para impedir que el anciano decano invirtiera en esos fondos, pero se vio obligado a hacer, como es lógico, lo que quería su cliente. Es posible que conozcas al asesor del colegio. Es un hombre muy alto, bastante viejo ya, que tiene un daimonion cernícalo.

—¡Ah, sí!

Lyra se acordaba de él. Aunque no sabía exactamente quién era, siempre había sido amable y educado con ella, y había demostrado un genuino interés por sus estudios.

—Calcularon bien el momento —apuntó Alice—. Fue poco antes de que el antiguo decano empezara a chochear, el pobre, a olvidar las cosas...

—Me acuerdo —dijo Lyra—. Me daba una pena... Yo lo quería mucho.

—Mucha gente lo quería —añadió Hannah—, pero, una vez que dejó de estar en condiciones de ocuparse de sus asuntos, el asesor tuvo que asumir un rol tutelar. Si el doctor Carne hubiera querido invertir, en ese periodo, el dinero en esos fondos, se habría podido evitar.

—Un momento —dijo Lyra—. Alice ha dicho «calcularon bien el momento». ¿No querrán decir que fue intencionado...?

¿No querrán decir que ellos, el otro bando..., perdieron el dinero a propósito?

—Eso parece —repuso el doctor Polstead.

—Pero ¿por qué?

—Para perjudicarte. Tú ni siquiera habrías tenido conocimiento de ello hasta..., bueno, hasta ahora.

—Mientras el antiguo decano estaba todavía con vida..., ya estaban tratando de perjudicarme a propósito...

—Sí. Hace poco que nos hemos enterado, y fue precisamente eso lo que nos indujo a convocarte aquí y a explicártelo.

Se había quedado sin habla y fue Pantalaimon quien tomó la palabra por ella.

—Pero ¿por qué? —repitió.

—No tenemos ni idea —reconoció Hannah—. Por algún motivo, el otro bando necesita que estés en una posición vulnerable y, para preservar todo lo que es bueno y valioso, nosotros necesitamos tenerte a salvo. Tú no eres la única, sin embargo. Hay otros académicos acogidos a la protección del asilo académico. Ha sido una garantía de libertad intelectual que, por lo que parece, está en vías de desaparecer.

Lyra se pasó las manos por el cabello. No dejaba de pensar en aquel hombre del que nunca había oído hablar hasta entonces, el individuo con un daimonion hiena de tres patas que había insistido tanto para quedarse con ella cuando aún no tenía un año.

—Ese tal Bonneville ¿también era del otro bando? —preguntó—. ¿Por eso quería quedarse conmigo?

Por el semblante de Alice cruzó una pasajera expresión de asco y desprecio.

—Era un hombre complicado, en una situación complicada —respondió Hannah—. Por lo visto, era un espía, pero independiente, como un profesor no adscrito a ningún centro. En principio, era un teólogo experimental, un físico que sin apoyo de nadie había penetrado en el corazón de la sede del Magisterio, en Ginebra, y había descubierto un sinfín de cosas..., una cantidad extraordinaria de material. Estaba en la mochila que Malcolm recuperó...

—Robó —precisó él.

—De acuerdo, robó. Después, Malcolm lo trajo todo a Oxford. Lo cierto es que Bonneville se había convertido en una especie de renegado. Era psicótico, u obsesivo, o algo por el estilo... Estaba obsesionado contigo, cuando eras un bebé, por algún motivo que ignoramos.

—Yo creo que quería utilizarte como moneda de cambio —opinó el doctor Polstead—, pero luego..., bueno, al final simplemente parecía loco, perturbado. Hasta...

A Lyra le sorprendió la hondura del dolor que asomó a la cara del doctor. Miraba directamente a Alice, que le devolvió la mirada con una expresión similar. Aquejado por un repentino mutismo, el doctor Polstead posó la vista en la alfombra.

—Esta es otra de las razones por las que era tan difícil contártelo, cariño —intervino Alice—. El caso es que Bonneville me violó. Probablemente, habría ido más lejos, pero Malcolm..., Malcolm acudió a rescatarme y..., bueno, hizo lo único que podía hacer. Estábamos sin fuerzas, pensábamos que habíamos llegado al final, todo fue tan horrible y...

No pudo continuar. Su daimonion Ben apoyó la cabeza en su regazo y ella le acarició las orejas con mano temblorosa. Lyra sintió deseos de abrazarla, pero fue incapaz de moverse. Pan permanecía petrificado a sus pies.

—¿Lo único que podía hacer? —susurró.

—Malcolm lo mató —repuso el daimonion de Malcolm, Asta.

Lyra se quedó de piedra. Con la vista todavía fija en el suelo, el doctor Polstead se frotó los ojos con el dorso de la mano.

—Tú estabas arropada en la barca. Como no quería dejarte sola, Asta se quedó contigo y Malcolm vino al lugar donde Bonneville estaba... agrediéndome. Asta se quedó contigo.

—¿Se separaron? —preguntó Lyra—. ¿Y usted lo mató?

—Fue una tortura.

—¿Cuántos años tenía?

—Once.

Apenas un poco más joven que Will cuando el aletiómetro le dijo que era un asesino, pensó. Miró al doctor Polstead como si no lo hubiera visto hasta entonces. Imaginó a un robusto muchacho de pelo rojizo matando a un experto agente secreto y luego advirtió otra coincidencia: el hombre a quien había matado Will había sido un miembro del servicio secreto de su país. ¿Había otros ecos y correspondencias todavía por descubrir? El aletiómetro podría decírselo, pero tardaría demasiado. ¡Con qué rapidez lo habría averiguado antaño, haciendo correr los dedos mientras desplazaba a toda velocidad las manos por la esfera, descendiendo sin vacilar por los peldaños de significados engarzados hasta adentrarse en la oscuridad donde se hallaba la verdad!

—También tendríamos que pensar en poner eso a salvo —indicó Hannah.

—¿El aletiómetro? —contestó, asombrada, Lyra—. ¿Cómo sabía que pensaba en eso?

—Estabas moviendo los dedos.

—Ah. Voy a tener que esconderlo todo —dedujo—. Voy a tener que reprimir cada movimiento, cada palabra... No tenía ni idea. No tenía ni la menor idea de todo esto. No sé qué decir...

—Pantalaimon te ayudará.

Pero Hannah ignoraba la tensión que existía entre ambos últimamente. Lyra no había hablado con nadie del asunto. ¿Quién lo iba a entender?

—Se está haciendo tarde —señaló el doctor Polstead—. Si queremos cenar, Lyra, será mejor que volvamos al centro.

Con la sensación de que había transcurrido una semana, Lyra se levantó despacio y abrazó a Hannah, que la estrechó con fuerza y le dio un beso. Alice también se puso de pie y la imitó. Lyra le correspondió con un beso.

—Ahora hemos constituido una alianza —recalcó Hannah—. No lo olvides nunca.

—No lo olvidaré —prometió Lyra—. Gracias. Todavía me da vueltas la cabeza, la verdad. Había muchas cosas que ignoraba.

—Ha sido por culpa nuestra —reconoció el doctor Polstead—. Tendremos que compensar la omisión. ¿Vas a cenar en la Gran Sala esta noche?

—No, tengo que comer con el servicio. El decano lo dejó bien claro.

El doctor Polstead y Lyra salieron de la casa de Hannah y emprendieron el camino de regreso al centro de la ciudad a través de las calles de Jericho, aún ocupadas por numerosos viandantes, iluminados por la cálida y acogedora luz de las tiendas.

—Lyra, espero que no te olvides de que me llamo Malcolm. Y la señora Lonsdale, Alice. También podrías tutearme.

—Tardaré un tiempo en acostumbrarme.

—Te pasará lo mismo con otras cosas, me temo. Esa cuestión de comer con el servicio..., lo han hecho a propósito para humillarte. No hay ni un solo profesor que no aprecie tu presencia entre ellos. Aunque ahora forme parte del Durham, no me cabe duda.

—Dijo que le habían llegado voces de varias personas que opinan que este comportamiento ya no es apropiado

—Miente. Si alguien le dijo algo al respecto, no fue ningún miembro del profesorado.

—De todas formas, si pretende humillarme, no lo va a conseguir —declaró—. Para mí, no es ninguna humillación comer con mis amigos. Es como si fueran familiares míos. Si esa es la opinión que tiene de mi familia, peor para él.

—Estupendo.

Guardaron silencio durante un par de minutos. Lyra pensó que nunca se sentiría cómoda en presencia de ese Malcolm, pese a lo que hubiera podido hacer diecinueve años atrás.

Luego él añadió algo que incrementó su malestar.

—Esto..., Lyra, creo que tú y yo tenemos algo más de que hablar, ¿no?

8

Little Clarendon Street

—Los daimonions —repuso en voz tan baja que él apenas alcanzó a oírla.

—Sí —confirmó—. ¿Te llevaste una sorpresa tan grande como yo la otra noche?

—Me parece que sí. ¿Sabe Hannah que os podéis separar?

—Sí, pero nunca hablamos de eso. Alice también está enterada, pero nadie más. Ella nunca dirá ni una palabra. ¿Y tú?

—Nadie lo sabe —respondió. Luego tragó saliva—. Las brujas del norte pueden separarse de sus daimonions. Había una bruja llamada Serafina Pekkala que fue la primera por quien supe que podía darse tal hecho. Hace mucho, vi a su daimonion y hablé con él antes de verla a ella.

—Una vez conocí a una bruja, con su daimonion, durante la riada.

—Y hay una ciudad con un nombre árabe..., una ciudad en ruinas, habitada por daimonions sin sus personas.

—Yo también oí hablar de esa ciudad, aunque no supe si creerlo.

Siguieron caminando un trecho.

—Pero hay algo más... —empezó a decir Lyra.

—Me parece que hay... —dijo al mismo tiempo él.

—Perdón —se disculpó Lyra.

—Tú primero.

—Tu daimonion vio a Pantalaimon, y Pantalaimon lo vio a él, aunque no estaba seguro de quién era hasta ayer.

—En el cuarto de Alice.

—Sí. Lo que pasa es… Ay, qué difícil es.

—Mira atrás —le recomendó él.

Al volver la cabeza, vio lo que él ya había captado: los dos daimonions caminando el uno al lado del otro, con las cabezas juntas, absortos en una conversación.

—Es que… —quiso reanudar Lyra.

Estaban en la esquina de Little Clarendon Street, que al cabo de unos doscientos metros desembocaba en la avenida de St. Giles. El Jordan College quedaba a menos de diez minutos de allí.

—¿Tienes tiempo para ir a tomar algo? —propuso Malcolm—. Creo que necesitamos hablar en unas condiciones mejores que en la calle.

—Sí. De acuerdo —aceptó.

La *jeunesse dorée* había adoptado como lugar de moda Little Clarendon Street. Con sus tiendas de ropa cara, sus cafeterías chic, sus coctelerías y las ristras multicolores de luces ambáricas colgadas a ambos lados de la calzada, parecía emplazada en otra ciudad… Malcolm no podía haber adivinado qué hizo afluir su congoja a los ojos de Lyra en ese momento, pese a que percibió las lágrimas: era el recuerdo de la ciudad desierta de Cittàgazze, con su esplendor de luces, vacía, silenciosa, mágica, donde había conocido a Will. Se enjugó los ojos en silencio.

Él la condujo a un café con decoración de ambiente italiano, con velas colocadas en botellas forradas de paja, manteles de cuadros rojos y llamativos pósteres de destinos de viaje. Lyra miró a su alrededor con recelo.

—Es un sitio seguro —aseguró Malcolm en voz baja—. Hay otros locales donde es arriesgado hablar, pero en La luna Caprese no hay peligro.

Pidió una botella de chianti, después de consultar a Lyra si le apetecía.

—Te tengo que explicar algo —dijo Lyra, una vez que les hubieron servido el vino—. Procuraré no embrollarme. Ahora que sé lo de tu daimonion y tú, te lo puedo contar, pero a nadie más. Lo malo es que durante estos últimos días he oído tantas cosas que tengo la cabeza un poco saturada, así que, por favor, si no me expreso bien, interrúmpeme y volveré a empezar.

—Desde luego.

Empezó con la experiencia vivida por Pan la noche del lunes: la agresión, el asesinato y la cartera que le entregó el moribundo para que se la llevara a ella. Malcolm escuchaba con asombro, aunque sin escepticismo, pues sabía que aquel tipo de cosas ocurrían. Sin embargo, hubo un detalle que le pareció curioso.

—¿La víctima y su daimonion estaban al corriente del fenómeno de la separación? —preguntó.

—Sí —confirmó Pan, desde el brazo de Lyra—. No se extrañaron como habría pasado con la mayoría de la gente. En realidad, ellos también podían separarse. El daimonion debió de haberme visto posado en el árbol cuando lo atacaron y pensó que podría confiar en mí, supongo.

—Así que Pan me llevó la cartera al St. Sophia's... —prosiguió Lyra.

—Y entonces fue cuando me vio Asta —intervino Pan.

—Pero ocurrieron otras cosas entretanto y no pudimos revisarla hasta la mañana siguiente.

Colocó el bolso sobre el regazo para sacar la cartera, que entregó discretamente a Malcolm. Él advirtió las marcas de los dientes de Pan y también reparó en el olor, que Pan había descrito como de colonia barata, aunque a él le dio la impresión de algo distinto, algo más salvaje. Mientras Lyra hablaba, abrió el billetero y fue sacando, uno a uno, los papeles que contenía. La tarjeta de la biblioteca Bodleiana, la tarjeta de empleado de la universidad, los documentos diplomáticos, tan familiares para él; en cierto momento, su propia cartera había albergado un contenido similar.

—Volvía a Oxford, me parece —continuó Lyra—, porque, si uno se fija en los salvoconductos, puede reconstruir su viaje desde Sin Kiang hasta aquí. Seguramente, habría ido al Jardín Botánico si no lo hubieran atacado.

Malcolm captó otro tenue residuo del aroma de la billetera. Al aproximarla a la nariz, algo distante resonó como una campana, o relució como el sol en una cumbre nevada, durante una fracción de segundo tan solo, para luego desaparecer.

—¿Dijo algo más el hombre al que mataron?

Había dirigido la pregunta a Pan, que se quedó pensando antes de responder.

—No. No pudo. Estaba casi muerto. Me hizo sacar la cartera del bolsillo y me dijo que se la llevara a Lyra..., bueno, él no conocía su nombre, pero dijo que se la llevara a mi... Creo que pensaba que éramos de fiar porque estaba al corriente de lo de la separación.

—¿La llevasteis a la policía?

—Por supuesto. Eso fue casi lo primero que hicimos al día siguiente —contestó Lyra—. Pero mientras esperábamos en la comisaría, Pan oyó hablar a uno de los policías.

—Era el asesino principal, el que no resultó herido —precisó Pan—. Le reconocí la voz. Era muy característica.

—Por eso pedimos información sobre algo distinto y después nos fuimos —prosiguió Lyra—. Nos pareció que no debíamos entregar la cartera precisamente al hombre que lo mató.

—Bien pensado —aprobó Malcolm.

—Ah, y hay algo más. El hombre que recibió un corte en la pierna se llama Benny Morris.

—¿Cómo lo sabes?

—Conozco a alguien que trabaja en el depósito de correos y le pregunté si había algún empleado de allí que se hubiera hecho daño en la pierna. Me respondió que sí, que había un individuo alto y feo llamado Benny Morris que parece corresponder al hombre que vimos.

—¿Y qué más pasó?

—En la billetera había una llave de consigna... —repuso con cautela Lyra—, ya sabes, de esas que dan para esas taquillas de la estación.

—¿Qué hiciste con ella?

—Pensé que debíamos ir a buscar lo que había dentro, así que...

—¿No me digas que hiciste eso?

—Sí, porque era como si él nos lo hubiera confiado, con todo lo que había dentro de la billetera. Por eso pensamos que debíamos ir a mirar antes de que se dieran cuenta los que lo habían matado y fueran a mirar ellos mismos.

—Los asesinos sabían que llevaba algún tipo de equipaje —agregó Pan—, porque no paraban de preguntarse el uno al otro si llevaba alguna bolsa, si se le había caído, si era seguro que no la habían visto y todo eso. Parecía como si les hubieran dicho que debía llevar algo.

—¿Y qué había en la taquilla? —preguntó Malcolm.

—Una mochila, que está debajo de las planchas del suelo de mi habitación en el Jordan —explicó Lyra.

—¿Está ahí ahora?

Lyra asintió con la cabeza.

Malcolm cogió su copa y la apuró de un trago, antes de ponerse en pie.

—Vamos a buscarla. Mientras esté ahí, corres un gran peligro, Lyra, y no exagero. Vamos.

Al cabo de cinco minutos, Lyra y Malcolm doblaron la calle Broad para salir a Turl Street, la estrecha vía donde se encontraba, bajo la torre de la portería, la entrada principal del Jordan College. Justo cuando entraban, por ella salieron, vestidos con anónima indumentaria de obreros, dos hombres que se dirigieron a High Street. Uno de ellos llevaba una mochila colgada del hombro.

—Es esa —dijo Lyra en voz baja.

Malcolm se dispuso a correr tras ellos, pero Lyra se apresuró a agarrarlo del brazo.

—Espera. No hagas ruido, para que no se vuelvan. Vayamos dentro.

—¡Podría alcanzarlos!

—No es necesario.

Los hombres se alejaban a paso rápido. Malcolm quiso replicar algo, pero se contuvo. Lyra estaba calmada e incluso parecía albergar una íntima satisfacción. Tras observar por última vez a los dos individuos, la siguió hasta la portería, donde Lyra hablaba con el portero.

—Sí, han dicho que iban a cambiar de sitio tus muebles, Lyra, pero acabo de verlos salir y uno de ellos se llevaba algo.

—Gracias, Bill —dijo—. ¿Han dicho de qué empresa eran?

—Me han dado una tarjeta… Aquí está.

Enseñó la tarjeta a Malcolm. En ella ponía «Mudanzas J. Cross», junto a una dirección de Kidlington, situada a varios kilómetros al norte de Oxford.

—¿Le suena eso de J. Cross? —preguntó Malcolm al portero.

—Nunca oí hablar de ellos, señor.

Subieron los dos tramos de escaleras hasta el cuarto de Lyra. Malcolm no había vuelto a poner los pies allí desde sus años de estudiante, pero no parecía haber cambiado apenas. Había dos habitaciones en el piso de arriba, a ambos lados de un pequeño rellano. Lyra hizo girar la llave de la puerta de la derecha y encendió la luz.

—Dios santo —exclamó Malcolm—. Deberíamos haber llegado cinco minutos antes.

En el cuarto reinaba un caos absoluto. Había sillas boca arriba, libros arrojados al suelo desde las estanterías, papeles desparramados en una masa informe encima del escritorio... La alfombra estaba fuera de su sitio, arrumbada en un rincón, y alguien había levantado un tablón.

—Bueno, lo han encontrado —constató Lyra, mirando el suelo.

—¿Estaba allí debajo?

—Mi escondite favorito. No pongas esa cara. Era de prever que buscarían alguna plancha suelta. Me gustaría ver la cara que van a poner cuando abran la mochila.

Lo decía sonriendo. Por primera vez desde hacía días, nada ensombrecía su mirada.

—¿Qué es lo que van a encontrar? —preguntó Malcolm.

—Dos libros de la biblioteca de la Facultad de Historia, todas mis notas de historia económica del año pasado, un jersey que me quedaba demasiado pequeño y dos frascos de champú.

Malcolm se echó a reír. Después de apartar una deteriorada caja metálica de hojas de fumar, Lyra revisó los libros del suelo hasta localizar dos, que entregó a Malcolm.

—Estaban en la mochila. No puedo leerlos.

—Este parece en anatolio —aventuró Malcolm—. Es una especie de texto de botánica... Y este otro está en tayiko. Vaya, vaya. ¿Qué más hay?

De entre los papeles diseminados sobre la mesa y en el suelo, Lyra cogió una carpeta de cartón muy parecida a las demás. Malcolm se sentó para abrirla.

—Yo iré a mirar en el dormitorio —dijo Lyra, antes de salir para cruzar el rellano.

La carpeta tenía un distintivo con la letra de Lyra. Malcolm dedujo que había sacado sus propios papeles para sustituirlos por los del difunto, y no se equivocó: parecía una especie de diario escrito a lápiz. Aun no había empezado a leerlo cuando

Lyra volvió con una abollada caja de hoja de fumar que contenía aproximadamente una docena de minúsculos frascos con tapón de corcho y varias cajitas de cartón.

—En la mochila también encontramos esto —explicó—, aunque no tengo idea de qué hay dentro. Puede que sean muestras.

—Has reaccionado de manera inteligente, Lyra, pero el peligro que corres es real. De una manera u otra, han averiguado quién eres y saben que estás al corriente del asesinato, como mínimo. Además, pronto se darán cuenta de que tienes lo que había dentro de la mochila. No sé si deberías quedarte aquí.

—No tengo otro sitio adonde ir —objetó—, excepto el St. Sophia's, y lo más probable es que ya estén enterados de eso.

Lo dijo con tono neutro, sin intención de despertar su compasión. La mirada que él recordaba tan bien, de la época en que fue su alumna, aquella expresión de disconforme insolencia permanecía al acecho en el fondo de sus ojos.

—Bueno, hay que pensarlo —propuso—. Podrías quedarte con Hannah.

—Eso sería peligroso para ella, ¿no? Seguramente, ya saben que tenemos relación. De todas formas, me parece que su hermana va a venir a pasar la Navidad con ella, por lo que no habría sitio.

—¿Tienes alguna amiga con la que podrías quedarte?

—Hay gente con la que he pasado las Navidades otros años, pero fue porque me habían invitado. Yo nunca se lo pedí. No quedaría bien que lo hiciera ahora. Y... no sé. Tampoco querría poner a nadie en...

—Lo que está claro es no que no te puedes quedar aquí.

—Y este es precisamente el sitio donde siempre me sentí más segura.

Con aire desamparado, tomó un cojín y lo apretó contra sí con ambos brazos. «¿Por qué no abraza en su lugar a su daimonion?», se preguntó Malcolm. Entonces cayó en la cuenta de algo en lo que ya había reparado de forma inconsciente: entre Lyra y Pantalaimon había una especie de antipatía. Merecían su compasión, se dijo, tratando de digerir aquello.

—Mira, mis padres tienen un pub en Godstow, La Trucha —sugirió—. Estoy seguro de que podrías quedarte allí, al menos durante las vacaciones.

—¿Podría trabajar allí?

—¿Te refieres a…? —preguntó Malcolm, un tanto perplejo—. ¿Te refieres a que si hay tranquilidad suficiente para estudiar?

—No —contestó con un tono de desdén que no acababa de cuadrar con la expresión de su mirada—. Trabajar en el bar o en la cocina o algo así. Para pagarme la manutención.

Malcolm tomó conciencia de lo orgullosa que era y de lo mucho que le había afectado lo que le había contado el decano respecto a su falta de dinero.

—Si te apetece, estoy seguro de que ellos te acogerían encantados —aseguró.

—De acuerdo entonces —aceptó.

Él tenía más motivos que nadie para saber lo obstinada que era. No obstante, dudaba de que fueran muchos los que habían notado la soledad que afloraba en su mirada cuando bajaba la guardia.

—Más vale que no perdamos tiempo —aconsejó—. Iremos allí esta noche, en cuanto estés lista.

—Tengo que ordenar… —Abarcó la habitación con un gesto—. No puedo dejarlo así.

—Pon solo los libros en las estanterías y los muebles en su sitio… ¿También han revuelto en el dormitorio?

—Sí. Toda la ropa está tirada por el suelo y la cama deshecha y las sábanas por el suelo.

Su voz sonó estrangulada; en sus ojos, había un brillo de llanto. Aquello era, a fin de cuentas, una invasión.

—Hagamos una cosa —propuso—. Yo volveré a colocar los libros y los papeles en el escritorio, y después Alice me ayudará a arreglar los muebles. Tú ve a poner algo de ropa en una bolsa. Deja la cama. Le diremos a Bill que los de la mudanza eran un par de ladrones oportunistas y que debería haber tenido más cuidado antes de dejarlos entrar. —Cogió una bolsa de compra de algodón del colgador que había detrás de la puerta—. ¿Puedo usarla para poner lo de la mochila?

—Sí, claro. Iré a preparar un poco de ropa.

Malcolm recogió un libro del suelo.

—¿Estás leyendo esto? —preguntó.

Era *El impostor constante*, de Simon Talbot.

—Sí —repuso—. No sé si me acaba de convencer.

—Esa es la actitud que le gustaría a él.

Luego puso las tres carpetas, los dos libros, los frascos y las cajitas en la bolsa. Esa misma noche, las guardarían en la caja fuerte de Hannah. Tendría que ponerse en contacto con Oakley Street, la nebulosa rama del servicio secreto a la que pertenecían él y Hannah, y después ir al Jardín Botánico, donde ya debían de estar esperando el regreso del infortunado doctor Hassall, con aquellos especímenes o lo que fuera.

Se levantó y empezó a colocar los libros en las estanterías; al poco rato, Lyra regresó al salón.

—¿Lista? —dijo—. He puesto los libros de cualquier manera. Tendrás que organizarlos bien en otro momento.

—Gracias. Menos mal que estabas conmigo cuando hemos vuelto. Eso de engañarlos con lo de la mochila no ha estado mal, pero no había comprendido lo desagradable que podía resultar... eso de que tocaran con sus manos toda mi ropa...

Pan había estado hablando en voz baja con Asta. Sin duda, este podría exponerle más tarde en detalle a Malcolm cómo había transcurrido la conversación, cosa de la que Pan y Lyra eran conscientes.

—Bien mirado, no le vamos a decir nada a Bill —decidió Malcolm—. Seguro que querría llamar a la policía y tendríamos que explicarle por qué no debemos hacerlo. Entonces se acordaría y se quedaría rumiando la cuestión. Es mejor no decir nada. Si pregunta, eran personas de la mudanza, pero que se equivocaron de fecha.

—Y si la policía interviniera, acabarían atando cabos. Se enterarían del asesinato... Pero ¿cómo descubrieron el paradero de la mochila? Nadie nos estaba siguiendo.

—El otro bando dispone también de un aletiómetro.

—Entonces deben de tener un buen lector. Esta es una dirección muy concreta. Es difícil ser tan preciso. Tendré que hacerme a la idea de que me están espiando continuamente. Es abominable.

—Sí, lo es. Por ahora, te acompañaré a Godstow.

Lyra cogió *El impostor constante* y, tras cerciorarse de que el marcapáginas seguía en su lugar, lo metió en la mochila.

Al señor y a la señora Polstead no les molestó en lo más mínimo que su hijo se presentara con Lyra. Enseguida accedieron a que se quedara en La Trucha, le dieron una acogedora habitación, aceptaron que trabajara en el bar o en la cocina, según fuera más necesario, y se mostraron como los padres más agradables del mundo.

—Al fin y al cabo, él se te llevó de aquí —evocó la señora Polstead, mientras ponía en la mesa de la cocina, delante de Lyra, un plato de estofado de buey—. Es justo que te vuelva a traer al mismo sitio, ¡aunque hayan pasado casi veinte años!

Era una mujer corpulenta con un toque rojizo en el cabello, menos intenso que el de Malcolm, y ojos de un intenso color azul.

—Y yo me acabo de enterar —dijo Lyra—. De que se me llevaron de aquí, me refiero. Era demasiado pequeña para acordarme de algo. ¿Dónde está el priorato? ¿Queda muy cerca?

—Justo al otro lado del río, pero ahora está en ruinas. La riada causó muchos destrozos y era demasiado caro reconstruirlo. Además, una parte de las monjas murieron esa noche y no habrían quedado suficientes para que fuera como antes. ¿No te acuerdas de la hermana Fenella, ni de la hermana Benedicta? No, eras demasiado pequeña.

Lyra sacudió la cabeza, con la boca llena de comida.

—La hermana Benedicta era la superiora —continuó la señora Polstead—. La hermana Fenella era la que se ocupaba casi siempre de ti. Era la anciana más cariñosa que pueda haber. Malcolm la quería muchísimo... Cuando volvió y se enteró de que había muerto, se llevó un gran disgusto. Ay, yo pensaba que nunca podría perdonarlo por haberme tenido tan preocupada. Eso de desaparecer de esa forma... Nosotros creíamos que debía de haberse ahogado, claro, y también Alice y tú. Lo positivo era que su canoa también se había esfumado. Pensamos que quizá le había dado tiempo a subirse a ella y nos aferramos a esa esperanza hasta que volvió, todo molido, magullado y agotado. Hasta había recibido disparos...

—¿Disparos? —dijo Lyra.

El guiso era muy bueno y tenía mucha hambre, pero ansiaba oír todo lo que la madre de Malcolm pudiera contarle.

—Un disparo en el brazo. Aún conserva la cicatriz. Y estaba tan cansado..., exhausto. Estuvo durmiendo durante... tres días. De hecho, estuvo enfermo algún tiempo. Debió de ser por toda esa porquería que arrastraba el agua de la riada. ¿Qué tal está ese guiso? ¿Te apetece otra patata?

—Gracias. Está delicioso. Lo que no entiendo es por qué no sabía nada de eso. Yo no podía acordarme, es lógico, pero ¿por qué nadie me dijo nada?

—Buena pregunta. Supongo que al principio el problema estaba en cómo cuidar de ti. El problema era para el colegio, claro. Ese sitio tan viejo y mohoso lleno de profesores donde nunca había corrido un niño, y ninguno de ellos sabía lo que había ocurrido, y Alice no se lo iba a contar. ¿Qué te ha explicado Mal acerca del momento en que te llevaron al Jordan con lord Asriel?

—He oído hablar del asunto por primera vez esta tarde, y estoy intentando hacerme a la idea... Verá, siempre conocí a Alice como la señora Lonsdale. Ella siempre estaba allí cuando yo era pequeña, atenta para que fuera limpia y tuviera buenos modales. Yo creía... Bueno, no sé qué es lo que creía. Supongo que pensaba que siempre había estado allí.

—Huy, no. Te contaré lo que yo sé. El antiguo decano del Jordan, el viejo doctor Carne, nos pidió a Reg y a mí que fuéramos a verlo. Eso debió de ser seis meses después de las inundaciones. Nosotros no sabíamos de qué iba, pero fuimos bien vestidos a verle una tarde. Era en verano. Nos invitó a té en el jardín y nos lo explicó todo. Parece ser que Mal y Alice habían cumplido con lo que querían hacer desde el principio y te llevaron a lord Asriel, con quien pensaban que estarías a salvo. En toda mi vida no había oído hablar de una imprudencia semejante y, desde luego, le dije a Malcolm que aquello fue un desatino, pero en el fondo estaba orgullosa de él, y todavía lo estoy. Pero no se te ocurra decírselo, ¿eh? El caso es que lord Asriel solicitó ese asunto de la protección..., el asilo...

—Asilo académico.

—Eso es... Lo pidió para ti y le dijo al decano que tendría que hacer de ti una estudiosa para que tuvieras todo el derecho a que te amparase. Después el doctor Carne miró a Mal y a Alice, que estaban medio ahogados, rendidos, sucios a más no poder, ensangrentados, y dijo: «¿Y estos dos chicos?». Y lord Asriel contestó: «Cuídelos lo mejor que pueda». Y después se marchó.

»Así que el doctor Carne cumplió con lo que le había pedido. Lo arregló todo para que Mal fuera a Radcliffe School, le pagó el colegio, y luego lo admitió como estudiante del Jordan. Alice no era muy buena para los estudios, pero era más lista que nadie, muy rápida y espabilada. El decano le ofreció un puesto como empleada y pronto fue la encargada de cuidar de ti. Se casó muy joven, con Roger Lonsdale, un carpintero, un buen chico, honrado y serio. Murió en un accidente laboral. Ella se quedó viuda a los veinte años. Yo no sabía lo que pasó en ese condenado viaje a Londres en la canoa de Malcolm, porque él nunca me ha explicado ni la mitad..., dice que me asustaría demasiado..., pero lo que sí sé es que él y Alice volvieron muy amigos. Eran inseparables, hasta donde podía ser, teniendo en cuenta que él estaba en el colegio y todo eso.

—¿Antes no eran amigos?

—Enemigos encarnizados. Ella se burlaba de él, mientras que él la ignoraba. Se odiaban. Ella podía ser un poco descarada..., tiene cuatro años más que Mal: eso es una gran diferencia a esa edad. Le tomaba el pelo, le buscaba las pulgas... Una vez le tuve que parar los pies, pero él nunca se quejaba, aunque apretaba los labios..., así..., cuando le llevaba los platos sucios para que los lavara. Después, ese invierno le dieron un poco de trabajo en el priorato, para que les ayudara a cuidar de ti y que la pobre hermana Fenella no se cansara tanto. Vaya, ya te has acabado la comida. ¿Quieres un poco más?

—No, gracias. Con esto era suficiente.

—¿Y unas ciruelas asadas? Les he puesto un poco de licor.

—Ah, qué bien. Sí, por favor.

La señora Polstead las sirvió en un platillo, acompañadas de una generosa ración de nata. Lyra miró para ver si Pan se había percatado. Antes de que se instalara aquella frialdad entre ellos, solía tomarle el pelo por su apetito; pero Pan estaba sentado en el suelo, hablando con el daimonion de la señora Polstead, un tejón de pelo cano.

—Malcolm me ha hablado un poco de ese nuevo decano del Jordan —comentó la señora Polstead, que tomó asiento de nuevo—. Te ha tratado mal.

—Bueno, verá, en realidad no puedo decirle si es así o no. Estoy muy confundida. Todo ha ocurrido tan deprisa... Es que si el dinero que servía para mi manutención se ha acabado, tal como dijo, no puedo ponerlo en duda, porque no sé nada aparte de lo que él me explicó. ¿Le ha contado Malcolm que el decano quiere que deje mis habitaciones?

Era la primera vez que se refería a él llamándolo Malcolm y se sentía un poco rara.

—Sí. Eso ha sido una mala jugada. Ese colegio es tan rico como Alí Baba. No necesitaban tus habitaciones para un condenado estudiante. ¡Mira que echarte de donde has vivido toda tu vida!

—De todas formas, él tiene la responsabilidad y yo..., no sé. Hay tantas complicaciones... Ya no sé muy bien por dónde piso. Creía que estaba más segura de las cosas...

—Te puedes quedar aquí todo el tiempo que quieras, Lyra. Hay sitio de sobra, y será útil tener quien me eche una mano. La chica que me iba a ayudar durante la Navidad ha decidido ir a trabajar en Boswell, así que ella se lo pierde.

—Trabajé allí hace dos años. Era un no parar.

—Al principio, creen que es algo de categoría, con los perfumes, lociones y todo eso, pero es un trabajo muy duro.

Lyra cayó en la cuenta de que probablemente habría vendido algunos productos del padre de Miriam en el periodo en que estuvo en Boswell, pero, como entonces no conocía a Miriam, no se habría percatado. De improviso, el mundo de las amistades entre universitarias, la calmada y frugal vida en el St. Sophia's, se le antojó algo muy remoto.

—Ahora deje que la ayude con esos platos —se ofreció.

Unos minutos después, tenía los brazos inmersos en agua jabonosa y se sentía como en casa.

Esa noche, Lyra soñó con un gato que estaba en un prado alumbrado por la luna. Al principio, no le interesó, pero después, con un sobresalto que casi la despertó (y que también despertó a Pantalaimon), reconoció al daimonion de Will, Kirjava, que acudió entre la hierba para frotarse la cabeza contra la mano que Lyra le tendía. Will nunca supo que tenía un daimonion hasta que se lo arrancaron del corazón en las orillas del mundo de los muertos, tal como arrancaron a Pan de Lyra. Y ahora parecía que la Lyra dormida recordaba cosas que conocía de otro tiempo, o tal vez del futuro, y cuya trascendencia era tan arrolladora como el gozo que habían experimentado juntos ella y Will. También apareció el edificio rojo del diario. ¡Ella sabía qué había dentro! ¡Vio por qué tenía que ir allí! Eso era una parte inamovible de todo cuanto conocía. En aquellos sueños, tenía la impresión de que era tan solo ayer cuando los cuatro vagaban por el mundo de los mulefa, en una época que se le aparecía envuelta de amor, impregnada hasta un punto que se le saltaron las lágrimas. Luego se despertó con la almohada empapada.

Pan la observaba a corta distancia, sin decir nada.

Lyra trató de rememorar todas y cada una de las imágenes del sueño, que se esfumaron en cuestión de segundos. Lo único que quedó fue aquel intenso, embriagador y penetrante amor.

Malcolm llamó a la puerta de la casa de Hannah. Un par de minutos después, ambos se encontraban sentados frente a la chimenea. Ella lo escuchó sin interrupción, mientras él la ponía al corriente del asesinato, la existencia de la cartera y la mochila y el traslado de Lyra a La Trucha. Malcolm desgranaba con tino los acontecimientos, realzando cada detalle según su importancia y exponiéndolos en el orden más conveniente.

—¿Y qué había en la mochila?

—Ajá —dijo, colocándola entre los pies—. Para empezar, estos papeles. No me ha dado tiempo a mirarlos, pero los fotogramaré esta noche. Estos dos libros..., un texto anatolio sobre botánica y esto.

Extrajo el otro volumen. Tenía unas cubiertas de mala calidad, reparadas de manera burda; el papel era tosco y frágil, y la composición tipográfica, chapucera. Conservaba las marcas de múltiples lecturas, en la grasa prendida a la tapa, las dobleces en varias páginas y las anotaciones a lápiz efectuadas en muchas de ellas en el mismo idioma que el texto.

—Parece poesía —señaló Hannah—, pero no conozco la lengua.

—Es tayiko —le informó él—. Se trata de un poema épico titulado *Jahan y Rukhsana*. No soy capaz de leerlo todo, pero sí reconozco muchas palabras.

—¿Y qué son esos otros papeles?

Era el diario en el que el doctor Strauss relataba su viaje al desierto de Karamakán.

—Creo que esto es la clave de toda la historia —opinó Malcolm—. Antes de venir aquí, me he parado a leerlo en un pub; deberías hacer lo mismo. No es largo.

Hannah cogió los papeles, con curiosidad.

—¿Y dices que el pobre hombre era botánico?

—Mañana iré al Jardín Botánico, a ver si me pueden aclarar algo. En la mochila había unos frascos pequeños..., aquí están..., y también unas cajitas, de semillas seguramente.

Hannah tomó uno de los frascos, lo observó al trasluz, lo olió y luego leyó la etiqueta.

—*Ol. R. tajikiae... Ol. R. chashmiae...* Cuesta leerlo. «Ol.» podría ser aceite, supongo..., de óleum... «R.» es Rosa.

—Lo mismo me ha parecido a mí.

—¿Y tú crees que eso son semillas? —Agitó una de las cajitas de muestras.

—Imagino. No me ha dado tiempo a abrirlas.

—Echemos un vistazo...

La caja estaba muy bien cerrada y costó bastante levantar la tapa. Hannah vertió con cuidado el contenido en la palma de la mano: varias docenas de semillas, de forma irregular y de un color marrón grisáceo.

—*R. lopnoriae...* —leyó Malcolm en la etiqueta—. Qué interesante. ¿No lo reconoces?

—Semillas de rosa, pero pondría pensarlo influida por todo lo demás. Aunque sí lo parecen. ¿Por qué es tan interesante?

—El nombre de la variedad. En principio, no es sorprendente que un botánico lleve semillas consigo, pero hay algo en esto que me parece especial. Estoy convencido de que es un caso que compete a Oakley Street.

—Yo también. El sábado veré a Glenys, en el funeral de Tom Nugent. Le hablaré del asunto.

—De acuerdo. De todas formas, reviste una importancia que va más allá de los casos de asesinato y robo. Hannah, ¿qué sabes de Lop Nor?

—Es un lago, ¿no? ¿O un desierto? Queda por China, en todo caso. Nunca he estado, pero lo oí mencionar hace unos meses en relación con... ¿qué era?

—Hay una estación de investigación científica cerca, de meteorología sobre todo, aunque también estudian varias disciplinas más. El caso es que perdieron a diversos científicos de manera inexplicable. Desaparecieron, sin más. Yo oí rumores ligados con el Polvo —confió Malcolm.

—Ahora me acuerdo. Fue Charlie Capes quien me habló de ese lugar.

Charlie Capes era un sacerdote de la Iglesia inglesa, colaborador secreto de Oakley Street. Su posición era delicada, puesto que la apostasía se castigaba con varias penas y los veredictos de los tribunales eclesiásticos eran inapelables. La única alternativa de defensa posible era argumentar el carácter irreprimible de la tentación diabólica. Al pasar información a Oakley Street, Capes arriesgaba su carrera, su libertad y tal vez su vida.

—O sea, que el Magisterio está interesado en Lop Nor —dedujo Malcolm—. Y, probablemente, también en las rosas.

—¿Vas a llevar este material al Jardín Botánico?

—Sí, pero antes voy a fotogramar todos los papeles. Y Hannah...

—¿Qué?

—Vamos a tener que explicarle a Lyra todo lo relativo a Oakley Street. Es demasiado vulnerable. Es hora de que sepa dónde puede encontrar ayuda y protección. Oakley Street podría proporcionársela.

—He estado a punto de decírselo esta tarde —confesó ella—, pero no lo he hecho, claro. De todas formas, creo que tienes razón. ¿Sabes?, esto me recuerda aquella otra mochila, aquella que me trajiste hace años, la de Gerard Bonneville. ¡La cantidad de material que tenía! Nunca vi un hallazgo tan valioso. Y, además, con el aletiómetro de Lyra.

—Hablando de aletiómetros —dijo Malcolm—, me preocupa la rapidez con la que el otro bando ha conseguido localizar a Lyra y la mochila. No es normal, ¿verdad?

—Eso confirma lo que sospechaba —respondió con inquietud Hannah—. Hace meses que se viene hablando de una nueva manera de leer el aletiómetro, muy poco ortodoxa, medio experimental. El nuevo método consiste en abandonar la especie de perspectiva focalizada en un solo punto de vista que se adopta con el método clásico. No te puedo explicar cómo funciona exactamente, porque, la única vez que lo intenté, me dio un terrible mareo. Sin embargo, parece ser que, si uno consigue aplicarlo, se obtienen respuestas con mucha más rapidez y apenas se necesitan los libros.

—¿Y hay mucha gente que utiliza este nuevo método?

—En Oxford no hay nadie, que yo sepa. Aquí hay una predisposición general en contra. Es en Ginebra donde se han producido la mayoría de los descubrimientos. Tienen un joven con grandes dotes para ese tipo de lectura. Nunca adivinarías...

—¿Y Lyra? ¿Usa ese nuevo método?

—Creo que lo ha probado un par de veces, pero sin mucho éxito.

—Perdona la interrupción. ¿Qué es eso que nunca adivinaría?

—El nombre de ese joven de Ginebra. Se llama Olivier Bonneville.

9

El alquimista

Tras haber leído el diario de Strauss, Hannah convino con Malcolm en que Oakley Street debía verlo lo antes posible. Así pues, él se pasó buena parte de la noche fotogramando todos los papeles que habían encontrado en la mochila de Hassall, junto con la página inicial de cada uno de los libros. Después puso los carretes de película en la nevera y se acostó poco antes de las cinco.

Antes de quedarse dormido, Asta le planteó una pregunta.

—¿Todavía tiene la pistola?

Todos los agentes de Oakley Street de la categoría de Hannah debían seguir un cursillo de combate sin armas y superar un examen de puntería con una pistola una vez al año. Pese a su plácida apariencia de profesora con el cabello ya cano, Hannah disponía de un arma y era capaz de defenderse a sí misma.

—La guarda en esa caja fuerte que tiene —respondió Malcolm—. Estoy seguro de que preferiría no sacarla de ahí.

—Debería tenerla más a mano.

—Pues díselo tú. Yo ya lo he intentado.

—¿Y qué vamos a hacer con respecto a Olivier Bonneville?

—Por ahora, solo podemos barajar conjeturas. ¿Un hijo? Es posible que Bonneville tuviera un hijo. Tendremos que investigarlo. Veremos si Oakley Street está al corriente.

ϒ

Después de desayunar, Malcolm entregó los carretes de película a un técnico de confianza para que los revelara y caminó por High Street hacia el Jardín Botánico. Hacía un día gris y oscuro que auguraba lluvia, y las ventanas del edificio de administración destacaban, con las luces encendidas, sobre el telón de fondo del voluminoso tejo que crecía detrás.

Al principio, una secretaria le dijo que la directora estaba ocupada y que necesitaría una cita, pero en cuanto especificó que su visita tenía que ver con el doctor Roderick Hassall, enseguida cambió de actitud.

—¿Sabe dónde está? —preguntó con asombro, mientras su daimonion, un terrier de Boston, emitía un aullido apenas audible, con el pelo del cuello erizado.

—De eso he venido a hablar con la directora.

—Desde luego. Perdone. Discúlpeme.

Abandonó su puesto para entrar en una habitación, con su daimonion pegado a los talones.

—La profesora Arnold lo recibirá ahora mismo —anunció al cabo de un momento.

—Gracias —dijo Malcolm, antes de entrar.

La secretaria cerró la puerta tras él.

La directora era una mujer de unos cuarenta años, rubia, delgada, de aspecto hosco. Estaba de pie y su daimonion colibrí permaneció flotando en el aire un minuto antes de posarse en su hombro.

—¿Qué sabe usted de Roderick Hassall? —preguntó sin preámbulo.

—Yo esperaba que usted pudiera decirme algo de él. Lo único que sé es lo que está escrito aquí —explicó Malcolm, depositando la bolsa de la compra encima del pulcro escritorio—. Lo encontré en una parada de autobús, como si alguien lo hubiera olvidado allí. No había nadie cerca y esperé unos minutos para ver si alguien acudía a recogerlo. Como no apareció nadie, pensé que lo mejor sería averiguar a quién pertenecía. Hay una cartera dentro.

La profesora Arnold localizó la billetera y la observó un instante.

—Y al ver que era empleado de este centro —prosiguió Malcolm—, se me ocurrió traerlo aquí.

—¿En una parada de autobús, dice? ¿Dónde?

—En Abingdon Road, en el sentido de entrada a la ciudad.

—¿Cuándo?

—Ayer por la mañana.

La mujer dejó la cartera para coger una de las carpetas. Tras echarle una breve ojeada, hizo lo mismo con las otras dos. Malcolm seguía de pie, pendiente de su reacción. Finalmente, levantó la vista hacia él. Parecía estar evaluándolo.

—Perdón, mi secretaria no me ha dicho su nombre —dijo.

—No me lo ha preguntado. Me llamo Malcolm Polstead. Soy profesor del Durham College. Sin embargo, cuando he mencionado el nombre del doctor Hassall, se ha mostrado asombrada. Y debo decir que usted también. ¿Debo interpretar que todo esto es genuino, que las tarjetas universitarias son auténticas? ¿Existe un doctor Hassall, que forma parte de su personal?

—Disculpe, doctor..., ¿doctor? —Aguardó la confirmación de Malcolm—. Doctor Polstead, es que esto me ha tomado por sorpresa. Tome asiento, por favor.

Malcolm se sentó en la silla, frente al escritorio. Una vez instalada al otro lado, ella descolgó el teléfono.

—Necesito un café —pidió. Consultó enarcando una ceja a Malcolm, que asintió—. ¿Puedes traer café para dos, Joan, por favor?

Volvió a sacar la cartera y, tras extraer las tarjetas, papeles y dinero, los colocó alineados sobre el escritorio.

—¿Por qué no...? —Se detuvo y volvió a empezar—. ¿No se le ocurrió llevar esto a la policía?

—Lo primero que hice fue mirar en la cartera, para identificar un nombre; cuando vi la tarjeta que indicaba que trabajaba aquí, pensé que todos nos ahorraríamos tiempo si lo traía directamente. Además, me despertó cierta curiosidad, porque al revisar la billetera capté el nombre de un lugar donde yo mismo pasé una temporada y me pregunté cuál debía de ser el objeto de investigación del doctor Hassall.

—¿Qué lugar?

—Lop Nor.

Al oír la respuesta, pareció recelosa, incluso alarmada.

—¿Qué hacía usted allí? —preguntó—. Disculpe, quizá le ha sonado como una acusación.

—Estaba buscando una tumba. Soy historiador. La Ruta de la Seda ha sido un foco de interés para mí desde hace tiempo. Aunque no encontré la tumba, sí descubrí otras cosas gracias a las cuales mereció la pena el viaje. ¿Puedo preguntar qué hacía el doctor Hassall en Asia Central?

—Bueno, él es botánico, claro está, de modo que... Hay un instituto de investigación allí..., que financiamos junto con las universidades de Edimburgo y Leiden. Trabajaba allí.

—¿Por qué allí? No recuerdo que hubiera mucha vida vegetal en torno a Lop Nor..., unos cuantos chopos, un poco de hierba..., algunos tamariscos, creo...

—En primer lugar, las condiciones climáticas... Gracias, Joan, déjalo ahí... Las condiciones no son fáciles de reproducir en zonas situadas más al norte o al oeste, sobre todo aquí, al borde de un vasto océano. Aparte, está el suelo, que contiene algunos minerales particulares, y luego está el conocimiento de los lugareños. Allí cultivan flores que... no se pueden cultivar en ninguna otra parte.

—¿Y el doctor Hassall? ¿Ha regresado a Oxford? Ya sé que no es asunto de mi incumbencia, pero ¿por qué está usted tan alarmada?

—Estoy preocupada por él —confesó—. La verdad es que ignoramos su paradero. Creíamos que había muerto.

—¿Ah, sí? ¿Cuándo empezaron a abrigar ese temor?

—Unas semanas atrás. Desapareció de la Estación.

—¿La estación?

—Lo llamamos la Estación. El instituto de investigación de Tashbulak.

—¿Ese sitio cerca de Lop Nor? ¿Y desapareció?

La incomodidad de la mujer se hacía cada vez más patente. Se puso a tabalear en la mesa. Malcolm advirtió que llevaba las uñas cortas, un poco sucias de tierra, como si hubiera estado trabajando con plantas cuando llegó.

—Mire, doctor Polstead, disculpe si parezco evasiva —dijo—. Lo cierto es que las comunicaciones con la Estación no son rápidas ni fiables. Evidentemente, la información de que disponíamos sobre el doctor Hassall era errónea. Es una buena señal recibir esto..., estos objetos..., muy buena, porque podría significar que, después de todo, está vivo, pero yo habría previsto... Si fue él quien las trajo a Oxford, claro..., habría sido estupendo que hubiera acudido aquí en persona... No me puedo imaginar por qué alguien las iba a dejar en una parada de autobús. Estoy segura de que él no haría eso. Debió de ser otra persona... Estoy absolutamente perpleja. Espero que no... Muchas gracias, doctor Polstead, por..., por haber traído esto.

—¿Qué va a hacer ahora?

—¿Con respecto a esto? ¿A estos objetos?

Algo la asustaba y, además, temía dejarlo traslucir ante un desconocido como él. Su daimonion, el colibrí que no se había movido de su hombro ni había cerrado los ojos, observaba con solemnidad a Malcolm. Este le sostuvo la mirada, tratando de dar una imagen de persona anodina, inofensiva y servicial.

—Tiene algo que ver con las rosas, ¿verdad? —dijo.

La profesora pestañeó y su daimonion se volvió y hundió la pequeña cabeza en su cabello.

—¿Por qué pregunta eso?

—Por dos razones. Una es por los especímenes, las semillas y el aceite de rosas. La otra es ese libro tan estropeado de tapa roja. Es un poema épico en idioma tayiko titulado *Jahan y Rukhsana*. Es un relato protagonizado por dos amantes que buscan un jardín de rosas. ¿El doctor Hassall investigaba algo relacionado con las rosas?

—Sí —confirmó la mujer—. No le puedo decir nada más porque, bueno, yo tengo que supervisar docenas de proyectos..., tesis de estudiantes, el trabajo que aquí se realiza, además del que llevan a cabo en Tashbulak, y mi propia investigación también...

Era una persona que no sabía mentir. Malcolm la compadeció; tenía que improvisar una defensa cuando estaba en estado de *shock*.

—No la voy a molestar más —se despidió—. Gracias por explicarme lo que ha podido. Si por algún motivo necesitara ponerse en contacto conmigo... —Dejó una de sus tarjetas encima del escritorio.

—Gracias, doctor Polstead —dijo ella, estrechándole la mano.

—Si recibe noticias, tenga la amabilidad de hacérmelo saber. Ahora me siento como si tuviera un poco que ver con el doctor Hassall.

Abandonó el edificio y se fue a sentar en el jardín, donde un débil sol aportaba un aureola dorada a los tallos desnudos de los arbustos y dos jóvenes realizaban labores de horticultura cerca de los invernaderos.

—Debías habérselo dicho —opinó Asta.

—Ya lo sé, pero entonces Lyra quedaría implicada. Y, además, tendría que intervenir la policía, y no hay que olvidar que parece que fue un policía quien lo mató.

—Pero ese policía no actuaba de manera oficial, vamos, Mal. El que vio Pan es un corrupto. La policía tiene que saber lo que ocurrió y descubrir lo que pasó.

—Tienes toda la razón..., y me siento muy mal por haberlo omitido.

—¿Y entonces?

—Se lo diremos pronto, a ella y a los demás.

—¿Cuándo?

—Cuando hayamos averiguado algo más.

—¿Y cómo lo vamos a conseguir?

—Aún no estoy seguro.

Asta cerró los ojos. Malcolm habría deseado que Lyra no hubiera corrido el riesgo de ir a buscar sola la mochila a la estación. De todos modos, ¿quién habría estado en condiciones de ayudarla? Él no, desde luego, y menos en aquel momento. Una vez que uno ha sido testigo de un asesinato y ha decidido no recurrir a la policía, tiene que desenvolverse solo.

Siguió pensando en ella. Mientras Asta permanecía en postura de esfinge encima del asiento a su lado, con los ojos entrecerrados, Malcolm se planteó cómo le iría en La Trucha, hasta qué punto estaría a salvo allí y una decena más de interrogantes que giraban en torno a un eje central que todavía no quería tomar en consideración. ¿Había cambiado tanto con respecto a aquella muchacha arisca y desdeñosa cuya actitud y tono habían sido tan difíciles de soportar cuando fue profesor suyo unos años atrás? Ahora la veía mucho más dubitativa, reticente, insegura. Parecía sola y desdichada, no cabía duda. Aparte, estaba la extraña relación, tan fría, que mantenía con su daimonion... De todas formas, cuando habían conversado en el restaurante italiano, se había mostrado casi confiada y agradable, y el placer que le había producido haber escondido el contenido de la mochila fue como una pequeña ristra de carcajadas, una reacción despreocupada casi; fantástica, en todo caso.

Aquella cuestión central no se disipaba. Su cabeza regresaba de forma maquinal a ella.

Era consciente de su apariencia hosca. También era consciente de toda una serie de contrastes... De su madurez frente a la juventud de ella. De su corpulencia frente a la delgadez de ella. De su carácter plácido frente a lo instintiva que era Lyra... Habría sido capaz de quedarse observándola durante horas. Sus ojos, grandes, de largas pestañas, con su intenso color azul, eran los más expresivos que había visto nunca. Aunque era tan joven, ya percibía dónde se iban a formar con los años las arrugas provocadas por la risa, la compasión y la concentración en su cara, que se tornaría aún más expresiva y vital. A ambos lados de su boca había ya un diminuto surco originado por la sonrisa que parecía flotar justo debajo de la superficie, lista para florecer. Su cabello, de un color paja oscuro, corto y desaliñado, pero siempre suave y reluciente. En un par de ocasiones, cuando le daba clases, al inclinarse sobre su hombro para mirar alguna nota, había captado un tenue aroma proveniente de ese pelo, no de champú, sino de muchacha, que lo había impelido a apartarse enseguida. En aquella época, cuando eran profesor y alumna, todo aquello era tan incorrecto que su mente lo había bloqueado incluso antes de que acabara de tomar forma.

Al cabo de cuatro años, en cambio, ¿seguía estando mal pensar en ello? ¿Pensar en Lyra? ¿Anhelar poner las manos a ambos lados de su cara, sobre aquellas cálidas mejillas, y atraerla suavemente para besarla?

Había estado enamorado antes y sabía lo que le pasaba. No obstante, las chicas y las mujeres que había amado anteriormente solían tener más o menos su edad. Hubo un caso en el que la diferencia de edad se dio en el otro sentido. Su experiencia no le servía en aquella situación. Además, ella se encontraba en una situación tan peligrosa y difícil en ese momento que habría sido imperdonable importunarla con sus propios sentimientos. Era, sin embargo, innegable que él, Malcolm Polstead, de treinta y un años, estaba enamorado de aquella chica. Pero era impensable que ella pudiera llegar a corresponderlo algún día.

La quietud del espacioso jardín, la distante conversación de los dos jóvenes botánicos, el regular golpeteo de las azadas y el ronroneo de su daimonion, combinados con su falta de sueño y sus cuitas de amor, hacían que le tentara cerrar los ojos con la esperanza de soñar con Lyra... Así pues, se levantó.

—Venga —le dijo a Asta—. Vamos a trabajar un poco.

ϒ

Esa noche, a las once, el señor y la señora Polstead hablaban en voz baja en la cama. Era la segunda noche que Lyra pasaba en La Trucha. Estaba en su habitación. La chica que ayudaba en la cocina, el recadero y el camarero ya se habían ido, y no había huéspedes en la posada.

—No la acabo de calar —dijo Reg Pan.

—¿A Lyra? ¿Qué quieres decir?

—Por fuera parece muy alegre, parlanchina y simpática, pero a veces se queda callada y le cambia completamente la cara. Es como si acabara de recibir una mala noticia.

—No, no es eso —disintió su mujer—. Se la ve afectada. Se nota que está sola. Parece como si estuviera acostumbrada a ese estado y no esperara nada más. Es eso: melancolía.

—Casi no habla con su daimonion —añadió él—. Es como si fueran dos personas separadas.

—Con lo alegre que era de pequeña... Siempre se reía, cantaba y estaba contenta. Claro que eso fue antes, ya sabes.

—Antes del viaje de Malcolm. Él volvió cambiado, y Alice también.

—Pero lo normal es que ellos hubieran quedado más afectados, teniendo en cuenta que eran mayores. Ella solo tenía unos meses. Los bebés no se acuerdan de las cosas. Además, en ese colegio la tratan mal. Es su casa: tendrían que cuidar mejor de ella. No me extraña que esté un poco apagada.

—¿Y no tendrá algún pariente? Malcolm dice que su padre y su madre murieron hace mucho.

—Si tiene algún tío o primos, no deben de ser muy buenas personas —opinó la señora Polstead.

—¿Por qué?

—Tendrían que haberse puesto en contacto con ella desde hace tiempo. No es muy natural para una chica estar rodeada de un montón de profesores viejos.

—Tal vez tenga algún pariente que no se preocupa de ella. En ese caso, poco importa.

—Es posible. Lo que sí te puedo decir de ella es que es muy trabajadora. Tendré que encontrarle una ocupación especial. Liquida las tareas de Pauline mejor y más deprisa que ella. Pauline se va a sentir mal si no le encargo a Lyra algo distinto.

—No necesitamos que trabaje. Por mí, se podría quedar como invitada sin problema.

—Opino lo mismo, cariño, pero no es por nosotros, sino por ella. Aunque ya tiene las tareas de la universidad, necesita sentirse útil. Estoy pensando en algo especial, algo que nadie más haría si no estuviera ella.

—Ya, puede que tengas razón. Tendré que pensarlo. Buenas noches, cariño.

El señor Polstead se dio la vuelta. Ella estuvo leyendo una novela de detectives durante cinco minutos y, al sentir que se le cerraban los ojos, apagó la luz.

Hannah Relf no lo sabía, pero Lyra había estado experimentando con el nuevo método de lectura del aletiómetro. Aunque era algo desconocido para el común de la gente, dado que apenas se hablaba del aletiómetro en el ámbito público, entre los pequeños grupos de expertos el nuevo sistema daba pie a apasionadas conjeturas.

El instrumento que ella tenía era el que Malcolm había encontrado en la mochila de Gerard Bonneville y que luego había dejado entre las mantas que la cubrían cuando lord Asriel la confió al decano del Jordan. El decano se lo había entregado a Lyra cuando cumplió once años, y ella lo había llevado consigo en su gran aventura por el Ártico y otros parajes aún más remotos. Al principio, aprendió a leerlo de forma intuitiva, como si fuera lo más natural del mundo, pero al cabo de un tiempo perdió esa capacidad y ya no lograba percibir todas las conexiones y similitudes que antaño le habían resultado tan evidentes bajo los símbolos de la esfera.

La pérdida de aquella capacidad fue muy dolorosa. Le sirvió de consuelo, hasta cierto punto, averiguar que a través de un diligente estudio lograría recobrar en parte la aptitud para leerlo. Con todo, siempre iba a necesitar los libros donde varias generaciones de estudiosos habían consignado sus descubrimientos sobre los símbolos y su interrelación. Pero ¡el contraste era tremendo! Era como perder la habilidad para volar en el aire como un vencejo y recibir, a modo de compensación, una muleta para poder ir cojeando.

Aquello había contribuido a asentar su melancolía. La señora Polstead estaba en lo cierto. La melancolía era lo que mejor definía su actual estado emocional. Además, desde que tenía problemas con Pan, no tenía a nadie con quien hablar. Qué absurdo era que, a pesar de ser ambos parte de una misma persona, les costara tanto conversar o incluso soportar la presencia del otro en silencio. Se daba cuenta de que, con creciente frecuencia, le hablaba en susurros a un fantasma, a la idea que se había forjado de lo que Will sería a aquellas alturas, en aquel mundo suyo tan inalcanzable para ella.

La nueva técnica de interpretación del aletiómetro había supuesto una novedosa distracción. Los rumores, de origen incierto, aseguraban que suponía una revolución en la teoría, que en muchos casos se habían logrado espectaculares avances en la comprensión, sensacionales hazañas de lectura donde los libros eran superfluos. Lyra había empezado a experimentar a solas.

En su segunda noche en La Trucha, se sentó en la cama, con las piernas encogidas, abrigada con las mantas, con el aletiómetro entre las manos. El techo inclinado de la habitación, el papel pintado con su estampado de florecillas y la vieja alfombra gastada situada junto a la cama componían un marco acogedor que ya le resultaba familiar, y la suave luz amarilla de la lámpara de petróleo de la mesita aportaba una calidez al cuarto que ningún termómetro habría podido registrar. Pan estaba sentado bajo la lámpara; en otro tiempo, se habría acurrucado contra su pecho.

—¿Qué haces? —preguntó, con tono desabrido.

—Voy a volver a probar el nuevo método.

—¿Por qué? La última vez te dio náuseas.

—Estoy tanteando, haciendo pruebas.

—No me gusta el nuevo método, Lyra.

—Pero ¿por qué?

—Porque, cuando lo aplicas, parece como si estuvieras perdida. No puedo precisar dónde estás y no creo que tú tampoco lo sepas. Necesitas más imaginación.

—¿Qué?

—Si tuvieras más imaginación, te saldría mejor, pero...

—¿Qué dices? ¿Aseguras que no tengo imaginación?

—Intentas vivir sin ella, eso es lo que digo. También es por culpa de esos libros. Uno de ellos afirma que no existe, y el otro que, de todas formas, es inservible.

—No, no...

—Bueno, si no quieres saber mi opinión, no me preguntes.

—Pero si yo no… —No supo qué decir. Se sentía muy molesta. Pan se limitó a mirarla con cara inexpresiva—. ¿Qué debería hacer? —preguntó.

Se refería a «con respecto a nuestra relación», pero él lo interpretó de otro modo.

—Tendrías que ser capaz de imaginar, aunque, en tu caso, no es fácil, ¿verdad?

—Yo no…, de verdad que no… Pan, no sé de qué hablas. Es como si habláramos idiomas distintos. No tiene nada que ver con…

—Bueno, ¿y qué ibas a consultar?

—Ya no lo sé. Me has confundido. Pero está pasando algo malo. Supongo que iba a ver si podía averiguar qué era.

El daimonion desvió la mirada y movió despacio la cola de un lado a otro, hasta que acabó dándole la espalda y se acostó en el viejo sillón tapizado de cretona, donde se enroscó y se echó a dormir.

¿Que no tenía imaginación? ¿Que intentaba vivir sin imaginación? Jamás en su vida se había planteado cómo era su imaginación. De haberlo hecho, habría supuesto que aquel aspecto de sí misma residía más bien en Pan, porque ella era pragmática y realista… Pero ¿cómo sabía que era así? Otra gente parecía considerar que poseía aquellos atributos, o cuando menos la trataban como si los tuviera. Tenía amigas a quienes habría calificado de imaginativas, que eran ingeniosas, fantasiosas o que decían cosas sorprendentes. Evidentemente, Lyra no se parecía a ellas. Pero no habría sospechado que le dolería tanto que le dijeran que carecía de imaginación.

Claro que Pan lo había dicho por culpa de aquellos libros. Era cierto que en el relato de *Los hyperchorasmios* se trataba con desprecio a los personajes con tendencias artísticas, que escribían poesía o que hablaban de «lo espiritual». ¿Daba a entender con ello Gottfried Brande que la imaginación era inútil en sí misma? Lyra no recordaba si lo mencionaba de forma directa. Tendría que revisar el libro para verlo. En cuanto a Simon Talbot, en *El impostor constante* hacía gala de imaginación de principio a fin, en una especie de hechicero y despiadado juego con la verdad. El efecto resultaba deslumbrante, vertiginoso, como si no hubiera ninguna responsabilidad, ninguna consecuencia, ninguna realidad.

Lyra suspiró. Sostenía el aletiómetro con holgura entre las manos, dejando mover los pulgares por las dentadas ruedas, percibiendo su peso familiar, medio consciente del reflejo de la luz de la lámpara que se movía según lo movía ella, orientándolo en un sentido u otro.

—Bueno, Pan, yo lo he intentado —dijo, en voz muy baja—, y tú también lo intentaste, durante un tiempo. No pudiste perseverar. En realidad, no te interesa. ¿Qué vamos a hacer? No podemos seguir así. ¿Por qué me odias tanto? ¿Por qué te odio yo? ¿Por qué no soportamos estar juntos?

Se le había quitado el sueño. Estaba desvelada y también disgustada.

—Bah, ahora ya da igual —susurró.

Irguió el torso, agarrando el aletiómetro con más decisión. Había dos diferencias principales entre el nuevo método y el clásico. La primera estaba relacionada con la posición de las manos en la esfera. El método clásico requería que el lector formulara una pregunta apuntando un símbolo diferente con cada una de las manecillas, definiendo con precisión lo que deseaba averiguar. Con el nuevo método, en cambio, las tres manecillas apuntaban a un mismo símbolo, elegido por el lector. Los lectores de formación clásica lo consideraban como un procedimiento poco ortodoxo y poco respetuoso con la tradición, que adolecía además de falta de estabilidad. En lugar de la metódica y estable indagación facilitada por la firme base triangular de las tres manecillas, el nuevo método procuraba, con su único anclaje, un descontrolado e imprevisible caos de significados que iban surgiendo a medida que la aguja se desplazaba rápidamente de un sitio a otro.

La segunda diferencia estaba relacionada con la actitud del lector. El método clásico exigía una disposición vigilante y relajada a la vez, cuya consecución requería un alto grado de práctica. No en vano, el lector debía dedicar una parte de su atención a consultar los libros que describían los múltiples significados de cada símbolo. El nuevo método, por su parte, prescindía de los libros. El lector debía abandonar el control y entrar en un estado de visión pasiva donde nada estaba prefijado y donde, por consiguiente, todo era posible. Tanto Hannah como Lyra tuvieron que renunciar al nuevo sistema poco después de empezar a experimentar con él, porque les provocaba un intenso mareo.

Acordándose de ello, sentada en la cama, a Lyra le invadió un sentimiento de aprensión.

—¿Podría salir mal? —susurró—. Tal vez podría perderme y no regresar más...

Sí, existía ese riesgo. Sin una perspectiva definida o un sólido lugar donde afianzarse, podía ser como intentar salvarse en un tempestuoso mar.

En un estado de reluctante desesperación, hizo girar las ruedas hasta que las tres manecillas apuntaron al caballo. No sabía por qué. Después abrazó el aletiómetro y cerró los ojos, soltando las riendas de la mente, como si se precipitara al mar desde lo alto de un acantilado.

—No busques un sitio firme..., déjate llevar por la corriente..., fúndete con ella..., deja que corra dentro de ti..., que entre y vuelva a salir..., no hay nada firme..., no hay perspectiva... —murmuró para sí.

Las imágenes brotaban de la esfera, se alejaban y volvían, oscilantes. Tan pronto se encontraba abajo como en la cresta de las olas, como inmersa a una tremenda profundidad. Imágenes que conocía bien por haberlas visto durante casi toda su vida la miraban con un enajenado viso amenazador. Se dejaba llevar, flotar y revolcar, sin aferrarse a nada. A veces la envolvía la oscuridad y en otras un gran resplandor. Estaba en una inacabable llanura llena de emblemas fosilizados bajo una vasta luna. Luego estaba en un bosque donde resonaban chillidos de animales, gritos humanos y el susurro de aterradores fantasmas. La hiedra ascendía para envolver el sol y hacerlo bajar a un prado donde un feroz toro negro pateaba el suelo dando bufidos.

Navegaba a la deriva entre todo aquello, sin ningún propósito, liberada de cualquier sentimiento humano. Las escenas se sucedían, banales, tiernas, horrendas, y ella las observaba, con interés y desapego a un tiempo. Se preguntó si soñaba y si ello tenía alguna relevancia, y también si era capaz de discernir lo que era importante de lo trivial o accidental.

—¡No lo sé! —susurró.

Había empezado a sentir aquel horrible mareo que parecía ser la consecuencia inevitable del uso del nuevo método. Dejó el instrumento en el suelo en el acto y respiró hondo hasta que la náusea cedió.

Debía de haber una manera mejor de avanzar, pensó. Estaba claro que ocurría algo, aunque era difícil precisar qué era. Se planteó qué preguntaría si tuviera los libros a su disposición y pudiera consultar el legado de las autoridades para formular una pregunta e interpretar la respuesta, y enseguida supo cuál sería su prioridad: preguntaría por el gato del sueño. ¿Era el daimonion de Will? Y si lo era, ¿qué significaba?

Sin embargo, el mero hecho de pensarlo la hacía sentir incómoda. El escepticismo universal que había aprendido, en dos vertientes distintas, de Brande y de Talbot, la inducía a rechazar con rigidez el mundo de los sueños y de los significados ocultos, tildándolos de cosas de criaturas, de bobadas inútiles.

Pero ¿qué era el propio aletiómetro si no una vía de acceso a ese mismo mundo?, se decía.

De todas maneras, ese gato de color de sombra en un prado iluminado con la luz de la luna...

Volvió a coger el aletiómetro y movió las tres manecillas para encarar el pájaro, que representaba a los daimonions en general. Sosteniendo sin tensión alguna el instrumento en el regazo, volvió a cerrar los ojos y trató de evocar la luna del sueño. En realidad, no le costó mucho. El aplenilunio se prendió a su pensamiento a la manera de un delicado perfume. El daimonion acudió hacia ella, contento y confiado, ofreciendo la cabeza para que se la acariciara, con el pelo casi cargado de adoración. Lyra supo que el daimonion era Kirjava y que este le permitía tocarlo porque ella quería a Will, y que Will debía de estar cerca...

La escena cambió de repente. Todavía bajo el hechizo de la anterior, se halló en un elegante edificio, en un pasillo con ventanas que daban a un estrecho patio, donde resplandecía una gran limusina bajo un sol invernal. Las paredes del pasillo estaban pintadas de un color verde terroso perceptible con la pálida luz de la tarde de invierno.

¡Y ahí estaba de nuevo el daimonion gato!

O... tan solo un simple gato. Esa vez la miraba sentado tranquilamente. No era Kirjava. Cuando impelida por un destello de esperanza y decepción se desplazó hacia él, el gato dio media vuelta y se alejó con paso airado en dirección a una puerta abierta. Lyra lo siguió. Desde el umbral vio una habitación repleta de libros donde un joven sostenía un aletiómetro, y era...

—¡Will! —gritó.

No lo pudo evitar. El cabello negro, la mandíbula prominente, la tensión en la zona de los hombros..., y entonces él levantó la cabeza... Y no era Will, sino otro joven, más o menos de su edad, delgado, adusto, arrogante. Tenía un daimonion que no era un gato, sino un gavilán, que la observaba con ojos amarillentos, encaramado en el respaldo de la silla. ¿Qué se había hecho de Kiryava? Lyra miró en derredor: el gato había desaparecido. Entre ella y el joven se produjo un chispazo de reconocimiento, aunque cada cual reconoció algo distinto. Él supo que era la chica que, por algún motivo, buscaba con tanto desespero Marcel Delamare, la chica que tenía el aletiómetro de su padre, y ella lo identificó como el inventor del nuevo método.

Sin dar margen a que él se moviera, Lyra alargó la mano y cerró la puerta entre ambos.

Después pestañeó, sacudió la cabeza... y volvía a estar en la acogedora cama de La Trucha. Tenía una sensación de debilidad y de vértigo, producida por la conmoción y el asombro. Se parecía tanto a Will... ¡Aquel primer momento había sido como una explosión de gozo en su pecho! Y luego, esa repulsiva decepción, que precedió al *shock* de saber dónde estaba ese lugar, qué era lo que hacía él y quién era. ¿Y adónde había ido a parar el gato? ¿Por qué estaba allí? ¿La estaba conduciendo hasta ese joven?

No se percató de que Pan la observaba, erguido con tensa postura, desde el sillón contiguo a la cama.

Dejó el aletiómetro encima de la mesita y cogió papel y lápiz. Mientras la visión se disipaba rápidamente de su cabeza, se apresuró a anotar todo cuanto pudo.

Pan la estuvo mirando durante un par de minutos y después se volvió a acurrucar en silencio en el sillón. Hacía varias noches que no compartía la almohada con ella.

No se movió hasta que Lyra acabó de escribir y apagó la luz; luego aguardó un poco más hasta que su respiración regular le indicó que estaba dormida. Entonces cogió un gastado cuadernillo que había escondido en un libro y, agarrándolo entre los dientes, subió de un salto hasta el alféizar de la ventana.

Ya había inspeccionado la ventana; como no era de guillotina, no necesitaba de la ayuda de Lyra para abrirla. Al cabo de un momento, estaba sobre las viejas losas de piedra de fuera y solo fue cuestión de un salto hasta un manzano, una carrera por una extensión de césped y un chapuzón al cruzar el río para que pudiera correr libremente por la amplia zona despejada de Port Meadow en dirección al lejano campanario del oratorio de St. Barnabas, cuya pálida silueta se recortaba en la noche. Pasó disparado entre un grupo de ponis, lo cual provocó una inquieta agitación entre de ellos. Quizás uno de aquellos animales era el mismo sobre cuyos lomos se había posado hacía un año, para luego clavarle las garras hasta que la pobre criatura se puso a galopar con frenesí y acabó arrojándolo al suelo, donde aterrizó riendo de alborozo. Lyra no sabía nada de aquello.

Tampoco sabía nada del cuadernillo que entonces transportaba entre los dientes. Era el que habían encontrado en la mochila del doctor Hassall, aquel que estaba lleno de nombres y direcciones, y que él había escondido aparte porque había visto algo en lo que ella no había reparado. Después de haberlo ocultado, consideró que aún no había llegado el momento de contárselo.

Siguió corriendo, ágil, silencioso e incansable, hasta llegar al canal que discurría por el borde oriental del prado. En lugar de atravesarlo a nado y arriesgarse a estropear el cuaderno, se deslizó entre la hierba hasta la altura del puentecillo que comunicaba con Walton Well Road y las calles de Jericho. A partir de ese punto, debería tener cuidado, ya que, al no ser aún medianoche, había varios pubs abiertos y la luz amarillenta que arrojaban las farolas en cada esquina le imposibilitaría esconderse si iba por ese lado.

Así pues, optó por mantenerse por el camino de sirga, alternando rápidos desplazamientos con frecuentes pausas en las que miraba y escuchaba, hasta que llegó a una verja de hierro. Una vez traspasada, se halló en el recinto de la siderúrgica Eagle, rodeado de sus imponentes edificios. Un angosto sendero conducía a otra verja parecida que iba a parar cerca del final de Juxon Street, con su hilera de pequeñas casas pareadas de ladrillo construidas para los obreros de la fundición o de la cercana editorial Fell Press. Pan se quedó al otro lado de la reja, a la sombra de los edificios, porque vio dos hombres hablando en la calle.

Al final, uno de ellos abrió una puerta y se despidieron. El otro se alejó con pasos inseguros hacia Walton Street. Pan aguardó un minuto más y luego se coló por debajo de la verja y traspuso el muro del patio de la primera casa.

Se agazapó junto al ventanuco del sótano. De este surgía una luz apagada, pero estaba tan recubierto de humo y de polvo que era imposible ver el interior. Al final oyó la voz que esperaba, una voz áspera de hombre que pronunció un par de frases, a la que respondió otra en un tono más ligero y musical.

Estaban allí y estaban trabajando. Eso era todo lo que necesitaba saber. Dio un golpecito en la ventana y las voces callaron de inmediato. Una forma oscura se acercó al estrecho alféizar; al cabo de un momento, se apartó para dejar que el hombre abriera la ventana.

Pan penetró por el hueco y bajó de un salto al suelo de piedra del sótano para saludar al daimonion gato, cuyo pelo negro parecía absorber la luz. En el centro de la habitación ardía una gran hoguera que despedía un tremendo calor. Aquello parecía una combinación de una forja de herrero y un laboratorio químico, renegrido por el hollín y lleno de telarañas.

—Pantalaimon —dijo el hombre—. Bienvenido. Hacía un tiempo que no te veíamos.

—Señor Makepeace —saludó Pan, dejando caer el cuaderno para poder hablar—. ¿Cómo está usted?

—Activo, por lo menos —repuso Makepeace—. ¿Estás solo?

Tenía unos setenta años y la cara cubierta de profundas arrugas. Su piel aparecía moteada, tal vez a causa de la edad, tal vez por el humo que impregnaba el aire. Pan y Lyra habían conocido a Sebastian Makepeace unos años atrás, en un curioso episodio protagonizado por una bruja y su daimonion. A partir de entonces, habían ido a visitarlo varias veces y se habían familiarizado con su irónica manera de ser, el indescriptible desorden de su laboratorio, su conocimiento de cosas curiosas y la bondadosa paciencia de su daimonion Mary. Esta y Makepeace sabían que Lyra y Pan podían separarse. La bruja cuyo engaño había propiciado su acercamiento había sido amante suya; por eso sabía del poder que tenían las brujas.

—Sí —confirmó Pan—. Lyra está..., eh, está dormida. Yo quería hacerle una consulta. No querría interrumpirlo.

Makepeace se puso un gastado guante para retocar la posición de una vasija en el borde del fuego.

—Eso puede seguir calentándose un rato —dictaminó—. Siéntate, muchacho. Aprovecharé para fumar mientras hablamos.

Sacó un puro corto de un cajón y lo encendió. A Pan le gustaba el aroma de la hoja de fumar, aunque dudaba que alcanzara a percibirlo en aquel ambiente. El alquimista se sentó en un taburete y lo miró directamente.

—A ver, ¿qué hay en ese cuaderno?

Pan lo recogió y se lo tendió. A continuación, le explicó lo del asesinato y lo que había sucedido después. Makepeace escuchaba atentamente, mientras Mary permanecía sentada a sus pies, con la mirada pendiente de Pan.

—Y la razón por la que lo escondí —concluyó Pan— y por la que lo he traído aquí es porque su nombre figura en él. Es una especie de agenda. Lyra no se dio cuenta, pero yo sí.

—Déjame echar un vistazo —pidió Makepeace.

Se puso las gafas y, con su daimonion instalado en el regazo, revisó la lista de nombres de personas, con sus daimonions y direcciones detallados en el cuadernillo. Cada nombre y cada dirección estaban escritos con una letra distinta. No aparecían en orden alfabético. En realidad, Pan tenía la impresión de que estaban ordenados por orden geográfico, de este a oeste, a partir de un lugar llamado Khwarezm hasta Edimburgo, incluidos ciudades y pueblos de la mayoría de los países de Europa. Pan lo había examinado a escondidas tres o cuatro veces, sin lograr descubrir indicio alguno de la conexión que podía haber entre ellos.

El alquimista parecía buscar ciertos nombres en particular.

—Su nombre es el único de Oxford —precisó Pan—. Pensé que tal vez usted supiera de la existencia de la lista y por qué ese hombre la llevaba encima.

—¿Has dicho que podía separarse de su daimonion?

—Justo antes de morir, sí. El daimonion voló hasta lo alto del árbol y me pidió ayuda.

—¿Y por qué no le has hablado a Lyra de esto?

—Es que… nunca encontré el momento adecuado.

—Es una pena —lamentó Makepeace—. Bueno, deberías dárselo a ella. Es muy valioso. Este tipo de lista tiene un nombre. Se llama *clavicula adiumenti*.

Señaló un par de letritas grabadas al final de la tapa de atrás, junto al lomo: «C. A.». El librito estaba tan manoseado y estropeado que apenas resultaban visibles. Acto seguido, pasó las páginas hasta llegar más o menos a la mitad y, tras sacar un lápiz del bolsillo del chaleco, colocó el cuaderno de lado y anotó algo en él.

—¿Qué significa eso de clavícula? —preguntó Pan—. ¿Y quiénes son estas personas? ¿Las conoce a todas? Yo no encontré ninguna conexión entre los nombres.

—No, claro.

—¿Qué ha escrito?

—Un nombre que faltaba.

—¿Por qué lo ha vuelto de lado?

—Para que cupiera en la página, por supuesto. Te lo repito: dáselo a Lyra y vuelve aquí con ella. Entonces te explicaré qué significa, pero tenéis que estar juntos.

—No va a ser fácil —pronosticó Pan—. Últimamente, casi no nos hablamos. No paramos de pelearnos. Es horrible, pero no podemos evitarlo.

—¿Por qué os peleáis?

—La última vez, esta misma tarde, ha sido a propósito de la imaginación. Yo le he dicho que no tenía imaginación y se ha enfadado.

—¿Te extraña?

—No, supongo que no.

—¿Por qué discutíais a propósito de la imaginación?

—Ya no me acuerdo bien. Probablemente, no le atribuíamos el mismo sentido el uno y el otro.

—No comprenderás nada de la imaginación hasta que te des cuenta de que es algo que no tiene que ver con inventarse cosas, sino con la percepción. ¿Por qué motivos más os habéis peleado?

—Por un montón de cosas distintas. Ella está cambiada. Ha estado leyendo unos libros que… ¿Ha oído hablar de Gottfried Brande?

—No, pero no me digas qué piensas de él. Dime lo que diría Lyra.

—Mmm. De acuerdo, lo intentaré… Brande es un filósofo. Lo llaman el Sabio de Wittenberg. Bueno, no todo el mundo lo llama así. Escribió una novela larguísima titulada *Los hyperchorasmios*. Ni siquiera sé qué significa. En el texto no hay ninguna alusión al título.

—Normalmente, significa los que viven más allá de Chorasmia, es decir, la región del este del mar Caspio, que hoy en día se denomina Khwarezm. Y…

—¿Khwa… qué? Creo que ese nombre está en la lista.

Makepeace volvió a abrir el pequeño cuaderno y asintió con la cabeza.

—Sí, ahí está. ¿Y qué piensa Lyra de esa novela?

—Ha estado como hipnotizada con ella, desde que…

—Me estás contando lo que tú piensas. Dime lo que respondería ella si le preguntara al respecto.

—Bueno, ella diría que es una obra de enorme…, eh…, envergadura y potencia… Un mundo totalmente convincente… Algo distinto de todo lo que había leído antes… Un… una… una nueva visión de la naturaleza humana que ha pulverizado todas sus convicciones anteriores y… le ha hecho ver su vida desde una perspectiva totalmente inédita… Algo así, probablemente.

—Hablas con sarcasmo.

—No lo puedo evitar. Para mí es detestable. Los personajes tienen un grado monstruoso de egoísmo y una ceguera absoluta con respecto a los sentimientos humanos…, o bien son esnobs y dominantes, o bien serviles y falsos, o bien peripuestos, de tendencias artísticas, inútiles… En ese mundo, el único valor que existe es la razón. El racionalismo del autor es tan marcado que llega a lo demencial. Lo demás no tiene ninguna importancia. Para él, la imaginación es algo despreciable y sin sentido. Todo el universo que describe es árido.

—Si es un filósofo, ¿por qué escribió una novela? ¿Considera que la novela es una buena forma de divulgación filosófica?

—Ha escrito varios libros más, pero este es el único que le ha dado fama. Nosotros no… Lyra no ha leído ninguno de los otros.

El alquimista proyectó la ceniza del puro al fuego y se quedó mirando las llamas. Su daimonion Mary permaneció ronroneando a sus pies, con los ojos entornados.

—¿Ha conocido a alguien que sintiera una antipatía mutua con su daimonion? —preguntó Pan al cabo de un minuto.

—Es más frecuente de lo que crees.

—¿Incluso entre las personas que no se pueden separar?

—Seguramente, para ellas es peor.

«Sí, seguramente», pensó Pan. De la vasija colocada en el fuego salía abundante vapor.

—¿En qué está trabajando ahora, señor Makepeace? —preguntó.

—Estoy preparando una sopa —repuso el alquimista.

—Ah —exclamó Pan, justo antes de caer en la cuenta de que se trataba de una broma—. No, en serio, ¿en qué está trabajando?

—¿Sabes lo que significa un campo?

—¿Como un campo magnético, por ejemplo?

—Sí, pero este es muy difícil de detectar.

—¿Qué hace?

—Es lo que trato de imaginar.

—Pero si… Ah, ya entiendo. Quiere decir que trata de percibirlo.

—Exacto.

—¿Necesita un material especial?

—Probablemente, se podría hacer con instrumentos carísimos que utilizaran una cantidad colosal de energía y ocuparan un montón de espacio. Yo estoy limitado a lo que tengo aquí en mi laboratorio, un poco de pan de oro, varios espejos, una luz intensa y diversos artilugios que tengo que inventar.

—¿Y funciona?

—Por supuesto que funciona.

—Recuerdo que, cuando nos conocimos, le dijo a Lyra que, si la gente cree que intenta convertir el plomo en oro, pensarán que pierde el tiempo y no se preocuparán de averiguar qué hace de verdad.

—Sí, así es.

—¿Entonces ya intentaba encontrar este campo?

—Sí, ahora que lo he encontrado, trato de descubrir si es el mismo en todas partes o si varía.

—¿Utiliza todas las cosas que tiene por ahí?

—Todas tienen una aplicación.

—¿Y qué está preparando en la olla de hierro?

—Sopa, tal como te he dicho.

Se levantó para removerla. De repente, Pan acusó el cansancio. Se había enterado de ciertas cosas, aunque no era seguro si le iban a servir. Además, ahora tenía que regresar por Port Meadow y volver a esconder la libreta y… en un momento u otro… hablarle de ella a Lyra.

—*Clavicula*... —dijo, tratando de memorizar la palabra.

—*Audimenti* —agregó Makepeace.

—*Audimenti*. Ahora me tengo que ir. Gracias por sus explicaciones. Que disfrute de la sopa.

—Cuéntaselo a Lyra, sin tardar, y vuelve con ella.

El gato negro daimonion se levantó y frotó el hocico con el de Pan, que se marchó.

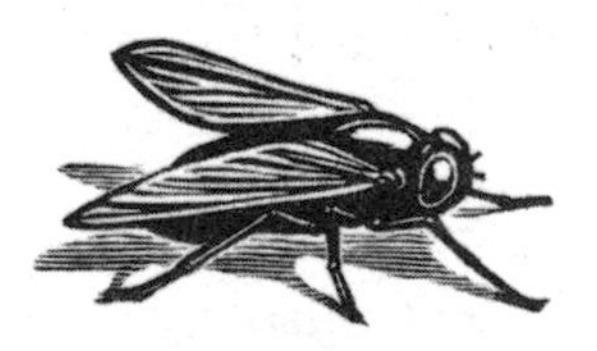

10

La sala Linneo

A la mañana siguiente, Malcolm recibió una carta entregada en mano en el Durham College. Al abrirla en la portería, antes de leerla, vio que el papel tenía en el membrete: «Oficina de Dirección, Jardín Botánico, Oxford».

> Querido doctor Polstead:
>
> Tengo la impresión de que ayer debí ser más franca con usted en lo concerniente al doctor Hassall y sus investigaciones. Lo cierto es que las circunstancias están cambiando de manera muy rápida y el asunto es más urgente de lo que pudiera parecer. Hemos organizado una pequeña reunión entre diversos actores que tienen interés en el caso, a la que le invito a participar, si le es posible. Con su conocimiento de la zona y de los artículos encontrados, podría contribuir al debate. Aunque nada me autoriza a pedírselo, la situación es grave y urgente a la vez.
>
> Nos reuniremos esta tarde a las seis, aquí en el Jardín. Si puede venir, tal como deseo, tenga la amabilidad de preguntar por la sala Linneo en la entrada.
>
> Atentamente,
>
> LUCY ARNOLD

Miró la fecha de la carta y comprobó que la habían escrito esa misma mañana.

—Deberíamos informar a Hannah —opinó Asta, que la había leído con él desde la repisa de la ventana de la portería.

—¿Hay tiempo?

Tenía una reunión en la universidad a media mañana. Consultó la hora en el reloj de la portería: las nueve y cinco.

—Sí, nos da tiempo —decidió.

—Me refería a ella —precisó Asta—. Se va a Londres esta mañana.

—Es verdad. Más valdrá que nos demos prisa —resolvió Malcolm.

Asta bajó al suelo y se puso a caminar tras él. Al cabo de diez minutos, llamaba al timbre de la casa de Hannah Relf; treinta segundos después, ella lo hizo pasar al interior.

—¿Has visto el *Oxford Times*? —le preguntó.

—No. ¿Qué novedades hay?

Hannah le enseñó la edición vespertina del periódico. Luego lo dobló en la página cinco, cuyo titular anunciaba: «Cadáver localizado en la esclusa de Iffley. Según la policía, el hombre no murió ahogado».

Malcolm leyó por encima la noticia. La esclusa de Iffley quedaba más o menos a un kilómetro y medio río abajo del lugar donde Pan había presenciado la agresión. El esclusero había encontrado el cadáver de un hombre de unos cuarenta años, que había sido víctima de una brutal paliza y que parecía haber fallecido antes de que su cuerpo entrara en el agua. La policía había abierto una investigación por homicidio.

—Tiene que ser él —dedujo Malcolm—. Pobre hombre. Lucy Arnold ya debe de estar al corriente ahora. Quizá se refería a eso en su nota.

—¿De qué hablas?

—He venido para enseñarte esto —explicó, entregándole la carta.

—»Las circunstancias están cambiando de manera muy rápida» —leyó Hannah—. Sí, podría ser. Es muy prudente.

—No menciona a la policía. Si en el cadáver no hay nada que permita identificarlo, no sabrán quién es. Y en ese caso es posible que ella no esté enterada. ¿Sabes algo de ella? ¿La has visto alguna vez?

—He tenido poco trato con ella. Es una mujer vehemente, apasionada, casi trágica. A veces me ha dado esa impresión, aunque no tengo motivos claros para pensarlo.

—No importa. Es para hacerme una idea. De todas formas, voy a ir a esa reunión. ¿Crees que verás a Glenys en Londres?

—Sí, seguro que va a estar. Me las arreglaré para informarla de todo.

Cogió el abrigo de la percha.

—¿Cómo está Lyra? —preguntó, mientras él la ayudaba a ponérselo.

—Apagada. No es de extrañar, desde luego.

—Dile que venga a verme cuando tenga un rato. Ah, Malcolm, a propósito del viaje del doctor Strauss por el desierto y ese edificio rojo...

—¿Sí?

—Esa palabra *akterrakeh*..., ¿tienes idea de qué puede significar?

—Ninguna, por desgracia. No es una palabra tayika, que yo sepa.

—Vaya. No sé si el aletiómetro nos lo podría aclarar. Hasta pronto.

—Dale recuerdos a Glenys.

Glenys Godwin era la actual directora de Oakley Street. Thomas Nugent, que había sido director cuando Hannah ingresó en la organización, había fallecido hacía poco, y Hannah iba a asistir a una misa de difuntos en su memoria. La señora Godwin había tenido que renunciar a su labor como agente de campo unos años atrás, a raíz de las fiebres tropicales contraídas, que habían provocado una parálisis en su daimonion. Aun así, poseía una gran capacidad de discernimiento, matizada de una curiosa combinación de audacia y sensatez, y su daimonion gozaba de una memoria amplia y detallada. Malcolm sentía una gran admiración por ella. Era una viuda cuyo único hijo había muerto a consecuencia de las mismas fiebres que había padecido ella, y aparte era la primera mujer que presidía Oakley Street. Sus enemigos políticos habían aguardado en vano a que cometiera un error.

Después del funeral, Hannah logró hablar con ella diez minutos. Se habían sentado en un discreto rincón del salón del hotel donde algunos otros miembros de Oakley Street tomaban una copa. Hannah expuso con brevedad todo lo que sabía sobre el asesinato, la mochila, el diario de Strauss y la invitación que Malcolm había recibido para aquella precipitada reunión.

Glenys Godwin tenía algo más de cincuenta años, baja, robusta, y con el pelo gris recogido por un austero peinado. Tenía una cara que dejaba traslucir rápidamente las emociones…, demasiado expresiva (según había pensado a menudo Hannah) para una persona de su posición, a quien le habría convenido más un rostro pétreo e inescrutable. En ese momento pasaba con suavidad la mano izquierda sobre su daimonion, una pequeña civeta, que escuchaba atentamente instalada en su regazo.

—Esa joven, Lyra Lenguadeplata, ¿no es así? ¿Dónde está ahora?

—Se ha quedado con los padres de Malcolm, que tienen un pub al lado del río.

—¿Necesita protección?

—Sí, creo que sí. Es… ¿Conoce su historia?

—No. Mejor será que me la cuentes en otra ocasión. Evidentemente, Malcolm debe ir a esa reunión…, es un asunto de gran interés para Oakley Street. Existe una conexión con la teología experimental, eso está claro. Un hombre llamado…

—Brewster Napier —especificó la voz fantasmal de su daimonion.

—Ese mismo. Publicó un artículo hace un par de años, que nos atrajo por primera vez la atención sobre ese asunto. ¿Cómo se titulaba?

—«Algunos efectos del aceite de rosas en la microscopia de la luz polarizada» —citó el daimonion de Godwin—. En Actas del Instituto Microscópico de Leiden. Napier y Stevenson, hace dos años.

Hablaba despacio, con voz tensa, pero clara. Por enésima vez, Hannah se quedó maravillada por su prodigiosa memoria.

—¿Se ha puesto en contacto con ese tal Napier? —preguntó Hannah.

—No directamente. Indagamos con mucho cuidado y discreción en su historial, y es impecable. Que sepamos, el Magisterio no se ha percatado de las implicaciones de este artículo, y tampoco queremos llamar la atención sobre ello manifestando un interés evidente. Este asunto en el que se ha visto envuelto Malcolm es otro indicio de que hay algo en juego. Me alegro de que me hablaras de ello. ¿Dices que ha reproducido todos los documentos que había en la mochila?

—Todos. Supongo que se los hará llegar el lunes.

—Estaré pendiente.

En ese mismo momento, Lyra hablaba con la ayudante de cocina de La Trucha. Pauline era una chica de diecisiete años, muy bonita y tímida, que se ruborizaba fácilmente. Mientras Pan hablaba con su daimonion ratón debajo de la mesa, Pauline cortaba cebollas y Lyra pelaba patatas.

—Hace un tiempo lo tuve de profesor —explicó Lyra, respondiendo al interés manifestado por Pauline sobre cómo había conocido a Malcolm—. Pero en esa época yo era muy antipática con todo el mundo. Nunca se me ocurrió que él tuviera una vida aparte del colegio. Es como si pensara que lo guardaban en un armario por la noche. ¿Cuánto tiempo llevas trabajando aquí?

—Empecé el año pasado, a tiempo parcial. Después Brenda me pidió que hiciera unas horas más y... También trabajo en Boswell, los lunes y los jueves.

—¿Ah, sí? Yo trabajé en Boswell una temporada, ocupándome de los cacharros de la cocina. Era un trabajo duro.

—Yo estoy en el Departamento de Mercería.

Terminó con las cebollas y las puso en una olla grande encima del fogón.

—¿Qué estás preparando? —preguntó Lyra.

—Solo estoy empezando un guiso de venado. Brenda será la que lo hará casi todo. Le añade unas especias que ella conoce, no sé qué son. Yo solo estoy aprendiendo.

—¿Cocina un gran plato cada día?

—Antes sí, sobre todo asados, carnes en espetón y ese tipo de cosas. Después Malcolm sugirió que variara un poco. Tiene muy buenas ideas.

Ruborizada de nuevo, se volvió para remover las cebollas, que chisporroteaban en la manteca.

—¿Hace mucho que conoces a Malcolm? —dijo Lyra.

—Sí, supongo. Cuando era pequeña..., pensaba que era..., no sé. Siempre era simpático conmigo. Yo creía que se iba a quedar con el pub cuando Reg se retirara, pero ahora ya no me lo parece. Ahora se dedica a su profesión de profesor y ya no lo veo mucho.

—¿Te gustaría llevar un pub?

—Huy, no podría.

—Pero sería divertido, ¿no?

El daimonion de Pauline trepó hasta su hombro y le susurró algo al oído. La muchacha aprovechó para inclinar la cabeza, dejando caer unas mechas de oscuros rizos que le taparon las mejillas encendidas. Tras remover una vez más las cebollas, tapó la olla y la apartó un poco del fuego. Lyra la observaba con disimulo. Le fascinaba el apuro de la chica y, al mismo tiempo, lamentaba haberlo causado, sin saber por qué.

Un poco más tarde, cuando estaban sentados en la terraza mirando el río, Pan le dio su diagnóstico.

—Está enamorada de él —dijo.

—¿Cómo? ¿De Malcolm? —preguntó con incredulidad.

—Si no hubieras estado tan ensimismada, te habrías dado cuenta enseguida.

—No estoy ensimismada —protestó sin mucha convicción—. Pero… ¿no es demasiado viejo para ella?

—Pues está claro que ella no lo considera así. De todas formas, no creo que él esté enamorado de ella.

—¿Te lo ha dicho su daimonion?

—No era necesario.

Lyra estaba boquiabierta, sin saber por qué. Tampoco era algo tan extraño. Era solo…, bueno, él era el doctor Polstead. Por otra parte, ahora tenía un aspecto diferente. Incluso se vestía de otra manera. En su casa, en La Trucha, Malcolm llevaba una camisa de cuadros arremangada por la que asomaba el vello pelirrojo de los brazos, un chaleco de piel de melocotón y pantalones de pana. Parecía más un campesino que un profesor. Daba la impresión de encontrarse totalmente a gusto en aquel mundo de marinos y labriegos, de cazadores furtivos y representantes de comercio; corpulento, afable y calmado, parecía como si hubiera formado parte de ese lugar durante toda su vida.

En realidad, era así. No era de extrañar que sirviera bebidas con tanta destreza, que hablara con tanta facilidad con conocidos y extraños y que solucionara con tanta eficacia los problemas. La noche anterior, dos clientes habían estado a punto de llegar a las manos por una partida de cartas, y Malcolm los había echado a la calle tan deprisa que Lyra tardó un momento en darse cuenta. No estaba segura de si se sentía más cómoda con ese nuevo Malcolm que con el antiguo doctor Polstead, pero sí se daba cuenta de que era alguien digno de respeto. ¿Aunque lo de enamorarse de él…? Resolvió dejar de hablar del tema. Le caía bien Pauline y no quería ponerla en una posición incómoda.

Cuando Malcolm llegó al Jardín Botánico justo antes de las seis, vio una luz en una ventana del edificio de administración. Aparte de eso, el lugar estaba a oscuras. Llamó con los nudillos al postigo de la portería, que estaba cerrado.

Oyó un movimiento en el interior; luego, en el borde de la puerta, apareció una luz, como si se acercara alguien con una lámpara.

—El jardín está cerrado —anunció alguien desde dentro.

—Sí, pero he venido para una reunión con la profesora Arnold. Me ha dicho que preguntara por la sala Linneo.

—¿Su nombre, señor?

—Polstead. Malcolm Polstead.

—Ya… Sí. La puerta principal está abierta, y la sala Linneo está en la primera planta, la segunda a la derecha.

La entrada del edificio, encarada hacia el jardín, estaba casi a oscuras, iluminada solo por una luz encendida en lo alto de las escaleras. Malcolm localizó la sala Linneo en el mismo pasillo de la oficina de la dirección, donde había visto a la profesora Arnold el día anterior. Al llamar a la puerta, percibió una interrupción en el murmullo de voces que sonaba antes.

La puerta se abrió y Lucy Arnold apareció en el umbral. Malcolm recordó el calificativo de Hannah: «trágica». Su expresión, efectivamente trágica, le indicó que estaba enterada del descubrimiento del cadáver de Hassall.

—Espero no llegar tarde —dijo.

—No. Pase, por favor. Aún no habíamos empezado, pero ya no falta nadie más…

Aparte de ella, había cinco personas en torno a la mesa de conferencias, bajo la luz de dos lámparas ambáricas colgadas del techo que dejaban en la penumbra los rincones de la sala. Reconoció a dos de los presentes. Uno era un experto en política asiática del colegio St. Edmund Hall; el otro era un clérigo llamado Charles Capes. Malcolm sabía que era teólogo, pero Hannah le había confiado que, en realidad, era un colaborador secreto de Oakley Street.

Malcolm ocupó su puesto junto a la mesa al tiempo que Lucy Arnold tomaba asiento.

—Ya estamos todos aquí —anunció ella—. Así pues, podemos comenzar. Por si alguno no está enterado todavía, ayer la policía encontró en el río un cadáver, que han identificado como el de Roderick Hassall.

Aunque hablaba con severo autocontrol, Malcolm creyó advertir un leve temblor en su voz. Dos o tres de los presentes expresaron un murmullo de asombro… o de consternación.

—Los he convocado —prosiguió la directora— porque necesitamos compartir nuestros conocimientos sobre este asunto para decidir qué conviene hacer. Como me parece que aquí no todo el mundo se conoce, les pido que cada uno se presente de forma breve. ¿Tiene la amabilidad de empezar, Charles?

Charles Capes era un hombre bajito y pulcro, de unos sesenta años, que llevaba alzacuellos. Su daimonion era un lémur no muy grande.

—Charles Capes, profesor de Divinidad del Thackeray —expuso—. Mi presencia aquí se debe, a que conocía al botánico Roderick Hassall y pasé una temporada en la zona donde estaba trabajando.

—Annabel Milner, Ciencias Botánicas —se presentó a su lado una mujer, más o menos de la misma edad de Malcolm, que se veía muy pálida y ansiosa—. Eh…, yo trabajé con el doctor Hassal en el tema de las rosas antes de que fuera a…, eh…, a Lop Nor.

—Malcolm Polstead, historiador —dijo a continuación Malcolm—. Yo encontré unos papeles dentro de una bolsa en una parada de autobús. Al ver que en ellos constaba el nombre y la tarjeta universitaria del doctor Hassall, los traje aquí. Trabajé en la misma región del mundo que el profesor Capes, cosa que despertó mi curiosidad.

El hombre sentado a su lado era delgado y moreno, de unos cincuenta años y pico, y su daimonion era un halcón.

—Timur Ghazarian —se presentó, dirigiendo una inclinación de cabeza a Malcolm—. Mi especialidad es la historia y la política de Asia Central. Mantuve varias conversaciones con el doctor Hassall sobre esa zona antes de que se desplazara a ella.

A continuación, tomó la palabra un individuo de cabello claro y acento escocés.

—Mi nombre es Brewster Napier. Junto con mi colega Margery Stevenson, escribí el primer artículo consagrado al efecto del aceite de rosas en el ámbito de la microscopia. En vista de lo que ha ocurrido desde entonces, la convocatoria que me ha hecho llegar Lucy esta mañana me ha suscitado alarma y también un profundo interés. Al igual que el profesor Ghazarian, hablé con el doctor Hassall la última vez que estuvo en Oxford. Para mí ha sido un *shock* enterarme de su muerte.

La última persona en presentarse fue un individuo algo mayor que Malcolm, de rubio cabello ralo y mandíbula prominente.

—Lars Johnsson —anunció con expresión sombría—. Fui director de la estación de investigación de Tashbulak antes de que me relevara Ted Cartwright. Ese era el sitio donde trabajaba Roderick.

—Gracias —dijo Lucy Arnold—. Empezaré yo. La policía ha venido esta mañana a pedirme si podía identificar el cadáver que habían encontrado en el río. En el interior de la camisa del muerto había una tarjeta con su nombre, que conectaron con este centro. Las listas de personal no son difíciles de conseguir. Los he acompañado y, efectivamente, era Roderick. No querría volver a tener que hacer algo así. Era evidente que lo habían asesinado. Lo más extraño es que no parece que el móvil fuera el robo. Ayer por la mañana, el doctor Polstead aquí presente, encontró una bolsa de compra en Abingdon Road que contenía la cartera de Roderick y otros objetos, y la trajo aquí. Francamente, la policía no ha demostrado gran interés por este detalle. Me parece que creen que fue un ataque sin propósito alguno. No obstante, los he convocado a todos porque cada uno posee una parte del conocimiento que vamos a necesitar para comprender… lo que ha ocurrido. Y lo que sigue ocurriendo. Es…, el caso es… que creo que nos movemos en un terreno peligroso. Ahora les pediré que tomen sucesivamente la palabra para después abrir un debate más general… Brewster, ¿podría informarnos de cómo empezó todo en su caso?

—Desde luego —aceptó el hombre—. Hace un par de años, un técnico de mi laboratorio advirtió que un microscopio en concreto le planteaba problemas. Había una lente que se comportaba de una forma rara. Era como cuando uno tiene una mancha de tierra o de aceite en las gafas, que vuelve borrosa una parte del campo visual…, pero no acababa de ser igual. El efecto que producía era una orla de color en torno a la muestra que observábamos, de carácter bastante definido. No era algo difuminado ni carente de claridad; todo cuanto veíamos estaba perfilado con una precisión inusual y, aparte, había esa orla de color que..., bueno, se movía y chispeaba. Al investigar el fenómeno, descubrimos que el usuario anterior del microscopio había estado examinando una muestra de un tipo especial de rosa proveniente de Asia Central y que había tocado de forma accidental la lente, transfiriendo al vidrio una ínfima cantidad de aceite del espécimen. El microscopio era muy bueno, para ser sinceros, pero lo interesante era que produjera ese efecto. Extraje la lente y la dejé a un lado, porque quería averiguar qué pasaba. Una corazonada me indujo a pedirle a mi amiga Margery Stevenson que le echara un vistazo. Margery es física de partículas, y algo que me había dicho un mes atrás me llevó a pensar que aquello podría interesarle. Ella estaba investigando el campo de Rusakov.

Malcolm captó una leve subida de tensión en torno a la mesa, tal vez porque él mismo la sentía. Sin embargo, nadie habló ni se movió. Napier continuó:

—Para quienes no han tenido información al respecto, diré que el campo de Rusakov y las partículas a él asociadas son aspectos del fenómeno conocido como el Polvo. Es un tema del que no se debe hablar en público sin la autorización específica del Magisterio, por supuesto. Lucy me ha asegurado que todos ustedes son conscientes de las limitaciones que eso conlleva para nuestras actividades, y también para nuestras conversaciones.

Miró directamente a Malcolm, que expresó su conformidad inclinando la cabeza.

—Resumiendo —prosiguió Napier—, Margery Stevenson y yo descubrimos que el aceite depositado en la lente permitía ver varios efectos del campo de Rusakov que anteriormente solo habían sido descritos de manera teórica. Hará cosa de unos diez años que se oyen rumores de que algo así se había observado antes, pero toda descripción donde pudiera quedar constancia de ello ha sido sistemáticamente destruida por..., bueno, ya sabemos quién. La cuestión que se nos planteó entonces fue si debíamos mantener en secreto dicho descubrimiento o hacerlo público. Era algo demasiado importante para no decir nada, pero a la vez demasiado peligroso para publicitarlo. Se trataba de darlo a conocer por una vía discreta. El Instituto Microscópico de Leiden no es, francamente, una institución muy influyente, y sus actas suelen pasar inadvertidas. Por eso les enviamos un artículo que publicaron hace un par de años. Al principio, no hubo ninguna reacción, pero hace poco, tanto en mi laboratorio como en el de Margery, hemos recibido la desagradable visita de personas, seguramente relacionadas con los servicios de Seguridad o de Inteligencia, que nos interrogaron de manera muy hábil. Aun mostrándose discretos, su grado de insistencia fue tal que quedamos alarmados. Por nuestra parte, no les dijimos nada más allá de la verdad. Me parece que eso es todo lo que debía decirles por ahora. Ah, también querría añadir que Margery trabaja ahora en Cambridge y que no he tenido noticias suyas desde hace dos semanas. Sus colegas no pueden decirme dónde está, ni tampoco su marido. Estoy muy preocupado por ella.

—Gracias, Brewster —dijo Lucy Arnold—. Ha sido una intervención muy útil, clara e inquietante. Doctor Polstead, ¿podría hacernos partícipes de lo que sabe?

Dirigió una mirada sombría a Malcolm.

—Tal como ha explicado la profesora Arnold —comenzó a exponer este.

En ese preciso instante, alguien llamó con precipitación a la puerta y todos se volvieron a mirar. Lucy Arnold se levantó de forma instintiva. Se había puesto pálida.

—¿Sí? —preguntó.

La puerta se abrió y el portero entró a toda prisa.

—Profesora, hay unos hombres que quieren verla. Creo que podrían ser del TCD. Les he dicho que tenía una reunión en la sala Humboldt, pero no tardarán en venir aquí. No tienen ninguna orden judicial..., pero dicen que no necesitan ninguna.

—¿Dónde está la sala Humboldt? —preguntó en el acto Malcolm.

—En la otra ala —contestó Lucy Arnold, con voz casi inaudible.

Estaba temblando. Los demás no se habían movido.

—Ha hecho bien en decirles eso —felicitó Malcolm al portero—. Ahora querría que condujera a todos los presentes, excepto a Charles, la directora y a mí mismo, al jardín, y de ahí a la calle por la puerta lateral, antes de que esos señores se den cuenta de lo que ha pasado. ¿Puede hacerlo?

—Sí, señor...

—Entonces, todos los demás, síganlo, por favor. Hagan el menor ruido posible, pero dense prisa.

Charles Cape se quedó mirando a Malcolm. Los otros cuatro se levantaron y se marcharon con el portero. Con la mano crispada sobre el marco de la puerta, Lucy Arnold los vio alejarse por el pasillo.

—Mejor será que volvamos a sentarnos —indicó Malcolm, mientras volvía a colocar las sillas para dar la impresión de que no las habían utilizado.

—Buenos reflejos —aprobó Capes—. Y ahora ¿de qué tema vamos a hablar cuando lleguen?

—Pero ¿quiénes son? —preguntó con angustia la directora—. ¿De veras creen que son del Tribunal Consistorial de Disciplina? ¿Qué será lo que quieren?

—Mantengan la calma. Nada de lo que ha hecho o de lo que estamos haciendo ahora es incorrecto o ilegal y, de ningún modo, es asunto de la competencia del TCD. Diremos que estoy aquí porque, como le había traído la bolsa, he venido a interesarme por si había tenido noticias de Hassall. No lo había relacionado con el cadáver que encontraron en el río hasta que usted me lo ha dicho, justo hace un momento. De todas formas, Charles está aquí porque iba a ir a verlo por un asunto de la región de Lop Nor; al contarle lo de la bolsa de Hassall, ha mencionado que lo conocía, y por eso hemos decidido venir juntos.

—¿Qué es lo que me ha preguntado sobre Lop Nor? —preguntó Capes, tranquilo y sereno.

—Curiosamente, le he hecho preguntas sobre el tipo de cosas que habría explicado en esta reunión si no nos hubieran interrumpido. ¿Qué es lo que iba a explicar?

—Era una cuestión de folklore local, más que nada. Los chamanes saben lo de las rosas.

—¿Ah, sí? ¿Qué es lo que saben?

—Las rosas provienen del corazón del desierto de Karamakán, o eso afirman los relatos. No crecen en ningún otro lugar. Si uno se pone una gota de aceite en el ojo, verá visiones, pero hay que estar decidido a exponerse a ello, porque provoca un escozor del demonio. Al menos eso me han dicho.

—¿No lo ha probado usted mismo?

—De ninguna manera. La particularidad que tiene ese desierto es que uno no puede entrar en él sin separarse de su daimonion. Es uno de esos lugares extraños..., hay otro en Siberia, creo, y me parece que en las montañas del Atlas también..., que provocan demasiada incomodidad o dolor en los daimonions para que puedan ir. Por ese motivo, las rosas se consiguen a costa de un considerable precio, ¿comprenden? Un precio tanto desde el punto de vista personal como económico.

—Yo pensaba que la gente moría si hacía eso —señaló Lucy Arnold.

—No siempre, por lo visto. De todas maneras, es algo terriblemente doloroso.

—¿Era eso lo que había ido a investigar Hassall? —preguntó Malcolm.

Aunque sabía de sobra cuál sería la respuesta, pretendía averiguar si ella lo sabía, o si lo iba a admitir.

Pero no hubo tiempo para ello. Alguien golpeó la puerta con mucha más rudeza que el portero. Además, no esperó respuesta para abrir.

—¿Profesora Arnold?

El recién llegado llevaba un abrigo oscuro y un sombrero de fieltro. Detrás de él había otros dos hombres, vestidos de la misma forma.

—Sí —confirmó ella—. ¿Quién son y qué desean? —preguntó con voz contenida.

—Me habían dicho que estaba en la sala Humboldt.

—Al final hemos venido aquí. ¿Qué desean?

—Queremos hacerles unas cuantas preguntas —respondió, adentrándose en la habitación, seguido de los otros dos hombres.

—Espere un momento —intervino Malcolm—. No ha respondido a la pregunta de la profesora Arnold. ¿Quién son ustedes?

El hombre sacó una cartera y la abrió para enseñar una tarjeta, que lucía las letras TCD en mayúsculas y negrita azul marino sobre fondo ocre.

—Me llamo Hartland —dijo—. Capitán Hartland.

—Bien, ¿y en qué puedo ayudarle? —preguntó Lucy Arnold.

—¿De qué estaban hablando?

— De folklore —respondió Charles Capes.

—¿Y a usted quién le ha preguntado? —espetó Hartland.

—Creí que había sido usted.

—Le estoy preguntando a ella.

—Estábamos hablando de folklore —afirmó ella con tono categórico.

—¿Por qué?

—Porque somos estudiosos. Yo me intereso por el folklore de las plantas y las flores, el profesor Capes es un experto en folklore entre otras especialidades, y el doctor Polstead es un historiador que se interesa por el mismo campo.

—¿Qué sabe de un hombre llamado Roderick Hassall?

La directora cerró un instante los ojos, antes de responder.

—Era colega mío, y también amigo. He tenido que identificar su cadáver esta mañana.

—¿Usted lo conocía? —le preguntó Hartland a Capes.

—Sí.

—¿Y usted? —interrogó a Malcolm.

—No.

—Entonces, ¿por qué trajo sus cosas aquí ayer?

—Porque vi que trabajaba aquí.

—¿Y por qué no acudió a la policía?

—Porque no sabía que estaba muerto. ¿Cómo lo iba a saber? Pensé que se lo había dejado allí por error y consideré que lo más simple era llevarlo directamente al sitio donde trabajaba.

—¿Dónde están sus cosas ahora?

—En Londres —repuso Malcolm.

Lucy Arnold pestañeó. «Mantén la calma», pensó Malcolm. Advirtió que uno de los otros dos individuos inclinaba el torso desde el otro extremo de la mesa, con las manos en el borde.

—¿Dónde de Londres? ¿Quién las tiene? —preguntó Hartland.

—Después de haberlas revisado con la profesora Arnold y haberme enterado de que había desaparecido, decidimos que sería una buena idea solicitar la opinión de un experto del Instituto Real de Etnología. Había mucho material que guardaba relación con el folklore, y como yo conocía poco sobre esa cuestión, lo entregué a un amigo para que lo llevara allí ayer.

—¿Cómo se llama su amigo? ¿Podría confirmarlo?

—Podría si estuviera aquí, pero está de camino a París.

—Y ese experto del…, ¿cómo era?

—Instituto Real de Etnología.

—¿Cómo se llama?

—Richards… Richardson… Algo así… No lo conozco personalmente.

—Está siendo un poco descuidado con ese material, ¿no? ¿Teniendo en cuenta que se trata de un caso de asesinato?

—Tal como he señalado, en ese momento ignorábamos que lo fuera. De haberlo sabido, lo habría llevado directamente a la policía, por supuesto. Pero tal como ha dicho la profesora Arnold, la policía no ha demostrado ningún interés cuando lo ha mencionado.

—¿Por qué les interesa a ustedes? —preguntó Charles Capes.

—Mi trabajo consiste en interesarme por un sinfín de cosas —contestó Hartland—. ¿Qué hacia Hassall en Asia Central?

—Investigación botánica —respondió Lucy Arnold.

Se oyó un vacilante golpecito en la puerta y el portero asomó la cabeza.

—Disculpe, profesora —dijo—. Pensaba que estaba en la sala Humboldt. He estado buscando por todas partes. Veo que estos caballeros ya la han encontrado.

—Sí, gracias, John —repuso ella—. Ya hemos terminado. ¿Podrías acompañarlos a la salida?

Después de dirigir una mirada inquisidora a Malcolm, Hartland asintió con la cabeza y se volvió para irse. Los otros dos salieron tras él, dejando la puerta abierta.

Malcolm se llevó el dedo a los labios, para reclamar silencio. Luego contó hasta diez, cerró la puerta y se desplazó con sigilo hasta la punta de la mesa, donde se había inclinado aquel hombre. Con un gesto, indicó a sus acompañantes que se acercaran a mirar. Agachándose, miró debajo del borde y señaló un objeto negro, más o menos del tamaño de la uña de su dedo pulgar, que parecía pegado por debajo.

Lucy Arnold contuvo la respiración y Malcolm se acercó de nuevo el índice a los labios. Cuando tocó aquella cosa negra con la punta de un lápiz, se fue correteando hasta el rincón contiguo a la pata de la mesa. Malcolm abrió su pañuelo antes de hacer salir a la criatura con el lápiz. Entonces la cogió y la envolvió con el pañuelo, desde cuyo interior se puso a zumbar.

—¿Qué es? —susurró Lucy.

Malcolm depositó la criatura encima de la mesa, se quitó el zapato y la golpeó con fuerza.

—Es una mosca espía —explicó en voz baja—. Han sacado razas cada vez más pequeñas, con mejor memoria. Esta habría escuchado lo que dijéramos después y habría regresado volando con ellos para repetírselo exactamente.

—Es la más pequeña que he visto —ponderó Charles Capes.

Tras comprobar que estaba muerta, Malcolm la tiró por la ventana.

—Se me ha ocurrido que podría ser una buena idea dejarla y hacerles perder tiempo escuchándola —comentó—, pero entonces siempre habría tenido que vigilar lo que la gente dijera aquí dentro y habría sido un estorbo. Además, también habría podido moverse por el edificio y nunca habría estado segura de dónde estaba. Es mejor dejar que piensen que no funcionó.

—Es la primera vez que oigo hablar de un Instituto Real de Etnología —confesó Capes—. ¿Y qué se ha hecho de esos papeles? ¿Dónde están de verdad?

—En mi oficina —repuso Lucy Arnold—. También hay algunas muestras, de semillas y ese tipo de cosas...

—No se pueden quedar allí —opinó Malcolm—. Cuando vuelvan, esos individuos traerán una orden de registro. ¿Quiere que me lleve los papeles a otra parte?

—¿Por qué no dejan que me ocupe yo? —se ofreció Capes—. Más que nada, tengo curiosidad por leerlos, y en nuestros sótanos de Wykeham hay infinidad de lugares donde esconder cosas.

—De acuerdo —aceptó ella—. Sí, gracias. No sé qué hacer.

—Si no les importa, me gustaría llevarme el libro de poesía en tayiko —pidió Malcolm—. Hay algo que quiero consultar. ¿Conoce *Jahan y Rukhsana*? —le preguntó a Capes.

—¿Llevaba un ejemplar de ese poema? Qué curioso.

—Sí, y querría averiguar por qué. En cuanto al TCD, no bien descubran que no existe ningún Instituto de Etnología, volverán a por mí —pronosticó Malcolm—. Para entonces, ya se me habrá ocurrido algo. Ahora vayamos a buscar esas cosas.

Por la tarde, Lyra estuvo caminando por la orilla del río. Pan la seguía con humor sombrío. De vez en cuando, daba la impresión de querer decir algo, pero su profundo y glacial estado de aislamiento se lo impedía, de tal forma que al final se puso a andar lo más lejos posible que podía de ella sin despertar sospechas, inmerso en su mutismo.

Mientras la luz del atardecer se transformaba en penumbra bajo los árboles y la neblina se condensaba formando casi una llovizna, se dio cuenta de que tenía ganas de encontrar a Malcolm cuando regresara a La Trucha. Quería preguntarle algo de..., ah, se le había olvidado; ya le volvería a la cabeza. También quería observar a Pauline a su lado, para comprobar si tenía fundamento la descabellada idea de Pan.

Sin embargo, Malcolm no acudió, y ella no quiso preguntar dónde estaba por si acaso..., por si acaso no sabía muy bien qué. Por todo ello, se fue a acostar con un sentimiento de frustrada melancolía, sin siquiera encontrar nada que le apeteciera leer. Cogió *Los hyperchorasmios* y lo abrió al azar, pero no logró apreciar ni de lejos la heroica intensidad que la había arrebatado en otras ocasiones.

Pan recorría la exigua habitación en un estado de suma agitación, subiéndose al alféizar, escuchando junto a la puerta o mirando en el armario.

—Por el amor de Dios, vete a dormir de una vez —exclamó por fin ella.

—No tengo sueño, ni tampoco tú —replicó el daimonion.

—¿Y por qué no paras de moverte?

—Lyra, ¿por qué es tan difícil hablar contigo?

—¿Conmigo dices?

—Necesito contarte algo, pero tú me lo pones difícil.

—Te escucho.

—No, no es verdad. No me escuchas como se debe.

—No sé qué tengo que hacer para escuchar «como se debe». ¿Tendría que usar esa imaginación de la que, según tú, carezco?

—No me refería a eso. De todas formas...

—Claro que sí. Lo dijiste de una manera bastante clara.

—Bueno, desde entonces he tenido tiempo para pensarlo mejor. Cuando salí anoche...

—No quiero que me lo cuentes. Sé que saliste y que hablaste con alguien, y no me interesa para nada.

—Lyra, es importante. Escucha, por favor.

Se subió encima de la mesita de noche. Sin dar su aprobación expresa, ella dejó caer la cabeza sobre la almohada y fijó la vista en el techo.

—¿Qué? —dijo por fin.

—No puedo hablar contigo si te pones de esa forma.

—Oh, esto es imposible.

—Estoy tratando de encontrar la mejor manera de...

—Dilo de una vez y ya está.

Pan guardó silencio y luego suspiró.

—¿Sabes lo que había en la mochila, todas esas cosas que encontramos dentro...?

—¿Sí?

—Una de ellas era un cuaderno con nombres y direcciones.

—Sí, ¿y qué?

—Tú no viste el nombre que yo vi.

—¿Qué nombre?

—Sebastian Makepeace.

—¿Dónde estaba? —preguntó, incorporándose.

—En el cuaderno, tal como te he dicho. Era el único nombre y dirección de Oxford que había.

—¿Cuándo lo viste?

—Cuando tú lo hojeaste.

—¿Por qué no me lo dijiste?

—Pensé que tú misma lo verías. En todo caso, no es fácil decirte nada últimamente.

—Bah, déjate de tonterías. Podrías habérmelo dicho. ¿Dónde está ahora el cuaderno? ¿Lo tiene Malcolm?

—No. Lo escondí.

—¿Por qué? ¿Dónde está?

—Porque quería investigar por qué aparecía allí el señor Makepeace. Anoche salí y se lo llevé.

Lyra casi se ahogó de rabia. Por un momento, le faltó el aire y se puso a temblar de pies a cabeza. Pan, que se percató de ello, bajó de la mesita para instalarse en el sillón.

—Lyra, si no me escuchas, no puedo contarte lo que dijo...

—Rata inmunda —soltó ella. Al borde del llanto, no reconocía ni su voz y era incapaz de dejar de lanzar insultos detestables, sin saber siquiera por qué los profería—. Tramposo, ladrón, la otra noche me traicionaste cuando permitiste que te viera ese daimonion, el gato…, con la cartera, y ahora haces esto a mi espalda…

—¡Porque tú no me quisiste escuchar! ¡Como tampoco me estás escuchando ahora!

—No. Porque ya no puedo confiar en ti. Eres un repugnante desconocido, Pan. Me faltan palabras para decirte lo mucho que detesto que hagas ese tipo de cosas…

—Si no se lo hubiera preguntado a él, nunca…

—Y yo que…, ah, con tanta confianza que tenía en ti…, tú lo eras todo, eras como una roca, yo podría haber…, mira que traicionarme de esa forma…

—¡Vaya! ¡Y quién fue a hablar de traición! ¿Crees que te perdonaré algún día por haberme traicionado en el mundo de los muertos?

Lyra sintió como si alguien le hubiera propinado un puntapié en el corazón.

—No digas eso —susurró, recostándose en la cama.

—Fue lo peor que has hecho nunca.

Sabía perfectamente a qué se refería. Enseguida había evocado aquel terrible momento, a orillas del río, en el mundo de los muertos, cuando lo dejó atrás para poder ir en busca del fantasma de su amigo Roger.

—Lo sé —reconoció, casi incapaz de oír su propia voz a través del desenfrenado palpitar del corazón—. Ya lo sé. Y tú sabes por qué lo hice.

—Tú sabías que lo ibas a hacer y no me lo dijiste.

—¡No lo sabía! ¿Cómo lo iba a saber? Solo nos enteramos de que tú no podías venir con nosotros en el último momento. Estábamos juntos y siempre íbamos a estarlo, eso es lo que pensaba, lo que quería, que siempre estuviéramos juntos. Pero luego ese anciano nos dijo que tú no podías ir más allá…, y Will, que ni siquiera sabía que tenía un daimonion, tuvo que hacer lo mismo, dejar atrás una parte de sí mismo… Ay, Pan, ¿de verdad crees que ya lo había planeado? ¿De verdad crees que soy tan cruel?

—Entonces, ¿por qué no me preguntaste nunca nada de lo que sentí?

—Sí que hablamos de eso.

—Solo porque yo lo saqué a colación. Tú nunca lo quisiste saber.

—Pan, eso no es justo…

—No querías afrontarlo.

—Me daba vergüenza. Tuve que hacerlo y estaba muy avergonzada, pero también lo habría estado si no lo hubiera hecho. Desde entonces me he sentido culpable, y si no te has dado cuenta...

—Cuando el anciano se te llevó hacia la oscuridad en la barca, fue como si me desgarraran —confesó con voz trémula—. Por poco me muero. Lo peor, sin embargo, peor que el dolor, fue el abandono, el hecho de que tú me dejaras solo allí. ¿Tienes una idea del tiempo que pasé mirando, llamándote y esforzándome para tratar de no perderte de vista mientras te ibas en medio de la oscuridad? Lo último que alcancé a ver fue tu pelo, lo último que percibí antes de que se te tragaran las sombras. Me habría conformado con quedarme con esto, solo con un ínfimo brillo de tu cabello, una mínima mancha de luz que fueras tú, mientras se quedara allí para que yo pudiera verla. Me habría quedado esperando quieto allí, solo para saber que estabas allí y que te podía ver. No me habría movido para nada con tal de poder ver eso...

Pan calló. Lyra estaba llorando.

—Tú crees que yo... —trató de aducir Lyra, pero se le quebró la voz—. Roger... —alcanzó a articular tan solo, antes de ponerse a sollozar.

Pan se trasladó a la mesa. Desde allí la observó un momento y después se apartó con un movimiento convulsivo, como si también sollozara. No obstante, ninguno de los dos pronunció una palabra ni realizó la menor tentativa de buscar el contacto del otro.

Lyra permaneció ovillada, con la cabeza entre los brazos, sollozando hasta que remitió la crisis. Cuando estuvo en condición de incorporarse, se secó las lágrimas de las mejillas y lo vio echado, tenso y tembloroso, de espaldas a ella.

—Pan —dijo, con un hilo de voz—. Pan, sí me doy cuenta, y entonces me odié a mí misma y siempre me odiaré mientras viva. Detesto cualquier parte de mí que no eres tú, y voy a tener que vivir con eso. A veces pienso que, si pudiera matarme sin matarte a ti, puede que lo hiciera, de lo infeliz que me siento. No merezco ser feliz, ya lo sé. Sé que..., lo del mundo de los muertos..., sé que lo que hice fue horrible, y dejar a Roger allí también habría estado mal y... Fue la peor experiencia de mi vida. Tienes toda la razón y lo lamento, de veras, de todo corazón.

Pan siguió inmóvil. Entre el silencio de la noche, Lyra lo oyó sollozar.

—No es solo lo que hiciste entonces —precisó Pan después—. Es lo que estás haciendo ahora. Te lo dije el otro día: te estás matando a ti misma y de paso a mí, con esa manera de pensar que tienes. Estás en un mundo lleno de colores y quieres verlo en blanco y negro, como si Gottfried Brande fuera una especie de hechicero que te hiciera olvidar todo lo que antes te gustaba, todo lo misterioso, todos los lugares donde hay sombras. ¿No ves lo vacío que es ese mundo que describen él y Talbot? No es posible que pienses que el universo es así de árido. No es posible. Estás hechizada..., tiene que ser eso.

—Pan, la hechicería no existe —afirmó, aunque en voz muy baja, con la esperanza de que él no la oyera.

—Como tampoco existe el mundo de los muertos, supongo —replicó él—. Todo fue un simple sueño infantil. Los otros mundos, la daga sutil, las brujas... No hay sitio para ellos en el universo en el que quieres creer. ¿Cómo te imaginas que funciona el aletiómetro? Supongo que los símbolos tienen tantos significados que puedes interpretarlos como quieras, de modo que al final no significan nada. En cuanto a mí, soy solo un producto ilusorio de la mente, el silbido del viento a través de una calavera vacía. Para que lo sepas, Lyra, me parece que ya estoy harto.

—¿Qué quieres decir?

—Y para de acercarme tu aliento. Apestas a ajo.

Lyra se volvió de espaldas, triste y humillada. Ambos se acostaron llorando en la oscuridad.

Cuando despertó por la mañana, Pan había desaparecido.

11

El nudo

Niebla y telarañas. Tenía la cabeza llena de niebla y telarañas. La habitación también estaba plagada de ambas cosas, como el sueño del que acababa de despertar.

—Pan —llamó, con una voz apenas reconocible incluso para sí misma—. ¡Pan!

No hubo respuesta, ni tampoco el roce de las garras en la madera del suelo, ni el liviano salto para posarse en la cama.

—¡Pan! ¿Qué haces? ¿Dónde estás?

Se precipitó a la ventana y, al correr las cortinas, vio las ruinas del priorato con la perlada luz del amanecer. Fuera, el mundo se extendía calmado, sin niebla y sin telarañas, y sin Pan.

¿Y dentro? ¿Estaría debajo de la cama, en una alacena, encima del armario de la ropa? No, claro que no. Aquello no era un juego.

Después vio su mochila en el suelo, junto a la cama. Ella no la había dejado allí; encima había el cuadernillo de Hassall del que le había hablado Pan.

Lo cogió. Estaba manchado y gastado, y tenía dobleces en varias páginas. Al hojearlo, advirtió que las direcciones parecían trazar el itinerario de un viaje a partir de un misterioso lugar llamado Khwarezm hasta una casa de Lawnmarket, en Edimburgo. Allí aparecía Sebastian Makepeace, en Juxon

Street, tal como había dicho él. ¿Por qué no se había percatado antes? ¿Por qué no se dio cuenta de lo que hacía Pan cuando lo escondió? ¿Cuántos miles de cosas se le habían pasado por alto?

Y entonces cayó un papel. Lyra lo recogió con mano temblorosa.

Pese a que sus garras no le permitían sostener un lápiz, Pan era capaz de escribir de manera aproximativa cogiéndolo con la boca.

En la nota ponía:

ME HE IDO A BUSCAR TU IMAGINACIÓN

Eso era todo. Se sentó, como si fuera ingrávida, transparente, incorpórea.

—¿Cómo has podido ser tan...? —susurró, sin saber cómo concluir la pregunta—. ¿Cómo voy a poder vivir sin...?

El despertador indicaba que eran las seis y media. La posada estaba en silencio. El señor y la señora Polstead se levantarían dentro de poco para preparar el desayuno, encender el fuego y ocuparse de los quehaceres de la mañana. ¿Cómo iba a poder decírselo? Para colmo, Malcolm no estaba allí. Con él sí podría haberse sincerado. ¿Cuándo vendría? Pronto, seguramente, porque había trabajo que hacer. Tenía que venir.

No obstante, siguió pensando: «¿Cómo puedo decírselo? ¿Cómo puedo presentarme delante de ellos así?». Sería vergonzoso. Sería más que bochornoso. Aquellas personas a las que apenas conocía, que la habían acogido, por quienes sentía una creciente simpatía..., ¿cómo podía infligirles ahora una monstruosidad semejante como la media persona en que se acababa de convertir? ¿O a Pauline? ¿O a Alice? ¿O a Malcolm? El único que lo entendería era Malcolm, e incluso él podría encontrarla repulsiva. Además, apestaba a ajo.

De no haber estado paralizada por el miedo, se habría echado a llorar.

«Tengo que esconderme —pensó—. Irme y esconderme.» En el remolino caótico de su cabeza, se remontó al pasado y se proyectó de forma alternativa al futuro: en el pasado encontró el recuerdo de una cara, de una persona a quien quería y en quien confiaba: Farder Coram.

Aunque ahora era viejo y nunca salía de su región de los

Fens, aún seguía vivo y despierto. De vez en cuando, se escribían. Él sí comprendería la situación en que se hallaba, pero ¿cómo podría llegar hasta él? Precipitándose de una imagen a otra, como un pájaro atrapado en el interior de una habitación, su memoria topó con algo que había vivido en el White Horse, un par de noches antes. Dick Orchard y el pañuelo giptano que llevaba atado al cuello. Había dicho algo de su abuelo..., un tal Giorgio..., que estaba en Oxford en ese momento..., sí. Y Dick trabajaba en el turno de noche en el depósito de correos, de manera que estaría en casa durante el día...

Sí.

Se vistió a toda prisa con ropa de abrigo y, tras poner algunas otras prendas en la mochila junto con el cuaderno negro y unos cuantos objetos más, giró en torno a sí para mirar el cuarto en el que tan a gusto se empezaba a sentir. Después, bajó en silencio las escaleras.

En la cocina encontró papel y un lápiz, con el que escribió una nota: «Disculpen, lo siento muchísimo. Les estoy muy agradecida, pero me tengo que ir. No puedo explicarles más. Lyra».

En cuestión de minutos, volvía a andar por la orilla del río, con la vista fija en el camino y la cabeza cubierta con la capucha de la parka. Si se encontraba con alguien, debería hacer como si no lo viera. La gente solía llevar a sus daimonions encima, si eran pequeños, en un bolsillo o en el interior de un abrigo abotonado. Ella podía dar esa impresión. No tenía por qué levantar sospechas si caminaba deprisa. Además, todavía era temprano.

El recorrido hasta Botley, donde Dick vivía con su familia, exigía más de una hora, aun apurando el paso. Al poco rato, oyó el inquietante sonido de las campanas del centro, viajando por la pradera de Port Meadow... ¿Qué hora era? ¿Las siete y media? ¿Las ocho y media? No podía ser tanto. Luego se preguntó a qué hora terminaría el turno de noche de Dick. Si empezaba a trabajar a las diez, no tardaría en salir.

Al llegar a Binsey Lane, redujo la marcha. El día se anunciaba extraordinariamente despejado. El sol ya estaba reluciente y el aire era fresco. Binsey Lane iba a dar a Botley Road, la vía principal de entrada a Oxford desde el oeste. A esa hora, la gente debía de estar levantándose o yendo al trabajo. Hizo votos por que estuvieran demasiado ensimismados con sus propios apuros y preocupaciones para mirarla. Ojalá lograra adoptar un aspecto anodino, tal como hacía Will, o tal como hacían las brujas cuando se volvían invisibles, de tal forma que nadie les dedicaba más que una ojeada para luego olvidarse de inmediato de su presencia. Ella misma podría ser una bruja, que había dejado su daimonion a cientos de kilómetros de distancia en la tundra.

Aquella idea la confortó hasta que llegó a Botley Road, donde tuvo que levantar la vista para cerciorarse de que no había tráfico antes de cruzar y también para buscar la callejuela lateral adonde se dirigía. Había estado en casa de Dick tres o cuatro veces y se acordaba del aspecto de la puerta, aunque hubiera olvidado el número de la calle.

Llamó. Dick ya debía de haber llegado… ¿o tal vez no? ¿Y si no estaba y tenía que darle explicaciones a su madre o a su padre? Eran agradables, pero… Estaba en un tris de dar la vuelta para marcharse cuando se abrió la puerta. Era Dick.

—¡Lyra! ¿Qué haces aquí? ¿Estás bien? —Parecía cansado, como si acabara de llegar del trabajo.

—Dick, ¿estás solo? ¿Hay alguien más?

—¿Qué pasa? ¿Qué ha pasado? Solo estamos mi abuela y yo. Entra. Un momento… —Su daimonion zorro estaba retrocediendo entre sus piernas, emitiendo un chillido ahogado. Al cogerlo en brazos, Dick se dio cuenta de lo que ocurría—. ¿Dónde está Pan? Lyra, ¿qué pasa?

—Estoy en un apuro —respondió ella, con un nudo en la garganta—. ¿Puedo entrar, por favor?

—Sí, claro, claro que sí…

Dio un paso atrás para dejarla pasar al exiguo pasillo, y ella se apresuró a entrar y enseguida cerró la puerta. Pese a la consternación y ansiedad evidentes en su mirada, Dick no había dudado ni un segundo.

—Se ha ido, Dick. Me ha dejado —explicó.

Él pegó un dedo a los labios y dirigió la mirada a las escaleras.

—Ven a la cocina —dijo en voz baja—. La abuela está despierta y se asusta con cualquier cosa. Está muy desorientada.

La volvió a mirar, como si no estuviera seguro de quién era, y después la condujo por el estrecho pasillo hasta la cocina, que estaba caldeada e impregnada de olor a beicon frito.

—Perdona, Dick —se disculpó—. Necesito ayuda y se me ha ocurrido…

—Siéntate. ¿Quieres café?

—Sí, gracias.

Dick llenó un hervidor y lo puso en el fogón. Lyra se instaló en un sillón de madera, junto a la chimenea, apretando la mochila contra el pecho. Dick se sentó en el otro. Su daimonion Bindi se subió de un salto a su regazo y permaneció pegado a él, temblando.

—Lo siento, Bindi —se disculpó Lyra—. Lo siento. No sé por qué se fue. Bueno, sí, pero es muy difícil de explicar. Es que…

—Siempre nos preguntamos si tú podías hacer eso —confesó Dick.

—¿A qué te refieres?

—Separaros. Nunca os vimos hacerlo, pero teníamos la impresión de que, si alguien era capaz de hacerlo, esa persona eras tú. ¿Cuándo se fue?

—Esta noche.

—¿No ha dejado un mensaje ni nada?

—No exactamente… Habíamos estado discutiendo… No nos llevábamos bien.

—¿No has querido esperar por si acaso volvía?

—Va a tardar mucho tiempo en volver, si es que regresa.

—Eso no lo sabes.

—Creo que voy a tener que ir a buscarlo, Dick.

Desde arriba llegó una voz débil. Dick miró hacia la puerta.

—Será mejor que vaya a ver que quiere —dijo—. Será solo un minuto.

Bindi salió por la puerta antes que él. Lyra se quedó sentada, con los ojos cerrados, tratando de calmar la respiración. Cuando Dick volvió, el agua había empezado a hervir. Después de poner una cucharada de esencia de café y un chorrito de leche, vertió el agua en las tazas y tendió una a Lyra.

—Gracias. ¿Cómo está tu abuela? —preguntó.

—Vieja y aturdida. Como le cuesta dormir, tiene que haber alguien con ella por si acaso se levanta y se hace daño.

—¿Es ella la mujer de ese abuelo que mencionaste la otra noche en el White Horse?

—No. Ella es la madre de papá. Los giptanos son por parte de madre.

—Dijiste que ahora estaba en Oxford, ¿no?

—Sí. Tenía que hacer una entrega en los astilleros de Castle Mill, pero pronto se va a ir. ¿Por qué?

—¿Podría...? ¿Crees que podría conocerlo?

—Sí, si quieres. Te acompañaré allí cuando mamá vuelva del trabajo.

Su madre se ocupaba de la limpieza del Worcester College, según recordó Lyra.

—¿Cuándo vuelve? —preguntó.

—Hacia las once, aunque podría llegar un poco más tarde, si va a hacer alguna compra. ¿Para qué quieres conocer a mi abuelo?

—Necesito ir a los Fens. Allí vive alguien a quien tengo que ver. Querría preguntarle cuál es la mejor manera de llegar a la zona sin que me vean o me descubran... Solo quiero pedirle que me aconseje.

Dick asintió sin palabras, antes de tomar un sorbo de café. En ese momento, con el pelo alborotado y los ojos enrojecidos de cansancio, no parecía muy giptano él mismo.

—No quiero complicarte la vida —añadió ella.

—¿Tiene algo que ver con lo que me contaste la otra noche, con ese hombre al que mataron cerca del río?

—Es probable, pero todavía no veo de qué manera está relacionado.

—Por cierto, Benny Morris aún no ha vuelto al trabajo.

—Ah, el tipo que recibió una herida en la pierna. ¿No le habrás hablado a nadie de lo que te dije?

—Sí, puse un letrero bien grande en la pared de la cantina. ¿Por quién me tomas? Yo nunca te delataría, muchacha.

—No, ya lo sé.

—Pero es un asunto grave, ¿verdad?

—Sí, lo es.

—¿Hay alguien más enterado?

—Sí, un tal doctor Polstead, Malcolm Polstead. Es un profesor del Durham College, que me había dado clases hace tiempo. Él está al corriente de todo porque... Uf, es complicado, Dick. En todo caso, confío en él. Sabe cosas que nadie más... De todas formas, no puedo contarle que Pan se ha marchado, no puedo. Pan y yo nos peleábamos mucho. Era horrible. No estábamos de acuerdo en las cuestiones importantes. Era como estar dividida en dos... Y después hubo ese asesinato y, de repente, corría peligro. Creo que alguien sabe que lo vi. Me quedé un par de noches en el pub de los padres del doctor Polstead, pero...

—¿Qué pub es ese?

—La Trucha, en Godstow.

—¿Ellos saben que Pan... ha desaparecido?

—No. Me he ido esta mañana, antes de que se levantaran. De veras necesito ir a los Fens, Dick. ¿Puedo ver a tu abuelo, por favor?

Arriba sonó otro grito y luego un golpe, como si hubiera caído algo pesado al suelo. Dick sacudió la cabeza y salió corriendo.

Demasiado nerviosa para permanecer sentada, Lyra se levantó y miró por la ventana el patio pavimentado de adoquines, con su arriate de plantas aromáticas, después el calendario de la pared, con su foto del cambio de guardia del Buckingham Palace, y a continuación la sartén olvidada en el fregadero, donde empezaba a solidificarse la grasa del beicon. Reprimiendo las ganas de llorar, respiró hondo tres veces seguidas y pestañeó con fuerza.

La puerta se abrió y Dick regresó a la cocina.

—Ahora está totalmente despierta, qué mala pata —se lamentó—. Voy a tener que llevarle unas gachas. ¿Seguro que no te puedes quedar un tiempo aquí? Nadie se enteraría.

—No. Tengo que ir a otra parte.

—Bueno..., entonces toma esto. —Le tendió su pañuelo para el cuello de topos azul y blanco, u otro muy parecido, atado con un complicado nudo.

—Gracias, pero ¿por qué me lo das?

—Por el nudo. Es algo entre giptanos, que significa que pides ayuda. Enséñaselo a mi abuelo. Su barco se llama *Doncella de Portugal.* Es un hombre alto y fuerte, guapo, como yo. No te costará reconocerlo. Se llama Giorgio Brabandt.

—De acuerdo. Muchas gracias, Dick. Espero que tu abuela se mejore.

—Solo hay una manera de que se acaben sus sufrimientos, pobre mujer.

Lyra le dio un afectuoso beso.

—Nos veremos... cuando vuelva —dijo.

—¿Cuánto tiempo te vas a quedar en los Fens?

—Todo el que necesite, supongo.

—¿Y cómo se llama el doctor ese?

—Malcolm Polstead.

—Ah, sí. —La acompañó hasta la puerta—. Yendo por el lado de Binsey Lane, después de la última casa, hay un camino entre los árboles, a la derecha, que te lleva hasta el río. Cruza el viejo puente de madera y sigue un poco hasta que llegues al canal. Luego tuerce a la izquierda por el camino de sirga e irás a parar a Castle Mill. Buena suerte. Procura ir bien tapada, así igual pensarán que está..., ya sabes.

Le dio un beso y un breve abrazo antes de despedirla desde el umbral. Viendo la compasión que se traslucía en los ojos de Bindi, Lyra sintió deseos de acariciar a aquel precioso zorro, solo por el placer de volver a tocar un daimonion. Sin embargo, no era posible.

Lyra oyó la débil voz de la anciana, que llamaba desde el piso de arriba. Dick cerró la puerta y de nuevo se encontró a la intemperie.

Volvió a Botley Road, donde ya había bastante circulación; después de cruzarla, se encaminó al río. Con la capucha puesta y la cabeza gacha, no tardó en llegar al sendero rodeado de árboles y después al viejo puente de madera que había mencionado Dick. El río se extendía a derecha e izquierda, hacia su nacimiento por el lado de Port Meadow, y corriente abajo en dirección a Oxpen y el lugar donde tuvo lugar el asesinato. No se veía a nadie. Lyra cruzó el puente y prosiguió por el enfangado camino entre las praderas inundables, hasta llegar al canal, donde vio amarrada una hilera de barcos, algunos de los cuales expulsaban humo por las chimeneas de latón. En uno había un perro que ladraba con furia, hasta que al acercarse ella, calló de repente. Como si hubiera percibido algo extraño, se dio la vuelta y fue a esconderse en el otro extremo de la embarcación, gimiendo.

Un poco más allá, Lyra vio a una mujer que tendía ropa en una cuerda.

—Buenos días, dueña —la saludó—. Busco a Giorgio Brabandt, del *Doncella de Portugal*. ¿No sabría dónde está atracado?

La mujer se volvió, medio recelosa ante la presencia de una extraña y a un tiempo apaciguada porque Lyra había utilizado el tratamiento de respeto indicado para una giptana a quien no conocía.

—Está un poco más allá —la informó—, en el astillero. Pero se iba hoy mismo. No sé si ya se habrá marchado.

—Gracias —dijo Lyra, que se apresuró a reanudar su camino antes de que la mujer se percatara de que había algo extraño en ella.

El astillero se extendía en una explanada al otro lado del canal, bajo el campanario del oratorio de St. Barnabas. En aquel lugar de intenso ajetreo había un proveedor de artículos para barcos, adonde Malcolm había ido veinte años atrás a comprar un bote de pintura roja, así como diversos tipos de talleres, un dique seco, una forja y varias grúas pesadas. Giptanos y gentes asentadas en tierra trabajaban codo con codo, reparando el casco de una embarcación, pintando un tejado o encajando la caña de un timón. El barco más largo amarrado allí y el más decorado, con diferencia, era *Doncella de Portugal*.

Lyra cruzó la pasarela de hierro y bordeó el muelle hasta llegar a él. En el puente vio arrodillado a un hombre corpulento, con los brazos arremangados cubiertos de tatuajes, que efectuaba retoques en el motor con una llave. Aunque no interrumpió su labor para mirar cuando Lyra se detuvo junto al barco, su daimonion, un gran perro Keeshond dotado de una melena semejante a la de un león, se levantó y empezó a gruñir.

Lyra siguió aproximándose en silencio, alerta.

—Buenos días, señor Brabandt —saludó.

El hombre levantó la vista y Lyra vio los rasgos de Dick en su cara. El parecido era extraordinario, pese a las marcas que habían dejado la edad y la vida a la intemperie en el rostro del abuelo. La observó cejijunto, sin decir nada.

Lyra sacó el pañuelo del bolsillo y lo mostró sosteniéndolo con ambas manos, para que se viera el nudo.

La expresión de recelo dio paso a otra de furia.

—¿De dónde has sacado eso? —preguntó, rojo de ira.

—Me lo ha dado su nieto Dick hace más o menos media hora. He ido a verlo porque estoy en un apuro y necesito ayuda.

—Guárdalo y sube. No mires a ningún lado. Solo sube por la borda y ve abajo.

Se limpió las manos con un trapo grasiento. Una vez que Lyra estuvo en la sala inferior, el anciano se reunió con ella y cerró la puerta.

—¿De qué conoces a Dick? —preguntó.

—Solo somos amigos.

—¿Y fue él quien te puso ese apuro en la barriga?

Al principio, Lyra no lo entendió. Después se ruborizó.

—¡No! No es esa clase de apuro. No soy tan imprudente. Lo que pasa es que… mi daimonion…

No pudo terminar la frase. Se sentía muy vulnerable, como si, de repente, su desgracia se hubiera vuelto algo flagrante y visible. Tras encogerse de hombros, abrió la parka y extendió los brazos. Brabandt la miró de pies a cabeza. Demudado, dio un paso atrás y crispó la mano sobre el marco de la puerta.

—¿No eres una bruja? —preguntó.

—No, solo una humana.

—Dios Santo, pero… ¿qué te pasó? —dijo.

—Mi daimonion se ha perdido. Creo que me ha dejado.

—¿Y qué crees que puedo hacer yo?

—No lo sé, señor Brabandt, pero lo que quiero es ir a los Fens sin que me descubran, para ver a un viejo amigo mío. Se llama Coram van Texel.

—¡Farder Coram! ¿Y es amigo tuyo?

—Fui al Ártico con él y lord Faa hace unos diez años. Farder Coram estaba conmigo cuando conocimos a Iorek Byrnison, el rey de los osos.

—¿Y cómo te llamas?

—Lyra Lenguadeplata. Ese es el nombre que me dio el oso. Hasta entonces me llamaba Lyra Belacqua.

—Mujer, ¿por qué no lo decías?

—Se lo acabo de decir.

Por un instante, pensó que le iba a dar una bofetada por su insolencia, pero enseguida relajó la expresión al tiempo que recobraba el color en la cara. Brabandt era un hombre bien parecido, tal como había dicho su nieto. En ese momento, no obstante, parecía perturbado, incluso algo asustado.

—Ese apuro tuyo… ¿cuándo empezó?

—Justo esta mañana. Mi daimonion estaba conmigo anoche, pero tuvimos una discusión terrible; cuando me he despertado, se había ido. No sabía qué hacer. Entonces me he acordado de los giptanos, de los Fens y de Farder Coram, y he pensado que él no me juzgaría mal, que me entendería y que quizá pudiera ayudarme.

—Allá todavía hablamos de ese viaje a las tierras del norte —reconoció él—. Lord Faa ya murió, pero fue una gran campaña, qué duda cabe. Farder Coram no sale casi de su barco últimamente, pero está despierto y animado.

—Me alegro. Claro que igual yo podría complicarle la vida.

—A él no le importará. Pero no pensarás viajar así, ¿no? ¿Cómo crees que vas a poder ir a cualquier sitio sin un daimonion?

—Lo sé. Será difícil. No me puedo quedar donde estoy, donde me alojaba, porque... podría causarles problemas. Es un sitio donde entra y sale mucha gente continuamente. No me podría esconder mucho tiempo y no sería justo para ellos, porque creo que también corro peligro de que vengan a por mí los del TCD. Fue pura suerte que Dick comentara que usted estaba en Oxford y pensé que quizá..., no sé. Es que no sé adónde puedo ir.

—No, ya veo. Bueno...

Extendió la vista hacia el trajín del muelle a través de la ventana y luego la posó en su voluminoso daimonion Keeshond, que le devolvió tranquilamente la mirada.

—Bueno, John Faa volvió de ese viaje con varios niños giptanos que por poco no volvimos a ver. Te debemos ese favor —reconoció—. Además, nuestro pueblo se hizo amigo de varias brujas, una cosa que no había pasado nunca. Y yo no tengo trabajo hasta dentro de dos semanas. El comercio está flojo en este momento. Tú has estado en un barco giptano alguna vez, ¿verdad?

—Fui en barco a los Fens con Ma Costa y su familia.

—Ma Costa, ¿eh? Con ella no se puede andar con tonterías. ¿Sabes cocinar y limpiar?

—Sí.

—Entonces bienvenida a bordo, Lyra. En este momento, estoy solo porque mi última novia se fue a tierra y nunca volvió. No te preocupes, que no estoy buscando sustituta; de todas formas, eres demasiado joven para mí. A mí me gustan las mujeres con un poco de trayectoria. Si cocinas, limpias y me lavas la ropa..., y si no dejas que te vean los de tierra, te ayudaré en tu apuro y te llevaré a los Fens. ¿Qué te parece?

Le tendió una mano aceitosa y ella se la estrechó sin vacilar.

—Trato hecho —aceptó.

ϒ

En el mismo momento en que Lyra estrechaba la mano de Giorgio Brabandt, Marcel Delamare estaba en la oficina de La Maison Juste. Con la punta de un lápiz, tocaba un frasquito, volviéndolo de lado y haciéndolo girar. El día estaba despejado y la luz del sol se posaba en su escritorio de caoba y relucía en la botellita del tamaño de su dedo meñique, con el tapón lacrado con cera roja que se había escurrido por un lado.

Delamare lo cogió y lo miró al trasluz, mientras su acompañante esperaba en silencio. Era un hombre de apariencia tártara, pero vestido con desgastada ropa de estilo europeo, demacrado y curtido por el sol.

—¿Y este es el famoso aceite? —consultó Delamare.

—Eso me dijeron, señor. Lo único que puedo hacer es repetirle lo que me aseguró el mercader.

—¿Fue él quien se puso en contacto con usted? ¿Cómo sabía qué estaba interesado?

—Había ido a Akchi buscando esa mercancía. Pregunté entre los mercaderes, los camelleros y los comerciantes. Finalmente, un hombre vino a mi mesa y...

—¿A su mesa?

—El comercio se realiza en las casas de té. Uno se sienta en una mesa y hace saber que está dispuesto a comerciar con seda, opio, té u otra mercancía. Yo había adoptado el personaje de médico. Algunos comerciantes acudieron con ciertas hierbas, extractos, aceites, frutos o semillas, y yo compré algunos productos, para mantener el personaje. Tengo todos los recibos.

—¿Cómo sabe que esto es lo que quería? Podría ser cualquier cosa.

—Con todos los respetos, *monsieur* Delamare, es el aceite de rosas de Karamakán. Estoy dispuesto a esperar para el pago hasta que haya hecho las comprobaciones pertinentes.

—Ah, sí, lo analizaremos, desde luego. Pero ¿qué fue lo que lo convenció a usted?

El visitante se arrellanó en la silla con aire de cansancio y de paciencia contenida. Su daimonion, una serpiente de color gris rojizo con motivos de diamantes rojos en los costados, se deslizaba entre sus manos, entrando y saliendo, enroscándose sin cesar entre los dedos. Delamare captó un asomo de agitación refrenada.

—Lo probé yo mismo —explicó el hombre—. Tal como me indicó el vendedor, puse una diminuta gota en la punta del dedo meñique y me toqué con ella el ojo. El dolor fue instantáneo, tremendo, razón por la que el comerciante había insistido en que saliéramos de la casa de té y fuéramos al hotel donde me alojaba. Me puse a gritar del dolor y del susto. Me quería lavar el ojo de inmediato, pero el vendedor me aconsejó que me quedara quieto y esperara, porque el agua no haría más que incrementar el dolor. Por lo visto, es lo que hacen los chamanes, los que utilizan el aceite. Al cabo de unos diez o quince minutos, calculo, pasó lo peor, y entonces empecé a ver los efectos descritos en el poema.

Delamare, que había estado anotando las palabras del hombre a medida que hablaba, paró y levantó la mano.

—¿Qué poema es ese?

—El poema titulado *Jahan y Rukhsana*. Relata las aventuras de dos amantes que buscan un jardín donde crecen rosas. Cuando entran en el jardín después de todas las dificultades pasadas, guiados por el rey de los pájaros, son bendecidos con varias visiones que se despliegan como los pétalos de una rosa y van revelando una verdad tras otra. En estas regiones de Asia Central, este poema se venera desde hace casi mil años.

—¿Existe una traducción a alguna de las lenguas europeas?

—Creo que hay una en francés, pero no se considera muy fiel.

Delamare anotó algo.

—¿Y qué vio usted bajo la influencia de ese aceite? —preguntó.

—Vi cómo aparecía alrededor del comerciante un nimbo o una aureola, compuesta de relucientes gránulos de luz, más pequeños que un grano de harina. Entre él y su daimonion, que era un gorrión, había un flujo constante de esos granos de luz, que iban y venían en ambas direcciones. Mientras miraba, supe que veía algo profundo y verdadero, que a partir de entonces no sería capaz de negar. La visión se fue apagando poco a poco; como estaba seguro de que el aceite de rosas era auténtico, pagué al vendedor y me puse en camino hacia aquí. Tengo este contrato de compraventa…

—Déjelo encima del escritorio. ¿Ha hablado de esto con alguien más?

—No, *monsieur*.

—Tanto mejor para usted. La ciudad donde compró el aceite..., señálemela en este mapa.

Delamare se levantó para coger un mapa doblado que desplegó delante del viajero. Abarcaba un área de unos cuatrocientos kilómetros cuadrados, con montañas al norte y al sur.

El visitante se puso unas viejas gafas de montura de alambre antes de inspeccionar el mapa. Luego tocó un punto cercano al borde occidental. Delamare lo miró un instante y desplazó la atención a la franja oriental, que escrutó de arriba abajo.

—El desierto de Karamakán queda un poco más al sureste de lo que refleja este mapa —señaló el viajero.

—¿A qué distancia de la ciudad que ha mencionado, Akchi?

—Quinientos kilómetros, más o menos.

—O sea, que el aceite de rosas viaja hasta zonas bastante alejadas por el oeste.

—Yo hice saber lo que quería y estaba dispuesto a esperar —precisó el viajero quitándose las gafas—. El vendedor tuvo que acudir expresamente hasta donde yo estaba. Podría haberlo vendido de inmediato a la compañía médica, pero era un hombre honrado.

—¿Una compañía médica? ¿Cuál?

—Hay tres o cuatro. Son empresas occidentales. Están dispuestos a pagar grandes sumas, pero yo logré adquirir esta muestra. El contrato de compraventa...

—Recibirá su dinero. Primero querría hacerle unas cuantas preguntas más. ¿Quién le puso el lacre a este frasco?

—Yo.

—¿Y ha obrado en su poder desde entonces?

—En toda circunstancia.

—¿Y el aceite tiene una caducidad, por así decirlo? ¿Disminuyen sus virtudes?

—No lo sé.

—¿Quién lo compra? ¿Quiénes son los clientes de ese vendedor?

—Él no vende solo aceite, *monsieur*. También vende otros productos normales, ¿entiende?, como hierbas curativas, especias para cocinar y ese tipo de cosas. Cualquiera podría comprar esa clase de artículos. El aceite especial lo usan principalmente los chamanes, tengo entendido, pero existe un establecimiento científico en Tashbulak, que queda... —poniéndose las gafas de nuevo, volvió a examinar el mapa— igual que el desierto, fuera de este mapa. Él vendió aceite unas cuantas veces a los científicos de allí. Tenían muchas ganas de obtenerlo y no se hicieron de rogar para pagar, aunque no pagaron tanto como las compañías médicas. Más bien debería decir que existía ese sitio, hasta hace poco.

Delamare se levantó, aunque sin brusquedad.

—¿Que existía? —dijo—. Explíqueme eso.

—Fue el vendedor el que me avisó de eso. Me dijo que la última vez que viajó a la estación científica, encontró a las personas muy temerosas, pues las habían amenazado con destruirlo todo si no renunciaban a sus investigaciones. Estaban guardando las cosas, haciendo preparativos para marcharse. El caso es que después de irme de Akchi, oí decir que habían destruido ese centro. Todos los que estaban allí, tanto los científicos como los trabajadores de la zona, huyeron o los mataron.

—¿Cuándo oyó eso?

—No hace mucho. Las noticias viajan deprisa por los caminos.

—¿Y quién destruyó ese lugar?

—Unos hombres de las montañas. Eso es todo lo que sé.

—¿Qué montañas?

—Hay montañas al norte, al oeste y al sur. Por el oeste, solo desierto, el peor del mundo. Los pasos de montaña son seguros, o al menos lo eran antes, porque los caminos están muy frecuentados. Puede que las cosas hayan cambiado. Todas las montañas son peligrosas. ¿Quién sabe qué clase de hombres viven allí? Las montañas son la morada de los espíritus, de los monstruos. Todo ser humano que viva entre ellos será a la fuerza feroz y cruel. Aparte están las aves, los *oghâb-gorg*. Sobre esas aves circulan historias capaces de aterrorizar a cualquier viajero.

—Me interesan esos hombres. ¿Qué dice la gente de ellos? ¿Están organizados? ¿Tienen un líder? ¿Se sabe por qué destruyeron el centro de Tashbulak?

—Tengo entendido que fue porque creían que el trabajo que hacían allí era blasfemo.

—¿Qué religión practican? ¿Qué es lo que ellos consideran una blasfemia?

El comerciante sacudió la cabeza y extendió las manos.

Delamare asintió y dejó el lápiz encima de una pequeña pila de papeles plegados y manchados.

—¿Ha tenido gastos suplementarios? —preguntó.

—Sí. Aparte, claro, de la factura por el aceite. Le agradecería...

—Le pagaremos mañana. ¿Se aloja en el hotel Rembrandt, tal como le recomendé?

—Sí.

—Permanezca allí. Un mensajero le llevará el dinero dentro de poco. Querría recordarle el contrato que firmamos hace meses.

—Ah —dijo el viajero.

—Sí, no hay que olvidarse. Si me entero de que ha estado hablando de este asunto, invocaré la cláusula de confidencialidad y lo llevaré a los tribunales hasta haber recuperado todo el dinero que va a recibir y mucho más.

—Recuerdo esa cláusula.

—Entonces no hay nada más de que hablar. Que tenga una buena mañana.

El visitante inclinó el torso y se fue. Delamare guardó el frasco de aceite en un cajón del escritorio y lo cerró con llave. Después repasó mentalmente las noticias que le había transmitido el comerciante. Mientras hablaba, el hombre lo había mirado con una expresión peculiar, que manifestaba sorpresa, escepticismo o duda tal vez. No había acabado de discernirlo. En realidad, Delamare ya sabía bastante sobre esos hombres de las montañas, y su propósito al preguntar por ellos era averiguar hasta qué punto sabían los demás.

Tampoco tenía tanta importancia. Después de escribir una breve nota para el rector del Colegio de Investigación Teosófica, volvió a centrar la atención en el proyecto que acaparaba gran parte de su tiempo, el próximo congreso de la globalidad del Magisterio, un evento extraordinario, sin precedentes. El aceite y lo ocurrido en Tashbulak serían elementos claves en las deliberaciones, pese a que pocos delegados iban a ser conscientes de ello.

Malcolm estuvo ocupado casi todo el día en la universidad, pero cuando la tarde se nubló, cerró la puerta de su despacho para ir a Godstow. Le apetecía hablar con Lyra de lo sucedido en la reunión del Jardín Botánico y de todo lo que había averiguado a raíz de ella, no solo para ponerla sobre aviso, sino también porque quería ver la expresión que pondría al hacerse cargo de las consecuencias de lo ocurrido. Sus emociones variaban con tanta intensidad que él tenía la sensación de que, de todas las personas que había conocido, ella era la que tenía una mayor sintonía con el mundo. Aunque no sabía muy bien qué sentido preciso otorgaba a esa expresión y, desde luego, no lo habría comentado con nadie, y mucho menos con ella, lo cierto era que le fascinaba presenciar ese fenómeno.

La temperatura bajaba e incluso parecía que había un atisbo de nieve en el aire. Cuando abrió la puerta de la cocina de La Trucha y entró, el vapor y el calor lo envolvieron como un saludo de bienvenida. No obstante, cuando su madre levantó la vista de la masa que estaba preparando, tenía una expresión tensa y angustiada.

—¿La has visto? —preguntó de inmediato.

—¿Que si he visto a Lyra? ¿Por qué?

La madre señaló con la cabeza la nota dejada por Lyra, que aún seguía en el centro de la mesa. Malcolm la cogió y la leyó a toda prisa una vez, y después más despacio.

—¿Nada más? —dijo.

—Ha dejado algunas de sus cosas arriba. Parece como si se hubiera llevado todo lo que podía cargar ella sola. Debe de haberse marchado temprano, antes de que se levantara nadie más.

—¿Dijo algo anoche?

—Solo parecía preocupada. Tu padre cree que estaba triste, pero que procuraba mostrarse alegre, aunque se le notaba. Habló poco y se fue a acostar temprano.

—¿Cuándo se ha ido?

—Antes de que nos levantáramos. Ha dejado esa nota en la mesa. Yo pensaba que igual te había ido a ver a ti al Durham..., o a Alice...

Malcolm subió al piso de arriba y se precipitó en la habitación donde dormía Lyra. Sus libros, por lo menos algunos de ellos, seguían encima de la mesita; la cama estaba hecha; había varias prendas de ropa en uno de los cajones. Nada más.

—Mierda —exclamó.

—No sé si... —dijo Asta, desde el alféizar de la ventana.

—¿Qué?

—No sé si ella y Pantalaimon se habrán ido juntos, o si ella ha pensado que él se había marchado y se ha ido a buscarlo. Ya sabemos que no estaban..., que no..., que no estaban muy a gusto juntos.

—Pero ¿adónde se habría ido?

—Simplemente, solo por ahí. Ya sabemos que tenía por costumbre hacerlo. Así fue como lo vi la primera vez.

—Pero...

Se sentía desconcertado, enojado, más disgustado de lo que recordaba haber estado desde hacía mucho.

—Claro que entonces siempre sabía que él iba a volver —barruntó Asta—. Quizás esta vez no ha vuelto.

—Alice. Vamos a ir a verla —decidió de repente.

Alice estaba tomando una copa de vino después de la cena en la salita del mayordomo.

—Buenas noches, doctor Polstead —lo saludó el mayordomo, levantándose—. ¿Tomará una copa de oporto con nosotros?

—Otra vez, con gusto, señor Cawson —declinó Malcolm—, pero esto es bastante urgente. ¿Puedo hablar un momento con la señora Lonsdale?

Al ver su expresión, Alice se puso en pie de inmediato. Salieron al patio y se pusieron a hablar en voz baja bajo la luz de las escaleras del comedor.

—¿Qué ocurre? —preguntó ella.

Malcolm se lo explicó brevemente y le enseñó la nota.

—¿Qué es lo que se ha llevado?

—Una mochila, un poco de ropa... Por lo demás, no tenemos ningún indicio. ¿Te vino a ver ayer o anteayer?

—No. Ojalá lo hubiera hecho. La habría obligado a decirme la verdad sobre lo que se traían entre manos ella y ese daimonion.

—Sí... Me di cuenta de que algo pasaba, pero no podía sacarlo a colación, sobre todo cuando había cosas urgentes que tratar. Entonces, ¿tú ya sabías que no estaban a gusto juntos?

—¿Qué no estaban a gusto juntos? No se podían soportar. Era horrible verlo. ¿Cómo le fue en La Trucha?

—Mis padres se percataron de su estado ánimo, pero ella no hizo ningún comentario. Alice, ¿tú sabías que ella y Pantalaimon podían separarse?

El daimonion de Alice, Ben, emitió un gruñido y se pegó a sus piernas.

—Nunca me habló de eso —respondió Alice—. De todas formas, me pareció que su relación había cambiado después de que volvieron del norte. A veces, me daba la impresión de que había algo que la atormentaba, que la perseguía. ¿Eso de la separación no es algo que hacen las brujas?

—Sí.

—¿Y después de aquello de Bonneville, tú y Asta...?

—Sí, nosotros también podemos hacerlo. Claro que, naturalmente, es algo privado, secreto...

—Por supuesto. Por eso nunca habíamos hablado de eso. ¿Por qué lo sacas a colación ahora?

—Solo porque tengo el presentimiento de que Pan podría haberse marchado y que ella se fue para tratar de encontrarlo.

—Debió de pensar que se ha ido muy lejos. Si solo se hubiera ido a dar un paseo por el bosque, ya habría estado de vuelta por la mañana.

—Eso es lo que he pensado. Si tienes alguna noticia de ella o si oyes algo que tenga que ver con ella...

—Sí, claro.

—¿Hay alguien más en el colegio con quien hubiera podido hablar?

—No —descartó Alice sin dudarlo—. Sobre todo después de que el nuevo decano la echara prácticamente de aquí, el muy desgraciado.

—Gracias, Alice. No te quedes aquí fuera, que hace frío.

—Le diré al viejo Ronnie Cawson que ha desaparecido. Él le tiene mucho afecto. Todos los del servicio la quieren. En todo caso, los de siempre. Hammond ha traído unos cuantos cabrones nuevos que no hablan con nadie. Este sitio ya no es como antes, Mal.

Malcolm le dio un breve abrazo y se fue.

Al cabo de diez minutos, llamaba a la puerta de la casa de Hannah Relf.

—¡Malcolm! Pasa. ¿Qué...?

—Lyra ha desaparecido —respondió, cerrando la puerta tras de sí—. Se ha ido esta mañana, antes de que se levantaran papá y mamá. Debía de ser muy temprano. Ha dejado esta nota y nadie tiene ni idea de adónde ha ido. Acabo de ir a ver a Alice, pero...

—Sirve un par de copas de jerez y siéntate. ¿Se ha llevado el aletiómetro?

—No estaba en su habitación, o sea, que supongo que sí.

—Seguramente lo habría dejado si tuviera intención de volver, si se sentía segura allí.

—Yo creo que sí se sentía segura. Iba a hablar con ella esta tarde, ponerla al corriente de lo que había ocurrido en el Jardín Botánico... Todavía no te lo he explicado a ti, ¿verdad?

—¿Guarda relación con Lyra?

—Sí.

Le contó cómo había ido la reunión, lo que había descubierto a raíz de ella y cómo la irrupción del TCD le había puesto un fin abrupto.

—Tienes razón —convino Hannah—. Este asunto concierne a Oakley Street. ¿La vas a volver a ver?

—¿A Lucy Arnold? Sí. Y también a los demás. Te iba a pedir otra cosa, Hannah..., ¿tú podrías localizar a Lyra con el aletiómetro?

—Sí, claro que podría, pero llevaría tiempo. A estas alturas, ya podría estar en cualquier parte. Ya han pasado doce horas, más o menos, desde que se fue, ¿no? Con gusto empezaría a buscar, pero al principio solo voy a obtener una idea general. Sería más fácil preguntar por qué se ha ido, en lugar de adónde.

—Hazlo, pues. Todo lo que se te ocurra que nos pueda servir.

—¿Y la policía? ¿Y si denunciáramos su desaparición?

—No —descartó Malcolm—. Cuanto menos se fijen en ella, mejor.

—Seguramente, tienes razón. Malcolm, ¿estás enamorado de ella?

La pregunta lo tomó totalmente desprevenido.

—¿Qué diablos...? ¿De dónde has sacado esa idea?

—Por cómo hablas de ella.

—¿Tanto se nota? —preguntó, al tiempo que se le encendían las mejillas.

—Solo lo noto yo.

—No puedo evitarlo. Es algo totalmente prohibido, desde cualquier punto de vista moral y...

—Antes sí, pero ahora ya no. Ambos sois adultos. Lo único que te aconsejo es que no te dejes influir en las decisiones que tomes al respecto.

Malcolm advirtió que Hannah ya se arrepentía de haber sacado a relucir aquella cuestión. La conocía desde que era niño y tenía plena confianza en ella. No obstante, aquella última recomendación era, a su parecer, lo menos sensato que le había oído decir nunca.

—Lo intentaré —aseguró.

12

La luna muerta

Lyra no tardó en adaptarse al estilo de vida de Giorgio Brabandt. El hombre no era excesivamente escrupuloso en cuestiones de limpieza. Por lo que ella dedujo, su anterior novia debía de haber sido una fanática en ese sentido y se alegraba de no tener que respetar unas exigencias tan estrictas. Lyra barría el suelo y mantenía reluciente la cocina, y él estaba conforme con eso. En cuestión de cocina, había aprendido algo en el Jordan y era capaz de preparar la clase de consistentes tartas y guisos por los que tenía predilección Brabandt, enemigo de las salsas delicadas y los postres complicados.

—Si alguien pregunta quién eres —propuso—, diremos que eres la hija de mi hijo Alberto. Él se casó con una mujer de tierra y viven allá por Cornualles. Hace años que no sale a la mar. Te podrías llamar Annie. Sí, suena bien. Annie Brabandt. Un buen nombre giptano. Y por lo del daimonion… Bueno, ya cruzaremos ese puente cuando lleguemos.

Adjudicó a Lyra el camarote de delante, un cuartito frío que mejoró bastante después de ponerle una estufa de aceite. Por la noche, arropada en la cama con una lámpara de petróleo al lado, consultaba el aletiómetro.

No volvió a utilizar el método nuevo, porque le causaba cierto desasosiego. En lugar de ello, posaba la vista en la esfera dejando ondular la mente, no tanto en un tempestuoso oleaje como en un mar en calma. Desprendiéndose lo más posible de una intención consciente, sin preguntar ni proponerse nada, dejaba flotar la imaginación por encima del Sol, la Luna o el Toro, adentrándose en cada uno de ellos, observando todos sus detalles con igual concentración, ahondando en la gran profundidad de niveles de símbolos, desde los más elevados con los que estaba ya familiarizada hasta los inferiores, que se difuminaban en la oscuridad. Permaneció suspendida largo rato sobre el Jardín Tapiado, dejando que las asociaciones y connotaciones de la naturaleza, el orden, la inocencia, la protección, la fertilidad y otras muchas más pasaran en grácil sucesión como exquisitas medusas rodeadas de una infinidad de tentáculos de oro, de coral o de plata que oscilaban en medio de un diáfano océano.

De vez en cuando, sentía un pequeño tirón en el nivel de la conciencia, y sabía que aquel joven al que había confundido con Will estaba buscándola. Entonces se esforzaba por relajarse, procurando no oponer resistencia, aunque solo fuera para no acusar su presencia, y seguir flotando; al final, el tirón desaparecía, como una espina que se engancha a la manga de un caminante, para luego dejarlo libre cuando este reanuda la marcha.

No paraba de pensar en Pantalaimon... ¿Estaría a salvo? ¿Adónde debía de haber ido? ¿Qué pretendía con aquella breve y desdeñosa nota que le había dejado? No era posible que pensara de veras aquello. Era algo cruel, él era cruel, ella también lo era, y todo era un desastre, un horrible desastre.

Apenas sí pensaba en Oxford. Se planteó escribir una nota y enviarla a Hannah, pero no era fácil, porque Brabandt apenas se detenía durante el día y solía atracar el barco de noche en lugares solitarios, alejado de las poblaciones donde pudiera haber una oficina de correos.

El hombre demostró curiosidad por saber por qué el TCD estaba interesado por ella, pero, al ver que ella le repetía que no tenía ni idea, se dio cuenta de que no iba a obtener ninguna respuesta y dejó de preguntar. Él tenía, en cambio, un buen bagaje de conocimientos sobre los giptanos y los Fens, y la tercera noche después del inicio de su viaje, mientras la escarcha endurecía la hierba en la orilla del río y la vieja estufa resplandecía en la cocina, se sentó a hablar con Lyra mientras ella preparaba la cena.

—Los del TCD tienen manía a los giptanos —confió—, pero no se atreven a provocarnos. Siempre que han intentado entrar en los Fens, los hemos empantanado por marjales y tremedales de donde no han podido salir. Hubo una vez que intentaron invadir los Fens por la fuerza, con cientos de hombres, con pistolas, cañones y todo. Parece ser que los fuegos fatuos, las luces espectrales..., ¿has oído hablar de eso? Son bolas brillantes que salen de las turberas, para atraer a las personas inocentes y sacarlas de los caminos seguros... El caso es que se enteraron de que iban a llegar los del TCD y todos los fuegos fatuos acudieron haciendo brillar sus luces, moviéndose por aquí y por allá, y los del TCD quedaron tan hechizados y desorientados que la mitad se ahogaron y la otra mitad se volvieron locos de miedo. De esa noche hace cincuenta años.

Aunque no estaba segura de que el TCD existiera cincuenta años atrás, Lyra guardó para sí sus dudas.

—¿Los fantasmas y los espíritus están de su parte entonces? —preguntó.

—En contra del TCD y de parte de los giptanos, eso es. Ellos, los del TCD, eligieron el peor momento del mes, fíjate. Van y vienen con luna negra. Es cosa sabida que cuando la luna está oscura salen todos los duendes y las ánimas, todos los vampiros y los camuñas, y mortifican a los hombres y a las mujeres, a los giptanos y a las gentes de tierra por igual. Una vez la pillaron, ¿sabes? La pillaron y la mataron.

—¿Que pillaron a quién?

—A la Luna.

—¿Quién la pilló?

—Los duendes. Unos dicen que subieron y la bajaron. Lo que pasa es que en los Fens no hay nada tan alto para eso. Y otros dicen que la Luna se enamoró de un giptano y bajó para acostarse con él. Incluso hay quien dice que bajó porque quiso, porque había oído historias terribles de las cosas que hacían los duendes cuando ella no alumbraba. El caso es que una noche bajó y se puso a caminar por los pantanos y las turberas, y una hueste entera de criaturas malignas, de espantos, duendes, ánimas, carrozas de muertos, canes infernales, troles, nixes del agua, vampiros y dragones se acercaron de puntillas detrás de ella hasta el sitio más oscuro y lóbrego de los Fens, un sitio que llaman el Atolladero. Y allí tropezó en una piedra y se le engànchó la capa en una zarza, y entonces los espantos rastreros la atacaron. Arrastraron a la dama Luna al agua fría y al horrendo fango, por donde pululan criaturas tan oscuras y horribles que ni siquiera tienen nombre. Y allí se quedó, fría y helada, con su pobre lucecilla que se iba apagando poco a poco.

»Al poco, pasó por allí un giptano que se había desviado del camino por culpa de la oscuridad. Empezaba a tener miedo por las manos viscosas que sentía agarrándole los talones y las frías garras que le arañaban las piernas. Y no veía nada de nada.

»Después, de repente, vio algo. Era una lucecilla que relucía debajo del agua, un brillo como de plata de luna. También debió de haber gritado, porque era la misma Luna que se moría. Al oírlo, se levantó, solo por un momento, e irradió su luz, y todos los demonios, las ánimas y los duendes se marcharon, y el giptano pudo ver el camino tan claro como si fuera de día y pudo salir del Atolladero y volver a su casa.

»Pero, al cabo de ese rato, ya no había casi luz de luna. Las criaturas de la noche pusieron una gran piedra encima de donde estaba acostada. Entonces las cosas fueron de mal en peor para los giptanos. Los espantos rastreros salían del fango y se llevaban a los niños, los fuegos fatuos y las luces espectrales temblaban encima de los pantanos, las lagunas y las arenas movedizas, y unos seres horrendos a más no poder, muertos, chupasangres, zampadores y cazaniños, llegaban serpenteando hasta las casas por la noche y se apiñaban encima de los barcos, tocando las ventanas, enredando de algas los timones, pegando los ojos a cualquier rendija de luz que saliera entre las cortinas.

»La gente fue a ver a una mujer sabia para preguntarle qué había que hacer. Y ella dijo: «Encontrad a la Luna y se acabarán las complicaciones». Y entonces, de repente, el hombre que se había perdido se acordó de lo que le había pasado y dijo: «¡Yo sé dónde está la Luna! ¡Está enterrada en el Atolladero!».

»Así que para allá se fueron, toda una piña de hombres, con antorchas y teas encendidas y palas y picos y azadones para desenterrar a la Luna. Habían preguntado a la sabia cómo la encontrarían si se le había apagado la luz, y ella dijo que buscaran un gran ataúd de piedra con una vela encima. Aparte, les hizo ponerse una piedra en la boca a todos, para que se acordaran de que no tenían que decir ni una palabra.

»Bueno, pues se fueron andando hasta dentro del Atolladero, y notaban unas manos pegajosas que intentaban agarrarles los pies y oían unos espantosos susurros y suspiros, pero entonces llegaron donde estaba esa vieja piedra, con una vela ardiendo hecha con grasa de muerto.

»Y levantaron la tapa de piedra, y allí estaba tendida la luna muerta, con su extraña cara de señora, tan bonita, fría y con los ojos cerrados. Y entonces abrió los ojos y enseguida brotó una clara luz plateada, y siguió acostada un minuto mirando el corro de giptanos, con las palas y azadones, todos callados por las piedras que tenían en la boca; y entonces va ella y dice: «Ay, muchachos, es hora de despertar, y gracias por venirme a buscar». Y por todo el espacio alrededor sonaron mil ruidos como de chupadura, porque todos los espantos huyeron a lo hondo del pantano. Y en cosa de nada, la Luna brillaba otra vez en el cielo y el camino estaba alumbrado como si fuera de día.

»¿Ves?, así es la tierra que es nuestra, y por eso es mejor tener amigos giptanos si uno va a los Fens. Si uno llega sin permiso, los duendes y los chupasangres lo liquidan. No parece que te creas ni una palabra de lo que te he contado.

—Sí —aseguró Lyra—. Es todo muy probable.

Pero, desde luego, no le daba el menor crédito. De todas maneras, si la gente se sentía más a gusto creyendo esa clase de bobadas, era más educado no llevarles la contraria, pese a que el autor de *Los hyperchorasmios* habría dejado patente su desprecio.

—Los jóvenes no creen en la comunidad secreta —lamentó Brabandt—. Para ellos, todo es química y cosas que se puedan medir. Tienen una explicación para todo y no entienden nada.

—¿Qué es la comunidad secreta?

—El mundo de las hadas, los fantasmas y las luces espectrales.

—Yo nunca he visto una luz espectral, pero sí vi tres fantasmas y, de pequeñita, me dio de mamar un hada.

—¿Cómo?

—Que me dio de mamar un hada. Eso ocurrió durante la gran riada de hace veinte años.

—Entonces no te puedes acordar de eso.

—No. No recuerdo nada, pero me lo contó alguien que estuvo allí conmigo. Era un hada salida del río Támesis. Quería quedarse conmigo, pero ellos la engañaron y tuvo que dejar que me fuera.

—El río Támesis, ¿eh? ¿Y cómo se llamaba?

Lyra trató de recordar lo que Malcolm le había contado.

—Diania —repuso.

—¡Exacto! Vaya por Dios, eso es. Así se llama. Poca gente sabe eso. Solo lo sabrías si es verdad, o sea, que lo es.

—Y si quiere saber algo más —añadió—, Ma Costa me dijo que tenía aceite de bruja en el alma. De pequeña, quería ser giptana, así que trataba de hablar como los giptanos, y Ma Costa se reía de mí y decía que nunca sería una giptana, porque era una persona de fuego y tenía aceite de bruja en el alma.

—Bueno, si ella lo dijo, será verdad. Yo siempre le doy la razón a Ma Costa. ¿Qué estás cocinando?

—Estofado de anguila. Ya debe de estar a punto.

—A ver, sírvelo —pidió, al tiempo que vertía cerveza en un par de vasos.

—¿Señor Brabandt? ¿Conoce la palabra *akterrakeh*? —preguntó Lyra, mientras comían.

—No. No es una palabra giptana, eso es seguro —respondió él—. Podría ser francesa. Suena como francesa.

—¿Y alguna vez oyó hablar de un sitio llamado el Hotel Azul? ¿Algo que tiene que ver con los daimonions?

—Sí, sí oí hablar de eso —repuso—. Fue en algún sitio del Levante, eso es. No es un hotel ni nada por el estilo. Hace mil años, o puede que más, había una gran ciudad, con templos, palacios, bazares, parques, fuentes y toda clase de cosas lujosas. Entonces un día llegaron los hunos de las estepas..., de esos pastizales interminables que tienen más al norte, que parece que no se acaban nunca..., y masacraron a todos los habitantes, sin dejar ni a uno con vida. La ciudad ha estado vacía durante siglos, porque la gente decía que estaba encantada, y no me extraña. Nadie iría allí en busca de amor ni de dinero. Y luego un día hubo un viajero..., igual era giptano..., que entró a explorar y volvió contando algo muy raro, que el lugar estaba encantado. Sin embargo, lo que había no eran fantasmas, sino daimonions. Puede que los daimonions de los muertos vayan ahí. Igual es eso. No sé por qué lo llaman el Hotel Azul. Debe de ser por algo.

—¿Formaría eso parte de la comunidad secreta?

—Por fuerza tiene que ser así.

De este modo pasaban el tiempo, mientras el *Doncella de Portugal* navegaba aproximándose cada vez más a los Fens.

En Ginebra, Olivier Bonneville vivía en un estado de creciente frustración. El nuevo método de lectura del aletiómetro se negaba a revelar nada de Lyra. Al principio, no fue así. La había espiado en más de una ocasión, pero entonces era como si la conexión se hubiera roto, como si se hubiera soltado un cable.

No obstante, empezaba a descubrir más detalles sobre el nuevo método. Por ejemplo, solo funcionaba en tiempo presente, por así decirlo. Podía revelar sucesos, pero no sus causas o consecuencias. Aunque proporcionaba una perspectiva más amplia, el método clásico exigía tiempo y una laboriosa investigación, para culminar en un tipo de interpretación para el que Bonneville carecía de paciencia suficiente.

No obstante, su patrono Marcel Delamare estaba muy absorto en la organización del próximo congreso de todos los cuerpos constitutivos del Magisterio. Puesto que se trataba de una iniciativa de Delamare, y puesto que no tenía ninguna intención de dejar traslucir su verdadero objetivo y sí de dejarlo todo bien atado para obtener las resoluciones que deseaba, lo cual implicaba un gran número de complejas maniobras políticas, Bonneville se sentía relativamente libre de supervisión por el momento.

Ello lo animó a probar otro enfoque con el nuevo método. Tenía un fotograma de Lyra, que le había dado Delamare, en el que aparecía en medio de un grupo de jóvenes vestidas con atuendos académicos, sin duda para alguna celebración universitaria. Todas posaban con formalidad de pie ante la cámara bajo un reluciente sol. Bonneville había recortado la cara y el cuerpo de Lyra, y descartado el resto de la foto. No tenía motivos para conservarla, porque las chicas eran demasiado inglesas para resultarle atractivas. Se le había ocurrido que si observaba la cara de Lyra en la foto con el aletiómetro en la mano, podría ayudarle a concentrarse mejor para preguntar dónde estaba.

Después de tomar unas pastillas contra el mareo, para prevenir posibles náuseas, se sentó al anochecer en su pequeño apartamento mientras se encendían las luces en la ciudad, hizo girar las tres ruedas para apuntar a la imagen de la lechuza y centró la atención en el retazo de papel de foto donde estaba representada Lyra. Aquello tampoco dio resultado, o por lo menos no el que había esperado. En realidad, generó un vendaval de imágenes distintas, todas muy diáfanas al principio; aunque luego se volvían vagas y borrosas, durante los escasos segundos en que podía verlas con claridad, todas y cada una se parecían en algo a Lyra.

Bonneville entornó los ojos, tratando de mantener un poco más la concentración en las imágenes antes de que lo asaltara el inevitable vértigo. Tenían una semejanza con los fotogramas: monocromas, algunas difuminadas o arrugadas, algunas en papel fotográfico, algunas en papel de periódico, algunas bien iluminadas, tomadas con profesionalidad, otras informales como si las hubiera realizado alguien que no estaba acostumbrado a usar una cámara, con Lyra cerrando los ojos para protegerlos del resplandor del sol. Varias de ellas parecían haber sido tomadas sin que se diera cuenta, ensimismada en un bar, o riendo mientras caminaba cogida de la mano con un chico o cruzando la calle. Se la veía en diversos periodos de la niñez, así como en épocas más recientes, con su daimonion siempre cerca. En las últimas fotos, este había adoptado una forma bien definida de algún tipo de roedor más bien voluminoso. Hasta allí, era cuanto Bonneville alcanzaba a percibir.

Después, bruscamente, se dio cuenta de qué era lo que estaba mirando. Eran fotogramas de verdad, clavados en un tablón. Por arriba, veía una tela doblada hacia atrás, lo que indicaba que probablemente lo mantenían tapado. Poco a poco, fueron surgiendo algunos detalles del entorno: el tablón estaba apoyado en una pared decorada con un papel pintado de motivos florales, al lado de una ventana que tenía corrida una lustrosa cortina de seda verde. La única luz provenía de una lámpara ambárica encendida encima de un escritorio. ¿De quién eran los ojos a través de los cuales miraba él? Tenía la impresión de una conciencia, pero…

Algo se estaba moviendo…, una mano se movió, provocándole una sacudida que casi lo hizo vomitar. El punto de vista se alteró de manera instantánea y entonces advirtió una forma blanca que surcó el espacio con un revuelo de plumas, produciendo una agitación entre las fotos del tablón. Aunque fue algo breve y veloz, por un instante, percibió un ave…, una lechuza blanca… que enseguida se esfumó…

«¡Delamare!»

La lechuza era el daimonion de Delamare. La mano era la de Delamare. El papel floreado de la pared, la cortina de seda verde y el tablón con los fotogramas estaban en el apartamento de Delamare.

Pese a que Bonneville no lograba ver a Lyra por algún motivo que se le escapaba, sí podía verla en fotos porque no se había centrado mentalmente en ella, sino en una imagen de ella… Lo comprendió en un segundo, mientras se dejaba caer en el sillón y respiraba hondo, cerrando los ojos, para disipar las náuseas.

De modo que Marcel Delamare había coleccionado decenas, veintenas de fotos de Lyra. Nunca lo había mencionado.

Nadie lo sabía. Él creía que el interés de su patrono por la chica era de orden profesional, por así decirlo, o político, o algo por el estilo, pero, en realidad, era personal. Aquello resultaba muy raro. Era obsesivo.

Bueno, era un dato que merecía la pena conocer.

Y a continuación habría que averiguar por qué.

Bonneville no sabía gran cosa de su patrono, sobre todo porque no le había prestado atención. Tal vez era hora de averiguar ciertas cosas. El nuevo método no le serviría mucho para eso y, además, el dolor de cabeza y las náuseas que lo aquejaban no lo inclinaban a volver a usar el aletiómetro por el momento. Tendría que ir a preguntar a la gente, hacer de detective.

Sin ningún indicio de adónde podría haber ido Lyra, Malcolm y Asta repasaron una y otra vez la conversación que había mantenido con ella en La Luna Caprese de Little Clarendon Street.

—Benny Morris… —recordó Asta—. Ese nombre surgió en algún momento.

—Sí, tienes razón. Tenía que ver con…

—Era alguien que trabajaba en el depósito de correos…

—¡Eso! El hombre que resultó herido.

—Podríamos probar el truco de la indemnización —sugirió.

Tras consultar el callejero de Oxford y el censo electoral, encontraron una dirección en Pike Street, en el distrito de St. Ebbe, al pie de la fábrica de gas. A la tarde siguiente, asumiendo el personaje de un director de personal de correos, Malcolm llamó a la puerta de una casa adosada.

Aguardó sin que nadie respondiera. Aguzó el oído y solo oyó el ruido de los vagones de mercancías que cambiaban de vía al otro lado de la fábrica de gas.

Volvió a llamar. Tampoco hubo respuesta en el interior. Los camiones habían comenzado a descargar el carbón, uno a uno, en la rampa situada debajo de la vía del ferrocarril.

Malcolm esperó hasta que hubo pasado todo el tren y a que al estruendo intermitente de la descarga le sucedió el agudo entrechocar del metal.

Cuando llamó por tercera vez, oyó unos pasos pesados, desacompasados, y luego se abrió la puerta.

El individuo corpulento que apareció en el umbral tenía ojos de sueño y olía a bebida. Su daimonion, un perro cruzado con una parte de mastín, se quedó detrás de sus piernas y ladró un par de veces.

—¿Señor Morris? —dijo Malcolm, sonriendo.

—¿Quién me llama?

—¿Usted se llama Morris, Benny Morris?

—¿Y qué si me llamo así?

—Bien, vengo del Departamento de Personal de Correos…

—No puedo trabajar. Tengo un certificado del médico. Fíjese en qué estado estoy…

—No ponemos en duda su lesión, señor Morris, en absoluto. Se trata de fijar la indemnización que le corresponde.

Una pausa.

—¿Una indemnización?

—Exacto. Todos nuestros empleados tienen derecho a un seguro de accidentes. Una parte de su salario se destina a ello. Lo único que hay que hacer es rellenar un formulario. ¿Puedo pasar?

Morris se hizo a un lado y Malcolm entró en el estrecho pasillo y cerró la puerta. El olor concentrado a col, a sudor y a hoja de fumar se sumó al hedor de la bebida.

—¿Me permite sentarme? —solicitó Malcolm—. Necesito sacar unos papeles.

Morris abrió la puerta de una fría y polvorienta sala de estar. Después, con una cerilla, encendió la lámpara de gas que descansaba en un soporte de la pared. Su luz amarillenta carecía de energía para alcanzar muy lejos. El hombre cogió una silla de debajo de una endeble mesa y se sentó, tomando la precaución de mostrar el dolor y la dificultad que le causaba hacerlo.

Instalado en la silla de enfrente, Malcolm sacó varios papeles del maletín y destapó una pluma.

—Veamos si podemos precisar la naturaleza de su lesión —dijo animadamente—. ¿Cómo ocurrió?

—Ah, sí. Yo estaba trabajando fuera, en el patio, limpiando un canalón, y se corrió la escalera.

—¿No la había asegurado?

—Oh, sí, siempre lo hago. Es de cajón, ¿no?

—Y aun así, ¿se corrió?

—Sí. Es que había llovido. Por eso estaba limpiando la gotera, porque había un montón de musgo y tierra, y el agua no corría bien. Salía toda por fuera de la ventana de la cocina.

Malcolm anotó algo.

—¿Había alguien ayudándole?

—No. Estaba yo solo.

—Ah. Verá —pasó a explicar Malcolm, con tono de preocupación—, para pagar la indemnización al completo, necesitamos determinar que el cliente..., o sea, usted..., tomó todas las precauciones pertinentes para evitar el accidente. Y cuando se trabaja con escaleras de mano, ha de haber otra persona que la sostenga.

—Ah, sí, bueno, estaba Jimmy, mi amigo Jimmy Turner. Estaba conmigo. Debió de haber ido dentro un minuto.

—Comprendo —dijo Malcolm, escribiendo—. ¿Podría informarme de la dirección del señor Turner?

—Eh..., sí, claro. Vive en Norfolk Street, en el número..., no me acuerdo del número.

—Norfolk Street. Con eso bastará para localizarlo. ¿Fue el señor Turner quien fue a buscar ayuda cuando se cayó?

—Sí... Y esta, eh, indemnización... ¿a cuánto puede ascender?

—Eso depende en parte de la naturaleza de la lesión, una cuestión que pasaremos a tratar en breve, así como del tiempo que se prevea que va a estar ausente del trabajo.

—Ah, sí, ya.

El daimonion de Morris estaba sentado lo más cerca posible de su silla. Asta, que lo observaba, advirtió que el perro empezaba a encogerse y a desviar la mirada. Cuando de su garganta brotó el inicio de un gruñido, Morris bajó automáticamente la mano para agarrarle las orejas.

—¿Cuánto tiempo le ha recomendado el médico que esté de baja? —preguntó Malcolm.

—Eh, dos semanas, más o menos. Depende. Podría curarse antes o no.

—Desde luego. Y ahora, pasemos a la lesión. ¿Qué se hizo exactamente?

—¿Qué me hice?

—Sí, al caerse.

—Ah, ya. Pues al principio creí que me había roto la pierna, pero el médico dijo que era una torcedura.

—¿En qué parte de la pierna?

—Eh…, en la rodilla. La rodilla izquierda.

—¿Una torcedura en la rodilla?

—Por lo visto, se torció cuando caí.

—Entiendo. ¿Lo examinó bien el médico?

—Sí. Mi amigo Jimmy me ayudó a entrar, y después fue a buscar al médico.

—¿Y el médico examinó la lesión?

—Sí, eso hizo.

—¿Y dijo que era una torcedura?

—Sí.

—Bueno, verá, esto es un poco confuso para mí, porque la información de que dispongo es que usted recibió un profundo corte.

Asta vio como el hombre crispaba la mano sobre las orejas de su daimonion.

—Un corte —repitió Morris—. Sí, eso, sí.

—¿Fue un corte además de una torcedura?

—Es que había cristales por ahí. La semana antes había arreglado una ventana y debieron de caer cristales rotos… ¿De dónde ha sacado esa información, por cierto?

—A través de un amigo suyo. Dijo que tenía un corte bastante serio detrás de la pierna. Me cuesta formarme una idea de cómo se pudo cortar allí, ¿comprende?

—¿Quién era ese amigo? ¿Cómo se llama?

Malcolm tenía un conocido en la policía de Oxford, un amigo de la infancia, un niño dócil y afectuoso que se había convertido en un adulto decente y honrado. Malcolm le había preguntado, sin especificar por qué, si conocía a un agente de la comisaría de St. Aldate que tenía una voz pastosa y un marcado acento de Liverpool. El amigo de Malcolm lo identificó de inmediato; con solo verle la expresión de la cara, Malcolm dedujo el concepto que tenía de él. Le dio el nombre sin hacerse de rogar.

—George Paston —respondió Malcolm.

El daimonion de Morris dejó escapar un repentino ladrido y se levantó. Asta estaba ya de pie, moviendo despacio la cola de lado a lado. Aunque seguía sentado, Malcolm sabía dónde estaba cada cosa en la habitación, lo pesada que podía resultar la mesa y cuál era la pierna que tenía lesionada Morris, y estaba en parte apoyado en la silla y en parte en el pie, listo para propulsarse. Como si llegara desde una remota distancia, por espacio de un instante tan solo, Malcolm y Asta oyeron el ruido de una jauría de perros ladrando.

La cara de Morris, hasta entonces colorada, se volvió blanca de golpe.

—No —contestó—, un momento, un momento. George Pas... Yo no conozco a nadie que se llame George Paston. ¿Quién es?

Morris tal vez habría arremetido ya contra Malcolm de no haber sido por la confusión en la que lo había sumido su expresión de calmada preocupación.

—Él asegura que lo conoce bien —prosiguió Malcolm—. De hecho, dice que estaba con usted cuando se hizo esa lesión.

—No estaba... Ya le he dicho que era Jimmy Turner quien estaba conmigo. ¿George Paston? Nunca he oído hablar de él. No sé de quién me habla.

—Verá, es que nos vino a ver —explicó Malcolm, observándolo con disimulo—, y tenía mucho interés en hacernos saber que su lesión era auténtica, para que no perdiera dinero. Dijo que era un corte bastante grave..., algo que tenía que ver con un cuchillo..., pero, curiosamente, no mencionó ninguna escalera ni torcedura alguna.

—¿Quién es usted? —preguntó Morris.

—Aquí tiene mi tarjeta —dijo Malcolm, sacando del bolsillo una tarjeta que lo acreditaba como Arthur Donaldson, asesor de seguros de la compañía de correos.

Morris la escrutó, arrugando el entrecejo, y la dejó en la mesa.

—¿Y qué dijo ese George Paston?

—Dijo que usted había recibido una herida y que su ausencia del trabajo estaba justificada, que su situación no era un engaño. Y teniendo en cuenta que era un agente de policía, naturalmente nosotros le creímos...

—Un policía... No, no lo conozco de nada. Debió de confundirme con otra persona.

—Su descripción fue muy detallada. Dijo que le había ayudado a ir desde el lugar donde se produjo la herida hasta su casa.

—Pero ¡si me caí aquí! ¡Me caí de una escalera, jolín!

—¿Qué ropa vestía en ese momento?

—¿Qué tiene que ver eso? Lo que llevo normalmente.

—¿Los pantalones que lleva ahora, por ejemplo?

—¡No! Los tuve que tirar.

—¿Porque estaban cubiertos de sangre?

—No, no, me está enredando. No fue así. Estábamos allí Jimmy Turner y yo, y nadie más.

—¿Y ese otro hombre?

—¡No había nadie más!

—Pues el señor Paston lo dejó muy claro. En su relato no había ninguna escalera. Dijo que usted y él se habían parado a charlar un poco y que los atacó otro hombre, que le hizo un corte profundo en la pierna.

Morris se enjugó la cara con ambas manos.

—Mire, yo no he pedido ninguna indemnización —replicó—. Puedo pasar sin ella. Esto es demasiado lío. Ese Paston me confundió con otra persona. No sé nada de lo que dijo. Todo son mentiras.

—Bueno, espero que el tribunal lo determine.

—¿Qué tribunal?

—La Comisión de Agresiones Criminales. Lo único que necesitamos ahora es su firma en este formulario para poder llevar el caso adelante.

—Está bien. Olvídese de todo. No quiero ninguna indemnización si tengo que aguantar todo este barullo de preguntas. Yo no pedí nada.

—No, en eso le doy la razón —acordó Malcolm, con actitud tranquilizadora—. Lo malo es que una vez que se ha iniciado el proceso, no podemos volver atrás. Lo mejor será despejar la cuestión de esa tercera persona, el hombre que tenía el cuchillo. ¿Lo conocía usted?

—No, nunca..., no había ninguna tercera persona...

—El sargento Paston dice que los dos se llevaron una sorpresa cuando él se defendió.

—¡No es un sargento! Es un policía ras... —Morris calló de repente.

—Ya lo he pillado —dijo Malcolm.

Por el cuello de Morris y hasta las mejillas fue ascendiendo un intenso rubor carmesí. Con los puños crispados, apretaba con tal fuerza la mesa que le temblaban los brazos. Su daimonion gruñía con más potencia que nunca, pero Asta veía que no iba a atacar, porque estaba muerto de miedo.

—Usted no es... —masculló Morris—, no tiene nada que ver con la compañía de correos.

—Solo tiene una opción —presionó Malcolm—. Cuéntemelo todo e intercederé en su favor. De lo contrario, tendrá que afrontar una acusación de asesinato.

—Usted no es de la policía —dijo Morris.

—No. Soy otra cosa. Pero no se deje distraer por eso. Sé lo suficiente como para hacerlo comparecer acusado de asesinato. Hábleme de George Paston.

Morris abandonó su actitud desafiante, al tiempo que su daimonion se alejaba cuanto podía de Asta, que se limitaba a observarlo sin moverse.

—Es... un ser torcido. Es un poli, pero es más corrupto que el demonio. Es capaz de hacer cualquier cosa, conseguir lo que sea, robar lo que sea y hacer daño a quien sea. Sabía que era un asesino, pero nunca lo había visto hacerlo hasta...

—¿Fue Paston quien mató a ese hombre?

—¡Sí! Yo no habría podido, porque me había jorobado la pierna. Estaba en el suelo y no me podía ni mover.

—¿Quién era la víctima?

—No sé, ni falta que hacía. Me daba igual quién diantre fuera.

—¿Por qué quería atacarlo Paston?

—Órdenes, supongo.

—¿Órdenes de quién? ¿De dónde?

—Paston… tiene a alguien por encima, alguien que le dice qué trabajo quiere que haga… Yo no sé quién es.

—¿Nunca le ha dado algún indicio?

—No, yo solo sé lo que me cuenta, y casi nunca suelta prenda. A mí me da lo mismo. No quiero saber nada que me traiga complicaciones.

—Pues ya está en una situación complicada.

—Pero ¡yo no lo maté! ¡De verdad! El plan no era ese. Normalmente, solo teníamos que darle unos mamporros y quitarle la bolsa, la mochila o lo que llevara.

—¿Y se la quitaron?

—No, porque no llevaba nada. Le dije a George que debía de tener algo, pero que lo dejó en la estación o se lo dio a otra persona.

—¿Cuándo se lo dijo? ¿Antes o después de que lo mataran?

—No me acuerdo. Fue un accidente. No queríamos matarlo.

Malcolm estuvo escribiendo durante un minuto, dos minutos, tres. Morris permanecía inmóvil, con los hombros caídos, como si se hubiera quedado sin fuerzas, y su daimonion gemía a sus pies. Asta, todavía en guardia por si acaso arremetía bruscamente, seguía observándolo con prudencia.

—Ese hombre que le dice a Paston lo que tiene que hacer —planteó a continuación Malcolm.

—¿Qué?

—Paston… ¿habla alguna vez de él? ¿Ha mencionado algún nombre, por ejemplo?

—Es un tipo que trabaja en la universidad. Eso es lo único que sé.

—No es verdad. Sabe algo más.

Morris guardó silencio. Su daimonion yacía en el suelo, con los ojos cerrados, pero en cuanto Asta dio un paso en dirección a él, se levantó asustado y retrocedió detrás de la silla de Morris.

—¡No! —reiteró Morris, con un respingo.

—¿Cómo se llama? —insistió Malcolm.

—Talbot.

—¿Solo Talbot?

—Simon Talbot.

—¿De qué centro?

—El Cardinal.

—¿Cómo lo sabe?

—Me lo dijo Paston. Dice que tiene una información comprometedora para él.

—¿Paston sabe algo de él?

—Sí.

—¿Le dijo qué era?

—No. Seguramente fanfarroneaba.

—Dígame todo lo que sabe.

—No puedo. Paston me mataría. No sabe cómo es. Nadie más sabe esto, solo yo, y si se entera de que usted lo sabe, sabrá que yo he cantado y... Ya le he dicho demasiado. Estaba mintiendo. Nunca le he dicho nada.

—En tal caso, tendré que preguntárselo yo mismo a Paston. Me aseguraré de que se entere de lo colaborador que se ha mostrado conmigo.

—No, no, no, por favor, no haga eso. Es un hombre terrible. No se puede imaginar lo que haría. Para él, matar... no es nada. Ese hombre del río..., lo mató como quien mata una mosca. Para él no valía más que una mosca.

—No me ha dado suficiente información sobre ese tal Talbot del Cardinal. ¿Lo ha visto alguna vez?

—No. ¿Cómo iba a verlo?

—Bueno, ¿y cómo lo conoció Paston?

—Es el agente de enlace con ese grupo de colegios. Si necesitan ponerse en contacto con la policía, por lo que sea, hablan con él.

A Malcolm le pareció una explicación plausible. En todos los colegios tenían un mecanismo de ese tipo. Aun cuando los Proctors, la policía universitaria, se ocupaban de la mayoría de los asuntos de disciplina, se consideraba bueno para las relaciones con las autoridades mantener de forma periódica contactos informales con la policía.

Malcolm se puso en pie. Morris se sentía tan amedrentado que se encogió en la silla. Malcolm lo advirtió y Morris se dio cuenta de ello.

—Si le dice una palabra de esto a Paston, me enteraré y usted estará acabado —lo avisó Malcolm.

—Por favor —rogó Morris, agarrando débilmente la manga de Malcolm—. No me delate. Es un...

—Suélteme.

Morris dejó caer la mano.

—Si no quiere estar a malas con Paston, le conviene mantener la boca cerrada, ¿comprendido? —reiteró Malcolm.

—¿Y quién es usted? Esa tarjeta es falsa. Usted no es de la compañía de seguros.

Malcolm se marchó de la habitación como si no hubiera oído la pregunta. El daimonion de Morris soltó un quejido.

—¿Simon Talbot? —le dijo Malcolm a Asta mientras cerraban la puerta y se alejaban de la casa—. Mira por dónde.

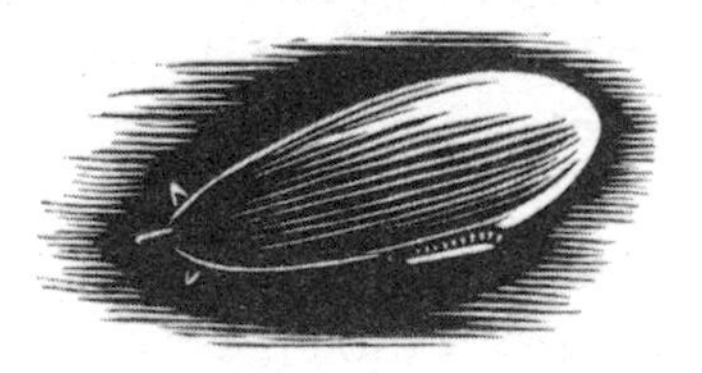

13

El zepelín

Pantalaimon sabía que, por encima de todo, iba a tener que desplazarse por la noche y mantenerse escondido durante el día. También era necesario que siguiera el río, porque este lo llevaría hasta el centro de Londres y, por lo tanto, a los muelles, y mientras que en las riberas del río había una infinidad de lugares donde esconderse, junto a las carreteras seguramente habría muchos menos. Los problemas que pudiera plantear la ciudad en ese sentido tendría que afrontarlos llegado el momento.

Aquello de viajar le resultó más difícil de lo que había previsto. No era lo mismo que vagar a la luz de la luna por Oxford, donde conocía de memoria cada rincón. Pronto se dio cuenta de que iba a echar mucho de menos la habilidad de Lyra para averiguar las cosas, para hacer preguntas, para funcionar en un mundo de seres humanos. Al principio, añoraba aún más aquella capacidad que la suavidad de su piel, la calidez y el olor de su pelo cuando le tocaba lavarlo, el contacto de sus manos, pese a la terrible nostalgia que le producía todo aquello. La primera noche de ausencia no logró dormir, aun cuando hubiera encontrado una mullida rama, perfecta, recubierta de musgo.

De todas maneras, había sido imposible. No podían vivir juntos. Lyra se había vuelto insoportable, con su nueva certeza dogmática y la sonrisilla de condescendencia que no podía ocultar cuando él hablaba de cosas que antes escuchaba con avidez o cuando criticaba aquella detestable novela que le había pervertido el entendimiento.

De hecho, *Los hyperchorasmios* constituía, por el momento, el elemento central de su búsqueda. Conocía el nombre del autor, Gottfried Brand, y sabía que era, o había sido, profesor de filosofía en Wittenberg. Esos eran los únicos datos de que disponía y con eso se tenía que conformar. No obstante, en el dominio de los sueños, los pensamientos y los recuerdos, se encontraba como en casa; por eso albergaba una certidumbre absoluta: alguien había robado la imaginación de Lyra, y él la iba a encontrar, donde quiera que estuviera, para devolvérsela.

—¿Qué sabemos de ese Simon Talbot? —preguntó Glenys Godwin.

La directora de Oakley Street estaba en las habitaciones de Charles Capes, en el Wykeham College, en compañía de Capes, Hannah Relf y Malcolm. La mañana era fresca y el sol que penetraba por una ventana abierta arrancaba destellos de la piel moteada del daimonion paralizado de Godwin, que permanecía acostado sobre el escritorio de Capes. Godwin y Capes habían leído todos los documentos que Malcolm había copiado y habían escuchado con interés lo que este le había sonsacado a Benny Morris.

—Talbot es un filósofo —dijo Capes—. O se hace pasar por tal. No cree en la realidad objetiva. Es una actitud que está de moda entre los universitarios que tienen que escribir un trabajo. Es un escritor llamativo, ingenioso para quien aprecia ese tipo de estilo, un conferenciante muy popular. Incluso está empezando a adquirir ciertos seguidores entre los profesores más jóvenes.

—Cada vez son más numerosos, creo —ponderó Hannah—. Se ha convertido en una estrella.

—¿Se sabe si tiene alguna conexión con Ginebra? —preguntó Malcolm.

—No —repuso en un susurro el daimonion de Godwin—. Difícilmente podrían tener nada en común, si cree lo que predica.

—Yo creo que lo que él dice, en resumidas cuentas, es que nada significa gran cosa —comentó Capes—. Para él sería bastante fácil prestar apoyo, como jugando, al Magisterio, aunque no estoy seguro de que ellos se fiaran de él.

—Este asunto del enlace con la policía —dijo Glenys Godwin—. El colegio de Talbot es el Cardinal, ¿verdad?

—Exacto —confirmó Hannah—. Los colegios están organizados en grupos para ese tipo de cosas. Los demás del grupo son Foxe, Broadgates y Oriel.

—¿Y normalmente hay un miembro de cada colegio que es el responsable de la comunicación con la policía en caso necesario?

—Sí —corroboró Capes—. Suelen ser asistentes académicos o encargados de cuestiones de disciplina.

—Haz algunas indagaciones, por favor, Charles. A ver qué podemos descubrir de Talbot y de ese tal Paston. Malcolm, quiero que te concentres en el aceite de rosas. Quiero saberlo todo al respecto. ¿Qué es esa estación de investigación de Asia Central? ¿Quién la dirige? ¿Qué han descubierto sobre el aceite, si es que han descubierto algo? ¿Por qué no es posible cultivar las rosas en otras partes? ¿Qué hay de cierto en lo concerniente a ese extraordinario edificio rojo situado en medio del desierto, con guardianes que hablan latín, y del que provienen las rosas? ¿Es una mera fantasía producto de un delirio? Quiero que vayas en persona allí lo antes posible. Conoces la región y hablas el idioma, si no me equivoco.

—Así es —confirmó Malcolm.

Fue todo cuanto pudo decir. Esa orden implicaba que no tendría oportunidad de buscar a Lyra, en el supuesto de que supiera por dónde empezar.

—Averigua también qué hay detrás de todos esos disturbios que se producen en el Levante. ¿Es algo que se inició en la zona de Lop Nor y se ha expandido a partir de allí hacia el oeste? ¿Tiene algo que ver con ese asunto de las rosas?

—Hay algo curioso en torno a esa cuestión —comentó Malcolm—. Strauss menciona en el diario que algunos lugares no muy alejados de la estación científica habían sido atacados, que habían incendiado cultivos de rosas, y que había habido actos por el estilo, y confiesa que le sorprendió porque pensaba que ese tipo de agresiones se daban solo en Asia Menor, en Turquía y en el Levante, básicamente. Quizá los disturbios no se originaron en Asia Central, sino más al oeste, más cerca de Europa.

Glenys Godwin inclinó la cabeza e hizo una anotación.

—Descubre lo que puedas —reiteró, antes de cambiar de tema—. Hannah, esa joven, Lyra Lenguadeplata, ¿tienes alguna idea de adónde ha ido?

—Todavía no. De todas maneras, el aletiómetro no es muy rápido precisando esas cuestiones. Creo que está en un lugar seguro, pero no puedo decir más. Seguiré indagando.

—Querría que me explicaras brevemente sus antecedentes y las razones por las que es importante. No sé si es un elemento central o secundario. ¿Lo podrás redactar lo antes posible?

—Desde luego.

—Hay un archivo dedicado a ella en el Mausoleo —informó el daimonion de Godwin.

Se refería a la sección de los archivos de Oakley Street en la que había almacenado material inactivo. Pese a que ya lo sabían, Malcolm y Asta no pudieron evitar un leve estremecimiento al recordar aquel húmedo y decrépito cementerio donde habían dado muerte a Gerard Bonneville para salvar la vida de Lyra.

—Perfecto —dijo Godwin—. Lo leeré cuando vuelva. Mientras tanto, en Ginebra están ocurriendo cosas. ¿Sabes algo al respecto, Charles?

—Una reunión… o un congreso, como lo llaman ellos. Los diferentes cuerpos del Magisterio se van a reunir por primera vez desde hace siglos. No sé qué ha ocasionado este congreso, pero no augura nada bueno. La mejor arma que tenemos contra ellos por ahora es su desunión. Si encuentran una razón para cohesionarse y una manera de institucionalizarlo, constituirán una oposición más formidable que nunca.

—¿Habría alguna manera de que pudieras participar tú mismo?

—Supongo que sí, pero como ya he despertado ciertas sospechas, según me han dicho, harían lo posible para que no me enterara de gran cosa. Conozco a un par de personas que están en condiciones de acceder a más información y que no tendrían inconveniente en transmitírmela. Siempre hay periodistas y estudiosos de distintos centros que asisten e informan sobre este tipo de eventos.

—Bien. Haz lo que puedas. Ten presente el trasfondo general. Esas rosas y ese aceite que producen es algo que el Magisterio ansía controlar a toda costa. El principal instigador parece ser la organización denominada La Maison Juste, que dirige Marcel Delamare. Charles, ¿tú sabes algo de ellos? Por ejemplo, ¿por qué se llama de esa forma?

—La Maison Juste es el edificio donde tienen la sede. El nombre oficial de la organización es La Liga para la Instauración del Santo Propósito.

—¿Instauración? —dijo Glenys Godwin—. Se me ha olvidado qué significa, si es que lo había llegado a saber.

—Significa restauración o renovación.

—¿Y qué es ese Santo Propósito? Bueno, no te molestes. Deja que lo adivine. Quieren vigorizar su noción de la rectitud. Querrían una guerra, y, por algún motivo, esas rosas les procuran una ventaja. Tenemos que averiguar en qué consiste, neutralizarla y, de ser posible, utilizarla a nuestro favor. Conviene tenerlo bien presente.

—Oakley Street no se encuentra en una posición ideal para combatir en una guerra —destacó Hannah.

—No quería mostrarme partidaria de una guerra precisamente —puntualizó Godwin—, pero, si actuamos de manera eficaz e inteligente, podríamos evitar una. Ya sabes por qué te envío a ti en concreto, Malcolm. Es algo que no le pediría a nadie más.

Malcolm lo sabía, como Hannah. Capes, en cambio, lo miraba con curiosidad.

—Es porque puedo separarme de mi daimonion —explicó Malcolm.

—Ah —dijo Capes.

Después de observar un segundo a Malcolm, asintió con la cabeza. Durante un momento, todos guardaron silencio.

Algo brillaba encima del escritorio. La hoja de un abrecartas de plata reflejaba el sol, y Malcolm sintió la familiar presencia del diminuto y palpitante punto de resplandor, que poco a poco se volvería visible y se iría agrandando hasta componer el reluciente aro de luz al que él llamaba el anillo de lentejuelas. Asta lo miró. Él también lo sentía, aunque no lo veía. Durante varios minutos, no merecía la pena que intentara centrarse en algo, porque el anillo tardaría un poco en ensancharse y permitirle ver a través de él. Así pues, optó por relajar la vista, pensando en las cuatro personas que había en la habitación, tan liberales, tan tolerantes y tan civilizadas, y en la organización a la que representaban.

Visto desde fuera, Oakley Street parecía algo absurdo: una estructura cuya existencia debía mantenerse oculta con respecto a la nación que la había instituido para que la protegiera y cuyos agentes eran casi todos de mediana edad o incluso mayores, menos numerosos que nunca, con recursos tan escasos que su directora había tenido que viajar desde Londres en tercera clase en un lento tren. Y él, Malcolm, iba a tener que financiar por sus propios medios su viaje a Karamakán. ¿Cómo era posible que aquella organización decrépita, pauperizada y con tan poco personal aspirase a poner coto a las ambiciones del Magisterio?

Sus tres acompañantes hablaban en voz baja. A medida que el anillo de lentejuelas se aproximaba a Malcolm, rodeaba a su vez a cada uno de ellos cuando los miraba: Charles Capes, delgado, calvo, vestido con un impecable traje oscuro y un pañuelo rojo en el bolsillo de la chaqueta, cuyos ojos irradiaban un honda y sutil inteligencia; Glenys Godwin, de ojos oscuros y mirada afectuosa, pulcra melena de cabello cano, que acariciaba con infatigable ternura a su daimonion enfermo; Hannah Relf, por quien Malcolm sentía un amor apenas menor que el que le profesaba a su propia madre, esbelta, delicada, de cabello gris, un auténtico pozo de sabiduría. Qué valiosas parecían aquellas personas, desde esa otra perspectiva, con la luz del anillo de lentejuelas…

Allí sentado, escuchando, dejó que él anillo concluyera su camino y se alejara, hasta desaparecer.

Tal como había destacado Charles Capes, aquel era el primer congreso que convocaba la jerarquía del Magisterio desde hacía siglos.

Se podía considerar que había una jerarquía, en el sentido de que algunas de las instituciones e individuos gozaban de una mayor antigüedad, veteranía o relevancia con respecto a otros. No se trataba, sin embargo, de una jerarquía fija, como habría sido el caso si el papa Juan Calvino hubiera dejado la Iglesia tal como la fundó. En lugar de ello, había renunciado a la primacía de su cargo y había dividido su poder entre varios brazos. Tras su muerte, nadie volvió a asumir la condición de papa, y la autoridad que antes iba aparejada con el título se ramificó en numerosas vías, como el río que corre rápido en su cauce angosto por la montaña y luego se divide en nuevos cursos que surcan más despacio las llanuras.

Por todo ello, no había una autoridad bien definida, sino una multitud de diferentes cuerpos, consejos, colegios, comités y tribunales, que crecían y florecían en función del talento y las aspiraciones de sus dirigentes, o bien entraban en decadencia por la falta de ambición o de arrojo de sus gobernantes. La entidad conocida como el Magisterio se componía de un hervidero de cuerpos rivales, entre los que imperaba la envidia y la desconfianza y cuya característica común residía en su apetito de poder.

Al congreso acudían los líderes de dichas facciones, el director del Tribunal Consistorial de Disciplina, el decano del Colegio de Obispos, el presidente del Comité para la Propagación de la Verdadera Fe, el secretario general de la Sociedad para la Promoción de la Virtud del Celibato, el rector de la Basílica Roja, el director de la Escuela de Lógica Dogmática, el presidente del Tribunal de Culto, la abadesa de las Hermanas de la Santa Obediencia, el archimandrita del priorato de Grace y muchos, muchísimos más..., porque no se atrevían a mantenerse al margen, para que su ausencia no fuera interpretada como una rebelión. Acudían desde toda Europa y de regiones situadas más al norte y al sur, al este y al oeste, algunos con ansias de conflicto, algunos inquietos ante la posibilidad de que pudiera haberlo; unos tentados como sabuesos por el olor a venado de la caza de herejes, otros reacios a abandonar la paz de sus monasterios o colegios por algo que probablemente sería un nido de discordias, ira y peligro.

En total fueron cincuenta y tres hombres y mujeres los que se congregaron en la Sala Conciliar revestida de madera de roble del Secretariado de la Santa Presencia, lo cual confería al prefecto de dicha orden la ventaja de presidir el encuentro.

—Hermanos y hermanas —inició su introducción el prefecto—, en nombre y bajo la autoridad del Altísimo, nos hemos reunido hoy aquí para tratar una cuestión de capital importancia. Nuestra fe se enfrenta en los últimos tiempos a desafíos y amenazas inéditos. La herejía prospera, la blasfemia campa impune, las mismas doctrinas que nos han guiado durante dos mil años son objeto de burla en todos los territorios. Ha llegado el momento de que la gente de fe nos reunamos y hagamos oír nuestras voces con inconfundible fuerza.

»Al mismo tiempo, en el este, se nos abre una oportunidad muy prometedora, capaz de levantar los ánimos más abatidos. Se nos presenta la ocasión de incrementar nuestra influencia y hacer sentir nuestro poder sobre cuantos se han resistido y todavía se resisten a la benéfica influencia del santo Magisterio.

»A la vez que os presento estas noticias..., que son solo un adelanto de muchas otras..., también debo alentaros a todos a rezar con devoción solicitando la sabiduría que vamos a necesitar para afrontar la nueva situación. La primera cuestión que debo plantear es esta: ¿es demasiado amplio nuestro antiguo estamento representado aquí por cincuenta y tres hombres y mujeres de indiscutible fe y probidad? ¿Somos demasiados para tomar decisiones con rapidez y actuar con fuerza y eficacia? ¿No deberíamos tomar en cuenta los beneficios que derivarían de la delegación de asuntos de gestión a un consejo más reducido, más reactivo y decisivo, capaz de proporcionar el liderazgo que tan necesario resulta en estos tiempos de fragmentación?

Marcel Delamare, representante de La Maison Juste, escuchaba con satisfacción las palabras del prefecto. Aunque nadie lo sabía, era él quien había escrito el discurso que daba el prefecto. Aparte, se había asegurado, a través de encuestas privadas, de chantajes, de sobornos, de lisonjas y de amenazas, que la moción para elegir un consejo más reducido se iba a aprobar, y ya había decidido quién se iba a elegir para integrarla y quién la iba a presidir.

Se arrellanó cómodamente en el asiento, plegando los brazos, mientras se abría el debate.

Con la llegada de la oscuridad, empezó también a llover en el límite de los Fens. Aquella era la hora del día en que Giorgio Brabandt solía ponerse a buscar un lugar idóneo donde atracar para pasar la noche, pero, al hallarse tan cerca de sus aguas natales, resolvió seguir avanzando. Conocía cada giro y cada recoveco de aquel laberinto de cursos de agua, de tal forma que las luces que mandó instalar a Lyra en la proa eran más un detalle de cortesía para los patronos de otros barcos que una necesidad.

—¿Cuándo vamos a llegar a los Fens, maese Brabandt? —preguntó Lyra.

—Ya estamos ahí —repuso él—, más o menos. Es que no hay frontera, ni puesto de aduanas ni nada por el estilo. Un minuto estás dentro, y al siguiente estás fuera.

—Entonces, ¿cómo lo sabe?

—Es algo que se siente. Para un giptano, es como llegar a casa. El que no es giptano, se siente incómodo, nervioso, como si todos esos espíritus y espantos estuvieran por ahí fuera, mirándole. ¿Tú no lo notas?

—No.

—Bah. Bueno, todavía no debemos de haber llegado. O, si no, es que no te he contado bastantes cuentos.

Estaba de pie frente al timón, con chubasquero y sombrero impermeable, mientras Lyra permanecía justo dentro de la puerta, abrigada con una vieja chaqueta suya. La luz de proa desprendía una aureola amarilla en torno al voluminoso cuerpo del marino e iluminaba las incesantes gotas que llenaban el aire. Lyra estaba atenta a las patatas que se cocían en la estufa de petróleo detrás de ella. Dentro de poco iría a cortar unas lonchas de beicon para freírlas.

—¿Cuándo cree que llegaremos al Zaal? —preguntó, en alusión a la gran sala de reuniones que constituía el centro de la vida comunitaria de los giptanos.

—Ah, hay una forma de saber eso.

—¿Cuál es?

—Cuando estás lo bastante cerca para verlo, es que casi has llegado.

—Vaya, qué instructivo...

De repente, el giptano levantó una mano para reclamar silencio, al tiempo que su daimonion volvía la cabeza hacia el cielo. Guareciéndose los ojos con el ala del sombrero, Brabandt miró hacia arriba también. Lyra siguió su ejemplo. Aunque no vio nada, sí oyó un sonido retumbando entre las nubes.

—Lyra, ve corriendo a apagar esa linterna —indicó Brabandt, bajando el gas mientras con la otra mano apuntaba a la proa.

La luz de la popa reflejada en el techo del camarote permitió a Lyra desplazarse a toda prisa hasta la proa. Una vez allí, justo después de apagar la mecha, percibió mejor el sonido; al cabo de un momento, vio de dónde provenía. La pálida forma ovoide de un zepelín se cernía tras ellos por el lado de estribor, debajo de las nubes, sin luces visibles.

Regresó a tientas al puente de mando. Brabandt había desviado el *Doncella* a un lado y había reducido a un murmullo el ruido del motor. Lyra notó una leve sacudida cuando el barco tocó la orilla.

—¿Lo ves? —dijo él en voz baja.

—Veo uno. ¿Hay más?

—Con uno basta. ¿Nos sigue?

—No. No creo que hayan podido ver las luces con esta lluvia; y con el ruido de su motor, no podrían oír el nuestro, mucho más silencioso.

—Entonces voy a seguir adelante —decidió.

Abrió el gas y el motor reaccionó con un suave ronroneo. El barco volvió a surcar el agua.

—¿Cómo puede ver? —preguntó Lyra.

—El instinto. Ahora cierra el pico, que tengo que escuchar.

Acordándose de las patatas, se precipitó adentro para sacarlas del fuego y escurrirlas. Le dio la sensación de que la acogedora calidez del viejo camarote, la cocina limpia, el vapor y el olor de las patatas asadas componían un bastión frente al peligro que flotaba arriba. Sabía, con todo, que no era así, que una bomba certera los podría matar a ella y a Brabandt, y hundir el *Doncella de Portugal* en cuestión de minutos.

Corrió de una punta a otra del barco, comprobando que las persianas estaban bajadas. No había ni un resquicio. Al final, apagó la luz de la cocina y volvió a salir a cubierta.

El ruido del motor del zepelín era ahora más estrepitoso. Sonaba como si estuviera justo encima. Cuando trató de localizarlo bajo el azote de la lluvia, no vio nada.

—Psst —la llamó quedamente Brabandt—. Mira por estribor.

Lyra se enderezó y escrutó el cielo, haciendo caso omiso de la lluvia que le caían en los ojos, y esa vez advirtió una temblorosa lucecilla verde. Aunque era inconstante, después de desaparecer durante un par de segundos, volvía, y se movía.

—¿Es otro barco? —consultó.

—Es un fuego fatuo, una luz espectral.

—¡Ahí hay otra!

La segunda luz, de color rojizo, parpadeaba no lejos de la primera. Lyra observó cómo se acercaban una a la otra hasta tocarse; luego desaparecían y después volvían a relumbrar un poco distanciadas.

El *Doncella de Portugal* prosiguió despacio la marcha, mientras Brabandt vigilaba a derecha e izquierda, escuchando, escrutando e incluso levantando la cara para husmear el aire. La lluvia había arreciado. Las luces de los pantanos parecían seguir el ritmo del barco. Después Lyra advirtió que el zepelín se había desplazado un poco hacia ellos, como si quisiera ver qué eran. El estruendo del motor sonaba muy cercano. A Lyra le extrañaba que el piloto pudiera ver algo en medio de aquellas tinieblas. El barco no dejaba ninguna estela y todas las luces de a bordo estaban apagadas.

—Hay otro —señaló Lyra.

A las dos luces se había sumado una más. Las tres juntas emprendieron una curiosa, pausada y vacilante danza, intercalada de movimientos bruscos. El frío e inconstante resplandor producía una sensación de inquietud en Lyra. Solo la solidez de la cubierta bajo los pies y la corpulenta presencia de Giorgio Brabandt la salvaban de un miedo enfermizo de las cosas que había fuera, justo en el límite de la razón, poblando la oscuridad.

—Va en esa dirección —indicó Brabandt.

Tenía razón. Como si lo arrastraran, el zepelín se movía hacia estribor, hacia las luces de los pantanos.

Brabandt inclinó más la palanca del gas e incrementó la velocidad del barco. Con la tenue luz de los fuegos fatuos, Lyra lo veía con todos los sentidos alerta, mientras el daimonion Anneke, posado en el tejado del camarote, movía la cabeza a un lado y otro para captar un atisbo de olor que pudiera servir para evitar un banco de fango o doblar una curva.

«¿Lo ayudo en algo?», estuvo a punto de ofrecerse Lyra; sin embargo, cuando ya había abierto la boca, se dio cuenta de que, si tuviera alguna tarea que encomendarle, ya lo habría hecho. Así pues, se volvió a sentar en el umbral de la puerta y dirigió la vista hacia estribor, donde las luces de los pantanos centelleaban con un brillo aún mayor.

De improviso, del tempestuoso cielo cayó una línea de fuego en dirección a los fuegos fatuos. Al entrar en contacto con el agua, estalló con una profusión de colores naranja y amarillo. Un instante después, Lyra oyó de nuevo el breve silbido del recorrido y el estruendo de la explosión.

Las luces de los pantanos se apagaron de inmediato.

—Vaya —exclamó Brabandt—. Ahora han violado la ley. Pueden volar por encima, pero no hacer eso.

Erguido sobre las cuatro patas, Anneke gruñía, observando el menguante resplandor del cohete.

Al cabo de un momento, una docena de luces de los pantanos volvieron a relumbrar. Se movían deprisa, precipitándose a un lado y a otro, e incluso subían y bajaban. Del suelo surgían pequeños surtidores de fuego, cuya luz ardiente se extinguía en cuestión de segundos.

—Se han enfadado —determinó Brabandt—. Lo malo es que nos están alumbrando a nosotros.

El barco seguía avanzando en la oscuridad, pero el giptano estaba en lo cierto: los fuegos fatuos eran tan intensos y brillantes que, pese a su reducido tamaño, iluminaban por entero el *Doncella de Portugal*, que, impregnado de lluvia, reflejaba el más mínimo atisbo de luz.

—Los fuegos fatuos no nos tienen mucha simpatía a nosotros, pero los zepelines les gustan aún menos —afirmó Brabandt—. De todas formas, nosotros no les gustamos. No les importaría nada si nos hundiéramos y nos ahogáramos, o nos hiciéramos añicos.

De repente, Anneke soltó un agudo ladrido de alarma. Lyra alzó la cabeza y, siguiendo su mirada, vio algo pequeño que caía del zepelín y del que se desplegaba un paracaídas. Casi de inmediato, el viento lo impulsó hacia atrás, pero un instante después la forma negra de abajo estalló produciendo una llamarada.

—Bengalas —dijo Brabandt, al tiempo que caía otra y se abría con una explosión de fuego.

La reacción de las luces de los pantanos fue instantánea y furibunda. Aparecieron muchas más y todas se dirigieron en un baile de saltos hacia la bengala que bajaba; cuando llegó al agua, se concentraron todas encima, dominando su calor con su frío fuego, hasta que la ahogaron en medio de una nube de humo y un coro de tenues chillidos impregnados de agua y ruidos de succión.

De improviso, Lyra se levantó de un salto y se fue corriendo adentro, donde avanzó a tientas hasta el cuartito que ocupaba, en la proa. Palpó la litera, luego la mesita, el libro y la lámpara hasta notar con los dedos la bolsa de terciopelo que contenía el aletiómetro. Sosteniéndolo con ambas manos, retrocedió por el barco, consciente de los medidos movimientos que Brabandt efectuaba con el timón y la palanca del gas, del rugido del motor del zepelín por arriba y del gemido del viento. Desde la cocina vio la silueta de Brabandt, recortada sobre las titilantes luces de los pantanos; después volvió al umbral de la puerta y se sentó en el banco, desde donde podía ver el cielo.

—¿Estás bien? —preguntó Brabandt.

—Sí. Voy a ver qué puedo averiguar.

Ya había empezado a hacer girar las ruedecillas del aletiómetro y, con los intermitentes destellos, observaba con atención la esfera tratando de distinguir los símbolos. Era inútil, porque resultaban prácticamente invisibles. Con el instrumento en las palmas de las manos, se puso a mirar con empeño los vacilantes fuegos fatuos, consciente de una poderosa contradicción que casi le partía el cerebro en dos. Lo que quería hacer suponía una inmersión en aquella comunidad secreta de Brabandt y, al mismo tiempo, se decía a sí misma que aquello eran desatinos, supersticiones, puras fantasías.

El zepelín daba vueltas por encima de ellos, proyectando sus focos sobre la lluvia y el tenebroso pantano. En cuestión de un minuto o dos, lo tendrían delante, y una vez que hubiera derramado la potencia de su luz sobre el *Doncella de Portugal,* no tendrían forma de salvarse.

«Pan, Pan, Pan —pensó Lyra—. Te necesito ahora, granuja, traidor.»

Trató de imaginar que reunía todos los fuegos fatuos, como si dirigiera un rebaño de ovejas, pero era muy difícil, porque, al fin y al cabo, no tenía imaginación, tal como había dicho Pan. ¿Cómo se podría conseguir? Con gran esfuerzo, visualizó la escena. Trató de representarse a sí misma como una pastora de luces y al ausente Pan como un perro pastor de luces, que corría de un lado a otro por el pantano, agazapándose, dando saltos, soltando breves y autoritarios ladridos, corriendo hacia donde ella le indicaba con el pensamiento.

«Qué estupidez, qué infantilismo —se reprendió—. Es solo metano o algo por el estilo. Es solo una cosa natural, sin ningún sentido.» Su concentración vaciló.

Oyó un sollozo que brotó de su garganta.

—¿Qué haces, muchacha? —dijo Brabandt.

Sin hacerle caso, comprimió la mandíbula y, en contra de su voluntad, volvió a evocar al ausente Pan, como un sabueso infernal, babeante y con ojos ardientes, y entonces vio cómo los fuegos fatuos huían aterrorizados y se arracimaban en círculo, mientras el frío rayo de luz del zepelín se acercaba más y más, de tal modo que hasta oyó el repiqueteo de la lluvia sobre la puntiaguda proa de la aeronave, a pesar del viento y del rugido del motor.

Notó que en su interior crecía algo, como una marea compuesta de oleadas que subían y retrocedían, y luego se hinchaban de nuevo, cada vez más voluminosas. Era rabia, era deseo, era algo visceral.

—¿Qué hacen? Dios santo..., mira eso... —decía Brabandt.

Las luces de los pantanos ascendían a toda velocidad y después se precipitaban, una y otra vez, contra un punto en el agua, situado justo delante del foco del zepelín. Luego, con un chillido, del pantano surgió algo que no era un fuego fatuo ni una luz espectral, sino una voluminosa ave blanca, una garza tal vez o incluso una cigüeña, empavorecida por culpa de los repetidos destellos verdes que la obligaban a subir hacia el haz del reflector, mordisqueándole las patas, apiñándose como avispas en torno a su pesado cuerpo, hasta que se precipitó contra el aparato...

—Agárrate bien, muchacha —susurró Brabandt con voz ronca cuando la luz del foco estaba a punto de posarse sobre ellos.

Entonces, con una explosión de fuego, sangre y plumas blancas, la garza voló directamente hacia el motor de babor del zepelín.

El aparato dio un bandazo y se inclinó hacia la izquierda. El motor de estribor chirriaba mientras la gran masa, semejante a una babosa, derivaba hacia un lado, bajando. La cola se colocó hacia arriba, a merced del viento sin motor que la estabilizara, y el aparato fue descendiendo hacia el pantano, cada vez más cerca del *Doncella de Portugal*, como si se dejara caer en un lecho. El viento traía fragmentos de sonido, gritos y alaridos, para llevárselos después. Con el resplandor despedido por la agitación de fuegos fatuos, así como por el zepelín incendiado,

Lyra y Brabandt vieron horrorizados cómo se arrojaban de la cabina varias personas para precipitarse en la oscuridad. Un momento después, el gran caparazón roto del zepelín chocó contra el agua a tan solo cincuenta metros de ellos, rodeado de nubes de vapor, de humo, de llamas y de la danza de un millar de luces de los pantanos, que retozaban celebrando su triunfo. El calor quemaba la cara de Lyra, y Brabandt se bajó el sombrero para protegerse de él.

Pese a lo horrible del espectáculo, Lyra era incapaz de desviar la mirada. El esqueleto de la nave, negro sobre el radiante fondo de las llamaradas, se desmoronó y cayó proyectando una cascada de chispas y humo.

—No va a quedar con vida ni uno —pronosticó Brabandt—. Ya deben de estar todos muertos.

—Es horroroso.

—Sí.

Brabandt movió la palanca del gas y el barco se movió al centro del curso de agua. Poco a poco, incrementó la velocidad.

—Esa garza —dijo, con voz temblorosa, Lyra—. Las luces de los pantanos la perseguían. La han obligado a volar hasta el motor. Sabían lo que hacían.

«Y yo también —pensó—. Yo lo he provocado.»

—¿Era una garza? Puede que sí. Yo pensaba que era un espíritu volador. Algunos vuelan y hacen un ruido como si tuvieran alas. Claro que, como han pasado tantas cosas a la vez, no lo hemos podido oír. Seguramente era eso, un elfo volador o un espíritu de las aguas. Algo de la comunidad secreta de la que te hablé. Fíjate en las luces de los pantanos.

Los fuegos fatuos se habían arremolinado por docenas en torno a los restos de la nave y se acercaban y se alejaban saltando y bailando con su intermitente luz.

—¿Qué hacen?

—Buscan supervivientes. Los arrastrarán debajo del agua y los acabarán de liquidar. ¿Están listas esas patatas?

—Ah..., sí.

—Bueno, pues que no se enfríen. ¿Sabes qué? Hay una lata de carne en el armario. Córtala a tiras con las patatas y fríelas juntas. Me ha entrado un poco de hambre.

Lyra sentía náuseas. No podía parar de pensar en los pasajeros del zepelín, que se habían quemado o ahogado, o que habían sufrido una muerte aún peor, ni en aquella hermosa ave blanca, que se había visto empujada de forma despiadada hasta las aspas del motor. En ese momento, lo último que le apetecía era comer. No obstante, una vez que tuvo preparado el guiso, se dijo que sería una lástima desperdiciarlo, con lo bien que olía. Así pues, llevó dos platos al puente de mando. Allí, lo primero que Brabandt hizo fue coger un bocado con el tenedor y arrojarlo por la borda.

—Para los fuegos fatuos —dijo.

Lyra hizo lo mismo.

Después cenaron, protegiendo los platos de la lluvia.

14

El café Cosmopolitan

Esa misma tarde, Dick Orchard abrió la puerta de La Trucha y entró en el bar. Aunque conocía muchos pubs de Oxford, tenía, como todo el mundo, sus preferidos, y La Trucha le quedaba demasiado lejos para ir a menudo. Aun así, la cerveza era buena.

Después de pedir una pinta, observó el local con cautela. Entre los clientes no había nadie con aspecto de profesor de universidad. Un grupo de viejos jugaban a las cartas cerca de la chimenea, dos hombres con cara de campesinos seguían con imperturbable parsimonia los hilos de una larga y sinuosa discusión sobre vallado de ganado, dos parejas jóvenes pedían la cena… La típica escena de una noche tranquila en un pub tradicional situado a orillas del río.

Una vez que las parejas terminaron de pedir la comida y se quedaron tomando la bebida, Dick se decidió a hablar con el camarero, un corpulento individuo de unos sesenta años, pelirrojo, con una incipiente calvicie y semblante cordial.

—Perdone —lo abordó Dick—. Busco a alguien llamado Malcolm Polstead. ¿Lo conoce?

—Es mi hijo —dijo el camarero—. En este momento está en la cocina, cenando un poco. ¿Quiere hablar con él?

—Cuando haya acabado. No hay prisa.

—En realidad, lo pilla por los pelos. Dentro de poco se va a ir al extranjero.

—¿Ah, sí? Entonces es una suerte que haya venido ahora.

—Sí..., se tiene que ir..., a resolver algunos asuntos en la universidad y después cogerá el tren. Me parece que no le va a llevar mucho..., yo diría que mañana por la noche, como muy tarde. Si quiere, se puede llevar la cerveza a la mesa del rincón y lo avisaré de que está aquí. Así podrá saludarlo antes de irse. ¿Cuál es su nombre?

—Dick Orchard. Él no me conoce. Es que... vengo... en relación con Lyra.

El camarero abrió los ojos con expresión de sorpresa y se acercó un poco.

—¿Sabe dónde está? —preguntó en voz baja.

—No, pero ella me dio el nombre de Malcolm Polstead, así que...

—Ahora mismo lo voy a buscar.

Dick se instaló con la pinta en la mesa del fondo. Aunque nadie se había percatado del breve diálogo mantenido con el dueño del bar, al ver su reacción, se arrepintió de no haber ido antes.

Menos de un minuto después, acudió a sentarse a la mesa con él un hombre alto. Aunque no era tan corpulento como su padre, Dick se lo habría pensado dos veces antes de enzarzarse en una pelea con él. Llevaba una taza de té en la mano y vestía un traje de pana marrón. Su daimonion, un gato grande de color rojizo, frotó cortésmente el hocico con Bindi, el zorro de Dick.

Dick alargó la mano y Polstead la estrechó con firmeza.

—¿Sabe algo de Lyra? —preguntó.

Pese a que casi susurraba, su voz sonaba muy clara. Era profunda y vibrante, como la de un cantante. Dick se sentía desconcertado. Por la inteligencia de su cara, no encontraba extraño que fuera profesor de universidad, pero al mismo tiempo tenía la apariencia de alguien que sabía desenvolverse en el mundo real.

—Sí —respondió—. Es... amiga mía. Vino a mi casa la otra mañana porque tenía problemas, según dijo, y me pidió que la ayudara. Quería ir a los Fens, ¿entiende? Como mi abuelo es giptano y daba la casualidad de que estaba en Oxford con su barco... precisamente entonces, le di un..., le expliqué cómo debía presentarse ante él. Creó que lo debió de hacer y que ya debe de haberse ido con él. Me habló de algo que había pasado cerca de Oxpens, al lado del río, y...

—¿De qué se trata?

—Vio que mataban a alguien.

A Malcolm le gustó el aspecto de aquel joven. Su evidente nerviosismo no le impedía hablar de forma clara y franca.

—¿Cómo es que sabe mi nombre? —quiso saber Malcolm—. ¿Se lo dijo Lyra?

—Me contó que usted estaba enterado de ese asunto de la orilla del río y que se había quedado a dormir en La Trucha, pero que se tenía que ir porque...

Le costaba decirlo. Malcolm aguardó. Después de mirar alrededor, Dick adelantó el torso y prosiguió en un susurro:

—Sentía..., el caso era que su daimonion, Pan..., se había ido. No estaba con ella. Había desaparecido.

«Claro, claro... —reflexionó Malcolm—. Eso lo explica todo.»

—Yo nunca había visto a nadie así —confesó Dick, con voz queda—. Separado, ya me entiende. Ella estaba asustada y pensaba que todo el mundo la iba a mirar... o a tratarla mal. En los Fens, hay un conocido suyo, un giptano viejo que creía que podía protegerla, y pensó que tal vez mi abuelo pudiera llevarla hasta allí.

—¿Cómo se llama?

—¿Mi abuelo? Giorgio Brabandt.

—¿Y ese hombre de los Fens?

—No sé. No lo dijo.

—¿Qué llevaba encima?

—Solo una mochila.

—¿Qué hora era?

—Bastante temprano. Yo acababa de llegar a casa. Trabajo en el turno de noche en el depósito de correos.

—¿Fuiste tú quien le habló a Lyra de Benny Morris?

—Sí, fui yo.

Dick sintió el impulso de preguntar a Malcolm si había averiguado algo sobre ese individuo, pero se contuvo. Malcolm sacó un cuaderno y un lápiz, anotó algo y arrancó la página.

—Estas dos personas son de confianza —dijo—. Ambas conocen bien a Lyra y estarán ansiosas por saber adónde ha ido. Si pudieras informarlas de lo mismo que me acabas de explicar, te estaría muy agradecido. Y si tienes tiempo de venir por aquí, mis padres estarían muy contentos de que los pusieras al corriente, en caso de que te enterases de algo más relacionado con ella. Aparte de ellos, conviene que no hables con nadie más.

Le entregó el papel, en el que había escrito el nombre y la dirección de Alice y de Hannah.

—¿Se va a ir al extranjero, pues? —preguntó Dick.

—Sí. Ojalá no me tuviera que marchar. Escucha, cabe la posibilidad de que aparezca Pan, su daimonion. Él estará en una situación tan vulnerable como la de ella. Si te conoce, es posible que haga lo mismo que Lyra y acuda a pedirte ayuda.

—Pensaba que la gente se moría cuando se separaban de esa forma. Cuando la vi a ella, no lo podía creer.

—No siempre. Dime una cosa: ¿sabes algo de un hombre llamado Simon Talbot?

—Nunca he oído hablar de él. ¿Tiene algo que ver con esto?

—Es muy probable. ¿Cuál es tu dirección, por cierto?

Dick se la dio y él la anotó.

—¿Va a estar mucho tiempo fuera? —pregunto Dick.

—No hay manera de saberlo por ahora. Ah, una de las personas cuyo nombre te he puesto en ese papel, la doctora Relf, estaría interesada en todo cuanto puedas contarle sobre Benny Morris. Va a volver pronto al trabajo.

—Entonces, ¿lo vio?

—Sí.

—¿Fue él el que lo hizo?

—No, dijo que no.

—¿Es usted...? No es policía, ¿verdad?

—No. Solo un profesor. Mira, me tengo que ir. Me queda mucho que hacer antes de marcharme. Gracias por haber venido, Dick. Cuando vuelva, te invitaré a una copa.

Luego se puso en pie y se dieron un apretón de manos.

—Que le vaya bien, pues —le deseó Dick.

«Se mueve con agilidad para una persona de su talla», pensó Dick, observando cómo Malcolm se alejaba por el bar.

Más o menos a la misma hora, Pantalaimon permanecía agazapado a la sombra de un almacén abandonado cerca de un muelle del estuario del Támesis, observando a tres marineros que cargaban con una hélice de barco.

La luz llegada del cielo era escasa. Unas pocas estrellas

titilaban entre los jirones de nubes y la luna no aparecía. Pese al débil resplandor de la luz ambárica del tabique del almacén, lo único que permitía ver algo era la linterna de petróleo de la proa de la barca de remos que había surcado las aguas desde una destartalada goleta amarrada un poco más allá. La goleta se llamaba *Elsa* y su capitán había pasado el día entero tomando cerveza y tratando de convencer al oficial que lo ayudara a largarse con la hélice, que estaba atornillada a la cubierta de un buque de cabotaje de aspecto igual de decadente. El buque, que no parecía tener tripulación alguna, estaba conformado prácticamente por entero de óxido, descontando los dos quintales de bronce fosforado que había en la cubierta de proa. Habían pasado horas mirándolo con los binoculares rajados del capitán, haciendo cábalas sobre cuánto podría reportar la hélice en un astillero con pocos miramientos, mientras, con flema, dos grumetes arrojaban por la borda diversas planchas astilladas y cabos de cuerda, los restos de un cargamento de cubierta mal estibado que se había desbaratado por culpa de una tormenta en el canal de la Mancha y que ahora nadie iba a pagar.

Con la marea ascendente, el agua levantaba el buque, y aquellos restos se iban flotando con la corriente, depositándose sobre el desmenuzado esqueleto de una barcaza y las botellas rotas y latas semienterradas en el fango. Pantalaimon observaba con suma atención. El *Elsa* había despertado su interés desde el momento en que había llegado a aquella mugrienta ensenada la noche anterior y había oído la conversación en alemán que tenía lugar en cubierta. Por lo que había alcanzado a comprender, pretendían soltar amarras con el cambio de marea y cruzar el canal de la Mancha, para proseguir rumbo norte hacia Cuxhaven, cerca de Hamburgo. En ese momento, Pantalaimon supo que tenía que ir con ellos, porque Cuxhaven quedaba en la desembocadura del río Elba, y la ciudad de Wittenberg, donde vivía Gottfried Brande, se encontraba a unos cientos de kilómetros tierra adentro a orillas del mismo río. No podía pedir nada mejor.

La tripulación del *Elsa* había estado esperando un cargamento, pero alguien les había fallado, aunque, lo más probable, por lo que Pan había podido deducir, era que el patrón se hubiera equivocado de fecha. El capitán y el oficial habían pasado el día entero discutiendo en cubierta, tomando cerveza y tirando las botellas por la borda, hasta que al final el capitán aceptó repartir al cincuenta por ciento las ganancias y el oficial accedió a ayudar a desatornillar la hélice.

Pan no desperdició la oportunidad de subir a bordo. En cuanto la barca emprendió el regreso hacia el buque a través de la cala, se deslizó furtivamente por el muelle y se coló en la pasarela. Aparte del capitán y el oficial, había cuatro marineros. Uno remaba en la barca, dos dormían bajo cubierta y el otro observaba la expedición apoyado en la borda. El *Elsa* era más viejo de lo que Pan había imaginado. Plagado de remiendos y añadidos, tenía las velas desgastadísimas y la cubierta estaba mugrienta, llena de grasa y herrumbre.

De todas formas, disponía de un sinfín de sitios donde esconderse, se dijo Pan, mientras, sentado en la caseta del timón, miraba cómo los ladrones subían al buque. De hecho, solo subió el oficial, después de que el patrón intentara trepar dos veces sin éxito. El oficial era un hombre todavía joven, delgado, de piernas y brazos largos, mientras que el capitán era barrigudo, patizambo, estaba borracho y pasaba de los sesenta años.

No obstante, era obstinado. De pie en el inestable bote, con la mano en el costado del buque, impartía órdenes destempladas al oficial, que trataba de liberar el pescante de la capa de óxido que lo cubría para poderlo proyectar sobre el agua. La sarta de maldiciones e insultos duró hasta que el oficial se asomó por la borda y le contestó de malos modos. La gaviota argéntea que el oficial tenía por daimonion culminó la protesta con un sarcástico graznido. Aunque Pan no sabía más alemán que Lyra, como era lógico, no le costó comprender por dónde iba la conversación.

Finalmente, el oficial logró poner en funcionamiento el pescante y desplazó la atención a la hélice. El patrón se estaba quitando la sed con una botella de ron, mientras su daimonion loro, casi sin conocimiento, se agarraba a la borda. El agua aceitosa se deslizaba hasta la cala sin un murmullo, llevando consigo residuos de suciedad concentrada y el cadáver de un animal en descomposición.

Pan se fijó en el marinero que observaba desde el *Elsa*, así como en su daimonion, una rata sarnosa que permanecía a sus pies limpiándose los bigotes. Luego volvió a centrarse en la escena que se desarrollaba al otro lado de la ensenada. El grumete cabeceaba sobre los remos, casi dormido; el oficial empujaba una hélice hacia la cubierta del buque; y el capitán se aferraba con una mano a un cabo que colgaba del pescante mientras con la otra se volvía a llevar la botella a los labios. Aquello hizo que Pan evocara el ambiente nocturno de los huertos cercanos a Oxpens, con el depósito de correos al otro lado del prado, los jirones de vapor que subían de los apartaderos del ferrocarril, los árboles sin hojas junto al río, el lejano tintineo de los cables en los amarres, todo plateado, en calma, hermoso, envuelto en quietud. Con un sentimiento de desbordante exultación, pensó en lo maravillosas que eran esas cosas y en la abundancia que había de ellas en el universo. Pensó en lo mucho que quería a Lyra y en lo mucho que la echaba de menos, su calor, sus manos, y en lo mucho que le habría gustado estar allí con él espiando, en cómo habrían cuchicheado, fijándose en los detalles, en cómo el aliento de ella habría acariciado el delicado pelo de sus orejas.

¿Qué estaba haciendo? ¿Y qué estaría haciendo ella sin él?

Apartó de su mente aquel insidioso interrogante. Él sabía lo que hacía. Algo había vuelto a Lyra inmune al embeleso que merecía la belleza de una noche como aquella. Algo la había privado de esa capacidad de arrobo, pero él lo iba a encontrar para devolvérselo, y después no volverían a separarse y permanecerían juntos toda la vida.

El oficial había liberado la hélice y enroscaba en torno a ella la cuerda, desoyendo las instrucciones que le lanzaba a gritos el capitán, mientras el marinero remaba con gestos letárgicos para mantener el bote aproximadamente debajo del pescante. Pantalaimon quería ver qué ocurriría cuando bajaran la hélice a la barca, si esta se hundiría bajo su peso o no. Sin embargo, estaba cansado, exhausto hasta el delirio, de manera que recorrió la cubierta hasta encontrar una escalera de cámara; luego descendió hasta las entrañas del *Elsa*. Allí, tras localizar un rincón oscuro, se acurrucó y se quedó dormido de inmediato.

Los discursos, largos y cortos, las mociones a favor y las mociones en contra, las objeciones, las puntualizaciones, las protestas, los votos de confianza, los discursos y más discursos habían llenado de discusiones el primer día de la Conferencia Magisterial, así como de aire viciado la sala conciliar del Secretariado de la Santa Presencia.

Marcel Delamare escuchaba cada palabra con aire paciente, atento e inescrutable. Su daimonion lechuza cerró los ojos un par de veces, pero solo para ponderar y no para dormir.

Interrumpieron la sesión a las siete para celebrar un oficio de vísperas, al cual siguió la cena. La distribución en las mesas no estaba prevista de antemano. Los grupos de aliados se sentaban juntos, los que carecían de amigos se intercalaban entre los otros delegados; quienes tenían conciencia de la escasa influencia que podía ejercer su propia organización se instalaban en cualquier lugar disponible. Delamare lo observaba todo, contando, calculando, lo cual no era óbice para que distribuyera saludos, prodigara frases o bromas, u obedeciera a un murmullo de su daimonion que le indicaba cuándo sería recomendable posar afectuosamente una mano en un hombro o en un brazo, o bien dirigir una muda mirada de complicidad. Dedicaba una atención especial, aunque discreta, a los representantes de las grandes compañías que patrocinaban (de forma ética, consciente, y también discreta) ciertos aspectos de la organización, como, por ejemplo, los seguros médicos.

Cuando se sentó a comer, lo hizo entre dos de los menos poderosos y más humildes delegados, el anciano patriarca de la Sublime Puerta de Constantinopla y la abadesa de la Orden de San Julián, una pequeña congregación de monjas que, por azares de la historia, había acabado gestionando una amplia fortuna en acciones de bolsa y bonos del estado.

—¿Qué opina de los debates de hoy, señor Delamare? —preguntó la abadesa.

—Todos muy bien presentados —repuso este—. Convincentes, sinceros, sentidos.

—¿Y qué posición asume su organización al respecto? —planteó el patriarca Papadakis, también llamado San Simeón como título de cortesía.

—La que asuma la mayoría.

—¿Y de qué lado cree usted que se va a decantar el voto de la mayoría?

—Votará en la misma línea que yo, confío.

Cuando era necesario, era capaz de utilizar un tono ligero, que en ese caso combinó con una leve jocosidad en la expresión para dar a entender a sus vecinos que estaba bromeando. Ellos, por su parte, sonrieron educadamente.

Las velas dispuestas sobre las largas mesas de roble, el aroma del venado asado, el tintineo del contacto de la cubertería con los platos de porcelana fina, el brillo embriagador del vino carmesí y del vino dorado, la rapidez y la eficiencia de los criados... Todo era muy agradable. Incluso la abadesa, que vivía de manera frugal, consideró acertadas aquellas disposiciones.

—El Secretariado de la Santa Presencia nos dispensa una excelente acogida —aprobó.

—Siempre podemos...

—Delamare, aquí está —exclamó una voz fuerte, acompañada de un contundente golpe en la espalda.

Delamare ya sabía de quién se trataba antes de volverse a mirar. Solo había una persona capaz de interrumpir de una manera tan brusca e intempestiva.

—Pierre —dijo con calma—, ¿necesita algo?

—No nos han informado de los preparativos para la sesión plenaria final —declaró el presidente del TCD, Pierre Binaud—. ¿Por qué se ha dejado ese detalle fuera de la agenda?

—No se ha dejado. Pregunte a alguien de la Oficina de Ceremonial y se lo explicarán.

—Mmm —murmuró Binaud, antes de irse con expresión ceñuda.

—Disculpe —dijo Delamare a la abadesa—. Sí, el Secretariado..., siempre podemos contar con la eficiencia de *monsieur* Houdebert, el prefecto. Conoce el secreto para hacer que estos eventos se desarrollen con imperturbable serenidad.

—Quería preguntarle algo, *monsieur* —intervino el patriarca—. ¿Qué piensa de los conflictos que se han producido últimamente en el Levante?

—Me parece una señal de sabiduría que utilice la palabra conflictos, su serenísima —apreció Delamare, llenando de agua el vaso del anciano—. Son un motivo de ansiedad, desde luego, pero no de alarma, ¿verdad?

—Bueno, puede que desde el punto de vista de Ginebra...

—No, no pretendía restarles importancia, su serenísima. Son inquietantes, qué duda cabe, pero son esta clase de conflictos lo que resalta la importancia de que hablemos con una sola voz y actuemos todos a una.

—Eso ha sido muy difícil de lograr —reconoció el patriarca—. Para nosotros, en nuestras iglesias de Oriente, desde luego sería una bendición sentir que contamos con el respaldo de la autoridad de la totalidad del Magisterio. La situación está empeorando, *monsieur*. Entre nuestra gente, el descontento es más acusado que nunca. Se ve en las ciudades, en los pueblos y en los mercados. Por lo visto, hay una nueva doctrina que ejerce un gran atractivo sobre ellos. Nosotros hacemos lo que podemos, pero... —Abrió las nudosas manos con gesto de impotencia.

—Eso es precisamente lo que se hallará en condiciones de afrontar el nuevo consejo representativo —aseguró Delamare, con ferviente sinceridad—. La eficacia del Magisterio se acrecentará de manera exponencial, créame. Nuestra verdad es eterna e inmutable, por supuesto, pero nuestros métodos se han visto entorpecidos a lo largo de los siglos por la necesidad de consultar, aconsejar, escuchar, aplacar... Lo que su situación exige es acción, y el nuevo consejo lo va a facilitar.

El patriarca asintió, con expresión solemne, y Delamare se volvió hacia la abadesa.

—Reverenda madre, ¿qué impresión tienen sus hermanas con respecto al lugar que ocupan en la jerarquía? —preguntó—. ¿Quiere que le sirva un poco más de vino?

—Muy amable, gracias. Verá, nosotras no tenemos opiniones, en realidad, *monsieur* Delamare. No es algo que nos corresponda. Nosotras estamos aquí para servir.

—Y lo hacen con mucha fe, ciertamente. Verá, señora, yo no quería decir opiniones, sino sentimientos. Uno puede hacer cambiar a alguien de opinión, pero los sentimientos son algo más profundo, algo más cercano a la verdad.

—Ah, en eso tiene toda la razón, *monsieur*. En relación con nuestro lugar en la jerarquía..., yo diría que nuestro sentimiento principal sería la modestia, y después la gratitud y la humildad. No se nos ocurre sentir descontento por lo que nos ha tocado vivir.

—Muy acertado. Ya me imaginaba que iba a decir eso. No... lo sabía. Una mujer realmente bondadosa no diría otra cosa. Y dígame —añadió, bajando un poco la voz e inclinándose hacia ella—, suponiendo que de este congreso surja un consejo representativo, ¿sería del gusto de sus santas hermanas que su abadesa tuviera voz y voto en dicho consejo?

La buena señora se quedó sin habla. Abrió un par de veces la boca, pestañeó, se ruborizó, sacudió la cabeza y después la inclinó, casi asintiendo.

—Verá —prosiguió Delamare—, existe una clase particular de santidad que yo considero infrarrepresentada en el Magisterio. Es la de las personas que sirven, tal como hacen sus santas hermanas, que sirven con verdadera modestia y no con falsa humildad. La falsa humildad sería algo ostentoso, ¿no le parece? Haría lo posible por declinar con énfasis las distinciones y cargos públicos al tiempo que se confabulaba en privado para conseguirlos y después fingir aceptar con renuencia, alegando ser indigno de ellos. Estoy seguro de que ha visto esa manera de funcionar. La verdadera modestia, en cambio, reconocería que existe un lugar que uno puede ocupar, que los propios talentos no son ilusorios, que no sería correcto rechazar una labor que uno podría realizar bien. ¿No le parece?

La abadesa parecía acalorada. Tomó un sorbo de vino, que la hizo toser por haber querido engullir demasiado deprisa. Delamare desvió con tacto la mirada hasta que se hubo repuesto.

—Habla usted con mucha generosidad, señor —comentó casi en un susurro.

—No es generosidad, madre. Es simplemente justicia.

El daimonion de la religiosa, un ratón de precioso pelaje plateado, había permanecido escondido en su hombro, fuera del alcance de la vista del daimonion lechuza de Delamare, que, consciente del nerviosismo de ambos, no le había dedicado ni una ojeada. En ese momento, no obstante, asomó el hocico y la cara, y la lechuza se volvió despacio y lo saludó con una inclinación de cabeza. El ratón lo observó con sus ojillos redondos, sin escabullirse, hasta que al final trepó hasta el otro hombro de la abadesa y dispensó una somera reverencia al daimonion de Delamare.

Este, por su parte, se había puesto a hablar con el patriarca. Mientras impartía palabras tranquilizadoras, halagadoras y compasivas, para sus adentros calculaba: dos votos más.

Cuando el primer día de la conferencia magisterial tocaba a su fin, algunos de los delegados se retiraron a sus habitaciones para leer, escribir cartas, rezar o dormir. Otros se congregaron en grupos, para comentar los sucesos del día, algunos con amigos, otros con gente que acababan de conocer y que parecía agradable, o de opiniones afines o mejor informada de los manejos políticos que constituían el trasfondo del congreso.

Uno de dichos grupos se había instalado con copas de brantwijn cerca de la gran chimenea del Salon des Étrangers. Los sillones eran cómodos y el ambiente inusualmente animado en aquella sala cuyas lámparas estaban dispuestas con gran habilidad para derramar su luz sobre diferentes corros de personas, dejando entre ellos zonas más oscuras que los aislaban del resto, lo cual reforzaba su sentimiento de identidad y el carácter acogedor del círculo. Además de dinero, el Secretariado de la Santa Presencia contaba con competentes y expertos diseñadores.

El grupo de la chimenea se había formado de manera casi accidental, pero entre sus miembros no tardó en instituirse un ambiente de concordia, casi de complicidad. Estaban hablando de las personalidades que habían causado mayor impresión en aquella jornada. El prefecto del secretario, en su condición de anfitrión, fue lógicamente una de ellas.

—Un hombre de reposada autoridad, me ha dado la impresión —alabó el decano del Tribunal Arzobispal.

—Y de gran experiencia en cuestiones mundanas. ¿Sabe cuántas propiedades posee el Secretariado? —dijo el precepto de los Hospitalarios del Temple.

—No. ¿Son muchas?

—Tengo entendido que controlan cifras que ascienden a decenas de miles de millones.

En el grupo sonaron murmullos de admiración.

—Otra persona que ha llamado la atención, creo —destacó el capellán del Sínodo de Diáconos—, tal vez de una manera diferente, ha sido San…, San… el patriarca de… de… de Constantinopla, un hombre muy venerable.

—En efecto —convino el decano—. San Simeón. Es una suerte tenerlo entre nosotros.

—Ya lleva cincuenta años al frente de su organización —ponderó un hombre a quien nadie conocía, un inglés muy atildado, vestido con un impecable traje de *tweed* y pajarita—. Su innegable sabiduría ha crecido con los años, aunque quizá sus fuerzas hayan mermado en algo. Su autoridad moral, desde luego, no ha disminuido.

—Muy cierto —convino el decano, mientras los demás

asentían—. Me parece que no lo conozco a usted, señor. ¿A qué organización representa?

—Ah, no soy un delegado —explicó el inglés—. Cubro el congreso para el *Diario de Filosofía Moral*. Me llamo Simon Talbot.

—Creo que he leído algún escrito suyo —dijo el capellán—. Una narración muy ingeniosa sobre..., eh..., sobre, mmm..., sobre relativismo.

—Muy amable —respondió Talbot.

—Son los jóvenes de quienes depende el futuro —declaró un individuo de traje oscuro, que era ejecutivo de Potasas de Turingia, una potente empresa farmacéutica patrocinadora del evento—. Como, por ejemplo, el secretario de La Maison Juste.

—Marcel Delamare.

—Eso es. Un hombre de excepcionales dotes.

—Sí, *monsieur* Delamare es una persona extraordinaria. Parece muy implicado en la promoción de esta idea de un consejo —abundó el preceptor.

—Bueno, la verdad es que todos lo estamos —señaló el ejecutivo de Potasas de Turingia—. Yo pienso que sería beneficioso incluir a *monsieur* Delamare en ese consejo.

—Claridad de pensamiento, vigor de percepción —murmuró Simon Talbot.

Entre una cosa y otra, Delamare tenía motivos para estar satisfecho con la labor llevada a cabo ese día.

El café Cosmopolitan, situado frente a la estación de tren de Ginebra, estaba compuesto de una larga sala rectangular de techo bajo, mal iluminada, no muy limpia, de paredes amarronadas por el humo y decoradas con letreros metálicos de esmalte resquebrajado y deslucidos anuncios de aperitivos o licores. Había una barra de zinc a un lado y un personal que parecía seleccionado por su falta de competencia y educación. Si uno quería tomarse una cerveza, tanto daba ese local u otro; pero si quería disfrutar de una velada de cortesía y cocina refinada, más le valía ir a otro lugar.

El local contaba, sin embargo, con una gran ventaja. Era inigualable como centro para intercambio de información. A escasa distancia había una agencia de noticias, además de varios organismos gubernamentales, la catedral y, por supuesto, el ferrocarril, lo que hacía que los periodistas, espías o miembros de la policía secreta pudieran practicar sus distintas actividades en el Cosmopolitan fácil y cómodamente. En ese momento, con el Congreso Magisterial, el bar estaba abarrotado.

Olivier Bonneville se sentó a la barra y pidió una cerveza negra.

—¿A quién buscamos? —le murmuró al oído su daimonion halcón.

—Matthias Sylberberg. Parece ser que conoció a Delamare en el colegio.

—¿Tú crees que un hombre como ese iba a venir a un sitio así?

—No, pero la gente con la que trabaja sí. —Bonneville tomó un trago de cerveza y miró a su alrededor.

—¿No es ese individuo de allí un colega de Sylberberg? —dijo su daimonion—. Ese gordo calvo, de bigote gris, que ha entrado ahora.

El hombre, que acababa de colgar el sombrero y el abrigo en un perchero cerca del espejo, se volvió para saludar a dos individuos instalados en la mesa de al lado.

—¿Dónde lo hemos visto antes? —preguntó Bonneville.

—En la inauguración de la exposición de Rivelli, en la galería Tennier.

—¡Eso es!

Bonneville se volvió hacia la sala y, apoyando los codos en la barra, observó cómo el calvo se sentaba con los otros dos clientes. El recién llegado hizo chasquear los dedos mirando a uno de los camareros más adustos, que inclinó la cabeza y se alejó.

—¿Quiénes son esos otros dos? —musitó Bonneville.

—No recuerdo haberlos visto. Aunque ese que está de espaldas podría ser Pochinsky.

—¿Pochinsky, el especialista en arte?

—El crítico, sí.

—Es posible... Sí, tienes razón.

La cara del aludido se reflejó un instante en el espejo cuando se volvió para mover la silla.

—Y el gordo se llama Rattin.

—¡Buena memoria!

—La conexión es bastante tenue.

—Es lo mejor que tenemos por ahora.

—¿Y entonces qué vamos a hacer?

—Presentarnos, por supuesto.

Tras apurar la cerveza, Bonneville dejó la copa en la barra y echó a andar con aplomo por el abarrotado local en el momento justo en que el ceñudo camarero se acercaba a la mesa. Fingiendo tropezar con la silla que alguien había desplazado de improviso, se abalanzó sobre el camarero, que habría dejado caer la bandeja si Bonneville no la hubiera atrapado con destreza.

Aquello suscitó exclamaciones de sorpresa y admiración por parte de los tres clientes…, un gruñido por parte del camarero…, un rebullir de brazos y un encogimiento de hombros por parte del hombre que, al parecer, había provocado el incidente al mover la silla.

—Sus bebidas, creo, caballeros —dijo Bonneville, depositando la bandeja en la mesa, sin prestar atención al camarero, cuyo daimonion lagarto protestaba con locuacidad desde el bolsillo de su delantal.

—Con qué habilidad lo ha cogido —elogió Rattin—. ¡Debería ser usted portero de fútbol, señor mío! ¿O es que tal vez ya lo es?

—No —negó Bonneville, sonriendo, antes de devolver la bandeja vacía al camarero.

—Tiene que tomarse algo con nosotros para agradecerle que haya salvado nuestras consumiciones.

—Sí, sí —apoyó su otro acompañante.

—Bueno, son ustedes muy amables… Una cerveza negra —pidió Bonneville al camarero, que se fue con expresión hosca.

Bonneville se disponía a sentarse cuando fijó la vista en el individuo del bigote, como si lo reconociera.

—¿No es usted… *monsieur* Rattin? —preguntó.

—Sí, pero…

—Nos conocimos hace un par de semanas en la inauguración de la exposición de Rivelli, en la galería Tennier. Usted no se acordará, pero yo encontré fascinante lo que dijo sobre el artista.

Una de las cosas en las que había reparado Bonneville en el transcurso de su vida era en que los hombres mayores, fuera cual fuera su inclinación sexual, podían ser muy susceptibles a los halagos de los jóvenes si estos los expresaban con franqueza y sinceridad. Lo esencial era confirmar el punto de vista de los mayores de una manera que pudiera interpretarse como la simple y genuina admiración de alguien que podría un día convertirse en discípulo. Con la misma actitud adulatoria, el daimonion gavilán de Bonneville se apresuró a posarse en el respaldo de la silla de Rattin para hablar con su daimonion serpiente, que estaba enroscada en el borde.

Bonneville, mientras tanto, desplazó la atención hacia Pochinsky.

—Y usted, señor..., si no me equivoco, es Alexander Pochinsky, ¿no? Llevo años leyendo su columna en la *Gazette*.

—Sí, efectivamente —confirmó el crítico—. ¿Y usted, ejerce alguna actividad relacionada con el mundo de las artes visuales?

—Solo soy un humilde aficionado que se conforma con leer lo que opinan los mejores críticos al respecto.

—Usted trabaja para Marcel Delamare —dijo el tercer hombre, que aún no había tomado la palabra—. Me parece haberlo visto en La Maison Juste, ¿me equivoco?

—Es muy cierto, señor, y me siento muy honrado por ello —afirmó Bonneville, tendiéndole la mano—. Mi nombre es Olivier Bonneville.

El hombre le estrechó la mano.

—Sí, he tenido ocasión de visitar un par de veces La Maison Juste por asuntos de negocios. Eric Schlosser.

Era un banquero. Bonneville lo había dejado a propósito para el final.

—Sí, mi patrón es una persona extraordinaria —prosiguió—. Ya deben de estar enterados de la celebración del Congreso Magisterial, supongo.

—¿*Monsieur* Delamare participó en la organización? —preguntó Rattin.

—Sí, de manera muy activa —confirmó Bonneville—. ¡A su salud, caballeros!

Tomó un sorbo y los demás también levantaron sus copas.

—Sí, es magnífico trabajar en contacto, día a día, con una persona tan excepcional —prosiguió Bonneville—. Bueno, también tiene algo de intimidatorio, es verdad.

—¿Y qué función tiene La Maison Juste? —inquirió Pochinsky.

—Estamos siempre buscando la manera de compaginar la vida del mundo con la vida del espíritu —explicó con naturalidad Bonneville.

—¿Y será de utilidad en ese sentido el congreso?

—Francamente, creo que sí. Sin duda, aportará una mayor claridad y concreción de objetivos a la labor del Magisterio.

—¿Y qué es La Maison Juste? ¿Forma parte del sistema judicial? —preguntó Rattin.

—Se fundó hace un siglo. El nombre oficial es Liga para la Instauración del Santo Propósito. Aunque lleva mucho tiempo realizando una ingente labor, en los últimos años, bajo la dirección de *monsieur* Delamare, se ha convertido en una benéfica y potente fuerza dentro de la globalidad del Magisterio. Deberíamos hablar de ella con su verdadero nombre, pero el edificio donde trabajamos es tan bonito que supongo que es una forma de rendirle homenaje. Hace siglos se usó para el esclarecimiento de la herejía y del comportamiento de los herejes, y por eso se llama así.

Bonneville captó que su daimonion había descubierto algo importante. Sin dar ninguna muestra de ello, pasó a concentrarse en el crítico.

—Dígame, *monsieur* Pochinsky, ¿qué lugar cree usted que debe ocupar el espíritu en las artes visuales?

Pochinsky era capaz de hablar durante horas de ese tema. Bonneville se arrellanó en el asiento con la copa en la mano, escuchando con manifiesta deferencia, a la espera del momento idóneo para marcharse; cuando llegó, les dio las gracias por su fascinante conversación y se fue dejando una positiva impresión sobre la cortesía, la modestia, la eficiencia y del encanto de la joven generación.

Una vez fuera, su daimonion voló hasta su hombro. Bonneville lo escuchó con atención mientras caminaban hacia su ático.

—Dime.

—Rattin trabaja con Sylberberg, tal como recordabas. Y Sylberberg conoce a Delamare del colegio y todavía mantiene contacto con él. Según el daimonion de Rattin, Delamare tenía una hermana mayor por quien sentía auténtica devoción. Era una personalidad prominente del Magisterio. Había fundado una organización cuyo objetivo Rattin no recordaba, pero que era muy influyente. Por lo visto, era una mujer muy guapa. Se casó con un inglés llamado Courtney…, Coulson…, o algo así, pero hubo un escándalo cuando tuvo una hija con otro hombre. Delamare quedó destrozado cuando ella desapareció, hace diez años. Cree que fue por culpa de la niña, aunque Rattin no se explica por qué.

—¡Una hija! ¿Cuándo la tuvo?

—Hará unos veinte años. Lyra Belacqua. Es ella.

15

Cartas

Lyra llegó con Giorgio Brabandt a media mañana a la localidad giptana de los Fens. Había una gran concentración de barcos amarrados en un laberinto de muelles, entrecruzados por caminos que convergían en el Byanzaal. Estaba nerviosa, pues temía que la otra gente no fuera tan tolerante como Brabandt en relación con la falta de daimonion.

—No tienes de qué preocuparte —le aseguró él—. Ahora hay brujas que vienen a vernos de vez en cuando, después de aquella gran batalla en el norte. Conocemos su manera de vivir. Tú podrás pasar por una de ellas.

—Podría intentarlo —aceptó—. ¿Sabe dónde está el barco de Farder Coram?

—En el ramal de Ringland, por allá. Antes, por educación, será mejor que vayas a ver al joven Orlando Faa.

El joven Orlando ya tenía cincuenta años largos. Era el hijo del gran John Faa, que había dirigido la expedición al norte tanto tiempo atrás. Aunque era más bajo que su padre, tenía algo de su gigantesca constitución.

—He oído contar muchas historias sobre ti, Lyra —dijo el caudillo giptano, después de dispensarle un solemne saludo,—. Mi padre las repetía una y otra vez. Siempre que me hablaba de ese viaje y de la batalla, cuando rescatasteis a los niños, lamentaba no haber podido estar allí.

—Todo fue gracias a los giptanos —reconoció Lyra—. Lord Faa era un gran líder y un gran guerrero.

El hombre miraba a su alrededor, sin poder disimular lo que buscaba.

—Tienes problemas, damisela —dijo en voz baja.

Conmovida por la cortesía que demostró al utilizar esa palabra, se quedó sin habla un momento. Con un nudo en la garganta, asintió con la cabeza, tragando saliva.

—Por eso necesito ver a Farder Coram —logró contestar.

—El viejo Coram está un poco delicado —la informó Faa—. Ya no sale, pero tiene buen oído y es un pozo de sabiduría.

—No sabía adónde más ir.

—Pues quédate aquí con nosotros hasta que estés lista para ir a la otra parte, y sé bienvenida. Seguro que Ma Costa se alegrará de verte.

Y así fue. A continuación, Lyra fue a visitarla y la madrebarco la rodeó con un espontáneo abrazo; la estuvo meciendo pegada a su cuerpo, en aquella cocina inundada de luz de su embarcación.

—Pero ¿qué te ha pasado, muchacha? —preguntó cuando por fin la soltó.

—Es que... Pan..., no sé. Estaba descontento, y yo también. Y se fue.

—Nunca oí hablar de un caso semejante. Pobrecilla. Cuéntamelo todo.

—Se lo explicaré, se lo prometo, pero antes tengo que ir a ver a Farder Coram.

—¿Has visto al joven Orlando Faa?

—Ha sido la primera persona a quien he visitado. He llegado esta mañana, con Giorgio Brabandt.

—¿Con el viejo Giorgio? Vaya, está hecho un buen granuja, vaya que sí. Quiero que me lo cuentes todo, no te olvides. Pero ¿qué te ha pasado? Nunca he visto a nadie tan perdido, muchacha. ¿Dónde te vas a quedar?

Lyra se quedó muda. Por primera vez, cayó en la cuenta de que no se le había ocurrido pensar en eso. Ma Costa lo advirtió enseguida.

—Bueno, te quedarás conmigo, boba. ¿Qué pensabas, que te iba a dejar dormir allá abajo, al lado del agua?

—¿No estorbaré?

—No estás tan gorda como para estorbar. Venga, ahora ya te puedes ir.

—Ma Costa, no sé si se acordará, pero una vez usted dijo..., hace mucho..., dijo que yo tenía aceite de bruja en el alma. ¿Qué quería decir?

—No tengo ni la menor idea, muchacha. Aunque, por lo visto, tenía razón —añadió, ensombreciendo la expresión. Luego abrió un armario y sacó una cajita de metal con galletas—. Toma, cuando veas a Farder Coram, dale esto. Las hice ayer. Le encantan las galletas de jengibre.

—Se las daré. Gracias.

Lyra se despidió con un beso y salió a buscar el ramal Ringland. Era un canal más estrecho que los demás, en cuya orilla meridional estaban atracados de forma permanente varios barcos. Las personas que encontró en su camino la miraron con curiosidad, pero sin hostilidad..., o eso le pareció. Caminaba con aire modesto, con la mirada gacha, tratando de pensar como Will, intentando ser invisible.

Farder Coram debía de ocupar un alto lugar honorífico entre su pueblo, porque el camino que conducía a su amarre estaba cuidado con esmero, pavimentado con piedras; la orilla estaba adornada con caléndulas y bordeada de chopos. Aunque en ese momento estaban desprovistos de hojas, en verano debían de proyectar una agradable sombra en esa zona.

El barco de Coram, limpio, reluciente y recién pintado, irradiaba frescura y vitalidad. Lyra llamó al techo del camarote y después miró por la ventana de la puerta. Su viejo amigo dormitaba en una mecedora con una manta encima de las rodillas, mientras su gato de color de otoño, Sophonax, le calentaba los pies.

Lyra repiqueteó en el vidrio. Coram pestañeó. Ya despierto, hizo visera con las manos para mirar hacia la puerta. La reconoció en el acto y, con un gesto, la invitó a pasar; su anciana cara se iluminó con una gran sonrisa.

—¡Lyra, niña! Pero ¡qué digo! Ya no eres una niña, sino una señorita. Bienvenida, Lyra..., pero ¿qué te ha pasado? ¿Dónde está Pantalaimon?

—Me dejó sola. Se fue una mañana, hace pocos días. Cuando me desperté, ya no estaba —relató con voz temblorosa.

En su corazón cedió un dique de lágrimas y se puso a llorar como nunca lo había hecho. Se dejó caer de rodillas junto al sillón de Coram, que se inclinó para abrazarla. Le acariciaba la cabeza mientras ella sollozaba contra su pecho. Fue como una presa que se viniera abajo, como una inundación.

Él murmuraba palabras para reconfortarla. Sophonax se instaló en su regazo para estar cerca de ella, emitiendo un compasivo ronroneo.

Finalmente, la tormenta amainó. Ya no le quedaban lágrimas. Lyra se apartó, se enjugó los ojos y se enderezó con un equilibrio inestable.

—Ahora siéntate aquí y cuéntamelo todo —dijo el anciano.

Lyra se inclinó para darle un beso. Olía a miel.

—Ma Costa me ha dado estas galletas de jengibre para usted —dijo—. Farder Coram, debería haber previsto traerle un regalo como se debe..., parece una falta de educación presentarme con las manos vacías... Sí encontré un poco de hoja de fumar, sin embargo. Es lo único que tenían en la oficina de correos donde paramos con maese Brabandt. Si no me falla la memoria, esta es la marca que fumaba.

—Sí, señora, Old Ludgate, ese es el que me gusta. ¡Gracias! Así que viniste en el *Doncella de Portugal*, ¿eh?

—Sí. ¡Ay, Farder Coram, cuánto tiempo ha pasado! Parece como si hiciera una eternidad...

—Parece que fue ayer. Parece que, entre medio, solo hubiera un abrir y cerrar de ojos. Antes de empezar, pon a calentar agua, muchacha —pidió—. Yo mismo lo haría, si no fuera por mis achaques.

Lyra preparó café; cuando estuvo listo, puso la taza para Coram encima de la mesita que tenía a la derecha y después se sentó en el baúl que había delante de la mecedora.

A continuación le explicó sucintamente lo que había sucedido desde que se habían visto por última vez. Le habló del asesinato ocurrido junto al río, de Malcolm, de las recientes revelaciones sobre su pasado y del sentimiento de desorientación, rayano en la impotencia, que la invadía entonces.

Coram la escuchó en silencio hasta que le habló de su llegada a la comunidad de giptanos.

—El joven Orlando Faa no fue al norte con nosotros, porque se tenía que quedar por si acaso John no volvía —recordó—. Es un buen chico, desde luego. No se le puede reprochar nada. Su padre John... era un gran hombre, sencillo, cabal y fuerte como un roble. Un gran hombre, sí. Creo que ya no hay personajes como él. Orlando es un buen chico, qué duda cabe, pero los tiempos han cambiado, Lyra. Las cosas que antes eran seguras ya no lo son.

—Sí, da esa sensación.

—Y ese joven Malcolm… ¿te contó cómo le prestó su canoa a lord Asriel?

—Dijo algo de eso, pero yo… estaba tan impresionada con todo lo demás que no me enteré muy bien.

—Malcolm… Es una persona leal como pocas. Ya lo era de niño, tan generoso que no dudó en entregar su canoa a lord Asriel, sin saber si la iba a recuperar. Por eso Asriel me encargó devolvérsela y me dio dinero para que la restauraran… ¿Te contó eso Malcolm?

—No. Hay mucho de lo que no hemos tenido tiempo de hablar.

—Sí, era un barquito bien estable *La bella salvaje*. Tenía que serlo. Me acuerdo perfectamente de esa riada, que hizo salir a la superficie cosas que habían estado escondidas durante siglos y siglos.

Coram hablaba como si conociera a Malcolm no solo de la época de las inundaciones, sino de tiempos más recientes. No obstante, Lyra reprimió el deseo de preguntárselo, como si con eso fuera a desvelar demasiados misterios que no harían más que acentuar sus incertidumbres.

—¿Usted conoce la expresión «la comunidad secreta»?

—¿Dónde la has oído?

—La usó maese Brabandt, al hablar de los fuegos fatuos y de cosas así.

—Sí, la comunidad secreta… Hoy en día, no se oye hablar mucho de eso. Cuando era joven, no había ni un arbusto ni una flor ni una piedra que no tuviera su propio espíritu. Uno debía tener buenos modales con ellos y pedirles perdón…, o permiso…, o darles las gracias… Lo importante era reconocer que los espíritus estaban allí y que tenían derecho a que se les tratara con educación.

—Malcolm me dijo que un hada me cogió y se quería quedar conmigo, pero que él se las ingenió y la engañó para que me devolviera.

—Sí, hacen esa clase de cosas. En el fondo, no son malas…, aunque tampoco destacan por ser buenas. Simplemente, están ahí y merecen que se las trate con educación.

—Farder Coram, ¿alguna vez oyó hablar de una ciudad llamada el Hotel Azul, que está abandonada y en ruinas, aunque los daimonions viven allí?

—¿Cómo? ¿Los daimonions de la gente? ¿Sin sus personas?

—Sí.

—No. Nunca oí hablar de eso. ¿Es ahí adonde crees que ha ido Pan?

—No sé qué pensar, pero podría ser. ¿Sabe de alguien capaz de separarse de su daimonion? Exceptuando a las brujas, claro.

—Sí, las brujas pueden hacer eso. Como mi Serafina.

—Pero ¿y los demás? ¿Conoció a algún giptano que se pudiera separar?

—Bueno, hubo un hombre...

Antes de que pudiera añadir nada más, el barco se balanceó como si alguien hubiera subido a bordo; después se oyeron unos golpecitos en la puerta. Lyra vio a una muchacha de unos catorce años que sostenía una bandeja en una mano mientras abría la puerta con la otra. Se apresuró a ir a ayudarla.

—¿Está bien, Farder Coram? —preguntó la chica, mirando con recelo a Lyra.

—Es mi bisnieta, Rosella —la presentó Coram—. Rosella, ella es Lyra Lenguadeplata. Ya me has oído hablar de ella más de una vez.

Rosella dejó la bandeja en el regazo de Farder Coram y le estrechó la mano con timidez. Se la veía a la vez curiosa y cohibida. Era muy guapa. Su daimonion liebre se escondía detrás de sus piernas.

—Es la comida para Farder Coram —explicó—, pero he traído también para usted, señorita. Ma Costa ha dicho que tendría hambre.

En la bandeja había pan recién horneado, mantequilla, arenque en escabeche, una botella de cerveza y dos vasos.

—Gracias —dijo Lyra.

Rosella sonrió y se fue.

—Me iba a hablar de un hombre que se podía separar... —recordó Lyra, una vez que la chica se hubo marchado.

—Sí. Eso fue en Moscovia. Había ido a Siberia, al sitio adonde van las brujas, y había hecho lo mismo que hacían ellas. Por poco no se murió, dijo. Era el amante de una bruja y pensó que, si se podía separar como ellas, viviría tanto como ellas. El caso es que no le funcionó. Su bruja no lo tuvo en más consideración por eso, y de todas formas poco después murió. Era la única persona que conocía capaz de hacer eso, o que quisiera hacerlo. ¿Por qué lo preguntas, Lyra?

Le habló del diario que había en la mochila del hombre a quien habían asesinado junto al río. Coram la escuchó sin moverse, absorto, con el pedazo de arenque prendido en el tenedor.

—¿Sabe Malcolm eso? —preguntó cuando hubo terminado ella.

—Sí.

—¿Te dijo algo de Oakley Street?

—¿Oakley Street? ¿Dónde está?

—No es un sitio, sino una cosa. ¿Nunca lo mencionó? ¿Ni él ni Hannah Relf?

—No. Quizá lo hubieran hecho si no me hubiera ido de forma tan repentina... No sé. Hay tantas cosas que no sé, Farder Coram. ¿Qué es Oakley Street?

El anciano dejó el tenedor en el plato y tomó un sorbo de cerveza.

—Hace veinte años, hice algo arriesgado al pedirle al joven Malcolm que le dijera las palabras «Oakley Street» a Hannah Relf, para que ella supiera que tu relación con él no era peligrosa. Yo esperaba que ella le explicara qué era, y así lo hizo, y él nunca habló del asunto. Por eso es una persona de fiar. Oakley Street es el nombre de un departamento del servicio secreto, por así decirlo. No es el nombre oficial, sino una especie de código para referirse a él, porque la sede no queda ni remotamente cerca de la misma Oakley Street, que está en Chelsea. El departamento se fundó en la época del rey Ricardo, ya que el rey estaba comprometido en contra del Magisterio, que era una amenaza en toda regla. Oakley Street siempre fue un organismo autónomo, que dependía de la Oficina del Gabinete y no del Ministerio de Interior. Tenía el respaldo del rey y del Consejo Privado, se financiaba con los fondos de la reserva del Estado y daba cuentas a un comité especial del Parlamento. Pero cuando el rey Eduardo llegó al trono, el tono de la política, por así decirlo, empezó a cambiar un poco y a girar en la dirección del viento. Se implantó el intercambio de embajadores y lo que ellos llaman altos comisionados y legados entre Londres y Ginebra.

»Fue entonces cuando el TCD se afianzó en este país. Todo cambió. Fue el inicio de la actual situación, de un Gobierno que no se fía del pueblo, y viceversa. Donde unos espían a los otros. La facción del TCD no puede detener a tanta gente como querría y el pueblo no está organizado para actuar contra el TCD. Es una especie de punto muerto. Lo malo es que el otro bando tiene una energía de la que el nuestro carece. Esa energía les viene de estar tan seguros de que tienen razón. Cuando uno tiene esa seguridad, está dispuesto a hacer lo que sea para conseguir su propósito. Ese es el problema más antiguo de la humanidad, Lyra, en el que se asienta la diferencia entre el bien y el mal. El mal puede obrar sin escrúpulos, pero el bien no puede hacerlo. El mal no tiene nada que le impida hacer lo que quiere, mientras que el bien tiene las manos atadas. Para hacer lo necesario para ganar, tendría que volverse malo.

—Pero... —quiso objetar Lyra, indecisa—. Pero ¿y lo que pasó cuando los giptanos, las brujas, el señor Scoresby y Iorek Byrnison destruyeron Bolganvar? ¿No fue eso un ejemplo del bien derrotando al mal?

—Sí, lo fue. Supuso una pequeña victoria..., bueno, una gran victoria, si uno piensa en todos esos niños que fueron rescatados y pudieron volver a casa. Fue una gran victoria, pero no un triunfo definitivo. Ahora el TCD es más fuerte que nunca, el Magisterio está rebosante de vigor y las pequeñas agencias como Oakley Street casi no disponen de financiación y están dirigidas por personas ancianas que hace mucho tiempo que dejaron atrás la flor de la juventud.

Dio cuenta del resto de la cerveza.

—Pero ¿qué es lo que quieres hacer tú, Lyra? —prosiguió—. ¿Qué es lo que te propones?

—No lo sabía hasta que tuve un sueño, no hace mucho. Soñé que jugaba con un daimonion, que no era el mío, pero nos queríamos mucho... Perdón. —Tuvo que hacer una pausa para tragar saliva y enjugarse los ojos—. Cuando desperté, supe lo que tenía que hacer. Tenía que ir al desierto de Karamakán y entrar en un edificio que hay allí, porque en ese lugar podría reencontrar a ese daimonion... No sé por qué. De todas formas, antes tendré que dar con Pan, porque uno no puede entrar sin daimonion y...

Estaba perdiendo el hilo de su propio relato; en realidad,

ni siquiera lo había perfilado en su cabeza antes de empezar a exponérselo a Farder Coram. Además, el anciano parecía cansado.

—Será mejor que me vaya —propuso.

—Sí, ya no puedo quedarme despierto todo el día, como antes. Vuelve más tarde y estaré más fresco. Te daré un par de ideas que te pueden servir.

Después de despedirse con un beso, Lyra regresó con la bandeja al barco de Ma Costa.

Últimamente, Ma Costa ya casi no viajaba. La familia tenía un amarre cerca del Byanzaal, que para ella sería probablemente el último, tal como le dijo a Lyra. Se sentía satisfecha cultivando verduras y algunas flores en el retazo de tierra contiguo a la barca. Le aseguró a Lyra que estaría encantada de proporcionarle una litera durante todo el tiempo que se quisiera quedar. Si le apetecía, podía cocinar, agregó.

—El viejo Giorgio me ha dicho que no eres mala cocinera —explicó Ma—, descontando el estofado de anguila, claro.

—¿Qué tiene de malo mi estofado de anguila? —replicó, un tanto indignada, Lyra—. Él nunca me dijo que no le gustaba.

—Bueno, la próxima vez que lo prepare, te fijas y así aprenderás. Lo que sucede es que se tarda toda una vida en aprender a cocinarlo bien.

—¿Cuál es el secreto?

—Las tienes que cortar en diagonal. Aunque puede parecer que no tiene importancia, queda diferente.

La madre-barco salió con un cesto. Lyra se fue a sentar en la cubierta del camarote. Desde allí vio cómo se alejaba por la orilla hacia el gran Byanzaal, con su techo de paja. Al lado, había un mercado. Los toldos abigarrados de los puestos aportaban un vivo colorido al paisaje agrisado, en el que apenas se vislumbraba el horizonte bajo la mortecina luz de invierno.

«De todas maneras, aunque pasara toda una vida aquí y aprendiera a cocinar bien el estofado de anguila, esta no es mi casa ni lo será nunca —pensó—. De eso ya me di cuenta hace mucho.»

Resultaba agotador no saber cuánto tiempo iba a estar allí

ni cómo sabría cuándo dejaría de correr peligro marchándose, con la única certeza de no pertenecer a ese lugar. Cansada, se levantó para bajar al camarote y cerrar los ojos; sin embargo, entonces, desde el canal llegó una batea impulsada por un muchacho de unos catorce años cuyo daimonion pato remaba con tesón a su lado. Manejaba con fuerza y pericia la embarcación. En cuanto vio a Lyra, dejó que se arrastrara la pértiga en el agua para aminorar la marcha; luego la hizo ciar a la izquierda para aproximarse al barco de los Costa. El daimonion pato agitó las alas y se posó a bordo.

—¿La señorita Lenguadeplata? —preguntó el muchacho.

—Sí —contestó ella.

—Tengo una carta para usted —anunció, sacándola del bolsillo de su chaqueta de color verde agua.

—Gracias.

Después de cogerla, la volvió para leer la dirección: «Señorita L. Lenguadeplata, en el domicilio de Coram van Texel». Alguien había tachado ese nombre y escrito «Mme. Costa, La reina de Persia». El sobre era de papel grueso y caro. La dirección estaba escrita a máquina.

Se percató de que el chico estaba aguardando; entonces cayó en la cuenta de que esperaba una propina y le dio una moneda.

—¿Lo jugamos a cara o cruz, doble o nada? —propuso él.

—Demasiado tarde —replicó ella—. Ya tengo la carta.

—Por probar no se pierde nada —contestó el muchacho, que introdujo la moneda en el bolsillo antes de alejarse a toda velocidad, moviendo tan deprisa la pértiga que hasta creaba una onda de proa.

Como el sobre era demasiado bonito para rasgarlo, fue abajo para abrirlo con un cuchillo. Después se sentó a la mesa de la cocina para leer la carta.

El papel tenía el membrete del Durham College de Oxford, pero la dirección del centro estaba tachada. Aunque ignoraba qué podía significar, sí vio que la carta estaba firmada por Malcolm P. Curiosa por ver qué letra tenía, constató con agrado que era airosa, firme y clara. Había escrito con una pluma estilográfica de color azul oscuro.

Querida Lyra:

He conocido por Dick Orchard la situación en que te encuentras y adónde has ido. Los Fens es el mejor lugar donde te podías refugiar, y Coram van Texel es la persona más idónea para darte consejo. Pregúntale por Oakley Street. Hannah y yo íbamos a hablarte de eso, pero las circunstancias nos lo han impedido.

Bill, el portero del Jordan, me dice que en el *college* corre el rumor de que te detuvieron los del TCD y que has desaparecido en la red carcelaria. El personal de servicio está furioso y achaca la culpa al decano. Hasta hablan de hacer huelga, cosa que nunca ha ocurrido en el Jordan College, aunque dado que con eso no conseguirían que volvieras, no creo que lleguen a ponerla en práctica. En todo caso, el decano va a tener que lidiar con la tensión que se ha creado entre el personal.

Mientras tanto, lo mejor que puedes hacer es aprender el máximo posible sobre los diferentes aspectos relacionados con Oakley Street, que el viejo Coram van Texel te puede enseñar. Aunque tú y yo apenas hemos empezado a hablar de cuestiones importantes, intuyo que ya sabes, gracia al aletiómetro tal vez o quizás a raíz de otras experiencias también, que hay más de una manera, y más de dos, de ver las cosas y de percibir su significado.

La importancia de esa conexión con Asia Central que descubrimos con la muerte del pobre Roderik Hassall radica, al parecer, precisamente en esta cuestión.

Dale recuerdos a Coram y habla sin cortapisas con él en lo tocante a Hassall y al Karamakán. Yo me dispongo a viajar a ese desierto.

Por último, te pido que me disculpes por el tono algo pedante de esta carta. Sé que doy esa impresión y no quisiera.

Hannah te va a escribir también y estaría encantada de saber cómo estás. Las cartas enviadas, en manos de los giptanos, llegan deprisa y sin riesgo a su destino, aunque no sé de qué forma.

Con todo mi cariño y amistad,

MALCOLM P.

La leyó primero a toda prisa, y una segunda vez, más despacio. El comentario sobre la pedantería la hizo sonrojarse, porque eso era precisamente lo que pensaba de él antes. Desde lo del asesinato en la orilla del río, sin embargo, había empezado a conocer a un Malcolm distinto, nada pedante.

Puesto que Ma Costa estaba en el mercado y tenía todo el *Reina de Persia* para ella sola, arrancó una hoja de cuaderno y se puso a escribir.

Querido Malcolm:

Gracias por tu carta. Aquí estoy a salvo por ahora, pero

Paró de escribir. No tenía ni idea de qué decir a continuación, ni de cómo hablar con él. Se levantó y salió a mirar fuera. Con las manos apoyadas en el timón, respiró a fondo, llenándose los pulmones con el gélido aire y luego volvió a entrar.

Continuó:

Sé que pronto tendré que irme de aquí. Debo encontrar a Pan. Voy a seguir cualquier pista, por más absurda o improbable que parezca, como la del diario del doctor Strauss, que comentaba haber oído hablar de un sitio llamado el Hotel Azul, una especie de refugio, supongo. He decidido ir allí y ver qué pasa. ~~Tengo que encontrarlo porque a menos que~~

Volvió a parar. Después de tachar aquel inicio de frase, apoyó la cabeza en el puño. Aquello era como hablar en el vacío. Al cabo de un minuto, volvió a coger la pluma.

Si lo encuentro allí, iré al Karamakán e intentaré atravesar el desierto para localizar ese edificio rojo. El caso es que, cuando leí las explicaciones que había en el diario del doctor Strauss, pensé mucho en eso y me afectó igual que uno de esos sueños que se quedan en la mente durante horas después de despertar. No sé por qué, me resultó familiar. Creo que sé algo sobre él, pero lo he olvidado y no lo puedo recuperar. Probablemente, necesito volver a soñar con él. Quizá nos veamos allí.

Si no vuelvo, quiero darte las gracias por haber cuidado de mí durante la riada cuando era pequeña. Ojalá conserváramos más recuerdos de la niñez para que así pudiera acordarme de todo aquello, porque de lo único que me acuerdo es de unos árboles pequeños con luces y de que estaba muy contenta, aunque también pudo haberse tratado de un sueño. ~~Ojalá~~. Espero que algún día podamos hablar, así te explicaría todo lo que me incitó a venir aquí. Yo misma no lo entiendo del todo. En cualquier caso, Pan pensaba que algo me había robado la imaginación. Por eso se marchó, para ir en busca de ella. Quizá tú puedas comprender a qué se refería con eso y por qué fue algo muy difícil de soportar, insufrible casi.

Malcolm, por favor, dales besos a Hannah y a Alice, y recuerdos a Dick Orchard. Ah, y también a tus padres. Aunque los conozco desde hace muy poco, me parecieron adorables. ~~Sería~~

Tachó aquella palabra y escribió: «Me gustaría». Pero también tachó esa palabra. Al final escribió:

Me alegra mucho que ahora seamos amigos.
Afectuosamente,

LYRA

Antes de que se pudiera arrepentir de haberla escrito, la cerró en un sobre que encontró en un cajón y la consignó al doctor Malcolm Polstead, Durham College, Oxford. Luego la dejó apoyada en el salero y volvió a salir.

Se sentía inquieta. No tenía nada en qué ocuparse, nada útil que hacer. Estaba cansada y, aun así, no se podía quedar quieta. Caminó por la orilla del canal, consciente de las miradas de curiosidad de los ocupantes de los barcos y de los hombres jóvenes en particular, que tenían una carga especial. Los canales y los Byanplaats estaban muy concurridos, y pronto se sintió incómoda, con la sensación de ser el centro de todas las miradas. Si Pan hubiera estado con ella, habría podido corresponder a aquellos jóvenes con el mismo descaro con que ellos la observaban, tal como había hecho a menudo en otras ocasiones, o, si no, también habría podido no hacerles el menor caso. Sabía que tenían menos aplomo del que aparentaban y que era capaz de desconcertarlos de muchas maneras, pero saberse capaz no era lo mismo que poder hacerlo en ese momento. Todo la ponía nerviosa, era horrible. Tenía ganas de esconderse.

Regresó derrotada al *Reina de Persia* y se acostó en su litera. Al poco rato se quedó dormida.

Pan, mientras tanto, dormía de forma intermitente. Se despertaba de manera repentina; al recordar dónde estaba, se quedaba escuchando el ronroneo del motor, los quejidos y crujidos de las viejas planchas de la goleta y el roce del agua contra el casco, a solo unos centímetros de él, antes de volver a sumirse en un sueño ligero.

Cuando, al despertar de un sueño, oyó una especie de ronco susurro, muy cercano, supo de forma instantánea que era de la voz de un fantasma. Cerró los ojos con fuerza y, aunque se escabulló aún más en las oscuras profundidades de la bodega, los susurros continuaron. No era uno, sino varios, y querían algo de él, pero no podían expresarlo claramente.

—Es solo un sueño —musitó—. Marchaos, marchaos.

Los fantasmas se arremolinaban junto a él, dejando oír un áspero siseo bajo el incesante roce de las olas.

—No os acerquéis tanto —pidió—. Atrás.

Después se dio cuenta de que no eran peligrosos. Buscaban con desesperación el poco calor que podía darles su cuerpo. Con una compasión oceánica por aquellos pobres fantasmas helados de frío, trató de entreabrir los ojos para verles la cara, pero estaban desdibujadas. El mar las había vuelto lisas y vagas. Todavía dudaba si estaba dormido o despierto.

Oyó el ruido de un cerrojo. Las pálidas caras difuminadas de los fantasmas se volvieron hacia arriba; luego, cuando un rayo de luz ambárica disipó la oscuridad, desaparecieron todas como si no hubieran existido jamás. Pan se acurrucó, conteniendo la respiración. Entonces sí estaba despierto, no cabía duda. Tenía que abrir los ojos.

Había una escalera por la que bajaba un hombre..., no, dos. Con ellos entró un raudal de lluvia; después, los chubasqueros y sombreros siguieron chorreando agua. El individuo que no llevaba la linterna, cerró la escotilla. Uno de ellos era el marinero que había visto la noche anterior mirando desde la borda mientras el capitán y el oficial robaban la hélice.

El hombre colgó la linterna de un clavo. Pese a que la batería estaba baja y daba una luz tenue e inconstante, Pan pudo ver cómo se ponían a remover las cajas y los sacos, que estaban esparcidos con desorden por la bodega. La mayoría de las cajas estaban vacías, pero al final encontraron una que produjo un tintineo de botellas.

—Ah —dijo uno, arrancando la tapa de cartón—. Ah, mierda, fíjate. Típico. —Sostenía una botella de salsa de tomate.

—Aquí hay unas patatas —anunció el otro, abriendo un saco—. Al menos podrían cocinarlas fritas. Aunque no sé...

Las patatas que sacaba habían echado unos largos grillos pálidos y algunas estaban podridas.

—Servirán —dijo el otro—. No tienes más que freírlas en diésel para no notar el gusto. Mira, ahí hay col en conserva... y salchicha en lata. Un festín, colega.

—No subamos todavía —dijo el otro—. Deja que esperen. Nos quedaremos un poco aquí a secarnos y a fumar.

—Buena idea —aprobó su compañero.

Arrimaron un par de sacos de harina al mamparo y, sentados encima, sacaron las pipas y hojas de fumar. Sus daimonions, una rata y un gorrión, salieron del cuello de los impermeables y se pusieron a merodear en torno a sus pies buscando alguna migaja que llevarse a la boca.

—¿Y qué va a hacer el viejo con esa maldita hélice? —dijo uno de los marineros, una vez que hubo encendido la pipa—. En cuanto la descubra el capitán del puerto, va a llamar a la policía.

—¿Quién es el capitán del puerto de Cuxhaven?

—El viejo Hessenmüller. Un cerdo que se mete en todo.

—Flint intentará seguramente descargarla antes en Borkum, en esos astilleros que hay delante del faro.

—¿Qué clase de carga cree que va a recoger en Cuxhaven, eh?

—No es una carga. Son pasajeros.

—¡Estás de broma! ¿Quién pagaría por viajar en esta carraca mugrienta?

—Lo oí hablar ayer con Herman. Son una clase especial de pasajeros.

—¿Y qué tienen de especial?

—No tienen pasaporte, ni papeles, ni nada de eso.

—¿Y dinero? ¿Tienen dinero?

—No, tampoco.

—Entonces, ¿qué gana con eso el viejo?

—Ha hecho un trato con un granjero que tiene una gran explotación en Essex. Cada vez hay más gente que sube por los ríos desde el sur, desde..., no sé, Turquía o países así. En Alemania no les dan trabajo, pero a ese granjero le apetece eso de tener una banda de trabajadores a los que no tenga que pagar. Bueno, supongo que tendrá que darles de comer y algún sitio donde dormir, pero sin sueldo. Es una ganga. Son como esclavos, más o menos. No podrán ir a ninguna parte porque no tienen papeles...

—¿Ahora transportamos esclavos?

—A mí tampoco me gusta, pero, pase lo que pase, él saldrá ganando. Siempre es así.

—El muy cabrón.

Estuvieron fumando en silencio unos minutos más, hasta que uno de ellos vació la pipa y apagó las cenizas pisándolas contra el agua de la sentina, que se mecía con el barco.

—Vamos —dijo—. Coge unas cuantas patatas y veré si encuentro algo de cerveza, si es que queda.

—¿Sabes qué? Estoy harto de esto —se quejó el otro—. En cuanto reciba la paga, me largo.

—Razón no te falta. Claro que Flint no va a aflojar la mosca hasta que le pague el granjero y después seguirá haciéndose el remolón un tiempo más. ¿Te acuerdas del viejo Gustav? Al final se largó sin la paga que le debía. Se cansó y se piró.

A continuación, el marinero levantó la escotilla y salió con su compañero al exterior lluvioso, dejando a Pan a solas con el frío y la oscuridad. Hasta los fantasmas lo dejaron solo. Al fin y al cabo, cabía la posibilidad de que solo fueran un producto de sus sueños.

16

Lignum vitae

Lyra despertó al atardecer con la cabeza cargada, ansiosa. El sueño no había sido reparador. Después de comer mejillones y puré de patatas con Ma Costa y hablarle de su vida en la escuela y en la universidad, se fue a ver a Farder Coram, tal como le había sugerido este. Lo encontró con ojos chispeantes y con ganas de hablar, como si tuviera un secreto que transmitirle. Antes, no obstante, le pidió que añadiera leña a la estufa de hierro y sirviera un par de copas de genever.

Lyra se instaló en el otro sillón y tomó un sorbo de la transparente bebida.

—Bueno, no sé si es por algo que has dicho tú o por algo que he dicho yo, o por otra cosa —dijo el anciano—. El caso es que me he puesto a pensar en ese viaje que quieres hacer y en las brujas.

—¡Sí! —exclamó ella—. Igual se nos ha ocurrido lo mismo. Si soy una bruja, la gente no...

—¡Exacto! Si una bruja viniera hasta estas latitudes, tal como hizo mi Serafina...

—Y si perdiera su nube de pino, o si se la robaran o algo así...

—Eso es. Tendría que ir por tierra hasta que encontrara el camino para volver al norte. Se nos ha ocurrido lo mismo, muchacha. Pero no va a ser fácil. Aunque la gente crea que eres una bruja y eso sirva para explicar que Pan no esté contigo, no olvides que les tienen miedo a las brujas y a veces hasta odio.

—Entonces tendré que ir con cuidado. Eso sí puedo hacerlo.

—También necesitarás suerte. De todas maneras, Lyra, podría funcionar. Claro que..., fíjate, este plan podría funcionar con la gente normal, pero supongamos que te encuentras con una bruja de verdad...

—¿Qué haría una bruja en Asia Central?

—Esas regiones a las que vas a ir, a Asia Central, no son desconocidas para las brujas. Ellas viajan hasta lugares muy lejanos, para comerciar, para aprender o por cuestiones diplomáticas. Vas a tener que pensar bien lo que vas a decir, sobre todo si te encuentras con una bruja de verdad.

—Seré una bruja muy joven, que acaba de separarse de su daimonion en ese sitio de Siberia...

—Tungusk.

—Eso es. Y todavía estoy aprendiendo los usos de las brujas. Lo malo es que no parezco una bruja.

—No sé. ¿Cuántas brujas viste cuando estuviste en el norte?

—Cientos.

—Sí, pero todas eran del clan de Serafina o emparentadas con ella. Es lógico que todas tengan un aspecto semejante. No todas tienen un físico parecido. Hay brujas rubias con ojos claros como los escandinavos, y otras con pelo negro y diferentes formas de ojos. Yo creo que podrías pasar fácilmente por una bruja, si solo es cuestión de presencia.

—Además, Ma Costa dijo una vez que yo tenía aceite de bruja en el alma.

—¿Lo ves? —contestó con creciente entusiasmo, pese a lo descabellado de la idea.

—Pero aparte está la cuestión del idioma —objetó Lyra—. Yo no hablo ninguna de sus lenguas.

—De eso te tendrás que preocupar más tarde. Dame ese atlas que hay en la estantería.

El atlas estaba tan viejo y gastado que las hojas apenas permanecían sujetas a los últimos restos del hilo de encuadernar. Farder Coram lo abrió sobre el regazo y buscó las páginas donde estaban representadas las remotas regiones del norte.

—Aquí —indicó, apoyando el dedo en uno de los mapas del océano Ártico.

—¿Qué es? —preguntó Lyra, acercándose a mirar por encima de su hombro.

—Novy Kievsk. Este es el sitio de donde puedes decir que eres. En esa isla pequeña hay un clan de brujas y, aunque es reducido, ellas son muy fieras y orgullosas. Te inventas una historia para explicar que te enviaron al sur para cumplir una misión de gran importancia. Cuando eras niña, habrías sido capaz de alargar el hilo de un cuento así durante horas, y cualquiera que te oyera habría estado a punto de creérselo de cabo a rabo.

—Sí, es verdad —reconoció. Por un momento, su corazón recuperó la euforia que le producía aquella capacidad de narrar; el anciano vio cómo se le iluminó la mirada al recordarlo—. Pero lo he perdido —añadió—. Ya no puedo hacerlo. Aquello era una mera diversión. Aquellos cuentos los sacaba de la nada, no tenían ninguna consistencia. Puede que Pan tenga razón. Tal vez carezca de imaginación. Igual solo faroleaba.

—¿Que hacías qué?

—Es una palabra que me enseñó el señor Scoresby. Me dijo que, por una parte, estaban las personas sinceras, que necesitaban saber qué era la verdad para contarla; por otra, estaban los mentirosos, que necesitan saber qué era la verdad para poder alterarla o esquivarla. Aparte estaban los faroleros, a quienes les traía sin cuidado la verdad. Lo que decían no era ni verdad ni mentira, eran fantochadas. Lo único que les interesaba era su propio lucimiento. Me acuerdo de que me dijo eso, pero no me di cuenta de que se aplicaba a mí hasta mucho más tarde, después de visitar el mundo de los muertos. La historia que conté allí para los fantasmas de los niños no era un farol, sino la verdad. Por eso las arpías escucharon… Esos otros cuentos que contaba, en cambio, eran faroladas. Ahora ya no puedo hacer eso.

—Vaya, me has dejado de una pieza. ¡Faroladas! —Soltó una queda carcajada—. Pero escucha, muchacha, con o sin faroladas, vas a tener que mantenerte en contacto con Hannah Relf y el joven Malcolm. ¿Les vas a poner al corriente de todo antes de marcharte?

—Sí. Cuando me he ido antes, me ha llegado una carta…

Le explicó lo de la carta de Malcolm y lo que ella le había respondido.

—¿Dice que se va a Asia Central? Entonces tiene que ser porque lo envía Oakley Street. Seguro que hay un motivo de peso, pero... De todas maneras, encontrará la forma de mantener el contacto. Tienes que saber algo más: hay agentes y amigos de Oakley Street en los sitios más insospechados, y él los informará de tu situación para que velen por ti.

—¿Cómo sabré quiénes son?

—Deja que se ocupe de eso el joven Malcolm. Encontrará el modo de hacerlo.

Lyra guardó silencio y trató de imaginar aquel viaje de varios miles de kilómetros, sola, absolutamente sola, probablemente llamando la atención si su disfraz de bruja no resultaba creíble.

Farder Coram se inclinó a un lado del sillón y se puso a buscar en el cajón inferior de un mueble.

—Toma —dijo, incorporándose con esfuerzo—. No creo que nunca te haya ordenado hacer nada. No pensé que me fuera a atrever. Pero ahora vas a hacer lo que yo te diga y sin rechistar. Toma esto.

Le tendió una bolsita de cuero cerrada con un cordón.

—Cógelo —insistió con firmeza, al ver que Lyra dudaba—. No discutas.

Por primera vez en su vida tuvo miedo de él. Cogió la bolsita; por su peso, dedujo que las monedas que contenía debían de ser de oro.

—¿Es...?

—Escúchame. Te estoy diciendo lo que tienes que hacer. Si no quieres hacerle caso a Farder Coram, puedes hacerle caso a un veterano agente de Oakley Street. Te doy esto porque os tengo en gran estima a ti, a Hannah Relf y al joven Malcolm. Ahora ábrelo.

Lyra obedeció y desparramó las monedas en la mano. Había divisas de al menos una docena de países, de todos los tamaños. Aunque la mayoría de ellas eran redondas, también las había cuadradas con puntas redondeadas, octogonales e incluso con siete u once lados. Algunas tenían orificios en el medio, unas habían quedado alisadas por el uso y otras tenían cortes o dobleces. No obstante, todas presentaban sin excepción el lustre y resplandor del oro puro.

—Pero no puedo...

—A callar. Acércamelas.

Lyra así lo hizo y el anciano las removió con un dedo tembloroso y seleccionó cuatro, que introdujo en el bolsillo de su chaleco.

—Con eso tendré bastante. No voy a necesitar más, pase lo que pase. El resto es para ti. Mantenlas pegadas al cuerpo, aunque no en el mismo bolsillo. Otra cosa: no sé si te acordarás, por las brujas que viste, de la pequeña corona de flores que llevan. Está hecha con florecillas del Ártico. ¿Te acuerdas?

—Algunas la llevaban y otras no. Serafina sí tenía una.

—Las reinas siempre van tocadas con ese tipo de corona. A veces, otras brujas también las usan. No vendría mal que te fabricaras una corona pequeña, algo simple, como una tela de algodón trenzado, por ejemplo. Te daría un aire especial. Da igual que sea algo barato. Las brujas son pobres, pero tienen el mismo porte de las reinas y las grandes damas. No me refiero a un pavoneo de soberbia, sino a una majestad, una especie de magnificencia, de orgullo y conciencia del propio valor. No encuentro las palabras para explicarlo bien. Es algo que puede coexistir con la modestia, por más raro que te pueda parecer. Son modestas en su manera de vestir y tienen un porte de panteras. Tú podrías hacer como ellas. De hecho, ya lo haces, aunque no te des cuenta.

Lyra le pidió que le hablara de Oakley Street, y él le expuso ciertas cosas que podían resultarle útiles, como un compendio de atributos gracias a los cuales podía determinar si alguien era de fiar o no. Después ella le preguntó por las brujas, pequeños detalles de su vida, forma de comportarse, costumbres y todo lo que se le pudo ocurrir. Al final se sentía satisfecha, porque había tomado una decisión. Volvía a tener el timón de su vida.

—Farder Coram, no sé cómo darle las gracias.

—Aún no hemos terminado. ¿Ves esa caja que hay encima de la estantería? Mira lo que hay dentro.

Lyra encontró en el interior diversos cuadernos, un rollo de algo pesado envuelto con una pieza de cuero, un cinturón de piel muy adornado y diversos objetos cuya naturaleza solo habría podido precisar sacándolos.

—¿Qué es lo que tengo que buscar?

—Una especie de porra corta. A estas alturas debe de estar casi negra. No es un palo redondo…, tiene cuatro costados.

Lo encontró palpando bajo los cuadernos y lo sacó. Era casi negro, tanto que podría haber sido de bronce, pero la calidez y la leve pátina aceitosa del material indicaban sin margen de duda que era de madera.

—¿Qué es?

—Es un palo de combate. Se llama «Pequeno».

—¿Qué significa?

—Significa «pequeño» en portugués. Palo pequeño.

Se estrechaba ligeramente cerca de la empuñadura, en torno a la cual había enroscada una especie de cuerda dura. En la parte más ancha, tenía un grosor equivalente a tres de sus dedos juntos, mientras que el mango apenas era más ancho que su pulgar. Su longitud era similar a la distancia que mediaba entre la cara interna de su codo y la palma de la mano.

Lo blandió, sopesándolo, y lo dejó oscilar en el aire. El equilibrio con que se movía era tan extraordinario que parecía que formara parte de su cuerpo.

—¿Qué madera es esta? —preguntó.

—Es *lignum vitae*, la madera más dura del mundo.

—¿Tiene plomo o algo así por dentro?

—No, es el mismo peso de la madera. Lo conseguí..., dónde fue..., en Haigh Brazil. Un esclavo me atacó con ella. Pero no actuó con suficiente rapidez. Su daimonion era un mono viejo, entrado en carnes. Le cogimos la porra y la he usado desde entonces.

Lyra imaginó la fuerza que debía de desprender si la esgrimía un vigoroso brazo. Seguramente, bastaría para aplastar un cráneo.

—¿Pequeno? —dijo—. Así lo llamaré. —Le pareció que tener un nombre lo convertía en una especie de ser vivo. Lo sopesó con ambas manos—. Muchas gracias, Farder Coram. Me lo llevaré, aunque me da miedo. No pensaba que fuera a tener que combatir. Nunca me he preparado para eso.

—No, no parecía que fuera a ser necesario, después de que volviste de ese otro mundo.

—Yo creía que se había acabado el peligro..., que todo, tanto lo bueno como lo malo, había quedado atrás, que no quedaba por hacer más que aprender y... Bueno, nada más.

Agachó la cabeza. Farder Coram la miró con ternura.

—Ese muchacho —dijo.

—Will.

—Recuerdo que Serafina me dijo, en la última conversación que tuvimos, que ese chico tiene más capacidad para volverse invisible que una bruja y no lo sabe. Imítalo, Lyra, siempre que puedas. Estate bien atenta a lo que pasa a tu alrededor. Ten cuidado con los muchachos y con los hombres, en especial con los hombres mayores. Hay un momento adecuado para demostrar tu propio poder y otro para parecer tan insignificante que nadie se fijaría en ti y todos te olvidarían. Eso es lo que hacía Will; por eso Serafina quedó tan impresionada.

—Sí, lo tendré en cuenta. Gracias, Farder Coram.

—Nunca te olvidaste de Will, ¿verdad?

—Pienso en él cada día, tal vez cada hora. Todavía es el centro de mi vida.

—John y yo nos dimos cuenta. Nos planteamos si deberíamos dejaros dormir juntos, tal como hacíais. Como ambos teníais solo doce o trece años... Estuvimos hablando sobre el asunto y nos tenía preocupados.

—Pero no intentaron separarnos.

—No.

—Y nosotros nunca... Jamás pareció que... Lo único que hicimos fue besarnos. Nos besábamos muchas veces, como si nunca fuéramos a parar, como si nunca tuviéramos que parar, y con eso teníamos bastante. Si hubiéramos sido mayores, no sé, seguramente no habría sido suficiente, pero entonces sí lo era.

—Creo que lo sabíamos y que por eso no dijimos nada.

—Es lo mejor que pudieron hacer.

—Pero, en algún momento, te tendrás que desprender de él, Lyra.

—¿Usted cree?

—Sí. Es algo que Serafina me enseñó.

Permanecieron callados un momento. «Si no tengo a Pan y si tengo que renunciar también a Will...», pensó Lyra. En realidad, era consciente de que no se trataba de Will, sino de su recuerdo. Aun así, era lo mejor que tenía, se dijo. ¿Podría prescindir algún día de él?

Al notar que el barco se mecía un poco, identificó el caminar de Rosella. Al cabo de un momento, la puerta se abrió y entró la muchacha.

—Es la hora de la infusión, Farder Coram —dijo.

El anciano parecía cansado. Lyra se levantó y se despidió con un beso.

—Rosella, ¿tú sabes hacer estofado de anguila? —preguntó.

—Sí —contestó la muchacha—. Es lo primero que me enseñó mi madre de pequeña.

—¿Cuál es el secreto para que quede bien?

—El secreto... Hombre, no sé si tendría que decírselo.

—Vamos, niña, díselo —la animó Farder Coram.

—Bueno, lo que hace mi madre y mi abuela también es... ¿Sabe la harina que se usa para espesar la salsa de carne?

—Sí —repuso Lyra.

—Pues primero se tuesta un poco, en una sartén sin aceite, solo para darle un poco de color, no mucho. Mi madre dice que es lo principal.

—El mejor estofado que puedas comer —ponderó el anciano.

—Gracias —dijo Lyra—. Debe de ser eso. Ahora me voy a ir, Farder Coram. Gracias por todo. Volveré mañana.

Ya había anochecido y a su alrededor percibía la luz de las ventanas de los barcos giptanos y el humo de leña que arrojaban sus chimeneas. Se cruzó con un grupo de chicos giptanos, más o menos de su edad, que fumaban fuera de una tienda de licor; todos se quedaron callados a su paso y la siguieron con la mirada. Cuando se hubo alejado un poco, uno de ellos dijo algo y los demás soltaron unas risillas burlonas. Aunque fingió no percatarse, sintió aquella porra que le había dado Farder Coram y se imaginó qué sensación le produciría si alguna vez llegaba a empuñarla con furia.

Como era demasiado temprano para acostarse y aún se sentía agitada, fue a visitar por última vez a Giorgio Brabandt, antes de que zarpara. Recorrió el fangoso camino que conducía al amarre del *Doncella de Portugal* bajo una lluvia ligera.

Encontró a Brabandt trabajando a la luz de una linterna, ocupado en quitar las algas y las hierbas enroscadas en la hélice. En el interior había alguien. La lámpara de la cocina estaba encendida y se oía ruido de platos.

—¿Qué tal, chica? —la saludó cuando llegó—. ¿Quieres quitar hierba?

—Parece demasiado difícil para mí —rehusó—. Preferiría mirar y tomar nota.

—Pues para eso no te doy permiso. Ve a la cocina a saludar a Betty y tráeme una taza de té.

—¿Quién es Betty? —empezó a preguntar.

Él, sin embargo, ya había bajado la cabeza a la altura de la trampilla y movía con vigor el brazo bajo el agua.

Lyra bajó al camarote y abrió la puerta. Por el vapor, el calor y el aroma reinantes, dedujo que Betty, seguramente la última enamorada-cocinera de Giorgio, estaba hirviendo unas patatas para acompañar el guiso que había al lado de la estufa.

—Hola —saludó—. Soy Lyra. Usted debe de ser Betty.

Betty, una mujer rubia de unos cuarenta y tantos años, más bien rechoncha, tenía en ese momento la cara colorada y el pelo despeinado. Enseguida le correspondió con una sonrisa, tendiéndole una mano que Lyra estrechó con gusto.

—Giorgio me ha hablado de ti —dijo.

—Entonces apuesto a que le ha contado que soy nula preparando un estofado de anguila. ¿Cuál es el secreto?

—Bah, no hay ningún secreto. Pero ¿le pusiste una manzana dentro?

—No se me ocurrió.

—Una clase de manzana buena para cocinar. Eso le quita un poco la grasa. Aunque al hervir se deshace y luego ni se ve. Le da un toque agrio y la salsa queda más melosa.

—Lo tendré presente. Gracias.

—¿Y mi té? —reclamó Giorgio.

—Ay, Dios —exclamó Betty.

—Ahora mismo se lo llevo —aseguró Lyra.

Betty puso tres cucharadas de azúcar en una gran taza de té que Lyra fue a servir a Giorgio. Cuando llegó, este volvía a colocar la trampilla del motor.

—¿Qué? ¿Qué tal te ha ido? —preguntó.

—He aprendido algunas cosas. Betty me acaba de enseñar cómo se hace el estofado de anguila.

—Ya era hora de que te enteraras.

—Ma Costa dice que solo los giptanos de verdad son capaces de cocinar las anguilas, pero yo creo que con eso solo no basta.

—Claro. Tienen que ser anguilas pescadas con la luna, ¿no te lo ha explicado?

—¿Pescadas con la luna?

—Pescadas con luna llena. ¿Qué iba a significar si no? Son

las mejores. No hay nada comparable a las anguilas pescadas con el plenilunio.

—Vaya, pues nunca me lo había dicho. Otra cosa que he aprendido. Y lo de la comunidad secreta... también me lo enseñó usted.

El hombre adoptó una expresión seria y escrutó el camino en ambos sentidos.

—Tienes que ser más precavida, muchacha. Hay temas de los que se puede hablar y otros de los que conviene hacerlo con cuidado. Las anguilas son de la primera categoría; la comunidad secreta, de la otra.

—Creo que ya me había dado cuenta.

—Entonces aplícalo bien. Allá en tierra encontrarás gente de todas las opiniones. Algunos, al oírte hablar de la comunidad secreta, lo interpretarán de forma literal y creerán que tú haces igual y que, por lo tanto, eres tonta. Otros se burlarán, como si ya supieran que no son más que disparates. Son unos estúpidos, tanto unos como otros. Mantente alejada de las personas que solo perciben lo concreto y, con los burlones, haz como si no existieran.

—Entonces, ¿cuál es la mejor manera de enfocar la comunidad secreta, maese Brabandt?

—Tienes que pensar en ella de la misma manera que deseas verla. Debes mirarla de refilón, por el rabillo del ojo. O sea, que tienes que pensar en ella como de reojo. Es algo que, al mismo tiempo, existe y no existe. Si quieres ver las luces espectrales, lo peor que puedes hacer es salir a mirar los pantanos con un foco. Si llevas una luz potente, los fuegos fatuos y las chispas se quedarán debajo del agua. Y si quieres pensar en ellos, no servirá de nada que hagas listas, clasifiques y analices. Con eso solo conseguirás un montón de basura muerta que no tiene ningún significado. La manera correcta de pensar en la comunidad secreta es con las historias y los cuentos. Es lo único que sirve.

Sopló sobre el té para enfriarlo.

—Sí, eso es —corroboró—. ¿Y para qué quieres aprender todo eso, a ver?

—¿Le hablé del Karamakán?

—Nunca he oído ese nombre. ¿Qué es?

—Es un desierto de Asia Central. Tiene algo particular... Los daimonions no pueden entrar allí.

—¿Para qué querría ir alguien a un sitio adonde no puede ir su daimonion?

—Para averiguar qué hay dentro. Allí cultivan rosas.

—¿Ah, sí? ¿En el desierto?

—Debe de haber algún lugar oculto donde cultivan rosas. Son unas rosas especiales.

—Ah, especiales sí tienen que ser.

Después de tomar un ruidoso sorbo de té, sacó una pipa renegrida.

—Maese Brabant, ¿la comunidad secreta existe solo en Bretaña o la hay en todo el mundo?

—Oh, la hay en todo el mundo, por supuesto, aunque seguramente la llaman de otra forma en cada sitio. Como en Holanda, que tienen un nombre diferente para los fuegos fatuos. Allí los llaman *dwaallichts;* en Francia son los *feu follets.*

Lyra se quedó pensando un momento.

—Cuando era pequeña —evocó—, cuando fui al norte con las familias giptanas, recuerdo que Tony Costa me habló de los fantasmas que había en los bosques del norte, los que-no-respiran y los chupavientos... Supongo que deben de ser entes de la comunidad secreta del norte.

—Parece lógico, sí.

—Y más tarde, en otro sitio, vi espectros... Eran diferentes. Eso fue, además, en un mundo completamente distinto. Sí, es posible que haya una comunidad secreta en todas partes.

—No me extrañaría nada —convino él.

Guardaron silencio durante un par de minutos. El giptano cargó la pipa con hoja de fumar y Lyra se permitió la libertad de tomar un sorbo de té.

—¿Adónde va a ir ahora, maese Brabandt? —preguntó.

—Hacia el norte. Tengo un trabajo tranquilo, para transportar piedras, ladrillos y cemento para ese puente del ferrocarril que nos va a dejar a todos fuera del negocio.

—¿Y entonces qué va a hacer?

—Volver aquí y pescar anguilas. Ya es hora de que me asiente. Ya no soy tan joven, ¿sabes?

—Ah. No me había dado cuenta.

—No, no se me nota.

Lyra soltó una carcajada.

—¿De qué te ríes?

—Se parece a su nieto.

—Sí, yo aprendí mucho del joven Dick, aunque igual fue al revés. No me acuerdo. ¿Te trató bien?

—Muy bien.

—Me alegro. Que te vaya bien, Lyra. Buena suerte.

Se dieron un apretón de manos y Lyra entró a despedirse de Betty antes de marcharse.

Como Ma Costa ya dormía en el camarote de proa del *Reina de Persia,* Lyra se movió con precaución para no hacer ruido mientras se preparaba para acostarse.

Una vez bien tapada en la litera, con la lamparilla de petróleo encendida en el estante de al lado, comprobó que estaba desvelada. Se planteó volver a escribir a Malcolm; se planteó escribir a Hannah; y le dio por pensar en algo de lo que no se había percatado hasta entonces..., ¿por qué se sentía tan a gusto en compañía de hombres de cierta edad como Giorgio Brabandt y Farder Coram?

Era curioso. Les tenía mucho aprecio, como también sentía mucho aprecio por el antiguo decano del Jordan, el doctor Carne, o por el señor Cawson, el mayordomo. Y también por Sebastian Makepeace, el alquimista. Le gustaban mucho más que la mayoría de los hombres jóvenes. No era porque fueran demasiado viejos como para no interesarse por ella en el plano sexual, lo cual supondría que no representaban una amenaza en dicho sentido. El señor Cawson tenía fama de ser un mujeriego. Y Giorgio Brabandt había sido franco sobre su afición a cambiar de novia, aunque había especificado que ella carecía de trayectoria suficiente para aspirar al puesto.

Era algo que estaba dentro de la esfera de los sentimientos. Entonces cayó en la cuenta de qué era: le gustaba estar con ellos no porque pudieran sentirse atraídos por ella, sino porque no había peligro de que ella se sintiera atraída por ellos. No quería ser infiel al recuerdo de Will.

¿Y Dick Orchard? ¿Por qué no contaba como un acto de infidelidad la breve relación romántica que había mantenido con él? Probablemente porque ninguno de los dos había usado nunca la palabra «amor». Él fue sincero sobre lo que quería, y tenía suficiente experiencia como para hacer que disfrutara tanto como él. Además, Lyra le gustaba y lo había dejado claro. Y a ella le encantaba sentir el contacto de los labios en su piel. Aquello estaba lejos de la candente y devoradora intensidad que habían sentido juntos, por primera vez en la vida, ella y Will. Con Dick, eran simplemente dos jóvenes sanos sometidos al hechizo de un luminoso verano. Eso había sido suficiente.

Aparte estaba aquel sueño en el que jugaba con el daimonion de Will en la hierba a la luz de la luna, lo acariciaba y ambos hablaban en susurros, embelesados. Solo con recordarlo, su cuerpo palpitaba y se fundía, con un ansia de algo imposible, innombrable, inalcanzable, algo como Will o como ese edificio rojo del desierto. Se dejó llevar por esa lenta corriente de nostalgia, pero no duró. No podía recuperarlo. Frustrada, no pudo dormir mientras se difuminaba el recuerdo de ese sueño de amor.

Finalmente, cogió el ejemplar de *El impostor constante*, de Simon Talbot.

El capítulo que estaba leyendo comenzaba así:

Sobre la inexistencia de los daimonions

Los daimonions no existen.

Podríamos pensar que sí existen; podríamos hablar con ellos, abrazarlos y susurrarles nuestros secretos; podríamos sacar conclusiones sobre otras personas cuyos daimonions creemos ver, basándonos en la forma que parecen tener y en los rasgos atractivos o repulsivos que asumen; pero no existen.

Son pocos los aspectos de la vida en los que la especie humana demuestra una capacidad tan grande de autoengaño. Desde nuestra más tierna infancia se nos anima a fingir que existe una entidad fuera de nuestro cuerpo que es al mismo tiempo una parte de nosotros. Esos tenues compañeros son la herramienta más refinada que nuestra mente ha desarrollado para ejemplificar lo insustancial. Todas las presiones sociales confirman nuestra creencia en ellos: los hábitos y las costumbres crecen cual estalagmitas para fijar la blanda piel, los grandes ojos marrones, la alegría ficticia, en una caverna comportamental de piedra.

Y todas las multitudinarias formas que adopta esta ilusión no son más que mutaciones aleatorias de las células del cerebro…

Lyra siguió leyendo de forma automática, pese a sus deseos de negar todas y cada una de las palabras del texto. Talbot tenía una explicación para todo. El hecho de que los daimonions de los niños parecieran cambiar de forma, por ejemplo, no pasaba de ser una representación de la mayor maleabilidad de la mente infantil y juvenil. El que a menudo fueran, aunque no siempre, del sexo opuesto al de su persona era una mera proyección inconsciente del sentimiento de estar incompleto experimentado por el sujeto humano. Obedeciendo a su ansia de lo opuesto, la mente representaba el rol de género complementario en una criatura exenta de amenaza sexual, capaz de cumplir esa parte sin evocar ningún tipo de deseo concupiscente ni de celos. La imposibilidad de que el daimonion se alejara de su persona era simplemente una expresión psicológica de un sentimiento de unidad y de sentirse completo. Y así sucesivamente.

Lyra deseaba hablarle a Pan de aquello y comentar el extraordinario espectáculo que constituía ver a una mente inteligente tratando de negar algo evidente. Sin embargo, era tarde para eso. Dejando el libro a un lado, trató de pensar como Talbot. Su método consistía principalmente en decir «X es [tan solo, nada más que, solamente, meramente, únicamente, simplemente, etcétera] Y». Así resultaba fácil construir frases del tipo «Lo que llamamos realidad no es más que una amalgama de endebles similitudes que se mantienen juntas por la fuerza de la costumbre».

Aquello no servía de nada, pese a que sin duda Talbot acompañaría la explicación con multitud de ejemplos, citas y argumentos, cada uno de ellos totalmente razonables e imposibles de negar en apariencia, a fuerza de los cuales el lector acabaría dispuesto a aceptar su principal argumento: la idea ridícula de que los daimonions no existían.

Se sintió desorientada, un sentimiento parecido a cuando leía el aletiómetro con el nuevo método. Las cosas que antes eran firmes ahora eran inestables. Hasta el mismo suelo se tornaba movedizo y ella temblaba al borde del vértigo.

Dejando a un lado *El impostor constante*, pensó en el otro libro que causaba tanto enojo a Pan, la novela de Gottfried Brande *Los hyperchorasmios*. Por primera vez, tomó conciencia de que ambos autores tenían más en común de lo que había creído. La célebre frase final de *Los hyperchorasmios* («No era nada más de lo que era») estaba construida exactamente igual que las de Talbot. ¿Por qué no se había dado cuenta antes? Entonces recordó que Pan había intentado que se diera cuenta.

Sentía la necesidad de hablar de aquello, de modo que cogió una hoja de papel y empezó a escribir a Malcolm. Pero estaba cansada. Quizá por eso su resumen de la argumentación de Talbot pareció exagerada y endeble; su descripción de *Los hyperchorasmios*, confusa y embrollada; inquieta e insegura, sus frases no tenían alma. Antes de haber terminado siquiera un párrafo, se sentía derrotada.

«Si existieran los espectros, así es como se sentiría alguien a merced de ellos», se dijo. Los espectros en los que pensaba eran aquellos horrorosos parásitos que se nutrían de los habitantes de Cittàgazze. Ahora que era mayor y Pan tenía una forma fija, sería igual de vulnerable a ellos que los adultos de ese mundo. Simon Talbot nunca había estado en Cittàgazze; por eso los espectros no aparecían en *El impostor constante*. Seguro que tendría un argumento fluido y convincente para negar su existencia también.

Dejó la pluma y arrancó la página. La cuestión fundamental por determinar era si el universo estaba vivo o muerto, concluyó.

En algún lugar de los pantanos, sonó el grito de una lechuza.

«¿Qué significa?», se planteó Lyra, al tiempo que le venía a la mente la inevitable respuesta de Talbot: «No significa nada». Unos años atrás, en Oxford, había conocido al daimonion de una bruja, en una aventura que había culminado convenciéndola de que todo tenía un significado, si uno sabía interpretarlo. Entonces el universo le había parecido vivo. Había mensajes por descifrar por todas partes. Algo como el grito de una lechuza habría contenido una carga de significado.

¿Había estado equivocada entonces? ¿Era demasiado inmadura, ingenua o sentimental? Simon Talbot habría contestado que sí, pero de una manera elegante, delicada, ingeniosa. Devastadora.

No tenía una respuesta. En su condición de diminuta chispa de conciencia en medio de la noche oceánica, con su daimonion reducido a una mera proyección de su mente inconsciente, carente de existencia real, estuviera donde estuviese, Lyra se sentía más desdichada y sola que nunca.

—Pero ¿dónde está?

Marcel Delamare formuló la pregunta con impaciencia. La lámpara, dirigida de pleno a la cara de Olivier Bonneville, revelaba un poco de sudor, de palidez y de malestar físico. Delamare se alegró: su intención era incrementar la desazón de Bonneville antes del final de la entrevista.

—No puedo localizarla —soltó Bonneville—. El aletiómetro no funciona así. Sé que está viajando y que va en dirección este. Nadie podrá decirle más que eso.

—¿Por qué no? —preguntó pacientemente.

—Porque el antiguo método, que es el que usted quiere que utilice, *monsieur* Delamare, es estático. Se basa en una serie de relaciones que pueden ser muy complejas, pero que están fijas. —Calló y se puso de pie.

—¿Adónde va? —dijo Delamare.

—No pienso tolerar que me interrogue con esa luz en los ojos. Me sentaré allí. —Se dejó caer en el sofá, junto a la chimenea—. Si me dejara usar el nuevo método, la encontraría enseguida —prosiguió, apoyando los pies en el taburete tapizado—. Ese es dinámico. Permite el movimiento. La diferencia es radical.

—Quite los pies de ese taburete. Míreme a la cara para que pueda ver si me miente o no.

Bonneville se acostó en el sofá, apoyando la cabeza en un brazo y los pies en el otro. Después de mirar un instante a Delamare, volvió a recostar la cabeza y posó la vista en el techo, mordiéndose una uña.

—No tiene buen aspecto —advirtió el secretario general—. Parece como si tuviera resaca. ¿Se ha pasado con la bebida?

—Gracias por el interés —replicó Bonneville.

—¿Y bien?

—¿Y bien qué?

Delamare respiró hondo y suspiró.

—Vamos a ser claros —dijo—. Está trabajando muy poco. El último informe que presentó apenas contenía información útil. El acuerdo al que llegamos concluirá el viernes próximo, a menos que efectúe antes algún descubrimiento real y relevante.

—¿A qué se refiere con eso de nuestro acuerdo? ¿Qué acuerdo?

—El acuerdo gracias al cual está utilizando el aletiómetro. Ese privilegio puede ser fácilmente…

—¿Me lo quiere quitar? Pues de poco le va a servir. No hay nadie ni la mitad de rápido que yo, incluso con el antiguo método. Si…

—No es solo una cuestión de rapidez. No me fío de usted, Bonneville. Al principio, parecía prometer una ventaja, pero ahora, debido a su autocomplacencia, esa ventaja ha desaparecido. Esa chica, Belacqua, se ha esfumado, y no parece que usted…

—Bueno, como quiera —contestó Bonneville, que se levantó, más pálido que nunca—. Quédese con el aletiómetro. Mande a alguien a buscarlo por la mañana. Se arrepentirá. Aunque me pida disculpas y me suplique, no pienso mover un dedo. Ya estoy harto.

Tomó un cojín del sofá, con la aparente intención de arrojarlo al fuego, pero al final solo lo dejó caer al suelo antes de marcharse con afectada despreocupación.

Delamare tabaleó en el escritorio. La entrevista no había tenido el desenlace previsto, y él era el culpable. Una vez más, Bonneville había sido más listo que él, o para ser exactos, más insolente. Por desgracia, el chico tenía razón. Ninguno de los otros aletiometristas le llegaba a la suela de los zapatos en lo tocante a rapidez o precisión, y además ninguno dominaba el nuevo método. Pese a la desconfianza que le inspiraba, debía reconocer que el nuevo método había dado algunos resultados espectaculares. Por su parte, sospechaba que Bonneville lo estaba aplicando, a pesar de que se lo había prohibido.

Quizás había sido un error depender tanto del aletiómetro, se dijo el secretario general. Los antiguos métodos de espionaje seguían funcionando, igual que lo habían hecho durante siglos, y la red de inteligencia del Magisterio era poderosa y extensa, dotada de agentes distribuidos por toda Europa, Asia Menor y el Lejano Oriente. Tal vez había llegado el momento de ponerlos en alerta. Los acontecimientos se iban a precipitar pronto en el Levante y sería bueno despertarlos a todos, como medida de precaución.

Llamó a su secretario y le dictó varias notas. Después se puso el abrigo y el sombrero y salió a la calle.

La vida privada de Delamare era extremadamente discreta. Se sabía que no estaba casado y se daba por sentado que no era homosexual, y ahí acababa todo. Tenía unos cuantos amigos y carecía de aficiones. No coleccionaba cerámica, ni jugaba al *bridge,* ni iba a la ópera. Pese a que los hombres de su edad y su estado de salud solían tener una amante o visitaban de vez en cuando un burdel, su nombre nunca había estado asociado a ese tipo de chismorreos. Lo cierto era que los periodistas no lo consideraban un tema interesante. Era un funcionario aburrido que trabajaba en un oscuro departamento del Magisterio; nada más. Los periódicos habían renunciado hacía tiempo a captar lectores escribiendo sobre *monsieur* Delamare.

Por ese motivo, nadie lo siguió cuando salió a dar un paseo a última hora de la tarde, ni lo vio llamar a la puerta de una espaciosa casa de un barrio tranquilo, ni observó cómo lo hacía pasar dentro una mujer con un hábito de monja. La luz que se filtró por la puerta cuando la abrió era particularmente tenue.

—Buenas tardes, *monsieur* Delamare —lo saludó la monja—. *Madame* lo espera.

—¿Cómo está?

—Adaptándose a la nueva medicación, espero, *monsieur*. El dolor ha disminuido un poco.

—Muy bien —dijo Delamare, entregándole el abrigo y el sombrero—. Iré directamente.

Tras subir por unas escaleras enmoquetadas, llamó a una puerta de un pasillo apenas iluminado. Una voz lo invitó a pasar.

—Mamá —dijo, inclinándose hacia la anciana acostada en la cama.

La mujer presentó la mejilla para recibir el beso. Su arrugado daimonion lagarto se encogió encima de la cama, como si existiera el menor peligro de que Delamare lo fuera a besar también a él. La habitación estaba recalentada, y el aire, viciado, cargado de un aroma opresivo a lirio de los valles, mezclado con la acritud de un linimento y un punto de olor a decadencia física. *Madame* Delamare, que estaba delgadísima por haber seguido los dictados de la moda, había sido una mujer guapa. Llevaba el ralo cabello amarillento recogido en un tieso peinado y un maquillaje impecable, aunque una ínfima parte del pintalabios rojo se había filtrado por las arrugas que le orlaban la boca y ningún cosmético del mundo habría sido capaz de disimular la ferocidad que se traslucía en sus ojos.

Delamare se sentó en la silla contigua a la cama.

—¿Qué? —inquirió la madre.

—Todavía no.

—¿Dónde la vieron por última vez? ¿Cuándo?

—En Oxford, hace unos días.

—Vas a tener que esforzarte mucho más, Marcel. Estás demasiado dedicado a ese congreso. ¿Cuándo se va a acabar?

—Cuando me haya salido con la mía —respondió con aplomo.

Su madre ya no era capaz de irritarlo, ni tampoco de inspirarle temor. Sabía que podía hablar con ella sin peligro del desarrollo de sus distintos proyectos, porque nadie se fiaba de ella y no la creerían en caso de quisiera hablar de esos asuntos. Además, sus opiniones despiadadas solían ser de gran utilidad.

—¿De qué habéis tratado hoy? —preguntó, retirando una imaginaria mota de polvo de la seda gris perla del camisón.

—De la doctrina de la encarnación. ¿Dónde se halla el límite entre la materia y el espíritu? ¿Qué diferencia existe entre ambos?

La dama era demasiado bien educada para responder con una franca mueca de desdén. No obstante, aunque se limitó a fruncir los labios, su desprecio quedó manifiesto en el ardor de la mirada.

—Yo habría dicho que eso estaba más que claro —comentó—. Si tú y tus colegas tenéis que entregaros a esa clase de especulaciones de adolescentes, estás desperdiciando el tiempo, Marcel.

—Desde luego. Si lo tienes tan claro, mamá, ¿cuál es la diferencia?

—La materia está muerta, por supuesto. Solo el espíritu aporta vida. Sin espíritu, o alma, el universo sería un yermo vacío y silencioso. Tú lo sabes tan bien como yo. ¿Por qué lo preguntas entonces? ¿Te tienta lo que, por lo visto, revelan esas rosas?

—¿Que si me tienta? No, no creo. Sí creo, en cambio, que tenemos que actuar en función de ello.

—¿Qué quieres decir?

Siempre se revigorizaba bajo el influjo del veneno. Ahora que estaba vieja y enferma, disfrutaba haciéndola rabiar, como se provocaría a un escorpión encerrado en una urna de cristal.

—Significa que tenemos que plantearnos qué vamos a hacer con respecto a esa cuestión —prosiguió—. Se nos ofrecen varias posibilidades. La primera sería suprimir todo el conocimiento relacionado con ella, por medio de una rigurosa investigación y la aplicación inflexible de la fuerza. Eso daría resultado durante un tiempo, pero el conocimiento es como el agua, que siempre encuentra una fisura por donde filtrarse. Hay demasiada gente, demasiadas publicaciones, demasiados centros académicos, que ya saben algo al respecto.

—Los tendrías que haber suprimido ya.

—Tienes razón, sin duda. La segunda posibilidad es cortar de cuajo el problema y borrarlo por completo. En ese desierto de Asia Central hay algo inexplicable. Las rosas no crecen más que allí, y no sabemos por qué. Podríamos enviar una fuerza que destruyera ese lugar, sea cual sea su naturaleza. La cantidad de aceite de rosas que ha llegado hasta esta zona es muy pequeña; el suministro se reduciría aún más hasta cesar y con ello se liquidaría el problema. Esa solución exigiría más tiempo y más recursos que la primera, pero es factible y sería definitiva.

—Yo pienso que es lo mínimo que deberías hacer. Tu hermana no dudaría ni un minuto.

—Muchas cosas serían mejores si Marisa no hubiera muerto, pero eso no tiene remedio. Existe una tercera opción.

—¿Y cuál es?

—Podríamos adherirnos a la nueva realidad.

—¿Qué demonios significa eso? ¿Qué realidad?

—Las rosas existen; nos muestran algo que siempre hemos negado, algo que contradice las verdades más profundas que conocemos sobre la autoridad y su creación, de eso no cabe duda. Por consiguiente, podríamos reconocerlo sin tapujos, contradiciendo las enseñanzas recibidas durante milenios, y proclamar una nueva verdad.

La anciana se estremeció con repugnancia. Su daimonion lagarto se echó a llorar, emitiendo tenues gruñidos de terror y desesperación.

—Marcel, ahora mismo vas a retirar esas palabras —espetó—. No quiero haberlas oído. Retíralas. Me niego a escuchar esa herejía.

Delamare guardó silencio, disfrutando de su angustia. Con respiración ronca y entrecortada, la madre hizo aletear la mano y la manga del camisón bajó, dejando al descubierto las marcas de las agujas en un brazo cuya piel colgaba como papel de seda alrededor del hueso. Sus ojos tenían un brillo perverso.

—Enfermera —susurró—. Llama a la enfermera.

—La enfermera no puede hacer nada contra las herejías. Cálmate. Todavía no chocheas. En cualquier caso, aún no te he explicado cuál es la cuarta opción.

—A ver.

—Revelar la verdad como acabo de hacerlo no daría resultado. Hay demasiados hábitos, moldes de pensamiento e instituciones que están anclados en como son y han sido siempre las cosas. La verdad quedaría barrida de inmediato. En lugar de ello, deberíamos socavar de forma sutil y delicada la idea de que exista una verdad. Una vez que la gente haya empezado a dudar de la verdad de lo que sea, se nos abre un campo de posibilidades infinito.

—«De forma sutil y delicada» —se mofó la mujer—. Marisa sabría hacer una demostración de fuerza, de carácter. Ella tenía una hombría que tú nunca tendrás.

—Mi hermana está muerta. Mientras tanto, yo estoy vivo y en condiciones de controlar el curso de los acontecimientos. Te estoy comentando lo que voy a hacer porque tú no vivirás para verlo.

Su madre empezó a lloriquear.

—¿Por qué me hablas así? —gimió—. Qué cruel…

—Durante toda mi vida he deseado poder tratarte así.

—Regodeándote en rencores infantiles —replicó ella con voz temblorosa, secándose los ojos y la nariz con un pañuelo de encaje—. Tengo amigos poderosos, Marcel. Pierre Binaud me vino a ver la semana pasada, sin ir más lejos. Ten cuidado con tu manera de comportarte.

—Cuando te oigo, oigo la voz de Binaud. Te acostabas con ese viejo chivo cuando era niño. Debéis de formar un bonito espectáculo como pareja hoy en día.

La anciana gimoteó, esforzándose por enderezar la postura. Él no se ofreció a ayudarla. El daimonion lagarto yacía jadeante en la almohada.

—Quiero una enfermera —reclamó—. Estoy mal. Me haces sufrir de una manera horrible. Solo vienes aquí para atormentarme.

—No me quedaré mucho. Le diré a la enfermera que te dé una dosis de ese medicamento para dormir.

—¡Oh, no…, no…! ¡Esas horribles pesadillas!

Su daimonion soltó un quedo chillido y trató de frotarse

contra su pecho, pero ella lo rechazó. Delamare se levantó y miró a su alrededor.

—Deberías ventilar un poco —dijo.

—No seas desagradable.

—¿Qué vas a hacer con la chica una vez que te la consiga?

—Sacarle la verdad como sea. Castigarla. Hacer que se arrepienta. Después, una vez que se haya desmoronado, la voy a educar como se debe. Le enseñaré quién es y por qué prioridades se debe regir. La voy a modelar para que se convierta en la mujer que habría sido su madre si no hubiera muerto.

—¿Y Binaud? ¿Qué participación tendrá en esa tarea educativa?

—Me estoy cansando, Marcel. No te das cuenta de lo mucho que sufro.

—Quiero saber qué piensa hacer Binaud con la chica.

—No es de tu incumbencia.

—Por supuesto que sí. Ese hombre es corrupto. Apesta a copulación furtiva.

—Pierre Binaud es un hombre. Tú ni siquiera sabes lo que significa eso. Y me quiere.

Delamare soltó una carcajada. Y se reía muy poco. Su madre golpeó la cama con los puños huesudos, ahuyentado a su daimonion hasta la mesita.

—Así que vamos a tener una boda en el lecho de muerte, ¿eh? —dijo él—. Así se podrá quedar con tu dinero, además de con la chica. Me temo que voy a estar demasiado ocupado para asistir.

Abrió por completo una de las ventanas, dejando entrar el gélido aire nocturno.

—¡No, Marcel! ¡Por favor! ¡No seas tan malo conmigo! ¡Me voy a morir de frío!

Delamare se inclinó para darle un beso de despedida y ella volvió la cara hacia otro lado.

—Adiós, mamá —dijo—. Más le vale a Binaud no esperar demasiado.

Olivier Bonneville no había dicho la verdad del todo, aunque eso no tenía nada de insólito. En realidad, no había localizado a Lyra porque, por una u otra razón, el nuevo método no se lo permitía. Ella había encontrado la manera de neutralizar sus intentos. Se sentía cada vez más enfadado. Y su rabia crecía tanto como su curiosidad.

Receloso tanto por la fuerza de la costumbre como por inclinación propia, no guardaba el aletiómetro en su apartamento. Para un ladrón experto, sobre todo uno que trabajara para La Maison Juste, habría sido lo más sencillo del mundo entrar en su pequeño piso de dos piezas y media y robarle todo lo que tenía. Por eso había optado por poner el aletiómetro en una caja de seguridad de la Banque Savoyarde, un sitio tan discreto que casi resultaba invisible. La placa de bronce contigua a la Rue de Berne solo anunciaba «B. Sav.»; además, la mantenían expresamente sin pulir.

A la mañana siguiente, Bonneville se dirigió temprano al banco y dio su nombre (falso) y una contraseña al empleado, que abrió la puerta de las cajas de seguridad y se marchó. Bonneville sacó el aletiómetro y, tras guardarlo en un bolsillo, se metió el grueso fajo de billetes en otro. Lo único que dejó en la caja fue una llave sin etiqueta que habría servido para abrir otra caja de seguridad en otro banco.

Al cabo de veinte minutos, compró un billete en la Gare Nationale. Evidentemente, había desobedecido la prohibición de Delamare: y, desde luego, había usado el nuevo método. Gracias a la última sesión realizada con el estilo clásico, con los libros, había averiguado que Lyra se desplazaba hacia el este y que estaba, por lo que había percibido, sola. El nuevo método no revelaba nada de ella. Además, al igual que a Lyra, el mareo y las náuseas que producía le parecían insoportables. Tal vez sería más fácil si empleaba el aletiómetro en periodos más cortos y más espaciados.

De todas formas, todavía podía utilizar el método antiguo, que no le afectaba físicamente. En cuanto se apeara del tren en Múnich, alquilaría una habitación en un hotel barato e iniciaría una búsqueda minuciosa para encontrar a Lyra. Si dispusiera de todos los libros, iría más deprisa, sin lugar a dudas, aunque ni de lejos tan deprisa como con el nuevo método. De todas formas tenía dos volúmenes, un manuscrito holografiado de Andreas Rentzinger, el *Clavis Symbolorum*, y el único ejemplar existente de *Alethiometrica Explicata*, de Spiridion Trepka, que hasta hacía poco había permanecido bajo custodia de la biblioteca del priorato de St. Jerome de Ginebra. Dicho ejemplar viajaba sin su bonita encuadernación de cuero. Esta seguía aún en la biblioteca, envolviendo las ilegibles memorias de uno de los generales de Napoleón, que Bonneville había adquirido en un puesto de libros de segunda mano porque tenía precisamente el mismo tamaño. En un momento u otro, no muy lejano quizá, se iba a descubrir el robo, pero para entonces Bonneville esperaba haber regresado triunfalmente a Viena.

Alguien la sacudía.

—¡Lyra! ¡Lyra!

Era la voz de Ma Costa, inclinada sobre su litera, recortada por la luz de la cocina que entraba por la puerta. Había alguien a su lado. Era Farder Coram.

—¡Deprisa, muchacha! ¡Despierta! —la apremió.

—¿Qué pasa?

—Los del TCD —repuso Ma Costa—. Han roto el tratado. Están entrando en los Fens con una docena de barcos por lo menos y...

—Tenemos que sacarte de aquí, Lyra —dijo Farder Coram—. Espabila y vístete lo más rápido que puedas.

Se bajó de la litera. Ma Costa se hizo a un lado para dejar pasar a Farder Coram, que volvió a la cocina.

—Pero... ¿cómo saben...?

—Vamos, muchacha, ponte esto deprisa... Da lo mismo, por encima del camisón —le decía la anciana, poniéndole un vestido en la mano.

Lyra se lo pasó por la cabeza y, todavía medio dormida, reunió sus pertenencias y las metió en la mochila.

—Coram ha llamado a un hombre que tiene una lancha, para que te lleve. Se llama Terry Besnik. Puedes confiar en él.

Aturdida, Lyra miró a su alrededor para ver si había olvidado algo. No, no tenía gran cosa y lo había recogido todo. ¿Y Pan? ¿Dónde estaba Pan? El corazón le dio un vuelco al recordar.

—Durante toda mi vida no he hecho más que traer complicaciones a los giptanos —reconoció, sacudiendo la cabeza—. Lo siento mucho...

—Déjalo —contestó Ma Costa, antes de darle un abrazo tan fuerte que casi le cortó la respiración—. Ahora sal y no pierdas ni un minuto más.

Apoyado en dos bastones en la cocina, Farder Coram también tenía el aspecto de quien ha tenido que salir bruscamente de la cama. Lyra percibió el quedo rugido de una lancha motora en el agua.

—Terry Besnik es un buen hombre —afirmó Coram—. Entiende la situación y conoce todos los canales y vías secundarias. Te llevará a King's Lynn. Allí puedes tomar un ferri..., pero date prisa, Lyra, date prisa. ¿Tienes lo que te di?

—Sí..., sí..., ay, Farder Coram... —Lo abrazó con vehemencia y notó sus frágiles huesos bajo las manos.

—Vamos —la apremió Ma Costa—. Ya se oyen disparos por allá.

—Gracias, gracias —dijo Lyra.

Luego abandonó el barco saltando por la borda y, ayudada por una mano, aterrizó en una lancha de madera oscura que no tenía ninguna luz.

—¿Maese Besnik? —preguntó.

—Agárrate bien —contestó el hombre.

Apenas le veía la cara. Era corpulento y llevaba una gorra de lana oscura y una chaqueta gruesa. Cuando accionó la palanca del gas, el motor rugió como un tigre y la lancha se puso en marcha a toda velocidad.

17

Los mineros

Pan se bajó del *Elsa* en Cuxhaven, aprovechando un momento en que la tripulación estaba distraída. El capitán Flint había vendido la hélice a un astillero de la isla de Borkum, tal como había pronosticado el marinero, y después se había negado a compartir a partes iguales las ganancias con el oficial, arguyendo que, en su condición de capitán, era él quien asumía más riesgos. El oficial reaccionó robando el whisky de Flint y se acostó enfurruñado en su hamaca. Una hora después de haber zarpado de Borkum, se soltó un cojinete del árbol de transmisión de la hélice, lo cual provocó una vía de agua. Llegaron a trancas y barrancas a Cuxhaven, con dos marineros achicando de mala gana mientras el oficial refunfuñaba a su lado. Pan lo observaba todo con satisfacción. Era fácil permanecer escondido en un barco como el *Elsa*.

Al caer la tarde atracaron en un muelle al fondo del cual había un ruinoso almacén de piedra. Los «pasajeros» que se mantenían ocultos en su interior no podrían subir a bordo hasta que hubieran repuesto el cojinete del árbol de transmisión, ya que la transacción de los «pasajeros» exigía una máxima discreción y silencio. Era difícil determinar cuánto tiempo tardarían en repararlo porque, aunque Flint conocía a alguien que tenía la pieza de recambio necesaria, se encontraba fuera de la ciudad, o en la cárcel, y, dado que su ayudante guardaba un enconado rencor contra el capitán desde hacía tiempo, lo más probable era que exigiera un precio muy elevado. En cuanto se hizo de noche, Pan bajó como una flecha por la pasarela y se escabulló entre las sombras del puerto.

A partir de ahí se trataba solo de encontrar el río y remontarlo por la orilla hasta llegar a Wittenberg.

En ese momento, Lyra estaba sentada en la sala de un abarrotado ferri con destino a Flushing, en la costa holandesa. Habría preferido permanecer fuera, para estar sola, pero el frío glacial la obligaba a soportar el opresivo calor, los olores a aceite de motor, a comida rancia, a hojas de fumar, a cerveza, a ropa sucia y un persistente residuo de vómito. Las luces ambáricas, dispuestas en hilera, derramaban una desagradable y parpadeante luz pálida, cuyo resplandor invadía hasta el último recoveco. Lyra tuvo que abrirse paso como pudo por una atestada entrada y después a empujones para llegar a un rincón donde encontró un asiento.

Al principio, su falta de daimonion provocó menos alarma de la que temía. La mayoría de los pasajeros y empleados estaban preocupados con sus quehaceres u ocupados tratando de calmar el llanto de un hijo, o tan solo sumidos en un estado de indiferencia generado por el cansancio. Los pocos que se percataron de que tenía algo raro se limitaron a lanzarle una mirada furtiva, a murmurar un par de palabras o efectuar un gesto para espantar la mala suerte. Fingiendo no darse cuenta, ella hacía lo posible por pasar inadvertida.

Entre los pasajeros de aquella sala delantera había un grupo de media docena de hombres que debían de viajar juntos. Vestían de forma parecida, con ropa de invierno informal, pero de buena calidad, hablaban en galés entre sí y tenían un aire confiado y desenvuelto. Lyra los había observado con atención, porque un par de ellos le habían dirigido una mirada apreciativa cuando se había abierto camino ante la multitud al entrar y habían comentado algo a los demás antes de volverla a mirar. Sus compañeros estaban pidiendo bebidas, bebidas caras, y reían con estrépito. Si Pan hubiera estado allí, ambos podrían haber jugado a hacer de detectives tratando de descifrar el oficio de aquellos individuos, aunque para ello tendrían que haber recuperado su vieja complicidad de antes, que probablemente habían perdido para siempre.

Bueno, de todas formas también podía hacerlo sola, se dijo. Siguió observando al grupo, mientras aparentaba estar amodorrada.

Eran amigos o compañeros de trabajo. Iban juntos. Tenían entre treinta y cuarenta años, más o menos, y parecían ser trabajadores manuales y no personas que se pasaban el día entero sentadas en una oficina, porque estaban en forma y se movían con soltura a pesar del balanceo del barco, como si fueran atletas, o incluso gimnastas. ¿Serían soldados? Era posible, pero luego pensó que llevaban el pelo demasiado largo y estaban demasiado pálidos: no trabajaban a la intemperie. Tenían un buen sueldo, tal como atestiguaba su vestimenta y las bebidas. Aparte, eran más bien bajos, mientras que los soldados solían ser altos, pensó...

Hasta allí llegó en sus observaciones antes de que un corpulento individuo de mediana edad se sentara a su lado. Trató de desplazarse para dejarle más espacio, pero a su izquierda tenía una mujer dormida en el banco, que no se movió cuando le dio un leve codazo.

—No te preocupes —dijo el hombre—. A nadie le molesta un poco de apretura. ¿Vas lejos?

—No —respondió con indiferencia, sin mirarlo.

Su daimonion, un perrillo vivaracho de color marrón y blanco, se puso a husmear con curiosidad la mochila que Lyra había dejado en el suelo, de modo que la cogió y la puso sobre su regazo.

—¿Dónde está tu daimonion? —preguntó el hombre.

Lyra se volvió y le dedicó una mirada desdeñosa.

—Tampoco tienes por qué ser antipática —añadió.

Nueve años atrás, cuando viajó al Ártico con Pan a su lado, a Lyra se le habría ocurrido algún cuento con el que aconsejaría al hombre que la dejara en paz: que tenía una enfermedad infecciosa, que estaba de camino para asistir al funeral de su madre o que su padre era un asesino e iba a volver de un momento a otro a buscarla... Aquella patraña le había dado resultado en una ocasión.

Pero ahora ya no tenía inventiva, ni energía, ni descaro. Estaba cansada, sola y asustada. Hasta le inspiraban miedo aquel individuo con aires de suficiencia y el bobo de su daimonion, que acababa de subirse a sus rodillas y se había puesto a ladrar.

—¿Qué pasa, Bessy? —le preguntó el hombre, levantándolo para que le hablara al oído.

Pese a que volvió la cabeza, Lyra alcanzó a ver qué hacía: la miraba mientras cuchicheaba con su daimonion.

Con un gemido medio ahogado, el daimonion trató de apartarse de Lyra y meterse en el abrigo del hombre. Asqueada por aquella patética necesidad de atención, Lyra cerró los ojos y fingió dormir. Parecía que había una pelea cerca de la barra; alguien que hablaba en galés levantó la voz, pero el ambiente se calmó enseguida.

—Aquí pasa algo raro —anunció en voz alta el corpulento vecino de Lyra, sin dirigirse a ella—. Algo que no me gusta nada.

Lyra abrió los ojos y vio que un par de personas se habían vuelto a mirar. Todos los bancos estaban abarrotados. Algunos viajeros dormían, o comían y bebían. Al murmullo de fondo de los motores del ferri, se sumaba el rumor de las olas y del viento llegados de fuera, por encima de los cuales resultaban también audibles las conversaciones y las risas de los clientes acodados un poco más allá, en la barra. El hombre, sin embargo, volvió a insistir para hacerse oír.

—Aquí pasa algo raro, repito. Esta joven… tiene algo extraño.

Su daimonion aullaba a pleno pulmón, produciendo un sonido horripilante que le produjo un escalofrío. Cada vez eran más las personas que miraban; la mujer que dormía a su izquierda se estaba despertando.

—Mi daimonion está dentro de mi abrigo. No se encuentra bien. Eso no es asunto suyo.

—No, no, no te va a servir de nada esa explicación. Para mí, que tú no tienes ningún daimonion. Mi Bess nunca se equivoca con ese tipo de cosas.

—El que se equivoca es usted. Mi daimonion no se encuentra bien y no lo voy a molestar solo porque usted sea supersticioso.

—No me hables con ese tono, jovencita. No lo voy a consentir. No tendrías que estar en un sitio público en el estado en que estás. Contigo pasa algo raro, algo malo.

—¿Qué pasa? —preguntó alguien desde el banco de enfrente—. ¿Por qué grita?

—¡No tiene daimonion! No paro de decirle que no está

bien que vaya a un sitio público como este, que hay algo malísimo...

—¿Es verdad? —preguntó el otro curioso, cuyo daimonion grajo agitaba las alas sobre su hombro, graznando.

Lyra se dio cuenta de que le hablaba a ella.

—Por supuesto que no es verdad —contestó con la mayor calma posible—. ¿Cómo podría ir a ninguna parte sin un daimonion?

—¿Y dónde está entonces? —la retó su vecino de banco.

—No es asunto de su incumbencia —replicó Lyra, alarmada por la atención que estaba suscitando aquel ridículo incidente.

—La gente con ese grado de desfiguramiento no debería mostrarse a la vista de los demás —afirmó el individuo, suscitando otra andanada de aullidos por parte de su daimonion—. Fíjate en cómo estás asustando a la gente. No puedes aparecer en público. Hay sitios especiales donde deben estar las personas como tú...

Un niño empezó a llorar, y su madre lo cogió y apartó con gesto ostensible su abrigo de la mochila de Lyra, como si estuviera contaminada. El daimonion del pequeño cambiaba continuamente de forma, de ratón a pájaro, luego a perrillo y de nuevo a ratón, y no paraba de saltar alejándose de él, lo cual hacía redoblar los chillidos de ambos, hasta que el daimonion mastín de la madre lo cogió y lo zarandeó.

Abrazada a la mochila, Lyra se dispuso a levantarse, pero su corpulento vecino la sujetó por la manga.

—¡Suélteme! —reclamó.

—Ah, no, no puedes irte por ahí según se te antoje —replicó él, mirando en derredor en busca del respaldo que comenzaba a hacerse cada vez más evidente en la cara de los pasajeros de alrededor, como si se hubiera erigido en portavoz suyo—. No puedes ir por ahí en ese estado —remachó—. Estás asustando a los niños. Eres una amenaza pública. Vas a venir conmigo y te voy a dejar bajo la custodia de...

—Ya está bien —intervino alguien con acento galés. Al levantar la vista, Lyra vio a dos de los hombres del grupo del bar, que mantenían el mismo aire desenvuelto y confiado, aunque tenían la cara colorada, tal vez por haber bebido demasiado—. Nosotros nos ocuparemos de ella. Déjela a nuestro cargo y no se preocupe.

Al hombre no le apetecía renunciar a ser el centro de atención, pero los dos galeses eran más jóvenes y más fuertes que él, de modo que soltó la manga de Lyra.

—Acompáñenos —dijo el primer galés. Parecía como si jamás le hubieran desobedecido o negado algo. Lyra permaneció inmóvil, indecisa—. Vamos —apremió.

El otro galés la observaba con expresión apreciativa. Nadie le ofreció el menor apoyo. A su alrededor, todo eran semblantes herméticos, fríos e indiferentes, o bien cargados de odio manifiesto, y todos los daimonions se habían refugiado en el pecho de sus personas para protegerse de aquella espantosa y extraña figura que tenía la insolencia de presentarse entre ellos sin un daimonion. Lyra empezó a abrirse paso entre las piernas, pies y equipajes de los viajeros, siguiendo a los galeses.

«¿Todo va a terminar tan pronto entonces? —pensó—. No lo voy a consentir. En cuanto estemos fuera, pasaré al ataque.» En su manga izquierda llevaba la porra Pequeno, lista para empuñarla con la mano derecha, y ya había decidido dónde iba a descargar el primer golpe: en el costado de la cara del segundo galés, no bien se hubiera cerrado la puerta tras él.

Cuando llegaron a la puerta de la sala, los pasajeros sentados emitieron un gutural murmullo y los otros galeses del bar inclinaron la cabeza en señal de aprobación y complicidad. Todo el mundo sabía lo que aquellos dos individuos iban a hacer con ella y nadie formuló ninguna objeción. Lyra hizo bajar un poco el mango de la porra, hasta la palma de la mano, justo antes de percibir el contacto frío del viento cuando la puerta se cerró con estrépito tras ellos.

La cubierta estaba encharcada por culpa de la lluvia y el rocío del mar, el barco cabeceaba con violencia y el viento le azotaba la cara cuando sacó la porra... Luego se paró en seco.

Los dos hombres retrocedían, con las manos en alto, abiertas. Sus daimonions, un tejón y un canario, permanecían quietos y sosegados, uno en el suelo y el otro en el hombro de su persona.

—No tema nada, señorita —aseguró el más alto de los dos—. Teníamos que sacarla de ahí, solo eso.

—¿Por qué? —preguntó, comprobando que al menos no le temblaba la voz.

Su compañero alargó la mano para mostrar algo. Era la bolsa de terciopelo negra del aletiómetro. Lyra perdió un instante el equilibrio, como si hubiera recibido un golpe.

—¿Qué hacen con...? ¿Cómo...?

—Cuando ha entrado en la sala, hemos visto a un hombre que ha metido la mano en su mochila y ha sacado algo. Ha sido muy rápido. Después nos hemos fijado adónde iba usted y lo hemos espiado a él; lo hemos atrapado antes de que pudiera escabullirse. Casi no se ha resistido. Hemos recuperado esto, y luego ese estúpido con el perrito escandaloso ha empezado a molestarla, así que hemos pensado que podríamos matar dos pájaros de un tiro.

Lyra cogió la bolsa de terciopelo y la abrió. El brillo del oro y el peso le indicaron que su contenido estaba intacto.

—Gracias —dijo—. Muchas gracias.

El daimonion canario del galés de más estatura se puso a hablar desde lo alto de su hombro.

—*¿Duw mawr, dydi hi ddim yn ddewines, ydi hi?*

El hombre asintió con la cabeza, antes de dirigirse a Lyra.

—Es usted una bruja, ¿verdad? Perdone si le parezco descortés, pero verá...

—¿Cómo lo sabe? —contestó Lyra, sin poder evitar un leve temblor en la voz esa vez.

—Hemos visto a gente de su pueblo antes —repuso el otro.

La lámpara del tabique donde se apoyaban proyectaba una luz amarillenta en sus caras, igual de expuestas que la suya al viento y al rocío del mar.

—Nos da todo el viento de cara —señaló uno de ellos—. Estaríamos más abrigados si vamos al otro lado.

Empezaron a caminar y ella los siguió por la cubierta, luchando para no perder el equilibrio, hasta haber rodeado el castillo. La sala de al lado y el bote salvavidas colgado del pescante ofrecían un resguardo contra el viento y la lluvia en ese lado; un poco más allá, había un banco más o menos seco, iluminado por una débil luz.

Los hombres tomaron asiento. Lyra guardó la porra dentro de la manga antes de reunirse con ellos. Sentados en una punta, dejándole sitio de sobra, se subieron los cuellos de las chaquetas para protegerse del viento. Uno de ellos sacó un gorro de lana del bolsillo y se lo puso.

Lyra se bajó la capucha y volvió la cara hacia la luz, de modo que quedara bien visible.

—Yo soy Gwyn —se presentó uno de ellos—, y él es Dafydd.

—Yo soy Tatiana Asrielovna —dijo Lyra, recurriendo al patronímico del apellido de su padre.

—Y es una bruja, ¿verdad? —quiso corroborar Dafydd.

—Sí. Viajo así porque me veo obligada. No utilizaría este medio de transporte si tuviera elección.

—Sí, ya nos hemos dado cuenta —dijo Gwyn—. Si pudiera elegir, seguro que no viajaría hacinada en medio de todos esos idiotas que hay en esa sala.

De repente, Lyra cayó en la cuenta de algo.

—¿Son ustedes mineros? —preguntó.

—¿Cómo lo sabe? —dijo Dafydd.

—Lo he deducido. ¿Adónde van?

—Volvemos a Sala —respondió Gwyn—. En Suecia. Allí hay minas de plata.

—Fue allí donde conocimos a una bruja —explicó Dafydd—. Fue hasta allí para comprar plata y ya no pudo volver a volar. Su, ya sabe, el árbol…, la rama de pino…

—Nube de pino.

—Eso. Alguien se la robó. Nosotros la recuperamos.

—Antes, ella nos había prestado un servicio —precisó Gwyn—. Le debíamos un favor, así que la ayudamos. Aprendimos mucho sobre su manera de vivir y todo eso.

—¿Adónde va usted, Tatiana? —se interesó Dafydd.

—Muy lejos, hacia el este. Voy en busca de una planta que solo crece en Asia Central.

—¿Es para un hechizo o algo así?

—Es para preparar medicinas. Mi reina está enferma; si no regreso con esa planta, morirá.

—¿Y por qué viaja así, por mar? Es peligroso para usted viajar de esta forma, sobre la superficie de la tierra.

—Por desgracia, perdí mi nube de pino en un incendio.

Ambos inclinaron la cabeza.

—Mejor sería, si puede, ir en primera clase —aconsejó Gwyn.

—¿Por qué?

—Allí no son tan curiosos y no hacen tantas preguntas. Los ricos no son como nosotros. En esa sala hay mucho burro, como ese tipo gordo, si me permite la expresión, y en todas partes pasa lo mismo. Y para postre, había un ladrón.

Si viaja en primera y se mantiene al margen..., ya sabe, cómo es esa palabra...

—Distante —precisó Dafydd.

—Algo así. Orgullosa, altanera. Entonces la gente desconfía y no se atreve a entrometerse y hacer preguntas, ¿entiende?

—¿Usted cree?

—Se lo aseguro.

—Asia Central —evocó Gwyn—. Eso queda muy lejos.

—Pues allí voy. Díganme, ¿por qué trabajan unos mineros galeses en Suecia?

—Porque somos los mejores del mundo —afirmó Dafydd—. Ambos somos del Coleg Mwyngloddiaeth.

—¿Qué significa?

—Es la escuela de Minería de Blaenau Ffestiniog.

—¿Es plata lo que extraen?

—En Sala, sí —confirmó Gwyn—. Los metales preciosos son nuestra especialidad.

—Ese objeto que le habían robado..., si no es indiscreción preguntarlo..., ¿qué es? Era pesado, como si fuera de oro.

—Es oro —corroboró Lyra—. ¿Les apetece verlo?

—Ah, sí, mucho —respondió Gwyn.

Lyra abrió la mochila. ¿Se había vuelto loca? ¿Por qué diantres confiaba en aquellos dos desconocidos? Porque la habían ayudado, por eso.

Los dos hombres se acercaron más cuando abrió la bolsa de terciopelo negro y dejó caer el aletiómetro en la palma de la mano. Al instante absorbió todos y cada uno de los fotones de luz presentes y los reflejó, intensificados.

—*Duw* —dijo Dafydd—. ¿Qué es?

—Es un aletiómetro. Lo fabricaron hará unos trescientos años. ¿Podrían identificar de dónde proviene el oro?

—Tendría que tocarlo —advirtió Gwyn—. De entrada, solo con mirarlo, podría decir algo, pero para estar seguro tendría que palparlo.

—¿Qué es lo que ve de entrada?

—No es de veinticuatro quilates, aunque eso ya era de prever porque sería demasiado blando para un instrumento. Para eso hay que hacer una aleación con otro metal. Con esta luz no alcanzo a ver cuál es. De todas formas, es extraño. Es casi oro puro, pero no acaba de serlo. Nunca he visto nada así.

—A veces uno lo puede detectar por el sabor —afirmó Dafydd.

—¿Lo puedo tocar? —solicitó Gwyn.

Lyra se lo tendió. Él lo cogió y recorrió el borde de oro con el pulgar.

—No es cobre ni plata —determinó—. Es otra cosa.

Entonces lo levantó y lo aplicó con delicadeza a la piel de la mejilla.

—¿Qué hace?

—Tentarlo. Hay diferentes nervios, según las partes de la piel, que son sensibles a estímulos diferentes. Esto es muy raro. No me lo puedo creer...

—Déjame probar a mí —pidió Dafydd.

Se lo acercó a la boca y tocó el marco de oro con la punta de la lengua.

—Es casi todo oro. Lo demás... No, no me lo puedo creer.

—Es eso —confirmó su daimonion canario, posado en su muñeca—. Ahora estoy seguro. Es titanio.

—Sí. Eso me ha parecido a mí, pero es imposible —abundó Gwyn—. El titanio no se descubrió hasta hace doscientos años, más o menos, y que yo sepa, nunca se han hecho aleaciones con oro.

—Es muy difícil de manipular —dijo Dafydd—. De todas formas, se siente como si fuera titanio... ¿De qué son las manecillas?

Las tres manecillas que Lyra movía con las ruedas eran de un metal negro. La aguja que se movía por sí sola era de un color más claro, una especie de gris opaco. Ella y Will habían reparado en su parecido con el color de la hoja de la daga sutil, pero no habían averiguado nada al respecto. Incluso Iorek Byrnison, que volvió a forjar la daga después de que se hubo roto, tuvo que reconocer que no tenía ni idea de qué era.

—No creo que nadie lo sepa —se limitó a contestar Lyra, consciente de que le llevaría mucho tiempo explicarles todo aquello.

Dafydd le devolvió el aletiómetro y ella lo volvió a guardar.

—¿Sabe?, en el museo del Coleg Mwyngloddiaeth hay una pieza de metal que parece un trozo de una hoja, una hoja de daga o algo así. Nadie ha descubierto de qué metal es.

—Es una especie de secreto, ¿entiende? —añadió Dafydd.

—Pero tiene el mismo aspecto que esa aguja. ¿De dónde procede?

—De Bohemia.

—Sí, allí tenían buenos artesanos del metal —apuntó Gwyn—. Si el borde es una aleación de oro y titanio, es algo difícil de conseguir. Antes de la época moderna, yo diría que era imposible. Con este objeto no hay, de todas formas, duda. Eso es lo que es. ¿Es entonces una cosa de brujas?

—No. Yo soy la única bruja que ha tocado esta clase de instrumento. Solo hay seis en el mundo, que se sepa.

—¿Qué hace con él?

—Uno le formula preguntas y lee las respuestas. El problema es que se necesita un montón de libros antiguos, con las claves de los símbolos, para interpretar lo que dice. Hay que invertir mucho tiempo en aprender. Todos mis libros están en Novy Kievsk y no puedo leerlo sin ellos.

—Entonces, ¿por qué lo lleva encima? ¿No sería más seguro dejarlo en casa?

—Me lo robaron y tuve que desplazarme hasta un sitio lejano para recuperarlo. Es que... —Calló, con aire dubitativo.

—¿Qué? —la animó a seguir Dafydd.

—Parece que atrajera a los ladrones, como antes. Lo han robado muchas veces. Pensé que, después de que me lo dieran a mí, acabaría la serie de robos, pero no ha sido así. Voy a extremar las precauciones. Estoy en deuda con ustedes.

—Viene a ser como si devolviéramos un favor —aseguró Gwyn—. Esa bruja de la que le hemos hablado nos ayudó cuando nos pusimos enfermos. Hubo una epidemia que se extendió desde las minas que hay más al norte de Sala, una especie de enfermedad de los pulmones. Ambos estábamos bastante mal. La bruja nos dio unas hierbas que nos mejoraron. Más tarde, unos idiotas del pueblo le robaron la nube de pino, así que la recuperamos y se la devolvimos.

Su daimonion, un tejón pequeño que patrullaba sin descanso por cubierta, se paró de repente, dirigiendo la vista a popa. Gwyn dijo algo en galés y él le respondió en el mismo idioma.

—Vienen unos hombres —anunció Dafydd, traduciéndolo.

Lyra no vio a nadie, pero aquel lado estaba más oscuro y el viento le arremolinaba el pelo por encima de los ojos. Tras tomar la precaución de colocar la mochila bajo el banco, palpó la porra. Advirtió que sus dos acompañantes se tensaban, listos para luchar. Parecían dispuestos a disfrutar de una buena pelea. Luego los dos individuos que se acercaban se hicieron visibles en la franja de luz de una puerta.

Lyra no reconoció la clase de uniforme que llevaban. Eran negros, de corte elegante, con una insignia en la gorra que no logró identificar. No parecían marítimos, sino militares.

—Enséñennos los documentos de viaje —pidió uno de ellos.

Gwyn y Dafydd introdujeron la mano en los bolsillos de las chaquetas. Los daimonions de los uniformados, unos grandes perros lobo, observaban a Lyra con una hostilidad intensa.

El que parecía el cabecilla tendió la mano enguantada reclamando el billete de Gwyn, pero este no se movió.

—En primer lugar, ustedes no son empleados de los ferris de la North Dutch —señaló—. No reconozco sus uniformes. Dígame quiénes son. Entonces veré si les quiero enseñar mi billete.

Los daimonions de los dos hombres empezaron a gruñir. Gwyn apoyó la mano en el cuello de su daimonion tejón.

—Mírela bien —lo invitó uno de los uniformados, quitándose la gorra para mostrar la insignia. Lyra vio que representaba una lámpara dorada aureolada de llamas rojas—. Cada vez van a ver más como esta y no tendrán que preguntar. Esta es la insignia del Oficio del Santo Deber. Somos agentes de la orden y tenemos, entre otras cosas, la responsabilidad de comprobar los documentos de viaje de todos aquellos que entren en Europa continental.

A Lyra le vino a la memoria algo que le había contado Malcolm.

—La Liga de St. Alexander —dijo—. Buen trabajo. Puede volver a colocarse la gorra.

El hombre abrió la boca para decir algo, la volvió a cerrar y al final se decidió a hablar.

—No la he entendido bien, señorita.

—Solo quiero evitar que cometa un error —prosiguió Lyra—. Su organización es nueva, ¿verdad?

—Pues, sí —confirmó el—. Pero el…

—Está bien —lo atajó, levantando una mano—. Comprendo. No habrán tenido tiempo para aprender los nuevos reglamentos. Si le enseño esto, quizá sepa cómo debe actuar la próxima vez.

A continuación, sacó el pañuelo que todavía conservaba el nudo que había hecho Dick Orchard. Lo alargó y se lo dejó mirar un momento nada más, antes de volverlo a guardar.

—¿Qué es lo que…?

—Es el distintivo de mi agencia. Significa que mis compañeros y yo trabajamos para el Magisterio, tal como usted ya debería saber. Cuando vea este nudo, le aconsejo que mire para otro lado y se olvide de la persona que se lo enseñó. En este caso, eso también hace referencia a mis acompañantes.

Los hombres de uniforme parecían desconcertados.

—Pero a nosotros no nos han avisado… —adujo, extendiendo las manos, uno de ellos—. ¿Qué agencia ha dicho? —preguntó.

—No se lo he precisado, pero se lo voy a decir ahora y después que no se hable más. La Maison Juste.

Habían oído hablar de ella y lo que sabían bastó para que se les ensombreciera la expresión.

—Como si no nos hubieran visto nunca —insistió Lyra, llevándose un dedo a los labios.

Uno de ellos inclinó la cabeza y el otro se tocó la gorra a modo de saludo. Con los daimonions calmados y sumisos, se marcharon.

—*Duw annwyl* —dijo Gwyn al cabo de un momento—. Ha estado muy bien.

—Es cuestión de práctica —respondió ella—. Hacía mucho que no tenía que actuar de esta manera. Es una alegría ver que todavía funciona.

—¿Se van a olvidar del asunto, entonces? —preguntó Dafydd, que parecía igual de impresionado que Gwyn.

—Probablemente, no, pero no se atreverán a mencionarlo durante una temporada, por si acaso debieran haber estado enterados. En todo caso, no nos molestarán hasta que hayamos desembarcado.

—Vaya por Dios.

—¿Qué era eso que ha dicho? —quiso saber Gwyn—. Esas palabras en francés.

—La Maison Juste. Es una rama del Magisterio. Es lo único que sé. Tenía que distraerlos antes de que empezaran a hacer preguntas sobre mi daimonion.

—No he querido preguntar antes, para no parecer maleducado, pero… ¿dónde está?

—Ha ido volando a casa para informar de la evolución de mi viaje. Debe de estar a unos dos mil kilómetros de distancia.

—No me imagino cómo debe de ser eso de no tener al daimonion al lado —confesó Dafydd.

—No, no es fácil. Pero así son las cosas. —Lyra se subió el cuello de la chaqueta y adelantó la capucha de la parka.

—Dios, qué frío —exclamó Gwyn—. ¿Quiere probar a entrar otra vez? Nosotros nos quedaríamos con usted.

—Podríamos ir a la otra sala —sugirió Dafydd—. Allí se está más tranquilo y hasta puede que esté un poco más caldeado.

—De acuerdo, gracias —aceptó.

Se levantó y juntos atravesaron la cubierta para ir a la sala de popa, que parecía ocupada sobre todo por personas mayores, que dormían. Allí no había tanta luz, el bar estaba cerrado y pocos eran los que permanecían despiertos, aparte de un reducido grupo que jugaba a las cartas y algunos que leían.

El reloj colgado por encima del bar indicaba que era la una y media. El ferri llegaría a puerto a las ocho.

—Nos podemos sentar aquí —propuso Gwyn, que se detuvo junto a un asiento pegado a la pared donde cabían los tres—. Puede dormirse tranquila —dijo a Lyra—. No se preocupe, que nosotros estaremos atentos a lo que pueda pasar.

—Son muy amables —agradeció, antes de sentarse con la mochila en el regazo—. No lo olvidaré.

—La despertaremos cuando sea hora de bajar.

Lyra cerró los ojos y cayó rendida de inmediato por la fatiga. Mientras se dormía, oyó cómo a su izquierda Gwyn y Dafydd hablaban en voz baja en galés, mientras sus daimonions hacían lo mismo a sus pies.

En la Gasthaus Eisenbahn de Múnich, después de ingerir una cena compuesta de cerdo con bolas de patata, Olivier Bonneville se fue directamente a su diminuta y oscura habitación para tratar de localizar a Lyra. El nuevo método presentaba una particularidad difícil de precisar... No conseguía encontrar ningún rastro de ella, ahí estaba el problema. Lo curioso era que anteriormente la había logrado ver sin grandes esfuerzos. Debía de haber ocurrido algo. ¿Habría encontrado ella una manera de ocultarse? En todo caso, de nada le iba a servir, porque no pensaba darse por vencido.

Aparte había percibido algo..., casi como un codazo, como si el aletiómetro le estuviera ofreciendo un indicio. Pese a que antes no creía que funcionara con indicios, había algo...

Debido a que la luz de la bombilla era tan débil y la letra de los libros que había robado tan pequeña, y como además conocía muy bien las imágenes de la esfera, renunció a probar con el método clásico. Sentado en el sillón, volvió a concentrarse en la chica. Intentó hacer aparecer su cara, en vano. Una chica de rostro inexpresivo y pelo rubio, o claro. Quizá no rubio del todo. ¿Castaño claro? No alcanzaba a ver nada, ni siquiera su daimonion.

¿Y qué era concretamente su daimonion? ¿Una especie de comadreja o de hurón? Algo así. Aunque solo había percibido un atisbo, recordaba una cabeza ancha, de color rojizo, una mancha más clara en el cuello...

De repente, sonó un rumor de hojarasca.

Bonneville irguió el torso y cerró los ojos, concentrándose. Estaba oscuro, desde luego, porque era de noche, pero había una especie de luminiscencia llegada de algún sitio..., maleza, zarzas desprovistas de hojas, agua... Bonneville se frotó los ojos, sin resultado. Procuró relajarse, tratando de dominar las náuseas, aún más intensas por todas aquellas albóndigas de patata. Se propuso comer menos la próxima vez.

De nuevo percibió aquel susurro y también un movimiento..., con un acceso de náusea. Corrió a vomitar al lavabo. ¡Casi lo tenía! ¡Estaba a punto! Después de enjugarse la boca con agua, se volvió a sentar.

El problema era... La cuestión era... ¿Qué punto de vista estaba captando? ¿A través de qué ojos veía? No eran de nadie. El punto de vista carecía de anclaje y, por consiguiente, daba continuos bandazos. Si se mantuviera quieto, no habría náusea... Lo cierto era que allí no había ojos ni cámara. El punto de vista tanto podía encontrarse en un sitio como en otro.

«Entonces procura no ver —se dijo—. Procura escuchar u oler.» El oído y el olfato no dependían tanto de un punto de vista. Esforzándose por no ver más que oscuridad, Bonneville se centró en aquellos otros dos sentidos.

Enseguida obtuvo mejores resultados. Oía un leve viento entre los matorrales; de vez en cuando, también el roce de las patas de un animal sobre la hojarasca. Sin embargo, no estaba seca. De hecho, advertía un olor a humedad y también el de la corriente, algo alejada, de un río; también un suave murmullo de olas, provocadas por la estela de un barco.

Después su percepción se amplificó. Oía la vastedad de la noche circundante y unos sonidos llegados sobre el agua desde algún lugar, como el de un voluminoso motor de aceite, la turbulencia de una onda de proa, unas voces distantes..., el grito de una lechuza, otra vez el roce en la maleza...

Permaneció absolutamente quieto, con los ojos cerrados, contemplando una profunda negrura. La lechuza volvió a gritar, más cerca. El barco se alejaba por la derecha. Luego un olor a algo animal, muy cercano.

Sobresaltado, dejó intervenir la mirada; durante una fracción de segundo, vio el daimonion de la chica recortado sobre la oscuridad de un ancho río, sin ella. La chica no se veía por ninguna parte. El daimonion estaba solo. Se apresuró a cerrar los ojos de la mente, antes de que sobrevinieran las náuseas. Tuvo una sensación de triunfo. Mientras todo se disipaba, siguió sentado, parpadeando, sonriente, exultante.

¡Esa era la razón por la que no podía verla! ¡Ella y su daimonion estaban separados! Ahora entendía cómo funcionaba el nuevo método. No era la persona lo que permitía establecer el contacto, sino su daimonion. ¡Qué descubrimiento más sensacional!

Que hubiera podido ver los fotogramas de la chica en el apartamento de Delamare respondía a la presencia de su daimonion en cada uno de ellos.

Ahora que sabía que su daimonion viajaba solo, por la orilla de un amplio río, solo le quedaba averiguar cuál era. No iba a ser difícil.

Al final, la velada había acabado reportándole excelentes frutos.

18

Malcolm en Ginebra

Malcolm notaba la vista alterada. El anillo de lentejuelas, que él consideraba como su propia aurora particular, llevaba varios días temblando en el límite de su campo de visión, aunque no de manera continua, aunque sí más prolongada de lo habitual, sin acabar de precisarse. Era como si viera el mundo proyectado por una linterna mágica en una pantalla que no estaba bien ajustada. Pese a que no percibía el anillo igual que él, Asta también notaba algo extraño en su visión.

Llegaron a Ginebra un ventoso atardecer, bajo un cielo tenebroso por la inminencia de la noche y la amenaza de una tormenta. En la ciudad había un gran ajetreo, debido a que el Congreso Magisterial tocaba a su fin. En realidad, Malcolm no necesitaba pasar por Ginebra; ir hasta allí podría considerarse temerario. No obstante, le sería útil para enterarse del desarrollo de los debates. Además, sabía que Simon Talbot asistía al congreso y quería localizarlo a ser posible.

Aunque tenía previsto abandonar la ciudad en tren, llegó en autobús, porque las autoridades imponían una menor vigilancia en las paradas de autobús que en las estaciones de tren. Bajaron con Asta en un deprimente barrio, una zona de pequeñas fábricas, cultivos, serrerías y empresas similares. La carretera corría paralela a la orilla del lago durante un trecho, y con la creciente oscuridad, divisaban las luces de la zona opulenta de la ciudad, al otro lado del agua, y al fondo, las altas cumbres cubiertas de nieve, cual gigantes fantasmagóricos bajo el cielo desprovisto de luna. No muy lejos debía de haber un club náutico, porque las ráfagas de viento producían un constante entrechocar de cabos contra los mástiles, un ruido semejante al del mecanismo de mil relojes suizos.

Siguieron caminando un poco, hasta que Malcolm se paró y se frotó los ojos.

—Yo también lo noto —dijo Asta.

—Es como si hubiera habido un estallido y todas las lentejuelas se hubieran desperdigado. Si no se define de una vez, tendremos que acostarnos, aunque preferiría no tener que hacerlo.

—Talbot.

—Exacto. Quiero... Un momento. —Había fijado la vista en la oxidada verja, cerrada con candado, de una gran casa que se alzaba detrás de un muro de piedra.

—¿Qué pasa? —preguntó el daimonion, saltando hasta su hombro.

—Hay algo allí...

En medio de la penumbra, algo se movía o palpitaba encima de la verja. Al principio pensó que era una hoja atrapada en una telaraña; después, que podría ser una especie de luciérnaga. Sin embargo, luego se perfiló, adoptando una apariencia conocida: la del propio anillo de lentejuelas. Parpadeando en la semioscuridad, por encima del macizo candado, lo atrajo hacia sí como si fuera un pez atrapado por una caña. El anillo se acercó sin oponer resistencia. Aunque no podía verse a sí mismo, Asta sí percibió aquella misma emoción que había invadido otras veces a Malcolm.

Alargó la mano hacia la reluciente y sinuosa visión. Quería cogerla, sostenerla en la palma de la mano, pese a saber que era imposible. No obstante, cuando rozó el candado, el asa se soltó de la caja con un leve chasquido, como si lo hubieran engrasado hacía poco. El candado colgaba, inservible, de la cerradura.

—Vaya, ahora tenemos que entrar ahí —opinó Asta.

Miraron a ambos lados y no vieron a nadie. Malcolm retiró el candado y abrió la puerta, con el anillo de lentejuelas todavía instalado en el centro de su campo de visión. La verja crujió, pero se movió sin gran dificultad entre las hierbas que crecían en medio de la gravilla. La casa estaba completamente a oscuras. Era alta, tenía las ventanas cegadas con tablones y las paredes recubiertas de hiedra. La entrada principal miraba hacia el lago. Malcolm cerró la verja antes de encaminarse al edificio.

—No es muy suizo, que se diga, todo este descuido —comentó Asta—. ¿Has visto eso?

Señalaba hacia los árboles situados al fondo del jardín, justo en la orilla del lago.

—¿Un cobertizo para barcas? —dijo Malcolm.

—Creo que sí.

Para sus ojos humanos era solo un rectángulo oscuro, pero el anillo de lentejuelas lo rodeaba con su halo de resplandor y de certeza. Se dirigieron hacia allí por el sendero de grava que, invadido de hierbas, amortiguaba el ruido de sus pasos.

La puerta del cobertizo tenía un candado que Malcolm logró arrancar sin problemas, porque la madera a la que iba sujeto estaba blanda y podrida. Dejó entrar primero a Asta, pues para entonces aquella reluciente mancha palpitante lo tenía prácticamente cegado.

—No te muevas —indicó Asta—. Quédate aquí al lado de la puerta. Yo veré por ti. Ahí hay una barca, una especie de bote de vela o de yate pequeño..., tiene un mástil... y allí hay unos remos. Hay un nombre... *Mignonne*.

Malcolm avanzó a tientas junto a la pared y luego, arrodillándose en las planchas del suelo, tendió la mano entre la oscuridad hasta tocar la borda de la embarcación. Notó un leve cabeceo provocado por una ondulación del agua y después otro movimiento, cuando Asta saltó a bordo.

—¿Qué haces? —preguntó.

—Estoy explorando. Aquí dentro todo está muy seco. No hay filtraciones. ¿Qué tal ves ahora?

—Un poco mejor. ¿Cómo están el mástil y los cordajes?

—No sé si falta algo o no..., aunque todo parece en buen estado.

El anillo de lentejuelas se ensanchaba; al seguir desplazándose hacia él, iba despejando el centro de su campo de visión. Ya percibía los difusos contornos del barco recortados sobre la luz del agua.

—Vaya, encantado de conocerte, *Mignonne* —saludó a la embarcación.

Con la mano apoyada en la borda, se enderezó y dejó que Asta lo guiara hacia la salida. Puesto que la madera donde se sostenía el candado estaba estropeada, colocó una piedra contra la puerta para mantenerla cerrada. Asta se volvió a subir a su hombro para inspeccionar el lugar.

—El anillo nos ha conducido hasta aquí —destacó mientras regresaban a la calle.

—Por supuesto.

—Es que ha sido algo evidente.

—Habría sido difícil no darse cuenta —contestó Malcolm.

Con la mochila a la espalda y un maletín en la mano, emprendió el camino hacia la ciudad, precedido por el infatigable andar de Asta.

El Congreso Magisterial celebraba su última sesión plenaria. Pese al carácter riguroso y exhaustivo de los debates, prevalecía un espíritu de unión y de concordia que había conducido a una eficiente y pacífica elección de los miembros del nuevo consejo de representantes. Tal como comentaban entre sí un buen número de delegados, era casi un milagro que todo hubiera discurrido tan bien, sin un murmullo de rencor, de envidia ni de recelo. Era como si el Espíritu Santo hubiera poseído a todos los congregados. El prefecto del Secretariado de la Santa Presencia, cuyo personal había organizado con suma eficacia el evento, recibió un rosario de elogios.

El nombre del primer presidente del Consejo Supremo, tal como se iba a denominar el órgano representativo, tomó a todo el mundo por sorpresa. Después de una serie de votaciones llevadas a cabo bajo las más estrictas medidas de seguridad, se anunció con gran solemnidad que el ganador era san Simeón Papadakis, el patriarca de la Sublime Puerta.

Fue una sorpresa, pues el patriarca era muy viejo. De todas maneras, todo el mundo convenía en que era un hombre venerable, un ser de elevada espiritualidad que parecía aureolado por una luz divina, tal como confirmaron después los primorosos fotogramas que le sacaron. No podía haber mejor representante de la santidad del Magisterio que aquel modesto y bondadoso anciano, tan sabio, tan erudito, tan… espiritual.

La noticia de su elección, anunciada en conferencia de prensa, fue muy comentada después en distintos lugares, como, por ejemplo, el café Cosmopolitan. Malcolm sabía, a raíz de sus visitas anteriores, que ese era el primer lugar adonde convenía ir para escuchar los chismes sobre cuestiones políticas o diplomáticas. Al llegar, encontró el local abarrotado de clérigos, corresponsales extranjeros, representantes de embajadas, académicos y delegados del congreso, rodeados de sus colaboradores. Algunos esperaban para coger un tren; otros proseguían las agradables conversaciones que habían iniciado durante la comida, costeada por sus comensales, representantes de prensa, agencias de noticias o incluso espías. El congreso iba a tener una profunda y perdurable repercusión en las relaciones internacionales y, sin duda, en el equilibrio de fuerzas en Europa. Era lógico que el mundo quisiera conocerlo todo con detalle.

Malcolm, que había cumplido funciones de periodista en varias misiones anteriores, representaba bien el papel. Mientras observaba la concurrencia del Cosmopolitan, nada lo distinguía de la docena de otros representantes de la profesión. No tardó en ver al individuo a quien buscaba, absorto en una conversación con un hombre y una mujer cuyas caras identificó: eran periodistas literarios de París.

Malcolm se dirigió hacia su mesa y se detuvo con fingida sorpresa.

—Es el profesor Talbot, ¿verdad? —dijo.

Simon Talbot levantó la vista. Había un ligero riesgo de que lo reconociera, ya que Malcolm trabajaba, al fin y al cabo, en la misma universidad que él. Sin embargo, Malcolm estaba dispuesto a correr ese riesgo; de todas formas, sabía que no había hecho, dicho ni publicado nada susceptible de llamar la atención de Talbot.

—Sí, así es —confirmó, con simpatía, Talbot—. Me parece que no lo conozco a usted.

—Matthew Peterson, del *Baltimore Observer* —se presentó Malcolm—. No quisiera interrumpirles, pero…

—Creo que hemos terminado —dijo el francés.

Su colega asintió, cerrando un cuaderno de notas. Talbot les estrechó las manos y les dio a cada uno una tarjeta, acompañada de una calurosa sonrisa.

—¿Puedo? —consultó Malcolm, señalando una silla libre.

—Desde luego —lo animó Talbot—. No conozco su periódico, señor Peterson. ¿El *Baltimore…*?

—*Observer*. Es una publicación mensual especializada en literatura y temas culturales. Tenemos una tirada de unos ochenta mil ejemplares, distribuidos sobre todo al otro lado del

Atlántico. Yo soy el corresponsal en Europa. Me gustaría conocer su opinión sobre el desenlace del congreso, profesor.

—Es algo intrigante —respondió Talbot, con otra sonrisa artificial. Era un hombre delgado y atildado, de unos cuarenta años, que parecía intensificar el brillo de los ojos a voluntad. Escuchando la musicalidad de su voz, Malcolm comprendió el efecto que debía de causar en una sala de conferencias. Su daimonion era un macaco azul—. Seguramente, muchas personas quedarán sorprendidas al enterarse de la elevación del patriarca a esta nueva posición, a este, eh, puesto de autoridad suprema, pero, al haber hablado con él, puedo atestiguar la sencilla bondad que encarna. Ha sido una decisión sabia, creo, confiar el liderazgo del Magisterio a un santo en lugar de a un funcionario.

—¿Un santo? He visto que se alude a él como san Simeón. ¿Se trata de un título de cortesía?

—El patriarca de la Sublime Puerta ostenta el título de santo *ex officio*.

—¿Y el presidente del nuevo consejo será realmente el primer líder del conjunto de la Iglesia desde que Calvino renunció al papado?

—Sin duda alguna. Ese es el propósito con que se ha instituido el consejo.

Malcolm hacía «anotaciones taquigráficas» mientras Talbot hablaba. En realidad, escribía palabras sueltas en alfabeto tayiko.

Talbot levantó la copa vacía y la volvió a depositar en la mesa.

—Ay, perdone —se disculpó Malcolm—. ¿Puedo invitarlo a algo?

—Un kirsch, gracias.

Malcolm llamó con un gesto a un camarero antes de formular la siguiente pregunta.

—¿Cree usted que un dirigente único es la mejor forma de gobierno que puede adoptar el Magisterio?

—En el curso de la historia, cualquier tipo de liderazgo emerge y después desaparece. Yo no me atrevería a afirmar que una forma fuera mejor que otra. Dichos términos son, por así decirlo, moneda corriente en el periodismo y no tanto en el mundo académico.

La sonrisa de Talbot se volvió especialmente hechicera. Mientras Malcolm pedía la bebida a un camarero adusto, encendió un puro.

—He estado leyendo *El impostor constante* —dijo Malcolm—. Ha tenido un gran éxito. ¿Esperaba obtener una repercusión tan favorable?

—Oh, no, en absoluto. Ni de lejos. Sí creo que quizá dio en el clavo en cuestiones que son candentes, entre los jóvenes sobre todo.

—Su exposición del escepticismo universal es muy convincente. ¿Cree que su éxito estriba ahí?

—Ah, no sabría decirle.

—Me parece curioso, verá, que a alguien tan estrechamente asociado con esa posición alabe a alguien por su mera bondad.

—Pero es que el patriarca es bueno. Basta conocerlo para convencerse.

—¿No debería haber alguna reserva?

El camarero trajo la bebida. Talbot se arrellanó en el asiento y dio una calada al puro.

—¿Reserva? —dijo.

—Por ejemplo, uno podría afirmar que es un hombre bueno, sin dobleces, pero la idea de la bondad en sí es problemática.

De repente, un altavoz emitió un crujido y anunció en tres idiomas que el tren de París tenía la salida en quince minutos. Varias personas apuraron la bebida y se levantaron para ponerse el abrigo y recoger su equipaje. Después de tomar un sorbo de kirsch, Talbot observó a Malcolm como si fuera un alumno prometedor.

—Creo que mis lectores son capaces de detectar la ironía —respondió—. Además, el artículo que voy a escribir para el *Journal of Moral Philosophy* estará redactado en términos más matizados que los que podría usar si lo hiciera para el *Baltimore Observer*, digamos.

El relumbre de mirada que acompañó aquel rayo de supuesto ingenio académico pasó a ser una muestra de vulgaridad. Malcolm advirtió que Talbot no se dio cuenta.

—¿Qué le pareció la calidad de los debates del congreso? —preguntó.

—Lo esperado. La mayoría de los delegados eran ministros de Dios y sus preocupaciones eran, como es natural, de carácter clerical…, cuestiones de ley eclesiástica, liturgia y ese tipo de cosas. Aunque hubo un par de oradores que me impresionaron por su amplitud de miras. El doctor Alberto Tiramani, por ejemplo, que según tengo entendido es el dirigente de una de las instituciones representadas en el congreso. Posee un intelecto sutil, sin duda, algo que, como ya habrá advertido, no suele ir combinado con una asombrosa claridad en la dicción.

Malcolm escribió con empeño un minuto.

—Hace poco leí un artículo —prosiguió cuando hubo acabado— que trazaba una interesante comparación entre sus afirmaciones sobre la veracidad y la naturaleza arbitraria del lenguaje, por una parte, y el acto de prestar juramento de decir la verdad en los juicios, por otra.

—¿De veras? Qué interesante —exclamó Talbot, con un tono de voz que presentaba las palabras como un ejemplo de ironía destinado a los tontos—. ¿Quién era el autor del artículo?

—George Paston.

—Me parece que no he oído hablar nunca de él —contestó Talbot.

Malcolm lo observaba con atención. La reacción de Talbot fue perfecta. Volvió a arrellanarse en el asiento, con aire calmado y un asomo de sonrisa, disfrutando del puro. El único que quedó desestabilizado fue su daimonion macaco, que se puso a bascular alternativamente el peso del cuerpo de un pie a otro encima del hombro de Talbot y volvió la cabeza un momento para mirar a Malcolm; luego la giró hacia otro lado.

Malcolm efectuó otra anotación antes de continuar.

—¿Cree usted que es posible decir la verdad?

—Ah, bien, ¿por dónde podría empezar? —respondió Talbot, con ojos chispeantes—. Hay tantas…

—Imagínese que está hablando con los lectores del *Baltimore Observer*, personas francas que aprecian una respuesta directa.

—¿Ah, sí? Qué deprimente. ¿Cómo era la pregunta?

—¿Cree usted que es posible decir la verdad?

—No. —Talbot sonrió antes de continuar—. Será mejor que usted mismo explique la paradoja de esta respuesta. Estoy seguro de que sus lectores la apreciarían si la expresa con palabras sencillas.

—Entonces, en un juicio, ¿no se consideraría usted obligado a decir la verdad por el juramento emitido?

—Bueno, haría lo posible por acatar la ley, desde luego.

—Me pareció curioso el capítulo que dedica a los daimonions en *El impostor constante* —prosiguió Malcolm.

—Me alegro mucho.

—¿Conoce *Los hyperchorasmios,* de Gottfried Brande?

—Conozco su existencia. ¿No es una especie de superventas? No creo que pudiera resistir su lectura.

La incomodidad del daimonion macaco era patente. Sentado en el regazo de Malcolm, Asta permanecía inmóvil, con la vista clavada en él. Malcolm notaba su tensión.

Talbot terminó la bebida y miró el reloj.

—Bueno, pese a lo fascinante de nuestra conversación, me tengo que ir. No querría perder el tren. Buenas noches, señor Peterson.

Le tendió la mano. Malcolm se levantó para estrechársela y miró directamente al macaco azul, que le devolvió un instante la mirada antes de desviarla.

—Gracias, profesor. *Bon voyage* —se despidió Malcolm.

Talbot se puso una capa de *tweed* marrón sobre los hombros y, tras coger un voluminoso maletín, le dispensó una brusca inclinación de cabeza y se fue.

—Ha sido un empate —concluyó Asta.

—No estoy tan seguro. Me parece que ha ganado él. Veamos adónde va de verdad.

Después de pasar un momento por el guardarropa para ponerse unas gruesas gafas y una boina negra, Malcolm salió a la calle, con Asta en el hombro. Caía una densa llovizna y la mayoría de los transeúntes caminaban deprisa, con la cabeza encogida bajo sombreros o capuchas. Pese a la docena larga de paraguas que se interpusieron ante su vista, el macaco azul era imposible de ocultar.

—Ahí está —lo localizó Asta.

—Van en dirección contraria a la estación, tal como suponíamos.

Pese a que el daimonion resaltaba mucho con las luces de los escaparates, Talbot caminaba deprisa y Malcolm tuvo que apurar el paso para no perderlo de vista. Hacía lo mismo que habría hecho él si hubiera sabido que lo seguían, observando un posible reflejo en las vitrinas, reduciendo de manera repentina la marcha para luego acelerar de golpe y cruzar la calle justo antes de que cambiara el semáforo.

—Déjame ir tras él —pidió Asta.

Aunque habría sido mucho más fácil seguirlo entre los dos por separado, Malcolm negó con la cabeza. Había demasiada gente en la calle y habrían llamado demasiado la atención.

—Ahí va —dijo.

Talbot doblaba la esquina de la calle donde se encontraba, tal como sabía Malcolm, La Maison Juste. Al cabo de un momento, se perdió de vista y Malcolm no se molestó en seguirlo.

—¿De verdad crees que ha ganado? —preguntó Asta.

—Es mucho más listo que Benny Morris. No debería haber tratado de pillarlo desprevenido.

—Pero el daimonion lo ha traicionado.

—Bueno, puede que haya sido un empate, o más bien, él ha ganado por muy poco. Será mejor que vayamos a buscar un tren. Me parece que pronto correremos peligro aquí.

—Se llama Matthew Polstead —dijo Talbot—. Es profesor del Durham College, historiador. Lo he reconocido de inmediato. Creo que es un agente suyo, casi seguro. Estaba al corriente de mi conexión con ese zopenco de policía que hizo una chapuza en el..., el..., eh, incidente de la orilla del río. De eso se desprende que ahora el otro bando debe de haberse adueñado de las notas y otras pertenencias de Hassall.

Marcel Delamare lo escuchaba impávido, mirándolo desde el otro lado de su resplandeciente escritorio.

—¿Usted ha dejado traslucir algo? —preguntó.

—No creo. Aunque es bastante inteligente, en el fondo no deja de ser un palurdo.

—No conozco esa palabra.

—Un zoquete rústico.

Delamare sabía que la doctrina de Talbot afirmaba, fundamentalmente, que nada era nada, pero no cuestionó lo que decía el filósofo de Oxford. Si había alguien a quien era aplicable la expresión «tonto útil», esa persona era Talbot. El daimonion macaco miraba a la lechuza blanca, que se atusaba las plumas con la cabeza gacha, levantando alternativamente las patas, con los ojos cerrados, sin prestarle atención.

Delamare cogió un cuaderno de notas y un bolígrafo de plata.

—¿Me lo podría describir? —pidió.

Talbot lo hizo, prodigando un buen número de detalles, en su mayoría correctos. Delamare escribía deprisa, con meticulosidad.

—¿Cómo se había enterado de su conexión con el policía incompetente?

—Eso habrá que descubrirlo.

—Si es un palurdo, será porque usted no tomó bastantes precauciones en sus preparativos. En cambio, si él las tomó, no es un palurdo. ¿En qué quedamos?

—Quizás estaba exagerando su...

—Da igual. Gracias por haber venido, profesor. Ahora tengo asuntos que atender.

Se levantó para darle un apretón de manos y Talbot cogió la capa y el maletín, y se marchó, con un difuso sentimiento de humillación, que no acababa de precisar. No obstante, recurriendo a su filosofía, no tardó en desprenderse de aquella sensación.

En la estación, Malcolm encontró una confusa multitud de viajeros que aguardaba con frustración; un empleado de la compañía de ferrocarril intentaba explicar por qué no podían subir al tren con destino a Venecia y a Constantinopla; precisamente el tren que él quería tomar. Ya estaba lleno. Además, al parecer, en el último minuto habían requisado un vagón entero para uso exclusivo del nuevo presidente del Consejo Supremo. Los pasajeros que habían reservado asiento en dicho vagón tendrían que esperar al tren del día siguiente. La compañía había intentado añadir un vagón, pero infructuosamente, así que ahora centraban sus esfuerzos en encontrar habitaciones donde alojar a los decepcionados pasajeros.

Alrededor de Malcolm, la gente se quejaba a voces.

—¡Un vagón entero!

—Se supone que es un hombre humilde y modesto. En cuanto le dan un título, se convierte en un monstruo arrogante.

—No, la culpa no es suya, sino de los que están a su alrededor, que insisten para disfrutar de nuevos privilegios.

—Parece que la orden viene del prefecto del Secretariado.

—Es extraño, con lo bien que estaba organizado todo lo demás...

—¡Absurdo! ¡Vaya desconsideración!

—¡Yo tengo una reunión importantísima mañana en Venecia! ¿Saben quién soy?

—Deberían haberlo previsto con antelación.

—¿Para qué necesita un vagón entero, por el amor de Dios?

Mientras se prolongaban las expresiones de indignación, Malcolm consultó el panel de horarios. Para ese día no había previstas más salidas, aparte de trenes de cercanías y otro expreso más con destino a París, poco antes de medianoche, pero él no iba a París.

—No veo a nadie que parezca peligroso —concluyó Asta, tras inspeccionar a su alrededor—. Talbot no iba a coger ese tren, ¿verdad?

—En ese caso no se habría ido en la dirección contraria. Seguramente, tomará el último tren para París.

—¿Vamos a quedarnos a esperar a que nos ofrezcan una habitación de hotel?

—De ninguna manera —contestó Malcolm, observando a tres empleados que se dirigían con prisas hacia la aglomeración de pasajeros con folletos, carpetas y hojas de papel—. Van a hacer una lista de toda la gente, con sus nombres y el sitio donde van a dormir. Es mejor que sigamos en el anonimato.

Con la maleta en la mano, la mochila a la espalda y Asta caminando a su lado, abandonó discretamente la estación para ir a buscar una habitación donde pasar la noche.

Consciente de ser la causa de todas aquellas molestias, el presidente del Consejo Supremo del Magisterio, el patriarca de la Sublime Puerta, san Simeón Papadakis, se instaló en el asiento del vagón reservado con un profundo malestar.

—No me gusta nada esto, Michael —le confesó a su capellán—. Es injusto. He intentado protestar y no me han querido escuchar.

—Ya lo sé, su serenísima, pero es para su propia protección y comodidad.

—Eso no debería ser lo principal. Me disgusta muchísimo causar tantos inconvenientes a los otros viajeros. Son personas dignas de consideración, que deben atender sus negocios, sus citas, sus conexiones con otros trenes... No me parece nada justo.

—En su nueva condición de presidente, sin embargo...

—No sé. He debido insistir más, Michael. Tendría que haber empezado como me gustaría continuar, con sencillez, no con ostentación. ¿Acaso aceptaría nuestro santo salvador viajar separado de sus compañeros de viaje? Tendrían que haberme consultado antes de causar tantas complicaciones, ¿entiendes? Debería haberme cuadrado.

El capellán bajó la vista hacia los pies del patriarca, pero enseguida la desvió. El anciano llevaba chanclos por encima de los gastados zapatos negros que usaba a diario; estaba claro que algo lo incomodaba, porque no parecía encontrar la postura idónea para descansar las piernas.

—¿Está incómodo, su santidad?

—Estos chanclos me molestan... No sé si...

Pero no eran los chanclos. Al igual que el resto de sus ayudantes, el capellán sabía que el patriarca sufría de dolor en una de las piernas. Pese a sus esfuerzos por no cojear y a que nunca hablaba de ello, le era imposible ocultarlo cuando estaba cansado. El capellán contemplaba la posibilidad de mencionar la cuestión con el médico.

—Desde luego. Deje que le ayude a quitárselos —se ofreció—. Tampoco los va a necesitar hasta que lleguemos.

—Si eres tan amable, gracias.

—¿Sabe, su santidad? —empezó a argumentar el capellán mientras retiraba con cuidado los zapatos de goma—, lo de destinar un vagón de tren especialmente para el presidente del Consejo Supremo viene a ser lo mismo que el tipo de ceremonial y ritual que utiliza la santa Iglesia. Es algo que deja ver la natural distancia entre...

—Ah, no, no, no es lo mismo en absoluto. Las ceremonias de la Iglesia, la liturgia, la música, las vestiduras, los iconos... son cosas que tienen una santidad intrínseca, que encarnan lo sagrado. Son elementos en los que se ha fundamentado la fe de generaciones anteriores. Son objetos sagrados, Michael. No tienen nada que ver con lo de confiscar un vagón entero de tren y dejar a toda esa pobre gente bajo la lluvia. Esa es una mala iniciativa, que no tendría que haberse tomado.

Un joven de traje negro y pelo alisado esperaba respetuosamente a un lado. Una vez que el capellán hubo retirado los chanclos, se acercó y efectuó una reverencia.

—Jean Vautel, su serenísima. Para mí ha sido una bendición ser nombrado nuevo secretario suyo para los asuntos del consejo. Si ya está bien instalado, me gustaría tratar de los preparativos para la celebración de su elección como presidente. Aparte, está la cuestión de…

—¿Una celebración? Pero ¿qué es eso?

—Una expresión natural de alegría del pueblo, su serenísima. Sería un oportuno…

—Vaya por Dios. Yo no esperaba nada así.

Detrás del flamante secretario, san Simeón veía a otros hombres a quienes no conocía, ocupados en colocar cajas, archivos y maletas en los portaequipajes, todos con el mismo aire de competente celo que irradiaba *monsieur* Vautel.

—¿Quién es toda esta gente? —preguntó.

—Su personal, su serenísima. Cuando estemos ya en camino, los haré venir para presentárselos. Hemos hecho todo lo posible para reunir un equipo de múltiples talentos.

—Pero si yo ya tengo mi personal… —adujo el anciano, mirando con impotencia al capellán, que expresó el mismo sentimiento con un mudo gesto mientras el tren empezaba a alejarse de la estación.

El andén seguía abarrotado de pasajeros.

Malcolm encontró un alojamiento barato en el hotel Rembrandt, cerca de la orilla del lago. Después de registrarse con uno de sus nombres falsos, subió a su habitación del tercer piso, donde dejó la maleta antes de volver a salir para ir a comer algo. Pese a que en la maleta no había nada que pudiera delatarlo, se arrancó un cabello y lo colocó entre la puerta y la jamba para poder comprobar si alguien había entrado durante su ausencia.

Encontró una pequeño figón junto al hotel y pidió un *pot-au-feu*.

—Ojalá no… —dijo.

—Yo pienso igual —contestó Asta—, pero se fue.

—«Me he ido a buscar tu imaginación.» Qué mensaje más curioso. ¿Qué crees que quería decir?

—Exactamente lo que escribió. Él sentía que los dos estaban…, no sé, disminuidos, por la forma de pensar de ella, como si una parte de sí misma hubiera desaparecido. Quizás había dejado de creer en su imaginación, por culpa de Talbot, en parte. Por eso él se fue a buscarla.

—No es posible que se hubiera dejado embaucar por ese charlatán.

—Ha embaucado a mucha gente. Su forma de pensar es algo tóxico, que corrompe incluso. Es una especie de irresponsabilidad universal. ¿Dice algo en concreto sobre la imaginación?

—No. De vez en cuando, utiliza la palabra «imaginativo» como un término desdeñoso, como entre comillas, de tal forma que los lectores del *Baltimore Observer* lo puedan interpretar como una ironía. ¿Qué sentiste cuando hablaste con él en Oxford? Con Pantalaimon, me refiero.

—*Le soleil noir de la mélancolie.* Aunque no dijo nada al respecto, se notaba su presencia.

—Es exactamente lo mismo que aprecié yo en ella cuando la volví a ver —coincidió Malcolm—. Cuando era más joven, era feroz, desafiante, insolente incluso. Sin embargo, ya entonces tenía un fondo de melancolía, ¿no te parece?

Mientras esperaba que le sirvieran la comida, reparó en un hombre que estaba solo en una mesita del rincón, un individuo delgado de mediana edad, de aspecto frágil, tal vez originario de Asia Central, vestido con desaliño, que llevaba unas gafas cuya montura había sido reparada en múltiples ocasiones. Al ver que Malcolm lo miraba, desvió la vista.

—Interesante —murmuró Asta—. Están hablando en tayiko con su daimonion.

—¿Será un delegado del congreso?

—Puede. En tal caso, no parece muy contento con los resultados. Pero, hablando de Talbot..., supongo que otro de los motivos de su popularidad es que sería fácil imitarlo en la redacción de un trabajo para la universidad.

—También quedaría bien en una tribuna. Y creo que sí había leído *Los hyperchorasmios,* aunque no haya querido reconocerlo.

—Aún cuesta más entender por qué ha tenido tanto éxito.

—No me lo parece —dijo Malcolm—. Es una historia apasionante, que anima a la gente a no tener remordimientos por ser egoísta. Ese punto de vista tiene muchos clientes.

—No crees que Lyra lo comparta, ¿verdad?

—No me la imagino creyendo eso. El caso es que esos autores han ejercido un influjo nocivo, para ella y para Pantalaimon.

—Debe de haber más causas.

Asta seguía acostado, como una esfinge, encima de la mesa, con los ojos entornados. Se comunicaba con Malcolm a través de murmullos y de pensamientos; a ambos les habría sido difícil determinar quién de los dos había dado lugar a uno u otro comentario. El *pot-au-feu* estaba bueno, el vino que Malcolm bebía era aceptable, la sala estaba caldeada y el ambiente resultaba acogedor. Resistiendo la tentación de relajarse demasiado, él y Asta se mantenían mutuamente alerta.

—Otra vez nos está mirando —murmuró el daimonion.

—¿También nos miraba antes? Éramos nosotros los que lo observábamos.

—Sí, siente curiosidad, pero también está nervioso. ¿Hablamos con él?

—No. Yo soy un respetable hombre de negocios suizo, que está de viaje para enseñar muestras de mis productos a los tenderos locales. No entra dentro del papel que me interese por él. Sigue observándolo sin que se entere.

El tayiko daba cuenta de una frugal cena con la mayor lentitud posible; al menos, esa era la impresión que le dio a Asta.

—Quizás esté aquí dentro porque se está caliente —aventuró Malcolm.

Todavía seguía allí cuando Malcolm terminó y pagó la cuenta; los observó mientras se iban. Malcolm le dispensó otra ojeada al cerrar la puerta; al cruzar la mirada con él, advirtió una expresión sombría.

Malcolm tenía frío y estaba cansado. Nadie había tocado la puerta de su cuarto. Se acostaron y Asta se quedó adormilado encima de la almohada mientras él leía unos fragmentos de *Jahan y Rukhsana* antes de dormir.

A las dos de la mañana, alguien llamó a la puerta. Se despertaron al instante, pese a que lo habían hecho de forma muy suave.

Malcolm saltó de la cama en un segundo.

—¿Quién es? —susurró a través de la puerta.

—*Monsieur,* necesito hablar con usted.

Era la voz del tayiko, sin duda. Aunque hablaba en francés, Malcolm reconoció su acento, incluso en ese susurro.

—Un momento —dijo, antes de ponerse una camisa y unos pantalones.

Abrió la puerta procurando no hacer ruido. Era el tayiko, y estaba asustado. El daimonion serpiente enroscado en torno a su cuello escrutaba a su espalda el oscuro pasillo. Malcolm le ofreció la única silla disponible y se sentó en la cama.

—¿Quién es usted? —inquirió.

—Me llamo Mehrzad Karimov. *Monsieur,* ¿su apellido es Polstead?

—Sí. ¿Por qué lo quiere saber?

—Para poder avisarlo de las intenciones de Marcel Delamare.

—¿De qué conoce a Marcel Delamare?

—He tenido tratos con él. No me ha pagado y no me puedo ir hasta que me pague.

—Ha dicho que me quería avisar. ¿De qué?

—Se ha enterado de su presencia en la ciudad y ha ordenado que pongan vigilancia en todas las carreteras, en la estación de tren y en los terminales de ferri. Quiere capturarlo. Me he enterado por un hombre del que me hice amigo en La Maison Juste, que se compadeció de mi situación. Y ahora, *monsieur,* creo que mejor será que se vaya lo antes posible, porque he visto desde mi ventana que la policía está registrando las casas de los alrededores. No sé qué hacer.

Malcolm se acercó a la ventana y, apartándose a un lado, corrió un poco la raída cortina. Al final de la calle, se movía alguien y había tres hombres uniformados hablando debajo de una farola.

Dejó caer la cortina y se volvió.

—Bien, *monsieur* Karimov —dijo—, me parece que... ¿Qué hora es?... Las dos y media de la mañana sería una buena hora para irse de Ginebra. Voy a robar un barco. ¿Quiere venir conmigo?

19

El profesor de Certeza

Pantalaimon nunca se había sentido tan desprotegido, salvo durante aquellas terribles primeras horas de separación de Lyra en la orilla del mundo de los muertos. No obstante, incluso allí no había estado solo, porque le acompañaba el daimonion de Will, que no sabía nada de sí mismo y que ni siquiera era consciente de que existía hasta que se vio arrancado de su corazón. Mientras la barca se alejaba en la oscuridad con Will y Lyra a bordo, los dos daimonions se quedaron temblando en la bruma, abrazados para procurarse un poco de calor. Pantalaimon había tratado de explicárselo todo a aquella aterrorizada criatura que ignoraba su nombre, qué forma tenía; incluso no sabía que podía alterarla.

En su recorrido por la orilla del Elba, mientras cruzaba ciudades, bosques y campos de cultivo, solía acordarse de aquel momento de desolación que resultó menos atroz gracias a dicha camaradería; lamentó no disponer de compañía alguna. Incluso añoraba a Lyra. ¡Si pudieran hacer juntos aquel viaje! Sería una aventura, llena de amor y emociones... ¿Qué le había hecho a Lyra? ¿Cómo se sentiría ahora? ¿Estaría todavía en La Trucha de Godstow? ¿O estaría buscándolo? ¿Correría algún peligro?

Estuvo casi a punto de parar y emprender el regreso. Pero todo aquello lo hacía por ella. Lyra estaba incompleta, le habían robado algo y él lo iba a recuperar. Por eso avanzaba furtivamente por las riberas del río, frente a las centrales eléctricas, y se introducía en las barcazas cargadas de arroz, azúcar, pizarra o guano, y atravesaba a toda velocidad astilleros, muelles y embarcaderos, manteniéndose en la sombra, bajo los matorrales, evitando la luz del día, alerta ante toda posible amenaza procedente de cualquier dirección. Los gatos no se atrevían a atacarlo, pero en más de una ocasión había tenido que huir de perros y, una vez, de lobos; y siempre y en todo lugar, estaba obligado a esconderse de los seres humanos y de sus daimonions.

Al final llegó, con todo, a Wittenberg; entonces se le planteó el problema, aún más difícil, de localizar la casa de Gottfried Brande.

¿Qué haría Lyra? En primer lugar, se dijo, iría a una biblioteca y buscaría en alguna publicación local o en algún directorio; si eso no daba resultado, empezaría a preguntar directamente. Las personas conocidas nunca podían mantener en secreto su dirección; las autoridades postales la debían de conocer, como los periodistas, sin duda. Incluso los transeúntes o los clientes del mercado podrían tener alguna idea de dónde vivía el más célebre habitante de la ciudad. Y, además, a Lyra se le daba muy bien hacer preguntas a la gente.

Lo malo era que todos aquellos recursos estaban fuera del alcance de un daimonion solo.

La barcaza en la que llegó tuvieron que dejarla amarrada a una boya en el río, porque el muelle más próximo estaba totalmente lleno. Pan aguardó hasta después del anochecer; entonces se escabulló por la borda y, nadando por el agua gélida, llegó hasta un trecho de hierba sombreada por unos árboles. La tierra estaba dura por el hielo; el aire quieto estaba cargado de olores: a carbón, a vigas y a algo dulce que tal vez fuera melaza. Un poco más abajo, justo fuera de las murallas de la ciudad, la barcaza había pasado junto a una zona de tiendas y de toscas chabolas, donde la gente cocinaba en hogueras o dormía acurrucada bajo lonas o tejados de cartón. Pan, que aún percibía el resplandor de los fuegos y el olor a humo de leña, estuvo tentando por un instante de ir a investigar allí, pero desistió; tras sacudirse el agua que le empapaba el pelo, se alejó corriendo del río para entrar en la ciudad, manteniéndose cerca de las paredes, observándolo todo.

Las estrechas calles estaban iluminadas con farolas de gas, que proyectaban suaves sombras con su tenue luz. Pan se movía con precaución, abandonando solo la oscuridad de un callejón o del pórtico de un oratorio cuando estaba seguro de que nadie miraba, sin cruzar nunca las plazas y los espacios abiertos. Había pocas personas fuera. Resultaba evidente que los habitantes de la ciudad eran personas de buenas costumbres que se acostaban temprano y consideraban con malos ojos los placeres. Todo estaba muy limpio. Hasta los desperdicios colocados junto a las puertas de las cocinas estaban separados en varios cubos municipales identificados con distintas etiquetas.

Pan empezó a pensar que iba a ser imposible. ¿Cómo iba a averiguar dónde vivía Brande sin preguntar a alguien? ¿Cómo podía él, un daimonion solo, dirigirle la palabra a alguien sin llamar terriblemente la atención? Las dudas crecieron cuando empezó a plantearse otra cuestión: ¿qué iba a hacer cuando tuviera frente a él al autor de *Los hyperchorasmios*, en el supuesto de que consiguiera llegar hasta él? ¿Por qué no se le había ocurrido pensar en eso antes?

En el pequeño triángulo de césped arbolado donde convergían tres avenidas, se agazapó debajo de un boj. Era una zona residencial, tal como indicaban las pulcras casas de varios pisos, el oratorio con un campanario y un edificio de otro tipo, rodeado de un amplio jardín. Los árboles estaban desnudos; todavía faltaba bastante para que los despertara la primavera. Aterido, cansado y desanimado, Pan anhelaba más que nunca el contacto de los brazos de Lyra, de su pecho, de su regazo. Había sido un imprudente, un insensato; un petulante que se había dejado llevar por el egoísmo y el orgullo. Lo que había hecho era detestable. Se despreciaba a sí mismo.

En la pared que rodeaba el jardín del otro de la calle había una placa, debajo del ramaje de una gran conífera, alejada de cualquier farola. La luz de los faros de un tranvía que pasó y la del interior del habitáculo le permitió leer aquellas palabras:

ST. LUCIA SCHULE FÜR BLINDE

¡Un colegio para ciegos!

En cuanto el tranvía hubo doblado la esquina, atravesó la calle como una flecha y saltó a lo alto del muro, y de allí, al pino. Al cabo de un minuto, estaba cómodamente acurrucado en la base de una rama, donde se quedó dormido de inmediato.

Al amanecer, Pan exploró los jardines del colegio y las dependencias exteriores. Aunque no era grande, estaba muy bien cuidado, e igual de limpio y ordenado que el resto de la ciudad. El edificio principal del colegio, de ladrillo, era sobrio, severo casi, tan parecido al St. Sophia's College que, al contemplarlo con la primera luz del día, sintió un punto de nostalgia. Al otro lado de aquella construcción, había un pulcro jardí, sin flores en aquella época del año, pero con un pequeño surtidor que bailaba en el centro de un estanque y un camino de grava que comunicaba con la verja de la calle.

Sin saber muy bien qué hacer, Pan se dijo que mientras nadie lo viera sería como si fuera invisible y que ya improvisaría en caso necesario. A un lado de una superficie de césped, encontró un denso macizo de arbustos, que ofrecía una buena vista del edificio principal. Se instaló allí para observar.

Era un internado para niñas. Él estaba familiarizado con las actividades que regían el día en ese tipo de centros. Oyó la campana que indicaba la hora de levantarse y la del desayuno, el sonido de las voces femeninas y el repiqueteo de los cubiertos sobre los platos de porcelana, y aspiró la fragancia del pan tostado y el café. También vio cómo se abrían los postigos de las ventanas del dormitorio, las luces que se encendieron y el trasiego de personas en su interior. Después, una vez terminado el desayuno, en otro lugar del edificio, un coro de voces juveniles entonó un himno. Qué familiar era todo aquello...

A media mañana, las alumnas saldrían a tomar el aire y a hacer ejercicio; entonces él aprovecharía cualquier ocasión que se le presentara. Mientras tanto, decidió efectuar un reconocimiento del centro. Detrás del macizo de arbustos, había una prolongación de la pared que había escalado para entrar, al otro lado de la cual se oía el bullicio de la calle. Si no le quedaba más remedio, podría escapar por allí, aunque no le convenía saltar en medio de los transeúntes y los vehículos. Lo mejor sería encontrar un rincón tranquilo donde no llamara tanto la atención. No tardó en localizar el sitio perfecto, detrás de un cobertizo destinado a guardar herramientas.

Considerando, no obstante, que en ese momento el macizo de arbustos era el mejor lugar para esconderse, regresó allí y descubrió algo curioso. En la base de un gran pino situado del lado más alejado del colegio, alguien había construido una especie de cabaña con ramas y hojas. Para llegar hasta ella había un túnel de maleza que habría obstaculizado el paso a un adulto, pero que habría podido franquear una persona joven, sobre todo si estaba delgada. Dentro de la cabaña, Pan encontró una caja de metal debajo de un montón de hojas secas. Estaba cerrada con llave y pesaba bastante, como si hubiera dentro un libro grueso. ¿Sería un diario secreto? Pero ¿cómo podría escribir alguien que no podía ver?

Oyó la campana y volvió a colocarlo todo como estaba. Trepó al tronco del árbol y esperó.

La chica no tardó en acudir. Tenía unos catorce años y era esbelta, de cabello negro. Llevaba una falda y una blusa de algodón azul y un delantal blanco manchado de pintura; en las rodillas desnudas pudo ver los arañazos que seguramente se había hecho para abrirse camino hasta allí para ocultar la caja. Su daimonion era una chinchilla.

Pan observó mientras palpaba las hojas, extraía la caja y la abría con una llavecita colgada de una cadena que llevaba en la muñeca. Después de sacar un libro bastante usado, tan grueso y pesado como Pan había previsto, se sentó a leerlo con la espalda apoyada en el tronco. Lo que él no había imaginado era que el libro era grueso porque, lógicamente, estaba impreso en la escritura en relieve que los ciegos leían con los dedos. Mientras movía la mano por la página, leía en voz alta y susurrante para su daimonion, que se había posado en su hombro. Al cabo de un minuto, ambos estaban totalmente concentrados en el relato.

Pan sentía remordimientos por estar espiándolos. Así pues, empezó a bajar, procurando hacer ruido con el roce de las patas en la corteza del tronco para que lo oyeran llegar. Advirtiéndolo, ambos alzaron la cabeza, asustados.

—Perdón por la interrupción —se disculpó Pan en el alemán que él y Lyra habían tardado años en aprender..., hasta que empezaron a memorizar poesía en dicha lengua.

—¿Quién eres? —musitó la muchacha.

—Solo un daimonion —repuso—. Mi persona es una chica que está cerca, mirando para ver si viene alguien.

—O sea, ¿que no eres ciego? ¿Y qué haces aquí?

—Descubrir el lugar, nada más. Me llamo Pantalaimon. ¿Y tú?

—Anna Weber. Él es Gustavo.

—¿Puedo sentarme con vosotros un poco?

—Sí, si me dices qué forma tienes.

—Soy un… —No conocía la palabra en alemán.

El daimonion chinchilla no veía más que ella, pero tenía muy agudizados los otros sentidos. Después de rozar con el suyo el hocico de Pan, lo husmeó, agitó las orejas y le susurró algo a Anna, que asintió con la cabeza.

—*Marder* —dijo.

—Ah. En mi idioma es marta. ¿Qué estás leyendo?

La muchacha se ruborizó. Pan se preguntó si sabría que él podía percibir la alteración del color en su cara.

—Es una historia de amor —explicó—, pero no tenemos derecho a leerla porque… es más bien para mayores. Por eso la escondo aquí. Me la prestó mi amiga.

—Lyra y yo leemos mucho.

—Qué nombre más extraño.

—¿Has leído *Los hyperchorasmios*?

—¡No! Pero nos encantaría. Tenemos muchas ganas de leerlo, pero el colegio no lo permite. Una chica mayor tuvo muchos problemas por haber traído ese libro. ¿Sabías que el autor vive en esta ciudad?

Pan sintió un escalofrío, celebrando aquel golpe de suerte.

—¿Ah, sí? —dijo—. ¿Sabes dónde vive?

—Sí. Es muy famoso. Viene gente de todo el mundo a visitarlo.

—¿Dónde está su casa?

—En la calle de detrás de Stadtkirche. Dicen que nunca sale… de su casa, me refiero… Es tan famoso que la gente lo para todo el tiempo para hablar con él.

—¿Y por qué no os dejan leer ese libro en el colegio?

—Porque es peligroso —respondió la muchacha—. Mucha gente lo piensa, pero parece tan interesante… ¿Tú lo has leído con… Lyra?

—Sí. No estábamos de acuerdo con lo que decía.

—Me encantaría que me lo explicara ella. ¿Era tan apasionante como dicen?

—Sí, pero…

De repente, sonó la campana. Anna cerró el libro y buscó a tientas la caja metálica.

—Me tengo que ir —dijo—. No nos dejan mucho rato de recreo. ¿Volverás para hablar con nosotros?

—Si puedo..., me encantaría. ¿Sabes qué aspecto tiene la casa de Brande? Perdona, es una bobada preguntar eso.

—Pues no, pero sé que la llaman Kaufmannshaus. Es famosa. —Después de cerrar con destreza la caja, se apresuró a volver a cubrirla con las hojas—. ¡Adiós! —se despidió, antes de alejarse a toda prisa entre la maleza.

A Pan le remordía la conciencia haberla engañado. Si alguna vez se llegaba a reconciliar con Lyra, haría todo lo posible por volver a visitar a Anna y llevarle varios libros. De todos modos, ¡qué suerte había tenido! Sentía el mismo entusiasmo que los embargó en aquella ciudad del Ártico llamada Trollesund, cuando encontraron al aeronauta Lee Scoresby y al oso acorazado Iorek Byrnison, los mejores aliados que podían sumar a su causa. Era como si él y Lyra hubieran sido bendecidos o como si algún poder superior velara por los dos y aquello fuera una prueba de ello.

Se desplazó discretamente por el jardín hasta llegar a la caseta del portero y después saltó al tejado; desde allí, al muro. Pese a que la estrecha calle lateral estaba solitaria, hasta allí llegaba el ruido del tráfico de la avenida principal situada frente al colegio. Lo más seguro sería esperar hasta que se hiciera de noche, pero resultaba tan tentador saltar y echar a correr...

No obstante, ¿qué dirección debía coger? La muchacha había mencionado la Stadtkirche, la iglesia de la ciudad. Pan miró en derredor, pero las casas eran altas y bloqueaban la vista. Manteniéndose pegado al suelo, llegó al lugar por donde había entrado en el recinto la noche anterior. A través de las ramas de los árboles del pequeño triángulo de zona verde, alcanzó a ver dos torres cuadradas de piedra blanca, coronadas por una cúpula negra y una linterna. Probablemente, era la iglesia.

Sin pensarlo dos veces, se bajó de un salto del árbol y corrió hasta la calle, justo después de que se hubieran cruzado dos tranvías en el medio. Aunque lo vieron un par de peatones, que reaccionaron pestañeando o sacudiendo la cabeza, cruzó demasiado deprisa para permitirles verlo claramente; a continuación, trepó por el tronco de un viejo cedro y se perdió de vista. Mirando prudentemente, vio que los transeúntes seguían caminando como si nada. Quizá pensaban que habían visto visiones.

Siguió subiendo por el tronco y luego oteó en busca de las torres de la Stadtkirche, que no tardó en volver a localizar.

Tal vez pudiera llegar hasta allí saltando de tejado en tejado. Las casas, altas y estrechas, estaban pegadas unas a otras y daban directamente a la acera, sin la zona intermedia de subsuelo común en las viviendas de las ciudades inglesas. Pan cruzó a la carrera la calle y se adentró en un callejón, donde trepó por un tubo de desagüe que lo condujo a un canalón, desde el cual pasó al tejado. Luego, encumbrado en lo alto del caballete, divisó las torres de la iglesia con la pálida luz del sol, así como otros muchos edificios altos que había al lado, sin que lo viera nadie. Era casi como cuando iban al tejado del Jordan College, tanto tiempo atrás. Se instaló junto a una chimenea caliente, se echó a dormir y soñó con Lyra.

—¡Wittenberg! —exclamó en voz alta, exultante, Olivier Bonneville.

No pudo contenerse, pero tampoco importaba, porque estaba solo en su camarote del viejo barco de vapor, situado justo encima de la sala de máquinas. Los traqueteos, golpeteos y silbidos que salían de allí habrían sido más que suficientes para sofocar el sonido de su voz, en caso de que alguien hubiera estado escuchando fuera.

Había observado a Pantalaimon con el aletiómetro desde que lo vio por primera vez en la orilla del río, en breves sesiones para impedir que lo invadieran las náuseas. No tardó en darse cuenta de que el daimonion de Lyra viajaba remontando el Elba. Bonneville se desplazó de inmediato en tren hasta Dresde, más arriba del lugar donde se encontraba Pantalaimon. Allí reservó un camarote en aquel decrépito barco de vapor, que efectuaba arduas idas y venidas por el río entre Praga y Hamburgo. Estaban en Misnia cuando vio que Pan trepaba a un edificio y luego tendía la vista desde el tejado hacia una iglesia con dos torres. La estampa le resultó familiar: en la oficina de Marcel Delamare había un grabado de la célebre Stadtkirche de Wittenberg.

Bonneville se apresuró a revolver los papeles diseminados

encima de la litera hasta encontrar los horarios de la compañía naviera. Misnia estaba a seis horas de trayecto desde Wittenberg. Ya faltaba poco.

De tejado en tejado... Debía habérsele ocurrido antes. Las casas antiguas estaban pegadas unas a otras o separadas solo por un angosto callejón; además, la gente raras veces miraba hacia arriba, porque centraba la atención allá abajo, en el tráfico, los escaparates y los cafés. Pan tenía una constitución idónea para las alturas y sus pies se agarraban bien en los tejados.

Exploró todo el barrio, sin atraer ninguna mirada de los viandantes. A primera hora de la tarde, encontró una casa que parecía interesante, justo detrás de la Stadtkirche, tal como había dicho la muchacha. Bajando por un tubo de desagüe, desde el otro lado de la calle, alcanzó incluso a leer las palabras «Das Kaufmannshaus», escritas con letra gótica en una placa de bronce junto a la puerta de entrada. Había poco tráfico. Como la calle era muy tranquila, se arriesgó a cruzarla a la carrera y luego se introdujo en un callejón, unas tres o cuatro casas más allá. Entonces emprendió un nuevo ascenso que lo llevó hasta el tejado de la casa de Gottfried Brande.

Aunque era más empinado que el de los edificios aledaños, las tejas le permitieron asirse bien. Prosiguió el avance por el caballete y, después de pasar junto a una serie de chimeneas de ladrillo muy altas, bajó hacia la parte de atrás de la casa.

Había alguien jugando en el jardín.

Le sorprendió que hubiera un jardín, porque las otras viviendas que veía apenas disponían más que de un patio enlosado. Sin embargo, la Kaufmannshaus tenía un retazo de hierba, dos o tres árboles pequeños y una glorieta a cuya pared una muchacha arrojaba una pelota para después girar sobre sí antes de tratar de recogerla. Hasta su oído llegaba el repetido golpear de la pelota, las quedas exclamaciones de satisfacción cuando la atrapaba o los siseos de decepción cuando caía al suelo. Su daimonion era tan pequeño que lo único que distinguía de él era unos saltos entre la hierba. Quizá fuera un ratón.

¿Tenía algún sentido esperar? Por supuesto que no. Al mirar hacia abajo, Pan advirtió con satisfacción que la pared posterior de la casa estaba recubierta de hiedra. Al cabo de un momento, descendía entre sus hojas en silencio, sin dejar de observar a la muchacha. Ella no se dio cuenta de nada. Cuando llegó al camino de gravilla situado al pie del muro, ella volvió a tirar la pelota, dio la vuelta y aquella vez no completó el giro, porque lo vio.

La pelota le golpeó en el hombro y cayó sobre la hierba. Emitiendo una expresión de enojo, la recogió y después se volvió de espaldas para lanzarla de nuevo, sin hacer el menor caso a Pan.

Este permaneció inmóvil junto a la pared, debajo de una gran ventana. Estuvo mirando cómo tiraba una y otra vez la pelota, sin prestarle atención, y después atravesó el camino, sin hacer ruido, caminó entre la hierba hacia la muchacha y se sentó a la sombra de la casa, cerca de ella. Pese a que podía verlo sin necesidad de volver la cabeza, ella siguió jugando como si no estuviera allí.

Tenía unos quince años, era rubia y esbelta; en su cara había una expresión de descontento tan marcada que parecía como si se hubiera instalado de manera definitiva en ella. En su entrecejo ya se habían formado dos pequeñas arrugas. Llevaba un vestido blanco largo con mangas ahuecadas, y el pelo, recogido con un complicado peinado. El vestido parecía demasiado juvenil para ella, y el peinado, demasiado encopetado. Es como si nada encajara en su apariencia, y ella lo sabía.

Una vez más, lanzó la pelota, giró y la atrapó.

Al ver a Pan, su daimonion ratón hizo ademán de acercarse a él, pero ella se dio cuenta y chistó. El daimonion se detuvo y volvió sobre sus pasos.

De nuevo, lanzó la pelota, giró y la atrapó.

—¿Es esta la casa de Gottfried Brande? —preguntó Pan.

—¿Para qué lo quieres saber? —replicó ella, recogiendo la pelota del suelo.

—He venido de lejos para verlo.

—No va a querer hablar contigo.

—¿Cómo lo sabes?

La chica se encogió de hombros, antes de volver a tirar la pelota.

—¿Por qué juegas así, como una niña pequeña? —dijo Pan.

—Porque él me paga para eso.

—¿Cómo? ¿Por qué?

—Supongo que porque le da placer. Me mira por la ventana. Aunque esté trabajando, le gusta oír el ruido.

Pan miró hacia la casa. No se percibía ninguna señal de movimiento, pero la ventana de la planta baja que daba al jardín estaba entreabierta.

—¿Nos puede oír hablar?

La muchacha se volvió a encoger de hombros, antes de atrapar la pelota.

—¿Por qué no va a querer hablar conmigo? —insistió Pan.

—Ni siquiera te va a mirar. ¿Y qué haces tú así solo? No es normal. ¿Dónde está tu persona?

—Estoy buscando su imaginación.

—¿Es que crees que él la tiene?

—Creo que él se la robó.

—¿Y para qué la iba a querer?

—No sé, pero he venido a preguntárselo.

La chica lo observó con desdén. Los últimos rayos desvaídos de sol rozaban ya las copas de los dos árboles y el aire se estaba enfriando por la sombra de la casa proyectada sobre el jardín.

—¿Cómo te llamas? —preguntó Pan.

—¿A ti qué te importa? Ah, qué cosa más rara.

Arrojó la pelota al suelo y se alejó, con los hombros caídos. Luego se sentó en el escalón de la glorieta y su daimonion subió corriendo por su brazo para hundir la cara en su cabello.

—¿Te paga por jugar durante todo el día? —preguntó Pan.

—Ha renunciado a todo lo demás.

Pan trató de interpretar a qué se refería, previendo que no querría darle un respuesta más clara.

—¿Está en la casa ahora?

—¿Dónde iba a estar si no? No sale nunca.

—¿Y en qué habitación debe de estar?

—Bah, por el amor de Dios —contestó, irguiéndose con impaciencia—, en el estudio, por supuesto. Donde está abierta esa ventana.

—¿Hay alguien más allí, aparte de él?

—Están los criados, claro. No vas a conseguir nada, ¿sabes?

—¿Por qué estás tan segura?

La muchacha soltó un hondo suspiro, como si la pregunta fuera demasiado tonta para dignarse contestarla. Luego se volvió de espaldas e, inclinándose, apoyó la cabeza sobre los brazos. Pan vio dos relucientes ojillos negros que lo observaban desde la fortaleza de su cabello.

—Vete —dijo ella sin levantar la cabeza—. Son demasiados fantasmas. ¿Crees que eres el primero? No paran de volver, pero él no dice ni una palabra.

Pan no estaba seguro de haber oído bien. Habría querido averiguar más cosas sobre aquella muchacha insatisfecha. Lyra también habría querido, pensó, pero ella sabría cómo tenía que hablarle y él no.

—Gracias —dijo en voz baja.

Después se alejó por el jardín. En la ventana del estudio se veía que había encendida una luz, o quizá se daba cuenta ahora porque la luz del atardecer estaba menguando muy deprisa. Vio una ventana abierta en el piso de arriba, trepó por la hiedra y se introdujo por ella.

Apareció en un dormitorio, austero como una celda monacal, sin cuadros ni estanterías. Solo había una cama con una colcha tensada y remetida, así como una mesita de noche, con un vaso de agua encima.

La puerta estaba entreabierta. Por el resquicio salió al rellano de una empinada escalera que lo condujo a un oscuro vestíbulo. Una de sus puertas debía de dar a la cocina, a juzgar por el tufo a col; por la otra le llegó un potente olor a hoja de fumar. Siguió adelante, pegado a la pared, procurando no hacer ruido con las garras sobre la madera pulida del suelo, hasta detenerse delante de esa puerta.

La voz que sonaba dentro, clara, enérgica y precisa, como la de un conferenciante, no podía ser otra que la de Brande.

—... y es evidente que huelga presentar más ejemplos. Aquí llega a su fase final el reinado de la estupidez, caracterizado al principio por el apogeo de la decadencia y después por el florecimiento de toda clase de extravagante, timorata y crepuscular piedad. En este punto...

—Perdón, profesor —intervino una voz de mujer—. ¿Qué clase de piedad?

—Extravagante, timorata y crepuscular.

—Gracias. Perdón.

—Usted no había trabajado antes para mí, ¿verdad?

—No, profesor. La agencia explicó...

—Continúe. En este punto todo converge para el advenimiento de un líder fuerte, que constituirá el tema del siguiente capítulo.

Cuando calló, el silencio se prolongó unos segundos.

—Eso es todo —concluyó—. Tenga la amabilidad de decir a la agencia que les agradecería que me enviaran una estenógrafa distinta mañana.

—Lo siento, profesor. Yo era la única persona disponible...

—¿Lo siente? Si es culpa suya, debería lamentarlo. Si no lo es, no existe culpa que lamentar. Un error es constitutivo de culpa. La incapacidad, no.

—Ya sé que no estoy acostumbrada a... Seguí una formación para temas de empresa y de comercio, y no estoy familiarizada con la terminología que usted usa... Ya sé que usted quiere expresarlo de manera correcta...

—Está correcto.

—Desde luego. Perdone.

—Adiós —zanjó él.

Pan oyó el ruido de una silla que se corría, de un roce de papeles y de la frotación de un fósforo.

Al cabo de un momento, una joven salió de la habitación, poniéndose con apuro un raído abrigo mientras trataba de impedir que se le cayera al suelo un fajo de papeles y un estuche de lápices. No lo logró. El daimonion loro, que se había posado en el pilar de arranque de las escaleras, soltó un comentario de desprecio.

Sin hacerle caso, la chica se encorvó para recogerlos. Y, en ese momento, reparó en Pan, que, como no tenía dónde esconderse, se quedó lo más quieto posible, pegado a la pared.

La joven se quedó estupefacta. Contuvo la respiración y su daimonion emitió un quedo graznido de alarma.

Pan la miró directamente a los ojos y sacudió la cabeza.

—No es posible —susurró ella.

—No —confirmó él, susurrando también—. No es posible.

El loro gemía. Por el hueco de la puerta salió un fuerte olor a hoja de fumar. La joven recogió los papeles, se precipitó hacia la entrada y salió, pese a que no había terminado de ponerse el abrigo. El loro se le adelantó volando y la puerta se cerró con estrépito.

No valía la pena demorarse más. Pan traspuso el umbral de ese estudio cargado de humo de puro y tapizado de libros, donde Gottfried Brande estaba sentado ante un amplio escritorio, mirándolo.

Era un hombre huesudo, demacrado y tieso, de corto pelo gris y unos ojos muy azules. Iba vestido formalmente, como si estuviera a punto de dar una conferencia académica. Por su expresión, parecía aterrorizado.

Pan se fijó en su daimonion, un pastor alemán muy grande. Echado en la alfombra a sus pies, parecía dormido o fingía estarlo. Daba la impresión de que procurara reducir al máximo su gran tamaño.

Brande no se movió, pero renunció a seguir mirando a Pan para posar la mirada en un rincón. A menos que aquella fuera la expresión habitual de su cara, todavía estaba aterrorizado. Pan estaba desconcertado: nunca había imaginado aquella reacción.

Tras cruzar con paso firme la habitación, subió de un salto al escritorio.

Brande cerró los ojos y encaró el torso hacia otro lado.

—Usted ha robado la imaginación de Lyra —dijo Pan.

Brande ni se movió ni dijo nada.

—Se la ha robado —insistió Pan—. O la ha corrompido, o la ha envenenado. La ha reducido a algo pequeño y desagradable. He venido a exigirle que repare el daño que ha causado.

Brande buscó a tientas el cenicero con mano temblorosa y dejó el puro allí. Todavía tenía los ojos cerrados.

—¿Qué es lo que estaba dictando antes?

No hubo respuesta.

—No parecía una novela. ¿Ha renunciado a escribir obras de ficción?

Brande entreabrió los párpados. Pan advirtió que trataba de mirar de reojo, hasta que, de nuevo, los cerró.

—¿Quién es la muchacha que hay fuera? ¿Por qué le paga para jugar de esa manera tan tonta? —Mientras formulaba la pregunta, Pan cayó en la cuenta de que no había vuelto a oír el ruido de la pelota desde que se había ido de la glorieta—. ¿Cómo se llama? ¿Cuánto le paga?

Brande exhaló un suspiro de manera furtiva, como si no quisiera que se notara. Pan oyó que su daimonion se movía discretamente en el suelo, cambiando de postura tal vez; luego captó un gemido sofocado.

Entonces se movió hasta el borde del escritorio para mirarlo. Con la cara pegada al suelo, se tapaba los ojos con una pata. Tenía algo extraño. No era solo que una criatura tan grande y fuerte se mostrara tan miedosa. Aquella actitud inexplicable le recordó algo que la muchacha había comentado.

—Ella me ha contado que aquí hay fantasmas —dijo, volviéndose hacia el hombre—. Demasiados fantasmas, que no paran de volver. ¿Cree que soy un fantasma? ¿Eso es lo que cree?

Brande se empeñaba en cerrar los ojos. Era como si pensara que, permaneciendo completamente inmóvil, se volvería invisible.

—No habría imaginado que creyera en fantasmas —prosiguió Pan—. Más bien habría pensado que se mofaría de que alguien pudiera creer en su existencia. En *Los hyperchorasmios* hay una página dedicada a este tema. ¿Se ha olvidado de lo que usted mismo escribió?

Brande seguía sin responder.

—Y su daimonion ¿es un fantasma? Tiene algo raro. Ah, me olvidaba, claro. Usted no cree en los daimonions. El suyo intenta hacer como si no estuviera aquí, igual que usted. Demasiados fantasmas, ha dicho la chica. ¿Se refería a los daimonions? ¿Como yo? ¿Vienen por la noche o de día? Si abriera los ojos, ¿vería alguno ahora? ¿Qué hacen? ¿Le hablan? ¿Le palpan los ojos e intentan abrírselos? ¿O tal vez se cuelan debajo de sus párpados y se apelotonan contra sus ojos? ¿Puede dormirse sintiéndose observado por ellos toda la noche?

Brande se movió por fin. Abrió los ojos y se dio la vuelta en la silla para mirar a su daimonion. Tenía una expresión tan feroz que, por primera vez, a Pan le dio un poco de miedo.

Sin embargo, no dijo nada. Se limitó a llamar al daimonion.

—¡Cósima! ¡Cósima! Ven conmigo.

El daimonion se levantó de mala gana. Con la cabeza gacha y la cola entre las piernas, se dirigió a la puerta bordeando las paredes. Brande se puso en pie para salir con él, pero entonces la puerta se abrió con violencia.

Era la chica del jardín. El pastor alemán retrocedió, encogido. Brande miró con furia a la muchacha, sin moverse. Y Pan se sentó encima del escritorio a observar.

—¡Aj! —exclamó la muchacha, sacudiendo la cabeza con una mueca—. ¡Esta habitación está llena de fantasmas! Tendrías que hacerlos salir. No deberías dejar que…

—¡Silencio! —gruñó Brande—. No pienso hablar de esas cosas. Tienes una enfermedad del cerebro…

—¡No! ¡No! ¡Estoy harta de esto!

—Sabine, eres incapaz de pensar de forma racional. Vete a tu cuarto.

—¡No! ¡No pienso irme! Vine aquí porque pensaba que me querrías y te interesarías por mí, pero lo único que puedo hacer que te guste es ese juego estúpido con la pelota. Lo detesto, no lo soporto.

Así pues, se llamaba Sabine y pensaba que la querría. ¿Por qué iba a pensar tal cosa? ¿Acaso era su hija? Pan guardaba un vivo recuerdo del apasionado encuentro que mantuvieron Lyra y lord Asriel en la lujosa cárcel que habían construido los osos; en sus oídos aún resonaban las palabras que ella había dicho entonces.

La muchacha temblaba con violencia. Las lágrimas le corrían por las mejillas cuando se quitó las horquillas del pelo y sacudió con fuerza la cabeza, de tal forma que el complicado peinado se disolvió en una tempestuosa cabellera rubia.

—Sabine, contrólate. No voy a consentir una escena como esta. Haz lo que te digo y...

—¡Fíjate en él! —gritó ella, señalando a Pantalaimon—. Otro fantasma salido de la oscuridad. Y supongo que también has hecho como que no lo veías, igual como con todos los demás. No soporto la vida que llevo aquí. No aguanto vivir así. ¡No puedo!

Transformado en un chochín, su daimonion se puso a revolotear en torno a su cabeza, soltando patéticos graznidos. Pan volvió a mirar al daimonion de Brande y lo vio acostado de espaldas a la muchacha, con la cabeza debajo de una pata. El propio Brande parecía atormentado por el sufrimiento.

—Sabine, cálmate —dijo—. Son imaginaciones. Apártalos del pensamiento. No puedo razonar contigo si te comportas así.

—¡Me da igual tu razón! ¡No me interesa! ¡Yo quiero amor, afecto, quiero un poco de bondad! ¿Eres totalmente incapaz de...?

—Ya basta —la cortó Brande—. ¡Cósima! ¡Cósima! Ven conmigo.

El daimonion perro se puso en pie y, de inmediato, el chochín voló hacia él como una flecha. El perro huyó de la habitación aullando y Sabine se puso a gritar. Pan sabía muy bien por qué: era el dolor atroz de sentir que su daimonion la abandonaba para tratar de perseguir al perro. Brande observó con impotencia cómo crispaba la mano sobre el pecho y caía desmayada sobre la alfombra, al tiempo que Pan constataba algo asombroso: ¡Brande y su daimonion podían separarse! No tenía nada parecido al dolor que había en los alaridos de Sabine y que le hacían alargar el brazo hasta el pajarillo.

Al final, el daimonion regresó y cayó en sus manos. Mientras tanto, Brande pasó a su lado y salió del estudio tras su daimonion para luego subir las escaleras. Pan dejó a Sabine sollozando en el suelo.

Desconcertado, mientras subía las escaleras, Pan pensó que Brande se podía separar. Así pues, ¿el profesor y el pastor alemán eran igual que él y Lyra? ¿Se detestarían como ellos? No lo parecía. Entre ellos ocurría algo distinto, extraño. Brande entró en el austero dormitorio. Antes de que pudiera cerrar la puerta, Pan entró a toda velocidad tras él. El daimonion estaba encogido sobre las desnudas tablas del suelo, delante de una chimenea vacía. A su lado, Brande se volvió de cara a Pan. Su expresión era atormentada, casi trágica.

—Quiero informarme sobre el Polvo —declaró Pan.

Sorprendido, Brande abrió la boca como si fuera a hablar; después, como si recordara que debía comportarse como si Pan no existiera, volvió a desviar la mirada.

—Dígame lo que sabe de esa cuestión —reclamó Pan—. Sé que me está oyendo.

—No existe —murmuró Brande, con la mirada gacha.

—¿Que no existe el Polvo?

—No..., no... existe.

—Bueno, al menos ahora puede hablar —constató Pan.

Brande desplazó la vista hacia la cama, luego hacia la ventana y después hacia la puerta del cuarto, que seguía abierta.

—Cósima —dijo.

El daimonion perro hizo como si no lo hubiera oído.

—Cósima, por favor —pidió, con la voz casi estrangulada.

El daimonion hundió aún más la cara bajo las patas. Brande dejó escapar un gemido angustiado. Volvió a mirar a Pan, como si suplicara compasión a un verdugo.

—Podría fingir que me ve y que me oye, y fingir que habla conmigo. Podría funcionar.

Brande cerró los ojos y exhaló un hondo suspiro. Luego fue a la puerta y salió de la habitación. El daimonion se quedó donde estaba, y Pan siguió a Brande por el rellano y otro tramo de escaleras, más oscuro y empinado que el de abajo. Cuando este corrió el pestillo de una puerta que daba a un desván completamente vacío, Pan se coló de nuevo en su interior.

El desván contaba con tres ventanucos por los que entraba la última luz del día. Vigas y suelos desnudos, densas acumulaciones de telarañas y polvo, polvo ordinario por doquier.

—Hábleme del Polvo, ahora que ha recuperado el habla —reclamó Pan.

—Esto es polvo —replicó Brande, pasando la mano por una viga para luego soplar sobre los dedos.

Las motas dieron vueltas por el aire y luego bajaron al suelo.

—Ya sabe a qué me refiero —insistió Pan—. Lo que ocurre es que se niega a creer en él.

—No existe. Creer o no creer carece de importancia.

—¿Y los científicos que lo descubrieron, como Rusakov? Y el campo de Rusakov…, ¿qué me dice de eso?

—Un embuste. Los que afirman tales cosas están engañados, o bien son unos corruptos.

El desprecio de aquel hombre era como un soplete que transformaba las cosas en hielo. Impresionado por su contundencia, Pan no se movió. Estaba luchando por Lyra.

—¿Y qué me dice de la imaginación?

—¿Qué pasa con la imaginación?

—¿Cree en ella?

—¿Qué más da lo que cada cual pueda creer? Las creencias no afectan a la realidad.

—Usted imaginó el argumento de *Los hyperchorasmios*.

—Lo construí a partir de los primeros principios. Erigí una narración para demostrar el desenlace lógico de la superstición y la estupidez. Todos los pasajes del libro los compuse de manera impersonal y racional, en un estado de plena conciencia, lejos de cualquiera morboso territorio de ensueño.

—¿Por esa razón los personajes son tan distintos de las personas reales?

—Yo conozco mejor a las personas que tú. La mayoría de ellas son débiles, estúpidas y fáciles de manipular. Solo una minoría es capaz de hacer algo original.

—No parecen personas de verdad. Para nada. Todo lo que convierte en interesante a una persona…, en ellos no está.

—Eso es como esperar que el sol describa sombras. El sol nunca ha visto una sombra.

—Pero el mundo está lleno de sombras.

—Eso carece de interés.
—¿Sabine es su hija?
Brande no respondió. Durante la conversación, no había fijado la mirada en Pan más de tres veces, pero en aquel momento se dio la vuelta para situarse frente a la oscuridad que no paraba de crecer en el otro extremo del desván.
—Lo es —dedujo Pan—. ¿Y cómo aprendió a separarse de su daimonion...? ¿Cómo se llama...? ¿Cósima?
El filósofo dejó caer la cabeza sobre el pecho, guardando silencio.
—Yo vine aquí porque, a raíz de la lectura de su novela, mi Lyra quedó convencida de que las cosas en las que creía eran falsas —dijo Pan—. Eso la volvió infeliz. Fue como si usted le hubiera robado la imaginación y, con ella, la esperanza. Yo quería encontrarlas para devolvérselas. Por eso vine a hablar con usted. ¿Tiene algo que decirme..., para que se lo pueda transmitir a Lyra?
—Todo es lo que es y nada más —dijo Brande.
—¿Eso...? ¿Eso es todo lo que tiene que decir?

Brande no se movió. Con aquella oscuridad, parecía una estatua abandonada.
—¿Usted quiere a su hija? —preguntó Pan.
Silencio. Siguió sin moverse.
—Ella ha dicho que vino aquí —prosiguió Pan—. ¿Dónde vivía antes?
No hubo respuesta.
—¿Cuándo vino? ¿Cuánto tiempo lleva aquí?
El hombre tal vez efectuara un leve movimiento con los hombros, aunque decir que los había encogido sería decir demasiado.
—¿Vivía con su madre? ¿En otra ciudad quizá?
Brande respiró hondo, con un ligero estremecimiento.
—¿Quién le elige la ropa? ¿Quién la peina? ¿Usted quiere que tenga ese aspecto que tiene?
Silencio.
—¿Tiene ella alguna opinión sobre estas cuestiones? ¿Se lo ha preguntado alguna vez? ¿Va al colegio? ¿Sigue alguna forma de educación? ¿Tiene amigos? ¿Le permite salir de la casa y del jardín?
Brande empezó a moverse como si cargara un gran peso. Con los pies a rastras, fue hasta el rincón más alejado del desván,

invadido por una oscuridad casi completa. Se sentó en el suelo, encogió las rodillas y hundió la cara entre las manos. Era como el niño que cree que, si oculta los ojos, no lo verán los demás. Pan empezó a compadecerse de él, y trató de resistirse; al fin y al cabo, ese hombre había ejercido una perniciosa influencia en Lyra. Pero entonces se dio cuenta de que ella habría sentido la misma compasión y que las ideas de Brande habían fracasado.

La puerta del desván aún estaba abierta. Pan salió en silencio y se fue por las escaleras. En la planta baja, sentada en el suelo, la muchacha hizo trizas una hoja de papel; luego arrojó los pedacitos al aire, como si fueran copos de nieve. Al ver a Pan, levantó la cabeza.

—¿Lo has matado?

—No, por supuesto que no. ¿Por qué su daimonion es así?

—No tengo ni idea. Los dos son tontos. Todo el mundo es tonto. Esto es inaguantable.

—¿Por qué no te vas?

—No tengo adónde ir.

—¿Dónde está tu madre?

—Muerta, claro.

—¿No tienes más parientes?

—¿Y a ti qué te importa? No sé ni por qué hablo contigo. ¿Por qué no te largas?

—Si abres la puerta, me iré.

La muchacha la abrió con un desdeñoso bufido. Pan bajó los escalones hasta la calle, donde las farolas de gas irradiaban su luz en medio de la creciente niebla. Si hubiera habido algún viandante, sus pasos habrían sido apagados, su silueta vaga, su sombra cargada de posibilidades, amenazas y promesas, pero, por supuesto, el sol no habría visto nada de eso.

Y lo cierto es que en ese momento ya no sabía adónde ir.

Mientras, solo a unas calles de allí, Olivier Bonneville desembarcó del ferri.

20

El hombre de fuego

A esa misma hora, Lyra viajaba en un vagón de tren en las afueras de Praga. No había tenido dificultades para comprar un billete en París sin despertar sospechas. Tal vez se debía a que su imitación del método de Will daba resultado, o bien a que los ciudadanos de las poblaciones europeas por las que pasaba eran muy poco curiosos y muy corteses. Quizá también fuera porque estaban preocupados. La tensión se podía palpar en las calles. Había visto a unos cuantos individuos vestidos con el uniforme que llevaban aquellos tipos del ferri, grupos de hombres de negro que custodiaban un edificio, que discutían en las esquinas o que salían a toda velocidad de garajes subterráneos en coches patrulla dotados de estrepitosos motores refrigerados con aire.

También podía ser por que una persona sin un daimonion visible no era algo inimaginable. En Ámsterdam había visto a una hermosa mujer sin daimonion, vestida a la última moda, con una actitud confiada, arrogante incluso, indiferente a la curiosidad de los transeúntes. En Brujas, un hombre sin daimonion había empeorado su situación por moverse cohibidamente, como un desgraciado, por una calle abarrotada, pegándose a las zonas en sombra. Había tomado nota de esos dos ejemplos, por lo que ahora se comportaba con modestia y calmado dominio de sí. No siempre resultaba sencillo; de vez en cuando, cuando estaba sola, daba rienda suelta a las lágrimas, pero jamás delante de nadie.

Había decidido ir a Praga impulsada por un recuerdo que resurgió de repente cuando vio el nombre de la ciudad en unos horarios de tren. En una ocasión, hacía varios años, ella y Pan habían pasado una tarde examinando un viejo plano de Praga, formándose mentalmente una imagen de ella, edificio tras edificio. Allí fue donde se inventó el aletiómetro, al fin y al cabo; cuando volvió a ver el nombre, reconoció aquel chisporroteo en la memoria, como una manifestación de la comunidad secreta. Se estaba volviendo más perceptiva con respecto a aquella especie de tenues incitaciones, afinando su capacidad para distinguirlas de las meras conjeturas.

En Praga, no obstante, iba a tener que tomar una decisión. Allí había un nudo de la Compañía Ferroviaria de Europa Central donde convergían las rutas que comunicaban con el norte y el este, en dirección a Kiev y Moscovia, y las otras vías, más estrechas, que iban hacia el sur pasando por Austrohungría y Bulgaria, con destino a Constantinopla. El itinerario del norte sería el más apropiado para ir directamente a Asia Central y a Karamakán, pero de nada le serviría tomarlo, porque necesitaba encontrar a Pan antes de intentar llegar al lugar donde crecían las rosas.

El Hotel Azul era su única pista; a juzgar por su nombre arábigo, cabía pensar que quedaba mucho más al sur de Moscovia. Si optaba por la ruta del norte y cambiaba de tren en Kiev, podía proseguir hacia el sur por Odesa, cruzar el mar Negro en barco hasta Trebisonda y continuar desde allí hacia los territorios de habla árabe. No obstante, sin disponer de un indicio más claro, aquello sería como avanzar a ciegas. La ruta del sur, a través de Constantinopla, era menos complicada, pero podía ser más larga... o resultar quizá más corta. En cualquier caso, ignoraba su punto de destino y lo único con que contaba era el nombre arábigo de al-Khan al-Azraq.

Por otra parte, el aletiómetro apenas le servía de ayuda. El nuevo método tenía unas consecuencias físicas tan desagradables que después de una primera tentativa exitosa solo lo había vuelto a probar una vez y no había averiguado nada. Con su conocimiento de los símbolos, podía avanzar un poco, pero sin los libros era como tratar de enhebrar una aguja con guantes de boxeo.

El único indicio que tenía sobre lo que iba a hacer en caso de que lograra encontrar a Pan guardaba relación con la expresión «Ruta de la Seda», la antigua ruta de caravanas de camellos que conducía directamente a Asia Central. La Ruta de la Seda no era, sin embargo, una vía de tren. Ni siquiera era un camino único, sino una multitud de rutas diferentes. No sería un trayecto rápido ni fácil. Tendría que seguir la ruta de los animales que usaban para el transporte..., camellos, sin duda. Sería un viaje largo y, a menos que ella y Pan se hubieran reconciliado, resultaría penoso.

Llevaba un tiempo pensando en ello. Desde que se había despedido de los mineros galeses en Brujas, no había hablado con nadie, con excepción de los camareros y empleados de ferrocarril. Añoraba la compañía de su daimonion. Incluso con su hostilidad de los últimos meses, Pan proponía al menos otra voz, otro punto de vista. ¡Qué duro era pensar cuando te faltaba la mitad de ti misma!

Ya había anochecido cuando el tren se detuvo en la estación del centro de Praga. Contenta de haber llegado, pensaba que no debía de ser extraño ver a una joven viajando sola, pues Praga era una ciudad cosmopolita a la que acudían a aprender música y otras artes estudiantes de todo Centroeuropa e incluso de regiones más lejanas.

Después de entregar el billete en la barrera de control, se alejó de la multitud de pasajeros concentrados a esa hora en busca de una oficina de información donde tal vez encontraría horarios y, con suerte, un plano. En el vestíbulo principal, de recargado estilo barroco, había una multitud de esculturas de dioses desnudos, al pie de cada marco de ventana o de lámpara de gas, y los motivos vegetales se enroscaban en torno a las columnas. Todas las paredes estaban decoradas con pilastras y hornacinas. Lyra observó con satisfacción aquella profusión de adornos, porque se sentía más segura en medio de aquella confusión visual.

Se esforzó por tender la vista hacia un punto fijo situado al frente, para caminar hacia él con aplomo y determinación. Daba igual que se tratara de un puesto de venta de café o de las escaleras de las oficinas. Cualquier sitio servía, con tal de que diera la impresión de que efectuaba aquel trayecto cada día.

Lo logró. Nadie la detuvo ni se quedó mirándola, nadie se puso a armar escándalo para denunciar a aquella estrafalaria joven sin daimonion; nadie parecía reparar siquiera en ella. Al llegar al final del vestíbulo, miró en torno a sí buscando el despacho de billetes, donde esperaba encontrar a alguien que hablara inglés.

Antes de localizarlo, no obstante, notó una mano que se posó en su brazo.

Dio un respingo, alarmada, aunque enseguida se arrepintió. «No se me debe notar que tengo miedo», se recordó a sí misma. El hombre que le había tocado el brazo se retiró, sobresaltado a su vez por la reacción que había provocado en ella. Era un individuo de mediana edad, con gafas, vestido con un traje oscuro y una corbata discreta, que llevaba un maletín: el prototipo del ciudadano europeo respetable y respetuoso de la ley.

Le dijo algo en checo.

Lyra se encogió de hombros y sacudió la cabeza, tratando de expresar pesar.

—¿Inglés? —consultó el desconocido.

Ella asintió de mala gana. Entonces advirtió, conmocionada, que al igual que ella, el desconocido no tenía ningún daimonion. Abrió la boca desconcertada y, tras mirar por encima de su hombro a derecha e izquierda, la volvió a cerrar, sin saber qué decir.

—Sí —confirmó él en voz baja—. No tenemos daimonion. Camine tranquilamente a mi lado y nadie se fijará en nosotros. Haga como si me conociera. Finja que estamos hablando.

Lyra asintió mudamente y echó a andar junto a él entre el trasiego de gente, en dirección a la entrada principal.

—¿Cómo se llama? —preguntó en voz baja.

—Vaclav Kubiček.

Tenía algo que le resultaba familiar, pero aquella impresión desapareció en cuestión de segundos.

—¿Y usted?

—Lyra Lenguadeplata. ¿Cómo sabía que…? ¿Me ha visto y ha sentido el impulso de hablar conmigo?

—La estaba esperando. Lo único que sabía de usted es que era de los nuestros.

—¿De los nuestros…? ¿Cómo es posible que me estuviera esperando?

—Hay un hombre que necesita su ayuda. Él me dijo que iba a venir.

—Eh... Antes de nada, necesito un folleto con los horarios de tren.

—¿Habla algo de checo?

—Ni una palabra.

—Entonces déjeme pedirlo a mí. ¿Adónde quiere ir?

—Necesito conocer los horarios de los trenes con destino a Moscovia..., y también los de la otra línea..., para Constantinopla.

—Acompáñeme, por favor. Los pediremos. Hay una oficina de información allí —añadió, señalando el rincón del inmenso vestíbulo.

Lyra siguió sus indicaciones. Una vez en la oficina, Kubiček habló rápidamente con el empleado, que a su vez le preguntó algo.

—¿Desea viajar hasta Constantinopla, si toma esa ruta? —le consultó, volviéndose.

—Sí.

—¿Y también todo el camino hasta Moscú?

—Más allá de Moscú. ¿Hasta dónde llega la línea? ¿Continúa por Siberia?

El hombre tradujo la pregunta al empleado, que luego se dio la vuelta sobre la silla de ruedas para coger dos folletos en el expositor que tenía al lado.

—No ha sido muy útil —comentó Kubiček—, pero yo sé que la línea de Moscovia continúa hasta Irktutsk, en el lago Baikal.

—Comprendo —dijo Lyra.

El empleado deslizó los folletos sobre el mostrador, con mirada cansada y vaga, antes de volver a su tarea. Lyra guardó los folletos en la mochila y se marchó con Kubiček, convencida de que era un experto en la práctica del arte de camuflaje; tal vez podría aprender de él.

—¿Adónde vamos, señor Kubiček? —preguntó.

—A mi casa, en la parte antigua de la ciudad. Se lo explicaré de camino.

Al salir de la estación, se encontraron delante de una concurrida plaza con un tráfico fluido. Los escaparates relucían, los cafés y restaurantes estaban abarrotados de gente y los tranvías despedían a su paso el suave murmullo del roce de los cables ambáricos de la catenaria.

—En primer lugar —reclamó Lyra—, ¿a qué se refería con «de los nuestros»?

—Que era una persona a quien ha abandonado su daimonion.

—No tenía ni idea… —quiso responder Lyra. Entonces los semáforos cambiaron y Kubiček empezó a cruzar a toda prisa la calle, de modo que calló hasta haber llegado al otro lado—. Hasta hace poco, no tenía conciencia de que era algo que podía ocurrirle a cualquiera. A cualquiera aparte de mí, claro.

—¿Se sentía sola?

—Desesperadamente sola. Antes podíamos separarnos, pero lo manteníamos en secreto en la medida de lo posible, claro. Después, hace unos meses… No sé cómo explicárselo. No lo conozco de nada.

—En Praga somos varios, no muchos. Nos conocimos por casualidad, o porque supimos de la existencia de los otros gracias a personas que no tienen miedo de nosotros…, tenemos algunos amigos…, y hemos descubierto otras redes de aliados en diversos lugares. Es una especie de sociedad secreta, por así decirlo. Si me dice adónde va a ir después, le puedo dar nombres y direcciones de algunas personas como nosotros que viven en ese sitio en concreto. Ellos comprenderán su situación y la ayudarán en caso de que sea necesario. Si me permite el consejo…, deberíamos apartarnos de esta luz.

Lyra inclinó la cabeza y siguió caminando a su lado, asombrada por lo que acababa de oír.

—No tenía ni idea —repitió—. No sabía nada de esta forma de ser. Estaba convencida de que la gente se daría cuenta de inmediato y me detestaría por eso. Algunas personas estuvieron insolentes conmigo, de hecho.

—Todos hemos sufrido experiencias de ese tipo.

—¿Cuándo se fue su daimonion? No sé si será de mala educación preguntarlo. Es que yo sé muy poco de esto.

—Bah, entre nosotros podemos hablar sin tapujos. De entrada, le puedo decir que, antes de que se fuera, sabíamos que podíamos separarnos.

Miró de soslayo a Lyra, que le dio a entender con un gesto que comprendía.

—Creo que eso es algo que todos tenemos en común —prosiguió el hombre—. A raíz de un peligro repentino, una emergencia, algún motivo perentorio, uno se separa por primera vez. El dolor es horrendo, desde luego, pero sobrevive, ¿no?

Después resulta más sencillo. En nuestro caso, acabamos estando en desacuerdo en muchas cosas y nos dimos cuenta de que éramos infelices juntos.

—Sí...

—Después, cierto día, debió de llegar a la conclusión de que seríamos menos desdichados si nos separábamos —continuó—. En lo que a él respecta, quizá tenía razón. Por lo que fuese, se marchó. Es posible que exista una sociedad secreta de daimonions, como en nuestro caso. Quizá se ayudan unos a otros tal como hacemos nosotros. Tal vez nos observan. O puede que se hayan olvidado por completo de nosotros. De todas formas, logramos vivir. Somos discretos y evitamos llamar la atención. No hacemos daño a nadie.

—¿Ha intentado localizar a su daimonion?

—Cada vez que abro los ojos, tengo la esperanza de que esté ahí. He recorrido cada calle, cada callejón, he buscado en cada parque, cada jardín, cada iglesia, cada cafetería incluso. Eso es lo que hacemos todos al principio. Mi peor temor es llegar a verlo con otra persona... que sea mi doble, pero hasta el momento... nada.

»De todas formas, no he venido a buscarla para hablarle de mí. A comienzos de esta semana, ocurrió algo fuera de lo normal. Un hombre llegó a nuestra ciudad y se presentó en mi casa. Es..., querría describírselo, pero no encuentro las palabras, ni en checo, ni en inglés, ni en latín. Es la persona más extraña que he conocido y se halla en una situación espantosa. Sabe de su existencia y afirma que usted lo podrá ayudar. Yo accedí a invitarla para que lo conozca y escuche lo que le quiere decir.

—¿Dijo que yo...? Pero ¿cómo es que sabía algo de mí?

Y ella que pensaba que podría desplazarse por Europa y después por Asia sin que nadie se diera cuenta, sin levantar sospechas.

—No lo sé. Es un hombre rodeado de misterio. Él también perdió a su daimonion, pero de una manera distinta... Es muy difícil de describir. No obstante, en cuanto lo vea, lo entenderá. Posiblemente, se trata de algo que a quienes vivimos en Praga no nos cuesta tanto creer como a la gente de otros lugares. El mundo oculto existe, con sus propias pasiones y preocupaciones, y de vez en cuando lo que allí acontece se filtra hasta el mundo visible. Puede que en Praga el velo que media entre ambos mundos sea más delgado que en otros sitios..., no sé.

—La comunidad secreta —dijo Lyra.

—¿Sí? No conocía esa expresión.

—Bueno, estoy dispuesta a ayudar, si puedo, desde luego, aunque mi objetivo prioritario es viajar hacia el este.

Siguieron andando en dirección al río, el Moldava. Kubiček explicó que el río era la ruta principal de entrada y salida de viajeros a la ciudad, pese a que el ferrocarril iba teniendo cada vez más adeptos. Su propia casa quedaba, según añadió, en la otra orilla del río, en el Malá Strana.

—¿Ha oído hablar de la Zlatá ulička? —preguntó.

—No. ¿Qué es?

—Es la calle donde, según el creer de la gente, los alquimistas fabricaban oro. Está muy cerca de mi apartamento.

—¿Todavía hay gente que cree en la alquimia?

—La gente instruida no cree. Piensan que los alquimistas son unos locos por empeñarse en conseguir algo imposible, y no se fijan en ellos ni ven lo que realmente hacen.

De su memoria afloró un recuerdo: ¡Sebastian Makepeace, el alquimista de Oxford! Él le había dicho lo mismo cuatro años atrás.

Llegaron al río. Kubiček tomó la precaución de mirar alrededor antes de entrar en el puente, una amplia y antigua estructura con barandillas coronadas de estatuas de reyes y santos. Las casas del otro lado eran viejas y se apiñaban unas junto a otras en calles estrechas y sinuosos callejones, presididos por el castillo que se elevaba en lo alto de una colina, iluminado con focos.

Al pie del puente, en la orilla de Malá Strana, había un embarcadero adonde se acercaba un barco de vapor. Lyra y Kubiček vieron a los pasajeros que aguardaban en cubierta a que dispusieran la pasarela para bajar. No era un crucero turístico; llevaban maletas, mochilas o cajas atadas con cordeles, o cubos y bolsas de plástico llenos. Parecían huir de alguna catástrofe.

—¿Ese hombre tan extraño llegó en un barco como este? —preguntó Lyra.

—Sí.

—¿De dónde viene esta gente?

—Del sur. Algunos, del mar Negro y de más lejos. Los barcos continúan el trayecto hacia el norte, hasta la confluencia de este río con el Elba, y de allí hasta Hamburgo y el océano Germánico.

—¿Todos los barcos que atracan aquí llevan pasajeros de este tipo? Parecen refugiados.

—Cada día son más los que llegan en estas condiciones. El Magisterio ha empezado a exhortar a todas las provincias de la Iglesia a que regulen con mano firme su territorio. En Bohemia, la situación no es tan brutal como en otras partes. Aquí todavía se acoge a los refugiados, pero esto no puede durar indefinidamente. Pronto tendremos que empezar a denegarles la entrada.

Durante el breve recorrido por la ciudad, Lyra había reparado en algunas personas acurrucadas en portales o durmiendo en bancos. Supuso que eran mendigos y lamentó que en una ciudad tan hermosa se preocuparan tan poco por los pobres. Por la pasarela desembarcaba una familia formada por una anciana con un bastón, una madre con un bebé en los brazos y cuatro niños más, todos menores de diez años, a juzgar por su aspecto. Cada uno de los pequeños cargaba, con visible esfuerzo, una caja, una bolsa o una maleta. Tras ellos iban un hombre y un muchacho de unos doce año; entre ambos llevaban un colchón enrollado.

—¿Adónde van a ir? —planteó Lyra.

—Al principio, a la Oficina de Asilo. Después, a las calles, si no tienen dinero. Venga, por aquí.

Lyra apuró el paso, al igual que él. Una vez cruzado el río, se introdujeron en el laberinto de callejuelas situado en la base del castillo. Kubiček se desvió tantas veces por las esquinas que pronto perdió la noción de dónde estaban.

—¿Me ayudará a encontrar el camino para volver a la estación? —preguntó.

—Desde luego. Ya estamos cerca.

—¿No puede decirme algo de ese hombre al que me quiere presentar?

—Se llama Cornelis van Dongen. Es holandés, como tal vez habrá deducido. Lo demás prefiero que se lo cuente él.

—¿Y si no lo puedo ayudar? ¿Qué hará entonces?

—Entonces será un desastre para mí y para todos los habitantes de Malá Strana e incluso de otros barrios.

—Eso me coloca frente a una gran responsabilidad, señor Kubiček.

—Sé que usted puede cargar con ella.

Lyra guardó silencio. Por primera vez se sentía como una estúpida por haberse dejado conducir a aquella maraña de edificios antiguos y callejas por un desconocido.

De trecho en trecho, una farola de gas sujeta a una pared proyectaba su luz en la calle mojada, en los adoquines y en los postigos de las ventanas. El ruido del tráfico, el traqueteo de las ruedas de hierro sobre la piedra, el zumbido de los tranvías ambáricos se iba volviendo imperceptible a medida que se adentraban más y más en aquel dédalo. Allí también se veía a menos gente, aunque de vez en cuando se cruzaban con un hombre inclinado junto a un portal o una mujer apostada debajo de una farola. Tras observar a Kubiček y Lyra, reaccionaban mascullando algo, soltando una tos bronca o simplemente un suspiro.

—Ya falta poco —anunció Kubiček.

—Estoy completamente perdida —dijo Lyra.

—Le enseñaré cómo salir, no se preocupe.

Tras doblar una esquina más, Kubiček sacó una llave del bolsillo y abrió la recia puerta de roble de una casa bastante alta. Dentro, encendió una cerilla con la que alumbró la lámpara de petróleo. Luego la levantó para que ella pudiera orientarse entre las columnas de libros que flanqueaban un estrecho vestíbulo. También había estanterías, que llegaban hasta la pared y que Kubiček había llenado sin duda mucho tiempo atrás, porque tenía que recurrir al suelo. Hasta las escaleras que se vislumbraban entre la oscuridad estaban abarrotadas de libros por ambos lados. El aire, frío y húmedo, estaba cargado de olor a cuero de las tapas y a papel viejo, que predominaba sobre un tufo de fondo a col y a tocino.

—Por aquí, por favor —indicó Kubiček—. Mi invitado no está propiamente dentro del edificio. Yo me dedico a la compraventa de libros y... lo entenderá enseguida.

Con la lámpara en la mano, condujo a Lyra hasta una exigua cocina, limpia y ordenada, que había escapado a la invasión de libros, con la excepción de tres montones pequeños situados encima de la mesa. Kubiček dejó allí la lámpara y abrió la puerta de atrás.

—Venga por aquí, si es tan amable —pidió.

Lyra lo siguió con aprensión. Kubiček había dejado la lámpara dentro, por lo que el pequeño patio posterior estaba sumido en la oscuridad, solo atenuada por el resplandor de la ciudad que impregnaba el aire. También había otra luz…

Lyra contuvo la respiración.

En el patio había un hombre vestido de manera tosca, que irradiaba tanto calor que no pudo acercarse a él. Era como una hoguera. Su cara demacrada era la viva estampa de la angustia. Lyra tuvo que contener una exclamación cuando de debajo de sus párpados brotaron dos pequeñas llamas, que él apartó con un destemplado manotazo. Los ojos eran como brasas, negros en el centro y de un rojo ardiente y palpitante en los bordes. Por lo que Lyra veía, no tenía daimonion.

Cuando dirigió la palabra a Kubiček, le salió una llamarada de la boca. Su voz tenía el sonido crepitante del fuego que arde con excesivo ímpetu en una chimenea pequeña, amenazando con incendiarla.

—Ella es Lyra Lenguadeplata —anunció Kubiček en inglés—. Señorita Lenguadeplata, permítame presentarle a Cornelis van Dongen.

—No puedo estrecharle la mano —advirtió Van Dongen—. Mucho gusto. Por favor, ayúdeme, se lo ruego.

—Lo haré, si puedo, pero… ¿cómo? ¿Qué puedo hacer por usted?

—Encuentre a mi daimonion. Está cerca. Está en Praga. Búsquelo por mí.

Supuso que se refería a localizarlo con el aletiómetro. Tendría que utilizar el nuevo método, lo cual la dejaría postrada con náuseas.

—Necesito saber… —quiso aclarar, pero renunció con un sentimiento de impotencia.

Aquel hombre tenebroso que ardía como una hoguera alargaba los brazos en ademán implorante. De debajo de las uñas de la mano izquierda surgió una hilera de diminutas llamas, que aplastó con la otra mano.

—¿Qué necesita saber? —dijo, con una voz que sonó como un soplete de gas.

—Pues todo…, ¡no sé! ¿Es… como usted?

—No. Yo soy todo fuego, mientras que ella es toda agua. La añoro. Ella me añora a mí…

De sus ojos manaron unas lágrimas de llama y él se inclinó para recoger un puñado de tierra con la que se frotó hasta haberlas apagado. Lyra lo miraba con compasión y horror.

Ahora que sus ojos se habían acostumbrado a la oscuridad y lo veía mejor, advirtió que su cara parecía la de un animal herido, consciente de su sufrimiento, pero no de algo que pudiera explicarlo, de tal forma que el universo entero era cómplice de su dolor y terror. También cayó en la cuenta de que su ropa era de tela de amianto.

El hombre debió de percatarse de su expresión, porque retrocedió, avergonzado, lo cual no hizo más que intensificar la vergüenza que ella misma sentía. ¿Qué podía hacer? ¿Qué podía hacer?

Tenía que hacer algo, como fuera.

—Necesito saber más de su daimonion —pidió—. Su nombre, por ejemplo. Por qué están separados. De dónde son.

—Se llama Dinessa. Somos de la República Holandesa. Mi padre es un filósofo natural y mi madre murió cuando yo era niño. A mi daimonion y a mí nos gustaba mucho ayudar a mi padre en su taller, su laboratorio, donde trabajaba en su obra magna, que era el aislamiento de los principios esenciales de la materia…

A medida que hablaba, parecía como si aumentara el calor que emanaba de su cuerpo, de manera que Lyra dio un paso atrás. Kubiček escuchaba con respetuosa actitud junto a la puerta. Las ventanas del otro edificio de atrás daban también al patio y, al volver la cara en busca de un alivio momentáneo al calor, Lyra vio luces encendidas y un par de personas que se movían en el interior. Nadie miraba, sin embargo, hacia fuera.

—Continúe, por favor —lo animó.

—Decía que a Dinessa y a mí nos gustaba mucho ayudarlo en su trabajo. Nos hacía sentir importantes. Lo único que sabíamos era que él mantenía conversaciones e intercambios con espíritus inmortales, y lo que estos le decían quedaba fuera del alcance de nuestro entendimiento. Un día nos habló de los elementos del fuego y del agua…

Calló un momento para dar rienda suelta a los sollozos, acompañados de grandes goterones de llama.

—Van Dongen, por favor…, no tanto… —le pidió Kubiček, mirando con inquietud las ventanas de las casas que daban al patio.

—¡Yo soy un ser humano! —gritó el hombre de fuego—. ¡Incluso ahora soy humano!

Tapándose los ojos con las manos, osciló hacia delante y

hacia atrás. Lo que más necesitaba era un abrazo, un tipo de contacto que nadie le podía ofrecer.

—¿Qué ocurrió? —lo invitó a proseguir, apiadada, Lyra.

—Mi padre estaba interesado en el cambio —repuso, al cabo de un momento, Van Dongen—. En cómo una cosa se transforma en otra, mientras que las demás no cambian. Nosotros, naturalmente, confiábamos en él y no creíamos que lo que hacía podría ser dañino. Estábamos orgullosos de ayudar en una labor tan valiosa. Por eso cuando quiso trabajar con nosotros, con la conexión existente entre los dos, mientras Dinessa todavía podía cambiar de forma, aceptamos de inmediato.

»Fue un proceso largo que nos perturbó y fatigó mucho, a mi daimonion y a mí, pero perseveramos e hicimos todo lo que nos pidió. Mi padre estaba preocupado por nuestra seguridad... y por todo, porque nos quería de verdad, tanto como nosotros lo queríamos a él. En el transcurso de un experimento, asimiló nuestro ser esencial a los elementos: a mí, a la naturaleza del fuego elemental; a ella, a la del agua elemental. Después descubrió que no podía neutralizar esa operación... que era permanente. Yo estoy así y mi daimonion no puede vivir en el aire, sino que tiene que respirar agua y pasar la vida dentro del agua.

De su frente brotó una llama, que sofocó con una mano.

—¿Por qué se separaron? —preguntó Lyra.

—Una vez que quedamos transformados de esa forma, éramos nuestro mutuo consuelo, pero no podíamos tocarnos nunca, ni abrazarnos. Era un tormento. Debíamos permanecer ocultos en la casa, mi daimonion en un estanque de agua y yo en una cabaña construida con planchas de hierro. Los criados recibían dinero para que no hablaran de nosotros. Mi padre hacía todo lo posible para mantenernos escondidos, pero eso le costaba dinero. Estaba vendiendo todo lo que podía para hacer frente a los gastos. Nosotros no lo sabíamos. ¿Cómo lo íbamos a saber? No sabíamos nada. Al final vino a vernos y dijo: «Lo siento mucho, hijo, pero no me puedo permitir seguir teniéndote escondido. El Magisterio ha oído rumores; si se enteran de tu existencia, a ti te detendrán y a mí me matarán. Tengo que pedir consejo a un gran mago que va a venir a verte mañana. Quizás él pueda ayudarnos». Pero ¡era mentira! ¡Sí, mentira!

Por sus mejillas bajaron cascadas de llamas cuya luz alumbró los muros de los otros edificios, lo cual creó zonas de claroscuro. Lyra observaba con impotencia. Van Dongen se pasó la manga de amianto por la cara y sacudió unas chispas que se reavivaron al caer al suelo, aunque enseguida se apagaron.

Kubiček se acercó un poco.

—Por favor, Van Dongen, procure no excitarse. Este es el único sitio donde podemos hablar sin que el edificio corra peligro, pero cualquiera podría asomarse de un momento a otro y…

—Lo sé. Lo sé. Disculpe, por favor.

Exhaló un suspiro, dejando escapar por la boca una nube de humo y llamas que se disipó en el aire.

Van Dongen cayó de rodillas y después se sentó con las piernas cruzadas en el suelo. Tenía la cabeza gacha y las manos en el regazo.

—Llegó el mago. Se llamaba Johannes Agrippa. Después de mirarnos a Dinessa y a mí, se fue a hablar en privado con mi padre en su estudio. Allí le hizo una oferta: estaba dispuesto a pagar una suma considerable por llevarse a mi daimonion, pero no se quería quedar conmigo. Mi padre aceptó. Como si fuera un animal, como si fuera un bloque de mármol, le entregó a Dinessa, mi única compañía, el único ser que podía entender el alcance de nuestro sufrimiento. Dinessa rogó y rogó, yo lloré e imploré, pero él era más fuerte, siempre lo había sido. Así pues, cerró la transacción. Vendió mi querido daimonion al mago e iniciaron los preparativos para transportarlo a Praga, donde vivía. El dolor de la separación resulta indescriptible. Me retuvieron por la fuerza hasta que estuvo lejos; en cuanto me encontré libre, me fui a buscarla. Aquí sigue, en algún sitio, y yo sería capaz de derribar todos los muros y de incendiar todas las casas. Provocaría un incendio como nunca ha habido otro igual, pero mi daimonion moriría y yo quedaría destruido antes de reencontrarlo.

»Necesito saber dónde está, señorita Lenguadeplata. Creo que usted me lo puede decir. Dígame, por favor, dónde puedo encontrar a mi daimonion.

—¿Cómo supo de mí?

—En el mundo de los espíritus, su nombre es famoso.

—¿Qué es el mundo de los espíritus? No me suena de nada. ¿Qué es…?

—El espíritu es lo que la materia produce.

Confundida por la respuesta, Lyra no supo qué contestar.

—Tal vez sea esa comunidad secreta de la que me ha hablado —intervino Kubiček.

—¿Usted sabe cómo funciona el aletiómetro? ¿Cómo lo utilizo?

Desconcertado, el hombre extendió las manos; al instante, una llama brotó del centro de las palmas. Las arrojó al suelo para apagarlas.

—Aleti... —Sacudió la cabeza—. No conozco esa palabra. ¿Qué es?

—Pensaba que era eso lo que quería que utilizara, el aletiómetro. Es algo que revela la verdad, pero es muy difícil de interpretar. ¿No era eso a lo que se refería?

El hombre volvió a negar con la cabeza, mientras por sus mejillas corrían lágrimas que parecían lava.

—¡No lo sé! ¡No lo sé! —gritó—. Pero ¡usted lo sabrá! ¡Usted lo sabrá!

—Pero si eso es lo único que tengo... No, un momento. También tengo esto.

Era el viejo cuaderno que Pan había dejado junto con la cruel nota de despedida, el que había llevado consigo desde Asia Central el individuo asesinado, Hassall. Entonces cayó en la cuenta de que allí era donde había visto antes el nombre de Kubiček; por eso le había sonado vagamente. Después de sacarlo de la mochila, empezó a pasar con precipitación las hojas en busca de la entrada relativa a Praga.

La oscuridad le impedía leer, de modo que tuvo que arrodillarse junto al hombre de fuego y utilizar la potente luz de sus ojos para ver. Sí, allí estaba Kubiček, con su dirección en Malá Strana. Había cinco nombres con direcciones en Praga, incluida la de Kubiček, cada una escrita con una letra y una pluma distinta. Había otra escrita de lado en el margen de la página, con lápiz: la del doctor Johannes Agrippa.

—¡Ya la tengo! —exclamó Lyra. Trató de mirar con más detenimiento, pero la luz de los ojos de Van Dongen irradiaba demasiado calor—. Señor Kubiček, ¿puede leerlo usted? —pidió, levantándose—. Yo no alcanzo a distinguir la dirección.

Van Dongen se puso de pie, ansioso por ver. Se golpeaba las manos juntando las palmas, con lo cual despedía chispas que giraban en el aire como girándulas. Lyra sintió una especie de pinchazo cuando una de ellas le cayó en la mano. Apagándola de un manotazo, se apartó con precipitación.

—Oh..., perdone..., perdone —se disculpó el holandés—. Lea. Lea.

—¡No hable tan alto, por favor! —reclamó Kubiček—. ¡Se lo ruego, Van Dongen, hable en voz baja! La dirección es... Ah, ya veo.

—¿Cuál es? ¿Dónde vive? —preguntó Van Dongen, con un apagado rugido gutural acompañado de llamas.

—Starý Železniční Most cuarenta y tres. No está lejos. Es un sitio donde... Es una especie de zona de talleres que queda debajo de un antiguo puente de ferrocarril. Es curioso...

—¡Lléveme allí! —exigió Van Dongen—. Vámonos ahora mismo.

—Si le dijera dónde está..., si le diera un plano...

—¡No! Imposible. Me tiene que ayudar. Y usted, señorita, me acompañará también. A ustedes al menos los respetará.

Aunque lo dudaba, Lyra se dijo que tendría que ir con ellos, si quería que Kubiček la condujera después a la estación de tren. En todo caso, sentía curiosidad y también alivio por no haber tenido que someterse a una sesión de aletiómetro con el nuevo método.

—Por favor, Van Dongen, camine despacio y no hable —pidió Kubiček—. Somos tres personas que vuelven a su casa, nada más.

—Sí, sí. Vamos.

Kubiček encabezó la marcha a través de la casa. El holandés lo seguía caminando con mucho cuidado entre las pilas de libros. Lyra iba detrás, manteniéndose a distancia de él.

Por los oscuros callejones y sinuosas calles de Malá Strana, casi desiertos a esa hora, solo merodeaba algún gato o alguna que otra rata. No vieron ningún ser humano hasta que salieron a una zona despejada situada junto al alto muro de una fábrica. Un grupo de hombres se congregaban allí en torno a un brasero, sentados en cajas o sacos apilados, fumando. Se quedaron mirándolos. Al pasar, Kubiček murmuró un cortés saludo, al que no respondieron. Lyra captó la intensidad de su interés cuando volvieron la cabeza para observarla, mientras se alejaba con paso inseguro, tratando de evitar los huecos y los charcos tornasolados de aceite. Van Dongen ni siquiera dio muestras de haberlos visto, ni ellos tampoco demostraron curiosidad por él. Al holandés solo le importaban los arcos de piedra del antiguo puente de ferrocarril adonde se dirigían.

—¿Es ese sitio? ¿Es ahí? —preguntó.

Una llamarada surgida de su cuerpo se hinchó en el aire antes de disiparse. Lyra oyó el gruñido de alarma que emitieron los hombres concentrados alrededor del fuego.

El viejo puente se alzaba ante ellos, dominando el solar. Bajo cada uno de los arcos había una puerta, unas de madera, otras de metal oxidado o incluso de cartón reforzado con algún otro material. La mayoría tenía un candado. Dos de ellas estaban abiertas y las lámparas de petróleo proyectaban una amarillenta mancha de luz afuera. En una, un mecánico montaba un motor ayudado por su daimonion, que le iba pasando las piezas; en la otra, una mujer mayor vendía un paquetito de hierbas a otra más joven de cara macilenta, que posiblemente estaba embarazada.

Van Dongen caminaba con precipitación frente a la hilera de puertas, buscando el número 43.

—¡No está! —exclamó—. ¡No hay ningún cuarenta y tres!

Junto con sus palabras, por su boca salieron unos goterones de llama. El mecánico se detuvo y se quedó mirándolos con un carburador en la mano.

—Van Dongen —rogó Kubiček.

El holandés cerró la boca. Tenía la respiración agitada y los ojos le resplandecían como focos.

—Los números no están en orden —observó Lyra.

—En Praga, las casas están numeradas por el orden en que fueron construidas —susurró Kubiček—. Lo mismo ocurre con los talleres. Hay que mirar todos los números.

Volvía sin cesar la vista hacia los hombres sentados junto al fuego. Al imitarlo, Lyra vio que dos de ellos se habían levantado y los observaban. Van Dongen recorría a toda prisa aquel terreno desolado, pasando de una puerta a otra. Tras echar un vistazo en cada una de ellas, dejaba un rastro de ceniza y tierra quemada. Lyra, que seguía escrutando detenidamente los números, descifraba sin dificultad algunos, pintados con toscos trazados de color blanco o garabateados con tiza, pero otros estaban desdibujados y era casi imposible distinguirlos.

Al cabo de poco, vio una puerta más recia que la mayoría, de roble oscuro, con pesados goznes de hierro. Al lado, había una máscara de león de bronce sujeta a los ladrillos del arco. El número 43 estaba grabado en el centro de la puerta, como a base de arañazos.

—¡Señor Kubiček! —llamó en voz baja—. ¡Señor Kubiček! ¡Señor Van Dongen! ¡Es aquí!

Acudieron de inmediato: Kubiček sorteando con cuidado los charcos; Van Dongen, a la carrera. Sintiendo que de algún modo había asumido la iniciativa, Lyra llamó con firmeza a la puerta.

Al poco, una voz les llegó a través del león de bronce.

—¿Quiénes son? —dijo.

—Viajeros —respondió Lyra—. Hemos oído hablar de la sabiduría del gran maestro Johannes Agrippa y querríamos pedirle consejo.

De repente, cayó en la cuenta de que la voz había hablado en inglés y que ella había contestado, sin pensarlo, en la misma lengua.

—El maestro está ocupado —replicó la máscara de león—. Volved la semana próxima.

—No, entonces ya no estaremos aquí. Necesitamos verlo ahora. Además..., traigo un mensaje de la República de Holanda.

Kubiček sujetaba el brazo de Lyra; Van Dongen alejaba con la mano las pequeñas llamas que brotaban de su boca. Al cabo de un momento, la máscara volvió a hablar.

—El maestro Agrippa les concederá cinco minutos. Entren y esperen.

La puerta se abrió sola. Al instante, los envolvió una bocanada de aire ahumado, cargado de un polvoriento olor a hierbas, a especias y a minerales. Van Dongen se puso en marcha, pero Lyra alargó la mano para contenerlo..., aunque enseguida se arrepintió. En la palma de la mano y los dedos sentía el mismo ardor que si hubiera intentado coger una pieza de hierro candente.

Se llevó la mano al pecho y, reprimiendo un gemido, entró en el taller precediendo a sus acompañantes. La puerta se cerró tras ellos de inmediato. El interior estaba casi en penumbra. Las paredes de ladrillo y el suelo de cemento estaban iluminados por una perla prendida a un hilo colgado del techo, cuya luz aumentaba y disminuía a un ritmo semejante al de una respiración. Con todo, no vieron nada. El lugar estaba vacío.

—¿Adónde debemos ir? —consultó Lyra.

—Abajo —respondió un susurro que flotaba en el aire.
Van Dongen señaló una esquina.

—¡Allí!

De su boca brotó un gran surtidor de llamas que se extendieron por el techo antes de apagarse. Su luz les permitió ver una trampilla. Van Dongen se abalanzó para tirar de la anilla de hierro que había en un extremo.

—¡No! No toque nada —le ordenó Lyra—. En realidad, es mejor que no baje. Quédese aquí arriba hasta que lo avise. Señor Kubiček, asegúrese de que no me siga.

—Pronto, pronto —trató de calmar Kubiček al holandés, conduciéndolo hacia el otro rincón mientras Lyra levantaba la trampilla.

Un tramo de escaleras comunicaba la entrada con un sótano iluminado por una deslumbrante luz. Después de bajar, Lyra se detuvo para observar la habitación. Tenía un techo abovedado, renegrido con el humo de varios siglos. En el centro exacto, ardía una hoguera, bajo una campana de cobre que se prolongaba hasta el techo, a la manera de una chimenea. En torno a las paredes, colgados del techo o en el mismo suelo, había mil y un objetos: retortas y crisoles; vasijas de barro; cajas abiertas llenas de sal, pigmentos o hierbas secas; libros de todos los tamaños y de diversa antigüedad, algunos abiertos, otros apilados en las estanterías; instrumentos filosóficos, brújulas, una cámara lúcida, una estantería de botellas de Leyden, un generador Van de Graaf; un revoltijo de huesos, parte de los cuales podían ser de humanos, diversas plantas tapadas con campanas de cristal y una infinidad de otras cosas más. «¡Makepeace!», pensó Lyra. Aquel lugar le evocó el laboratorio del alquimista de Oxford.

De pie junto al fuego, iluminado con el rojo ardor del carbón ardiente, un hombre vestido con tosca ropa de trabajo removía un caldero donde hervía algo de un olor acre. Recitaba un encantamiento, tal vez, en una lengua que habría podido ser hebreo. Por lo que alcanzaba a ver de su cara, dedujo que era un individuo de mediana edad, orgulloso, impaciente y fuerte, y bastante inteligente. No dio señales de haberla visto.

Le recordó a su padre, pero de inmediato ahuyentó el pensamiento y miró el otro objeto de mayores dimensiones que había en el sótano, un depósito de piedra de tres metros por uno y medio de ancho, que le llegaba a la altura de la cintura.

El depósito estaba lleno de agua. Dentro, precioso y encantador, se desplazaba de un lado a otro con incesante fluir, enroscándose como la madreselva que trepa por una rama, el hermoso daimonion sirena de Cornelis van Dongen: Dinessa, el duende del agua.

Estaba desnuda y su cabellera negra ondeaba tras ella como las frondas de la más delicada alga. Al dar la vuelta en el extremo del depósito, vio a Lyra; como un pez veloz, se precipitó hacia ella.

Antes de que aflorara a la superficie, Lyra se llevó el índice a los labios, señalando al mago que seguía concentrado en su encantamiento. El duende del agua comprendió y se quedó quieto, mirando a Lyra con ojos implorantes. Esta inclinó la cabeza y trató de sonreír. Entonces reparó en lo que había por encima del depósito: una compleja red de pistones, válvulas, bielas, ruedas, cigüeñales y otras piezas cuyos nombres y funciones ignoraba por completo.

Lyra oyó un grito a su espalda, antes de que una llamarada le chamuscara el cabello. Al volverse, vio a Van Dongen en mitad de las escaleras. Kubiček trataba de retenerlo, pero tenía la cara crispada de dolor. La palma de la mano empezó a palpitarle.

En un abrir y cerrar de ojos, ambos aterrizaron al pie de las escaleras, en el suelo del sótano...

Entonces se formó un alboroto. El cocodrilo disecado colgado del techo despertó rugiendo entre sus cadenas y empezó a retorcerse y dar coletazos; una hilera de polvorientas bombonas de cristal, de unos cinco litros o más, que contenían extraños especímenes, fetos, homúnculos y cefalópodos, se encendieron y, en su interior, las criaturas muertas se pusieron a aporrear el vidrio, a precipitarse contra los lados o a sollozar con furia; un pájaro de metal encerrado en una polvorienta caja entonó unos estridentes trinos; el agua del tanque de Dinessa se apartó de Van Dongen para levantarse y formar una gran ola que se quedó suspendida, temblando en el aire, con el daimonion acuático dentro, como un insecto atrapado en ámbar. Al ver a su persona, sacó ambos brazos del agua, alargándolos hacia él.

—¡Cornelis! ¡Cornelis! —lo llamaba.

Todo ocurría tan deprisa que era imposible pararlo.

—¡Dinessa! —gritó Van Dongen.

Luego se arrojó hacia la ola vertical. Dinessa salió de ella para caer en sus brazos.

Se juntaron en una explosión de vapor y fuego. Por un segundo, Lyra vio cómo se pegaban sus rostros, radiantes y embelesados, en un abrazo final. Después desaparecieron y algo se accionó en el circuito de encima del depósito. Unos chorros de vapor sobrecalentado circulaban por los cilindros y presionaban los pistones, haciendo mover las bielas, que a su vez giraban una gigantesca rueda. Todo se movía con la impecable fluidez de una maquinaria lubricada.

Lyra y Kubiček retrocedieron, horrorizados. La chica se volvió hacia el hechicero, que cerraba su libro con la actitud de quien acaba de culminar una larga y ardua tarea.

—¿Qué ha hecho? —le preguntó de forma impulsiva.

—He puesto en marcha mi máquina —respondió él.

—Pero ¿cómo? ¿Dónde están el hombre y su daimonion?

—Ambos están cumpliendo el destino para el que fueron creados.

—¡No fueron creados para esto!

—Usted no sabe nada. Yo tomé las disposiciones para su nacimiento, traje al daimonion aquí para este trabajo, pero el chico escapó. Pero tampoco supuso un gran obstáculo. Me las ingenié para que usted lo encontrara y me lo trajera aquí. Ahora su función ha concluido. Ya se puede marchar.

—¡Su padre los traicionó y usted les ha hecho esto!

—Yo soy su padre.

Lyra se quedó aturdida. La maquinaria funcionaba más velozmente. Notaba cómo el sótano entero temblaba por su ímpetu. El cocodrilo se había aletargado y solo movía lentamente la cola; los homúnculos habían parado de chillar y de aporrear el vidrio de las bombonas y flotaban con satisfacción en el fluido que los contenía, el cual había adquirido un tenue relumbre rojo; el pájaro de metal, cuyas plumas doradas relucían entonces con rutilantes aplicaciones de esmaltes y piedras preciosas, exhibía ahora un canto tan dulce como el del ruiseñor.

Agrippa permaneció quieto y tranquilo, como si esperara a que Lyra le hiciera una pregunta.

—¿Por qué? —dijo—. ¿Por qué tenía que hacerlo así? ¿Por qué sacrificar dos vidas? ¿No podía encender un fuego de una manera normal?

—Esto no es un fuego normal.

—Respóndame por qué —reclamó Lyra.

—Esto no es una máquina normal. No es un fuego normal. No es un vapor normal.

—¿Eso es todo lo que eran? ¿Tan solo una clase diferente de vapor? El vapor es vapor.

—Nada es solo lo que es.

—Eso no es verdad. Nada es más de lo que es —afirmó Lyra, citando con incomodidad a Gottfried Brande.

—Se ha tragado esa mentira, ¿no?

—¿Cree que es mentira?

—Una de las mayores mentiras jamás contadas. Pensaba que tenía más imaginación como para darle crédito.

—¿Qué sabe usted de mí? —preguntó, desconcertada.

—Todo lo que necesito saber.

—¿Encontraré a mi daimonion?

—Sí, pero no como cree.

—¿Qué significa eso?

—Todo está conectado.

Lyra reflexionó un instante.

—¿Y qué clase de conexión tengo yo con esto? —preguntó.

—Esto la ha traído hasta el único hombre capaz de decirle si debe ir al este o al sur.

No podía ser. ¿Qué estaba pasando?

—¿Y en qué dirección debo ir entonces? —preguntó.

—Mire en su *clavicula* —indicó, señalando el cuaderno.

Lyra volvió a consultar la página donde constaba la anotación añadida al margen; debajo de su nombre y dirección, encontró algo en lo que no había reparado antes... Una frase: «Dígale que vaya hacia el sur».

—¿Quién escribió esto? —dijo.

—La misma persona que escribió mi nombre y mi dirección, el maestro Sebastian Makepeace.

Lyra tuvo que apoyarse en el costado del depósito de piedra.

—Pero ¿cómo...?

—Lo averiguará a su debido tiempo. Ahora no lo entendería.

Notó un roce en el brazo. Al volverse, vio a Kubiček: estaba pálido y visiblemente nervioso.

—Un momento —pidió. Luego prosiguió su conversación con Agrippa—. Hábleme del Polvo. ¿Sabe a qué me refiero?

—He oído hablar del Polvo y del campo de Rusakov, desde luego. ¿Acaso cree que aún vivo en el siglo XVII? Yo leo todas las publicaciones científicas. Algunas son muy divertidas. Le voy a decir algo. Usted tiene un aletiómetro, ¿verdad?

—Sí.

—El aletiómetro no es la única manera de interpretar el Polvo, ni siquiera la mejor.

—¿Cuáles más hay?

—Le voy a decir una solamente. Una baraja de cartas.

—¿Se refiere al tarot?

—No. Eso es un monumental fraude moderno destinado a sacarles el dinero a las personas románticas y crédulas. Me refiero a una baraja de cartas con imágenes impresas, simplemente imágenes. Cuando vea una, la reconocerá.

—¿Qué puede decirme de algo que llaman la comunidad secreta?

—Es una manera de designar el mundo con el que trabajo, el mundo de las cosas ocultas y de las relaciones secretas. Es el motivo por el que nada es solo lo que es.

—Dos preguntas más. Quiero encontrar un lugar llamado el Hotel Azul, al-Khan al-Azraq, para buscar allí a mi daimonion. ¿Sabe lo que es?

—Sí. Tiene otro nombre. A veces lo llaman Madinat al-Qamar, la Ciudad de la Luna.

—¿Y dónde está?

—Entre Seleukeia y Alepo. Puede llegar hasta allí desde cualquiera de esas dos ciudades, pero no encontrará a su daimonion sin haber sufrido antes grandes padecimientos y dificultades, y él no podrá irse con usted a menos que haga un gran sacrificio. ¿Está dispuesta a hacerlo?

—Sí. La segunda pregunta es: ¿qué significa la palabra *akterrakeh*?

—¿Dónde la ha oído?

—En relación con un sitio llamado Karamakán. Es una manera de viajar o algo por el estilo. Cuando uno tiene que ir *akterrakeh*.

—Es en latín.

—¿Cómo? ¿En serio?

—*Aqua terraque.*

—Agua y tierra...

—Por agua y por tierra.

—Ah. ¿Y qué significa?

—Hay algunos lugares especiales adonde no se puede ir si no viajan por separado la persona y su daimonion. Uno debe ir por agua, y el otro, por tierra.

—Pero ¡si ese sitio está en medio del desierto! No hay nada de agua.

—No del todo. El sitio al que alude se encuentra entre el desierto y el lago errático, compuesto por las marismas y los arroyuelos de Lop Nor, cuyos cursos de agua cambian y se desplazan de forma imprevisible.

—¡Ah! Ya entiendo —dijo.

De repente, se aclaraba el significado de lo que había escrito Strauss en aquellas páginas de papel gastado que había encontrado en la mochila de Hassall. ¡Ahora lo comprendía todo! Los dos hombres habían tenido que separarse de sus daimonions para viajar hasta el edificio rojo; el daimonion de Strauss había llegado sin percance, de modo que ambos habían podido entrar. En cambio, el daimonion de Hassall no había conseguido llegar, aunque después debieron de reunirse en algún lugar. Así era como funcionaba. Ella misma solo podría ir allí si Pan aceptaba pasar por Lop Nor mientras la propia Lyra atravesaba el desierto. En tal caso, podría entrar en el edificio rojo. Al hacerse cargo de aquella revelación que despejó toda la bruma y las dudas, recordó que la primera vez que leyó el diario de Strauss había tenido la sensación de que sabía lo que había dentro de ese edificio. El conocimiento se manifestó como una tenue promesa palpitante, a la manera de un espejismo, pero aún seguía temblando sin que pudiera asirlo.

Allí parada en el sótano cargado de humo, con el firme y regular latido de los pistones, las bielas y las válvulas que atestiguaba la unidad definitiva de Cornelis y Dinessa, trató de volver a centrar la atención en Agrippa.

—¿Cómo lo sabe? —dijo—. ¿Es que usted mismo hizo el viaje?

—Ya basta de preguntas. Váyanse.

Kubiček le tiró de la manga, y ella accedió a acompañarlo hasta la escalera. Volvió la vista hacia el sótano, donde todo tenía vida y donde se fraguaban ocultos designios. Agrippa ya había cogido una caja de hierbas y, tras despejar un espacio en un banco de trabajo, bajaba una balanza. El motor de vapor había adoptado un calmado y poderoso ritmo. Lyra vio como el mago alargaba una mano para coger una cajita que parecía haber llegado flotando hasta él. Unas lucecillas resplandecían sobre diversos tarros, botellas y cajas de los estantes, y junto a dos cajones de un gran armario de caoba. El hechicero iba cogiendo algo de cada uno de los envases así iluminados; entonces el espíritu (Lyra no logró encontrar otra palabra) responsable de la luz se iba volando a reunirse con la otra luz del banco. En aquel sótano, todo parecía vivo, dotado de una finalidad. Y Agrippa estaba muy atareado, muy calmado y concentrado en lo que hacía, plenamente realizado, ansioso por pasar a la siguiente fase de su trabajo.

Reanudó el ascenso de las escaleras detrás de Kubiček y salió al inhóspito solar. Los hombres se habían ido y de la hoguera solo quedaban brasas. Respirando con fruición el frío aire, sintió que la conectaba con el firmamento, como si fuera un viento llegado desde los millones de estrellas que lo tachonaban.

—Bueno, está claro que tengo que coger el tren de la ruta del sur —dijo—. ¿Llegaré a tiempo a la estación?

El reloj de una iglesia cercana dio las dos.

—Si vamos ahora mismo —dijo Kubiček.

Atravesaron el casco antiguo y después cruzaron el puente. En algunos de los barcos del río había luz; una barcaza pasó impulsada por la corriente transportando una carga de grandes troncos de pino hacia el Elba, con destino a Hamburgo y el océano Germánico; en el otro lado del puente, un tranvía se deslizaba sobre los raíles, con tres pasajeros trasnochadores en su interior iluminado.

Ninguno de los dos habló hasta que llegaron a la estación.

—La ayudaré a comprar el billete —se ofreció entonces Kubiček—. Pero antes déjeme ver esa *clavicula*. —Tras hojear el cuaderno, exclamó con satisfacción—: ¡Ah!

—¿Qué está buscando?

—Era para ver si tenía el nombre y la dirección de una persona de Esmirna. En Constantinopla, no hay nadie como nosotros, pero si continúa hasta Esmirna, esta dama le será de ayuda.

Después de guardar el cuaderno, Lyra le estrechó la mano, ya que había olvidado hasta que fue demasiado tarde la quemadura que había recibido en la suya.

—Ha pasado una velada extraña en Praga —dijo Kubiček mientras se dirigían a la única ventanilla con luz.

—Bueno, en todo caso, ha sido útil. Gracias por su ayuda.

Al cabo de cinco minutos, se encontraba en un compartimento con litera, sola, agotada, con la mano algo dolorida, pero viva y exultante. Por fin, tenía un lugar de destino y un objetivo claro. Cinco minutos después de que el tren empezara a moverse, ya se había dormido.

21

Captura y evasión

Marcel Delamare se enfadaba muy pocas veces. Solía manifestar su desaprobación por medio de un frío y calculado castigo que administraba a quienes lo habían importunado. Lo hacía de una forma tan sutil que, al principio, los afectados se sentían halagados, creyendo que habían atraído su atención, hasta que tomaban conciencia de sus desagradables consecuencias.

Sin embargo, Olivier Bonneville no solo lo había molestado. Era un acto de flagrante desobediencia que merecía un castigo ejemplar. El Tribunal Consistorial de Disciplina era el órgano más indicado para encargarse de infracciones de ese tipo. Delamare se ocupó de ponerlos al corriente de todos los detalles necesarios para encontrar a Bonneville, detenerlo e interrogarlo, incluidos algunos datos sobre sus orígenes que él mismo desconocía.

El joven no era tan astuto como pensaba. No era difícil seguirle la pista. Puesto que el billete que había comprado en Dresde le permitía viajar río abajo hasta Hamburgo, el TCD había apostado agentes en varias ciudades de las riberas del Elba para que montaran guardia. En cuanto Bonneville desembarcó en el muelle de Wittenberg, el agente que vigilaba el lugar lo detectó y envió un mensaje a Magdeburgo, ciudad situada a tan solo unas horas de distancia, solicitando ayuda.

Su presa no se dio cuenta de que lo seguían. Al fin y al cabo, Bonneville era un aficionado, y su rastreador, un profesional que, después de verlo entrar en una cochambrosa pensión, se sentó en la cafetería de enfrente a esperar a que llegaran sus colegas de Magdeburgo, que habían alquilado una veloz lancha motora y no tardarían en desembarcar.

Bonneville había pasado buena parte del día encorvado sobre el aletiómetro, en el cargado ambiente del camarote, observando los movimientos de Pantalaimon: desde la conversación que mantuvo con la muchacha del colegio para ciegos a su recorrido por los tejados hasta la segunda conversación con otra chica, bastante más guapa que la anterior. Un irresistible acceso de náusea lo había obligado a salir a despejarse a cubierta. Para cuando se hubo recuperado, el daimonion de Lyra estaba hablando de filosofía con un señor mayor. La labor de seguimiento era muy difícil. Si miraba, se mareaba; si se limitaba a escuchar, no averiguaba nada del sitio donde se encontraba el daimonion. Para enterarse de algo, estaba obligado a mirar de vez en cuando.

El aire del cuarto de la pensión estaba igual de viciado que el del camarote del barco, con la diferencia de que allí olía a col y no a aceite. Como no quería que las náuseas volvieran a dominarlo, decidió salir a pasear a la calle, para airearse. Si mantenía los ojos abiertos, cabía incluso la posibilidad de que volviera a ver a la criatura.

Desde la cafetería, el vigilante del TCD vio salir a Bonneville con su daimonion (una especie de halcón) en el hombro. Llevaba una bolsa pequeña, pero había dejado la maleta en la pensión; así pues, iba a volver. El agente dejó unas monedas en la mesa y lo siguió.

Pantalaimon, por su parte, estaba en el jardín del colegio Santa Lucía para ciegos, acurrucado en el árbol donde se había escondido aquella mañana. No dormía, sino que observaba la actividad del centro a través de las ventanas alumbradas, con la esperanza de que aquella muchacha, Anna, volviera a salir para ir a leer el libro. Sin embargo, las probabilidades eran escasas. Había humedad, hacía frío y, seguramente, estaba cenando con sus amigas en un caldeado comedor. Pan oía sus voces desde el otro lado de la franja de césped.

Se puso a pensar en Gottfried Brande y en Sabine. Quizás aún seguían allí, peleando, en aquella casa alta con el desván vacío. Debía haberle planteado de otra forma las preguntas a Brande, se lamentó. Tenía que haber tratado de hablar con aquel misterioso daimonion, Cósima. Sobre todo, debería haber sido más paciente con la muchacha. En muchos sentidos, se parecía a Lyra... Ese pensamiento le puso nostálgico. Pensó que Lyra seguiría en La Trucha. La imaginó hablando con Malcolm y con Asta, el hermoso gato rojo. Imaginó que Lyra alargaba una mano dubitativa para tocarlo, consciente de todo lo que representaba ese gesto. No, no, imposible, se dijo, intentando escapar de ese pensamiento.

No obstante, no podía volver con ella sin lo que había ido a buscar. Se sentía inquieto. Por primera vez, no estaba seguro de lo que quiso decir al hablar de la imaginación de Lyra. A pesar de las dudas, sabía que no regresaría sin ella.

Era inútil. No conseguiría dormirse, porque estaba demasiado irritado consigo mismo. Se levantó, se estiró y saltó a la pared para abandonar el jardín y adentrarse en la oscuridad de las calles.

Bonneville caminaba en dirección a la Stadtkirche, escrutando cada portal, cada callejón e incluso los tejados. Para no llamar la atención, trataba de adoptar la apariencia de un turista o de un estudiante de Arquitectura. Llegó a plantearse llevar un bloc de dibujo y un lápiz, pero la descartó porque, con la creciente niebla, era improbable que alguien saliera a dibujar en aquellas condiciones.

Aparte del aletiómetro, en la bolsa llevaba una red de seda, extremadamente resistente y ligera, con la que pretendía atrapar al daimonion de la chica para luego llevarlo a algún sitio discreto donde poder interrogarlo. En su mente, sonaba bien, pues había practicado mucho. Era tan rápido y hábil con la red que le parecía una pena que nadie pudiera verle manejándola.

Se detuvo en un bar de la plaza principal, donde se tomó una cerveza, atento a lo que ocurría a su alrededor y a las conversaciones de otras mesas, mientras hablaba en voz baja con su daimonion.

—Ese hombre mayor —dijo—. El anciano del desván.

—Esos mismos argumentos... Lo que decía..., lo hemos escuchado antes. Debe de ser alguien famoso.

—Estoy intentando acordarme.

—¿Crees que el daimonion aún está con él?

—No. No se entendían muy bien. El daimonion lo acusaba de algo.

—Algo relacionado con la chica.

—Sí...

—¿Crees que va a volver a esa casa?

—Puede. Aunque no sabemos dónde está.

—Podríamos hablar con ese hombre.

—No sé —objetó—. Si el daimonion se ha ido, no es seguro que el anciano sepa adónde. No es que tuvieran un trato muy afable.

—Podríamos hablar con él.

—Puede que esa otra muchacha sepa algo —apuntó el daimonion—. Podría ser su hija.

A Bonneville le pareció más interesante aquella sugerencia. Se le daban bien las chicas. Sin embargo, la desechó.

—Todo esto no son más que conjeturas. Hemos de centrarnos en él. Voy a probar algo...

Cogió la bolsa, lo que agitó al daimonion halcón, que sufría aquellas náuseas como él.

—No, no, ahora no —se apresuró a rogar.

—No voy a mirar. Solo escucharé.

El daimonion sacudió la cabeza y se volvió hacia otro lado. En la cafetería había media docena de clientes; en general, eran hombres de mediana edad que habían ido a pasar un rato después del trabajo, charlando, fumando o jugando a las cartas. Ninguno de ellos demostró interés por el joven de la mesa del rincón.

Apoyando el aletiómetro en el regazo, lo rodeó con ambas manos. Su daimonion aleteó para desplazarse desde el respaldo de la silla a la mesa. Bonneville cerró los ojos y pensó en Pantalaimon. Al principio, solo logró convocar imágenes de su apariencia.

—No, no —murmuró el daimonion halcón.

Respiró hondo y lo volvió a intentar. Esa vez mantuvo los ojos abiertos, con la vista fija en su vaso medio vacío, atento para escuchar el roce de las garras en los adoquines, el ruido del tráfico, del ajetreo de las calles, pero lo único que oyó fue el fúnebre sonido de una sirena.

Después se dio cuenta de qué era lo que estaba oyendo en realidad, pues vio que dos de los clientes de las otras mesas volvían la cabeza en dirección al río y hablaban entre sí, asintiendo. El sonido se volvió a repetir, pero entonces en la cabeza de Bonneville sonó, procedente de otro lugar, el roce de unas garras, unas voces masculinas, el chapoteo del agua, un golpe sordo, como el choque de algo grande y pesado contra otra masa grande e inmóvil, el crujido de una cuerda en contacto con una superficie de madera húmeda. ¿Sería un barco de vapor que atracaba en el muelle?

De manera que el daimonion de Lyra se volvía a poner en marcha.

—Eso es —confirmó Bonneville, levantándose al tiempo que guardaba el aletiómetro en la bolsa—. Si nos damos prisa, quizá lo veamos subir a bordo... Entonces podríamos atraparlo.

Después de pagar rápidamente la cuenta, se fueron.

Pantalaimon espiaba desde las sombras, al lado de la taquilla. Según la tabla de horarios de la pared, ese barco remontaba el río hasta Praga. Eso le serviría de momento.

Sin embargo, el muelle estaba bien iluminado y la cantidad de gente que bajaba y subía por la pasarela le impedía utilizar esa vía para subir a bordo, a pesar de la niebla que difuminaba los contornos de todo.

Siempre le quedaba la posibilidad de ir por el agua. Sin pararse a pensar, salió corriendo de al lado de la taquilla, en dirección al borde del muelle. Aún no había terminado de cruzarlo cuando algo le cayó encima..., una red...

Bruscamente detenido en su impulso, se encontró dando vueltas, arrastrado sobre las losas del suelo. Él forcejeaba, se retorcía, daba mordiscos al aire, tirones a los hilos, pero la red era demasiado resistente y el joven que la asía era despiadado. Pantalaimon sintió que lo levantaban en vilo; entonces entrevió la cara de su captor, de ojos oscuros y expresión cruel; también advirtió los pasajeros que miraban, petrificados por el estupor. Después los acontecimientos se precipitaron. Oyó el rugido de una lancha motora que dio marcha atrás para atracar en el muelle, las exclamaciones de los pasajeros, una violenta maldición proferida por el joven que sostenía la red, después el ruido de unos pasos que se acercaban a la carrera y una voz masculina profunda que dijo:

—Olivier Bonneville, queda detenido.

La red cayó al suelo, pero, por más que se debatió, Pan solo logró enredarse más en la malla.

Aunque se esforzó por soltarse, tuvo conciencia de que los hombres llegaban corriendo de la lancha, de las destempladas protestas del joven (¡Bonneville! ¡Bonneville!), de la palabra «daimonion» pronunciada por distintas voces con tonos de asombro y temor, y luego del horrendo contacto de la mano de un desconocido que lo agarró por el cuello. Lo levantó y lo acercó a una cara que apestaba a cerveza, a hoja de fumar y a colonia barata, así como a unos ojos saltones inyectados en sangre.

Con la red todavía colgada a su alrededor, trató de abrir una brecha mordiéndola, pero aquella mano le apretaba el cuello como una tenaza de hierro. Volvió a oír, como de lejos, la airada voz del joven.

—Sepan que a la persona para la que trabajo, Marcel Delamare de La Maison Juste, no le va a gustar nada esto. Llévenme a un sitio tranquilo y les explicaré…

Eso fue lo último que oyó Pan antes de perder el conocimiento.

Mignonne prometía ser igual de ligera y grácil que *La bella salvaje*, la canoa que Malcolm había tenido en su niñez. No obstante, la vela que encontró y trató de izar era endeble y estaba podrida, tal como comprobó incluso a oscuras, pues se le deshizo entre las manos.

—Entonces tendremos que movernos remando —concluyó Malcolm, consciente de que una embarcación que navegaba bien a vela podía ser muy difícil de controlar a remo.

Sin embargo, no había otra alternativa; además, teniendo en cuenta que la vela era blanca, o lo había sido, resultaría demasiado visible en plena noche.

Con la luz de una cerilla, vio que las puertas del cobertizo estaban cerradas con otro candado, más difícil de hacer saltar que el de la otra puerta. Cuando por fin lo hubo neutralizado, tuvieron ante sí el lago.

—¿Listo, *monsieur*? —dijo, estabilizando la barca junto al embarcadero mientras su acompañante subía.

—Listo, sí. Si Dios quiere.

Malcolm impulsó la barca, alejándola de la orilla. La dejó derivar un poco hasta disponer de espacio suficiente para empezar a remar. La caseta del embarcadero se encontraba en una pequeña bahía abrigada por un promontorio rocoso. Él preveía, por lo tanto, que el agua estuviera en calma allí y agitada fuera; sin embargo, una vez que salieron de ella, comprobó con sorpresa que, en todo el lago que se prolongaba ante ellos, el agua estaba lisa como el cristal.

El aire era denso y húmedo. En todas partes reinaba una asombrosa quietud. Pese a que apreciaba la sensación de volver a utilizar los músculos, tras días de viaje, era casi como si estuvieran en un espacio cerrado. Al dirigir la palabra a Karimov, se dio cuenta de que bajaba la voz de forma inconsciente.

—Ha dicho que había tenido tratos con Marcel Delamare —mencionó—. ¿Para qué había recurrido a usted?

—Me encargó que le llevara aceite de rosas del desierto de Karamakán, pero aún no me ha pagado. Y me temía que estaba retrasando el pago para retenerme en Ginebra porque quería hacerme algún daño. De no ser porque ando sin dinero, me hubiera marchado antes.

—Hábleme de ese aceite.

Karimov le explicó todo lo que le había contado a Delamare.

—Sin embargo, había algo curioso —añadió—. Cuando le hablé de la destrucción de la estación de investigación de Tashbulak, fingió estar sorprendido, aunque no creo que lo estuviera. Después me formuló preguntas sobre los hombres de las montañas que atacaron la estación. Le respondí la verdad, pero otra vez me dio la impresión de que ya sabía lo que esperaba oír. Por eso omití una parte de la información.

—¿Qué fue eso que no le dijo?

—Los hombres de las montañas no destruyeron totalmente ese lugar. Se vieron obligados a huir... Y ahí es cuando ya es difícil creerse la historia, *monsieur*, porque lo que los obligó a huir fue un pájaro monstruoso.

—¿El Simurgh?

—¿Cómo lo sabe? Yo no iba a pronunciar ese nombre, pero...

—Lo leí en un poema.

Era cierto. Se trataba del ave que guiaba a Jahan y a Rukhsana al jardín de rosas en el poema tayiko. Además, Malcolm también recordaba haberlo leído en el diario del doctor Strauss, que Hassall (aquel tipo al que habían asesinado) había llevado de Tashbulak a Oxford. El camellero Chen les había dicho que los espejismos que veían en el desierto eran aspectos del Simurgh.

—¿Conoce *Jahan y Rukhsana*? —preguntó Karimov, sorprendido.

—Lo he leído, sí. Naturalmente, lo interpreté como una fábula. ¿Usted me dice que el Simurgh existe de verdad?

—Hay muchas formas de existencia, *monsieur*. No me atrevería a decir que fuera esta o aquella o la de más allá. Probablemente, era una de las que no sabemos nada.

—Comprendo. ¿Y no le contó nada de eso a Delamare?

—Exacto. Por lo que observé durante la conversación que mantuve con él, deduje que sabe mucho de los hombres de las montañas y que no quería que yo me enterara. Por eso me da miedo que me mande detener y encarcelar, o algo peor. Asimismo, temo que sea por eso por lo que me mantiene bloqueado en esta ciudad. Cuando me enteré de su situación, *monsieur*, sentí que mi obligación era ponerlo al corriente de lo que sabía.

—Me alegra mucho que lo haya hecho.

—¿Me permite preguntarle qué tiene que ver *monsieur* Delamare con usted?

—Cree que soy su enemigo.

—¿Y tiene razón?

—Sí. Sobre todo, en lo tocante a Tashbulak y al aceite de rosas. Creo que pretende utilizarlo para fines perversos. Y si está en mis manos detenerlo, lo haré. Sin embargo, antes necesito ampliar mi información. Usted encontró a alguien que comerciaba con él, por ejemplo. ¿Hay una amplia red de comercio de ese aceite?

—No, es reducida. Es un artículo sumamente caro. Se utilizaba más antes, cuando la gente creía que los chamanes eran capaces de acceder al mundo de los espíritus, pero ahora son pocos los que creen en eso.

—¿Se utiliza para algo más? ¿La gente lo usa por placer, por ejemplo?

—No da mucho placer, *monsieur* Polstead. El dolor es terrible y los efectos visuales se obtienen de una manera más fácil con otras drogas. Creo que algunos médicos lo utilizan para aliviar diversas enfermedades crónicas, tanto físicas como mentales, pero es tan caro que solo se lo pueden permitir los ricos. Los únicos que estaban interesados en él eran los sabios investigadores de Tashbulak y, en general, su labor era secreta.

—¿Estuvo alguna vez en la estación de Tashbulak?

—No, *monsieur*.

Malcolm siguió remando. En el lago había un silencio profundo; sobre él, flotaba un aire cargado, como desprovisto de oxígeno.

—¿Adónde vamos? —preguntó Karimov.

—¿Ve ese castillo? —dijo Malcolm, que señaló un peñasco situado no muy lejos, en la orilla.

Encima se alzaba un edificio de recias torres, apenas recortadas en un cielo carente de la luz de la luna o de las estrellas.

—Creo que sí —aventuró Karimov.

—Allí está la frontera con Francia. Una vez que la hayamos cruzado, lo normal es que estemos a salvo, pues Ginebra no tiene jurisdicción allí. Aun así...

En una fracción de segundo, el cielo se iluminó y después regresó la oscuridad. Luego se produjo otro fogonazo, aún más reluciente; en aquella ocasión, Malcolm y Karimov vieron cómo los relámpagos se abatían sobre la tierra al tiempo que notaban en la cara el impacto de los primeros goterones de lluvia. A ambos les dio tiempo a subirse el cuello del abrigo y a calarse los sombreros antes de que llegara el trueno, con un ensordecedor restallido que pareció partirles la cabeza. El retumbo se prolongó sobre el lago, rebotando en las montañas, con tal intensidad que a Malcolm le zumbaban los oídos.

El viento que empezó a soplar agitó el agua, levantando olas que después impactaban sobre sus caras con mayor furia que la propia lluvia. Malcolm había navegado algunas veces en los lagos y sabía que las tormentas podían declararse de forma repentina, pero aquella era excepcional. Como era inútil tratar de ir más allá del castillo de las peñas, encaró la barca hacia estribor y remó con vigor hacia la orilla más cercana. Se orientaba por el incandescente ramaje de los relámpagos que azotaron el suelo y proyectaron una deslumbrante luz sobre las montañas. Esa vez, los truenos sonaron enseguida, con una potencia que hacía estremecerse la barca; cuando menos, así lo sentían ellos. Asta estaba dentro del abrigo de Malcolm, cobijado; estaba tranquilo, intentando transmitir confianza a Malcolm. Consciente de que esa era la intención del daimonion, él le dio las gracias en silencio.

La pequeña *Mignonne* cabeceaba en medio del caos y hacía agua. Karimov se servía de su sombrero de piel para achicar como podía. Recurriendo a toda la fuerza de los brazos y la espalda, Malcolm hundía a fondo los remos en el agua, con todos los músculos en tensión, para impedir que la barca volcara o se adentrara más en el lago bajo la presión del viento.

Al mirar tras de sí, apenas veía algo más que oscuridad. De repente, ante ellos se presentó una oscuridad aún más densa. Era un bosque que llegaba justo hasta la orilla. Ya alcanzaba a oír el roce del viento entre los pinos, incluso bajo el ensordecedor repiqueteo de la lluvia y las monstruosas explosiones de los truenos.

—Ya casi —gritó Karimov.

—Voy a ir de frente. Intente agarrar alguna rama.

Malcolm notó una sacudida y una especie de chirrido cuando el casco de madera de la *Mignonne* chocó contra una roca. No había forma de evitarlo. Apenas veía nada y no había playa alguna cerca. Topando contra rocas y más rocas, después de un último bandazo y una raspada más, la barca quedó inmóvil. Karimov trataba de ponerse en pie y localizar una rama a la que cogerse, pero perdía el equilibrio una y otra vez.

Agarrándose a la borda, Malcolm bajó; el agua le llegó hasta los muslos antes de encontrar algo sólido donde apoyar los pies. Aunque amontonadas e irregulares, las piedras eran lo bastante grandes como para no ceder bajo su peso y torcerle un tobillo.

—¿Dónde está? —preguntó Karimov.

—Casi en la orilla. No se mueva. Amarraré la barca en cuanto pueda.

Avanzó a tientas hacia la proa hasta encontrar la amarra. Al desatarla en el embarcadero, había advertido que estaba vieja y gastada. Aun así, la calidad de su cuerda le hizo pensar que aguantaría.

—Arriba, a tu derecha —le indicó Asta, encaramado a su hombro.

Palpando en aquella dirección, encontró una rama baja que parecía resistente. Pero estaba demasiado lejos.

—Karimov —llamó—. Yo mantendré la barca fija mientras usted baja. Vamos a tener que llegar como podamos a la orilla; de todas maneras, ya estamos bastante mojados. Recoja sus cosas y tenga cuidado.

Un relámpago cayó muy cerca de ellos: una cruda y fugaz luz lo iluminó todo. La orilla, a tan solo un par de metros de la proa, era empinada y estaba recubierta de arbustos. Karimov sacó con prudencia una pierna por la borda, buscando algo sólido donde hacer pie.

—No toco fondo... No encuentro ninguna piedra...

—Agárrese a la barca y baje ambas piernas.

Otra descarga eléctrica. ¿Cuáles eran las recomendaciones para salir indemne de una tormenta en medio de un bosque?, se preguntó Malcolm. En primer lugar, evitar los árboles altos, pero si uno es incapaz de ver nada... El relámpago había precipitado una nueva aparición del círculo de lentejuelas. El pequeño aro de luz empezó a retorcerse y a centellear en la oscuridad justo cuando localizó con la mano una rama baja donde poder atar la barca.

—Aquí —gritó—. Por este lado está la orilla.

Karimov avanzaba con dificultad hacia él. Malcolm le cogió con fuerza la mano y tiró para ayudarlo a salir del agua.

—¿Tiene todo lo que va a necesitar?

—Creo que sí. ¿Qué vamos a hacer?

—Subir juntos entre los matorrales. Con suerte, encontraremos algún sitio donde cobijarnos.

Malcolm descargó la mochila y la maleta de la barca, y emprendió el ascenso cargado con ellas. Parecía que se encontraban en la base de una cuesta empinada o incluso al pie de un acantilado... Tal vez habría algún saliente rocoso bajo el que guarecerse.

Al cabo de un minuto de ascenso, encontraron algo mucho mejor.

—Creo que... allí hay... Justo encima de esa peña.

Malcolm dejó la maleta un poco más arriba y alargó la mano para ayudar a Karimov.

—¿Qué es? —preguntó el tayiko.

—Una cueva —respondió Malcolm—. ¡Una cueva seca! ¿No se lo había dicho?

Los agentes llevaron a Olivier Bonneville a la comisaría más próxima, donde requisaron la sala de interrogatorios. Oficialmente, el TCD no mantenía ningún tipo de relación formal con la policía de Wittenberg ni de Alemania en general, pero las placas de TCD surtían un efecto mágico.

—¿Cómo se atreven a tratarme así? —protestó, como no podía ser de otro modo, Bonneville.

Los dos agentes se tomaron su tiempo para instalarse en las sillas del otro lado de la mesa. Sus daimonions, un zorro y una lechuza, sometían a una desagradable vigilancia al suyo.

—¿Y qué han hecho con ese daimonion? —prosiguió Bonneville—. Estaba persiguiéndolo, bajo órdenes expresas de La Maison Juste, desde Inglaterra. Más vale que no lo hayan perdido. Si me entero de que...

—Díganos su nombre completo —exigió el agente que lo había visto primero, mientras su compañero empezaba a tomar notas.

—Olivier de Lusignan Bonneville. ¿Qué han hecho con...?

—¿Dónde se aloja en Wittenberg?

—No es asunto de su incum...

El interrogador tenía los brazos muy largos. Uno de ellos surgió con una velocidad que Bonneville no pudo anticipar y le propinó una contundente bofetada. El daimonion halcón lanzó un chillido. A Bonneville no le había pegado nadie desde la escuela primaria, pues ya había aprendido de niño que había formas mejores de amargar la vida a sus enemigos que la violencia; no estaba acostumbrado a los golpes ni al dolor. Echó atrás la cabeza, con la respiración entrecortada.

—Conteste a la pregunta —ordenó el agente.

Bonneville pestañeó. Tenía los ojos inundados de lágrimas, un lado de la cara rojo; el otro, blanco.

—¿Qué pregunta? —alcanzó a articular.

—¿Dónde se aloja?

—En una pensión.

—En qué dirección.

Bonneville tuvo que hacer un esfuerzo para recordarla.

—Diecisiete de la Friedrichstrasse —respondió—. De todas formas, le aconsejo...

Aquel largo brazo salió propulsado otra vez para agarrarlo del pelo. Sin darle tiempo a ofrecer resistencia, le proyectó la cara contra la mesa. El daimonion volvió a chillar y revoloteó de manera descontrolada antes de caer.

El agente lo soltó. Bonneville se incorporó temblando, con un chorro de sangre debajo de la nariz rota. Uno de los agentes debía de haber llamado a un timbre, porque la puerta se abrió dando paso a un policía. El encargado de tomar notas se levantó y habló con él en voz baja. El recién llegado asintió y volvió a salir.

—Usted a mí no me aconseja nada —replicó—. Espero que ese aletiómetro esté en perfectas condiciones.

—No seré yo quien lo va a dañar —se apresuró a contestar Bonneville—. Yo lo leo mejor que nadie, lo conozco como la palma de mi mano y lo trato con sumo cuidado. Si está estropeado, no será por mi culpa. Es propiedad de La Maison Juste y yo lo utilizo siguiendo las instrucciones específicas del secretario general, *monsieur* Marcel Delamare.

Molesto por no poder mantener la voz firme ni impedir que le temblaran las manos, sacó un pañuelo del bolsillo y se lo aplicó a la cara. Sentía un dolor horroroso en la nariz y tenía la pechera de la camisa empapada de sangre.

—Qué curioso, teniendo en cuenta que fue el mismo *monsieur* Marcel Delamare quien denunció su desaparición y nos dio su descripción —comentó el interrogador.

—Demuéstrelo —lo retó Bonneville.

Algo recuperado de la conmoción, en medio del dolor y del estupor, comenzaba a perfilar un plan.

—Me parece que aún no lo ha entendido bien —insistió el interrogador con una sonrisa—. Yo hago las preguntas y usted las responde. En cualquier momento, le volveré a golpear, para recordárselo, y esta vez tampoco sabrá de dónde le va a caer el golpe. ¿Dónde está Matthew Polstead?

—¿Cómo? ¿Quién es Matthew Polstead? —preguntó Bonneville, desconcertado.

—No me provoque. El hombre que mató a su padre. ¿Dónde está?

A Bonneville le pareció que la mente se le despegaba del cuerpo. Su daimonion, posado de nuevo en su hombro, incrementó la presión de las garras; él captó su mensaje de inmediato.

—No sabía que se llamaba así —respondió—. Tiene razón. Lo estaba buscando. ¿Qué ha hecho con ese daimonion que he atrapado? Era el hilo que me iba a conducir hasta ese tal Polstead.

—El hurón, o lo que sea, está atado en la habitación de al lado. Por lo que parece, no es el daimonion de Polstead. ¿De quién es?

—De la chica que tiene el aletiómetro de mi padre... Es de ella. Me sorprendería mucho que el lector de Ginebra hubiera averiguado esto. No suele ser tan rápido.

—¿El lector? ¿De qué lector habla?

—El lector del aletiómetro. Mire, no me puedo concentrar con esta sangre que me sale de la nariz. Necesito un médico. Deje que me hagan una cura primero y después hablaré con ustedes.

—¿Ahora intenta poner condiciones? Yo, en su lugar, no seguiría por ahí. ¿Qué tiene que ver el daimonion de la chica con Polstead? ¿Y cómo es posible que el daimonion vaya por ahí sin ella? Es algo repugnante, antinatural.

—Veamos, hay ciertos aspectos de esta cuestión que son reservados. ¿De qué acreditación de confidencialidad disponen?

—Otra vez me vuelve a hacer preguntas. Ya se lo he avisado. Le va a caer una buen sopapo... y, por lo visto, no va a tardar mucho...

—No servirá de nada —replicó Bonneville, recuperado ya del temblor en la voz—. No me importa contarle lo que hago, pues estamos en el mismo bando, pero, tal como le decía, necesito conocer el nivel de su acreditación de confidencialidad. Si me lo dice, puede que incluso lo pueda ayudar.

—¿Ayudarme en qué? ¿Qué se cree que estamos haciendo aquí? Es a usted a quien estábamos buscando, y ya lo hemos pillado. ¿Para qué demonios me iba a ayudar usted?

—Las cosas no son tan simples. ¿Sabe por qué me estaban buscando?

—Sí. Porque nos lo mandó el jefe. Por eso, pedazo de alcornoque.

A Bonneville empezaban a cerrársele los ojos. El golpe debía de haberle lastimado los pómulos o las cuencas de los ojos o algo así, pensó. «Pero no demuestres que te duele, no te distraigas. Mantén la calma.»

—Existe una conexión entre mi padre, lo que mi padre hacía, su muerte y ese tal Polstead y la chica, Lyra Belacqua —expuso—. ¿Comprenden? *Monsieur* Delamare me ha encargado la misión de indagar en la cuestión, porque yo interpreto el aletiómetro y porque ya he descubierto muchos datos. Para empezar, la conexión guarda relación con el Polvo, ¿entienden? ¿Saben lo que eso significa? Mi padre era un científico, como los llaman ahora, un teólogo experimental. Investigaba el Polvo, su origen, sus repercusiones, la amenaza que representa... Cuando lo mataron, desaparecieron todas sus notas y también su aletiómetro. Esa chica, Belacqua, sabe algo al respecto, también ese tal Polstead. Por eso estoy aquí. Esa es mi labor. Por eso les conviene más ayudarme que desperdiciar el tiempo en este asunto.

—Entonces, ¿por qué le dijo *monsieur* Delamare al TCD que quería que lo detuvieran?

—¿Está seguro de que eso fue lo que dijo?

El interrogador se quedó callado, inseguro.

—Sé qué órdenes recibimos y nunca se han equivocado con eso.

—¿Qué es lo que acaba de ocurrir en Ginebra? —preguntó Bonneville.

—¿A qué se refiere?

—¿Qué se ha celebrado aquí? ¿Por qué está llena la ciudad de sacerdotes, obispos, monjes y otros clérigos? Me refiero al congreso. Evidentemente, dado que se trata de la concentración más importante convocada por el Magisterio desde hace siglos, es importante extremar las medidas de seguridad.

—¿Y qué?

—Pues que los mensajes se codifican, las instrucciones circulan por diferentes canales, se utilizan contraseñas y a veces se trastoca a propósito la información. Ese tal Polstead, por ejemplo. ¿Les han dado una descripción de él?

El interrogador consultó con la mirada a su colega, el encargado de tomar notas.

—Sí —respondió este—. Es un hombre alto, pelirrojo.

—Exacto —confirmó Bonneville—. Esa información no está destinada al público. Yo conozco su verdadero nombre y sé que no tiene ese aspecto. Lo del cabello pelirrojo y la altura son detalles que me revelan algo más sobre él.

—¿Qué?

—Obviamente, no puedo decírselo a menos que conozca cuál es su acreditación de confidencialidad. E incluso entonces, según sea, tampoco es seguro.

—Nivel tres —informó el encargado de las notas.

—¿Los dos?

El interrogador asintió con la cabeza.

—Entonces no puedo —declaró Bonneville—. Podemos hacer una cosa. Déjenme hablar con ese daimonion. Ustedes pueden asistir y oír lo que me diga.

Alguien llamó a la puerta. A continuación, entró el policía a quien habían mandado a investigar en la pensión, cargado con la mochila de Bonneville.

—¿Está ahí? —dijo el interrogador.

—No —repuso el policía—. He buscado en la habitación, y esto es todo lo que había.

—Si estaban buscando el aletiómetro —intervino Bonneville—, no tenían más que pedírmelo. Lo tengo aquí conmigo, por supuesto.

Lo sacó del bolsillo y lo colocó frente a sí, encima de la mesa. El interrogador hizo ademán de cogerlo, pero él lo retiró.

—Puede mirarlo, pero no tocarlo —precisó—. Entre el instrumento y el lector se establece una conexión que se altera fácilmente.

El interrogador se inclinó para observarlo, al igual que los otros dos presentes. «Un cuchillo clavado en el ojo ahora le serviría de lección», pensó Bonneville.

—¿Cómo lo lee, pues?

—Funciona a base de símbolos. Hay que conocer los significados de cada uno de esos dibujos. Algunos de ellos tienen más de cien, o sea, que no se puede interpretar con prisas y a la ligera. Esto pertenece al Magisterio y volverá a su lugar en cuanto haya concluido la misión que me encomendaron. Se lo repito una vez más: déjenme hablar con ese daimonion antes de que se le ocurra alguna patraña.

El interrogador miró a su colega. Luego ambos se levantaron y se retiraron a un rincón de la habitación, donde se pusieron a hablar demasiado bajo como para que Bonneville los pudiera oír. Entretanto, la tensión que ayudaba a este a mantener la calma y a reprimir el temblor de las manos comenzó a disiparse. Advirtiéndolo, su daimonion le clavó con fuerza las garras en el hombro, hasta sacarle sangre. Era precisamente lo que necesitaba. Cuando los agentes volvieron, estaba tranquilo y sereno, a pesar de la masa sanguinolenta que tenía en el centro de la cara.

—De acuerdo —aceptó el interrogador, mientras su compañero abría la puerta.

Bonneville guardó el aletiómetro y cogió la mochila para ir tras los agentes. Estos dijeron algo al policía, que sacó del bolsillo un manojo de llaves entre las que se puso a buscar.

—Nosotros vamos a observar —advirtió el interrogador—. Y también vamos a tomar nota de todo lo que le pregunte y de todo lo que le responda.

—Desde luego —repuso Bonneville.

El policía abrió la puerta y se paró en seco.

—¿Qué ocurre? —preguntó el interrogador.

Bonneville lo apartó a un lado y se adelantó al policía para entrar en la habitación. Era igual que la de al lado, con una mesa y tres sillas. Encima de la mesa, reducida a jirones, la red de seda exhibía las marcas de las dentelladas, y la ventana estaba abierta. Pantalaimon había escapado.

Bonneville se volvió hacia los agentes del TCD con una furia genuina. Con la boca y la barbilla inundadas de sangre, casi cegado por el dolor, los acusó a ellos y a la policía por su estupidez y su negligencia criminal, y los amenazó con la ira de la totalidad del Magisterio en aquella vida y con la certeza del infierno en la próxima.

Fue una representación magistral. Así lo consideraba él mismo unos minutos más tarde, sentado en un cómodo sillón, atendido por el médico de la policía. Poco después, salió de allí en dirección a la estación de ferrocarril, con todas sus pertenencias intactas, henchido de orgullo. La venda que le cubría la nariz era la prenda de una herida honorable, y la pérdida de Pantalaimon, una anécdota irrelevante. Ahora tenía un nuevo objetivo, tan interesante y tan imprevisto que era como una revelación, una epifanía.

En su cabeza resonaba como un aldabonazo: el hombre que había matado a su padre, aquel hombre alto y pelirrojo, ese hombre llamado Matthew Polstead.

22

El asesinato del patriarca

Lyra llegó a Constantinopla cansada y nerviosa, incapaz de quitarse de la cabeza lo que había ocurrido en Praga ni qué significaba. Su determinación y certidumbre habían sido algo breve y evanescente. Se sentía como si hubiera sido utilizada por un poder oculto, como si todo lo ocurrido en su viaje y anteriormente hubiera sido premeditado de manera meticulosa con un único propósito, un designio que nada tenía que ver con ella y que jamás había entendido, aunque supiera qué era. ¿O tal vez sería un inicio de locura pensar de esa forma?

Lo único que le procuraba cierta satisfacción era su capacidad para pasar desapercibida. Para ello se servía de una lista de comprobaciones: «¿Hacia dónde miro? ¿Cómo me muevo? ¿Demuestro alguna emoción?». Repasaba todo cuanto pudiera llamar la atención y lo suprimía. Como consecuencia de ello, entonces podía caminar por una calle abarrotada sin que apenas se fijaran ella. Recordaba con ironía cómo, tan solo unos meses antes, a veces atraía miradas de admiración o deseo; con gesto altivo, fingía no percatarse cuando, en realidad, disfrutaba del poder que le conferían. Ahora lo que le procuraba placer era pasar desapercibida.

Lo más duro era estar sin Pantalaimon.

Sabía pocas cosas sobre él. No corría peligro; estaba viajando; estaba concentrado en algo. Aparte de eso, nada más, y aunque varias veces cogió el aletiómetro, en la soledad de una habitación de hotel o de un compartimento de tren, pronto desistió de consultarlo. Las náuseas provocadas por el nuevo método eran insoportables. Lo intentó con el método clásico, observando las imágenes, tratando de rememorar hasta una docena de significados de cada una para componer una pregunta, pero las respuestas que obtenía eran enigmáticas, contradictorias u oscuras. De vez en cuando, experimentaba un espasmo de miedo cerval, o de compasión, o de ira, y sabía que él también lo sentía, aunque no tenía ni idea de por qué. Lo único que podía hacer era mantener la esperanza; se esforzaba en no perderla, a pesar del miedo y la soledad.

Pasó algunos ratos escribiendo a Malcolm. Le contaba todo lo que veía y oía. Le relató los acontecimientos en los que participaron el holandés ardiente y el alquimista, y le expuso los consejos que le había dado Agrippa para su viaje. Las cartas las mandó a la atención de Malcolm a La Trucha de Godstow, sin saber si iban a llegar a sus manos o si ella iba a recibir respuesta.

Se sentía completamente sola. Tenía la impresión de que su vida había entrado en una especie de fase de hibernación, como si una parte de sí misma estuviera dormida y tal vez soñara todo lo demás. Con actitud pasiva, aceptaba cuanto le sucedía. Cuando se enteró de que el ferri de Esmirna acababa de salir y que tendría que esperar dos días para el siguiente, escuchó con calma la noticia, buscó un hotel barato y estuvo paseando por la parte antigua de Constantinopla, mirando con aire modesto y discreto los oratorios, los museos y las grandes casas de comercio del paseo marítimo. A ratos se sentaba en un parque, bajo los árboles todavía sin hojas. Compró un periódico en lengua inglesa, cuyos artículos leyó enteros, consumiendo alguna que otra taza de café en una cálida cafetería cargada de humo, próxima al vasto oratorio de Santa Sofía, que se alzaba como una gigantesca burbuja de piedra por encima de los edificios circundantes.

El periódico hablaba de ataques a las fincas campestres, de rosaledas incendiadas o arrasadas, de obreros asesinados junto con sus familias cuando trataban de defender sus lugares de trabajo. Las oleadas de asaltos habían llegado hasta Antalya, por el sur, y por el este, hasta Ereván. Nadie sabía qué había desencadenado aquel frenesí devastador. Los atacantes, a quienes se aludía como «los hombres de las montañas», exigían, según ciertas informaciones, que sus víctimas renunciaran a su religión para adoptar otra nueva, pero nadie especificaba detalles al respecto. Otras fuentes omitían toda mención a la religión, mencionando solo el saqueo y la destrucción, así como el inexplicable odio expresado por sus autores hacia las rosas y su aroma.

Otras noticias del periódico estaban dedicadas a los próximos actos que iban a tener lugar para festejar la elección del patriarca, san Simeón Papadakis, como presidente del nuevo Consejo Supremo del Magisterio. En el oratorio de Santa Sofía se iba a celebrar un largo servicio, en presencia de más de cien destacados representantes del clero de toda la provincia, seguido de una procesión por toda la ciudad. También se iba a consagrar un nuevo icono de la Virgen María, que había aparecido de manera milagrosa en la tumba de un mártir del siglo IV, acompañado de varios signos que atestiguaban su origen sobrenatural, como una flor de madreselva que crecía sobre la tumba, diversos olores dulces, el sonido de flautas celestiales... Olores dulces, pensó Lyra... Para los hombres de las montañas, aquel tipo de cosas era anatema. Para la jerarquía oficial de la Iglesia, en cambio, eran la marca de un favor celestial. Si el mundo religioso iba a experimentar un cisma, era incluso posible que el origen se hallara en cuestiones tan nimias como el aroma de una rosa.

Malcolm sabría por qué ocurría todo aquello. En su próxima carta le hablaría del asunto. ¡Ah, qué duro era el peso de la soledad!

Siguió leyendo sobre aquel Consejo Supremo. Al ver que las celebraciones en honor del patriarca se desarrollaban esa misma mañana, su segundo día en Constantinopla, decidió ir a mirar. Así tendría algo que hacer.

Mientras Lyra pensaba en él, san Simeón se agitaba con inquietud dentro de su bañera de mármol pensando en el misterio de la encarnación. Su daimonion, Philomela, que destacaba por su dulce voz, cabeceaba a su lado posada en una percha dorada. Las corrientes que producía el cuerpo del santo en el agua sucia le resultaban cada vez más frías.

—¡Mozo! ¡Mozo! —llamó.

Era incapaz de recordar el nombre de los mozos, pero daba

igual. Todos ellos se parecían mucho. No obstante, los pasos que oyó llegar en respuesta a su llamada no tenían la ligereza de los de un muchacho, sino que sonaban lentos y pesados.

—¿Quién es? ¿Quién es? —preguntó el santo.

—Es Kalumdjian —respondió su daimonion.

El patriarca alargó una trémula mano, atisbando el corpachón del eunuco.

—Ayúdame a salir, Kalumdjian —pidió—. ¿Dónde está el mozo?

—Su amo el diablo vino anoche y se lo llevó. ¿Cómo voy a saber dónde está el mozo? No hay ningún mozo por aquí.

Pese a que, con la tenue luz de la linterna, Kalumdjian se distinguía tan solo como una gigantesca sombra, su delicada y untuosa voz resultaba inconfundible. El santo dejó que lo levantara y lo depositara chorreando en la tarima de madera; al cabo de un momento, sintió que lo envolvía con un pesado paño de algodón.

—No frotes tan fuerte —advirtió—. Me vas a hacer caer si sigues así. El mozo es menos brusco. ¿Adónde se ha ido?

—Nadie lo sabe, su santidad —contestó el eunuco, aplicando menos vigor para secarlo—. Pronto traerán a otro.

—Sí, claro. Y el agua, ¿sabes?, se enfría más deprisa que antes. Seguro que algo no funciona bien. No sé si será el aceite… ¿Tú crees que el aceite podría hacer que perdiera el calor? Tal vez sea un aceite de otra clase. No huele igual. Es más áspero. Si la composición química varía, eso podría hacer que las moléculas de calor traspasaran con más facilidad la película de aceite. Estoy seguro de que es algo así. Tengo que pedir a san Mehmet que indague la cuestión.

A su espalda, el daimonion ganso de Kalumdjian agachó la cabeza para oler el agua de la bañera.

—El aceite no es el mismo porque el comerciante que nos lo suministraba ha tenido que comparecer ante el Tribunal de las Tres Sabidurías —explicó el eunuco.

—No me digas… ¿Y qué ha hecho el muy canalla?

—Se endeudó, su santidad. Por eso dejaron de venderle a crédito los proveedores. Además, ellos también tienen problemas y seguramente van a tener que cerrar el negocio.

—¿Y entonces qué vamos a hacer con mi aceite de rosas?

—Este es un producto de inferior calidad que viene de Marruecos. Es lo único que pudimos conseguir.

San Simeón emitió un quedo bufido de decepción. Kalumdjian se arrodilló con esfuerzo para secar las santas espinillas del patriarca mientras este apoyaba una frágil mano en su hombro.

—Ni mozos ni aceite... ¿Adónde va a ir a parar el mundo, Kalumdjian? En todo caso, espero que no le haya pasado nada al mozo. Le tenía afecto a ese pillín. ¿Tú crees que se van así, sin más?

—¿Quién sabe, su santidad? Quizá pensó que iban a convertirlo en eunuco.

—Puede. Pobrecillo. Ojalá no le ocurra nada. Y ahora, Kalumdjian, asegúrate de que vendan barata el agua. No estaría bien dejar que la gente creyera que adquieren la misma calidad que antes. Es importante.

El agua del baño, santificada por el contacto de su persona, la embotellaban y luego la vendían en las puertas del palacio. San Simeón era probablemente el único en ignorar allí que los empleados adoptaban una actitud homeopática con respecto a su calidad, diluyéndola de forma considerable. No obstante, los santos no eran muy duchos en ese tipo de cuestiones mundanas. Un patriarca precedente, por ejemplo, se sorprendió al descubrir los litros y litros que se vendían, y dio por buena la explicación de que la santidad del agua hacía que se expandiera su tamaño y que había botellas que reventaban a diario por la efervescencia sacramental.

—Mis calzones, por favor, Kalumdjian —pidió el patriarca.

Todavía apoyado en el blando hombro del eunuco para aminorar el temblor, introdujo las piernas por la prenda de seda; luego el eunuco ajustó la cinta en torno a la leve prominencia de su vientre. Kalumdjian aprovechó para observar la lesión ulcerosa de la espinilla del santo que, pese a que él nunca se quejaba, debía de causarle un horrible dolor. «No va a durar más de seis meses con esa supuración», pensó Kalumdjian mientras hacía pasar, con tierno ademán, los brazos del anciano por las mangas de la túnica interior y lo ayudaba a introducir los húmedos y huesudos pies en las zapatillas.

San Simeón, por su parte, se alegraba de que fuera Kalumdjian y no el mozo quien lo vestía, porque el chico no tenía ni idea de qué lado tenía que sostener la capa pluvial, por ejemplo, y en una ocasión había abrochado treinta y cinco botones de la túnica antes de darse cuenta de que estaban desparejados; tuvo que desabrocharlos todos y volver a empezar. El santo tenía que estar atento para dirigir la operación, lo cual resultaba cansado. Puesto que Kalumdjian no necesitaba que lo guiara, el patriarca pudo abstraerse para volver a intentar penetrar el misterio de la encarnación. Como aquello también requería un esfuerzo, aunque de otra clase, acabó desistiendo.

—Dime, Kalumdjian —consultó—, esos hombres de las montañas de los que tanto se oye hablar…, ¿sabes algo de ellos?

—Tengo un primo lejano en Ereván, su santidad, a cuya familia pasó por las armas una banda de hombres que querían que abjuraran de la santa Iglesia y, en particular, de la doctrina de la encarnación.

—Eso es espantoso —lamentó el anciano—. ¿Y han encontrado y castigado a esos herejes?

—Por desgracia, no.

—¿Mataron a toda la familia?

—A casi toda, excepto a mi primo Sarkisian, que estaba en el mercado cuando ocurrió, y a una niña, una criada que se salvó prometiendo que creía en lo que los hombres le dijeron.

—¡Pobrecilla! —Al santo se le arrasaron los ojos de lágrimas por la niña, que se había condenado a ir al infierno—. ¿Tú crees, Kalumdjian, que esos hombres de las montañas han podido eliminar al mozo?

—Es posible, su santidad. Deme la mano.

El santo tomó obedientemente la grande y mullida mano que vio ante sí y, con la ayuda de Kalumdjian, se preparó para recibir el peso del menudo ruiseñor que aterrizó en su hombro, pese a que, en realidad, apenas pesaba más que un puñado de pétalos. Precedidos del ganso de Kalumdjian, salieron de la sala de baño para entrar en el vestidor, donde ya estaban preparando las vestiduras exteriores del patriarca. Más que ponérselas, el santo debía entrar en ellas, pues estaban confeccionadas de una manera semejante a un tipi o un yurta, con un armazón de varas y listones que le permitía descansar sobre ellas durante los rigores de la larga liturgia. Incluso disponían de una vasija que se colocaba dentro para recoger la orina del santo, que como muchas personas mayores cada vez podía fiarse menos de la eficacia de su vejiga.

Kalumdjian dejó al patriarca a cargo de los tres subdiáconos.

—Gracias, querido Kalumdjian —dijo este, soltándole la mano con cierto pesar—. Hazme el favor de averiguar algo más de la cuestión de la que hemos hablado. Te lo agradecería mucho.

El eunuco se percató de algo de lo que el patriarca no tuvo conciencia. Bajo el encantador alboroto del flequillo, el joven hermano Mercurius fijó al instante su vivaracha, inquisitiva y compasiva mirada en la cara del patriarca y después en la del eunuco, antes de volver a posarla en el patriarca. Kalumdjian clavó la suya en los ojos del subdiácono un segundo más de lo normal, suscitando su incomodidad. De todas formas, el hermano Mercurius comprendió el mensaje y, plegando las manos, volcó su modesta atención en el santo.

El anciano rezó la primera oración; luego le pusieron la sotana. El hermano Mercurius se arrodilló con soltura y con un revuelo de manos abrochó los botones y alisó la pesada seda sobre las piernas del patriarca como si quisiera ajustar la caída, aunque, en realidad, observó con atención el mudo respingo que ocasionó al rozar la espinilla derecha. ¡Peor que la vez anterior! Era un detalle que valía la pena conocer.

Una nueva oración presidió la puesta del solideo, otra la de la capucha, una más para cada una de las mangas, derecha e izquierda, que cubrían las otras, más sencillas, del sobrepelliz. Todos aquellos atavíos tenían unos bordados tan densos, de oro alternado con joyas, que el anciano patriarca, cada vez más parecido a un mosaico antiguo que a un ser humano, empezaba a temblar bajo su peso.

—Ya casi, su santidad, ya casi —dijo el hermano Mercurius.

Luego se volvió a arrodillar para ajustar la falda de las prendas de abajo, mientras colocaban en torno a los hombros del santo la gran capa pluvial, con su rígida estructura de montantes y travesaños.

—Hermano —murmuró, a modo de aviso, el subdiácono de mayor edad.

El hermano Mercurius enseguida se apartó, logrando aparentar a la vez un humilde deseo de servir y un sincero arrepentimiento, como si dijera qué tonto había sido al olvidar que aquella labor correspondía al hermano Ignatius. Su pequeño daimonion jerbo cedió terreno con aire servicial.

—Hermano... Hermano... Mi joven hermano —solicitó el anciano—, tenga la amabilidad de despabilar las lámparas del pasillo de la sala conciliar. Ya van dos veces que casi tropiezo al pasar.

—Desde luego, su santidad —acató el hermano Mercurius, inclinándose para disimular su decepción.

Ahora sería el otro quien sostendría al santo al entrar.

Al salir del vestidor, el subdiácono encontró al eunuco en el pasillo. O bien esperaba algo, o bien se había parado allí por algo. En todo caso, su presencia resultaba desconcertante. ¡Aquella cara redonda, que parecía una masa cruda de pastel! Tras dispensarle una breve y modesta sonrisa, el hermano Mercurius se puso a regular las lámparas, pese a que, tal como sabía muy bien, no necesitaban de ajuste ninguno. Las del extremo próximo a la sala conciliar estaban fijadas a una altura mayor que las demás, cosa que aprovechó el hermano Mercurius para demorarse con fingida torpeza en ese sector, para escuchar algún fragmento de conversación que pudiera filtrarse a través de la puerta.

Sin embargo, aquellos obispos, arzobispos y archimandritas eran astutos. La sagacidad de un guapo subdiácono con modales complacientes difícilmente podía superar el poso de dos mil años de sutil arte de gobernar. Detrás de la puerta junto a la cual se entretenía con hipócrita propósito el hermano Mercurius, tres prelados de Siria hablaban de pasas. Los otros miembros del sínodo, hasta ciento cuarenta y siete en total, desperdigados por la sala conciliar, mantenían conversaciones sobre temas igual de baladíes. No empezarían a tratar asuntos de importancia hasta no haber oído la campana que indicaba que todo el mundo, salvo ellos mismos, había abandonado, bajo escolta, el palacio.

Al oír las puertas del vestidor, el hermano Mercurius dejó de toquetear la lámpara que lo tenía ocupado y se pasó las manos sobre los esbeltos costados antes de hacerse a un lado con modestia, listo para precipitarse a abrir en el último momento la puerta de la gran sala.

—Atrás, insensato, atrás —susurró una voz que conocía perfectamente.

El archidiácono Phalarion, que había aparecido proveniente del vestidor, era el supervisor del ritual, a quien correspondía la tarea de abrir la puerta. El hermano Mercurius ofreció una reverencia y retrocedió de puntillas por el pasillo, tan pegado a la pared que se movía de lado. Debido a ello, y a su posición en la mitad del pasillo, fue el mejor situado para ver lo que sucedió a continuación.

En primer lugar, desde la puerta del vestidor, el daimonion ganso del eunuco lanzó un estruendoso graznido de miedo, como un presagio de peligro.

Cuando Kalumdjian se volvió para ver qué lo había asustado, una cimitarra le rebanó el cuello. La cabeza cayó con un ruido sordo; al cabo de un par de segundos, se desplomó su cuerpo, chorreando sangre. Su daimonion ya se había esfumado.

El archidiácono, que se arrojó contra los individuos que salían a empellones del vestidor, fue derribado en un momento. El patriarca, apoyado en los dos subdiáconos, estaba demasiado encorsetado para volverse, así como demasiado desconcertado para hablar. Los subdiáconos, por su parte, divididos entre el terror y el deseo de proteger al anciano, tampoco se movieron y perecieron mientras volvían la cabeza para mirar. Se desmoronaron como el molde utilizado para el fundido de una escultura de bronce, como materia rígida cuya única finalidad era contener a la obra de arte, que se manifiesta a la vista por primera vez.

Esa obra de arte, el propio patriarca, aparecía radiante con sus ropajes, todavía sostenido por el armazón de debajo de la capa pluvial. Su expresión, que el hermano Mercurius pudo captar claramente con el resplandor de las lámparas, era la de quien acaba de encontrar la solución a un profundo y complejo problema..., como podría haber sido el misterio de la encarnación. A diferencia del eunuco y de los subdiáconos, no obstante, el santo no tuvo la suerte de morir en el acto. Sus tres atacantes la emprendieron a golpes, cuchilladas y forcejeos contra la acartonada figura medio recubierta de madera, mientras su aterrorizado daimonion se propulsaba en el aire y caía contra la pared, y luego giraba en el suelo, y en torno a ellos volaban unas gotas de música líquida.

San Simeón, entretanto, agitaba lentamente los brazos como un escarabajo boca arriba, pese a que en uno de ellos le habían cercenado la mano, hasta que al final el canto del ruiseñor cesó y el anciano vaciló en medio de los rígidos ropajes que lo sostenían, incapaz de caer.

El hermano Mercurius vio cómo los tres espadachines de túnicas blancas empujaban al anciano para asegurarse de que estaba muerto. Los vio mirar en derredor y hacia atrás, hacia el lugar donde sonaban ya gritos de ira y persecución, pasos precipitados, el entrechocar de las picas; los vio volver los rostros aguileños hacia él, sintió la estremecedora belleza de su mirada y, casi a punto de desmayarse al comprobar que corrían hacia él, se acordó de la puerta que tenía detrás, la puerta...

Se abría hacia fuera; si él plantaba la espalda encima y aguardaba a que lo sacrificaran, podría contenerlos el tiempo suficiente para que llegaran los guardias de palacio. El hermano Mercurius lo supo, en una ínfima fracción de segundo. Pero también supo que un acto como aquel estaba reñido con su forma de ser. Él era de natural agradable, tendente a facilitar las cosas y las situaciones. Así lo había creado Dios y ya no tenía manera de cambiar.

En ese momento, por lo tanto, antes de que los asesinos hubieran llegado a la mitad del pasillo, el hermano Mercurius se dio la vuelta, agarró la manilla de la gran puerta y tiró hacia sí. Aterrorizados por los gritos y ruidos de lucha llegados del pasillo, los prelados se habían concentrado como corderos en el centro de la sala. Los asesinos lograron matar en torno a una docena de ellos antes de que los guardias los alcanzaran y los abatieran.

El hermano Mercurius no quería mirar el cadáver del patriarca. No obstante, consciente de que sería bueno que lo descubrieran rezando a su lado, mientras en sus oídos resonaban los alaridos, golpes y roces de la matanza que tenía lugar en la sala conciliar, retrocedió con delicadeza hasta la estructura volcada que contenía los restos del santo. Tras hincarse de rodillas, tomó la precaución de untarse de sangre lo máximo que podía tolerar y dejar manar las lágrimas por las mejillas.

No sería del todo correcto afirmar que Mercurius ya se proyectaba en los iconos que más adelante representarían el martirio de san Simeón Papadakis, asegurándose de que un componente esencial de la escena, su elemento definitorio tal vez, fuera la presencia del joven y devoto subdiácono salpicado con la sangre del mártir, elevando la mirada al cielo mientras rezaba.

Él tenía bien presente aquella imagen, desde luego, pero como un telón de fondo. Lo que más le preocupaba era las cautivantes cuestiones de la sucesión, de la perspectiva de varias semanas de maniobras políticas, de las posibilidades de promoción que se abrían con la muerte de los otros dos subdiáconos del cuarto de baño. También estaba embriagado con la mirada que tenían los asesinos cuando se precipitaban por el pasillo hacia él. Aquellos ojos tan hermosos eran lo más apasionante que había visto en su vida.

ϒ

Mientras tanto, en la nave principal de la gran catedral, lejos del alboroto provocado por el asesinato de san Simeón, cientos de personas, entre las que se contaba Lyra, permanecían congregadas aguardando el inicio del servicio, mientras un coro de profundas voces masculinas entonaba un pausado y dilatado himno que transmitía una marcada impresión de eternidad.

La táctica de discreción aplicada por Lyra incluía la prohibición de hacer preguntas e iniciar conversaciones, lo cual la obligaba a conformarse con lo que podía percibir de lo que ocurría a su alrededor. Estuvo absorbiendo la paciencia de la congregación y la quietud casi extática, intensificada por la música, hasta el momento en que uno de los cantores interrumpió la fluidez de la interpretación.

Sonó como si le hubieran golpeado en el corazón mientras entonaba una larga nota aguda. Una breve tos interrumpió la línea de la música, sucedida de una especie de suspiro dubitativo por parte de las otras voces. Al cabo de un minuto, más o menos, al parecer recuperados, reanudaron el canto, pero después de un par de frases pararon, pese a que no se trataba a todas luces del final del himno.

Como el coro estaba oculto, nadie podía ver qué había ocasionado la interrupción. El tono contemplativo del servicio se había disipado en cuestión de un segundo. La congregación fusionada se fracturó en varios centenares de individuos aquejados de ansiedad. La gente miraba en derredor, tratando de ver algo por encima de las cabezas de los demás; al cabo de un momento, desde el coro llegaron sonidos de gritos, sollozos, un entrechocar de armas e incluso un disparo que produjo un sobresalto generalizado entre los fieles, que se movieron como un trigal azotado por una ráfaga de viento.

Al principio, la gente había reaccionado apartándose de las paredes para apiñarse en el centro del vasto edificio. Lyra siguió la corriente. Incapaz de ver apenas nada, escuchaba con atención la algarabía y la violenta lucha que tenía lugar al otro lado del iconostasio. A ese ruido se habían añadido las oraciones que habían empezado a rezar algunos con febril desesperación.

Lyra se volvió para susurrar algo a Pan y, al comprobar que no estaba allí, volvió a asaltarla un sentimiento de abandono. Serenándose, repasó la lista de los requisitos necesarios para pasar inadvertida, de tal forma que, una vez recuperado el control, ofrecía la apariencia de una mansa y pasiva espectadora, carente del menor interés.

Con aquella máscara de modestia, se desplazó hacia el extremo de la nave y luego, pegada a las paredes, hacia las puertas. Algunas personas se precipitaban ya hacia fuera. Lyra presintió que, si la salida quedaba bloqueada, habría problemas. Para no verse atrapada en el interior, se sumó a la multitud y forcejeó para abrirse paso hasta llegar a las escaleras de mármol. Pestañeando ante la irrupción del sol, se vio obligada a seguir hacia abajo por la muchedumbre que salía por la puerta para luego desparramarse delante del edificio.

En la plaza se propagaban, como regueros de pólvora, confusos rumores de asesinato, masacre, matanza. Lyra solo podía adivinar lo que decían, hasta que oyó unas palabras en inglés.

Un demacrado individuo tonsurado, vestido con hábitos clericales, de carácter severo y monástico hablaba con rapidez a un grupo de hombres y mujeres ingleses, en su mayoría de mediana edad o ancianos, que evidenciaban miedo y pesadumbre.

Una mujer situada en el borde del corro tenía un semblante amable en el que se traslucía la preocupación; su daimonion verderón miraba con aire comprensivo a Lyra.

—¿Sabe alguien lo que ocurre? —preguntó, haciendo una excepción a las reglas que se había impuesto.

Al oír hablar en inglés, la mujer se volvió hacia ella.

—Creen que han matado… al patriarca… Nadie lo sabe con seguridad…

—¿Qué es lo que usted ha visto en concreto? —preguntó otro miembro del grupo al monje.

El monje se aplicó la mano a la frente con gesto de desesperación e impotencia.

—He visto a unos hombres con espadas… —respondió, alzando la voz—. Iban vestidos de blanco…, mataban a todo el clero… Su santidad el patriarca ha sido el primero en caer…

—¿Aún están dentro?

—No sabría decirles… He huido… Me avergüenza reconocerlo… He huido en lugar de quedarme y morir como los demás…

Tenía la voz aguda y entrecortada, la boca temblorosa y las mejillas anegadas de lágrimas.

—Es importante que pueda ofrecer su testimonio —destacó alguien.

—¡No! —gritó el monje—. ¡Tendría que haberme quedado! ¡Podía haber sido un mártir y he huido como un cobarde!

—No, no —murmuró la mujer que había hablado con Lyra, sacudiendo la cabeza con consternación.

El daimonion del monje, una menuda criatura parecida a un mono, subía y bajaba corriendo por su brazo y se frotaba los ojos con los puños, lanzando gemidos de autocompasión. La mujer dio media vuelta con expresión de extrañeza. Entonces su daimonion le susurró algo al oído y se volvió para mirar de nuevo a Lyra.

—Eh..., disculpe... No puedo creer que... ¿Me equivoco o no tiene daimonion?

—No, tiene razón —confirmó Lyra—. Mi daimonion no... Se marchó.

—Pobre —lamentó la mujer, con genuina compasión.

La reacción difería tanto de la que Lyra preveía que se quedó sin habla.

—¿Es usted...? ¿Va con este grupo?

—No, no. Como los he oído hablar en inglés... ¿Estaba dentro de la catedral? ¿Sabe qué ha pasado?

—No... El coro ha parado de cantar y después..., pero mire, ahora sale alguien.

En la multitud concentrada en lo alto de las escaleras se produjo una ondulación, como si abrieran un pasillo a empellones; luego aparecieron cuatro o cinco soldados ataviados con el uniforme ceremonial de la Guardia Patriarcal. Formaban un escudo protector en torno a un joven con ropajes clericales, cuya cara manchada de sangre y lustrosos ojos parecían, incluso en aquella mañana soleada, recibir de pleno la luz de un foco, por la evidencia de sus cambios de expresión. Su semblante pasaba, en efecto, de la pena y la piedad a la valentía impregnada de paciencia, y luego a una gozosa aceptación del martirio del difunto santo. Hablaba y salmodiaba palabras que debían de ser fragmentos de oraciones conocidas, porque, por donde pasaba, como si se transformara de improviso en una congregación de fieles, la gente se ponía a murmurar réplicas parecidas.

—Me parece que es el oportunista más desvergonzado que he visto en toda mi vida —susurró la mujer—. Sacará un buen partido de este terrible suceso.

Lyra pensaba lo mismo. Con fingida sensación de mareo, el

hipócrita personaje agarró el brazo del más apuesto de los guardias, que lo sostuvo ruborizado. El daimonion del sacerdote dijo algo que suscitó un afectuoso y compasivo suspiro por parte de quienes los rodeaban. Lyra se dio la vuelta, al igual que la mujer.

—No se vaya —le dijo esta.

Lyra la observó con detenimiento por primera vez. Era una mujer de mediana edad, bien conservada, de expresión franca y afable, y con unas mejillas cuyo color sonrosado no era exclusivamente achacable al sol.

—No me puedo quedar aquí —adujo Lyra.

En realidad, no había ningún motivo para ello, y dado que, cuando menos para los miembros de Oakley Street, allí estaban ocurriendo sucesos de suma importancia, lo más aconsejable era que se quedara a tomar notas.

—Solo cinco minutos —insistió la mujer—. Venga a tomar un café conmigo.

—De acuerdo —aceptó Lyra—. Gracias.

Las sirenas de una ambulancia llegaron a la plaza, cada vez más abarrotada con la gente que salía de la catedral y la que afluía de las calles colindantes. Otra ambulancia llegó para apoyar los esfuerzos de la primera y tratar de abrir paso entre el gentío.

En la escalinata, todavía aferrado al guardia, el joven sacerdote hablaba entonces con tres o cuatro personas que escribían en unos cuadernos.

—Ya han llegado los periodistas —constató la mujer—. Este es el momento estelar de su vida.

Volviéndose de espaldas, empezó a caminar entre la muchedumbre con pasos vigorosos a los que Lyra se acompasó. Al salir de la plaza, oyeron otro tipo de sirena, proveniente de los primeros coches de policía que llegaban.

Cinco minutos más tarde, estaban sentadas en un pequeño café de una calle lateral. Lyra se alegraba de contar con la presencia de la mujer en su mesa.

Esta le explicó que se llamaba Alison Wetherfield y trabajaba como profesora en el colegio inglés de Alepo. Había ido de vacaciones a Constantinopla.

—No sé durante cuánto tiempo más podrá mantenerse el colegio —añadió—. Aunque la ciudad resiste, la gente está cada vez más nerviosa en el campo.

—Me interesa saber lo que está ocurriendo —dijo Lyra—. ¿Por qué se está poniendo nerviosa la gente ahora?

—Hay un gran malestar. Los horrendos sucesos de esta mañana forman parte del mismo fenómeno. La gente se siente maltratada por las leyes, explotada por sus patronos, discriminada a causa de unas estructuras sociales que no tienen forma de cambiar. Hace años que es así. No hay nada nuevo en ello, pero constituye un terreno fértil para el florecimiento del pánico de la rosa...

—¿El pánico de la rosa?

—Es una nueva clase de fanatismo. Los cultivadores de rosas sufren una persecución. Los hombres de las montañas (como los llaman) prenden fuego a sus plantaciones o las arrasan. Aseguran que la rosa es una abominación respecto a la autoridad. No sabía que se hubiera extendido hasta tan lejos.

—En Oxford ya se están notando las consecuencias —apuntó Lyra.

A continuación, le expuso el problema que tenían para conseguir el agua de rosas en el Jordan College. Pese a que tal vez se arrepentiría más tarde por revelar de dónde era (iba contra las normas que se había autoimpuesto), el tremendo alivio y placer que le producía poder hablar con una persona comprensiva derribaron su resistencia.

—Pero ¿qué haces aquí, viajando en esta parte del mundo? —preguntó Alison Wetherfield—. ¿Has venido a trabajar?

—Solo estoy de paso. Me dirijo a Asia Central. Estoy esperando un ferri.

—Aún te queda bastante camino por recorrer, entonces. ¿Y qué vas a hacer allí?

—Una investigación para mi tesis.

—¿Cuál es el tema?

—Historia, básicamente, pero quería ver las cosas que se pueden encontrar en las bibliotecas.

—Y... tu..., lo que he advertido sobre tu...

—Ausencia de daimonion.

—Sí. ¿También tiene que ver con él tu viaje?

Lyra asintió con la cabeza.

—¿Con él ante todo?

Lyra desvió la mirada, con un suspiro.

—Vas a ir a Madinat al-Qamar —adivinó Alison.

—Bueno...

—No tienes por qué tratar de ocultarlo. No me sorprende. Conozco a otra persona que fue allí, pero ignoro qué fue de ella. Si algo te aconsejaría, es que tengas cuidado, aunque me pareces bastante sensata. ¿Sabes cómo llegar allí?

—No.

—En esa parte del desierto hay tantas ciudades y pueblos abandonados que uno podría pasarse años buscando el que le conviene. Necesitarás un guía.

—Entonces, ¿existe?

—Que yo sepa, sí. Al principio, pensaba que era solo una leyenda o un cuento de fantasmas. Para serte sincera, este tipo de cosas me resulta..., no sé..., poco convincente, irrelevante, de hecho. Ya hay bastantes problemas y dificultades en este mundo, bastante gente enferma que atender, bastantes niños que educar, bastante pobreza y opresión contra las que luchar para tener que preocuparse por lo sobrenatural. Claro que yo soy afortunada. Me siento bien integrada en el mundo, totalmente a gusto con mi daimonion y el trabajo que realizo. Soy consciente de que no todo el mundo tiene esa suerte. ¿Por qué te dejó tu daimonion?

—Nos peleamos. No sospechaba que pudiera ocurrir esto. No creía que fuera posible. El caso es que pasamos mucho tiempo sin hablarnos, y un buen día, desapareció.

—¡Qué doloroso debió de ser para ti!

—Sí, mucho... Pero lo más duro fue no tener a nadie con quien hablar y poder pedirle consejo.

—¿Qué crees que te diría ahora?

—¿Sobre mi viaje o sobre lo que he visto hoy?

—Hoy.

—Pues habría desconfiado de ese sacerdote joven.

—Y con toda la razón.

—Y me habría obligado a anotarlo todo.

—Serías un buen periodista.

—Y enseguida se habría hecho amigo de su daimonion. Esa es una de las cosas que más echo de menos.

El daimonion verderón de Alison, que escuchaba con gran atención, emitió unos compasivos trinos. Lyra pensó que lo mejor era cambiar de tema para no revelar demasiado.

—¿Y ese nuevo Consejo Supremo? ¿Qué repercusiones cree usted que va a tener? —preguntó.

—No creo que nadie lo sepa todavía. Ha sido algo de lo más

inesperado. Confiemos en que no traerá una ortodoxia más brutal. El sistema que hemos tenido durante cientos de años era imperfecto, nadie lo puede negar, pero al menos tenía el mérito de dar cierta cabida a las disensiones. Ahora bien, si hay una voz que impone un sola voluntad sobre todos nosotros... Yo no veo que pueda dar nada bueno, por desgracia.

Al continuo ruido de fondo de las sirenas, se sumó entonces el estruendoso repicar de un campanario cercano. Al cabo de unos segundos, sonó otra campana. Lyra se acordó de las campanas de Oxford y la invadió un pasajero sentimiento de añoranza. De otros edificios de la zona llegaron más tañidos y después otro sonido se abrió paso por encima de ellos: el áspero y sordo latido de las aspas de un giróptero.

Lyra y Alison alzaron la vista y vieron uno, y luego dos aparatos más, que trazaban círculos sobre la cúpula de Santa Sofía.

—Tal como era de prever, es la primera señal de pánico oficial —comentó Alison—. Dentro de poco, en cuestión de minutos, seguro, habrá patrullas de policía pidiendo la documentación y deteniendo a cualquiera que no tenga el aspecto adecuado según ellos. Como tú, querida. Hazme caso y vete directamente al hotel y quédate allí hasta que se vaya el ferri.

Lyra sintió que se adueñaba de ella un gran cansancio. «Ay, Pan», pensó. Tras recurrir a toda su fuerza de voluntad para levantarse, estrechó la mano de la mujer.

—Gracias por hablar conmigo —dijo—. Me llevaré un buen recuerdo de usted.

De regreso al hotel, vio que una patrulla de policía detenía a un joven que ofreció una feroz resistencia. En otra calle, otra patrulla retrocedía ante una airada multitud que arrancaba los adoquines del suelo para arrojárselos. Ella caminaba con discreción, procurando hacerse invisible; ni siquiera el recepcionista del hotel se percató cuando pasó delante de su sórdido cubículo.

Una vez dentro de la habitación, cerró la puerta con llave.

La noticia del asesinato se propagó con gran rapidez. Varias agencias resaltaron que el patriarca martirizado, tan anciano y tan santo, era también el presidente del nuevo Consejo Supremo del Magisterio.

En Ginebra, la reacción fue inmediata. El Consejo (o los miembros que vivían y trabajaban en la ciudad, cuyo número, por obra de la Providencia, constituía un cuórum) se reunió sin tardar, e inició la asamblea con consternados rezos por el alma de san Simeón, cuya presidencia había sido tan breve.

A continuación, pasaron a abordar directamente el asunto de la sucesión. No cabía duda de que, en aquellos tiempos de tribulación, la cuestión debía resolverse rápidamente, y tampoco cabía duda posible de que el único candidato idóneo era Marcel Delamare. Fueron varios los miembros del consejo que vieron también en ello la mano de la Providencia.

Fue elegido por unanimidad. Él aceptó con pena y reticencia la gran responsabilidad, declarándose indigno de ella con frases tan bien construidas que casi habrían podido haber sido compuestas con antelación a los terribles e imprevisibles sucesos de Constantinopla.

No obstante, pese a su evidente modestia y dudas, tuvo la presencia de ánimo y claridad de visión necesarias para proponer varias enmiendas a la constitución, destinadas a apuntalar la firmeza, resolución y eficacia en aquellos tiempos, según la acuñada frase, de tribulación. Para no distraer la santa labor del Consejo con elecciones innecesarias, la duración del cargo de la presidencia pasaba de cinco a siete años, y no iba a haber ninguna restricción con respecto al número de veces en que podía ejercerlo la misma persona. Aparte, el presidente iba a disponer de poderes ejecutivos, imprescindibles para poder tomar medidas rápidas en aquellos tiempos de tribulación, etcétera.

De este modo, por primera vez en seis siglos, el Magisterio contaba con un solo líder, dotado de todo el poder y la autoridad que antes quedaba repartido entre diversas facciones. Libre de trabas y fragmentaciones, la fuerza de la Iglesia se concentraba ahora en el cargo y la persona de Marcel Delamare.

El primero en comprobar la rapidez con que era capaz de actuar la nueva Administración, así como las desagradables medidas que podía tomar, fue Pierre Binaud, el presidente del Tribunal Consistorial de Disciplina. En cuestión de una hora, fue destituido y nunca más se halló en condiciones de volver a interrumpir a nadie.

Mientras firmaba la orden, Marcel Delamare pensó en la hermana que tanto había admirado. También pensó en su madre y en las ganas que tenía de volver a verla.

23

El ferri de Esmirna

Tras pasar una noche en el hotel oyendo las sirenas, los gritos, los ruidos de vidrios rotos, el estruendo de los girópteros y algún que otro disparo, Lyra se sentía cansada y abrumada. Sin embargo, el ferri de Esmirna salía ese mismo día, por lo que no podía esconderse eternamente en el hotel.

Bajó a desayunar y después se quedó en la habitación hasta la hora de marcharse. Según el recepcionista, que había leído el periódico de la mañana, los asesinos habían fallecido todos cuando la guardia había irrumpido en la catedral. Los disturbios posteriores habían sido obra de unos hombres de las montañas, de los cuales ignoraba más detalles, que habían aprovechado el pánico general. La calma había vuelto a la ciudad, le aseguró. La policía había impuesto el orden.

El personal del hotel se alegró de que se fuera, porque inspiraba temor en todos ellos. Consciente de la alarma y el pavor que les producía, y puesto que era inútil tratar de ser invisible para ellos, procuró mitigar su aprensión mostrándose amable, pese a que no podía hacer nada para adquirir un daimonion. Al final, abandonó de buena gana el establecimiento y se dirigió al puerto.

El ferri salía a última hora de la tarde y tenía prevista la llegada al cabo de dos días, por la mañana. Lyra podría haber pagado un camarote, pero después de su transitoria reclusión en el hotel, quería pasar el mayor tiempo posible al aire libre. La primera noche, cenó sola en el sórdido restaurante y después se instaló en la cubierta, envuelta en una manta, en un cómodo asiento reclinable, desde donde contempló las luces de la costa, los barcos pesqueros y el cielo estrellado.

Estuvo pensando en aquella mujer, Alison Wetherfield, una profesora, una persona cabal, alguien cuyo ejemplo le gustaría seguir... Le recordaba a Hannah Relf. Los temores que había expresado sobre el nuevo Consejo Supremo coincidían con los suyos, aunque, en un primer momento, no había tenido conciencia de ello. Desde que Pan se había ido, había estado absorta en su propia situación y... No, aquella tendencia venía de antes. Probablemente, había empezado cuando se distanciaron con Pan. Pese a que el egocentrismo no era una cualidad que admiraba en los demás, debía reconocer que últimamente solo se preocupaba por sí misma. Las mujeres buenas como Hannah y Alison encontraban otras cosas por las que inquietarse o, mejor aún, no se dejaban embargar por la inquietud. Mujeres buenas...

Qué complicado era todo... Se acordó de la descripción efectuada por Malcolm de las hermanas del priorato de Godstow, que habían sido tan bondadosas con él cuando era niño y que la habían acogido y cuidado a ella, siendo un bebé, antes de las inundaciones. Lo que ellas hacían era bueno, no cabía duda, como tampoco cabía duda de que una gran proporción de lo que hacía el Magisterio era malo. Sin embargo, ellas formaban parte del Magisterio, debido a sus creencias, o tal vez a algo distinto que guardaba relación con sus actividades... A su regreso del norte, creía haber alcanzado un buen grado de certeza sobre las cosas, pero lo que había aprendido a lo largo de las aventuras que allí vivió ahora parecía muy lejano. Lo único que le quedaba eran unas impresiones muy vivas, pero dispersas, de personalidades como Lee Scoresby y Mary Malone, así como de acontecimientos como el combate entre los osos y, sobre todo, del momento en que se habían besado con Will en el bosquecillo del mundo de los mulefa. Aunque había guardado como un tesoro la expresión «República del Cielo», nunca había analizado su significado. En los pocos momentos en que se había detenido a pensar en ello, había dado por sentado que la racionalidad era el cimiento de la República del Cielo.

Esa era la Lyra que redactaba trabajos y aprobaba exámenes. Era la Lyra que disfrutaba debatiendo con los eruditos y buscando el punto débil en la argumentación de los demás para escarbar en su interior y sacar a la luz las falsas hipótesis, las incoherencias y la falsedad oculta. Era la Lyra que había encontrado tan embriagadores los escritos de Gottfried Brande y tan perturbadores los de Simon Talbot.

No estaba preparada para la revolución mental originada por Giorgio Brabandt y sus explicaciones sobre la comunidad secreta. En otra época, las habría desechado con desprecio, pero entonces, sentada en la cubierta bajo el abrigo de una manta, al contemplar los diminutos puntos de luz diseminados en la oscuridad del firmamento o a lo largo de la costa, al sentir el tenue temblor de los motores y el constante y suave balanceo del barco en su trayectoria hacia el sur surcando un mar en calma, se planteó si no había estado diametralmente equivocada.

A aquella pregunta le sucedió, como era lógico, otra: ¿era ese el motivo por el que Pan la había abandonado?

El tiempo parecía suspendido durante aquella sosegada noche en el mar. Con serenidad, se fue remontando hasta los primeros ejemplos de distanciamiento con Pan. Los recuerdos acudieron, obedientes, surgidos de la oscuridad, como eslabones de una larga cadena. La rabia que había suscitado en su daimonion su desconsideración con una muchacha del colegio, cuando, en contra de sus inclinaciones naturales y a pesar de las advertencias expresadas por él, se había burlado de su incapacidad para distinguir entre el autor y el narrador de una novela que debían leer para un examen. Una reacción de impaciencia con una sirviente del St. Sophia's. Una burlona declinación a una invitación para acudir a una exposición de cuadros de tema religioso pintados por el padre de una amiga. El regocijo que le produjo ver la gran cantidad de filosofía que despedazaba y pisoteaba Gottfried Brande. Su comportamiento, inapelable y vergonzoso, con Malcolm, cuando tan solo era el doctor Polstead. Aunque en su mayoría no pasaban de ser pequeños detalles, seguían aflorando por centenares a su memoria. Su daimonion había sido testigo de todo y no le había gustado, y al final se había hartado.

Trató de defenderse ante aquel tribunal convocado por sí misma, pero pronto desistió. Se sentía muy avergonzada.

Había obrado mal y su comportamiento tenía que ver, en cierta medida, con una visión del mundo de la que quedaba excluida la comunidad secreta.

Las estrellas giraban despacio alrededor del polo. El ferri avanzaba sin percance en paralelo a la costa. De vez en cuando, las luces de un pueblo relucían en la orilla y la miríada de movimientos del agua transformaba sus reflejos en un millar de destellos de oro y plata. En un par de ocasiones, vio un tipo diferente de luz, proyectada por los faroles colgados de la proa de las barcas de pescadores que arrojaban las redes para atrapar anchoas o calamares. Aquella imagen le sugirió un paralelismo consigo misma, que también hacía surgir monstruos de las profundidades de su ser. Entonces se acordó de algo que le había contado Roger, el que fuera su mejor amigo de infancia, sobre las arpías que había encontrado en el mundo de los muertos: «Ellas saben todas las cosas malas que uno ha hecho y no paran de susurrarlas al oído». Y Lyra empezaba a darse cuenta de lo doloroso que podía llegar a ser.

Las preguntas seguían encadenándose. ¿Pertenecían las arpías a la comunidad secreta? ¿Formaba parte de esta el mundo de los muertos, donde ellas moraban? ¿O acaso lo había imaginado..., y su imaginación no era más que una urdimbre de falsedades?

¿Qué era, en resumidas cuentas, la comunidad secreta? Era algo que no tenía cabida en el mundo de Simon Talbot, ni tampoco en el de Gottfried Brande. Era algo invisible para la percepción ordinaria. En caso de existir, se veía a través de la imaginación, o algo por el estilo, y no por medio de la lógica. Comprendía fantasmas, hadas, dioses y diosas, ninfas, espantos, demonios, fuegos fatuos y otras entidades similares. Estas no tenían una mala predisposición general contra los humanos; en ocasiones, sus propósitos se cruzaban o coincidían con los de los hombres. Aunque poseían cierto poder sobre sus vidas, no era imposible derrotarlos, tal como ocurrió con el hada del Támesis, que se dejó engañar por Malcolm y tuvo que renunciar a quedarse con Lyra...

Un camarero salió a cubierta para avisar a los pocos pasajeros que quedaban fuera de que el bar iba a cerrar pronto. Dos hombres se levantaron para ir dentro. Lyra dijo: «Gracias», que era la única palabra que sabía en anatolio, y el camarero pasó de largo.

Luego volvió a enfrascarse en sus reflexiones. ¿Acaso los espantos, las hadas y los fuegos fatuos existían tan solo en su imaginación? ¿Había alguna explicación lógica, racional y científica para tales fenómenos, o bien eran algo inaccesible para la ciencia e incomprensible para la razón? ¿Existían siquiera?

En el apartado de «tales fenómenos» seguramente estaban incluidos los daimonions. Eso era al menos lo que afirmaban Brande y Talbot. Ninguno de aquellos pensadores encontrarían extraño que una joven no tuviera daimonion. Alison Wetherfield, por otra parte, se había percatado de inmediato de la particularidad de Lyra, al igual que la mayoría de la gente, pero, a diferencia de ellos, se había mostrado afable y compasiva. El escandaloso individuo del ferri había dado rienda suelta al odio y al miedo. Los daimonions existían para la mayoría de la gente, de eso no cabía duda.

A partir de ahí, se quedó bloqueada. El firmamento estrellado le parecía frío y muerto. Todo lo que en él había era el producto de indiferentes interacciones mecánicas de moléculas y partículas que seguirían reproduciéndose hasta el fin de los tiempos, tanto si Lyra vivía como si moría, tanto si los seres humanos eran conscientes o inconscientes. Todo era un vasto espacio vacío e indiferente, sin sentido.

La razón la había conducido a ese estado. Había exaltado la razón por encima de cualquier otra facultad. El resultado había sido la infelicidad absoluta que ahora experimentaba.

«De todas maneras, no deberíamos creer en algo porque nos haga más o menos felices —se dijo—. Deberíamos creer en algo porque es verdadero. Y si nos hace infelices es una pena, pero no por ello podemos achacarle la culpa a la razón. ¿Cómo sabemos que algo es verdad? Porque tiene sentido. Las cosas verdaderas son más económicas que las falsas. Tal como muestra el principio de la navaja de Ockham, la explicación a un problemas suele ser la más simple. Por lo tanto, si hay una explicación que deja fuera cuestiones como la imaginación y la emoción, es más probable que sea cierta que la que los incluya.»

No obstante, entonces se acordó de lo que decían los giptanos: las cosas hay que incluirlas, no dejarlas fuera. Hay que observar las cosas en su contexto, tomándolo en cuenta todo.

Aquello le aportó cierta de esperanza. «Cuando creí en las

luces de los pantanos, vi más», pensó. ¿Era algo ilusorio? «¿Las veía de veras o las inventé?» ¿Fue racional el elevar aquella diminuta fruta roja hasta los labios de Will, en aquel bosquecillo soleado, y revivir el acto que habían oído describir a Mary Malone, el mismo que la había llevado a enamorarse? ¿Acaso la razón había creado alguna vez un poema, una sinfonía o un cuadro? Si la racionalidad es incapaz de ver cosas como la comunidad secreta, es porque la visión de la racionalidad es limitada. La comunidad secreta está ahí. No la podemos ver con la racionalidad, de la misma manera que no podemos pesar algo con un microscopio, porque no es el instrumento adecuado. Necesitamos imaginar, además de medir...

En ese momento, se acordó de lo que Pan había dicho de su imaginación y de la cruel nota que había dejado en el cuarto de La Trucha. Pan se había ido en busca de una cualidad de la que ella carecía.

¿Y el Polvo? ¿De dónde provenía? ¿Era una metáfora? ¿Formaba parte de la comunidad secreta? ¡Y el holandés ardiente! ¿Qué diría la razón de él? Que no podía existir. Que era algo ilusorio. Que ella lo había soñado todo. Que no había ocurrido...

No le dio tiempo a seguir desgranando la cuestión, porque el ferri chocó contra algo. Lyra notó el impacto casi antes de oír el golpe y el ruido de metal desgarrado, que precedieron a un rugido de los motores cuando el timonel se apresuró a gritar. El ferri se estremeció, dando torpes bandazos, como un caballo que se niega a saltar un obstáculo. Mientras las hélices agitaban el agua, Lyra oyó algo más. Eran voces humanas, gritos de dolor y de pánico.

Se desprendió de la manta y corrió hacia la borda. Como desde su posición en mitad del barco apenas veía nada, se apresuró a seguir adelante, agarrada a la barandilla entre las sacudidas y los cabeceos del barco.

Otras personas acudían a ver qué ocurría, desde el bar, los camarotes o cubierta. A su alrededor se alzaban distintas voces que se entendían perfectamente, pese a que hablaban en distintos idiomas.

—¿Qué pasa?

—¿Hemos encallado?

—Oigo a un niño...

—¡Que enciendan un foco!

—Mirad... en el agua...

La embarcación aún no se había detenido, pues la fuerza de la inercia superaba la de la hélice. Al bajar la vista hacia el lugar adonde señalaba el otro pasajero, Lyra vio planchas, madera astillada, un salvavidas y otros restos inidentificables de un barco despedazado. Y gente, cuerpos en medio del agua, cabezas, caras, brazos, gente que gritaba y hacía señas, se hundía y porfiaba por volver a aflorar. Parecía que flotaran detrás del ferri, aunque, en realidad, era porque este todavía seguía avanzando.

Al final, la mordedura de la hélice en el agua venció la inercia y la embarcación se detuvo. El ruido de los motores se interrumpió de inmediato.

En cubierta y en el puente sonaron más voces, voces masculinas, en anatolio. Eran los marineros que acudían corriendo para lanzar cuerdas y salvavidas por la borda, así como para bajar un bote con el pescante.

La escena quedó iluminada por el foco que sujetaron en la cubierta de proa, que sumó su resplandor al de las ventanas y los ojos de buey del lado de babor. El ferri había atropellado a aquel otro barco más pequeño, que debía de navegar sin luces, y que transportaba a muchos más pasajeros de los posibles para su tamaño. Al lado del barco, ahora visible, había muertos flotando en el agua, al menos una docena de hombres y mujeres que se aferraban a él.

Una mujer hacía esfuerzos repetidos para poner a salvo a un bebé, pero se hundía cada vez que lo intentaba. El pequeño se debatía y chillaba, pero nadie los auxiliaba.

—¡Ayúdenla! ¡Ayúdenla! —gritó Lyra sin poder contenerse.

Todos los hombres que se agarraban al barco volcado temían por su propia vida y no tenían fuerzas suficientes para socorrer a la mujer. Después de varias tentativas de dejar arriba al pequeño, ella desapareció bajo la superficie; su hijo resistió, dando berridos estrangulados por el agua. Al igual que los otros pasajeros que miraban, Lyra solo pudo gritar, señalando hacia allí; al final, uno de los hombres se soltó, agarró al niño con un brazo y lo depositó sobre las planchas antes de hundirse a su vez y perderse de vista en la oscuridad.

Para entonces, los marineros ya habían bajado el bote salvavidas; mientras dos de ellos remaban, otro ayudaba a los náufragos a subir a bordo. Entretanto, otros tripulantes habían colocado una pasarela en un costado del ferri. La luz que se derramaba por ese lado permitía ver el barco destrozado, a los supervivientes que aún resistían y a otras personas ahogadas que flotaban boca abajo, mecidas por el agua.

A Lyra se le ocurrió pensar que, si el ferri había partido el barco en dos, debía de haber también gente en el lado de estribor, como en el de babor. Echó a correr por la cubierta, abarrotada de viajeros que trataban de ver qué ocurría. Estaba en lo cierto. En esa parte también había gente en el agua, no tanta, pero sí igual de desesperada. Y nadie la había visto. Solo disponían de fragmentos de tablas adonde aferrarse, gritaban pidiendo auxilio y nadie los oía.

Lyra vio a un oficial que procedía del puente de mando y lo cogió por la manga.

—¡Mire! ¡Hay más gente por este lado! ¡Necesitan también un bote salvavidas!

El hombre sacudió la cabeza, sin comprender; ella lo tiró del brazo y señaló hacia abajo.

Con una respuesta breve y áspera, se zafó. Su daimonion, un lémur, emitía una especie de chirrido a su oído, mientras observaba con miedo a Lyra, señalándola con la mano. El hombre miró con repugnancia a Lyra, constatando la ausencia de daimonion, y dijo algo con tono colérico.

—¡El bote! —insistió ella—. ¡Bajen el bote salvavidas por este lado! ¡Se están ahogando!

Un marinero la oyó y, tras asomarse a mirar hacia donde apuntaba, habló brevemente con el oficial, que inclinó con brusquedad la cabeza antes de alejarse. El marinero corrió hacia el bote y empezó a accionar el pescante para bajarlo. Un compañero acudió a ayudarlo.

Lyra corrió adentro y bajó precipitadamente las escaleras en dirección a la pasarela. Encontró a varias personas rescatadas, encogidas y temblorosas; diversos pasajeros y tripulantes les daban mantas y auxiliaban a los heridos. Abriéndose paso entre quienes solo habían acudido a mirar, salió a la balanceante pasarela para ayudar a subir a las otras víctimas. Aunque en su mayoría eran hombres jóvenes, también había mujeres y niños. Había personas de todas las edades. Por su aspecto, parecían provenir del norte de África o de algún país del Levante. Llevaban ropa gastada, de poco abrigo; a excepción de un par de ellos, que se aferraban a una mochila o una bolsa de la compra, no tenían ninguna pertenencia. Tal vez sus escasos efectos personales habían naufragado con el barco.

El bote de estribor ya estaba en el agua, rescatando más víctimas. Lyra ayudó a subir a la plataforma a dos jóvenes y a cinco niños. Y la última persona en llegar fue una mujer muy anciana, agarrotada por el miedo, de quien tiraba un niño de unos doce años, probablemente su nieto. Lyra lo ayudó primero a él; después, entre los dos, subieron a la anciana a bordo.

La mujer temblaba. Todos tenían frío, incluso Lyra, pese a que estaba sudando y llevaba un buen abrigo. Miró el agua, donde había diseminados restos del naufragio y pedazos de ropa y objetos inidentificables que en un tiempo fueron tan importantes como para que aquella gente considerase que valía la pena cargar con ellos en su huida. En todo caso, parecía como si huyeran de algo.

—¿Lyra?

Se volvió, alarmada. Era Alison Wetherfield, que la miraba con expresión afectuosa y preocupada. No se había dado cuenta de que estaba en el ferri.

—Creo que ya han rescatado a todo el mundo en este lado —dijo Lyra.

—Ven a ayudar. Estos marineros no saben qué hacer una vez que los tienen a bordo.

—¿De dónde cree que es esta gente? —preguntó Lyra, siguiéndola—. Parecen refugiados.

—Es lo que son. Lo más probable es que sean campesinos o cultivadores de rosas, que huyen de los hombres de las montañas.

Lyra se acordó de la gente que había visto desembarcar en Praga. ¿Debían de provenir también de esa parte del mundo? ¿Era un fenómeno que se daba en toda Europa?

Aquel no era, con todo, el momento oportuno para demorarse con ese tipo de conjeturas. En el salón encontraron a unas sesenta o setenta personas, heladas y empapadas. Los niños lloraban, los ancianos yacían incapaces de moverse, con los daimonions agarrados sin fuerzas a su ropa mojada. Cada minuto afluían, cojeando o tambaleándose, otros rescatados, los últimos supervivientes recuperados en el mar. No solo había supervivientes. Los marineros habían recogido también varios cadáveres. A Lyra se le desgarraba el corazón al oír los gritos que exhalaban los parientes al reconocer a un hijo o a una mujer.

Alison, por su lado, estaba en todas partes, dando instrucciones a la tripulación, consolando a una madre asustada, envolviendo a un niño con una manta arrancada a un pasajero o reclamando la presencia del cocinero del barco para pedirle bebidas calientes, sopa caliente, pan y queso para los supervivientes, algunos de los cuales parecían famélicos. Lyra iba tras ella y ayudaba cumpliendo sus indicaciones, repartiendo mantas, recogiendo y acunando contra su pecho a un niño, demasiado atemorizado o conmocionado para llorar siquiera, que no parecía tener quien se ocupara de él.

Poco a poco, el caos fue cristalizando en una especie de orden, propiciado por Alison. Era brusca, dura e impaciente, pero lo especificaba todo con claridad; sus instrucciones eran útiles, y además de dar a los pasajeros del ferri algo que hacer para colaborar, irradiaba aplomo y experiencia.

—¿Buscas ropa seca para ese niño? —dijo, viendo a Lyra desbordada con su carga.

—Bueno, sí.

—Esa mujer de ahí, la del abrigo verde, tiene ropa. Tendrás que cambiarle el pañal. ¿Lo has hecho alguna vez?

—No.

—Bueno, no tiene mucho misterio, ya lo verás. Ocúpate de que el niño esté seco, limpio y abrigado antes de hacer otra cosa.

Lyra obedeció con gusto las indicaciones y obtuvo un resultado aceptable, a su juicio. Una vez que hubo lavado y abrigado al pequeño, dedujo que habría que alimentarlo, de modo que se puso a buscar algo que darle de comer. Entonces la paró una mujer de mirada desorientada, todavía con la ropa mojada con la que la habían sacado del mar, que señalaba con sollozos de alivio al niño y a ella. Lyra se lo entregó y de inmediato se lo acercó al pecho. Pese a que estaba frío y húmedo, al cabo de un momento, el bebé mamaba ya con avidez.

Después Alison la llamó para que ayudara con un problema diferente. Una niña de cinco o seis años, completamente sola, al menos seca y vestida con la ropa de otra niña un poco mayor, parecía hipnotizada o petrificada por el horror. Inmóvil, con el daimonion ratón aferrado temblando a su cuello, mantenía la vista en un punto fijo, frente a sí.

—Toda su familia se ha ahogado —le explicó Alison—. Se llama Aisha. Solo habla árabe. La dejo a tu cargo.

Luego fue a ocuparse de un niño que lloraba. Lyra estuvo a punto de amilanarse, pero la mirada perdida de la pequeña y el terror reflejado en los ojos de su diminuto daimonion vencieron su aprensión. Arrodillándose a su lado, le cogió la mano helada y flácida.

—Aisha —susurró.

El daimonion se escabulló bajo el cuello del holgado suéter que llevaba la niña. «Tendrías que estar aquí, Pan —pensó Lyra—. Este daimonion te necesita. No tendrías que haberme abandonado.»

—Aisha, *ta'aali* —dijo, procurando recordar el vocabulario en árabe que le habían inculcado los profesores del Jordan muchos años atrás—. *Ta'aali* —repitió, confiando en que significara «ven».

Se levantó y, sin soltar la mano casi inerte de la niña, tiró con suavidad. La pequeña no ofreció resistencia, pero tampoco obedeció. Era como si flotara con ella, como si careciera de presencia corporal. Lyra estaba impaciente por alejarla de los llantos, del ruido de voces impregnadas de pena o desesperación, de la vista de hileras de muertos medio tapados con mantas o sábanas, de todo aquel sufrimiento y confusión.

Antes de salir del salón, cogió un pan redondo turco y un pequeño cartón de leche. Condujo a la niña a la silla de mimbre en la que estaba adormilada en el momento del choque del ferri con el barco. Proporcionaba espacio suficiente para las dos y la manta seguía allí. Tras dejar el pan y la leche a su lado encima de la cubierta, se envolvió junto con la niña en la manta. Evitó escrupulosamente tocar al diminuto daimonion, que susurraba algo, temblando en el cuello de la pequeña, más vivo, al parecer, que la propia Aisha.

—Aisha, *khubz* —dijo Lyra, cogiendo el pan—. *¿Inti ja'aana*?

Partió un pedazo y se lo ofreció. Aisha no dio señales de ver ni de oír nada. Lyra lo mordisqueó, para demostrarle que no era malo, pero tampoco logró hacerla reaccionar.

—Bueno, entonces te mantendré así abrazada, y el pan seguirá ahí para cuando lo necesites —susurró—. Te lo diría en árabe, pero no presté suficiente atención a las clases cuando era niña. Sé que no me entiendes, pero ya has tenido bastante con lo que ha pasado esta noche como para que me ponga a comprobarlo. De momento, solo espero que estés caliente, aquí conmigo.

La niña estaba acostada al lado de Lyra, bajo su brazo izquierdo, y era como si de su frágil cuerpo emanara un frío intenso. Lyra ajustó la manta a su alrededor, asegurándose de que estuviera bien arropada.

—Vaya, qué frío tienes, Aisha, pero esta manta es grande y pronto te calentarás. Nos daremos calor la una a la otra. Puedes dormirte si te apetece. No te preocupes si no me entiendes. Si tú me hablaras, yo tampoco te entendería. Tendríamos que comunicarnos por señas, con las manos y con muecas. Al final, seguramente nos entenderíamos.

Mordisqueó otro trozo de pan.

—Mira, si tardas mucho en coger un poco, me lo habré comido todo y no estará nada bien eso de que me zampe el pan que trajeron para ti. Sería un escándalo. Yo saldría en los periódicos, acusada de robar y explotar a los desposeídos, y sacarían una foto mía con cara de culpa…, y otra tuya con expresión de reproche… Parece que esto no da resultado. Pensaba que si seguía hablando en voz baja… ¡Ya sé! Te voy a cantar una canción.

De algún lugar muy profundo y remoto fueron surgiendo, una tras otras, las letras de las nanas, rosarios absurdos de palabras con rima, melodías y ritmos que de niña había escuchado con placer, sin comprenderlas. Con el cálido contacto de unos brazos o de un regazo, las sosegadas letras y las sencillas melodías le habían dado una sensación de calor y seguridad. Ahora se las cantaba con voz queda a la pequeña, fingiendo que Aisha era Lyra, y que Lyra era… ¿Quién podía ser? Sí, Alice, la mordaz y cáustica Alice, de blandos pechos y acogedores brazos.

Al cabo de unos minutos, notó una tenue y fría presencia en el cuello. Como último recurso, el daimonion de la niña se había acurrucado contra ella. Lyra tuvo que esforzarse para que no se le quebrara la voz y seguir cantando, porque ella misma había añorado hasta lo indecible esa clase de contacto. Al final, se quedaron dormidos.

Volvió a soñar con el gato, el daimonion gato. Estaban en el mismo prado alumbrado por la luna y él se le enroscaba en las piernas. Aquel clima de amor y bondad seguía allí, pero también se palpaba ansiedad en el ambiente. Tenía que hacer algo. Debía ir a algún lugar. Apremiándola para que lo siguiera, el gato avanzaba unos pasos, se volvía a mirar, regresaba hasta ella para después volverse a alejar. Ahora ya no estaba segura de que se tratara del daimonion de Will. Los colores estaban desvaídos bajo la luz de la luna. Aquel era un mundo en blanco y negro.

Intentó seguir al gato, pero era incapaz de mover las piernas. Al llegar al linde de los árboles, el daimonion se volvió a mirar una vez más y después siguió adelante y se adentró en la oscuridad. Lyra se echó a llorar, invadida por un sentimiento de amor, de pérdida y de pesar; por sus mejillas dormidas rodaron unas lágrimas.

Despertaron en una mañana luminosa. Aunque el sol no había asomado aún por las montañas, el aire estaba nítido y el mar todavía tenía la apariencia de un cristal. El único ruido perceptible era el quedo y regular latido de los motores, hasta que Lyra oyó un graznido de aves marinas, al que sucedieron unas voces humanas.

—Aisha —susurró—. ¿Estás despierta? ¿*Sahya*?

Por un momento, se asustó. Al daimonion de la pequeña, que había dormido entre ambas, cuando se había despertado la presencia de aquella desconocida le había parecido peligrosa y se había escurrido a toda prisa hasta el pecho de la niña. Contagiada por el miedo, esta se apartó con un quedo gemido de ansiedad.

Lyra se incorporó con cuidado y volvió a colocar la manta en torno a la pequeña. Sin ella, sintió la mordedura del frío. Aisha vigilaba todos sus movimientos, como si pudiera asesinarla en caso de que bajara la guardia.

—Aisha, no tengas miedo de mí —le dijo en voz baja—. Hemos dormido juntas y ya ha amanecido. Mira, come un poco de este pan. Está un poco duro, pero no pasa nada.

Le entregó el resto de la torta. Aisha la cogió y le dio un mordisco, sin atreverse a despegar la vista de ella. Lyra le sonrió, aunque la niña no la correspondió. No obstante, se alegró de ver que ya no estaba petrificada de horror como la noche anterior.

—También hay leche —añadió.

Dobló la punta del cartón y tiró de la anilla. Aisha lo cogió y se puso a beber. Después, cuando ya no quiso más, se lo devolvió. Aquella reacción, en otras circunstancias anodinas, era una buena señal. Lyra sostuvo el cartón mientras Aisha comía un poco más de pan.

«Dentro de poco se va a acordar de lo que pasó y se va a dar cuenta de que lo ha perdido todo —pensó—. ¿Qué ocurrirá entonces?» Empezó a barajar posibilidades: Aisha en compañía de las otras personas como ella, haciendo un cansado viaje hacia el oeste con la esperanza de conseguir un refugio, pasando hambre y frío, despojada de lo poco que tenía. O entregada a una familia que no hablaba su idioma, que la trataba como una esclava, que le pegaba y que apenas le daba de comer, que la vendía a hombres que utilizarían aquel pequeño cuerpo a su antojo. O llamando a una puerta tras otra, suplicando cobijo en una noche de invierno. La gente tampoco era tan mala, ¿no? ¿No se podía esperar algo mejor de la raza humana?

Arropó aún más a la pequeña, la atrajo hacia sí y volvió la cabeza para que sus lágrimas no le cayeran encima de la cara.

A su alrededor, el barco despertaba poco a poco. Los otros pasajeros que habían dormido en cubierta tapados con mantas o acurrucados unos contra otros empezaban a desperezarse y a hablar en voz baja.

Aisha dijo algo. Lyra apenas la oyó. De todas formas, no la habría entendido. Sin embargo, por cómo se movía, dedujo a qué se refería y se levantó para ayudarla a incorporarse. Después la envolvió con la manta para que no cogiera frío y la llevó al retrete. Mientras esperaba fuera, todavía medio dormida, prestó atención a lo que se decía a su alrededor con la esperanza de comprender alguna palabra. Lo único que captó fueron jirones, fragmentos, astillas de significado, que aparecían un instante cual peces voladores por encima del agua para volver a desaparecer.

Luego el ruido de los motores se redujo y pareció como si el barco diera un brusco viraje. «Otra vez no», pensó Lyra. Al cabo de un momento, no obstante, empezó a cabecear e inclinarse un poco. En aquel pasillo cerrado y recalentado, sin ver el mar, Lyra empezó a marearse, de modo que cuando Aisha salió, volvió a cubierta para respirar el aire fresco llevándola de la mano. La cría no oponía resistencia y su daimonion parecía más activo y menos temeroso que la noche anterior. Susurraba al oído de la niña, sin perder de vista a Lyra. Aisha murmuró una o dos palabras a modo de respuesta.

Al ver que en cubierta se formaba una cola delante de la sala principal, Lyra condujo a Aisha hasta allí, previendo que tal vez repartían el desayuno. No se equivocaba: les dieron tortas de pan y un poco de queso. Regresaron con la comida a la silla, donde Aisha se instaló encogida bajo la manta, con el pan en una mano y el queso en la otra. Se puso a comer.

Lyra se dio cuenta de que el ferri había modificado en efecto el rumbo. Reduciendo velocidad, se dirigía a un puerto situado bajo las colinas rocosas de una isla.

—No sé dónde debemos de estar —comentó a Aisha.

La pequeña se limitó a mirarla, antes de posar la vista en las colinas, el pueblo de casas pintadas de blanco y las barcas de pesca del puerto.

—¿Qué, cómo sigue? —preguntó Alison Wetherfield, que apareció de repente a su espalda.

—Está comiendo, por lo menos —respondió Lyra.

—¿Y tú? ¿Has comido algo?

—Creía que la comida era para los refugiados.

—Entonces ve a comprar algo a la cafetería. Yo esperaré aquí. No serás de mucha utilidad si te mueres de hambre.

Lyra siguió las indicaciones y volvió con pan y queso para sí misma y un pastel de especias para la niña. La única bebida disponible era un té con menta azucarado que, como mínimo, estaba caliente. El barco estaba abarrotado. Lyra agradecía el bullicio de voces que expresaban miedo, curiosidad, rabia y dolor, porque ella resultaba menos interesante que la situación en que se hallaban y podía pasar inadvertida entre la gente.

Al volver junto a la niña, la encontró hablando sin trabas con Alison, aunque con la cabeza gacha, con voz queda y monótona. Lyra trató de captar lo que decía, pero apenas entendió nada. Tal vez Aisha hablaba un dialecto de árabe distinto de la variante clásica que le enseñaron en el Jordan College, o tal vez Lyra no había atendido bastante en las clases.

Cuando le tendió el pastelillo de especias, la pequeña levantó solo un segundo la vista al cogerlo y después volvió a agacharla. Lyra percibió enseguida que la confianza de la noche se había disipado y que Aisha experimentaba el miedo común por alguien que ni siquiera tenía daimonion.

—Voy a lavarme —dijo a Alison, sin darse cuenta de que se había percatado del temor de Aisha y de la consecuente tristeza de Lyra.

No tardó en volver, esperando tener mejor cara.

—¿Dónde estamos? —preguntó—. ¿Qué pueblo es este?

—En una de las islas griegas, no sé cuál. Los refugiados bajarán aquí. No creo que los griegos se nieguen a dejarlos desembarcar. Después los trasladarán al continente y acabarán en un sitio donde quedarse.

—¿Qué pasará con ella?

—He hablado con una mujer que cuidará de ella. Solo podemos ayudar hasta cierto punto, Lyra. Debemos aceptar que otra gente está en condiciones de hacer más.

Aisha se estaba terminando el pastelillo, con la vista clavada en el suelo. Lyra quiso acariciarle el pelo, pero se contuvo para no asustarla.

El ferri se había detenido junto a un muelle y los marineros lo amarraban por el lado de popa y de proa a los noráis. La pasarela descendió con un estrépito de cadenas, mientras en tierra una serie de lugareños se congregaban para ver qué había traído el barco a su puerto.

Observando la actividad desde la barandilla, Lyra entró paulatinamente en una especie de trance. Tal vez por la falta de sueño o por el agotamiento, se fue abstrayendo en un laberinto de ensoñación y conjeturas, que giraba en torno a los daimonions.

Aquel momento de la noche en que el ratoncillo daimonion se había acurrucado junto a ella... ¿había sido real? Pese a estar segura de que sí había ocurrido, no sabía qué podía significar. Últimamente, le pasaba con muchas cosas.

Quizá no había ningún significado. Eso era lo que diría Simon Talbot, dedujo con una sensación de repugnancia. Luego se le ocurrió algo. Por la noche había pensado que el pobre daimonion había actuado atraído por su calor, por la certidumbre que emanaba de un adulto, simplemente porque ella era la persona responsable que ofrecía consuelo. Así pues, había otra interpretación posible. Tal vez fue el pequeño daimonion quien captó la soledad y la desolación de Lyra; por eso él acudió a confortarla, y no al revés. En todo caso, había dado resultado. La hipótesis era asombrosa, pero convincente. Quería expresar su gratitud, pero cuando se volvió a mirar a la niña, se dio cuenta de que sería imposible, de que no podían comunicarse. El momento de la noche fue un punto final, no el inicio de algo.

—¿Puedo ayudar en algo? —le preguntó a Alison cuando esta se puso en pie y levantó a la niña.

—He decidido bajar a tierra para asegurarme de que se ocupen bien de ellos. Yo no tengo ninguna autoridad. Lo único que puedo hacer es ir dando órdenes, pero parece que funciona. Esperaré al próximo barco, porque no creo que el capitán quiera demorarse aquí más del tiempo imprescindible. Tú quédate a bordo, recupérate y continúa buscando a tu daimonion. Es lo que tienes que hacer. Si pasas por Alepo, no dejes de ir a ver al padre Joseph, en la Escuela Inglesa. Es fácil de localizar y es un buen hombre. Adiós, querida.

Le dio un breve beso y se fue con Aisha de la mano. La pequeña ni siquiera se volvió a mirar. Su daimonion, transformado en un pajarillo cuya especie Lyra no pudo identificar, seguramente ya se había olvidado de lo que había hecho esa noche. Pero Lyra nunca lo olvidaría.

Se sentó en la silla de mimbre y, con el calor de la mañana egea, no tardó en quedarse dormida.

24

El bazar

Malcolm y Mehrzad Karimov pasaron la noche a resguardo de la lluvia, en la cueva; cuando despertaron, hacía una mañana cálida y soleada. Al amparo del bosque, lograron cruzar la frontera sin que los descubrieran. Desde el sendero que discurría entre los árboles, más arriba, divisaron las largas colas de tráfico que se habían formado a ambos lados de la aduana e intercambiaron una mirada de alivio. Malcolm pagó el billete de Karimov hasta Constantinopla, adonde llegaron dos días después del asesinato del patriarca.

Encontraron la ciudad en un estado de ansiedad febril. Sus documentos fueron sometidos a escrutinio tres veces antes de que los autorizaran a salir de la estación de tren; la identidad bajo cuya tapadera viajaba Malcolm, como erudito que iba a estudiar diversos documentos de las bibliotecas de esa ciudad, fue examinada con lupa. No descubrieron ningún fallo porque era auténtica. Antes de salir de Londres, las autoridades ya habían realizado una rigurosa comprobación de los detalles de sus contactos, patrocinadores y huéspedes. Con todo, los soldados de Constantinopla se mostraron hostiles y recelosos.

Se despidió de Karimov, que se había ganado su simpatía. Le había contado a Malcolm cuanto sabía de Tashbulak y del trabajo de los científicos allí asentados, del desierto de Karamakán y del poema *Jahan y Rukhsana,* del cual conocía de memoria largos pasajes. Según explicó, iba a efectuar algunas operaciones comerciales en Constantinopla; después se incorporaría a una caravana que recorría la Ruta de la Seda.

—Malcolm, gracias por su compañía en este viaje —dijo cuando se estrecharon la mano al salir de la estación—. Que Dios lo proteja.

—Confío en que también se muestre generoso con usted, amigo mío —repuso Malcolm—. Que le vaya bien.

Después de encontrar un hotel económico, salió para ir a visitar a un viejo conocido, un inspector de la policía turca que era un simpatizante oficioso de Oakley Street. No obstante, de camino a la comisaría se dio cuenta de que lo estaban siguiendo.

No era difícil ver, en los escaparates y las puertas de vidrio de bancos y edificios de oficinas, al joven que iba tras él. La única manera de seguir a alguien de forma eficaz, sin ser detectado, era disponiendo de un equipo de tres personas expertas y entrenadas. Ese joven, en cambio, iba solo y tenía que mantenerse cerca. Sin mirarlo directamente, Malcolm dispuso de tiempo de sobra para examinarlo. Su pelo negro, sus facciones delicadas, su constitución delgada y su manera nerviosa y brusca de moverse resultaban bien visibles en la multitud de reflejos que Malcolm percibía a su alrededor. No parecía turco. Podría haber sido italiano. De hecho, podía haber sido inglés. Llevaba una camisa verde, pantalones oscuros y una chaqueta de lino de color claro. Su daimonion era un halcón pequeño. Tenía la cara llena de cardenales y un apósito en la nariz.

Malcolm se desplazó hacia las calles más transitadas, para obligarlo a acercarse más. Aunque ignoraba si conocía bien la ciudad, intuía que no. Puesto que se encontraban cerca del Gran Bazar, decidió conducirlo hasta sus abarrotados callejones interiores, donde todavía tendría que acortar más la distancia con él.

Al llegar al gran arco de piedra de la entrada del bazar, levantó la vista hacia arriba, para asegurarse de que el joven viera adónde iba, y luego entró. Inmediatamente, sin darle tiempo para que se percatara, se adentró en una tiendecilla donde vendían alfombras y telas. En el bazar había más de sesenta calles distintas y un centenar de tiendas. A Malcolm no le habría costado despistar a su perseguidor, pero él pretendía otra cosa. Quería invertir los papeles y ser él quien siguiera al otro.

Al cabo de unos segundos, el joven entró a toda prisa por la gran puerta y miró en torno a sí. Alargaba el cuello para ver entre el gentío y volvía la cabeza a derecha e izquierda, con demasiada precipitación para ver de forma clara. Mostraba agitación. Malcolm estaba de espaldas a él, entre las alfombras colgadas, observándolo en la tapa de su reloj de pulsera, que consistía en un espejo. Ocupado en atender a un cliente, el vendedor apenas le prestó atención.

El joven echó a andar con paso rápido por la calleja; Malcolm salió tras él. Para ocultar el color de su pelo, se puso una gorra de lino que llevaba en el bolsillo. Pese a que la calle por la que iban era una de las más anchas, las tiendas y los puestos se sucedían a ambos lados; por todas partes, había ropa, zapatos, alfombras, cepillos, escobas, maletas, lámparas, cacharros de cobre y un sinfín de artículos diversos.

Malcolm avanzaba sin dificultad a través de aquella profusión de objetos, siguiendo al joven sin observarlo directamente, por si se volvía a mirar de repente. Su nerviosismo lo rodeaba como un vapor. Instalado sobre su hombro, el daimonion halcón movía la cabeza hacia los lados; de vez en cuando, parecía mirar atrás a la manera de una lechuza, y Malcolm percibía todos sus movimientos, aproximándose cada vez más.

Luego el chico —pues apenas se podía considerar un hombre— dijo algo al daimonion y Malcolm le vio mejor la cara. Ello suscitó una aparición en su mente, el fantasma del recuerdo de otra cara que lo transportó a la posada de sus padres en una noche invernal en que, sentado junto a la chimenea con su daimonion hiena, Gerard Bonneville le dedicó una afable sonrisa tan cargada de complicidad que...

¡Bonneville!

Aquel joven era su hijo. Era el célebre aletiometrista del Magisterio.

—Asta —susurró Malcolm. El daimonion saltó hasta sus brazos y luego trepó hasta el hombro—. Es él, ¿verdad? —murmuró.

—Sí. No cabe duda.

Las callejas estaban muy concurridas y Bonneville parecía inseguro..., tan joven e inexperto... Malcolm lo siguió hasta el centro del bazar. Se acercaba poco a poco, avanzando entre la multitud como un discreta sombra, apagando su propia personalidad, observando y viendo sin mirar. A juzgar por su apariencia, Bonneville se estaba desanimando. Había perdido a su presa y ya no estaba seguro de nada.

Llegaron a una especie de encrucijada, bajo cuya cúpula se alzaba una fuente antigua. Bonneville se detuvo allí para mirar en derredor, confirmando las previsiones de Malcolm, que lo veía de espaldas gracias al espejo del reloj.

—Está bebiendo —le informó Asta.

Malcolm se movió con celeridad; mientras el chico todavía tenía inclinada la cabeza hacia el agua, se situó justo detrás de él. El daimonion halcón, que miraba a derecha e izquierda, se volvió, tal como pensaba Malcolm; lo alcanzó a ver a tan solo unos centímetros de distancia.

Bonneville se llevó un gran susto. Retrocedió de un salto y giró sobre sí…, empuñando un cuchillo.

Asta se abalanzó como un resorte contra el daimonion del chico y lo abatió contra la pila de piedra donde caía el agua. Malcolm reaccionó con igual celeridad, justo cuando la afilada hoja le traspasó la manga de la chaqueta para hundirse en la piel de su brazo izquierdo. Bonneville había proyectado la mano con tanta fuerza que quedó desestabilizado un instante. Malcolm aprovechó para descargarle en el pecho un violento puñetazo, de los que deciden el desenlace de un combate de boxeo. Anonadado y sin aliento, Bonneville se desplomó sobre la pila y soltó el cuchillo.

Malcolm lo apartó de un puntapié, antes de agarrar al chico por la pechera de la camisa.

—Mi cuchillo —musitó Bonneville en francés.

—Se ha esfumado. Vas a tener que venir a hablar conmigo —le dijo Malcolm en la misma lengua.

—Y un cuerno.

Asta, que tenía atenazado al daimonion halcón por el cuello, incrementó la presión de las garras, provocando un chillido. Ambos daimonions estaban empapados. Bonneville, igual de mojado, tenía una expresión atemorizada y desafiante a la vez.

—No te queda otra —dijo Malcolm—. Vas a venir a tomar un café conmigo. Hay un local a la vuelta de la esquina. Si hubiera querido matarte, habría podido hacerlo en cualquier momento durante los quince minutos que llevo vigilándote. Yo mando y tú obedeces.

Bonneville permanecía encorvado, temblando y sin resuello, como si tuviera las costillas rotas, circunstancia más que probable, por otra parte. No estaba en condiciones de discutir. Intentó zafarse de la mano con que Malcolm le aferraba el brazo, pero no lo consiguió. Todo había ocurrido tan deprisa que casi nadie había reparado en ellos. Malcolm lo llevó al café y lo obligó a sentarse en un rincón, con la espalda apoyada en una pared de la que colgaban fotogramas de luchadores y estrellas de cine.

Malcolm pidió café para los dos. En posición encorvada y mano trémula, Bonneville acariciaba a su daimonion, escurriéndole el agua de las plumas.

—Váyase al diablo —murmuró—. Me ha roto algo. Una costilla o algo en el pecho, no sé. Cabrón.

—¿Vienes de la guerra o qué? ¿Cómo te rompiste la nariz?

—Déjeme en paz.

—¿Qué sabes del asesinato del patriarca? —preguntó Malcolm—. ¿Acaso te envió aquí *monsieur* Delamare para asegurarse de que se ejecutara correctamente?

Bonneville trató de disimular la sorpresa.

—¿Cómo sabe...? —contestó, antes de callar de manera abrupta.

—Soy yo quien hace las preguntas. ¿Dónde está el aletiómetro? Si lo llevaras encima, lo sabría.

—Usted no se va a quedar con él.

—No, porque es Delamare el que se lo va a quedar. Te lo llevaste sin permiso, ¿no?

—Váyase a paseo.

—Ya me parecía.

—No es usted tan listo como cree.

—Seguramente, tienes razón, pero soy más listo de lo que crees tú. Por ejemplo, conozco los nombres y las direcciones de los agentes de Delamare en Constantinopla, y ahora que has comprobado que puedo seguirte, deducirás que no voy a tardar en averiguar dónde te alojas. Al cabo de diez minutos, ellos estarán al corriente.

—¿Cómo se llaman, a ver?

—Aurelio Menotti. Jacques Pascal. Hamid Saltan.

Bonneville se mordió el labio inferior y soltó una mirada de odio a Malcolm. El camarero que llegó con el café no pudo evitar demorar la mirada en la camisa mojada y en el apósito de la nariz del chico, así como en la sangre que comenzaba a aflorar por el rasgón de la manga de Malcolm.

—¿Qué quiere? —dijo Bonneville, una vez que el empleado se hubo alejado.

Malcolm tomó un sorbo de café ardiente, omitiendo responder a la pregunta.

—No les diré nada a Menotti y a los demás si me dices la verdad —prometió.

—Tampoco se daría cuenta si le digo la verdad o no —replicó Bonneville encogiéndose de hombros.

—¿Por qué viniste a Constantinopla?

—Eso a usted no le importa.

—¿Por qué me seguías?

—Es asunto mío.

—Después de que me hayas atacado con un cuchillo, también es asunto mío.

Bonneville se limitó a encogerse de hombros.

—¿Dónde está Lyra ahora? —preguntó Malcolm.

Bonneville pestañeó un instante. Abrió la boca, pero desistió de hablar y optó por tomar un sorbo de café, pero se quemó la lengua y dejó la taza.

—O sea, ¿que no lo sabe? —preguntó.

—Ah, sé muy bien dónde está. Sé por qué la estás siguiendo. Sé lo que quieres de ella. Sé de qué manera usas el aletiómetro. ¿Y sabes por qué lo sé? Porque deja un rastro. ¿Lo sabías?

Bonneville lo observó con ojos entornados.

—Ella se dio cuenta enseguida —prosiguió Malcolm—. Has estado dejando un rastro por toda Europa, y ellos te siguen. Al final, te pillarán.

En los ojos del chico asomó un atisbo de sonrisa que reprimió. «Sabe algo», le dijo mentalmente Asta a Malcolm.

—Eso demuestra lo mucho que sabe —comentó Bonneville—. ¿Y qué es ese rastro? ¿Qué quiere decir con eso?

—No te lo voy a decir. ¿Qué quiere Delamare?

—A la chica.

—Además de eso. ¿Qué quiere hacer con ese nuevo Consejo Supremo?

«¿Por qué quería Delamare a Lyra?» Esa era la pregunta que Malcolm quería formular y a la que renunció, consciente de que nunca obtendría una respuesta.

—Siempre ha querido el poder —afirmó Bonneville—. Eso es todo. Ahora ya lo tiene.

—Háblame de ese asunto de las rosas.

—No sé nada de eso.

—No es cierto. Dime lo que sabes.
—Como no me interesaba, no presté atención.
—A ti te interesa todo lo que te aporte algún beneficio. No me creo que no hayas oído nada del asunto de las rosas. Dime lo que sabe Delamare.
—Yo no gano nada con contarle algo.
—A eso me refería precisamente. Eres miope. Tienes que ampliar tu perspectiva. Ganarías mucho no teniéndome en contra. Dime lo que sabe Delamare de las rosas.
—¿Y qué voy a conseguir a cambio?
—Que no te desnuque.
—Quiero que me cuente eso del rastro.
—Lo puedes deducir por ti mismo. Vamos…, las rosas.
Bonneville volvió a tomar un poco de café, con el pulso un poco más firme.
—Un hombre fue a verlo hace unas semanas —explicó—. Era un griego… o un sirio, no sé. O quizá alguien de un país más al este. Llevaba una muestra de aceite de rosas de un sitio muy lejano, del Kazajistán o algo así, Lop Nor. Mencionaron Lop Nor. Delamare mandó analizar la muestra.

—¿Y qué más?
—Eso es todo lo que sé.
—No es suficiente.
—¡No sé nada más!
—¿Y lo de Oxford que se les fue de las manos?
—No tiene nada que ver conmigo.
—O sea, que sí sabes de qué hablo. Es una información útil. Delamare también era el que movía los hilos, claro.
Bonneville se encogió de hombros. Empezaba a recuperar cierta confianza. Había que volverlo a aturdir.
—¿Sabía tu madre cómo murió tu padre? —preguntó Malcolm.
El chico pestañeó y abrió la boca para hablar, la cerró, sacudió la cabeza y cogió la taza de té, pero la volvió a depositar al instante: le temblaba la mano.
—¿Qué sabe usted de mi padre?
—Más que tú, desde luego.
El daimonion halcón se apartó de la mano de Bonneville y se posó encima de la mesa, donde aferró el mantel con las garras, haciendo surcos en la tela. Miraba con fiereza a Malcolm. Asta se incorporó en la silla, vigilándolo.

—Sé que usted lo mató —aseguró Bonneville—. Usted mató a mi padre.

—No seas tonto. Entonces solo tenía diez u once años.

—Sé su nombre y sé que usted lo mató.

—¿Cómo me llamo?

—Matthew Polstead —respondió con desdén Bonneville.

Malcolm sacó su pasaporte, el auténtico, y se lo enseñó al chico.

—Es Malcolm, ¿ves? No Matthew. Fíjate en mi fecha de nacimiento. Fue solo once años antes de que muriera tu padre. Hubo una gran inundación y se ahogó. En cuanto a Matthew, es mi hermano mayor. Él encontró el cadáver de tu padre en el Támesis, cerca de Oxford. Él no tuvo nada que ver con su muerte.

Volvió a guardar el pasaporte. El chico parecía que no se fiaba, pero, al mismo tiempo, estaba desconcertado.

—Si descubrió el cadáver, debió de robar el aletiómetro de mi padre —dijo con hosquedad—. Quiero que me lo devuelva.

—Oí hablar de un aletiómetro. También oí hablar de lo que tu padre le hizo a su daimonion. ¿Estabas al corriente de eso? Igual es algo que se da en la familia.

Bonneville desplazó la mano hasta el cuello de su daimonion, para acariciarlo o contenerlo, pero este agitó las alas con impaciencia y se apartó hasta el extremo de la mesa. Asta, por su parte, apoyó las patas en la mesa y se irguió, atento a lo que sucedía.

—¿Qué? —lo urgió Bonneville—. Dígamelo.

—Primero dime lo que quiero saber... Háblame de las rosas, de lo de Oxford, del aletiómetro, de la chica, de la muerte del patriarca, de todo. Después te contaré lo de tu padre.

El chico lo observaba con una expresión igual de furibunda que la de su daimonion. Estaba sentado con postura tensa en el borde de la silla, con ambas manos encima de la mesa. Malcolm le devolvió la mirada, implacable. Al cabo de unos segundos, Bonneville bajó la vista, se apoyó en el respaldo y empezó a morderse una uña.

Malcolm aguardó.

—¿Por dónde quiere que empiece? —consultó Bonneville.

—El aletiómetro.

—¿Qué quiere saber?

—Cómo empezaste a leerlo.

—De pequeño, mi madre me contó que unos monjes de Bohemia... o de un sitio de por ahí le habían dado el aletiómetro a mi padre. Lo tenían desde hacía siglos, pero reconocieron que él era un genio leyéndolo y que le correspondía tenerlo a él. Cuando oí eso, supe que un día sería mío, así que empecé a leer todo lo que encontré sobre los símbolos y la manera de interpretarlos. Luego, cuando toqué por primera vez el del Magisterio, descubrí que podía interpretarlo fácilmente, de modo que empezaron a darme trabajo. Como obtenía resultados más rápidos y precisos que nadie, me convertí en su lector principal. Lo utilicé para preguntar qué le había pasado a mi padre, cómo había muerto, dónde estaba su aletiómetro, etcétera. Las respuestas me condujeron hasta esa chica. Esa zorra lo tiene. Lo asesinaron y se lo robaron.

—¿Quién lo asesinó?

—La gente de Oxford, su hermano quizá.

—Se ahogó.

—Y usted qué va a saber si solo tenía diez años.

—Háblame de ese nuevo método.

—Lo descubrí.

—¿Cómo?

Bonneville era lo bastante engreído como para contestar.

—Usted no lo entendería. Nadie lo entendería sin mis conocimientos. Y hay que rebelarse contra él y buscar algo nuevo, tal como hice yo mismo. Al principio, me provocaba vómitos y no veía nada por culpa de las náuseas, pero insistí. Probé una y otra vez, sin darme por vencido. A pesar de las náuseas, conseguí interrelacionar las cosas mucho más deprisa. Mi nuevo método se hizo famoso. Otros lectores lo intentaron, pero lo aplicaban de una manera endeble, insegura, sin poder dominarlo. En toda Europa se habló de él, pero no hay nadie capaz de usarlo correctamente..., excepto yo.

—¿Y la chica? Creía que ella sí podía.

—Es mejor que la mayoría, lo reconozco, pero no tiene la fuerza suficiente. Se necesita una especie de poder, de aguante, de brío que probablemente no tienen las chicas.

—¿Por qué crees que usa el aletiómetro que tenía tu padre?

—No necesito creerlo. Simplemente, lo sé. Es una pregunta estúpida. Es como preguntar de qué forma he sabido que este mantel es blanco. No hay necesidad de averiguarlo.

—De acuerdo. Ahora explícame por qué mataron al patriarca Papadakis.

—Era algo previsible. Desde que Delamare tomó las disposiciones para que estuviera al frente del nuevo Consejo Supremo, el pobre viejo estaba condenado. Delamare lo tramó desde el principio, ¿entiende? La única manera en que podía llegar a ser el líder único e indiscutible era montando una estructura dotada de un líder. El Magisterio no había tenido ninguna desde hacía..., no sé, varios siglos, pero en cuanto se aprobó ese tipo de organización, lo único que tenía que hacer Delamare era mandarlo matar en circunstancias que generasen pánico, y luego intervenir para calmar el pánico con medidas reglamentarias de emergencia y ofrecerse modestamente para el puesto. Ahora va a estar al frente con un cargo vitalicio y con poderes ilimitados. Hay que reconocer que tiene una determinación admirable. Yo era el único que podía plantarle cara.

—Entonces, ¿por qué huiste?

—¿Qué diablos dice? Yo no hui —replicó Bonneville con jactancia—. Estoy cumpliendo una misión secreta que me encargó el mismo Delamare.

—Te están buscando. Han puesto una recompensa, ¿lo sabías?

—¿De cuánto?

—Más de lo que vales. Al final alguien acabará traicionándote. Ahora háblame de las rosas. ¿Qué hicieron con la muestra de aceite?

—La analizaron. El aceite de ese lugar tiene diversas propiedades que todavía no han conseguido determinar. Necesitan una dosis mayor. Yo conseguí hacerme con una pequeña cantidad. Conozco a una chica que trabaja en el laboratorio de Ginebra y a cambio de... Bueno, me dio un trozo de papel secante impregnado de unas cuantas gotas. Enseguida me di cuenta de que protege contra las náuseas que provoca el nuevo método. Disponiendo de él en dosis suficientes, uno podría aplicar el nuevo método sin sufrir los efectos adversos, pero yo solo disponía de una cantidad ínfima.

—Continúa. ¿Qué más?

—¿Sabe a lo que aluden con la palabra Polvo?

—Desde luego.

—Pues con el aceite, lo pueden ver. Y también unos circuitos de electricidad, o campos, sí, quizá sería mejor decir campos… La chica del laboratorio dijo que era un campo. Además de las sustancias químicas y de las variaciones de luz, también percibían las interacciones humanas. Si el profesor Zotski había tocado un espécimen en particular, él aparecía de algún modo en el resultado, porque podían compararlo con las otras cosas que había tocado. Y, si lo hubiera tocado, el profesor Zotski también habría dejado su marca. Si Zotski había estado pensando en esa sustancia o si había dado instrucciones sobre el desarrollo del experimento, él aparecía en el campo.

—¿Y cómo reaccionó Delamare al enterarse de eso?

—Hay que tener en cuenta que no es una persona simple. Tiene varios niveles de complejidad. Es algo sutil. A veces, parece contradecirse; luego uno se da cuenta de que lleva varias jugadas de adelanto… El nuevo Consejo Supremo le permitirá hacer cosas que no podía hacer antes. Va a mandar una expedición a ese sitio de las rosas, Lop Nor, o como se llame, pero no con fines comerciales. Van a tomarlo por las armas. Su objetivo es hacerse con el control exclusivo. Va a impedir que nadie más tenga acceso a ese aceite.

—¿Qué sabes de esa expedición armada? ¿Quién la va a dirigir?

—Y yo qué sé, hombre —contestó Bonneville.

Por su tono de impaciencia y aburrimiento, Malcolm dedujo que necesitaba la atención constante de un público para no desconcentrarse e irritarse.

—¿Quieres más café?

—Bueno.

Malcolm hizo señas al camarero. El daimonion de Bonneville había cerrado los ojos y se había vuelto a posar en su hombro.

—Esa chica del laboratorio de Ginebra —dijo Malcolm.

—Tiene un bonito cuerpo, pero es demasiado emotiva.

—¿Todavía tienes contacto con ella?

Bonneville movió varias veces hacia fuera el dedo índice de la mano izquierda. Malcolm infirió que lo que deseaba en ese momento era sentir la admiración sexual de un hombre mayor que él.

—¿Recabará información para ti? —preguntó, esbozando una sonrisa.

—Hará lo que sea. De todas formas, ya le he dicho que no queda aceite.

—¿Han intentado sintetizarlo?

Bonneville lo miró con recelo.

—Parece como si quisiera utilizarme como espía —replicó—. ¿Por qué tendría que contarle esas cosas?

El camarero llegó con el café y Malcolm aguardó a que se hubiera ido para responder.

—Las circunstancias no han cambiado —respondió con semblante serio.

Bonneville se encogió de hombros.

—Ya le he dicho mucho. Ahora le toca a usted. ¿Cómo llegó el aletiómetro de mi padre a manos de esa chica, Belacqua?

—Por lo que yo sé, se lo dio el decano del *college* de su padre, el Jordan College de Oxford.

—¿Y por qué lo tenía ese tipo?

—Ni idea.

—¿Y por qué se lo dio a ella?

—No sé nada.

—¿Y de qué la conoce?

—Fui profesor suyo.

—¿Cuándo? ¿Qué edad tiene? ¿Ya tenía el aletiómetro entonces?

—Tendría unos catorce o quince años. Le daba clases de historia. Nunca me habló del aletiómetro y jamás lo vi. Me enteré hace poco de que lo tenía. ¿Por eso Delamare quiere encontrarla?

—Le gustaría quedarse con el aletiómetro, desde luego. Le encantaría disponer de uno más. Así podría competir con otros lectores. Pero no es esa la razón por la que la quiere encontrar.

—¿Por qué entonces?

Malcolm advirtió algo en la cara de Bonneville. Sabía algo que él ignoraba y el placer de revelarlo era demasiado fuerte para contenerse.

—No lo sabe, ¿eh? —dijo.

—Hay muchas cosas que no sé. ¿De qué se trata?

—Me extraña que no lo supiera. Se nota que no le acaban de informar bien.

Malcolm tomó un trago de café. La sonrisa de Bonneville se ensanchó.

—Sin duda —acordó—. ¿Y bien?

—Delamare es su tío. Cree que ella mató a su hermana, su madre. Yo creo que debía de estar enamorado de su hermana. En todo caso, estaba obsesionado con ella. Quiere castigar a la chica, Lenguadeplata, Belacqua… o como se llame. Quiere hacerle pagar por lo que hizo.

Eso sí que era una sorpresa. No sospechaba que la señora Coulter, a quien había conocido hacía tanto tiempo atrás, en una tarde de invierno en la casita de Hannah Relf, justo antes de la gran riada, tuviera un hermano. Por otra parte, tampoco tenía nada de extraordinario. La gente tenía hermanos. ¿Sabría algo Lyra de ese hermano? ¿De su tío? Sintió unas terribles ganas de hablar con ella. No obstante, no debía dejar entrever nada. Lo mejor sería hacer como si nada, acaso mostrar un pequeño interés.

—¿Sabe dónde está ahora? —preguntó—. ¿Se lo has dicho?

—Ahora le toca a usted —reclamó Bonneville—. Hábleme de mi padre. ¿Quién lo mató?

—Ya te lo he dicho. No lo mató nadie. Se ahogó.

—No me lo creo. Alguien lo mató. Cuando averigüe quién fue, acabaré con él.

—¿Tienes arrestos para eso?

—Por supuesto. Hábleme de su daimonion. Antes ha dicho algo de su daimonion.

—Era una hiena. Había perdido una pierna porque él la maltrataba. La golpeaba como un salvaje. Me lo contó un hombre que lo vio mientras le daba una paliza. Según contó, fue espeluznante.

—¿Piensa que me lo voy a creer?

—Me da igual que lo creas o no.

—¿Lo vio alguna vez?

—Solo una. Vi a su daimonion… y me asustó. Salió de unos arbustos en medio de la oscuridad, me miró y se puso a orinar en el sendero por donde yo caminaba. Entonces apareció él. Al ver lo que hacía, se echó a reír. Después se adentraron por el bosque y yo me quedé esperando un rato antes de atreverme a seguir. No lo volví a ver.

—¿Por qué conocía su nombre?

—Había oído hablar de él.

—¿Dónde fue eso?

—En Oxford, durante las inundaciones.

—Miente.

—Y tú fanfarroneas… y tienes mucho menos control sobre el aletiómetro del que piensas. Lo lees en un estado de confusión, mareo y presunción. No me fío nada de ti. No eres más que un mocoso tramposo y malintencionado. Pero te he dado mi palabra y no le voy a decir a Menotti ni a los otros dónde estás. A menos que intentes algo contra mí, en cuyo caso no me voy a molestar en avisarlos, porque yo mismo te localizaré y te mataré.

—Es fácil de decir.

—Y de hacer.

—¿Y quién es usted, vamos a ver?

—Un arqueólogo. El mejor consejo que te puedo dar es que vuelvas con la cabeza gacha a pedirle disculpas a Delamare y que no te muevas de allí.

Bonneville esbozó una mueca desdeñosa.

—¿Aún está viva tu madre? —preguntó Malcolm.

—¿Y a usted qué le importa? —replicó el chico, ruborizado—. Ella no tiene nada que ver con usted.

Malcolm lo observó en silencio. Al cabo de un minuto, Bonneville se puso en pie.

—Ya he tenido bastante —declaró.

Cogió a su daimonion y se ladeó para esquivar la mesa contigua. Malcolm percibió el olor de la colonia que llevaba; era una marca que estaba en boga entre muchos jóvenes, con aroma a cítricos: Galleon. De modo que Bonneville seguía la moda y quería ser atractivo, y tal vez lo fuera. Ese dato también podía ser útil. El joven mantenía los brazos plegados sobre el cuerpo, como si todavía le dolieran las costillas. Malcolm lo vio salir del café y alejarse más allá de la fuente, hasta que se perdió entre el gentío.

—¿Crees que sabe que Lyra y Pan no están juntos? —preguntó Asta.

—No sabría decirte. Es el tipo de cosa de la que se jactaría, si lo supiera.

—La matará si la encuentra.

—Entonces tenemos que encontrarla nosotros primero.

25

La princesa Cantacuzino

El ferri no llegó a Esmirna hasta última hora de la tarde del día siguiente. Lyra pasó el día pensando en lo que iba a hacer en adelante e inspeccionando el cuadernillo, la *clavicula*, y solo abandonó el sillón de mimbre para ir a buscar pan y café. El nombre que Kubiček había anotado era el de una tal princesa Rosamond Cantacuzino. Fue la «rosa» que aparecía en la primera parte de su nombre lo que la decidió. Así pues, en cuanto bajó del barco, se dirigió a su casa.

La princesa vivía en una de las grandes mansiones con vistas al mar. La ciudad era un famoso centro de comercio. En épocas anteriores, los mercaderes habían acumulado enormes fortunas comprando y vendiendo alfombras, frutos secos, cereales, especias y minerales preciosos. Para aprovechar la brisa fresca del verano y la panorámica de las montañas, las familias más ricas se habían instalado en las alturas del paseo de palmeras que bordeaba el litoral. La casa de los Cantacuzino estaba algo alejada del paseo, detrás de un jardín cuya pulcritud y complejidad en la disposición de plantas eran indicios de una gran opulencia. Lyra pensó que la opulencia sería de gran ayuda si uno se quedaba sin daimonion, porque así podría costearse una intimidad bien resguardada.

Aquella idea la hizo dudar de lo acertado de su visita. Quizá no la dejarían entrar. De todas formas, ¿para qué quería conocerla? Bueno, para pedirle consejo sobre cómo encarar el resto de su viaje, claro. Además, si Kubiček la había incluido en su lista, debía de ser porque al menos en una ocasión había aceptado ayudar a las personas como ella. «¡Ánimo!», se dijo Lyra.

Después de franquear la verja, prosiguió por un sendero de grava flanqueado de simétricos arriates de rosas, en cuyas ramas podadas comenzaban a despuntar las yemas. Un jardinero que trabajaba en un rincón la vio y se enderezó para mirarla mientras se dirigía, con toda la confianza que logró aparentar, hacia las escaleras de mármol de la entrada.

Un criado de avanzada edad acudió a abrir. Su daimonion cuervo emitió un ronco graznido al ver a Lyra; los ojos del anciano parecieron entender nada más verla.

—Espero que hable inglés —dijo Lyra—, porque yo no sé casi griego ni anatolio. He venido a saludar a la princesa Cantacuzino.

El criado la miró de pies a cabeza. Consciente del lamentable estado de su ropa, recordó el consejo de Farder Coram y trató de imitar el porte de las brujas, que exhibían un supremo aplomo envueltas en sus raídas telas de seda, como si fueran las más elegantes prendas de alta costura.

El mayordomo inclinó la cabeza.

—¿Puedo decirle a la princesa quién la visita?

—Me llamo Lyra Lenguadeplata.

El hombre se hizo a un lado y la invitó a aguardar en el vestíbulo. Allí observó los elementos de recia madera oscura, la sofisticada escalera, la lámpara de araña, las altas palmeras plantadas en tiestos de terracota, el suelo pulido que olía a cera de abeja... Allí reinaba una gran calma. El ruido del tráfico del paseo y la agitación del mundo exterior quedaban amortiguados detrás de las capas de riqueza y tradición dispuestas, a la manera de pesadas cortinas, en el entorno.

El mayordomo regresó.

—La princesa la recibirá enseguida, señorita Lenguadeplata. Tenga la bondad de acompañarme.

Aunque había aparecido por una puerta de la planta baja, empezó a subir las escaleras. Se movía despacio y resollaba un poco, pero mantenía una postura erguida, marcial. En el primer piso, abrió una puerta y la anunció. Lyra entró en una habitación inundada de luz, con vistas a la bahía, el puerto y las distantes montañas. Era muy espaciosa y parecía llena de vida. De inmediato, Lyra apreció el piano de cola de color marfil cubierto de una docena de fotogramas con marcos de plata, las numerosas pinturas de estilo moderno, las estanterías blancas llenas de libros y el elegante mobiliario de color claro. Una dama muy anciana permanecía sentada en un sillón tapizado de brocado junto a los grandes ventanales, vestida por entero de negro.

Lyra se acercó a ella. Por un instante, se planteó si debía dedicarle una reverencia, pero enseguida descartó la idea considerando que quedaría ridícula.

—Buenas tardes, princesa —optó por decir—. Es muy amable al recibirme.

—¿Así te enseñaron a dirigirte a una princesa?

La voz de la anciana era seca, áspera, incluso algo hilarante.

—No. Eso no formó parte de mi educación. En cambio, sí que hago bien muchas otras cosas.

—Me alegro. Acerca esa silla y siéntate. A ver, deja que te vea.

Lyra obedeció y soportó el escrutinio de la anciana, sin desviar la mirada. Advirtiendo la combinación de dureza y vulnerabilidad de aquella dama, Lyra se preguntó qué debía de haber sido su daimonion y si sería una falta de cortesía mostrar curiosidad por ese detalle.

—¿Quiénes fueron tus familiares? —quiso saber la princesa.

—El apellido de mi padre era Asriel, lord Asriel. No estaba casado con mi madre. A ella la llamaban la señora Coulter. ¿Cómo sabe...? Bueno, ¿por qué ha dicho «fueron»? ¿Cómo podía saber que no están vivos?

—Yo detecto a los huérfanos a primera vista. A tu padre lo vi una vez.

—¿En serio?

—Fue en una recepción en la embajada de Egipto en Berlín. De eso debe de hacer treinta años. Era un joven muy apuesto y muy rico.

—Perdió su fortuna cuando yo nací.

—¿Cómo fue?

—Él no estaba casado con mi madre y hubo un juicio...

—¡Ah, los abogados! ¿Y tú? ¿Tienes algo de dinero, hija?

—Nada.

—Entonces no atraerás el interés de los abogados, tanto mejor para ti. ¿Quién te dio mi nombre?

—Un hombre de Praga. Se llamaba Vaclav Kubiček.

—Ah, un hombre muy interesante, un estudioso de cierta reputación, modesto y nada pretencioso. ¿Lo conocías antes de ir a Praga?

—No, en absoluto. No tenía ni idea de que pudiera haber alguien más que..., bueno, sin... Me ayudó mucho.

—¿Por qué viajas? ¿Y adónde vas?

—Voy a Asia Central, a un lugar llamado Tashbulak, donde hay una base de investigación botánica. Busco la respuesta a un enigma, un misterio en realidad.

—Háblame de tu daimonion.

—Pantalaimon...

—Un bonito nombre griego.

—Acabó adoptando la forma de una marta. Cuando yo tenía trece años, descubrimos que podíamos separarnos. Lo hicimos por obligación. El caso es que yo tenía que cumplir una promesa; para ello, tenía que dejarlo e ir a un sitio adonde él no podía entrar. Nada..., nunca me sentí tan mal. Más tarde nos volvimos a encontrar y creo que él me perdonó. Después estuvimos juntos, aunque teníamos que mantener en riguroso secreto lo de nuestra separación. No sabíamos que había otras personas capaces de hacer eso, aparte de las brujas. Desde hace un año más o menos, nos peleábamos mucho. No nos soportábamos. Era horrible. Un día, cuando me desperté, había desaparecido. Ahora lo estoy buscando. Estoy siguiendo indicios..., pequeñas... cosas... que no parecen muy racionales... En Praga conocí a un mago que me dio una pista. Además, confío en la suerte. Fue por suerte por lo que conocí al señor Kubiček.

—Hay muchas cosas que no me estás contando.

—Es que no sabía cuánto rato duraría su interés.

—¿No creerás que mi vida está tan repleta de fascinantes eventos como para que desperdicie la oportunidad de escuchar a una desconocida que se encuentra en tan mal estado como yo?

—Bueno, también podría tener que asistir a fascinantes eventos. Estoy segura de que hay mucha gente que querría conocerla o amigos que acudirían con gusto a hablar con usted. Quizá tenga familiares...

—No tengo descendencia, si te refieres a eso. Ni marido. Sin embargo, la familia me produce un efecto asfixiante, en cierto sentido. Esta ciudad y este país están llenos de Cantacuzinos. Lo que tengo en lugar de una familia es... Sí, tengo un puñado de amigos, pero están incómodos por mí, se disculpan, evitan temas dolorosos, se muestran extremadamente amables y comprensivos. Como consecuencia de ello, conversar con ellos se convierte en una especie de purgatorio. Cuando el señor Kubiček vino a verme, estaba casi muerta de aburrimiento y desesperación. Me resultan muy gratas las visitas de gente que viene a través de él o de dos o tres personas más de nuestra condición que viven en otros lugares. ¿Quieres tomar el té conmigo?

—Me encantaría.

La princesa hizo sonar una campanilla de plata que había en la mesa de al lado.

—¿Cuándo has llegado a Esmirna? —preguntó.

—Esta tarde. He venido directamente desde el puerto. Princesa, ¿por qué la abandonó su daimonion?

La anciana levantó la mano. La puerta se abrió y apareció el mayordomo.

—Té, Hamid —pidió.

El hombre inclinó la cabeza y volvió a salir. La princesa estuvo escuchando; cuando se hubo cerciorado de que el criado se había ido, reanudó la conversación.

—Era un gato negro muy hermoso. Me dejó porque se enamoró de otra persona. Se prendó de una bailarina..., una bailarina de locales nocturnos.

Con su tono, daba a entender: «Poco menos que una prostituta». Lyra guardó silencio, intrigada.

—Te preguntarás cómo es posible que llegara a conocer a una mujer de su especie —prosiguió la princesa—. Normalmente, mi círculo social y el suyo nunca se mezclaban, pero yo tenía un hermano cuyas apetencias físicas eran insaciables y cuyo talento para forjar alianzas poco recomendables causó gran embarazo en la familia. Presentó a la mujer en una velada. «Esta joven es mi amante», decía sin rodeos a los demás. Y para ser sincera, ella era extraordinariamente bonita y encantadora. Yo misma percibí su atractivo. Mi pobre daimonion quedó encandilado desde el primer momento.

—¿Su pobre daimonion?

—Bah, la abyecta dependencia respecto a una mujer como esa me daba lástima. Era una especie de locura. Yo sentía hasta su menor estremecimiento, desde luego. Intenté razonar con él, pero se negaba a escuchar y a controlar sus sentimientos. Bueno, yo diría que era imposible controlarlos.

—¿Y el daimonion de ella?

—Era un tití o algo por el estilo, perezoso, apático y vanidoso. Vivía con indiferencia lo que ocurría. Mi hermano insistía en llevar a la chica a la ópera, a las carreras, a las recepciones. Y siempre que yo estaba presente, la obsesión de mi daimonion me obligaba a buscar su compañía y a experimentar la pasión que sentía por ella. ¡Un calvario! Él se acercaba lo máximo posible para hablarle en voz baja y susurrarle al oído, mientras su propio daimonion se pavoneaba y bostezaba por ahí cerca. Al final...

La puerta se abrió y la dama guardó silencio mientras el mayordomo entraba con una bandeja, que depositó en la mesita situada a su derecha. Luego se marchó con una reverencia.

—Al final, el asunto saltó a la luz pública —prosiguió—. Todo el mundo estaba enterado. Nunca fui más infeliz, en toda mi vida.

—¿Cuántos años tenía?

—Diecinueve o veinte, no lo recuerdo bien. Lo normal hubiera sido que aceptara a cualquiera de los diversos jóvenes que mis padres consideraban convenientes para mí, que me casara y todo lo demás, pero esa absurdidad lo volvió imposible. Me convertí en un personaje ridículo.

Hablaba con calma, como si la joven que fue a los veinte años fuera otra persona. Se volvió hacia la bandeja y sirvió té en dos tazas exquisitas.

—¿Cómo acabó? —dijo Lyra.

—Yo le rogué, le supliqué, pero él estaba obsesionado en su locura. Le dije que ambos moriríamos si no paraba, pero no había forma de hacer que se quedara conmigo. Incluso llegué..., y eso te demostrará el grado de abyección en que puede caer un ser humano..., incluso abandoné a mis padres para ir a vivir con ella.

—¿Con la bailarina? ¿Se fue a vivir con ella?

—Una temeridad. Fingí estar enamorada de ella... Y ella, claro, encantada con mis atenciones. Me fui a vivir con ella, desatendí todas mis responsabilidades familiares, compartí su cama, su mesa y su baja ocupación, porque yo también sabía bailar, tenía gracia y no desmerecía en cuanto a belleza. Ella tenía algo de talento, pero no mucho. Juntas atrajimos a un público mayor; teníamos un gran éxito. Bailamos en todos los locales nocturnos de Alejandría a Atenas. Nos ofrecieron una fortuna por bailar en Marruecos, así como una suma aún más fabulosa por bailar en Sudamérica. Mi daimonion, sin embargo, quería más, siempre más. Quería ser su daimonion y no el mío. El daimonion de ella se convirtió en un esclavo del mío, cosa que no pareció afectarla, pero se fue apegando más a mi daimonion; cuando él sintió que su obsesión era correspondida, supe que había llegado el momento de irme.

»Quería morirme. Una noche..., eso fue en Beirut... Una noche me alejé con desgarro de ellos. Él se aferraba a ella, ella lo abrazaba con fuerza, aplastándolo contra su pecho. Los tres sollozábamos de dolor y de miedo, pero yo no estaba dispuesta a parar. Tiré y tiré partiendo el hilo; lo dejé allí con ella. Desde ese día, he estado sola. Volví con los míos, que consideraron aquel episodio como uno más que añadir a las leyendas de la familia. En mi estado solitario, no podía casarme, claro está. Nadie me habría querido como esposa.

Lyra tomó un sorbo de té, perfumado con un delicado toque de jazmín.

—¿Cuándo conoció a mi padre?

—Fue un año antes de que ocurriera todo eso.

«No puede ser —pensó Lyra—. Él habría sido demasiado joven entonces.»

—¿Qué es lo que más recuerda de su periodo como bailarina? —preguntó.

—Ah, eso es fácil. Las noches cálidas, nuestra cama estrecha, su cuerpo esbelto, el aroma de su carne... Cosas que nunca olvidaré.

—¿Y estaba enamorada de ella o solo lo fingía?

—En este tipo de cosas, uno puede fingir tanto que al final el sentimiento se transforma en verdadero, ¿sabes?

La anciana tenía un semblante tranquilo. Entre las arrugas, sus ojos parecían muy pequeños, pero brillantes y serenos.

—Y su daimonion...

—Nunca volvió. La bailarina murió hace mucho, pero él no volvió conmigo. Creo que puede que se fuera a al-Khan al-Azraq.

—El Hotel Azul... ¿Es... cierto eso de que hay una ciudad en ruinas donde solo viven daimonions?

—Creo que sí. Algunas de mis visitas..., las que vienen de parte del señor Kubiček..., se dirigían allí. Que yo sepa, nadie ha regresado.

La imaginación de Lyra recorrió desiertos y montañas, hasta detenerse en una ciudad en ruinas, silenciosa y desolada, bajo la luz de la luna.

—Ahora que te he contado mi historia, tú debes contarme algo extraordinario —reclamó la princesa—. ¿Qué has visto en tu viaje que pudiera interesar a una anciana sin daimonion?

—Cuando estuve en Praga... Parece que hace mucho..., pero en realidad solo fue la semana pasada. Me bajé del tren y antes siquiera de que intentara averiguar los horarios, el señor Kubiček me abordó. Era como si me estuviera esperando, y así era, según pude comprobar...

Relató todo el episodio del hombre en llamas, que la dama escuchó en silencio. Cuando acabó, la princesa suspiró, satisfecha.

—¿Y era el hijo del mago? —dijo.

—Bueno, eso afirmó Agrippa. Cornelis y Dinessa...

—Fue una crueldad jugar de esa forma con él y con su daimonion.

—A mí también me lo pareció. Él estaba decidido a encontrar a Dinessa y la encontró.

—El amor... —dijo la princesa.

—Explíqueme algo más del Hotel Azul —pidió Lyra—. O... ¿cómo es el otro nombre?... Madinat al-Qamar..., la Ciudad de la Luna. ¿Por qué la llaman así?

—Ah, nadie lo sabe. Viene de muy antiguo. Mi niñera, que me contaba cuentos de fantasmas cuando era niña, fue quien me habló del Hotel Azul. ¿Adónde vas a ir desde aquí?

—A Alepo.

—Entonces te daré los nombres de algunas personas de allí que están en tu misma condición. Es posible que una de ellas sepa algo sobre ese lugar. Hay que tener en cuenta que es un tema sujeto a supersticiones, que inspira espanto y terror. No hay que hablar de eso delante de las personas que están enteras y que se asustan fácilmente.

—Desde luego —convino Lyra, apurando el té—. Esta habitación es muy bonita. ¿Toca usted el piano?

—Suena solo —repuso la princesa—. Ve y tira de la manivela de marfil que hay a la derecha del teclado.

Lyra obedeció y el mecanismo interior del piano empezó a accionar las teclas, que se hundían como bajo la presión de unas manos invisibles. Lyra sonrió a la princesa, escuchando con arrobo la melodía de una canción sentimental, un tema que fue popular cincuenta años atrás y que se expandió por la sala.

—*L'Heure bleue* —dijo la princesa—. Era un tema con el que solíamos bailar.

Lyra volvió a observar el piano y la multitud de fotogramas enmarcados encima; de repente, se quedó paralizada.

—¿Qué ocurre? —dijo la princesa, sobresaltada por la expresión de Lyra.

La chica presionó la manivela para detener la música y cogió con mano temblorosa uno de los fotogramas.

—¿Quién es? —preguntó.

—Acércamelo.

La anciana cogió el marco y observó la imagen con unos quevedos.

—Es mi sobrino, Olivier —determinó—. Mi sobrino nieto, más concretamente. ¿Lo conoces? ¿Olivier Bonneville?

—Sí. Bueno, no lo he visto, pero él... cree que yo tengo algo que le pertenece e intenta recuperarlo.

—¿Y lo tienes?

—Me pertenece a mí. Mi padre..., mi padre me lo dio. El señor Bonneville se equivoca, pero no quiere reconocerlo.

—Siempre fue un chico muy obstinado. Su padre era un inútil que seguramente falleció de muerte violenta. Olivier está emparentado conmigo por parte de su madre, que también falleció. Abriga expectativas con respecto a mi fortuna. Si no fuera por eso, nunca lo vería.

—¿Está en Esmirna en este momento?

—Espero que no. Si viene, no le diré nada de ti. Y si pregunta, mentiré como una bellaca. Se me da bien eso de mentir.

—De más joven, a mí también se me daba bien —respondió Lyra, un poco más tranquila—. Últimamente, me cuesta más.

—Ven a darme un beso, querida —pidió la princesa, tendiendo las manos.

Lyra acudió con gusto a su lado. Las acartonadas mejillas de la anciana olían a lavanda.

—Si vas a al-Khan al-Azraq —añadió la princesa—, y si se trata en efecto de una ciudad en ruinas habitada por daimonions, y si ves a un gato negro que se llama Fanurio, dile que me gustaría volver a verlo antes de morir, pero que no tarde mucho.

—Así lo haré.

—Confío en que encuentres lo que buscas y que resuelvas ese misterio. Seguramente, hay un joven en el telón de fondo..., si no me equivoco.

Lyra pestañeó. La princesa debía de referirse a Malcolm. Claro, para ella era joven.

—Bueno, no es...

—No, no, no es mi sobrino nieto, desde luego. Bien, si vuelves por esta ruta, no dejes de venir a verme, porque, si no, te atormentaré en sueños.

Luego se volvió hacia un pequeño escritorio de similor, cogió papel y pluma y estuvo escribiendo durante cerca de un minuto. Después sopló para secar la tinta y lo dobló antes de entregárselo a Lyra.

—Una de estas personas te ayudará, sin duda —aseguró.

—Adiós. Le estoy muy agradecida. Tendré en cuenta lo que me ha dicho.

Lyra abandonó la habitación y cerró la puerta sin hacer ruido. El mayordomo aguardaba en el vestíbulo para acompañarla a la salida. Una vez fuera del jardín, caminó un poco más hasta llegar fuera del campo de visión de la casa. Se apoyó en una pared para recobrar la compostura.

Se había quedado casi igual de impresionada que si Bonneville hubiera entrado en persona en la habitación. Ese tipo podía perturbarla, incluso desde una fotografía. Aquello parecía un aviso de la comunidad secreta. Era como si le dijeran: «¡Mantente alerta! Puede aparecer en cualquier momento».

Podía encontrarla incluso en Esmirna, pensó.

26

La hermandad de Este Santo Propósito

La tarde siguiente de su enfrentamiento con Olivier Bonneville, Malcolm llegó a una ciudad situada a unos cuatrocientos kilómetros al sur de Constantinopla. Era la capital de la zona productora de rosas, que correspondía a la antigua provincia romana de Pisidia. Había ido allí para reunirse con un periodista inglés llamado Bryan Parker, un corresponsal extranjero especializado en cuestiones de seguridad al que conocía por su vinculación a Oakley Street. Malcolm le habló un poco del viaje a Asia Central y de los sucesos que lo habían motivado.

—Entonces tiene que acompañarme a la reunión que se va a celebrar esta noche —se apresuró a invitarlo Parker—. Creo que podremos mostrarle algo interesante.

Mientras se encaminaban al teatro donde iba a tener lugar el acto, Parker le explicó que el cultivo de rosas y la industria de procesamiento que lo acompañaba eran una parte muy importante de la economía de la región, que ahora se veía amenazada.

—¿Cuál es el origen del problema? —preguntó Malcolm, cuando entraban ya en un teatro bastante antiguo.

—Un grupo de hombres... Nadie sabe de dónde son, aunque la gente siempre los llama los «hombres de las montañas». Han quemado rosaledas, han atacado a los cultivadores, han arrasado sus factorías... No parece que las autoridades hicieran nada para impedirlo.

Aunque el patio de butacas ya estaba abarrotado, encontraron un par de asientos al final. Había una amplia proporción de hombres de mediana edad o mayores, vestidos con traje y corbata, que, según supuso Malcolm, debían de ser propietarios de las plantaciones. También había algunas mujeres de rostro atezado. Por las explicaciones de Parker, se deducía que el sector era muy conservador en lo tocante a la mano de obra y adjudicaba diferentes labores a los hombres y a las mujeres. Aquellas mujeres eran tal vez las que recolectaban las flores, mientras que los varones trabajaban en la destilación del agua de rosa y la producción del aceite. Aparte de ellos, los otros miembros del público parecían habitantes de la ciudad, entre los que se encontraban probablemente periodistas y políticos locales.

En el escenario reinaba un gran ajetreo y algunos individuos estaban colocando una gran pancarta, que, según le informó Parker, era la insignia de la asociación que patrocinaba el encuentro.

Al final se llenaron todos los asientos; el resto de los asistentes tuvo que quedarse de pie atrás y en los laterales. Según las normativas de prevención de incendios a las que Malcolm estaba acostumbrado, el número de gente era excesivo, aunque quizás allí tuvieran una actitud más laxa en tales cuestiones. No obstante, en la entrada había unos policías armados, que parecían bastante nerviosos, según observó Malcolm. Si se producía algún altercado esa noche, era probable que muchas personas salieran malparadas.

Finalmente, los organizadores consideraron que todo estaba a punto para comenzar. Un grupo de hombres vestidos con traje subieron al escenario cargados con maletines o carpetas. El público reconoció, aplaudió y vitoreó a varios. Cuatro de ellos se sentaron frente a una mesa, mientras el quinto se situó delante de un atril y empezó a hablar. Al principio, en los altavoces rechinaron unos pitidos que lo hicieron retroceder alarmado y enseguida acudió un técnico para ajustar el sonido. Malcolm, atento a todo desde su posición, sin nada que le obstruyera la vista, advirtió algo cuando el orador volvió a tomar la palabra: los policías armados habían desaparecido discretamente. Antes había un hombre en cada una de las seis salidas; ahora no había ninguno.

Parker le estaba haciendo en voz baja un resumen de lo que decía el orador:

—Bienvenidos todos…, tiempos de crisis en el sector…, pronto oirán un informe de cada una de las regiones productoras de rosas. Ahora está leyendo unas cifras… Este hombre no tiene las dotes de un buen conferenciante… Básicamente, la producción decrece, el volumen de negocio disminuye… Ahora está presentando al siguiente orador…, un cultivador de Bari.

Cuando el hombre abandonó la mesa para acudir al atril, sonaron unos aplausos. A diferencia del individuo anterior, que tenía un estilo burocrático y una voz soporífera, aquel, de mayor edad, arrancó a hablar con fuerza y pasión desde el principio.

—Está contando lo que ocurrió en su fábrica —refirió Parker—. Unos hombres de las montañas llegaron temprano una mañana, concentraron a los trabajadores y los obligaron, bajo la amenaza de una pistola, a quemar las instalaciones y a alimentar las llamas con el valioso aceite. Después trajeron un buldócer y removieron la tierra de todos los cultivos y arrojaron veneno…, no sé de qué tipo…, en el suelo para que no pudiera volver a crecer nada. Mira…, está llorando… Eran unos terrenos que pertenecieron a su tatarabuelo, que había cultivado la familia durante más de cien años y que habían proporcionado trabajo a todos sus hijos y a treinta y ocho obreros…

Entre el público brotaron murmullos de rabia, de compasión y de solidaridad. Estaba claro que muchos otros habían vivido experiencias similares.

—¿Dónde estaban las fuerzas de la policía? ¿Dónde estaba el ejército? ¿Dónde estaban los encargados de proteger a honrados ciudadanos como él y su familia? Por lo visto, su hijo murió en una escaramuza con esos hombres, que después se esfumaron sin más… No detuvieron a nadie, no castigaron a nadie… ¿Dónde está la justicia? Eso es lo que se pregunta.

El orador había adoptado un tono agudo cargado de cólera y dolor. Los asistentes se sumaron a sus protestas dando palmadas y gritos, pateando. Sacudiendo la cabeza, agitado por los sollozos, el cultivador abandonó el atril y tomó asiento.

—¿Hay algún representante del Gobierno aquí? —preguntó Malcolm.

—Los únicos políticos presentes pertenecen a la Administración local. No hay figuras de ámbito nacional.

—¿Cuál ha sido la reacción del Gobierno estatal hasta el momento?

—Ah, ha expresado preocupación, por supuesto..., condolencia..., ha lanzado severas advertencias..., pero a la vez mantiene un curioso tono de cautela, como si estuviera demasiado asustado para criticar a esos vándalos.

—Curioso, como bien dices.

—Sí, y eso suscita la ira de la gente. El próximo que va a hablar es de la asociación de comerciantes al por mayor...

El discurso que dio era más bien soporífero. Aunque Parker se lo expuso a grandes rasgos, Malcolm estaba más interesado en lo que ocurría en la sala.

—¿Qué es lo que mira? —preguntó Parker al darse cuenta.

—Dos cosas. En primer lugar, la policía ha desaparecido. Y, en segundo lugar, han cerrado todas las salidas.

Estaban sentados en el extremo derecho de la penúltima fila, cerca de la salida de esa zona. Malcolm había percibido un ruido que lo había alertado, como si corrieran un cerrojo.

—¿Quiere que siga traduciendo a este orador tan aburrido?

—No, pero manténgase listo para derribar esa puerta conmigo cuando llegue el momento.

—Se abren hacia dentro.

—Pero no son pesadas ni resistentes. Va a ocurrir algo, Bryan. Gracias por haberme traído.

No tuvieron que esperar mucho.

Antes de que hubiera terminado de hablar el tercer orador, por detrás del estrado aparecieron tres hombres armados, dos con fusiles y uno con pistola.

Los espectadores soltaron un grito ahogado; cuando se volvió para ver qué ocurría, el orador se agarró al atril, súbitamente pálido. Por el rabillo del ojo, Malcolm captó un movimiento en el otro lado de la sala. Volvió un poco la cabeza para mirar y vio una puerta que se abrió un instante para dar paso a un individuo con un fusil. Después se volvió a cerrar. Malcolm miró en derredor: en las seis salidas ocurrió lo mismo.

El joven que empuñaba un revólver había apartado al orador para tomar la palabra. Tenía los ojos claros y el cabello y la barba negros, largos y poblados. Hablaba con voz clara y timbre áspero, así como con una actitud de absoluta calma y convicción.

Malcolm ladeó un poco la cabeza y Parker le susurró:

—Dice que todo lo que conocen va a cambiar. Las cosas a las que estabais acostumbrados se volverán extrañas y raras, y las que nunca habíais imaginado se volverán normales.

Esto está empezando a pasar en muchas partes del mundo, no solo en Pisidia...

Los individuos que habían entrado con él se colocaron a ambos lados del escenario, de cara al público. Nadie se movió. Malcolm casi notó como todos contenían la respiración.

—Vosotros, vuestras familias y vuestros trabajadores lleváis demasiado tiempo cultivando esas rosas —siguió traduciendo Parker—. La autoridad no quiere rosas, pero vosotros la contrariáis cultivándolas. El olor de esa flor le resulta repugnante. Es como los excrementos del mismo diablo. Los que cultivan rosas y los que comercian con aceites y perfumes complacen al diablo y ofenden a Dios. Hemos venido para decíroslo.

Cuando hizo una pausa, el cultivador que había hablado con tanto fervor no pudo seguir conteniéndose y se levantó de la silla. Los tres individuos armados del escenario se volvieron hacia él, apuntándole al corazón. El anciano empezó hablar, sin el micrófono, con voz alta y clara, audible para todos.

—Dice que esas enseñanzas son nuevas —susurró Parker—, que nunca había oído hablar de ellas. Sus padres, su familia y sus primos, que cultivan rosas en el pueblo de al lado, siempre consideraron que cumplían la voluntad de Dios cuidando de las flores que creó y manteniendo la belleza de su aroma. Esa doctrina es nueva y extraña, y resultará extraña para todas las personas que él conoce y todos los congregados en esta sala.

El individuo de la pistola volvió a hablar. Parker continuó traduciendo.

—Ahora sustituye a todas las demás doctrinas, porque es la palabra de Dios. Ninguna otra doctrina es necesaria.

El cultivador se desplazó desde la mesa para encararse directamente al individuo de la pistola. Su constitución ancha y fornida, su tez colorada y la pasión de su mirada producían un marcado contraste con la frialdad del joven delgado que empuñaba el revólver.

El campesino volvió a replicar, con una voz más estentórea, casi con un bramido.

—¿Qué va a ser de mi familia y de mis trabajadores? ¿Qué va a ser de los comerciantes y artesanos que dependen de las rosas que nosotros cultivamos? ¿Será del agrado de Dios verlos a todos pobres y hambrientos?

Malcolm acercó la cabeza a la de Parker para oírlo susurrar la respuesta del joven de la pistola.

—Será del agrado de Dios ver que ya no se lleva a cabo ese comercio maligno. Será del agrado de Dios ver que renuncian a esos falsos jardines y dirigen la mirada al único y verdadero jardín, que es el paraíso.

Malcolm miró a derecha e izquierda, sin mover la cabeza. Vio que los individuos de los lados escrutaban al público, moviendo con mano firme los fusiles de un lado a otro, con la mirada fija a la altura de la cabeza de los asistentes.

—¿Qué vais a hacer entonces? —preguntó el cultivador.

—La cuestión no es lo que vamos a hacer nosotros. Nosotros no tenemos que responder de nada, porque nos sometemos a la voluntad de Dios, que es incuestionable.

—¡Yo no veo ninguna voluntad de Dios en esto! ¡Yo veo mis rosas, a mis hijos y a mis trabajadores!

—No se preocupe. Nosotros le diremos cuál es la voluntad de Dios. Sabemos que la vida es complicada, que las cosas parecen contradictorias, que todo está lleno de duda. Hemos venido a clarificar las cosas.

El viejo campesino agachó la cabeza, a la manera de un toro que concentra sus fuerzas, separó los pies como si buscara afianzarse mejor en la tierra, pese a que se encontraba sobre una tarima de madera.

—¿Y cuál es la voluntad de Dios? —acabó preguntando.

—Que arranquen todos los rosales y destrocen todas las piezas de los alambiques —susurró Parker—. Que destruyan todas las vasijas que contienen el excremento de Satán, al que llaman aceite y perfume. Esa es la voluntad de Dios. En su infinita misericordia, nos ha enviado a mí y a mis compañeros para informarlos de esto y para que nos aseguremos de que se cumplan sus dictados, para que así sus mujeres y sus obreros puedan vivir una vida agradable para Dios, en lugar de llenar el aire con el hedor de las entrañas del infierno.

El campesino trató de replicar algo, pero el joven levantó la mano y situó el revólver a escasos centímetros de su cabeza.

—Cuando enciendan esa hoguera —continuó—, la hoguera que consumirá sus cultivos y sus factorías, se encenderá un rayo de verdad y de pureza que iluminará el mundo. Entonces se alegrarán de haber tenido esta oportunidad. Mis compañeros de la hermandad de Este Santo Propósito se cuentan por millares. La palabra de Dios se ha propagado tan deprisa como un incendio en un bosque..., y seguirá propagándose hasta que el mundo entero arda con el amor de Dios y el gozo de la perfecta obediencia a su voluntad.

El daimonion del cultivador, un viejo cuervo de poderoso pico, agitaba las alas posado en el hombro del tipo y descargaba picotazos al aire; el del joven, un gato grande y bonito de color arena, se mantenía tenso y expectante a su lado.

—¡No pienso quemar nunca mis rosas! —gritó el anciano—. ¡Jamás negaré la verdad de mis sentidos! ¡Las flores son hermosas y su aroma es el propio aliento del cielo! ¡Están equivocados!

El cuervo se abatió sobre el gato, que saltó hacia él, pero antes de que llegaran a topar, el joven apretó el gatillo y disparó una bala al viejo. El cuervo se esfumó en el aire y el campesino cayó muerto con un orificio en la cabeza del que brotaba sangre.

El público gritó como un solo hombre, pero todo ruido fue acallado de inmediato por el movimiento de aquellos hombres, que avanzaron de manera sincronizada y calaron sus fusiles al hombro. Aunque nadie dijo ni una palabra, se oían sollozos desde diversos puntos del patio de butacas.

El joven volvió a hablar. Parker tradujo sus palabras.

—Este ha sido un ejemplo de lo que no deben hacer a partir de ahora. Si desobedecen, ya saben lo que sucederá...

Siguió encadenando frases del mismo estilo. Malcolm, que ya había oído bastante, apoyó la mano en la manga de Parker.

—¿Adónde da la puerta del escenario? —musitó.

—A un callejón que hay a la derecha del edificio principal.

—¿Hay otra forma de ir al otro lado o es un callejón sin salida?

—La única salida posible es por la fachada del teatro.

El individuo de la pistola terminó su discurso y se puso a dar instrucciones.

—Rehenes —susurró Parker.

Ordenaron al resto de los oradores del escenario que se tumbaran boca abajo en el suelo con las manos detrás de la cabeza. Pese a que un par de ellos eran viejos o afectados por la artritis, los obligaron a tumbarse. Después, cumpliendo una nueva orden, los seis individuos de las salidas avanzaron; cada uno indicó al miembro más cercano del público que debía levantarse y seguirlo.

La mujer sentada delante de Malcolm se disponía a obedecer, pero él se puso en pie antes y, volviéndose hacia el individuo del fusil, se señaló a sí mismo. El hombre se encogió de hombros y la mujer se dejó caer en el asiento.

—¿Qué hace? —preguntó Parker.

—Ya lo verá.

Malcolm salió al pasillo y se llevó las manos a la cabeza, tal como le indicaba el hombre. Otros rehenes, dos de ellas mujeres, recibieron órdenes de caminar hacia el escenario. Malcolm siguió su ejemplo.

Llegó a la tarima encañonado por la espalda. Subió, al igual que los demás, por una de las dos escaleras laterales. La primera mujer tenía que pasar junto al cadáver del anciano, sobre un charco de sangre que no cesaba de agrandarse; de repente su daimonion perro se puso a aullar, negándose a avanzar. Ella intentó cogerlo, pero el agresor la empujó con el fusil y cayó encima de la sangre. La mujer gritaba, horrorizada; otro de los rehenes la ayudó a levantarse y la abrazó mientras sollozaba, casi a punto de desmayarse.

Malcolm observaba la escena con interés. El joven que estaba al mando había cometido un grave error. Debía de haber dejado que su daimonion gato se encargara del cuervo y evitar descargar el arma. La situación se estaba complicando por momentos y aquellos intrusos carecían de un plan para controlarla. Había un muerto, rehenes, el público entero encerrado..., pero, como todos los agresores estaban en el escenario vigilando a los rehenes, nadie amenazaba a punta de pistola a los demás. En cualquier momento, alguien correría hacia una salida y trataría de escapar; después se produciría una desbandada de pánico en la que podía ocurrir cualquier cosa. Malcolm vio que el joven lo observaba todo con expresión calculadora, evaluando la situación. Después soltó unas órdenes con voz áspera.

Tres de los hombres que habían acudido desde la sala se dieron la vuelta para apuntar a los asistentes con los fusiles. Los otros tres indicaron a los seis rehenes, entre los que se contaba Malcolm, que siguieran al cabecilla hacia la parte izquierda del escenario. Malcolm estaba seguro de que el cabecilla improvisaba y que no había previsto tomar rehenes, pero tenía que reconocer que era enérgico y decidido. Si había que contenerlo, no convenía demorarse mucho.

Y tendría que hacerlo él mismo. De niño no había participado en muchas peleas, porque era fuerte y corpulento, y la mayoría de sus compañeros lo apreciaban. En las riñas en que se había visto obligado a intervenir en el patio del recreo, un sentido de la justicia y el honor lo había limitado. Sin embargo, Oakley Street había eliminado esos escrúpulos. En cuanto llegaron a los laterales, tuvo un golpe de suerte excepcional. En Oakley Street también le habían enseñado qué había que hacer en tales casos: aprovecharla de inmediato, sin esperar.

Se encontró en medio de una confusión de personas y largos cortinajes negros, que soltaban al moverse una fina lluvia de polvo. Y justo delante de él estaba, empuñando la pistola, el joven que había disparado al campesino, a punto de estornudar.

Al percatarse de ello, Malcolm agitó con fuerza la cortina más cercana provocando una redoblada avalancha de polvo. Durante un par de segundos, las cortinas los aislaron de los demás. El joven abrió la boca, agitó la cabeza y pestañeó en medio del polvo, tratando de reprimir el estornudo. Malcolm aprovechó para descargarle un contundente golpe en la entrepierna.

El estornudo salió propulsado en ese mismo momento. El joven dejó caer el arma con un quedo gruñido. Malcolm se acercó y, agarrándolo del pelo con ambas manos, le hizo bajar la cabeza al tiempo que le descargaba un rodillazo en plena cara. Luego soltó una mano, con la que sujetó la barba, y, sin dejar de tirar del cabello con la otra, le estampó la cabeza contra la pared. Sonó un fuerte crujido y el daimonion del hombre se esfumó antes de que este se desplomara en el suelo.

—¡Por aquí! —indicó Asta en voz baja, a la altura de la cabeza de Malcolm.

Al verlo agarrado a una escalera de peldaños metálicos pintados de negro, empotrada en el ladrillo, se propulsó hacia ella y ascendió hasta casi dos metros de altura. Puesto que llevaba ropa oscura, era poco probable que lo vieran, incluso si alguien miraba hacia allí. Además, por todas partes había cortinas, que se balanceaban en medio de la confusión de rehenes y captores que pasaban por allí.

Asta había seguido subiendo hasta una rejilla de iluminación, a través de la cual observaba el barullo de abajo. Algunos intrusos se habían parado, varios rehenes proferían gritos de espanto y el cadáver del cabecilla yacía por descubrir, medio oculto por una cortina. Malcolm reanudó el ascenso y se desplazó de la escalera a la rejilla de iluminación, donde se apostó a esperar.

—¿Qué hacemos ahora? —susurró Asta.

—Encontrarán el cadáver de un momento a otro y…

No habían transcurrido ni unos segundos cuando uno de los agresores tropezó con él y dio un grito de sorpresa y fastidio, que enseguida se transformó en alarido cuando se dio cuenta de qué había sucedido.

Malcolm presenció las diversas reacciones de los otros. Al principio, ninguno podía ver qué había provocado la alarma; algunos preguntaron a voces, mientras otros, situados más cerca, avanzaron a tientas sorteando las cortinas y casi cayeron de bruces sobre el cuerpo de su líder y de su compañero, que todavía estaba tendido, aterrorizado, a su lado.

Los rehenes, igual de confusos y despavoridos, redoblaron el caos. Un par de ellos, aprovechando la distracción, escaparon por el laberinto de cortinas y oscuridad de los laterales. Otros permanecieron arracimados, demasiado atemorizados para moverse, y la piña que formaban provocó más colisiones y gritos de alarma.

—No han planificado muy bien la jugada —comentó Asta.

—Nosotros tampoco.

Los intrusos se habían puesto a discutir acaloradamente. Malcolm sabía que era inútil tratar de rescatar a todos los rehenes. Al cabo de un momento, los captores deducirían que la única persona que había podido matar a su cabecilla era el rehén que había desaparecido y empezarían a buscarlo. Entonces descubrirían la escalera, mirarían hacia arriba y dispararían contra él.

La rejilla de luces seguía por arriba del ancho escenario. Asta corrió a investigar y regresó confirmando la existencia de otra escalera en la otra punta. Al cabo de un momento, Malcolm bajó por ella y se encontró en un espacio similar, rodeado de cortinas, en el lateral derecho del escenario.

Se detuvo, paralizado por las dudas. Lo peor que podía hacer era propiciar una situación en la que disparasen a más personas inocentes, pero era difícil impedir aquel desenlace. Aunque tenía posibilidades de escabullirse del edificio sin que lo descubrieran, tal vez debería quedarse y tratar de encontrar la manera de salvarlos.

—Vámonos —lo urgió Asta—. No seas temerario. No podemos contenerlos si no podemos razonar con ellos, y no hablamos su idioma. Seremos más útiles una vez que estemos fuera. ¿De qué le va a servir a Lyra que nos maten ahí dentro? Te van a disparar en cuanto te vean. Vamos, Mal.

Tenía razón. Se encaminó a la pared del fondo. Debía de haber una puerta por ese lado... La había, y no estaba cerrada con llave. Accionando con sumo cuidado la manija, la abrió, salió y la volvió a cerrar. Lo rodeó una oscuridad casi total. No obstante, el tenue brillo ambárico de una alarma antiincendios le permitió distinguir un estrecho tramo de escaleras. Antes de proseguir, se volvió hacia la puerta y comprobó que había un cerrojo. El ruido de la discusión se hizo más audible; alguien estaba gritando y en la tarima del escenario resonaban pasos precipitados. En la zona del patio de butacas también se alzaron voces.

Corrió el cerrojo, procurado hacer el menor ruido posible.

Asta lo miró desde el pie de las escaleras, con aire interrogador.

—No —dijo Malcolm—. Hay otra puerta un poco más allá.

Se internó por un pasillo corto. Aunque apenas veía nada, sabía que los ojos de Asta aprovechaban hasta el más mínimo fotón.

La puerta tenía una barra de empuje, como las salidas de emergencia.

—Este tipo de puerta hace ruido —advirtió Malcolm—. No sé si podré abrirla sin que suene...

Con la mano izquierda apoyada en la barra vertical y la derecha en la horizontal, se quedó inmóvil, escuchando. A lo lejos, un sonido de voces, pero no de gritos. Presionó la barra y notó que se corría el pestillo.

Cuando empujó la puerta, de la oscuridad brotó una oleada de aire frío, cargado de olor a pintura, a trementina y a cola. También tuvo la impresión de que era un lugar espacioso, de techo alto.

—Pintura de decorados —determinó Asta.

—Eso significa que tiene que haber una puerta de comunicación con la calle para las entregas de material. ¿No la ves? Debe de ser grande.

—Delante de ti, a la derecha, hay un banco..., un banco de trabajo... Unos pasos a la izquierda... Eso es. Ahora puedes caminar de frente... Cinco pasos más..., ahí está la pared del fondo.

Malcolm avanzó hacia la derecha palpando la pared. Casi enseguida, encontró una entrada grande cerrada con una persiana y, al lado de esta, una puerta de tamaño normal. Estaba cerrada con llave.

—Mal, hay una llave colgada de un clavo al lado de la puerta —le informó Asta.

La llave encajó en la cerradura y, un momento después, estaban fuera del edificio, en un pequeño patio que daba al callejón lateral.

Malcolm aguzó el oído, pero solo oyó los ruidos normales del tráfico. No ocurría nada de particular. No había coches de policía, ni gente corriendo, ni disparos, ni gritos. Salieron a la calle y después giraron a la derecha por el lado de la fachada del teatro.

—Por ahora no hay peligro —confirmó Asta.

En el vestíbulo del teatro estaban encendidas todas las luces. No había nadie... Malcolm dedujo que el personal había huido en masa. Se decidió a entrar y escuchó mientras Asta corría hacia las escaleras que comunicaban con el anfiteatro. Malcolm oyó varias voces provenientes del patio de butacas. El tono no era, sin embargo, acalorado, acusador, ni suplicante. Parecía más bien un nutrido comité que discutiera una orden del día.

Al cabo de un minuto, cuando Malcolm se disponía a avanzar, por las escaleras apareció una menuda sombra. Asta subió de un salto a la tarima de la taquilla.

—No lo entiendo —explicó—. Los tipos de los fusiles están en el escenario, hablado con gente del público..., cultivadores, quizá, no sabría decir, aunque también hay algunas mujeres..., y alguien ha encontrado una alfombra con la que ha cubierto el cadáver del hombre al que han disparado, y además han llevado el cadáver del cabecilla al escenario y alguien estaba rasgando una cortina..., también para cubrirlo.

—¿Qué hace el público?

—No lo he visto muy bien, pero parece que casi todos están sentados en los asientos..., escuchando. ¡Ah, y Bryan está ahí, en el escenario! Parece tomar notas.

—Entonces... ¿no están amenazando a nadie con las armas?

—Llevan los fusiles en la mano, pero no apuntan a nadie.

—No sé si debería volver a entrar.

—¿Para qué?

Dadas las circunstancias, era una buena pregunta. Nada parecía indicar que su presencia allí fuera necesaria.

—Entonces volvamos al Calvi —dijo.

El Calvi era el bar donde se había citado con Bryan Parker por la tarde.

—No es mala idea —aprobó Asta.

Media hora después, Malcolm estaba sentado frente a una mesa, con una copa de vino y un plato de cordero asado delante. Entonces, como si lo hubieran planeado, llegó Parker, que tras instalarse en una silla, llamó al camarero.

—¿Qué? ¿Qué ha pasado? —preguntó Malcolm.

—Estaban completamente desconcertados. Han vuelto a llevar a los rehenes al escenario. Se notaba que algo había fallado en su plan, pero no sabíamos qué era, desde luego. Tomaré lo mismo que este caballero —le pidió al camarero.

—¿Y luego qué ha ocurrido?

—Hemos tenido un golpe de suerte. Ha resultado que Enver Demirel se encontraba entre los asistentes. ¿Ha oído hablar de él? ¿No? El político conservador de la asamblea provincial. Un tipo joven y muy brillante. Se ha levantado y se ha dirigido a los agresores..., cosa que exigía bastante valentía, porque estos estaban muy nerviosos y asustados... Se ha ofrecido para moderar una discusión entre las partes. Ha sido entonces cuando los demás nos hemos dado cuenta de que el cabecilla no estaba allí, porque, tal como había quedado claro, no era la clase de persona indicada para mantener ningún tipo de discusión.

»El caso es que han aceptado el ofrecimiento de Demirel. Y debo decir que, aunque nunca fui un admirador suyo, ha estado magnífico. Ha calmado la situación y ha ido dando explicaciones al público sobre el desarrollo de la conversación. Entonces nos hemos enterado de qué era lo que había desestabilizado a los agresores. Alguien había matado a su cabecilla. Nadie había sido testigo del asesinato y el autor había desaparecido.

—Extraordinario.

—He decidido participar yo mismo. He ofrecido mis servicios como secretario. Demirel, que me ha reconocido, ha instado a que los hombres aceptaran, y lo ha conseguido. Poco a poco, ¿entiende?, propiciando la vía del diálogo, neutralizando la violencia.

—Muy listo.

—Y que lo diga. El gran misterio era quién había matado al cabecilla. Lo han encontrado desnucado en los laterales. Cabía la posibilidad de que se hubiera caído o que lo hubieran atacado. En tal caso, ¿quién había sido? No se veía rastro de otra persona y todos los rehenes estaban igual de estupefactos que los agresores..., e igual de asustados. Así estaban las cosas cuando Demirel ha introducido la noción de justicia divina. O, como mínimo..., para ser más precisos..., la ha oído en un comentario de uno de los rehenes. Hábilmente, ha dejado que fuera calando, sin expresar las ideas de manera personal. Había sido el cabecilla quien había matado al campesino. Las represalias han llegado tan rápido que era muy posible que tuvieran un origen sobrenatural.

—Muy posible.

—Entonces alguien ha preguntado si todos los rehenes que habían tomado al principio seguían allí. Los han contado y unos decían que sí, los otros que no. Al final, todos se han puesto de acuerdo en determinar que, puesto que no había ninguna otra explicación posible, seguramente había habido un ángel entre los rehenes que había abatido al cabecilla como castigo por haber disparado al campesino. Luego, probablemente, se había ido volando al cielo.

—Sin duda.

—O al Calvi.

—Improbable —contestó Malcolm sin gran convicción.

El camarero sirvió la comida a Parker. Malcolm pidió otra botella de vino.

—Lo cierto es que Demirel los ha convencido para que le entregaran los fusiles —prosiguió Parker—, a cambio de lo cual se les permitiría abandonar el teatro y marcharse. Se ha abierto un diálogo y han aceptado. O sea, que se han ido. Debo admitir que ha cambiado el concepto que tenía de ese hombre. Ha actuado magistralmente. Ha resuelto una situación complicada. Ha transformado ese clima pasional a base de racionalidad. Una vez que ha alterado el ambiente, todo el mundo ha comprendido que sería preferible dejarlos marchar sin castigo a que se produjera una masacre. Al final, el desenlace ha sido favorable para todos, exceptuando a ese pobre campesino, claro.

—Entiendo —dijo, antes de añadir—. Por otro lado, Bryan, ese joven ha utilizado una expresión que me ha intrigado: «la hermandad de Este Santo Propósito». ¿La había oído antes?

—No. No me suena de nada —respondió—. ¿Por qué? Parece el tipo de eslogan que podría utilizar cualquiera de esos fanáticos.

—Seguramente. En todo caso, usted ha cumplido su promesa.

—¿Qué promesa?

—La de mostrarme algo interesante. ¿Otra copa?

27

El café Antalya

La tarde tocaba a su fin. El sol ya se había puesto tras las montañas y el aire era cada vez más frío. Lyra tenía que encontrar un sitio donde alojarse. Se dirigió al centro de la ciudad, entre edificios de pisos y bloques de oficinas, delegaciones gubernamentales y bancos; poco después, la luz del día se disipó y la luz que orientó sus pasos provenía de las lámparas de petróleo colgadas fuera de las tiendas o de las más brillantes de gas que irradiaban su resplandor desde las ventanas y las puertas abiertas. El delicioso aroma a carne asada y garbanzos con especias le hizo caer en la cuenta de que tenía hambre.

En el primer hotel donde probó, la rechazaron de inmediato. La expresión horrorizada del recepcionista dejó muy claro por qué motivo. En el segundo, el desenlace fue el mismo, aunque con exageradas muestras de pesar y repetidas disculpas. Se trataba de establecimientos familiares, pequeños, situados en calles tranquilas, y no los grandes y lujosos centros que acogían a políticos, plutócratas y turistas ricos. Quizá debería probar en esos, se dijo, pero enseguida lo descartó por el gasto que representaría.

En el tercer hotel donde entró, la acogida fue mejor, simplemente porque le prestaron menos atención. La joven de la recepción mantuvo una indiferencia total mientras Lyra firmaba en el libro de registro y recogía la llave, y enseguida volvió a enfrascarse en la foto-revista que leía. Su daimonion perro, en cambio, demostró cierta preocupación, escondiéndose con un quedo gemido detrás de la silla cuando Lyra pasó.

La habitación era pequeña y cochambrosa, y la calefacción, excesiva, pero la luz funcionaba, la cama estaba limpia y había un pequeño balcón que daba a la calle. Lyra comprobó que, sentándose con la mitad de la silla en el cuarto, y la otra, fuera, podía observar los dos lados de la calle.

Después de cerrar con llave, salió un momento y regresó con una bolsa de papel impermeabilizado que contenía carne asada y pimientos, un poco de pan y una botella de una bebida de un intenso color anaranjado. Sentada en la silla, comió y bebió, y, aunque apenas disfrutó de la carne grasienta y el líquido empalagoso, se dijo con ánimo sombrío que al menos le serviría para conservar las fuerzas.

La calle de abajo era estrecha, pero estaba limpia y bien iluminada. En la acera de enfrente había una cafetería. Si bien las mesas de la acera estaban vacías, dentro había muchos clientes. En las tiendas contiguas vendían artículos de ferretería, zapatos, periódicos y hoja de fumar, ropa barata o golosinas. Los negocios estaban concurridos y parecía como si fueran a permanecer abiertos hasta tarde. La gente paseaba, formaba corros para charlar con amigos, se sentaba a fumar un narguile con ellos o regateaba con los vendedores.

Fue a coger una manta de la cama, apagó las luces y se instaló cómodamente a observar lo que ocurría en la calle. Quería ver personas con sus daimonions; ansiaba presenciar lo completas que estaban. Había un hombre fornido, bajito y calvo, con bigote, vestido con una voluminosa bata azul, parado en el umbral de su tienda, que no se movía de allí más que para dejar paso a algún que otro cliente. Su daimonion, un mono con una bolsa de cacahuetes y una voz alegre y fuerte, mantenía una ruidosa conversación con él y con los numerosos amigos que se paraban a pasar el rato. Otro personaje era un mendigo sentado en el suelo con una especie de laúd en el regazo, con el cual tocaba de vez en cuando algunos compases de una melancólica melodía para luego reclamar limosna a voces. También había una mujer con un fular negro en la cabeza enzarzada en una larga conversación con dos amigas, cosa que aprovechaban sus hijos para pelearse y robar dulces del puesto que había detrás.

Lyra miraba: los daimonions observaban con disimulo al propietario y avisaban a los chiquillos, que pasaban a la acción con la rapidez de una serpiente cuando se volvía un instante. Sus madres, perfectamente conscientes de su actividad, aceptaban los dulces que ellos les daban sin parar de charlar.

De vez en cuando, una pareja de policías pasaba con actitud escrutadora, las pistolas en la cintura y los cascos bajados. Sus daimonions, unos perros corpulentos y vigorosos, caminaban pegados a sus talones.

Acordándose de las peripecias de la princesa, se preguntó cuál habría sido su nombre de bailarina y si habría alguna foto de ella en los archivos de un periódico de la región. ¿Qué era lo que sucedía cuando la gente se enamoraba? Había escuchado suficientes ejemplos de las relaciones amorosas de sus amigas para saber que los daimonions complicaban la situación, aunque también le aportaban hondura cuando la cosa funcionaba. Algunas chicas parecían sentirse atraídas por ciertos chicos, mientras que sus daimonions reaccionaban con indiferencia o incluso hostilidad. En ocasiones, ocurría lo contrario: los daimonions experimentaban una atracción pasional, mientras que entre sus personas había una corriente de antipatía. La historia de la princesa le había mostrado otra posibilidad humana. ¿Sería posible, tal como había dicho la anciana, que un amor fingido pudiera transformarse en un amor verdadero?

Volvió a posar la vista en la calle, arropándose los hombros con la manta. El individuo de la bata azul fumaba un puro, que iba pasando al daimonion mono posado en su hombro, al tiempo que hablaba animadamente con dos hombres cuyos daimonions compartían una bolsa de nueces, cuyas cáscaras partían con los dientes y desechaban en la cuneta. El mendigo del laúd había cambiado de melodía e incluso había congregado un público de dos niños, que lo miraban cogidos de la mano. El más pequeño movía la cabeza junto con su daimonion, aproximadamente al compás del ritmo. Las mujeres cuyos hijos robaban dulces se habían ido y el vendedor estaba ocupado plegando y estirando una madeja de caramelo de color rojizo.

Lyra empezó a sentirse más animada. Apenas había tenido conciencia de que estaba inquieta, seguramente porque la inquietud era omnipresente y estaba imbricada en las mismas moléculas del mundo, o como mínimo esa era la impresión que había tenido. Pero ahora estaba desapareciendo, a la manera de unos nubarrones grises que se van dispersando, de tal forma que las grandes acumulaciones de vapor quedan reducidas a jirones, que a su vez se tornan invisibles, dejando un cielo limpio y despejado. Sentía que todo su ser, incluido el ausente Pan, se volvía ligero y libre. Debía de haberle ocurrido algo bueno a él, aventuró.

A continuación se puso a pensar en las rosas y en el Polvo. La calle de abajo estaba saturada de Polvo. Generado por las vidas humanas, las sostenía y las fortalecía. Hacía que todo reluciera como si estuviera rodeado de oro. Casi alcanzaba a percibirlo. Eso trajo consigo un estado de ánimo que no había experimentado desde hacía mucho y que reconoció con un punto de aprensión: era una callada convicción, subyacente a todas las circunstancias, de que todo estaba bien y de que el mundo era su verdadero hogar. Tenía la sensación de que había grandes poderes secretos que velaban por ella.

Permaneció así sentada durante una hora, insensible al tiempo, confortada por aquel extraño optimismo inédito, y luego se fue a la cama y se quedó dormida de inmediato.

Pan se desplazaba hacia el sur y hacia el este. Eso era lo único que alcanzaba a determinar. Siempre que podía, permanecía junto al agua. Le daba igual que fuera un río, lago o mar, con tal de disponer de un sitio donde zambullirse y escapar nadando. Evitaba los pueblos y las ciudades. A medida que viajaba por territorios más accidentados y extraños, notaba que se volvía más salvaje, como si fuera de verdad una marta y no un ser humano.

No obstante, era un ser humano, o una parte de él, y se sentía igual que Lyra, infeliz, culpable, desgraciado y solo. Si volvía a ver a Lyra alguna vez, se precipitaría hacia ella. La imaginaba inclinándose para acogerlo con los brazos abiertos, y los dos se jurarían amor eterno y prometerían no volverse a separar nunca más, y todo volvería a ser como antes. Al mismo tiempo, sabía que no sería así, pero en la oscuridad de la noche necesitaba algo a lo que aferrarse y lo único de que disponía era la imaginación.

Cuando por fin la vio, estaba sentada a la sombra de un olivo en una cálida tarde, como si durmiera. El corazón le dio un brinco y fue dando saltos hacia ella…

Pero, por supuesto, no era Lyra. Era una muchacha más joven, de unos dieciséis años, que llevaba un chal encima de la cabeza y una combinación de ropa que debían de haber pertenecido a otras personas, porque era una mezcla de prendas caras y raídas, unas nuevas y otras viejas, unas demasiado grandes y otras demasiado pequeñas. Parecía extenuada, sucia y hambrienta. Había estado llorando antes de quedarse dormida, o quizás incluso mientras dormía, porque todavía tenía lágrimas en las mejillas. A juzgar por su aspecto, debía de provenir del norte de África, y no tenía daimonion.

Pan miró con detenimiento a la muchacha y su entorno. No se había equivocado: estaba sola. Ni siquiera disponía de un diminuto daimonion ratoncillo oculto en las proximidades, acurrucado cerca de su cabeza o apoyado en un retazo de blando musgo.

En ese caso, la muchacha corría peligro. Pan trepó en silencio hasta lo alto del olivo para otear los alrededores: el destello azul del mar, la roca casi blanca de la montaña en cuya ladera crecía el árbol, el verde de la hierba seca donde pastaban unos cuantos corderos esqueléticos...

Corderos, o sea, que debía de haber un pastor no muy lejos. Sin embargo, allí no se veía a nadie. Parecía como si él y la muchacha fueran los únicos seres vivos. Bueno, podía cuidar de ella, hacer como si fuera su daimonion y así protegerla al menos de las sospechas.

Bajó del árbol y se puso a dormitar a sus pies.

Cuando despertó al cabo de un poco, la chiquilla se sentó despacio, como si estuviera dolorida, se frotó los ojos y luego, al ver a Pan, se levantó de golpe y retrocedió con sobresalto.

Aunque no dijo nada, él comprendió muy bien su reacción. La muchacha sabía que era un daimonion, evidentemente, y buscaba con la vista, aterrorizada, su persona.

Pan se irguió e inclinó la cabeza a modo de saludo.

—Me llamo Pantalaimon —se presentó, con dicción clara—. ¿Hablas inglés?

Sí lo comprendía. Volvió a mirar en derredor, con ojos desorbitados y con cara de sueño, como si aquello fuera un sueño.

—¿Dónde está tu...? —quiso preguntar.

—No lo sé. La estoy buscando y lo más probable es que ella me esté buscando a mí.

—¿Dónde está tu daimonion?

—Hubo un naufragio. Nuestro barco se hundió. Primero pensaba que se había muerto, pero no puede ser, porque yo estoy viva, creo, pero no lo encuentro por ninguna parte. ¿Cómo has dicho que te llamabas?

—Pantalaimon. ¿Y tú?

—Nur Huda el-Wahabi —respondió. Todavía aturdida por el cansancio, se volvió a sentar—. Esto es muy extraño —comentó.

—Sí, es verdad. Claro que yo he tenido un poco más de tiempo para acostumbrarme, creo. Llevamos separados... Vaya, no me acuerdo, pero parece que hace mucho. ¿Cuándo ocurrió el naufragio del barco?

—Dos noches... o tres..., no sé. Nos habíamos ido toda mi familia..., mi madre, mi hermana menor y mi abuela..., en un barco pequeño, por culpa de los hombres de las montañas, y chocamos con un barco más grande. Caímos todos al agua y los marineros del otro barco intentaron salvarnos, pero a algunos se nos llevó la corriente. Estuve llamando y llamando, hasta que me dolió la garganta. Mi daimonion no estaba conmigo, estaba asustadísima, me dolía todo, no veía absolutamente nada en la oscuridad y estaba segura de que me iba a morir, y Jamal también, donde quiera que estuviera... Ha sido lo peor que me ha pasado en la vida. Cuando salió el sol, vi unas montañas e intenté nadar hacia allí. Al final encontré una playa, salí del agua y me quedé dormida en la arena. Cuando desperté, tuve que esconderme de la gente, por si acaso... Ya sabes.

—Sí, claro. Seguramente, Lyra tiene que hacer lo mismo.

—¿Se llama Lyra?... Tuve que robar algunas cosas, como esta ropa, y también comida. Tengo mucha hambre.

—¿Cómo es que hablas tan bien inglés?

—Mi padre es diplomático. Vivimos un tiempo en Londres cuando era niña. Después lo mandaron a Bagdad. Allí estábamos tranquilos hasta que vinieron los hombres de las montañas. Mucha gente tuvo que huir, pero mi padre tuvo que quedarse. Nos envió a otra parte.

—¿Quién son esos hombres de las montañas?

—Nadie lo sabe. Simplemente, vienen de las montañas y... —Se encogió de hombros—. La gente procura escapar. Se van a Europa, pero no sé a qué lugar... Me echaría a llorar si no fuera porque he llorado tanto que ya no me quedan lágrimas. No sé si mamá estará viva, o papá, o Aisha, o Jida...

—Pero sí sabes que tu daimonion está vivo.

—Sí, está vivo..., en algún sitio.

—Tal vez podríamos encontrarlo. ¿Has oído hablar del Hotel Azul? ¿De Al-Khan al-Azraq?

—No. ¿Qué es eso?

—Un sitio adonde van los daimonions… sin sus personas. Yo mismo voy allí.

—¿Para qué vas allí si tu chica está en otro lugar?

—No sé a qué otro sitio ir. Tu daimonion podría estar allí.

—¿Cómo has dicho que se llamaba? ¿El Khan Azul?

—Al-Khan al-Azraq. Creo que la gente teme ir allí.

—Parece como si fuera el Pueblo de la Luna… o la Ciudad de la Luna. No sé cómo se diría en inglés.

—¿Sabes dónde está? —preguntó, anhelante, Pan.

—No. Bueno, está en el desierto. Cuando iba a la escuela en Bagdad, los otros niños hablaban de ese lugar, donde había espantos, espíritus malignos, personas decapitadas y toda clase de cosas horribles. A mí me daba miedo, pero después pensé que seguramente no era real. ¿Es real?

—No lo sé, pero lo pienso averiguar.

—¿De verdad crees que mi daimonion podría estar allí?

Le recordaba a la Lyra de unos años atrás, antes de que se distanciaran: entusiasta, curiosa, abierta, todavía con un pie en la niñez, aunque envuelta con un manto de sufrimiento.

—Yo creo que sí —confirmó.

—¿Podría…?

—¿Por qué no…?

Habían hablado a la vez.

—Yo podría hacerme pasar por tu daimonion —prosiguió Pan, tras una breve pausa—. Podríamos ir juntos. Si nos comportáramos con normalidad, nadie se daría cuenta.

—¿De verdad?

—A mí también me serviría de mucho, francamente.

Más abajo en la ladera, alguien empezó a tocar una flauta de caña. Entonces, al moverse, los corderos agregaron un musical repiqueteo de esquilas.

—De acuerdo —aceptó Nur Huda.

Por la mañana, Lyra guardaba el recuerdo de la sensación de calma y certidumbre como un sueño, incompleto pero poderoso. Ojalá pudiera conservarlo durante mucho tiempo y recurrir a él siempre que lo necesitara.

El día se anunciaba cálido. Aquel presagio de la primavera cercana le trajo a la memoria, sin saber por qué, uno de los papeles que había encontrado en la cartera del difunto doctor Hassall, un folleto de una compañía de barcos en el que se detallaban los puertos donde tenía parada el navío de crucero *SS Zenobia*, entre los cuales se encontraba Esmirna. Alguien había anotado las palabras «Café Antalya, plaza Suleimán, 11 de la mañana» junto a la fecha de llegada del crucero. Aunque todavía faltaban varias semanas, resolvió ir a echar un vistazo al café Antalya y tal vez desayunar allí mismo.

En primer lugar, salió a comprar ropa nueva: una camisa floreada, una falda blanca y algo de ropa interior. Recordando los usos de la región, regateó para bajar el precio hasta una cifra que consideró correcta. El vendedor, el tendero de la bata azul, se mostró indiferente ante su falta de daimonion, aunque su daimonion mono se apresuró a situarse en lo alto de un estante, lo más lejos posible que pudo. Lyra, no obstante, logró aparentar un grado tal de calma y frialdad que acabó desconcertando al mono.

A continuación, regresó al hotel, se lavó el pelo y, tras secarlo con la toalla, sacudió la cabeza para dejar que adoptara una caída natural. Luego se puso la ropa nueva, pagó la cuenta y se fue a buscar la plaza Suleimán.

El aire estaba fresco y límpido. Lyra compró un mapa turístico del centro de la ciudad y recorrió a pie algo menos de un kilómetro hasta llegar a la plaza, sombreada por árboles en los que despuntaban ya las hojas y presidida por la estatua de un general turco condecorado con una gran cantidad de medallas.

El café Antalya era un local tranquilo y anticuado, con manteles blancos almidonados y paneles de madera oscura en las paredes. Era el tipo de establecimiento donde podría haberse sentido fuera de lugar una joven sola como ella, sobre todo sin un daimonion, por el trasnochado aire de formalidad masculina que destilaba. No obstante, el camarero que la atendió (de cierta edad) la acompañó con gran cortesía hasta una mesa. Después de pedir café y pastelillos, se puso a observar a los demás clientes. Había algunos que parecían hombres de negocios, un padre y una madre con hijos pequeños, un par de señores mayores vestidos con meticulosa elegancia, uno de ellos tocado con un fez. También había un hombre solo, que escribía en un cuaderno de notas, en el cual se concentró para jugar a los detectives, tratando de adivinar algo sobre él. Llevaba un traje de lino, camisa azul y corbata verde; a su lado, en la silla, había un sombrero de panamá. Tenía unos cuarenta y pico o cincuenta años, era rubio, delgado, fuerte y con apariencia enérgica. Tal vez fuera periodista.

El camarero le llevó el café, un plato de pastelillos de diversas formas y colores y una jarra pequeña de agua. «Pan me recomendaría que solo comiera uno», pensó. En el otro lado de la cafetería, el periodista cerró el cuaderno de notas. Sin mirar, Lyra tenía conciencia de que su daimonion, una pequeña lechuza blanca de grandes ojos amarillos bordeados de un cerco negro, la estaba observando. Tomó un sorbo de café, que estaba muy caliente y dulce. El periodista se puso en pie, se colocó el sombrero y caminó hacia ella, en dirección a la salida. Se detuvo ante ella y se quitó el sombrero.

—¿Señorita Belacqua? —dijo en voz baja.

Lyra se quedó atónita. El daimonion lechuza la miraba con ferocidad desde el hombro del periodista, pero este tenía una expresión afable, que demostraba desconcierto, interés, un poco de preocupación y, ante todo, sorpresa. Tenía un acento de Nueva Dinamarca.

—¿Quién es usted? —preguntó Lyra.

—Me llamo Schlesinger, Bud Schlesinger. Si dijera las palabras «Oakley Street»...

Lyra evocó la voz de Farder Coram, mientras le daba instrucciones en el calor de su ordenado barco, diciéndole: «Si tú dijeras eso, yo tendría que decir: "¿Dónde está Oakley Street?"».

—Oakley Street no está en Chelsea.

—Hasta aquí es muy cierto.

—Llega hasta el dique.

—Eso tengo entendido... Señor Schlesinger, ¿qué diantres ocurre?

El diálogo había sido muy rápido.

—¿Me permite sentarme un momento? —preguntó él.

—Sí, haga el favor.

Tenía un trato desenvuelto, informal y amable. Era posible que estuviera más desconcertado por aquel encuentro que ella misma.

—¿Qué...?

—¿Cómo...?

Habían hablado al mismo tiempo; por lo demás, ambos todavía estaban demasiado sorprendidos como para echarse a reír.

—Usted primero —dijo ella.

—¿Es Belacqua o Lenguadeplata?

—Era Belacqua. Ahora utilizo el otro nombre, entre amigos. Pero..., bueno, es complicado. ¿De qué me conocía usted?

—Está en peligro. Llevo más de una semana buscándola. Ha habido un llamamiento general, entre los agentes de Oakley Street, para indagar su paradero, porque el Consejo Supremo del Magisterio... No sé si estará enterada de la nueva constitución... Han ordenado su detención. ¿Lo sabía?

—No —contestó, aturdida—. No tenía ni idea.

—Las últimas noticias que tuvimos de usted provienen de Buda-Pesth. Alguien la vio, pero no pudo contactarla. Después un informante la situó en Constantinopla, aunque no estaba totalmente seguro.

—He procurado no dejar rastro. ¿Cuándo...? ¿Por qué quiere detenerme el Magisterio?

—Por blasfemia, entre otras cosas.

—Pero eso no va en contra de la ley...

—En Britania, no. Todavía no. No es un asunto de dominio público. No han puesto precio a su cabeza, ni nada por el estilo. El Consejo ha dado a conocer de manera discreta que su detención sería del agrado de la autoridad. Tal como funcionan las cosas ahora, una sugerencia de ese tipo será una justificación suficiente para que se lleve a cabo.

—¿Cómo ha sabido quién era?

Sacó del bolsillo un libro, del que extrajo un fotograma impreso. Era una ampliación de la cara de Lyra realizada a partir del fotograma que le habían tomado junto con sus compañeras para el primer trimestre en el St. Sophia's.

—Circulan cientos de copias como esta —explicó el hombre—, con el nombre Belacqua. Yo estaba montando vigilancia, por así decirlo, no porque previera que fuera a pasar por Esmirna, sino porque conozco a Malcolm Polstead y...

—¿Conoce a Malcolm? —dijo Lyra—. ¿De qué?

—Estudié un doctorado en Oxford, hará unos veinte años. Fue por la época de la gran riada. Fue entonces cuando lo conocí, aunque él no era más que un niño en ese momento.

—¿Sabe dónde está?

—¿Cómo, ahora mismo? No. Pero me escribió no hace mucho, y en el sobre incluyó una carta para usted, con el apellido Lenguadeplata. La tengo en mi apartamento. Me recomendó que cuidara de usted.

—Una carta... ¿Queda cerca su apartamento?

—No está lejos. Llegaremos en cuestión de minutos. Por lo visto, Malcolm está viajando hacia el este. La única explicación que dio es que hay una gran operación en marcha centrada en Asia Central, y lo que hemos averiguado a través de personas de la región lo confirma.

—Sí. Creo saber de qué se trata. Por allí hay un desierto, en Sin Kiang, cerca de Lop Nor, y un lugar adonde... Bueno, un lugar adonde no pueden ir los daimonions.

—Tungusk —dijo el daimonion de Schlesinger.

—Algo así —convino Lyra—, pero más al sur.

—Tungusk, ¿adonde van las brujas? —inquirió Schlesinger.

—Sí, pero no es eso. Es algo parecido, pero en otro lugar.

—No he podido evitar percatarme de... —apuntó.

—Sí. Nadie lo puede evitar.

—Lo siento.

—No se preocupe. Es normal. Yo puedo separarme de mi daimonion, igual que las brujas. Lo malo es que desapareció y antes que nada, tengo que encontrarlo a él. Por eso me dirijo a un sitio al que llaman... el Hotel Azul, o también la Ciudad de la Luna, Madinat al-Qamar.

—Me suena de algo ese nombre... ¿Qué es ese lugar?

—Bueno, es una leyenda, o quizá solo sea una invención de los viajeros... Dicen que hay una ciudad en ruinas habitada por daimonions. Puede que solo sean desvaríos, pero tengo que intentarlo.

—Tenga cuidado —advirtió el daimonion lechuza.

—No sé, quizás haya fantasmas en lugar de daimonions. Ni siquiera sé dónde queda exactamente. —Empujó el plato de pastelillos hacia el periodista, que cogió uno—. Señor Schlesinger, si quisiera viajar por la Ruta de la Seda hasta Sin Kiang y Lop Nor, ¿qué tipo de recorrido haría?

—¿Quiere ir precisamente por esa ruta en lugar de, pongamos por caso, viajar en tren hasta Moscovia y después a través de Siberia?

—Sí. Quiero ir por ese lado, porque creo que de camino podría oír muchas noticias, rumores, historias e información.

—En esto tiene razón. Lo mejor sería ir a Alepo. Es una especie de terminal, por así decirlo, de una de las rutas principales. Desde allí puede incorporarse a una caravana e ir hasta donde la acompañen. Le puedo dar las señas del hombre indicado para eso.

—¿Quién es?

—Mustafá Bey. Bey es un título de cortesía. Es un comerciante. Aunque él mismo apenas ya viaja, tiene intereses en muchas empresas, caravanas, ciudades y factorías en toda la Ruta de la Seda. No se trata de una sola ruta, como ya debe de saber, sino de un cúmulo de caminos, carreteras y senderos. Algunos van al sur bordeando un desierto o una cadena de montañas, mientras que otros van más al norte. Todo depende de lo que decida el responsable de la caravana.

—Y si fuera a ver a ese tal Mustafá Bey, ¿no desconfiaría de mí..., por el estado en que me encuentro?

—No creo. Aunque no lo conozco bien, tengo entendido que lo único que le interesa son las ganancias. Si quiere viajar con una de sus caravanas, lo único que tiene que hacer es demostrar que puede pagar.

—¿Dónde puedo localizarlo? ¿Es una persona conocida allí?

—Todo el mundo lo conoce. El mejor lugar para encontrarlo es en un café llamado Marletto. Va allí todas las mañanas.

—Gracias. Lo tendré en cuenta. ¿Sabe por qué he venido a esta cafetería hoy?

—No. ¿Por qué?

Lyra le habló del folleto de la compañía naviera y de la anotación que aludía a la cita en ese mismo establecimiento.

—Lo encontramos en el cadáver de un hombre que acababa de llegar a Oxford desde Tashbulak, el lugar que concentra el interés de Oakley Street. Era un botánico que trabajaba con rosas. Creemos que lo mataron por eso. Sin embargo, no tenemos ninguna idea de quién iba a acudir a esa cita, si él u otra persona.

Schlesinger anotó algo en su diario.

—Procuraré estar aquí en esa fecha —aseguró.

—Señor Schlesinger, ¿usted trabaja a tiempo completo para Oakley Street?

—No. Soy diplomático. A Oakley Street me unen viejos lazos de amistad, además de la adhesión a los principios por los que se rige. Esmirna es una especie de encrucijada donde siempre hay cosas que ver o personas que vigilar, y, de vez en cuando, algo en lo que intervenir. Y ahora dígame qué es lo que sabe Oakley Street sobre su situación actual. ¿Saben dónde está? ¿Están enterados de su intención de visitar ese Hotel Azul, suponiendo que exista?

—No estoy segura —reconoció, tras un instante de reflexión—. Hay un hombre llamado Coram van Texel, un giptano de los Fens que había sido agente de Oakley Street, que está al corriente. Es amigo mío desde hace tiempo y tengo plena confianza en él. De todas formas..., cuando me pongo a analizarlo, no estoy segura de lo del Hotel Azul. Parece algo improbable, como un fenómeno de esos de la comunidad secreta.

Utilizó la expresión para comprobar si la había oído antes, pero él solo manifestó perplejidad.

—Ahora que me lo ha contado, tendré que transmitir la información —advirtió.

—Lo entiendo. ¿Cuál es la mejor manera de llegar a Alepo?

—Hay una buena comunicación de tren dos veces por semana. Uno sale mañana, me parece. Escúcheme, señorita Lenguadeplata, estoy muy preocupado por su seguridad. Su aspecto coincide mucho con el de ese fotograma. ¿Se ha planteado utilizar un disfraz?

—No —respondió—. Pensaba que no tener un daimonion podía servir más o menos de disfraz. La gente evita mirarme, porque les produzco miedo o repugnancia. Me he ido acostumbrando a eso y procuro pasar inadvertida, o hacerme invisible, como las brujas. Suele dar resultado.

—¿Me permite que le haga una sugerencia?

—Desde luego.

—Mi esposa era actriz de teatro y ha alterado más de una vez la apariencia de una persona. No sería nada drástico, solo unos cuantos detalles que servirían para que los demás la percibieran de otra forma. ¿Querría acompañarme a mi casa para que ella la ayude? De paso, recogeremos la carta de Malcolm.

—¿Está en casa ahora su mujer?

—Es periodista. Hoy trabaja en casa.

—Creo que sería una buena idea —aceptó Lyra.

¿Por qué se fiaba de ese tal Bud Schlesinger? Conocía Oakley Street y sabía que Malcolm también viajaba hacia esa región, pero un enemigo también podía estar al corriente de esas cosas y utilizarlas para tenderle una trampa. En parte, se debía a su estado de ánimo. La mañana era radiante, todo tenía una intensidad particular. Hasta el general turco del pedestal parecía tener un destello pícaro en la mirada. Lyra sentía que podía confiar en el mundo.

Al cabo de veinte minutos, tras una subida entre sacudidas y chirridos en el viejo ascensor del edificio donde vivía Schlesinger, salió al rellano de su piso.

—Tendrá que disculpar la falta de formalidad doméstica —dijo este.

Desde luego, aquella era una vivienda pintoresca. Todas las paredes estaban revestidas de alfombras o de telas, había una multitud de cuadros colgados y varias paredes llenas de estanterías con libros. La esposa de Schlesinger, Anita, una mujer delgada de pelo moreno, vestida con una túnica escarlata y zapatillas persas, también era bastante pintoresca. Su daimonion era una ardilla.

Mientras Schlesinger la ponía al corriente de la situación, examinó a Lyra con curiosidad. Se trataba, con todo, de una curiosidad profesional, impregnada de vida y comprensión. Sentada en un amplio sofá, Lyra se sentía un poco cohibida.

—Veamos, Lyra, le voy a sugerir tres cosas —dijo Anita Schlesinger, con un acento de Nueva Dinamarca como su marido, aunque menos pronunciado—. Una es muy simple: póngase unas gafas. Unas gafas sin graduar. Yo tengo unas. La segunda es cortar el pelo, y la tercera, teñirlo. ¿Qué le parece?

—Interesante —contestó, con cautela, Lyra—. ¿Se me vería muy distinta con eso?

—No es a sus amigos ni a nadie que la conozca bien a quien intenta engañar. Para eso no serviría. De lo que se trata es de hacer que alguien que tiene una imagen mental de una chica rubia sin gafas no se pare a mirarla. Ellos buscarán a alguien que no tiene el mismo aspecto. Aunque es algo superficial, la mayoría de las interacciones se producen a ese nivel. ¿Saben que no tiene su daimonion a su lado?

—No estoy segura.

—Porque ese es un detalle muy revelador.

—Lo sé, pero he intentando volverme invisible...

—¡Vaya! Me encantaría conseguirlo. Me tiene que enseñar cómo hacerlo. Pero, primero, ¿le puedo cortar el pelo?

—Sí, y teñirlo también. Comprendo los motivos... Lo que me ha dicho tiene lógica. Gracias.

Bud le llevó la carta de Malcolm y después se tuvo que marchar.

—El peligro que corre es real, en serio —reiteró, estrechándole la mano—. No lo olvide. Quizá sería más prudente que se quedara en Esmirna hasta que llegue Malcolm. Podríamos esconderla.

—Gracias. Lo pensaré.

Pese a que ardía en deseos de leer la carta, Lyra lo pospuso y se centró en Anita, que estaba muy interesada en que le hablara de las brujas y de su método para volverse invisible. Lyra le explicó todo lo que sabía. De allí pasó a Will y al tipo de hechizo que había ideado sin saberlo. Después, la conversación derivó hacia Malcolm, a los pormenores que le había contado sobre las inundaciones, a su total ignorancia al respecto cuando fue alumna suya y a lo mucho que había cambiado el concepto que tenía de él a raíz de todo aquello.

Hacía mucho tiempo que no charlaba de esa forma, como con sus amigas. Le sirvió para sentir cuánto lo había echado de menos. «Esta mujer podría ser irresistible en un interrogatorio», pensó. Nadie podría resistirse a contarle nada. Luego se preguntó si habría ayudado con frecuencia a su marido en cuestiones relacionadas con Oakley Street.

Anita, mientras tanto, le cortaba el cabello, poco a poco. Retrocedía para observar el efecto y cotejaba el resultado en el espejo.

—El objetivo es modificar la forma de tu cabeza —dijo.

—Dicho así, da un poco de miedo.

—Sin cirugía. Como tu cabello es ondulado y denso, ocupa mucho espacio, incluso sin ser muy largo. Lo que conviene es que no tenga tanto cuerpo. Con el tinte te verás muy diferente. De todas formas, reconozco que lo que tú llamas ser invisible depende de cómo te muevas y te comportes. Una vez actué con Sylvia Martine.

—¿De verdad? La vi en *Lady Macbeth*. Estuvo magnífica.

—Ella era capaz de ponerlo en práctica según se le antojaba. Un día iba caminando con ella por la calle. Salíamos de un ensayo y estábamos en una calle bastante concurrida, donde la gente pasaba sin prestar atención a nada. Entonces dijo..., ya sabes que su nombre real era Eileen Butler..., pues dijo: «Llamemos a Sylvia». Yo no sabía a qué se refería. Pero el caso es que habíamos estado hablando del público, de los fans y los seguidores, y cuando dijo eso, no supe qué pensar.

»Bueno, pues resulta que su daimonion era un gato, como probablemente recordarás si la viste en escena. Era un gato completamente normal, pero en ese momento le sucedió algo o él mismo hizo algo, y se convirtió, al instante en..., no sé cómo expresarlo. Se volvió más visible, como si lo hubieran alumbrado con un foco. Y lo mismo le ocurrió a ella. Un segundo antes era Eileen Butler, una mujer guapa, sí, pero una transeúnte entre tantas; al siguiente, se había transformado en Sylvia Martine. Y todo el mundo en la calle se dio cuenta. La gente la veía, se acercaba a hablar con ella, cruzaba la calle para pedirle un autógrafo, de tal forma que al cabo de un minuto estábamos rodeadas. Eso pasó delante de un hotel... Creo que ella sabía muy bien lo que iba a ocurrir y lo hizo en un sitio donde preveía que podíamos escapar. El portero nos dejó entrar y mantuvo a raya a los demás. Después volvió a ser Eileen Butler otra vez. Yo no era mala actriz, pero ella era una estrella. Y eso representa una diferencia colosal, una aureola mágica, sobrenatural. A mí me dio vergüenza preguntarle cómo había hecho para convertirse en Sylvia de esa manera. Su daimonion, en todo caso, tuvo algo que ver. Aunque apenas dijo nada, se hizo..., no sé..., más visible, como si fuera extraordinario.

—No me cuesta nada creerlo —dijo Lyra—. No sé si es algo que se puede aprender o si solo está al alcance de ciertas personas.

—No sé. De todas maneras, muchas veces he pensado que sería espantoso poseer esa clase de poder y no llegar a controlarlo. Sylvia era capaz de desactivarlo, porque era una persona muy sensata; sin embargo, en el caso de alguien vanidoso o estúpido..., podría conducir a la locura, convertirlo a uno en un monstruo. De hecho, se me ocurren varias estrellas que han tenido tal destino.

—Lo que yo quiero es precisamente lo contrario. ¿Puedo ver cómo me queda?

Anita se apartó y Lyra se miró en el espejo. Nunca había llevado el pelo tan corto. Le gustaba, por la sensación de ligereza que le procuraba y por el aire vivaracho que le daba, como de pajarillo.

—Esto es solo el comienzo —precisó Anita—. Espera y verás después de teñirlo.

—¿Qué color propones?

—Algo oscuro. No negro del todo, porque no pegaría con tu color de piel. Un castaño oscuro.

Lyra aceptó de buena gana. En su vida jamás se le había ocurrido alterar el color de su pelo. Era curioso encontrarse en las manos de una persona con tanta destreza, tan interesada y tan experta.

Después de aplicar el tinte, Anita preparó una comida ligera, compuesta de pan con queso, dátiles y café, y le contó algunos detalles de su trabajo como periodista. En ese momento escribía un artículo para un periódico en lengua inglesa de Constantinopla, sobre la situación del teatro turco. El periodismo a veces se solapaba con la labor diplomática de su marido, porque también ella había sido testigo de primera línea de la crisis en el ámbito de los cultivos de rosas y producción de aceites y perfumes. Le explicó a Lyra que conocía muchos casos de rosaledas destruidas y de comerciantes del sector cuyas fábricas y almacenes habían sido incendiados.

—Lo mismo ocurre en los territorios más orientales —añadió—, hasta Kazajstán, por lo visto. Es una especie de manía.

Lyra le habló de su amiga Miriam, cuyo padre se había arruinado.

—Fue la primera vez que oí hablar de este asunto. Eso fue hace unas semanas…, aunque parezca que haya pasado una eternidad. ¿De verdad voy a quedar con el pelo oscuro? Miriam no me reconocería. Siempre quería que aprovechara más mi pelo, para que luciera más.

—Bueno, vamos a ver —dijo Anita.

Retiraron el tinte, lavaron el pelo y luego Lyra aguardó con impaciencia mientras Anita se lo secaba.

—Me parece que ha quedado muy bien —dictaminó—. Un momento. —Peinó con los dedos el cabello de Lyra para asentarlo de una manera algo distinta y retrocedió—. ¡Perfecto! —exclamó.

—¡A ver! ¿Dónde está el espejo?

Aquella cara reflejada era como nueva. Lo primero que pensó, casi lo único, fue: «¿Le gustaría a Pan?». En un rincón de su mente surgió otra inquietud: «En cuanto Olivier Bonneville me vuelva a localizar con el aletiómetro, sabrá que ahora tengo este aspecto y pondrá al corriente al Magisterio».

—Aún no hemos terminado —advirtió Anita—. Ponte esto.

Se trataba de unas gafas de montura de concha. Con ellas, Lyra parecía otra persona.

—Tendrás que seguir aplicando ese truco de las brujas para ser invisible —le recordó Anita—. Sosa, tienes que ser sosa, apagada, sin gracia. Necesitas ropa sin brillo, de colores discretos. Hay otra cosa más —añadió, cepillando el nuevo cabello de Lyra—, vas a tener que alterar algo más de tu presencia. Te mueves como alguien flexible, activo. Has de pensar como si fueras una persona pesada, lenta.

Entonces su daimonion, que había presenciado el proceso

sin apenas decir nada, expresando de vez en cuando su aprobación con la cabeza, tomó el relevo.

—Transforma tu cuerpo en algo lento y pesado, pero no olvides que lo haces a propósito —aconsejó desde el respaldo de una silla—. Tienes que parecer alguien que sufre una depresión del espíritu, porque eso hace que la gente mire hacia otro lado. No les gusta ver el sufrimiento. Sin embargo, cuando uno finge estar abatido, es muy fácil acabar deprimiéndose. No caigas en esa trampa. Es lo que te diría tu daimonion, si estuviera aquí. Tu cuerpo incide en tu cerebro. Tienes que actuar como si estuvieras mal, sin estarlo.

—Exacto —corroboró Anita—. Ten en cuenta la advertencia de Telémaco.

—Es muy buena —apreció Lyra—. Gracias. Haré lo contrario de lo que hizo Eileen Butler para transformarse en Sylvia Martine, pero sin que me afecte mentalmente.

—¿Y qué vas a hacer ahora? —preguntó Anita.

—Comprar un billete de tren para Alepo, y también algo de ropa poco vistosa.

—El tren de Alepo no sale hasta mañana. ¿Dónde te vas a quedar esta noche?

—En el mismo hotel, no. Buscaré otro.

—Ah, eso sí que no. Te vas a quedar aquí. Además, hay que darle un retoque a esas gafas, porque te resbalan por la nariz.

—¿Está segura de que no voy a molestar?

—Sí. Me consta que Bud se alegrará de poder seguir charlando contigo.

—Bueno..., gracias.

Una vez ajustadas las gafas, Lyra salió a la calle con su nueva imagen. Se hizo con una falda marrón y con el jersey más soso que encontró, luego compró un billete para el tren de Alepo; a continuación, se sentó en un pequeño café y pidió un *chocolatl* caliente. Cuando lo tuvo delante en la mesa, coronado con una capa de nata montada que se iba fundiendo, observó su nombre, escrito con letra firme en el sobre. No era uno de esos gruesos sobres de la universidad, sino de un endeble y basto papel amarillento, y tenía un sello de Bulgaria. ¡Qué absurdo! ¡Le temblaban las manos al abrirlo!

> Querida Lyra:
> Me gustaría que no te movieras de sitio para que así te pudiera

alcanzar. La inestabilidad en esta parte del mundo aumenta de día en día, y las cosas que puedo decir en una carta se van reduciendo con la probabilidad de que la abran antes de que llegue a tus manos.

Si estableces contacto con un amigo de Oakley Street en Esmirna, puedes confiar plenamente en él. En realidad, si estás leyendo esta carta, ya lo debes saber.

Ahora te están espiando y te están siguiendo, aunque seguramente no te habrás dado cuenta.

Quienes te espían ya saben a partir de ahora que te hemos avisado. Entiendo los motivos que te han impulsado a elegir la ruta que sigues y tus deseos de viajar por esa zona en particular. Te buscaré allí si nuestros caminos no se cruzan antes.

Me gustaría decirte muchas cosas, pero no quiero compartirlas con las otras personas que podrían leer esta carta antes de que llegue a su destino. He aprendido ciertas verdades sobre las que querría conversar contigo, cuestiones de filosofía, ni más ni menos. Me apetecería que me cuentes todo lo que has visto y has experimentado.

Deseo de todo corazón que estés bien. Recuerda todo lo que te explicó Coram y mantente alerta.

Con todo mi afecto,

MALCOLM

Pocas veces se había sentido tan frustrada. Todas aquellas advertencias difusas... Sin embargo, Malcolm estaba en lo cierto. Volvió a mirar con atención el sobre y vio que habían pegado dos veces la solapa, porque la marca de la segunda no coincidía del todo con la de la primera. Cuando le respondiera, cosa que pensaba hacer en cuanto dispusiera de papel y bolígrafo, tendría que redactar el texto usando los mismos rodeos que él.

Después de volver a leer dos veces la carta, tomó el *chocolatl* y se fue andando hacia la casa de los Schlesinger, con prudencia y discreción, atenta a cuanto ocurría a su alrededor.

No obstante, antes de adentrarse en la tranquila calle donde vivían, oyó el ruido de las sirenas y de los motores de los coches de policía y camiones de bomberos; vio una columna de denso humo que se elevaba por encima de los tejados. La gente corría y el estruendo de las sirenas era cada vez más fuerte.

Fue a mirar en la esquina de la calle. El fuego provenía del edificio de los Schlesinger, que estaba en llamas.

28

El myriorama

Lyra dio media vuelta y se apresuró a alejarse del edificio incendiado. Con aire apocado y andar pesado, se dirigió al centro de la ciudad. Pese a que por dentro mantenía una especie de diálogo con Pan, cargado de apremio y miedo, no se le notaba nada, ni en la cara ni en el porte.

«Debería pararme. Debería averiguar si no les ha pasado nada. No puedo, ya lo sé. Entre otras cosas, porque acabaría de empeorar la situación para ellos. Ha ocurrido por mi culpa. El autor del incendio debe de estar vigilando para ver si alguien sale corriendo o... Les escribiré en cuanto... No me puedo quedar más tiempo en Esmirna. Me tengo que ir lo antes posible. ¿Quién soy yo? ¿Cómo era mi nombre de bruja? Tatiana... Y el apellido. Tatiana Asrielovna. Igual con eso me podría delatar. Giorgio... Georgiovna. Si al menos tuviera un pasaporte con ese nombre... Pero las brujas no necesitan pasaportes. Yo soy una bruja. Una bruja disfrazada de... ¿Cómo era? Chica insulsa. Deprimida y sosa. Para que la gente no me mire. Ay, Dios, ojalá estén bien Anita y Bud. Quizás él está todavía en la oficina y no se ha enterado. Podría ir a avisarlo. Pero no sé dónde está... Debo actuar con mentalidad de agente de Oakley Street. Si el incendio ha sido por mi culpa, yo represento un peligro para ellos. ¿Qué debería hacer? Irme. Pero el tren no sale hasta... O coger otro tren. ¿Dónde para el próximo tren? No hay ninguno para Alepo. Hay uno que va a un sitio llamado Seleukeia. ¡Agrippa lo mencionó! Ve allí hoy y... El Hotel Azul. La Ciudad de la Luna. Entre Seleukeia y Alepo. Eso es lo que voy a hacer. Quizá convendría encontrar un sitio tranquilo donde volver a probar el nuevo método... La gente se acostumbra a navegar y al final no se marea... Quizá podría probar. Y reunirme con Malcolm. ¡Sí! Lo malo es que no sé dónde está. La carta la envió desde Bulgaria, pero podría estar en cualquier parte. Es posible que lo hayan detenido. Que esté en la cárcel. Que esté muerto... No pienses eso. Ay, Pan, si no estás en el Hotel Azul, no sé si podré seguir adelante... ¿Por qué van allí los daimonions? Pero la lista de los nombres que me dio la princesa corresponde a Alepo. Y ese comerciante del que me ha hablado Bud Schlesinger esta mañana. ¿Cómo se llama? Mustafá Bey. Ah, qué horrible. Me ronda el peligro por todas partes... Hay gente que quiere matarme. El decano del Jordan solo quería cambiarme a una habitación más pequeña, no matarme. ¿Cómo le irá a Alice ahora? Pan, aunque no nos gustemos mucho el uno al otro, al menos estamos en el mismo bando. Y si me matan a mí, entonces tú... no sobrevivirás, ni en el Hotel Azul ni en otro lugar. Por propia conservación, Pan, aunque solo sea por eso. ¿Por qué fuiste allí? ¿Por qué allí? ¿Te secuestró alguien? ¿Es una especie de campo de concentración? ¿Te voy a tener que rescatar? ¿Quién te mantiene preso? La comunidad secreta tendrá que prestar ayuda... Si llego hasta allí... Si encuentro a Pan... Si...»

Aquella conversación, que en realidad solo era un monólogo, la sostuvo durante una parte del trayecto hasta la estación. Le resultaba muy difícil moverse despacio, afectar cohibimiento y depresión. Pese a sus ansias de correr, de cruzar como una exhalación las plazas y explanadas, de mirar alrededor sin cesar, tenía que controlar con firmeza la imagen que proyectaba. Aquello de ser invisible era un trabajo duro, ingrato y desmoralizador.

Pasaba por un barrio donde habían instalado diversos campamentos temporales para los desplazados de las zonas del este. Tal vez en cuestión de días aquellas personas intentarían encontrar un barco para ir a Grecia y quizás algunas naufragarían y perecerían. Los niños correteaban sobre el suelo de piedra, los padres conversaban en corros o fumaban sentados en la tierra, las madres lavaban ropa en cubos de acero galvanizado o cocinaban al aire libre. Entre ellos y los ciudadanos de Esmirna, había una barrera invisible e intangible, porque no tenían casa. Eran como la gente sin daimonion, personas carentes de algo esencial.

Lyra sintió deseos de detenerse e interesarse por sus vidas y lo que les había llevado a aquella situación, pero tenía que ser imperceptible o, cuando menos, no dejar ningún recuerdo tras de sí. Notó que captaba la atención de algunos jóvenes y sintió el contacto de sus miradas, intermitente como el de la lengua de una serpiente, pero duró poco. Estaba logrando su propósito de aparecer como alguien carente de interés.

En la estación de ferrocarril, probó en varias taquillas hasta que en una de ellas encontró a alguien que hablaba francés, pues lo consideró más aconsejable que el inglés. El tren de Seleukeia era lento y, por lo visto, tenía parada en todas las estaciones de la línea, pero no le importó. Después de comprar el billete, esperó en el andén con el último sol de la tarde, procurando proyectar una imagen transparente.

Como faltaba una hora y media para la salida, localizó un banco cerca de la cafetería y se sentó en él, alerta por lo que pudiera ocurrir en torno a ella, al tiempo que trataba de aparecer invisible. Cuando se acercaba, se llevó una fuerte impresión al ver su reflejo en la ventana del bar. ¿Quién era aquella desconocida de cabello moreno con gafas?

«Gracias, Anita», pensó.

Compró algo de comer y beber para el viaje, y se instaló en el banco. No podía parar de pensar en el incendio del edificio de los Schlesinger. Si Anita no se había dado cuenta a tiempo de que había fuego... Si no había logrado salir... Aquellos pensamientos insufribles acudían en tropel, asediando su fingida pasividad.

Llegó un tren, del que bajaron numerosos viajeros. Entre ellos había varias familias que parecían encontrarse en una situación apenas mejor que la de la gente que había visto en el campamento y en las calles: madres vestidas con varias capas de ropa y pañuelos en la cabeza, niños que llevaban encima juguetes o bolsas de compra rotas o, en ciertos casos, hermanos menores, ancianos nerviosos y agotados, que cargaban maletas o incluso cajas de cartón llenas de ropa. Se acordó del barco que atracó en Praga y de los refugiados que se bajaron de él. ¿Conseguiría llegar hasta tan lejos alguna de aquellas personas?

¿Y por qué en Britania no se informaba de la causa de ese desplazamiento masivo de gente? Nunca había oído hablar de esa cuestión. ¿Acaso la prensa y los políticos consideraban que no tendría ninguna repercusión en su país? ¿Adónde pensaba llegar aquella gente desesperada?

No debía hacer preguntas. No debía demostrar ningún interés. Solo tendría alguna posibilidad de llegar a la ciudad de los daimonions y encontrar a Pan si se mantenía callada y reprimía toda muestra de curiosidad.

Así pues, se limitó a observar cómo los recién llegados recogían sus cosas y se dispersaban poco a poco. Quizás irían al puerto. Tal vez encontrarían refugio en uno de los campamentos. Tal vez tenían un poco más de dinero que la gente que había visto naufragar y por eso habían podido permitirse tomar el tren; era posible que encontraran algún sitio económico donde alojarse. Al poco rato, todos habían abandonado la estación; entonces Lyra advirtió que el andén se iba llenando de habitantes de Esmirna, que regresaban a sus casas después de un día de trabajo. Cuando llegó el tren de Seleukeia, se llenó enseguida. Se dio cuenta de que, si quería ir sentada, debía darse prisa, de modo que se apresuró a subir y encontró un asiento justo a tiempo.

Al lado de la ventanilla, procuró encogerse y adoptar un aire de insignificancia. La primera persona que se sentó junto a ella era un individuo corpulento, con sombrero de fieltro, que la miró con curiosidad mientras colocaba su abultado maletín debajo del asiento. No se dio cuenta de que había algo raro hasta que su daimonion mangosta le susurró algo al oído y se enroscó en torno a su cuello observando con ojos de miope a Lyra. Entonces dijo algo con aspereza, en turco.

—*Pardon* —murmuró Lyra, recurriendo de nuevo al francés—. *Excusez-moi.*

Si hubiera sido una niña, su daimonion habría sido un cachorrillo que se habría puesto a mover la cola tratando de calmar a aquel hombre importante y poderoso. Esa fue la actitud que procuró proyectar. Aunque no se quedó muy conforme, puesto que lo único que iba a conseguir apartándose de ella sería tener que ir de pie, el hombre permaneció a su lado y se volvió de espaldas para manifestar su desagrado.

Nadie pareció advertirlo o, en todo caso, estaban todos demasiado cansados para prestarle atención. El tren fue desplazándose despacio de una población de cercanías a otra y después dejó atrás la ciudad atravesando una serie de pueblos y localidades rurales, donde los viajeros se iban bajando. El individuo corpulento del maletín dijo algo cuando se levantó para marcharse, medio dirigiéndose a ella y medio a los demás pasajeros, pero, como antes, nadie le hizo caso.

Al cabo de una hora, más o menos, llegaron a una zona menos poblada y el tren adquirió algo de velocidad. La tarde tocaba a su fin; el sol se había escondido tras las montañas, la temperatura del compartimento descendía y, cuando llegó el controlador, tuvo que encender las lámparas de gas para poder ver los billetes.

El vagón estaba dividido en varios compartimentos separados, comunicados por un pasillo. En el de Lyra, una vez que hubieron bajado los habitantes de las afueras, quedaban tres viajeros más, a quienes observó discretamente con la luz de la lámpara. Había una mujer de unos treinta años, con un niño pálido de cinco o seis años, y un señor mayor con bigote y párpados caídos, vestido con un inmaculado traje gris y un fez rojo. Su daimonion era un hurón pequeño y elegante.

El hombre leía un periódico en anatolio, pero, poco después de que el controlador hubiera encendido la luz, lo plegó con sumo cuidado y lo dejó en el asiento que había entre él y Lyra. El niño lo observaba con seriedad, con el pulgar en la boca y la cabeza apoyada en el hombro de su madre. Cuando el anciano cruzó las manos en el regazo y cerró los ojos, el pequeño se volvió para mirar a Lyra, con cara de sueño, de desconcierto y turbación. Su daimonion ratón cuchicheaba con el daimonion paloma de la madre y ambos le lanzaban miradas furtivas. La mujer, delgada y demacrada, vestida con sencillez, parecía consumida por la preocupación. Llevaban una maleta pequeña, vieja y remendada, que habían dejado arriba en el portaequipajes.

El tiempo transcurrió. La luz del día se disipó y el mundo de fuera del compartimento se redujo al reflejo de su espacio iluminado en la ventana. Lyra empezó a tener hambre y abrió la bolsa de pastelillos de miel que había comprado en la estación. Percatándose de que el niño los miraba con ansia evidente, le tendió la bolsa y después la ofreció a su madre, que se encogió como si tuviera miedo. No obstante, ambos tenían hambre y cuando Lyra sonrió y efectuó un gesto como diciendo «Cojan uno, por favor», primero el niño y luego la madre se decidieron a coger uno.

La mujer murmuró una frase de agradecimiento en voz casi inaudible y dio un codazo al niño, que musitó las mismas palabras.

Se comieron los pastelillos de inmediato y Lyra dedujo que aquel era el primer bocado que probaban desde hacía tiempo. El hombre mayor, que había abierto los ojos, observó el intercambio con seria expresión de aprobación. Lyra le ofreció la bolsa y, tras una breve reacción de sorpresa, desplegó un pañuelo de un color blanco inmaculado y lo depositó sobre el regazo.

Le dijo una par de frases en anatolio, seguramente de agradecimiento.

—*Excusez-moi, monsieur, mais je ne parle pas votre langue* —respondió ella.

El hombre inclinó la cabeza y sonrió con una digna actitud de cortesía, antes de comerse el pastelillo con medidos bocados.

—Está delicioso este pastel de miel —dijo en francés—. Ha sido muy amable por su parte.

En la bolsa quedaban dos. Lyra aún tenía hambre, pero, como también tenía un poco de pan y queso, se los ofreció a la madre y el niño. El pequeño se moría de ganas de aceptar, aunque, al principio, la mujer trató de rehusar.

—Cójanlos —los animó Lyra en francés—. He comprado demasiados para mí. ¡Por favor!

El hombre tradujo sus palabras; al final, la mujer asintió y permitió que el niño cogiera uno. No obstante, se negó a aceptar el último para sí.

El hombre tenía un maletín de cuero marrón, que abrió para sacar un termo. Luego desenroscó los dos vasos de la parte superior y los puso encima del maletín, donde su daimonion hurón los sostuvo mientras los llenaba de café caliente. Ofreció la primera taza a la madre, que la rechazó, pese a que parecía apetecerle, después al pequeño, que sacudió la cabeza con aire dubitativo, y luego a Lyra, que la aceptó con gusto. Tenía un sabor intenso, muy azucarado.

Acordándose de la bebida gaseosa de naranja que había comprado en la estación, la buscó y se la tendió al niño. Con una sonrisa, este consultó con la mirada a su madre, que también sonrió e inclinó la cabeza en señal de agradecimiento. Lyra desenroscó la tapa y entregó la botella al niño.

—¿Va lejos, *madeimoselle*? —preguntó el anciano, en un francés impecable.

—Muy lejos, sí —confirmó Lyra—, pero en este tren, solo hasta Seleukeia.

—¿Conoce esa ciudad?

—No. No me voy a quedar mucho allí.

—Quizá sea lo mejor. Tengo entendido que el orden civil está algo perturbado allí. Usted no es francesa, ¿verdad, *madeimoselle*?

—Tiene razón. Soy de más al norte.

—Es un viaje muy largo desde su país de origen.

—Sí, pero tengo que hacerlo.

—No sé si debería preguntarlo y le pido mis más sinceras disculpas si le parezco descortés, pero tengo la impresión de que es una de esas mujeres del extremo norte, a las que llaman brujas.

Utilizó la palabra *sorcières*. Lyra lo miró directamente, con actitud precavida, pero solo advirtió un afable interés.

—Está usted en lo cierto, *monsieur* —contestó.

—Admiro su valor para acudir a estas tierras del sur. Me atrevo a hablar así porque, en otra época, yo viajé bastante. Hace muchos años, tuve la fortuna de enamorarme de una bruja del extremo norte. Fuimos muy felices. Yo era muy joven entonces.

—Dichos encuentros se producen —comentó—, aunque siendo como son las cosas, no pueden durar.

—De todas formas, aprendí mucho. Aprendí bastante sobre mí mismo, cosa que me fue muy útil. Mi bruja, si se me permite llamarla así, era de Sajalín, una isla del este de Rusia. ¿Puedo preguntarle de dónde viene?

—En ruso lo llaman Novy Kievsk. Nosotras tenemos nuestro propio nombre, que no estoy autorizada a pronunciar fuera de allí. Es una isla pequeña, por la que nosotras profesamos un gran amor.

—¿Puedo preguntarle cuál es el motivo que la ha impulsado a viajar entre nosotros?

—La reina de mi clan se puso enferma y la única cura para su enfermedad es una planta que crece cerca del mar Caspio. Quizá le extrañe que no me haya desplazado volando hasta allí. El caso es que en San Petersburgo me atacaron y me quemaron la nube de pino. Mi daimonion se fue volando a informar de lo ocurrido a mis hermanas y yo sigo viajando así, despacio, por tierra.

—Comprendo —dijo—. Espero que el éxito corone su viaje y que pueda volver con la cura para la enfermedad de su reina.

—Es muy amable, *monsieur*. ¿Va hasta el final de esta línea?

—Solo hasta Antalya. Vivo allí. Estoy jubilado, pero aún acudo a Esmirna para atender algunos negocios.

El niño había estado mirándolos con un estado de agotamiento tal que le impedía caer dormido. Lyra se dio cuenta de que estaba enfermo. ¿Cómo no lo había advertido antes? Tenía la cara pálida y demacrada, así como unas oscuras ojeras. Necesitaba dormir, pero su cuerpo no cedía al sueño. Todavía sostenía la botella de naranjada medio vacía con dedos flácidos; su madre la cogió y la tapó.

—Voy a contarle un cuento a este chiquillo —anunció el hombre.

Del bolsillo interior de la chaqueta de seda, sacó un mazo de cartas. Eran más estrechas que los naipes normales; cuando colocó una sobre el regazo, encima del maletín, de cara al niño, Lyra vio que representaba un paisaje.

Aquello despertó un recuerdo que la retrotrajo a aquel sótano de Praga cargado de humo, donde el mago le dijo algo de una baraja de cartas con imágenes impresas...

En el naipe había una carretera, más allá de la cual se extendía una superficie de agua, un río o un lago en el que navegaba un barco de vela. El agua terminaba en el contorno de una isla con una colina boscosa coronada por un castillo. En la carretera, dos soldados con uniforme rojo cabalgaban en dos espléndidos caballos.

El anciano empezó a hablar, describiendo la escena, o aludiendo a los soldados, o explicando adónde iba. El niño, apoyado en el costado de su madre, observaba con cara de agotamiento.

El hombre colocó otra carta al lado de la primera. Los dos paisajes encajaban en perfecta sucesión. La carretera se prolongaba y, en ese naipe, un sendero conducía a una casa situada entre los árboles al borde del agua. Como era de esperar, los soldados se desviaron de la carretera y fueron a llamar a la puerta de la casa, donde la esposa de un campesino les dio agua de un pozo que había junto al camino. A medida que hacía mención de cada uno de los acontecimientos y de cada objeto, el anciano tocaba la carta con un lápiz de plata, indicando con precisión dónde se encontraba. El pequeño se acercó a mirar, pestañeando como si le costara ver.

A continuación, el anciano puso el resto de las cartas boca abajo y, extendidas con ambas manos, las presentó al chiquillo para que cogiera una. Luego colocó la que había elegido al lado de la anterior. Como antes, la ilustración amplió el paisaje a la derecha. Lyra comprendió que toda la baraja debía de ser así, de tal forma que se podían combinar de innumerables maneras. Esa vez aparecía una torre en ruinas, con la misma carretera delante y el lago por detrás. Los soldados estaban cansados, de modo que entraron en la torre y ataron los caballos antes de acostarse a dormir. No obstante, sobre la torre revoloteaba un pájaro muy grande..., allí estaba..., un pájaro gigantesco..., tan enorme que bajó volando, cogió un caballo con cada garra y se los llevó por el aire.

Así lo interpretó Lyra, por cómo el anciano imitó el vuelo del ave y el relincho de terror de los caballos. Hasta la madre escuchaba con atención, con ojos igual de desorbitados que su hijo. Los soldados despertaron. Uno estaba a punto de disparar con el rifle al ave, pero el otro lo contuvo porque los caballos morirían si los soltaba, de manera que se pusieron en marcha para seguir al pájaro, y así continuaba la historia.

Lyra se apoyó en el respaldo, pendiente de la voz del anciano. Aunque no comprendía las palabras, disfrutaba adivinando y observando las distintas expresiones de las caras del niño y de su madre, que poco a poco se animaban de vida. Las mejillas hundidas cobraban color, y los ojos, brillo.

La melodiosa voz del anciano tenía un efecto reconfortante. Lyra se retrotrajo a un estado de sopor infantil, a la inmediatez del sueño de la niñez, mecida por la voz de Alice, no tan musical, pero sí suave y reposada, que le contaba un cuento relacionado con una muñeca o una ilustración mientras se le cerraban los párpados.

Despertó varias horas después. Estaba sola en el compartimento y el tren subía una pendiente entre montañas, tal como vio por la ventana. El panorama, bajo la luz de las estrellas, era una sucesión de rocas peladas, paredes verticales y barrancos.

Tras un momento de confusión, de repente pensó: «¡El aletiómetro!». Abrió con precipitación la mochila. Al introducir la mano, palpó la familiar forma redondeada a través de la bolsa de terciopelo. Había algo más. En su regazo reposaba una cajita de cartón con una rutilante etiqueta donde ponía: MYORAMA. Era el mazo de cartas ilustradas del anciano. Se las había dejado.

La luz de la lámpara de gas era inconstante y tan pronto se intensificaba como se reducía a un tenue parpadeo. Lyra se levantó y la observó, pero no encontró ninguna forma de subirla o bajarla. Debía de haber algún problema de suministro. Se volvió a sentar y cogió los naipes. En uno de los instantes de más luz, advirtió algo, unas palabras en francés escritas a lápiz con elegante letra en el dorso de una de las cartas:

> Mi querida señorita:
>
> Por favor, siga mi consejo y tenga mucho cuidado cuando llegue a Seleukeia. Vivimos tiempos difíciles. Lo mejor sería que pasara totalmente desapercibida. Con mis mejores deseos para su bienestar.

No estaba firmada. Recordó el lápiz de plata que había utilizado para señalar los detalles de las imágenes. Permaneció un momento turbada, aquejada por un sentimiento de soledad con aquella inestable luz de gas, incapaz de seguir durmiendo. Encontró el pan y el queso, y comió un poco, para coger fuerzas. Después sacó la carta de Malcolm y la releyó, pero apenas le aportó consuelo alguno.

La volvió a guardar y de nuevo tocó el aletiómetro. No tenía intención de leerlo, ni de utilizar el nuevo método, solo quería notar el contacto de algo familiar, algo que la confortara. En todo caso, la luz era demasiado escasa para ver los símbolos. Con el instrumento en el regazo, pensó en el nuevo método. Tenía que contenerse para no probarlo. Si lo pusiera en práctica, trataría de localizar a Malcolm, por supuesto; pero, sin tener la más mínima idea de por dónde empezar, sería inútil; además, se quedaría débil y mareada. Así pues, lo mejor era desistir. Y, de todas formas, ¿qué era eso de querer localizar a Malcolm? A quien tenía que buscar era a Pan.

Cogió los pequeños naipes de forma automática. Esa era la palabra que le acudió a la mente, como si su mano fuera algo puramente mecánico, carente de vida, como si los mensajes transmitidos por su piel y sus nervios fueran meros cambios en la corriente ambárica de un cable de cobre, no algo consciente. La visión de su cuerpo como algo muerto y mecánico le provocó un sentimiento de completa desolación. No solo sentía como si estuviera muerta, sino como si siempre lo hubiera estado. Era como si solo hubiera soñado que estaba viva, pero ni en el mismo sueño había vida; apenas una combinación de movimientos de partículas en su cerebro, indiferente y sin sentido. Nada más.

Con todo, aquel encadenamiento de ideas la hizo reaccionar con un espasmo: «No —pensó—. ¡Es mentira! ¡Es un embuste! ¡No me lo creo!».

Pero lo malo era que en ese momento sí lo creía. Y aquella sensación era insufrible.

Sus manos (sus manos automáticas) efectuaron un gesto de impotencia que desbarató la baraja de cartas en su regazo e hizo caer algunas al suelo. Se inclinó para recogerlas. En la primera que encontró había una mujer cargada con un cesto y envuelta con un chal para protegerse del frío. Tendía la vista fuera de la imagen, como si mirase directamente a Lyra, que tuvo la extraña impresión de reconocerse en ella. Tras dejar la carta en el polvoriento asiento contiguo, cogió otra al azar y la puso a su lado.

En esta aparecían varios viajeros que caminaban al lado de unos mulos de carga. Iban en la misma dirección que la mujer, de izquierda a derecha; los fardos que llevaban eran grandes y pesados. Si se sustituía los mulos por camellos y los árboles por un desierto de arena, podía ser una caravana de camellos de la Ruta de la Seda.

Tan tenue como el sonido de una campana transportado desde más de un kilómetro de distancia en una noche de verano, tan etéreo como la fragancia de un sola flor que entra por una ventana, hasta el pensamiento de Lyra llegó la idea de que la comunidad secreta tenía algo que ver con aquello.

Cogió una carta más. Era una de las que había utilizado el anciano en su cuento, la que tenía una casa de campo con un pozo rodeados de árboles. Entonces vio lo que no había visto antes. Junto a la puerta, unos rosales trepaban por una arcada.

«Podría elegir creer en la comunidad secreta —pensó—. No tengo por qué quedarme en el escepticismo. Si la libertad existe y si yo soy libre, puedo escoger eso. Lo volveré a probar una vez más.»

Barajó las cartas, las cortó y luego levantó la de arriba y la puso al lado de la anterior. Representaba a un hombre que caminaba, con una mochila en el hombro, hacia los mulos y la mujer del cesto. Para alguien objetivo, seguramente no se parecía más a Malcolm de lo que ella se parecía a la mujer del cesto, pero qué importaba.

El tren empezó a aminorar la velocidad y emitió un silbido, un sonido solitario que pareció rebotar en las montañas. Se sabía de memoria un poema francés que hablaba acerca de una trompa que sonaba en medio de un bosque… En las laderas había luces desperdigadas que se fueron volviendo más densas, para alumbrar edificios y calles. Estaban llegando a una estación.

Lyra recogió todas las cartas y las guardó con el aletiómetro en la mochila.

El tren se detuvo. No reconoció el nombre de la estación, pintado en un letrero. En cualquier caso, no era Seleukeia. Aunque no parecía una localidad muy grande, el andén estaba lleno. Abarrotado de soldados.

Se desplazó hacia un rincón, con la mochila en el regazo.

29

Noticias de Tashbulak

El mensaje que el mensajero de la Oficina del Gabinete entregó en mano a Glenys Godwin era escueto y directo.

El ministro del Erario Privado agradecería la presencia
de la señora Godwin en su despacho esta mañana, a las 10.20.

Al pie de la nota había un garabato indescifrable y desdeñoso, en el que Godwin reconoció la firma del ministro, Eliot Newman. Llegó a su despacho de Oakley Street a las nueve y media de la mañana, con lo cual apenas le quedó tiempo para atravesar Londres hasta la oficina del ministro, situada en White Hall. Sin margen para consultar a sus colegas, solo pudo advertir a su secretaria: «Jill, ha llegado la hora. Van a clausurar el departamento. Comunica a todos los jefes de sección que a partir de ahora está operativo Christabel».

Christabel era el nombre de un plan fraguado hacía tiempo para retirar y ocultar los documentos activos más importantes. Los detalles de aplicación del plan se sometían a una revisión periódica, y solo los jefes de sección sabían de su existencia. Si el aviso llegaba hasta ellos con celeridad, cuando Godwin entrase en la oficina de White Hall adonde la habían convocado, los documentos relativos al grueso de los proyectos actuales de Oakley Street ya se habrían enviado a diversos lugares: unos, a una habitación cerrada con llave detrás de una lavandería de Pimlico; otros, a la caja fuerte de un comerciante de diamantes de Hatton Garden; otros, a un armario de la sacristía de una iglesia de Hemel Hempstead…

El secretario personal adjunto que la atendió en la puerta era tan joven que seguramente había empezado a afeitarse hacía menos de un año, pensó. Él la miró con aire de condescendencia, envuelto en una exquisita cortesía. Ella, por su parte, optó por tratar a aquel joven funcionario como si fuera su sobrino favorito; así logró arrancarle un poco de información para poder prever lo que le aguardaba.

—Francamente, señora Godwin, todo ha surgido a raíz de la próxima visita del nuevo presidente del Consejo Supremo del Magisterio —confió el joven—. Aunque, claro, yo no le he dicho nada —advirtió.

—La persona sabia sabe cuándo hay que cubrir las cosas con un velo y cuándo hay que esclarecerlas con la luz —sentenció con gravedad Glenys Godwin mientras subían las escaleras.

Aquella era la primera noticia que tenía de que Delamare fuera a viajar a Londres.

Impresionado por su propia perspicacia, el secretario personal adjunto la acompañó hasta la antesala de la oficina antes de llamar quedamente a la puerta y anunciar con deferencia la visita.

Eliot Newman, ministro del Erario Privado, era un individuo corpulento de pelo negro brillante y lacio, con gruesas gafas de concha negras, que tenía por daimonion un conejo negro. Llevaba menos de un año en el cargo. Glenys Godwin lo había visto solo en una ocasión en que había tenido que escuchar una dilatada explicación y en la cual delataba su crasa ignorancia, de por qué Oakley Street era una organización inútil, onerosa y anticuada, últimos calificativos al uso para describir cualquier cosa que no fuera del agrado del Gobierno de su majestad. Newman no se levantó para recibir a la recién llegada, ni tampoco le tendió la mano para estrechársela, exactamente tal como había previsto ella.

—Ese pequeño departamento suyo, cómo lo llaman, el… —Pese a que lo sabía perfectamente, el ministro tomó un papel y lo escrutó como para acordarse del nombre—. La División de Inteligencia de la Oficina del Erario Privado —leyó con actitud de tedio.

Luego se arrellanó en el asiento como si hubiera concluido la frase. Como no la había terminado, Godwin siguió mirándolo tranquilamente, en silencio.

—¿Y bien? —dijo Newman, con un tono de voz destinado a expresar una impaciencia a duras penas contenida.

—Sí, ese es el nombre completo del departamento.

—Lo vamos a clausurar. Ya no tiene validez. Es una anomalía. Está anticuado. Supone un gasto inútil. Además, su tendencia política es inicua.

—Tendrá que explicarme a qué se refiere con eso, señor ministro.

—Expresa una hostilidad hacia el nuevo mundo en que vivimos. Ahora hay nuevas maneras de hacer las cosas, nuevas ideas y nuevas personas en las esferas de poder.

—Se refiere al Consejo Supremo de Ginebra, supongo.

—Sí, desde luego. Una manera de hacer directa, sin cortapisas de convenciones y decoro. El Gobierno de su majestad opina que esa es la línea de futuro, la manera idónea de proceder. Debemos tender la mano de la amistad al futuro, señora Godwin. Se acabaron los tiempos de sospechas, de intrigas, de espionaje, de acumulación de interminables páginas inservibles e irrelevantes de supuesta información. Eso incluye al obsoleto equipo del que han dependido durante años. No es que los vayamos a tratar mal. Recolocaremos al personal en puestos de la Administración pública. Usted dispondrá de una pensión correcta y de alguna bagatela si se le antoja. Acéptelo de buena gana y nadie saldrá perjudicado. En cuestión de un año o dos, Oakley Street... Sí, ya sé que así se llaman entre ustedes... Oakley Street habrá desaparecido para siempre, sin que quede ni rastro.

—Comprendo.

—Un equipo de la Oficina del Gabinete irá esta tarde a iniciar la transición. Robin Prescott será la persona con quien va a tratar. Es un hombre como se debe. Se lo entregará todo a él, abandonará su despacho y el fin de semana ya se puede dedicar a podar las rosas de su jardín. Prescott se encargará del resto de los detalles.

—Muy bien, señor ministro —dijo Godwin—. La autoridad de esta medida emana por entero de esta oficina, ¿me equivoco?

—¿A qué se refiere?

—Usted la ha presentado como un avance hacia la modernidad y un alejamiento de los hábitos del pasado.

—En efecto.

—Y ese giro hacia la eficiencia racionalizada está muy identificado con su persona a ojos de la ciudadanía.

—Me complace confirmar dicha apreciación —respondió el ministro con un punto de suspicacia—. ¿Por qué?

—Porque, a menos que anuncie la medida con cierta prudencia, se percibirá como una concesión.

—¿Concesión con respecto a quién, si se puede saber?

—Concesión con respecto al Consejo Supremo. Tengo entendido que su nuevo presidente va a venir pronto de visita. El hecho de eliminar precisamente el organismo que más ha batallado, con diferencia de otros cuerpos del Gobierno, para frenar la influencia de Ginebra en nuestros asuntos aparecerá ante quienes están enterados de estas cuestiones como un acto de extraordinaria generosidad, cuando no de una abyecta claudicación.

La tez de Newman había ido adquiriendo una tonalidad carmesí.

—Salga de aquí y ponga sus asuntos en orden —dijo.

Godwin asintió con la cabeza y se dispuso a salir. El secretario personal adjunto le abrió la puerta y la acompañó por las escaleras de mármol hacia la entrada. Durante todo el recorrido, parecía que estaba a punto de decir algo, pero no encontraba las palabras.

Cuando llegaron a las grandes puertas de caoba que daban a White Hall, al joven se le ocurrió por fin algo que decir.

—Quiere..., eh..., querría que le llamara un taxi, ¿señora Godwin?

—Es muy amable, pero prefiero caminar —declinó, estrechándole la mano—. Yo, en su lugar, no me comprometería completamente con la Oficina del Erario Privado —añadió.

—¿Sí?

—Su superior está cortando la rama sobre la que está apoyado y va a provocar la caída de todo el gabinete. Es una suposición bien fundada. Cultive otras esferas alternativas de poder, como medida de precaución. Que pase un buen día.

Caminó un trecho por White Hall antes de entrar en el ministerio de defensa, donde pidió al portero que le entregara un mensaje al señor Carberry. Escribió unas líneas en una de sus tarjetas y se la dio antes de salir y seguir caminando en dirección a los jardines del Embankment, situados junto al río. Hacía un día claro y despejado; el aire era casi reluciente y por el cielo se desplazaban velozmente unas grandes nubes esponjosas. Glenys encontró un banco cerca de la estatua de algún prócer de épocas pretéritas y se sentó a disfrutar de la vista del río. La marea estaba alta; una ristra de barcazas tiradas por un pequeño y potente remolcador remontaba la corriente con su cargamento de carbón.

—¿Qué vamos a hacer? —planteó su daimonion.

—Bah, vamos a salir adelante. Va a ser como en los viejos tiempos.

—Cuando éramos jóvenes y vigorosos.

—Ahora somos más obstinados.

—Más lentos.

—Más listos.

—Más vulnerables.

—Tendremos que conformarnos con eso. Ahí viene Martin.

Martin Carberry era el secretario permanente del Ministerio de Defensa, simpatizante de Oakley Street. Glenys se levantó para saludarlo y, de común acuerdo, movidos por la costumbre, empezaron a pasear juntos para charlar.

—No me puedo quedar mucho —advirtió Carberry—. Tengo reunión con el agregado naval moscovita a las doce. ¿Qué ocurre?

—Nos clausuran. Acabo de ver a Newman. Por lo visto, estamos anticuados. Vamos a sobrevivir, por supuesto, pero tendremos que funcionar con cierta clandestinidad. Lo que me interesa saber ahora, de manera urgente, es qué está tramando el Consejo Supremo de Ginebra. Según tengo entendido, su jefe va a venir dentro de un par de días.

—Eso parece. Hablan de un memorándum de entendimiento que modificará nuestra manera de trabajar con ellos. En cuanto a lo que traman..., pues están reuniendo una gran fuerza de intervención en el este de Europa. Ese es, lógicamente, el tema del que viene a hablar el agregado moscovita. Últimamente, ha habido una gran actividad diplomática en el Levante y también en Persia y en el Lejano Oriente.

—Estamos al tanto, pero, como te imaginas, nuestros recursos no alcanzan. En tu opinión, ¿con qué objetivo están montando esa fuerza de intervención?

—Para invadir Asia Central. Se habla de que hay un depósito de valiosas materias químicas o minerales, o algo así, en un desierto situado en medio de un yermo desolado, que el Magisterio considera de tal importancia estratégica que quiere acapararlo antes que nadie. También existen unos intereses comerciales muy potentes, de carácter farmacéutico, sobre todo. Todo es un poco difuso, para serte franco. Los informes se basan demasiado en rumores o en chismes. Por el momento, el interés del país es mantener la paz con Ginebra. Todavía no nos han pedido que contribuyamos con una brigada de infantería, ni siquiera con unos cuantos cañones usados, pero no cabe duda de que la demanda recibiría una respuesta favorable.

—No pueden invadir un lugar sin una excusa. ¿Cuál crees tú que va a ser?

—Para eso está la diplomacia. He oído que hay, o había, una especie de base científica..., un instituto de investigación o algo así..., en el linde del desierto en cuestión. Allí trabajaban científicos de varios países, incluido el nuestro, que sufrieron presiones por parte de fanáticos de la zona, que no son pocos, y el *casus belli* probablemente será una hipócrita indignación por el trato brutal infligido por los bandidos o terroristas a unos inocentes investigadores y el comprensible deseo del Magisterio de acudir en su ayuda.

—¿Cuál es la situación política en la zona?

—Confusa. El desierto y el lago errático...

—¿Un lago errático?

—Se llama Lop Nor. En realidad, es una inmensa área de marismas y lagos superficiales donde los movimientos de tierra y las variaciones de clima juegan al escondite con la distribución geográfica. El caso es que las fronteras estatales son flexibles, variables o negociables. Hay un rey que afirma tener derechos sobre esa tierra, pero que, en realidad, es un vasallo del imperio de Cathay, lo cual equivale a decir que dependerá del estado actual de salud del emperador si Pekín se decide a ejercer el poder o no. ¿Qué interés tiene Oakley Street en la cuestión?

—Allí ocurre algo y necesitamos averiguar qué es. Ahora que nos han «irreconocido» oficialmente...

—Bonita palabra.

—Invención de Newman, creo. Bueno, ahora que hemos

dejado de existir, quiero cubrir el máximo de perspectivas posibles mientras pueda.

—Por supuesto. ¿Tienen un plan de contingencia? Seguramente, ya se lo esperaban.

—Ah, sí. Esto solo añade un grado de dificultad más, pero este Gobierno acabará cayendo.

—Qué optimista. Glenys, si necesito contactarte en algún momento...

—Dejando una nota para *chez* Isabelle, siempre me localizarás.

—De acuerdo. Buena suerte, pues.

Se dieron la mano al despedirse. Isabelle era una señora mayor que había sido agente hasta que la artritis la había obligado a retirarse. En ese momento, regentaba un restaurante en el Soho que los amigos y los miembros de la organización utilizaban como oficina de correos informal.

Glenys siguió caminando por los diques. Un barco de turistas pasó despacio, transmitiendo explicaciones de los puntos de interés a través de un altavoz. El sol relucía en el río, en los arcos del puente de Waterloo y en la distante cúpula de la catedral de St. Paul.

Carberry había confirmado buena parte de lo que ya sospechaba. Bajo la nueva presidencia, el Magisterio tenía como objetivo hacerse con el control absoluto de la producción de ese aceite de rosas y estaba dispuesto a montar un ejército que tendría que desplazarse a través de miles de kilómetros hasta la zona. Quienquiera que se opusiera al proyecto, sería aplastado sin contemplaciones.

—Intereses farmacéuticos —dijo Godwin.

—Thuringia Potash —añadió su daimonion.

—Podría ser.

—Es una empresa enorme.

—Bueno, Polstead sabrá lo que hay que hacer —aseguró Godwin.

Cualquiera que no la conociera, no habría captado en su voz más que una rotunda confianza y una certidumbre total.

—El señor Schlesinger está ocupado —dijo el portero del consulado de Nueva Dinamarca de Esmirna—. No puede recibirlo ahora.

Malcolm, que conocía la estrategia que debía adoptar, sacó del bolsillo un billete de poco valor y cogió un clip de encima del escritorio.

—Aquí tiene mi tarjeta —especificó.

Sujetó la tarjeta al billete, que desapareció de inmediato en el bolsillo del portero.

—Un momento, señor —dijo este, antes de irse hacia las escaleras.

Se encontraban en un edificio alto, situado en una calle estrecha cercana al antiguo bazar. Malcolm había estado allí en un par de ocasiones, pero aquel portero era nuevo; además, algo había cambiado en el barrio. Ahora la gente tenía una actitud vigilante. Ya no se percibía el aire de desenvuelto bienestar que se respiraba antes allí. En su mayoría, los cafés estaban vacíos.

Oyó unos pasos en las escaleras; cuando se volvió para saludar al cónsul, Bud sacudió la cabeza y se llevó el índice a los labios antes de acercarse a él.

Después de darle un cálido apretón de manos, Schlesinger señaló la puerta con un gesto.

—¿No es seguro dentro? —preguntó Malcolm en voz baja, mientras caminaban por la calle.

—Hay dispositivos de escucha por todas partes. ¿Cómo estás, Mal?

—Bien, pero tú tienes muy mala cara. ¿Qué ha pasado?

—Tiraron una bomba incendiaria en nuestra casa.

—¡No! ¿Está bien Anita?

—Consiguió escapar justo a tiempo. Pero perdió mucho trabajo y..., bueno, no ha quedado gran cosa. ¿Aún no has encontrado a Lyra?

—¿La viste?

Schlesinger le contó que la había visto en la cafetería y que la había reconocido gracias al fotograma.

—Anita la ayudó a transformar un poco su aspecto, pero... salió de casa antes de que la incendiaran y no la volvimos a ver. Estuve preguntando y parece que fue a un café cercano y leyó una carta, que podría ser la que tú me habías entregado; después fue a la estación y cogió un tren que va hacia el este, pero no el rápido de Alepo. Es uno que para en todas partes y que tarda una eternidad en llegar... Creo que el destino es Seleukeia, cerca de la frontera. Es lo último que he logrado averiguar.

—¿Y aún no había localizado a su daimonion?

—No. Tenía la idea de que estaba en una de esas ciudades abandonadas de las afueras de Alepo. Escucha, Malcolm, ha ocurrido algo más, algo urgente. Te voy a llevar a ver a un hombre llamado Ted Cartwright. No queda lejos.

Malcolm advirtió que Bud miraba en todas direcciones; él imitó su gesto, pero no vio a nadie. Schlesinger torció por un callejón y abrió la cerradura de una destartalada puerta verde. Una vez dentro, volvió a cerrar con llave.

—Está muy mal y no creo que dure mucho. Es arriba.

Mientras lo seguía por las escaleras, Malcolm trató de hacer memoria. Había oído antes el nombre de Ted Cartwright, estaba seguro. Alguien lo había pronunciado, con acento sueco, en relación con un garabato trazado con lápiz en un papel desgastado... Entonces se acordó.

—¿Tashbulak? —dijo—. ¿El director de la estación de investigación?

—Sí. Llegó ayer. Seguramente, después de un viaje terrible. Esto es un piso franco y hemos solicitado la presencia de una enfermera y un taquígrafo... Pero es necesario que lo oigas en persona. Es aquí.

Después de franquear otra puerta, cerrada también con llave, se encontraron en el interior de un pulcro apartamento. Una joven vestida con uniforme azul oscuro tomaba la temperatura a un hombre acostado en una cama, tapado solo con una manta. Tenía los ojos cerrados, la cara pálida y sudorosa, cubierta de ampollas, como las de las quemaduras producidas por el sol. Su daimonion tordo se aferraba a la cabecera, agotado y recubierto de polvo. Asta se colocó a su lado y se puso a cuchichear con él.

—¿Está mejor? —preguntó Bud con voz queda.

La enfermera negó con la cabeza.

—¿Doctor Cartwright? —dijo Malcolm.

El hombre abrió los párpados enrojecidos. Los ojos, inyectados en sangre, se movían constantemente sin fijar la vista, de tal forma que Malcolm no estaba seguro de si podía verlo siquiera.

La enfermera sacó el termómetro y, tras efectuar una anotación en un gráfico, se levantó para ceder la silla a Malcolm. Luego se fue hacia una mesa sobre la que había varias cajas de pastillas y material médico.

—Doctor Cartwright —dijo Malcolm, tomando asiento—, soy un amigo de su colega Lucy Arnold, de Oxford. Me llamo Malcolm Polstead. ¿Me oye bien?

—Sí —confirmó el hombre con un ronco susurro—. Aunque casi no veo nada.

—¿Es usted el director de la estación de investigación de Tashbulak?

—Era. Ahora está destruida. Tuve que huir.

—¿Puede hablarme de sus colegas, el doctor Strauss y Roderick Hassall?

Sonó un profundo suspiro, coronado por un gemido estremecedor. Después Cartwright volvió a inspirar.

—¿Volvió Hassall? —dijo.

—Sí, con sus notas. Fueron de gran utilidad. ¿Qué era ese lugar que estaban investigando? El edificio rojo.

—No tengo ni idea. Era el sitio de donde provenían las rosas. Insistieron en ir al desierto. No debí habérselo permitido, pero estaban desesperados, todos lo estábamos. Los hombres de las montañas... Poco después de que enviara a Hassall a casa... Simurgh...

Se le quebró la voz.

—¿Qué era esa última palabra? —susurró Schlesinger a la espalda de Malcolm.

—Ya te lo contaré después... ¿Doctor Cartwright? ¿Sigue despierto?

—Los hombres de las montañas... tenían armas modernas.

—¿Qué clase de armas?

—Subfusiles de última generación, camionetas, todo nuevo y en cantidad.

—¿Quién los financiaba? ¿Lo sabe?

Cartwright intentó toser, pero no reunió las fuerzas para llegar a aclararse la garganta.

—Tómese el tiempo necesario —dijo Malcolm, consciente del dolor que lo atormentaba.

Se había percatado de que, tras él, Bud se había puesto a hablar con la enfermera, pero mantenía la atención centrada en Cartwright, que le pedía con un gesto que lo ayudara a incorporarse. Cuando le rodeó la espalda con el brazo, Malcolm notó que estaba muy caliente y que pesaba muy poco. Cartwright volvió a tratar de toser y pareció como si el esfuerzo lo afectara hasta la médula, dejándolo sin resuello.

Malcolm volvió la cabeza para pedir a Bud o a la enfermera que trajeran otra almohada.

No había nadie.

—¿Bud? —llamó.

Entonces se dio cuenta de que Bud estaba allí, en el suelo, inconsciente, con el daimonion lechuza tendido encima de su pecho. La enfermera había desaparecido.

Tras depositar con cuidado a Cartwright en el lecho, se precipitó hacia Bud y vio una jeringa junto a él, en el suelo. En la mesa había una ampolla vacía.

Malcolm se abalanzó a la puerta y corrió escaleras abajo. La enfermera volvió la cabeza hacia arriba para mirarlo desde el rellano, con una pistola en la mano. No se había dado cuenta de lo joven que era.

—Mal… —quiso advertirle Asta, antes de que la mujer disparase.

Malcolm notó un golpe lancinante, sin saber si le había acertado el disparo. Perdió pie y cayó rodando por las escaleras. Al aterrizar al pie de estas, en el lugar donde se encontraba un instante antes la enfermera, se enderezó y entonces vio lo que hacía.

—¡No! ¡No haga eso! —gritó, tratando de llegar hasta ella.

De pie delante de la puerta, la enfermera se apuntaba con el arma la barbilla. Su daimonion ruiseñor chillaba despavorido y aleteaba frente a su cara, pero ella mantenía una mirada firme, cargada de un ardor puritano. Luego apretó el gatillo. La sangre y los fragmentos de hueso y de cerebro salpicaron la puerta, la pared y el techo.

Malcolm se desplomó en el suelo. Una multitud de sensaciones se agolpaban en torno a él, como el olor a cocina que respiró el día anterior, la visión de la luz del sol reflejada en la sangre pegada a la deslucida pintura verde de la puerta, un silbido en los oídos provocado por el disparo, el distante aullido de unos perros salvajes, la sangre que manaba de la cabeza de la enfermera impulsada por los últimos latidos del corazón y la tenue voz de su daimonion que susurraba algo a su lado.

De repente, tuvo conciencia del dolor. Primero fue una palpitación repetida, que se transformó en una profunda y brutal punzada en la cadera derecha.

Al palparla, comprobó que tenía la mano manchada de sangre. Pronto el dolor se iba a agudizar, pero antes tenía que atender a Bud. No sabía, con todo, si iba a poder subir las escaleras.

Desistiendo de intentar ponerse de pie, se arrastró por el suelo de madera y después fue subiendo, un escalón tras otro, apoyado en los brazos y la pierna izquierda.

—Mal, no fuerces —le recomendó débilmente Asta—. Estás sangrando mucho.

—Solo quiero ver si Bud está bien.

Logró levantarse en el descansillo y llegar hasta la habitación del enfermo. Bud aún yacía inconsciente, pero tenía una respiración tranquila. Malcolm se volvió hacia Cartwright y tuvo que sentarse en el borde de la cama. La pierna se le iba poniendo cada vez más rígida.

—Ayúdeme a levantarme —susurró Cartwright.

Malcolm trató de incorporarlo y, con esfuerzo, lo apoyó en la cabecera. Su daimonion cayó con torpeza encima de su hombro.

—La enfermera... —quiso esclarecer Malcolm.

Cartwright sacudió la cabeza, provocando con ello otro acceso de tos.

—Demasiado tarde —alcanzó a decir—. También estaba a sueldo de ellos. Me ha estado dando drogas, para hacerme hablar. Y hace poco, veneno...

—A sueldo... ¿De los hombres de las montañas, quiere decir? —preguntó Malcolm, desconcertado.

—No, no. No. Ellos también. Todo pagado por la gran compañía médica...

Lo interrumpió la tos, asociada con arcadas. De sus labios brotó un hilillo de bilis que resbaló por la barbilla. Malcolm se la secó con la sábana.

—¿La gran compañía médica...? —lo urgió a continuar.

—TP.

—¿TP? —repitió Malcolm.

—Farmaceut..., financiación. TP. Las letras de la empresa que había en las camionetas...

Cartwright cerró los ojos. De su pecho palpitante surgía un ronco estertor. Luego el cuerpo entero se tensó y después se relajó. Había muerto. Su daimonion se dispersó en partículas invisibles que se confundieron con el aire.

Malcolm notó que las fuerzas le iban abandonando, al tiempo que el dolor se hacía más insistente. Debería mirar la herida; debería asistir a Schlesinger; debería enviar un informe a Oakley Street. Jamás había sentido unas ansias tan apremiantes de dormir.

—Asta, no dejes que me duerma —pidió.

—¿Malcolm? ¿Eres tú? —preguntó una voz confusa desde el suelo.

—¡Bud! ¿Estás bien?

—¿Qué ha ocurrido?

El daimonion de Schlesinger se puso en pie, estirando con aturdimiento las alas, mientras Bud procuraba levantarse.

—La enfermera te ha drogado. Cartwright está muerto. Esa mujer lo drogaba.

—Pero ¿qué diantre...? Malcolm, estás sangrando. Quédate aquí, no te muevas.

—Te ha inyectado algo mientras yo estaba de espaldas. Después se ha ido por las escaleras y yo he corrido tras ella, como un idiota, y me ha disparado antes de suicidarse.

Bud se había agarrado a un extremo de la cama. La droga que le había administrado la enfermera a su amigo era de efecto corto, porque Malcolm ya advertía en su rostro cómo iba recobrando la claridad de pensamiento. Había fijado la vista en la pernera del pantalón empapada de sangre.

—Bueno, lo primero que vamos a hacer es sacarte de aquí y llamar a un médico. Saldremos por la parte de atrás, a través del bazar. ¿Puedes caminar algo?

—Despacio. Me vas a tener que ayudar.

Bud se levantó y sacudió la cabeza para despejarla.

—Vamos, pues. Ah, ponte esto, para tapar la sangre.

Ayudó a Malcolm a ponerse un impermeable largo que sacó de un armario.

—Cuando quieras, estoy listo —dijo Malcolm.

Un par de horas más tarde, después de que un médico de confianza examinara y vendara la herida de Malcolm, fueron a tomar un té con Anita en el consulado, donde se alojaban mientras reformaban su apartamento.

—¿Qué ha dicho el médico? —preguntó Anita.

—La bala ha impactado en el hueso de la cadera, pero no lo ha roto. Habría podido ser mucho peor.

—¿Te duele?

—Sí, mucho. Me ha dado unos calmantes. Ahora háblame de Lyra.

—No sé si la reconocerías. Lleva el pelo corto, teñido de color oscuro, y gafas.

Malcolm trató en vano de imaginar a aquella chica de cabello oscuro con gafas.

—¿Podría haberla seguido alguien hasta vuestra casa? —planteó.

—¿Quieres decir que por eso la incendiaron? —preguntó Bud—. ¿Porque pensaban que estaba allí? Lo dudo. En primer lugar, no nos siguió nadie cuando salimos del café. En segundo lugar, saben dónde vivo. No es un secreto para nadie. En general, las agencias no se agreden entre sí, más allá de las actividades normales de los servicios secretos. Eso de provocar incendios no concuerda con la forma de actuar de aquí. Me preocupa lo que le haya podido ocurrir después de coger ese tren de Seleukeia.

—¿Qué iba a hacer allí? ¿Os lo explicó?

—Bueno, tenía una idea extraña... Es el tipo de cosas por las que uno podría tildar de loco a alguien, pero, a medida que fue hablando de ello... En el desierto, entre Alepo y Seleukeia, hay docenas o quizá cientos de ciudades y pueblos abandonados. Las llaman ciudades muertas. No hay nada sino piedras, lagartos y serpientes.

»En una de esas ciudades muertas, bueno, eso lo que cuentan, dicen que viven daimonions, solo daimonions. A Lyra se lo contaron en Inglaterra; concretamente, un anciano..., en un barco. Aparte, en Esmirna conoció a una mujer mayor, una tal princesa Cantacuzino, que también le habló del asunto. Pues bien, Lyra piensa ir allí a buscar a su daimonion.

—No parece que tú creas en eso.

Schlesinger tomó un trago de té antes de responder.

—La verdad es que no tenía ni idea. En todo caso, la princesa es una mujer muy interesante. Estuvo relacionada con un tumultuoso escándalo hace años. Si alguna vez escribe sus memorias, serán un éxito de ventas. Lo cierto es que su daimonion la abandonó, igual que a Lyra. Si Lyra logra llegar hasta Seleukeia...

—¿Qué quieres decir con eso de «si Lyra logra llegar»?

—Son tiempos difíciles, Mal. ¿Has visto la cantidad de gente que huye de los conflictos de las regiones del este? Los turcos han movilizado su ejército por eso. Prevén problemas, y yo también. Esa joven se está dirigiendo al núcleo más problemático de la región. Y, tal como decía, si logra llegar hasta Seleukeia, todavía tendrá que seguir viajando de alguna forma u otra hasta ese Hotel Azul. ¿Qué harás cuando la encuentres?

—Viajaremos juntos. Ambos vamos hacia el este, hacia la zona de donde provienen las rosas.

—¿Por encargo de Oakley Street?

—Sí, claro.

—No intentes hacernos creer que no hay nada más —intervino Anita—. Estás enamorado de ella.

Malcolm sintió que una gran indolencia le oprimía el corazón. Debió de notarse en su expresión, porque Anita se apresuró a añadir:

—Perdona. Haz como si no hubiera dicho nada. No es asunto mío.

—Algún día escribiré mis memorias. Y cambiando de tema, antes de morir, Cartwright ha dicho algo de los hombres de las montañas que atacaron la estación de investigación. Ha dicho que los financiaba una empresa que se llama TP. ¿Habéis oído hablar de eso?

Bud infló las mejillas.

—Thuringia Petroleum —precisó—. Son unos desalmados.

—Potash, no Petroleum —corrigió Anita.

—Eso, Potash. Anita escribió un reportaje sobre ellos.

—No lo publicaron —explicó Anita—. Al editor le dio miedo. Es una empresa muy antigua. Llevan siglos extrayendo potasa en Thuringia. Suministraban mineral a los elaboradores de fertilizantes, explosivos y productos químicos en general. Sin embargo, hará unos veinte años, TP empezó a diversificar sus actividades para convertirse también en fabricantes, porque es lo que más beneficios da. Producen sobre todo armas y productos farmacéuticos. Son un mastodonte, Malcolm. No eran aficionados a la publicidad, pero los mercados no funcionan así y tienen que adaptarse a las nuevas maneras de comerciar. Obtuvieron un gran éxito con un analgésico llamado Treptizam. Reinvirtieron todo el dinero que ganaron en investigación. Son una empresa privada, sin accionistas que exijan dividendos, y disponen de buenos científicos. ¿Qué estás mirando?

Malcolm había introducido con dificultad la mano en el bolsillo para sacar un frasco de pastillas.

—Treptizam —leyó.

—¿Lo ves? —dijo Bud—. En el nombre de todos sus productos siempre aparecen las letras T y P. Así pues, ¿Cartwright pensaba que ellos financiaban a los terroristas? ¿A los hombres de las montañas?

—Vio las iniciales en las camionetas en las que llegaron.

—Pretenden acaparar las rosas.

—Por supuesto. Eso explica muchas cosas. Anita, ¿podría leer ese artículo tuyo? Me gustaría enterarme de sus antecedentes.

—No. La mayoría de mis archivos ardieron en el apartamento —respondió ella—. Todo ese trabajo se perdió.

—¿Podría haber sido ese el motivo por el que incendiaron el edificio?

Anita consultó con la mirada a Bud, que asintió con renuencia.

—Uno de ellos —confirmó.

—Lo siento. Por ahora, lo mejor será que siga la pista de Lyra.

—Le dije que en Alepo se pusiera en contacto con un individuo llamado Mustafá Bey. Es un comerciante que está al corriente de todo y conoce a todo el mundo. Es probable que vaya a verlo..., si llega hasta allí. Es lo que yo haría. Lo localizarás en el café Marletto.

Bud le compró ropa para sustituir la que se le había empapado de sangre, así como un bastón en el que apoyarse para andar; después lo acompañó a la estación de tren, donde tenía previsto coger el expreso de Alepo.

—¿Qué vas a hacer con el piso franco? —preguntó Malcolm.

—La policía ya ha ido allí. Alguien informó del ruido de disparos. Salimos justo a tiempo, pero no podremos volverlo a utilizar. Lo haré constar todo en mi informe para Oakley Street.

—Gracias, Bud. Te debo un favor.

—Saluda a Lyra, si...

—Así lo haré.

Después de arrancar el tren, Malcolm se instaló en el compartimento, dotado de aire acondicionado, y sacó el viejo ejemplar del *Jahan y Rukhsana* que había llevado Hassall en la mochila, para distraer la atención del dolor de la cadera.

El poema narraba la historia de dos enamorados y de sus esfuerzos para derrotar al tío de Rukhsana, el brujo Kourash, y hacerse con la propiedad de un jardín donde crecían unas valiosas rosas. El argumento tenía muchas ramificaciones episódicas y peripecias en las que aparecían toda clase de criaturas fabulosas y situaciones estrafalarias. En un momento dado, Jahan tenía que ir a la luna a lomos de un caballo alado para ir a rescatar a Rukhsana, a quien había hecho prisionera la Reina de la Noche; en otro, Rukhsana utilizaba un amuleto prohibido para hacer frente a las amenazas del demonio del fuego Razvani. Cada aventura daba pie a un sinfín de peripecias secundarias, en una vorágine de enredos que se alejaban de la trama principal. A Malcolm, aquel relato le parecía insufrible, pero el conjunto quedaba compensado por las arrebatadas descripciones que hacía el poeta del jardín de rosas en sí, del mundo físico como una totalidad y de los placeres de los sentidos de los que disfrutaban quienes accedían a él en un estado de conocimiento.

—Tanto puede significar algo como nada —comentó Malcolm a Asta.

—Yo me inclinaría por que sí tiene un significado.

Estaban solos en el compartimento. El tren tenía previsto parar al cabo de una hora.

—¿Por qué? —preguntó.

—Porque Hassall no hubiera cargado con él a menos que tuviera algún significado.

—Quizá solo tenía un sentido personal para él y nada más.

—En todo caso, necesitamos saber lo máximo posible de ese hombre. Es importante averiguar por qué para él tenía valor ese poema.

—Quizá no se trate tanto del poema como de este libro en concreto, de esta edición o incluso de este ejemplar.

—Para un cifrado por libro…

—Algo así.

Si dos personas disponían de un ejemplar del mismo libro, podían enviarse mensajes buscando la palabra deseada con las especificaciones del número de página, de línea y de la palabra en la línea; de tal forma que, si nadie más conocía el libro, el código era prácticamente indescifrable.

Asimismo, el ejemplar en concreto podía contener un mensaje si las letras o palabras deseadas iban indicadas de alguna manera, mediante un punto trazado con un lápiz o algo similar. Ese método tenía el inconveniente de que, si caía en manos del enemigo, este también podía leerlo. Malcolm había estado buscando dichas marcas y en varias ocasiones había creído localizar alguna, aunque al final había llegado a la conclusión de que se trataba de defectos del papel, debido a su mala calidad, y no de algo intencionado.

—Delamare es el tío de Lyra —destacó Asta.

—¿Y qué?

A veces, era un poco lento.

—Kourash es el tío de Rukhsana, que intenta capturar el jardín de rosas.

—¡Ah! Ya entiendo. ¿Y quién es Jahan?

—Vamos, por Dios, Mal.

—Ellos son amantes.

—Es la esencia de la situación lo que importa.

—Es una coincidencia.

—Bueno, si tú lo dices… Pero tú mismo estabas buscando un motivo por el que este libro puede ser importante.

—No. Ya lo considero importante. Estaba buscando un motivo válido para ello. Un par de coincidencias accidentales no acaban de convencerme.

—Por separado no, pero cuando hay muchas…

—Estás haciendo de abogado del diablo.

—Y con razón, porque tú adoptas una actitud escéptica.

—A mí me parecía que tú pecabas de credulidad.

Estaban polemizando, como hacían a menudo. Uno sostenía una hipótesis X y el otro Y; entonces, de repente, cambiaban de bando y argumentaban lo contrario, hasta que al final surgía algo que los convencía a ambos.

—Ese sitio que está buscando Lyra, esa ciudad muerta —dijo Asta—, ¿por qué crees que los daimonions viven allí? ¿Hay algo así en el poema?

—Caramba, pues sí. A Rukhsana le roban la sombra y tiene que ir a recuperarla a la tierra de los zarghuls.

—¿Quiénes son?

—Diablos que comen sombras.

—¿La consigue recuperar?

—Sí, pero para ello tiene que sacrificar otra cosa…

Permanecieron en silencio un momento.

—Y cabe suponer… —prosiguió Malcolm.

—¿Qué?

—Hay un episodio en que la hechicera Shahzada, la Reina de la Noche, hace prisionera a Rukhsana y en que Jahan la rescata…

—Continúa.

—El caso es que él le tiende una trampa atándole la faja de seda con un nudo especial que ella no puede deshacer y, mientras está distraída con eso, él y Rukhsana aprovechan para escapar.

Malcolm calló, aguardando la reacción de Asta.

—¡Ah! ¡El hada del Támesis y la caja que no conseguía abrir!

—Diania. Sí, es la misma clase de truco.

—Mal, esto es…

—Muy parecido, sí. No te lo niego.

—¿Y qué significado tiene que aparezcan cosas así? Podría ser solo una cuestión subjetiva el que uno les encuentre un sentido.

—Eso las convertiría en algo gratuito —señaló Malcolm—. ¿No tendrían que ser verdaderas tanto si uno cree en ello como si no?

—Quizás el error radique en negarse a creer. Tal vez deberíamos comprometernos, decidir. ¿Qué ocurre al final del poema?

—Encuentran el jardín, derrotan al brujo y se casan.

—Y viven felices para siempre… Mal, ¿qué vamos a hacer? ¿Creer o no? ¿Significa lo que parece significar? ¿Y qué significa, al fin y al cabo, significar?

—Hombre, eso es más fácil —respondió—. El significado de algo guarda relación con otra cosa más. Con nosotros, en concreto.

El tren aminoró la marcha, atravesando las afueras de una localidad costera.

—Normalmente, no tiene parada aquí, ¿no? —consultó Asta.

—No. Quizá vaya más lento porque están haciendo un ajuste de vías.

Sin embargo, no se trataba de eso. El tren redujo aún más la velocidad y entró muy despacio en la estación. Con la menguante luz de la tarde, Malcolm y Asta distinguieron más o menos una docena de personas congregadas en torno a una tarima desde la que alguien había estado dando un discurso, o tal vez celebrando una ceremonia de despedida. Un individuo vestido con traje oscuro y camisa de cuello de esmoquin bajaba del estrado y repartía apretones de manos y abrazos. Sin duda, era alguien importante como para que la compañía de ferrocarril alterara sus horarios por él. Detrás, un mozo recogió dos maletas y acudió a ponerlas en el tren.

Malcolm trató de moverse, porque se le estaba poniendo rígida la pierna, pero el dolor era atroz. Ni siquiera logró levantarse.

—Acuéstate —le aconsejó Asta.

El tren reanudó la marcha. Malcolm sintió una gran resignación que lo envolvió como un manto de nieve. Las fuerzas lo abandonaban poco a poco. Tal vez no volvería a moverse nunca más. La sensación de merma física lo retrotrajo veinte años atrás, al periodo de las inundaciones, a aquel horrendo mausoleo al que había tenido que ir, al límite de su resistencia, para salvar a Alice de Gerard Bonneville… Alice hubiera sabido qué hacer en ese momento. Musitó su nombre. Asta lo oyó y trató de responder, pero también estaba aturdido por el dolor; cuando Malcolm se desmayó, él también perdió el conocimiento. El controlador lo encontró inconsciente sobre su pecho. En el suelo se iba formando un charco de sangre.

30

Norman y Barry

Alice Lonsdale estaba organizando la ropa de cama. Ponía a un lado las sábanas y fundas de almohada que se podían remendar; las que ya no tenían remedio las rasgaba para hacer trapos de limpieza. Entonces se abrió la puerta y entró el señor Cawson, el mayordomo.

—Alice, el decano quiere verte —anunció.

Parecía serio, aunque de todas formas nunca tenía una expresión muy alegre.

—¿Para qué? —preguntó Alice.

—Nos está convocando a todos. Para hacer una especie de examen del personal de servicio, supongo.

—¿Te ha mandado llamar a ti ya? —preguntó Alice, colgando el delantal.

—Aún no. ¿Has sabido algo de la joven Lyra?

—No, y si quieres que te diga, estoy preocupadísima.

—Parece como si se la hubiera tragado la tierra. El decano está en la oficina del tesorero, porque están redecorando la suya.

Alice no sentía una particular preocupación por tener que ir a ver al decano, pese a que nunca le había caído simpático. Además, desde que se había enterado de cómo había tratado a Lyra, le parecía francamente odioso. Sabía que realizaba correctamente su trabajo y había ampliado hasta tal punto las labores por las que la habían contratado al principio que, en opinión del tesorero, del mayordomo y, sin lugar a dudas también del antiguo decano, era imprescindible para el buen funcionamiento de la institución. De hecho, dos o tres *college* más habían adoptado la revolucionaria medida de granjearse los servicios de un ama de llaves, imitándolos, con lo cual habían puesto fin a una costumbre de siglos de emplear solo a hombres para las funciones de responsabilidad en relación con el personal de servicio.

Confiaba en que si el doctor Hammond la había convocado no fuera porque estuvieran a disgusto con su trabajo. De todas formas, aquella habría sido una cuestión de la que se habría encargado el tesorero y no el decano. Era curioso.

Llamó a la puerta del despacho de la secretaria del tesorero, Janet, y entró. El daimonion de Janet, una ardilla, se fue corriendo de inmediato al encuentro de Ben, el daimonion de Alice; sin saber por qué, esta experimentó un asomo de aprensión. Janet, una menuda y bonita mujer de treinta y tantos años, parecía inquieta. Sin parar de mirar de reojo la puerta de la oficina del tesorero, se llevó el índice a los labios.

—¿Qué pasa? —preguntó en voz baja Alice, acercándose.

—Dentro hay con él dos hombres del TCD —susurró Janet—. No ha dicho que lo sean, pero se nota.

—¿A quién más ha mandado llamar?

—A nadie más.

—Pensaba que estaba convocando a todo el personal de servicio.

—No, eso es lo que me ha indicado que le dijera al señor Cawson. Alice, tienes que…

La puerta de la oficina se abrió. El decano en persona apareció en el umbral, con una amable sonrisa de bienvenida.

—Señora Lonsdale, muchísimas gracias por haber venido —dijo—. Janet, ¿nos puedes traer café?

—Desde luego, señor —dijo la mujer, más nerviosa y asustada que Alice.

—Pase —la invitó el doctor Hammond—. Confío en que no la haya interrumpido en sus labores, pero se me ha ocurrido que podríamos charlar un poco.

Alice entró mientras él sostenía la puerta. Había otros dos hombres en el interior, tal como había dicho Janet, sentados. Ninguno de ellos se levantó, ni sonrió, ni hizo ademán de estrecharle la mano. Cuando quería, Alice era capaz de proyectar un rayo, según lo llamaba ella en su fuero interno, de suprema frialdad. Y, en ese momento, recurrió a él. Aunque los hombres no se movieron ni alteraron el semblante, percibió que el rayo había dado en el blanco.

Tomó asiento en la tercera silla situada frente al escritorio, entre los dos desconocidos. Alice era delgada y se podía mover con gran elegancia. No era guapa, nunca lo sería, ni tampoco bonita, según los cánones convencionales. Sí era capaz, en cambio, de encarnar una intensa sexualidad, tal como sabía Malcolm. En ese momento, optó por hacer una demostración, solo para desconcertarlos. El decano se instaló al otro lado del escritorio y efectuó un banal comentario sobre el tiempo. Alice aún no había pronunciado ni una palabra.

—Señora Lonsdale, estos dos caballeros son de un departamento gubernamental encargado de asuntos de seguridad —le informó Hammond—. Tienen unas cuantas preguntas que formularle y he considerado que sería mejor para el centro si la entrevista se desarrollaba discretamente aquí en mi presencia. Espero que le vaya bien.

—El señor Cawson me ha dicho que iba a convocar a todo el personal de servicio. Ha dicho que era solo un asunto interno, de orden doméstico. Evidentemente, no sabía que estaban estos dos policías.

—No son policías, señora Lonsdale. Mejor los llamaría «funcionarios». Y tal como decía, he considerado mejor mantener cierta discreción.

—¿Por si acaso no acudía?

—Bien, estoy seguro de que es consciente de sus obligaciones, señora Lonsdale. Señor Manton, ¿quiere empezar usted?

El mayor de los dos desconocidos estaba sentado a la izquierda de Alice. Con una sola ojeada, captó un rostro bien parecido, sin mucho carácter, un pulcro traje gris y una corbata de rayas, y el cuerpo de un hombre demasiado aficionado al levantamiento de pesas. Su daimonion era un lobo.

—Señora Lonsdale, mi nombre es capitán Manton —se presentó—. He...

—No, no es así —replicó ella—. Capitán no es un nombre, sino un grado. ¿Capitán de qué, ya puestos? Parece un policía de la secreta. ¿Me equivoco?

Mientras le hablaba, miraba fijamente al decano, que le devolvió la mirada con semblante inexpresivo.

—En este país no tenemos policía secreta, señora Lonsdale —contestó el hombre—. Mi grado es capitán, tal como destaca. Soy oficial del ejército regular, destinado temporalmente a funciones de seguridad. Mi colega es el sargento Topham. Estamos interesados en una joven a la que usted conoce, Lyra Belacqua.

—Su apellido no es Belacqua.

—Tengo entendido que usa el apodo de Lenguadeplata, pero ese no es su apellido legal. ¿Dónde está, señora Lonsdale?

—Váyanse al demonio —replicó con calma Alice.

Aún mantenía la vista clavada en la cara del decano, que seguía imperturbable, aunque en sus mejillas empezaba a aparecer un leve rubor.

—Esa actitud no le va a servir de nada —advirtió Manton—. En este momento concreto, en este marco informal, se puede calificar solo de malos modales, pero le debo avisar de que…

La puerta se abrió y Janet entró con una bandeja.

—Gracias, Janet —dijo el decano—. Déjelo encima del escritorio, si es tan amable.

Janet no pudo evitar posar la vista en Alice, que seguía observando fijamente al decano.

—¿Y bien? ¿Me iba a avisar de algo? —incitó Alice al agente.

Hammond miró un instante a Janet, frunciendo levemente el entrecejo.

—Deje la bandeja. Ya se puede retirar —indicó.

—Estoy esperando —insistió Alice—. Alguien iba a avisarme de algo.

Janet depositó la bandeja con manos temblorosas. Después se dirigió a la puerta, casi de puntillas, y salió. Hammond se apoyó en el respaldo y empezó a servir el café.

—Esa salida no ha sido muy sensata, señora Lonsdale —dijo Manton.

—A mí me ha parecido bastante ingeniosa.

—Está poniendo en peligro a su amiga.

—No sé de dónde saca eso. ¿Acaso estoy yo en peligro?

El decano ofreció una taza a Manton y otra a su colega.

—Creo que lo mejor sería, señora Lonsdale, que se limitara a responder a las preguntas —intervino.

—¿Alice? ¿Puedo llamarla Alice? —propuso Manton.

—No.

—Muy bien, señora Lonsdale. Estamos preocupados por el bienestar de la joven..., de la señorita..., de quien se ocupaba usted en el Jordan College, Lyra Belacqua.

Pronunció con firmeza el nombre. Alice prefirió callar. Hammond la observaba con ojos entornados.

—¿Dónde está? —repitió el otro individuo, Topham.

Aquella era la primera vez que tomaba la palabra.

—No lo sé —respondió Alice.

—¿Está en contacto con ella?

—No.

—¿Sabía adónde iba cuando se fue?

—No.

—¿Cuándo la vio por última vez?

—Hará un mes, más o menos. No sé. Ustedes son del TCD, ¿verdad?

—Eso no es asunto...

—Apuesto a que sí. Lo pregunto porque unos matones de su grupo vinieron aquí, a este *college*, y entraron en su habitación el último día que la vi. Se introdujeron en un sitio que en principio tenía que ser un lugar seguro y lo pusieron todo patas arriba. Seguro que deben de tener constancia de la fecha. Ese fue el último día en que supe dónde estaba. Por lo que yo sé, ustedes mismos habrían podido llevársela desde entonces. En este momento, podría estar encerrada en una de sus repugnantes mazmorras. ¿Lo han comprobado?

Seguía mirando a Hammond, que palidecía a ojos vista, ya sin rastro de rubor en la cara.

—Creo que usted sabe más de lo que nos está contando, señora Lonsdale —dijo Manton.

—¿Ah, sí? ¿Y porque usted lo crea resulta que es verdad?

—Creo que usted sabe más de...

—Conteste a mi pregunta y puede que yo responda a las suyas.

—Dejémonos de juegos, señora Lonsdale. Dispongo de la autoridad para hacer preguntas; si no responde, la detendré.

—Yo pensaba que en un sitio como el Jordan College no podían darse este tipo de intervenciones intimidatorias. ¿Me equivocaba entonces, doctor Hammond?

—Antes había algo llamado asilo académico, pero ya pasó a la historia —respondió el decano— En cualquier caso, solo ofrecía protección al profesorado. El personal de servicio debe responder a las preguntas, tanto aquí como en el exterior. Le aconsejo encarecidamente que responda, señora Lonsdale.

—¿Por qué?

—Colabore con estos caballeros y el centro hará todo lo posible para que disponga de una representación legal. Ahora bien, si adopta una actitud de hostilidad truculenta, no voy a poder hacer gran cosa.

—Hostilidad truculenta —repitió ella—. Suena bien.

—Se lo vuelvo a preguntar, señora Lonsdale —prosiguió Manton—. ¿Dónde está Lyra Belacqua?

—No sé dónde está. Viajando.

—¿Adónde se dirige?

—No lo sé. No me lo dijo.

—Verá, eso es algo que me cuesta creer. Usted tiene una relación muy estrecha con esa joven. La conoce de toda la vida, según tengo entendido. No me creo que le diera así de repente el arrebato de irse, sin decirle adónde iba.

—¿El arrebato? Se fue porque sus matones la estaban persiguiendo. Tenía miedo y razón no le faltaba. Hubo un tiempo en que había justicia en este país. No sé si lo recordará, doctor Hammond. Quizás usted estaba en otro sitio. En todo caso, yo he vivido tiempos en que tenía que haber una causa para detener a alguien y eso de..., ¿cómo ha dicho?..., la hostilidad truculenta no era una razón suficiente.

—El problema no está ahí —precisó Manton—. Por mí, puede comportarse con toda la truculencia que quiera, me da igual. Si la detengo, no será por su reacción emocional, sino porque se niegue a responder a una pregunta. Se la voy a repetir...

—Ya he respondido. Le he dicho que no sé dónde está.

—Y yo no la creo. Estoy convencido de que sí lo sabe y me voy a asegurar de que me lo diga.

—¿Y de qué forma se va a asegurar? ¿Me va a encerrar? ¿Me va a torturar o qué?

Manton se echó a reír.

—No sé qué escabrosas historias habrá leído, pero en este país no torturamos a la gente.

—¿Es eso verdad? —preguntó Alice a Hammond.

—Por supuesto. La ley inglesa prohíbe la tortura.

Sin darles margen a reaccionar, Alice se levantó y se fue

rápidamente hasta la puerta. Su daimonion, Ben, que solía tener una actitud displicente e incluso lánguida, era capaz de reaccionar con ferocidad, como así lo demostró gruñendo y dando mordiscos en el aire para contener a los daimonions de los hombres del TCD mientras Alice abría la puerta y salía al despacho de Janet.

Janet levantó la vista, alarmada. El señor Stringer, el tesorero, acababa de llegar y estaba a su lado clasificando unas cartas.

—Janet..., señor Stringer..., testigos... —alcanzó a decir Alice, antes de que Topham la agarrara por el brazo.

—¡Alice! —exclamó Janet—. ¿Qué...?

El tesorero se quedó mirando, estupefacto, y su daimonion se desplazó revoloteando de un hombro a otro. Un instante después, Alice propulsó la mano derecha y descargó una violenta bofetada sobre Topham. Janet reprimió un grito. Ben y los otros dos daimonions forcejeaban y gruñían, propinando dentelladas. Topham, que seguía aferrando el brazo de Alice, la obligó a girar sobre sí misma y le inmovilizó el brazo en la espalda.

—¡Avisad a la gente! —gritó Alice—. Decídselo a todos los del Jordan. ¡Decidlo a la gente de fuera! Me detienen por...

—Ya basta —dijo Manton, que había acudido a secundar a Topham y la sujetó por el otro brazo, a pesar de su resistencia.

—Esto es lo que ocurre ahora en este *college* —anunció Alice—, con este decano. Esto es lo que él permite. Esta es la manera como le gusta...

—Alice Lonsdale —gritó Manton para sofocar su voz—, la detengo por obstruir la labor de un oficial en el cumplimiento de su deber...

—¡Están tratando de localizar a Lyra! —gritó Alice—. ¡Eso es lo que quieren! Decídselo a todos...

Al notar que le tiraban de los brazos, trató de seguir el impulso; luego, al percibir el chasquido de un cierre y el duro contacto del metal en las cadenas, supo que la habían inmovilizado. Se quedó quieta, pues de nada servía tratar de forcejear esposada.

—Doctor Hammond, me siento en la obligación de... —se dispuso a protestar el tesorero, cuando el decano salió de la oficina interior.

Topham había rodeado el cuello de Ben con una cadena, sujeta a un largo y grueso palo envuelto en cuero. El daimonion se resistía con furia a aquel trato humillante. No obstante, Topham estaba entrenado, tenía experiencia y era despiadado, y Ben tuvo que someterse. Alice sabía, con todo, que Topham pasaría un mal momento cuando tratara de quitarle la cadena.

—Raymond, se trata de un episodio lamentable e innecesario —dijo Hammond al tesorero—. Le ruego que me disculpe. Me equivoqué al creer que podríamos solucionarlo con tacto.

—Pero ¿por qué es necesario usar ese grado de fuerza? Estoy completamente horrorizado, señor decano. La señora Lonsdale lleva muchos años al servicio de este centro.

—Estos hombres no son policías normales, señor Stringer —intervino Alice—. Son…

—Llévala fuera —ordenó Manton.

Topham empezó a estirar y ella se resistió.

—¡Decídselo a la gente! —gritó Alice—. ¡Contadles a todos lo que sabéis! Janet, cuéntaselo a Norman y a Barry…

Topham tiró con tanta fuerza que perdió pie y cayó al suelo. Ben se abalanzó como una fiera, constreñido por la cadena, y lanzó una dentellada a escasos centímetros de la garganta de Manton.

—Raymond, entre conmigo un momento.

Esas fueron las últimas palabras que Alice oyó, mientras el decano apoyaba el brazo en el hombro del tesorero y lo hacía pasar a su oficina. Lo último que vio fue la cara de terror de Janet. Entonces notó un pinchazo en el hombro y perdió el conocimiento.

Esa tarde, en cuanto pudo ausentarse, la secretaria del tesorero, Janet, se fue pedaleando con brío por Woodstock Road en dirección al cruce de Wolvercote. Su daimonion ardilla, Axel, iba sentado en el cesto del manillar, temblando de frío y de miedo.

Janet había ido a menudo a La Trucha con Alice y otros amigos. Enseguida interpretó a qué se refería con su última demanda: Norman y Barry eran los dos pavos reales de la posada. Los Norman y Barry originales se habían ahogado durante la gran riada, pero sus sucesores seguían llamándose igual, porque la madre de Malcolm consideraba que así se ahorraban tiempo.

Después de cruzar a toda velocidad Wolvercote, siguió hacia Godstow; al poco, llegó al jardín de La Trucha, acalorada y sin resuello.

—Estás toda despeinada —señaló Axel.

—Por el amor de Dios, déjate de bobadas.

De todas maneras, se alisó un poco el pelo antes de entrar en la sala. Aquella era una hora tranquila y en el bar solo había dos clientes, que charlaban junto al fuego. La señora Polstead, que limpiaba unos vasos, la acogió con una sonrisa.

—Es raro verla a esta hora —comentó—. ¿Tiene la tarde libre?

—Tengo que hablar con usted con urgencia —anunció Janet en voz baja.

Los dos parroquianos instalados cerca de la chimenea no se dieron cuenta.

—Vayamos al Cuarto de la Terraza —propuso la señora Polstead.

Se encaminó a ella por el pasillo, precediendo a Janet. Los dos daimonions, ardilla y tejón, los siguieron pisándoles los talones.

—Alice Lonsdale —dijo Janet en cuanto se hubo cerrado la puerta—. La han detenido.

—¿Cómo?

Janet le explicó lo sucedido.

—Y cuando se la llevaban, me ha dicho: «Cuéntaselo a Norman y a Barry». Yo sabía, desde luego, que no se refería a los pavos, sino a usted y a Reg. No sé qué hacer. Ha sido horrible.

—¿Y usted cree que eran del TCD?

—Ah, sí. Estoy segura.

—¿Y el decano no ha hecho nada para detenerlos?

—¡Estaba de su parte! ¡Los ayudaba! Aunque ahora todo el Jordan está enterado de lo de Alice, desde luego, y todo el mundo está furioso, como también lo estaban cuando le quitó el cuarto a Lyra, y después..., cuando desapareció. Uno no puede hacer nada, ¿no? No ha violado ninguna ley, entra dentro de sus atribuciones... Pero la pobre Alice... Al menos se ha dado el gusto de darle un buen bofetón a uno de esos matones...

—No me extraña. Más vale no tenerla de enemiga. Y el tesorero ¿qué ha dicho?

—Después de salir de la oficina con el decano estaba... No sé cómo expresarlo... ¿Apagado? No era la misma persona. Parecía avergonzado. El Jordan se ha vuelto un sitio horrible —concluyó con vehemencia Janet.

—Necesita una buena limpieza —declaró Brenda—. ¿Por qué no viene conmigo?

—¿Adónde?

—A Jericho. Se lo explicaré de camino.

Las dos mujeres se fueron en bicicleta por el camino de sirga a través de Port Meadow, hasta el astillero. Tras cruzar el puente, siguieron por Walton Well Road y entraron en Jericho.

La madre de Malcolm, que conocía a Hannah Relf casi desde hacía tanto tiempo como él, sabía que querría que la informaran enseguida del incidente. Brenda Polstead se había formado una idea definida del territorio secreto que su hijo compartía con *dame* Hannah, pese a que nunca les había preguntado nada al respecto. Estaba segura de que Hannah sabría con quién había que hablar, a quién podían solicitar ayuda y a quién más convenía avisar.

Al girar en la esquina de Cranham Street, se detuvieron en seco.

—Esa es su casa —constató Brenda.

Delante del domicilio de Hannah había una furgoneta ambárica, en cuya parte posterior alguien introducía unas cajas. Estuvieron observando mientras el individuo entraba y salía un par de veces, en ambas ocasiones cargado con cajas de cartón o carpetas.

—Es uno de los hombres que han ido al *college* esta mañana —susurró Janet.

Se decidieron a reanudar el camino a pie hacia la furgoneta, empujando las bicicletas. Cuando salía una vez más con un montón de carpetas en los brazos, Topham se volvió y las vio. Aunque torció el gesto, no dijo nada, pero cerró la furgoneta antes de entrar de nuevo en la casa.

—Vamos —dijo Brenda.

—¿Qué vamos a hacer?

—Vamos a llamar a casa de Hannah, simplemente. Es algo muy normal.

Janet siguió a Brenda hasta que se paró justo delante de la casa y apoyó la bicicleta en la pared del pequeño jardín. El daimonion tejón de Brenda, de poderoso hocico y musculosos hombros, se pegó a sus talones cuando llamó al timbre de la puerta. Janet optó por aguardar a un metro de distancia.

En el interior sonaban voces, voces masculinas, y también la de Hannah. Las de los hombres sonaban destempladas. Brenda volvió a llamar a la puerta. Se volvió a mirar a Janet, que se quedó observando a aquella mujer corpulenta de más de cincuenta años, con un abrigo de *tweed* que le quedaba un poco demasiado justo y una expresión de serena determinación en la cara. En ese momento, Janet percibió con claridad el parecido que tenía con Malcolm, a quien profesaba desde hacía tiempo, en silencio, una profunda admiración.

La puerta se abrió. Ante Brenda apareció el otro hombre, el que tenía más autoridad.

—¿Sí? —dijo, con tono duro y frío.

—Vaya, ¿quién es usted? —preguntó Brenda—. Venimos a visitar a mi amiga Hannah. ¿Están haciendo algún trabajo en la casa?

—Está ocupada en este momento. Tendrán que volver más tarde.

—No, me recibirá ahora. Me está esperando. Hannah —llamó con voz fuerte y clara—. Soy Brenda. ¿Puedo pasar?

—¡Brenda! —contestó Hannah con voz tensa.

Luego pareció como si la hubieran interrumpido bruscamente.

—¿Qué pasa aquí? —dijo Brenda al capitán.

—Nada que tenga que ver con usted. *Dame* Relf nos está ayudando con unas indagaciones importantes. Le voy a pedir que…

—*Dame* Relf —repitió Brenda con intenso desdén—. Apártese, chulo ignorante. ¡Hannah! Vamos a entrar.

El daimonion lobo del hombre apenas empezaba a gruñir cuando el tejón de Brenda le hincó los dientes en la pata y lo apartó de un empellón. El capitán apoyó las manos en el pecho de Brenda, tratando de empujarla, pero ella le propinó un golpe tan fuerte en un lado de la cabeza que le hizo perder el equilibrio.

—¡Topham! —llamó, casi a punto de caerse.

Brenda ya lo había esquivado y había llegado al umbral de

la sala de estar. Dentro, Hannah permanecía sentada en una incómoda postura mientras el otro individuo le inmovilizaba el brazo en la espalda.

—Pero ¿qué demonios hace usted? —le espetó Brenda.

Oyó el ruido de un forcejeo detrás de ella.

—¡No me toque! —chilló Janet.

—Brenda..., tenga cuidado... —advirtió Hannah.

Topham le retorció más el brazo, provocando una mueca de dolor en su cara.

—Suéltela ahora mismo —exigió Brenda—. Quítele las manos de encima y apártese. Vamos.

Topham se limitó a incrementar la torsión del brazo de Hannah, que no pudo reprimir una exclamación de dolor.

De repente, algo chocó contra la espalda de Brenda y la propulsó hacia el centro de la habitación, con lo que aterrizó contra la silla donde Hannah estaba sentada. Janet cayó con ella, pues Manton la había arrojado por los aires para que le soltara las mangas por donde lo tenía agarrado, de tal forma que las tres mujeres fueron a parar al lado de la chimenea, a menos de un metro del fuego.

Arrollado por las dos mujeres, Topham soltó el brazo de Hannah y cayó sobre el aparador de vidrio, que se le vino encima con toda la colección de porcelana de Hannah.

Brenda fue la primera que se levantó, empuñando el atizador del fuego. Janet, siguiendo su ejemplo, había cogido la pala. Hannah, que había caído mal, no parecía en condiciones de moverse, pero Brenda la sorteó de una zancada y se plantó con actitud implacable delante de los dos hombres.

—Ahora van a dar media vuelta, van a salir por la puerta y se van a marchar de aquí —ordenó—. Se acabaron sus manejos. No sé quién se creen que son o qué pretenden, pero juro por Dios que no se van a salir con la suya.

—Deje eso en el suelo —le dijo Manton—. Le advierto que...

Intentó cogérselo, pero ella le atizó un golpe en la muñeca que lo obligó a retroceder.

Topham todavía luchaba por levantarse en medio del mueble destrozado y los cristales rotos. Brenda le lanzó una ojeada y advirtió, complacida, que le sangraba la mano.

—Y usted —lo interpeló—, ¿cómo se atreve a maltratar a una mujer mayor, cobarde abusón? Váyanse, vamos.

—Todas esas cajas… —dijo Janet.

—Sí, y además ladrones. Ya las pueden sacar de la furgoneta antes de irse.

—Me acuerdo de usted —le dijo Manton a Janet—. Es la secretaria del Jordan College. Ya puede ir despidiéndose de su empleo.

—¿Y qué le ha hecho a Alice Lonsdale? —preguntó Brenda—. ¿Adónde la han llevado? ¿Qué se supone que ha hecho?

Janet temblaba del susto, pero Brenda parecía inasequible al miedo y plantaba cara a dos agentes del TCD como si todo el poder moral de la situación estuviera de su parte, como así era en realidad.

—Por lo visto no tiene usted conciencia de que disponemos de la autoridad para llevar a cabo investigaciones… —quiso alegar Manton.

—No la tienen, cobardes, ladrones, bravucones. Nadie tiene autoridad para entrar en casa de alguien sin una orden judicial. Usted lo sabe tan bien como yo. Todo el mundo lo sabe. Y tampoco tienen autoridad para detener a alguien sin motivo. ¿Por qué detuvieron a Alice Lonsdale?

—No es asunto de…

—Sí es asunto de mi incumbencia. Conozco a esa mujer desde que era niña. Ella no es ninguna delincuente y siempre ha desempeñado un trabajo fenomenal en el Jordan College. ¿Qué le hicieron al decano para que se la entregara?

—Eso no…

—No me puede dar un motivo porque no hay ninguno, desgraciado, abusón, canalla rastrero. ¿Qué le han hecho? ¡Contésteme!

Janet ayudaba a Hannah a levantarse. Esta tenía la manga de la chaqueta chamuscada. En realidad, había caído en el fuego un instante, pero no había expresado la menor queja. Janet se apresuró a recoger con la pala unos fragmentos candentes de carbón que empezaban a quemar la alfombrilla de la chimenea. Mientras tanto, Topham se quitó un trozo de vidrio que tenía clavado en la mano, y Manton volvió la cabeza, esquivando la feroz demanda de Brenda.

—Vamos —indicó al sargento.

—¿Va a renunciar? —dijo Topham.

—Es una pérdida de tiempo. Vamos.

—La encontraremos —afirmó Brenda—. La vamos a librar

de su custodia, sabandija criminal. Llegará el día en que los malditos canallas del TCD tengan que irse de este país con el rabo entre las piernas.

—Nosotros no som… —se dispuso a replicar Topham.

—Ya basta, sargento —lo atajó Manton—. Vámonos.

—Capitán, podríamos llevárnosla.

—No vale la pena. A usted la conocemos —dijo, mirando a Janet—. Y a usted la vamos a pillar pronto —añadió, mirando a Hannah—. Va a ser muy fácil averiguar quién es usted, y entonces se le van a complicar las cosas —concluyó, mirando a Brenda.

La frialdad de su semblante bastó para dar escalofríos a Janet. No obstante, también sentía orgullo por haber aportado algo para ayudar a las demás. Quizá merecía la pena quedarse sin trabajo por poder experimentar aquel sentimiento, aunque solo fuera un minuto.

Hannah se sacudió un resto de chispas de la manga mientras los dos agentes se marchaban.

—¿Se ha quemado? —preguntó Brenda—. A ver, arremánguese.

—No sé cómo darle las gracias, Brenda —dijo Hannah.

Janet advirtió que Hannah no temblaba, a diferencia de ella. Con la escobilla de la chimenea, barrió un poco las cenizas y los pedazos de carbón, aunque era difícil con aquel temblor en las manos.

—Les estoy muy agradecida —prosiguió Hannah—. Disculpe, pero no sé quién es usted. Han sido muy valientes las dos.

—Janet es la secretaria del tesorero del Jordan —explicó Brenda—. Estaba allí cuando han ido a por Alice esta mañana y ha venido a contármelo en cuanto ha podido, y yo he pensado que era mejor venir a avisarla. ¿Se han llevado algo de valor?

—Solo mis declaraciones de renta, facturas de servicios domésticos y cosas por el estilo. Francamente, me alegro de que se hayan marchado. Los documentos de valor están todos en la caja fuerte, aunque ahora voy a tener que trasladarlos a otro sitio. ¿Saben qué?, me apetece mucho tomar un té. ¿A ustedes no?

A la mañana siguiente, cuando fue a trabajar como de costumbre, a Janet le pareció que el portero la miró de una manera extraña cuando pasó delante de la garita. Encontró al tesorero aguardando en su oficina, pendiente de su llegada. La llamó enseguida, en cuanto la oyó llegar.

—Buenos días —saludó ella con prudencia.

El hombre estaba sentado detrás de su escritorio manoseando una cartulina. Daba golpecitos con ella sobre el secante, la doblaba a uno y otro lado o la alisaba, sin levantar un instante la vista hacia ella.

—Janet, lo siento, pero tengo malas noticias —anunció.

Hablaba muy rápido, con la mirada gacha. Janet guardó silencio, con un nudo en el estómago.

—Eh..., me han hecho saber que sería difícil..., ah..., que continúe en su puesto —añadió.

—¿Por qué?

—Parece ser que usted, por desgracia, causó, bueno, una mala impresión a los dos oficiales que vinieron ayer. Yo reconozco que no vi nada... Siempre he valorado su gran profesionalidad... Y es posible que su actitud fuera algo excesiva... Aun así, estos son tiempos difíciles y...

—¿Le ha incitado el decano a tomar esta medida?

—¿Cómo dice?

—Ayer, cuando lo hizo pasar a su despacho después de que se llevaran a Alice. ¿Qué fue lo que le dijo?

—Bueno, era confidencial, evidentemente, aunque sí destacó la extrema dificultad que tenemos para mantener la independencia de una institución como esta que forma parte, al fin y al cabo, de la comunidad nacional y no de una fracción separada. Las presiones que ejercen sobre nosotros...

Dejó inconclusa la frase, como si se hubiera quedado sin fuerzas. Para ser justos, pensó ella, se le notaba que estaba muy deprimido.

—O sea, ¿que el decano le dice que me despida y usted obedece?

—No, no, no fue... Es... Esto viene de otro lado, de una vía, por así decirlo, de más autoridad...

—Solía ser el decano quien tenía la autoridad en el *college*. No creo que el antiguo decano hubiera consentido que otros le dijeran lo que debía hacer.

—Janet, no está facilitando las cosas...

—No quiero facilitarlas. Lo que quiero es saber por qué me despiden, después de haber realizado correctamente mi trabajo durante doce años. Usted nunca ha tenido ninguna queja de mí, ¿verdad?

—No, eso no, pero parece que ayer usted interfirió en la labor de personas importantes en el cumplimiento de su deber.

—No fue aquí, en todo caso. No fue en el *college*. ¿Interferí en algo ayer cuando estuvieron aquí?

—Da igual donde fuera.

—Pensaba que ese sí era un detalle fundamental. ¿Le dijeron qué estaban haciendo esos señores?

—No hablé con ellos directamente.

—Entonces se lo contaré yo. Estaban robando las pertenencias de una señora mayor y la estaban tratando con brutalidad. Fui testigo de ello por casualidad; con una amiga, intervinimos para ayudarla. Eso es todo, señor Stringer, eso es todo lo que ocurrió. ¿Esta es la clase de país donde vivimos ahora, en el que se puede echar a la gente de su trabajo con el que cumplen bien solo porque molestan a los matones del TCD? ¿Esta es la clase de institución para la que trabajamos?

El tesorero se puso la cabeza entre las manos. Janet, que jamás había hablado así a un superior, permaneció erguida, con el corazón palpitante, mientras él exhalaba un hondo suspiro y trataba en tres ocasiones de decir algo.

—Es muy difícil —reiteró. Levantó la vista, pero no la miró a la cara—. Hay cosas que no puedo explicar. Presiones y tensiones de las que…, bueno…, el personal académico y el personal de servicio está correctamente protegido. Esta época no es como… Yo tengo que proteger al personal de…

Janet guardó silencio un instante.

—Entonces, si tiene que prescindir de mí, ¿por qué detuvieron a Alice? ¿Y qué han hecho con ella? ¿Dónde está ahora?

El tesorero solo alcanzó a lanzar un suspiro y abatir la cabeza.

Janet comenzó a recoger sus escasas pertenencias del escritorio donde trabajaba. Sentía una especie de aturdimiento, como si una parte de sí estuviera en otro lugar soñando aquello y pronto fuera a despertar y descubrir que todo estaba bien.

Luego volvió a entrar en la oficina del tesorero. El hombre parecía totalmente apabullado.

—Si no puede decirme dónde está como superior jerárquico, ¿me lo puede decir como amigo? —pidió—. Ella es amiga mía. Es amiga de todos. Forma parte del centro... Lleva muchísimo tiempo aquí, mucho más que yo. Por favor, señor Stringer, ¿adónde se la han llevado?

El tesorero fingía no escucharla. Cabizbajo, como petrificado, hacía como si no estuviera allí, como si nadie le hubiera preguntado nada. Era como si creyera que, permaneciendo inmóvil, sin mirarla, dejaría de ser real.

Con un sentimiento de repugnancia, Janet guardó sus cosas en una bolsa y se marchó.

Varias horas más tarde, Alice estaba sentada, sujeta con grilletes en los tobillos, en un vagón de tren cerrado, junto con una docena de personas más encadenadas como ella. Algunos tenían los ojos y los labios hinchados, la nariz ensangrentada y los pómulos amoratados. El más joven era un niño de unos once años, pálido como el papel, con ojos desorbitados por el miedo; el mayor, un hombre de la edad de Hannah, demacrado y tembloroso. Dos débiles bombillas ambáricas, colgadas en ambos extremos del vagón, proporcionaban una escasa iluminación. Como método ingenioso para mantener aún más quietos a los prisioneros, bajo los duros asientos había encajadas unas cajas de metal brillante recubiertas de tela metálica donde iban encerrados los daimonions de cada preso.

Casi nadie hablaba. Después de arrojarlos sin contemplaciones dentro y meter con malos modos a los daimonions en las jaulas, los guardias no les habían dicho nada. El vagón había permanecido parado en una vía muerta en pleno campo hasta adonde habían conducido a los prisioneros; al cabo de una hora, más o menos, había llegado una locomotora para transportar el vagón a un lugar desconocido para ellos.

El niño iba sentado delante de Alice. Cuando llevaban media hora de trayecto, empezó a moverse y a encoger las piernas.

—¿Estás bien, cariño?

—Necesito ir al baño —dijo él en un susurro.

Alice barrió con la mirada el vagón. Las puertas estaban cerradas con llave en ambos extremos (todos habían oído el ruido y habían visto las voluminosas llaves), no había lavabos y sabía perfectamente que nadie acudiría aunque llamaran.

—Levántate, date la vuelta y hazlo detrás del banco —le aconsejó—. Nadie va a considerar que está mal. Es culpa de ellos, no tuya.

El niño intentó seguir las indicaciones, pero era demasiado difícil volverse con los grilletes en los tobillos y tuvo que orinar de frente, en el suelo. Alice desvió la mirada hasta que hubo terminado. Estaba profundamente avergonzado.

—¿Cómo te llamas, cariño? —le preguntó.

—Anthony —respondió él con voz apenas audible.

—Quédate conmigo —le dijo—. Nos ayudaremos el uno al otro. Yo soy Alice. No te preocupes por haber tenido que orinar en el suelo. Al final, todos vamos a acabar haciendo lo mismo. ¿Dónde vives?

Empezaron a hablar mientras el tren proseguía su recorrido rodeado por la noche.

31

Un arma de defensa

Los ruidos de gritos, el pesado retumbar de una multitud de pasos sobre el cemento, el estruendo de las ruedas de hierro de un voluminoso carro que pasó por el andén cargado con unas cajas que parecían de munición llenaban el aire, combinados con el violento silbido del vapor. En medio de todo ello, Lyra aguzaba el oído tratando de percibir un idioma conocido o una voz que no fuera áspera y autoritaria. También oyó risas estridentes masculinas y más órdenes impartidas a gritos. Unos hombres vestidos con uniforme de camuflaje de desierto la miraron e hicieron comentarios sobre ella, antes de seguir caminando en dirección a la puerta del vagón.

«Invisible —pensó—. Insulsa. Indeseable.»

La puerta del compartimento se abrió bruscamente. Un soldado asomó la cabeza y dijo algo en turco, a lo cual solo pudo responder negando con la cabeza y encogiéndose de hombros. Luego el hombre dijo algo a los otros que venían detrás, entró, colocó el petate en el portaequipajes y descolgó el fusil que llevaba. Los otros cuatro irrumpieron en el compartimento, riendo, dándose codazos y pisotones, sin parar de mirarla.

Lyra retiró los pies, encogiéndose lo máximo que pudo. Los daimonions de los soldados, todos perros de evidente fiereza, gruñían y se daban empellones..., hasta que uno de ellos se detuvo y, tras fijar la mirada en Lyra con repentino interés, echó atrás la cabeza y emitió un aullido de miedo.

Los demás ruidos cesaron. El soldado de aquel daimonion se inclinó para tranquilizarlo, acariciándolo, pero los demás, que se habían percatado de la causa de la reacción de su compañero, empezaron a aullar también.

Un soldado preguntó algo a Lyra con marcada hostilidad. Después, en la puerta apareció un sargento, sin duda para averiguar qué ocurría. El soldado del daimonion que había aullado primero señaló a Lyra y contestó algo con expresión de supersticioso odio.

El sargento le preguntó algo a voces, pero estaba demasiado asustada.

—*J'aime le son du cor, le soir, au fond des bois* —atinó a responder.

Fue lo primero que le vino a la memoria: un verso de un poema en francés. Los hombres permanecieron inmóviles, aguardando a que el sargento les indicara qué había que hacer, con semblante inquieto.

—*Dieu! Que le son du cor est triste, au fond des bois* —prosiguió Lyra.

—*¿Française?* —dijo con voz ronca el sargento.

Todos los presentes, con sus daimonions, tenían la mirada clavada en ella. Lyra asintió con la cabeza y después puso las manos en alto, como diciendo: «¡Me rindo! ¡No disparen!».

Debía de haber algo cómico en el contraste entre la saludable potencia viril de ellos, las armas que llevaban y las dentaduras que enseñaban sus daimonions y aquella chica sin daimonion, tímida y apagada, con gafas, vestida sin ninguna gracia, porque el sargento sonrió y luego se echó a reír. Entonces los demás también advirtieron el contraste y se sumaron a sus risas. Lyra sonrió y, encogiéndose de hombros, se corrió un poco para dejar más espacio.

—*Française* —repitió el sargento, y después añadió—: *Voilà.*

El único soldado que al parecer estaba dispuesto a sentarse a su lado era un individuo corpulento de piel oscura y ojos grandes, con aspecto de *bon vivant*. Le dijo algo en tono más bien amable y ella contestó con otro fragmento de un poema francés.

—*La nature est un temple où de vivants piliers. Laissent parfois sortir de confuses paroles.*

—Ah —dijo él, asintiendo con suficiencia.

A continuación el sargento se dirigió a todos, impartiendo órdenes que, a juzgar por la manera como la miró un par de veces, contenían instrucciones sobre cómo debían comportarse con ella. Después de mirarla una vez más, inclinó la cabeza y se fue a abrirse camino por el pasillo abarrotado de soldados.

Durante los minutos que tardaron en subir todos al tren, Lyra se preguntó cuántos serían y dónde se encontraba el oficial de mando. No tardó en averiguarlo porque, seguramente avisado por el sargento, a la puerta del compartimento se asomó un joven con un uniforme más elegante que el de los demás.

—¿Es usted francesa, *madeimoselle*? —le preguntó con un francés cuidado, aunque con un fuerte acento turco.

—Sí —confirmó ella en la misma lengua.

—¿Hasta dónde va?

—A Seleukeia, *monsieur*.

—¿Por qué no…?

Evidentemente, no conocía la palabra en francés, de modo que optó por señalar su propio daimonion halcón, que la observaba con ojos amarillos agarrado a su charretera.

—Desapareció —repuso—. Lo estoy buscando.

—No es posible.

—Sí lo es. A mí me ocurrió, como puede ver.

—¿Lo va a buscar en Seleukeia?

—En todas partes. Lo buscaré en todas partes.

El oficial inclinó la cabeza con actitud de desconcierto. Parecía como si quisiera indagar más, prohibir algo o pedir algo, pero no supiera bien qué. Después de pasear la mirada por los soldados del compartimento, se retiró. Por el pasillo circulaban más hombres y sonaban portazos. En el andén se alzó una voz y un guardia hizo sonar un silbato.

El tren se puso en marcha.

Una vez que hubieron salido de la estación, cuando ya dejaban atrás las luces de la ciudad para adentrarse de nuevo entre la oscuridad de las montañas, el soldado instalado junto a la puerta se asomó para inspeccionar a ambos lados del corredor.

Con expresión satisfecha, dirigió un gesto a su compañero de enfrente, que sacó una botella de la mochila y la destapó. Lyra percibió un fuerte olor a licor, que le trajo a la memoria otra ocasión en que tuvo la misma sensación. Aquello fue fuera del bar de Einarsson, en la localidad de Trollesund, en el Ártico, cuando vio al gran oso Iorek Byrnison tomando licor de una jarra de barro cocido. ¡Si al menos pudiera contar con su compañía en aquel viaje! ¡O con la compañía de Farder Coram, que había estado a su lado entonces!

Los soldados se iban pasando la botella. Cuando llegó al hombre que estaba a su lado, este tomó un largo trago y después expulsó una vaharada de olor a alcohol. El individuo que iba enfrente agitó el aire con fingida repugnancia antes de coger la botella. Después pareció dudar y, tras dirigir a Lyra una sonrisa de complicidad, le ofreció la botella.

Ella le correspondió con una fugaz sonrisa y negó con la cabeza. El soldado dijo algo y volvió a tenderle la botella, con más contundencia, como si la retara a rechazarla.

Un compañero le habló, con aparente actitud crítica. El soldado tomó un trago de licor y le dijo a Lyra algo duro y desagradable antes de pasar la botella a otro. Ella trató de volverse invisible, al tiempo que se cercioraba de que la porra seguía en el interior de la mochila.

La botella volvió a circular por el compartimento y la conversación se volvió más caótica y ruidosa. Hablaban de ella, no cabía duda. Paseaban la mirada por su cuerpo, uno de ellos se lamía los labios, otro tenía la mano en la entrepierna...

Lyra cogió la mochila con el brazo izquierdo y se dispuso a levantarse, con intención de marcharse, pero el individuo de delante la empujó para obligarla a sentarse y dijo algo al compañero de al lado de la puerta, que levantó la mano y bajó la cortina de la ventana del pasillo. Lyra se volvió a levantar y el soldado la empujó de nuevo hacia atrás, aprovechando de paso para manosearle el pecho. Sintió que una oleada de terror le invadía las venas.

«Bueno, ha llegado el momento», pensó.

Se volvió a poner en pie por tercera vez, empuñando con la mano derecha el mango de la porra Pequeno y, cuando el soldado alargó hacia ella la mano, sacó la porra y la descargó con tanta fuerza que oyó un crujido de huesos antes de que el hombre se pusiera a dar alaridos de dolor. Su daimonion se abalanzó hacia ella, que le propinó un golpe en la cara de perro; lo dejó abatido en el suelo, aullando. El hombre se sostenía la mano rota, pálido, incapaz de hablar o de emitir un sonido, aparte de un agudo y trémulo gemido.

Notó las manos de otro individuo en la cintura y, agarrando con fuerza la porra, la impulsó hacia atrás, con tan buena fortuna que le acertó en la sien con la punta del mango. Con un grito, el hombre intentó agarrarle el brazo, de modo que se volvió y le clavó los dientes en la mano, con una llamarada de ferocidad surgida del corazón. Le hizo salir sangre, acentuó la presión y en sus dientes quedó prendido un jirón de piel, mientras la mano del soldado se desprendía del brazo. El hombre acercó la cara, enloquecido de furia, y entonces le hundió la porra en la blanda carne de debajo de la barbilla; cuando se apartaba, le descargó, con un ímpetu insólito, un tremendo golpe en la nariz y la cara. El individuo retrocedió, sangrando, y entonces su daimonion se arrojó a la garganta de Lyra. Descargó un violento rodillazo para apartarlo y entonces notó otras manos..., las manos de dos hombres... en la muñeca, que subieron por el interior de la falda, palparon la ropa interior, la agarraron, la rasgaron, le hundieron unos dedos. Otras manos cogieron la porra, la retorcieron y se la arrebataron. Entonces, con los pies, los dientes, la frente, las rodillas, luchó tal como había visto hacer a Iorek Byrnison, con temeridad y arrojo, insensible al dolor, pero estaba en inferioridad de condiciones. Incluso en aquel compartimento abarrotado, ellos disponían de más espacio, de más fuerza, de más manos y pies que ella, y además tenían daimonions, que gruñían, rugían y ladraban con furia, babeando y enseñando los dientes. Aun así, ella se resistía y peleaba..., y fue el ruido de los daimonions lo que la salvó, porque de repente la puerta se abrió de golpe y apareció el sargento, que enseguida se hizo cargo de la situación y dijo algo a su daimonion. Este era una bestia enorme que se precipitó contra los daimonions de los soldados y agarrándolos por el cuello con los dientes, los arrojó a un lado como si no pesaran nada. Los soldados se volvieron a instalar en los asientos, lesionados y ensangrentados, mientras que Lyra seguía de pie, con la falda desgarrada, los dedos empapados de sangre y crispados, la cara llena de cortes y arañazos, un hilo de sangre le bajaba por las piernas, los ojos anegados de lágrimas, temblando de pies a cabeza, sollozando, pero de pie, todavía de pie, delante de todos.

Señaló al hombre que tenía su porra. Para ello tuvo que sostenerse la mano derecha con la muñeca del brazo izquierdo.

—Démela —reclamó—. Devuélvamela.

Tenía la voz pastosa por las lágrimas y temblaba tanto que apenas alcanzaba a articular las palabras. El soldado trató de hacer correr la porra a su lado en el asiento. Con las últimas energías que le quedaban, se abalanzó con furia hacia él y, con manos, uñas y dientes, le desgarró la cara, pero el sargento la despegó de él y la levantó sin esfuerzo en el aire con el brazo izquierdo.

Después, con la mano derecha hizo chasquear los dedos mirando al soldado, que sangraba con profusión por la nariz y los ojos. El hombre devolvió la porra. El sargento la guardó en el bolsillo y después ordenó algo a gritos. Otro soldado recogió la mochila de Lyra y se la entregó.

Tras impartir con aspereza un par de órdenes más, se llevó a Lyra al pasillo venciendo su resistencia; luego la soltó. Con un ademán de la cabeza, le indicó que lo siguiera, pese a que a duras penas se mantenía de pie. Empezó a abrirse paso a la fuerza entre los hombres que habían salido a ver qué ocurría. Lyra no tuvo más remedio que ir con él, porque tenía la mochila y la porra. Con un violento temblor que casi la hacía perder el equilibrio, notando el sabor de la sangre que engullía y un reguero húmedo en las piernas, hizo lo posible por seguirlo.

Todos los soldados centraban la mirada en ella, sin perderse ni un detalle, con ávida curiosidad. Caminaba entre ellos tambaleante, centrando todos los esfuerzos en no caer. En un momento dado, el tren dio una sacudida en un tramo defectuoso de vía y perdió el equilibrio, pero una mano la sostuvo. Apresurándose a zafarse de su contacto, siguió adelante.

El sargento esperaba delante del último compartimento del vagón de al lado. En el umbral estaba el oficial..., o el comandante..., o el capitán o... lo que fuera. Cuando llegó a su altura, el sargento le entregó la mochila, que nunca antes había sentido tan pesada.

—Gracias —logró decir, en francés—. Y mi porra.

El oficial preguntó algo al sargento. Este sacó la porra del bolsillo y se la dio al oficial, que la observó con curiosidad. El sargento explicaba lo ocurrido.

—Mi porra —insistió Lyra, con la mayor firmeza posible—. ¿Me van a dejar totalmente indefensa? Devuélvanmela.

—Por el momento ya ha dejado fuera de combate a tres hombres, según tengo entendido.

—¿Acaso debía dejar que me violaran? Antes los mataría a todos.

Nunca había sentido tal grado de ferocidad y de debilidad a la vez. Estaba a punto de desplomarse en el suelo y, a la vez, se sentía dispuesta a arrojarse contra él para recuperar la porra.

El sargento dijo algo. El oficial respondió, inclinó la cabeza y devolvió con renuencia la porra a Lyra. Trató de abrir la mochila, sin conseguirlo; cuando lo volvió a intentar en vano, empezó a llorar, cosa que no hizo más que aumentar su inmensa rabia. El oficial se hizo a un lado y señaló el asiento que había detrás de él. En el compartimento solo estaba su maleta, una multitud de papeles desperdigados en el asiento de delante y una comida a medio consumir: pan y carne fría.

Lyra tomó asiento e intentó por tercera vez abrir la mochila. En aquella ocasión lo logró, aunque entonces tomó conciencia del estado lamentable de sus dedos. Tenía las uñas rotas, los nudillos hinchados y un pulgar torcido. Se enjugó las lágrimas con el dorso de la mano izquierda, respiró hondo varias veces, apretó las mandíbulas..., y entonces se dio cuenta de que tenía un diente roto, que tanteó con la lengua. Le faltaba la mitad. «Lástima», pensó. Con renovada determinación, deshizo las hebillas de la mochila, venciendo la inflamación de los dedos. Tenía la mano izquierda tan dolorida, débil e hinchada que, al palparla con cautela, le pareció que tenía un hueso roto. Finalmente, abrió la mochila y vio que dentro estaban el aletiómetro, las cartas y el monedero. Después de introducir la porra y volverla a cerrar, recostó la espalda y cerró los ojos.

Le dolía todo el cuerpo. Todavía sentía aquellas manos rasgándole la ropa interior; deseaba, más que nada, poderse lavar.

«Ay, Pan. ¿Estás contento ahora?», pensó.

El oficial, mientras tanto, había estado hablando en voz baja con el sargento. Entonces oyó que este contestaba algo y se iba. A continuación, el oficial entró en el compartimento y cerró la puerta.

—¿Le duele? —preguntó.

Abrió los ojos. Uno de ellos se resistía a abrirse. Tocó el contorno con la mano derecha y comprobó que estaba muy hinchado.

Miró al joven. No era necesario decir nada. Se limitó a enseñarle las manos temblorosas para que se hiciera una idea de su estado.

—Si me permite —dijo él.

Se sentó delante de ella y abrió una caja forrada de tela. Su daimonion halcón se bajó para escrutar su contenido: rollos de vendas, un tarrito de ungüento, botes de píldoras y sobres pequeños, en cuyo interior había probablemente polvos de diversas sustancias. El oficial desplegó un paño limpio y desenroscó el tapón de un frasco marrón y abocó un poco de líquido sobre él.

—Agua de rosas —precisó.

Tras entregársela, le indicó que podía limpiarse la cara con ella. Aliviada por su maravilloso efecto calmante y refrescante, mantuvo la tela sobre los ojos hasta que se sintió en condiciones de volverlo a mirar. Cuando levantó el paño, él lo volvió a impregnar de agua de rosas.

—Creía que era difícil conseguir agua de rosas —comentó.

—Para los oficiales, no.

—Comprendo. Gracias.

Se levantó temblando para mirarse en el espejo que había sobre el asiento de enfrente. Al ver la masa sanguinolenta en que se había transformado su nariz y su boca, casi se echó atrás. El ojo derecho estaba prácticamente cerrado.

«Invisible», pensó con amargura mientras empezaba a limpiarse. Las repetidas aplicaciones de agua de rosas la aliviaron, y también el ungüento del tarrito, que, después del escozor inicial, difundió un agradable calor, acompañado de un fuerte olor a hierbas.

Al final, se volvió a sentar y respiró hondo. Lo que más le dolía era la mano izquierda, determinó. La volvió a palpar con prudencia, bajo la atenta mirada del oficial.

—¿Me permite? —le dijo, antes tocársela con sumo cuidado.

Sus propias manos eran blandas y sedosas. Movió la suya hacia delante y atrás, y un poco hacia los lados, pero le dolía demasiado para permitir que continuara.

—Seguramente, hay un hueso roto —apuntó—. Bueno, si quiere viajar en un tren con soldados, debe prever ciertas incomodidades.

—Tengo un billete que me permite viajar en este tren. No pone que en el viaje vayan incluidas agresiones e intentos de violación. ¿Usted considera previsible que sus soldados se comporten así?

—No, y recibirán su castigo. De todas formas, repito, no es aconsejable que una mujer joven viaje sola en las circunstancias actuales. ¿Puedo ofrecerle un poco de aguardiente como reconstituyente?

Lyra asintió mudamente. El movimiento le produjo dolor de cabeza. El oficial sirvió el licor en una tacita de metal y Lyra tomó un prudente sorbo. Tenía el mismo sabor que un brantwijn de primera calidad.

—¿Cuándo llega el tren a Seleukeia? —preguntó.

—Dentro de dos horas.

Cerró los ojos. Con la mochila abrazada al pecho, se fue quedando dormida.

Al cabo de unos segundos, o eso le pareció, el oficial le tocó el hombro. No le apetecía abandonar el territorio del sueño; habría querido seguir durmiendo durante un mes entero.

No obstante, por la ventanilla vio las luces de una ciudad, y el tren había reducido la marcha. El oficial, que estaba recogiendo los papeles, alzó la vista cuando alguien abrió la puerta.

El sargento dijo algo. Tal vez informaba de que la tropa estaba lista para bajar del tren. Luego miró a Lyra, como si evaluara las repercusiones del incidente. Ella agachó la vista. Era hora de volver a parecer modesta, discreta, insulsa. ¿Cómo podría pasar inadvertida, sin embargo, con un ojo amoratado, una mano rota y cortes y arañazos por todo el cuerpo? ¿Y sin daimonion?

—*Mademoiselle* —dijo el oficial.

Alzó la vista y vio que el sargento le tendía algo. Eran las gafas, con un vidrio roto y una sola patilla. Las cogió sin hacer ningún comentario.

—Acompáñeme —la invitó el oficial— y la ayudaré a bajar del tren antes que los demás.

Se levantó sin discutir, con dificultad, dolorida, y él la ayudó a colgarse la mochila en el hombro.

El sargento se apartó para dejarlos salir del compartimento. En todo el tren, o al menos hasta donde alcanzaba a ver, los soldados cargaban las armas y pertenencias, y se precipitaban en tropel al pasillo, pero el oficial gritó una orden y los que estaban más cerca retrocedieron dejando paso mientras Lyra lo seguía hacia la puerta.

—Un consejo —añadió mientras la ayudaba a bajar al andén.

—¿Sí?

—Lleve un nicab —dijo—. Le será de ayuda.

—Comprendo. Gracias. Sería mejor para todos que disciplinara a sus soldados.

—Usted misma se ha encargado.

—No debería haber tenido que hacerlo.

—En todo caso, se ha defendido. Se lo pensarán dos veces antes de volver a comportarse mal.

—No. Usted sabe que no lo harán.

—Probablemente, tenga razón. Son chusma. Seleukeia es una ciudad complicada. No se quede mucho aquí. Van a llegar más soldados en otros trenes. Lo mejor es que siga adelante pronto.

Después dio media vuelta y la dejó sola. Sus hombres la observaron desde las ventanillas mientras se iba cojeando por el andén hacia las taquillas. No tenía la menor idea de lo que podía hacer a partir de ese momento.

32

Hospitalidad

Se alejó de la estación procurando adoptar la actitud de quien tiene todo el derecho a estar en un lugar y sabe adónde va. Le dolía todo el cuerpo y sentía como si las manos que se habían hundido en su carne la hubieran ensuciado de pies a cabeza. Abrumada por la carga de la mochila, le extrañaba que se hubiera vuelto tan pesada. Tenía una necesidad imperiosa de dormir.

Era noche cerrada. Las calles solitarias, apenas iluminadas, eran inhóspitas. No había árboles, ni arbustos, ni hierba, ni tampoco ningún parque o plaza con un retazo de césped, solo el duro pavimento, almacenes de piedra, bancos u edificios de oficinas; nada donde recostar la cabeza. Reparando en la calma absoluta que reinaba, pensó que tal vez había un toque de queda y que, si la encontraban vagando por allí, podrían detenerla. Casi le hubiera gustado que la arrestaran, porque así podría dormir en una celda. No se veía ningún hotel, ni siquiera un simple café, nada destinado al reposo de los viajeros. Ese lugar convertía en paria a cualquier forastero.

La única ocasión en que oyó alguna señal de vida fue cuando, casi enloquecida por el agotamiento, al límite del dolor y la tristeza, se arriesgó a llamar a una puerta. Su intención era arrojarse a merced de quien viviera allí, con la esperanza de que su cultura tuviera una tradición de hospitalidad para con los forasteros, pese a que todo indicaba lo contrario. Su tímida llamada, con los nudillos lastimados, despertó solo a un hombre, seguramente un vigilante o un guardia de seguridad que efectuaba su turno en el interior. Despertado por los frenéticos aullidos de su daimonion, profirió una imprecación contra quien había tenido la osadía de llamar, con una voz cargada de odio y miedo. Lyra se apresuró a marcharse y, durante un buen trecho, estuvo oyendo sus maldiciones y gritos.

Al final, no pudo seguir adelante. Se desmoronó en un sitio resguardado de la luz de la farola más cercana, junto a una esquina, y ovillada en torno a la mochila, se quedó dormida. Estaba demasiado dolorida y cansada para sollozar siquiera; las lágrimas fluían desde sus ojos sin impulso; notaba su frío contacto en las mejillas, los párpados y las sienes, sin hacer nada por enjugarlas, hasta que acabó durmiéndose.

Alguien la sacudía por los hombros. Una voz susurraba algo apremiante con tono ansioso. Le dolía todo.

Aún era de noche. Cuando abrió los ojos, no había ninguna luz que la deslumbrara. El hombre inclinado frente a ella era también oscuro, de una oscuridad más tupida, y apestaba de una forma horrible. A su lado había alguien más; alcanzaba a verle la cara, una mancha más pálida sobre el fondo de la noche, que se movía para mirar a un lado y otro.

El primer individuo se enderezó, y ella trató de incorporarse sobre la piedra fría y desentumecer un poco las piernas y los brazos. Hacía mucho frío. Los hombres llevaban un carro y una pala.

Le dijeron algo más en voz baja, con el mismo apremio. Con gestos, la urgían a levantarse. El hedor era repugnante. Una vez que logró ponerse en pie venciendo el dolor, comprendió su origen. Aquellos hombres eran recolectores de inmundicias, que efectuaban una ronda para vaciar las letrinas y sentinas de la ciudad. Era un oficio despreciado, un trabajo que ejercían las personas de condición inferior.

—¿Qué quieren? —probó a preguntar en francés—. Estoy perdida. ¿Dónde estamos?

Sin embargo, ellos solo hablaban su idioma, que no parecía ni árabe ni anatolio. En cualquier caso, no los entendía, aunque sí veía que estaban inquietos, preocupados por ella.

Tenía mucho frío y le dolía todo. Trató de contener el

temblor. El primer hombre dijo algo, que interpretó como: «Venga con nosotros, síganos».

Incluso cargados con su pestilente carro, se movían más deprisa que ella. Su ansiedad era evidente cuando tenían que pararse a esperarla. Miraban para todos lados. Finalmente, llegaron a un callejón flanqueado por dos imponentes edificios de piedra y se introdujeron en él.

En el cielo se atisbaba el final de la noche, no tanto por la llegada de la luz, sino por una leve dilución de la oscuridad. Entonces comprendió: tenían que terminar la ronda al rayar el día y querían que para entonces ella dejara de estar expuesta en la calle.

El callejón era muy estrecho, encajonado entre los altos edificios. Se estaba acostumbrando ya al olor... No, no era eso en realidad; nunca se acostumbraría. La sensación de repugnancia, en todo caso, no había empeorado. Uno de los hombres levantó el pestillo de una puerta baja y la abrió con sigilo. Desde dentro, una voz femenina, instantáneamente despierta aunque con rastros de sueño, formuló una breve pregunta, se podía percibir el miedo en su tono.

El hombre dio una respuesta igual de escueta y se hizo a un lado para señalar a Lyra. Entre la oscuridad se perfiló vagamente la cara de una mujer, tensa, temerosa, marcada por un envejecimiento prematuro.

Lyra dio un paso adelante para que la pudiera ver con más claridad. Tras escrutarla un instante, la mujer alargó una mano para estrechar la suya. Era la mano rota. Lyra no pudo contener un grito de dolor. La mujer se retiró en la oscuridad y el hombre volvió a hablar, con el mismo apremio.

—Perdón, perdón —se disculpó en voz baja Lyra, reprimiendo las ganas de desahogar con un alarido el suplicio de aquella mano, ardiente e hinchada.

La mujer volvió a adelantarse y le hizo una seña para que entrara, sin tocarla esa vez. Lyra se volvió con intención de dar las gracias a los hombres, pero estos ya se alejaban a toda prisa con su hediondo carro.

Avanzó con cuidado, agachándose al cruzar el umbral. La mujer cerró la puerta, dejándolas envueltas en una absoluta oscuridad. Lyra oyó un roce y luego la mujer frotó un fósforo para encender la mecha de una lamparilla de aceite. La habitación olía solamente a sueño y a comida. Con la luz amarillenta,

Lyra vio que su anfitriona estaba muy delgada y era más joven de lo que le había parecido.

La mujer señaló la cama, o más bien un colchón cubierto con varias mantas. Era el único sitio donde sentarse aparte del suelo. Lyra dejó la mochila y tomó asiento en un rincón del colchón.

—Gracias, es muy amable —dijo—. *Merci…, merci…*

En ese momento, advirtió que no había visto el daimonion de la mujer y, con un leve sobresalto, cayó en la cuenta de que los hombres tampoco tenían daimonions.

—¿Daimonion? —dijo, tratando de indicar su propia carencia.

En vista de que la mujer no la entendía, se limitó a sacudir la cabeza. No podía hacer nada más. Quizás aquella pobre gente tenía que ejercer aquel oficio porque, al no tener daimonion, estaban considerados como menos humanos en el seno de aquella sociedad. Pertenecían a la clase social más baja, y ella estaba incluida en esa misma casta.

La mujer la observaba.

—Lyra —dijo ella, apuntando hacia su pecho.

—Ah —dijo la mujer, antes de apuntar hacia su propio pecho y añadir—: Yozdah.

—Yozdah —repitió con cuidado Lyra.

—Ly…ah —dijo la mujer.

—Lyra.

—Ly…rah.

—Eso es.

Ambas sonrieron. Yozdah le dio a entender con gestos que podía acostarse, y Lyra así lo hizo. Después notó que la cubrían con una pesada manta y de inmediato se quedó dormida, por tercera vez esa misma noche.

Cuando despertó, alguien hablaba en voz baja. La luz del día que se filtraba por una cortina de cuentas de la entrada era gris, sin sol directo. Al abrir los ojos, vio a la mujer, Yozdah, y a un hombre, probablemente uno de los dos que la habían llevado allí, que comían sentados en el suelo de un gran cuenco situado entre ambos. Permaneció acostada, mirándolos; el hombre parecía más joven que la mujer y, aunque llevaba la ropa raída, no detectó ningún rastro del hedor de su profesión.

Se sentó con prudencia y comprobó que tenía la mano izquierda tan dolorida que ni siquiera la podía abrir del todo. Al percatarse de que se movía, la mujer dijo algo al hombre, que se volvió a mirar y luego se puso en pie.

Lyra necesitaba con urgencia un retrete, o algo parecido. Cuando trató de expresarlo, el hombre desvió la vista y la mujer comprendió y la condujo por otra puerta que daba a un pequeño patio. La letrina que se encontraba en el rincón opuesto estaba meticulosamente limpia.

Cuando salió, Yozdah aguardaba en la entrada con una jarra de agua en la mano. Le pidió por señas que alargara las manos. Lyra obedeció. Cuando Yozdah la vertió, trató de proteger como pudo la izquierda del impacto del agua fría. Luego la mujer le ofreció una toalla delgada y le indicó que entrara.

El hombre, que seguía de pie esperando a que regresaran, la invitó a sentarse con ellos en la alfombra y a comer del cuenco de arroz. Lyra así lo hizo, utilizando la mano derecha, tal como hacían ellos.

—Lyra —dijo Yozdah al hombre, señalándola.

—Ly...ra —repitió él—. Chil-du —añadió, señalándose a sí mismo.

—Chil-du —repitió Lyra.

El arroz era pastoso y apenas sabía a nada, salvo a sal. Aun así, era lo único que tenían, de modo que procuró coger el mínimo posible, teniendo en cuenta que no habían previsto tener invitados. Cuando Chil-du y Yozdah se volvieron a poner a hablar en voz baja, Lyra se preguntó qué lengua estarían usando. Era un idioma que no había oído nunca.

No obstante, de alguna forma tenía que comunicarse con ellos.

—Quiero encontrar el Hotel Azul —explicó, con la mayor claridad posible, dirigiéndose a ambos—. ¿Han oído hablar del Hotel Azul? ¿De Al-Khan al-Azraq?

Los dos la miraban, él con cara de cortés estupefacción, y ella, de ansiedad.

—¿O de Madinat al-Qamar?

Aquello sí lo reconocieron. Se echaron atrás, sacudieron la cabeza y proyectaron las manos al frente, como si quisieran preservarse de cualquier mención posterior de ese nombre.

—¿Inglés? ¿Conocen a alguien que hable inglés?

No la entendieron.

—*Français? Quelqu'un qui parle français?*

La reacción fue la misma. Lyra optó por sonreír, encogiéndose de hombros, antes de tomar otro bocado de arroz.

Yozdah se levantó, cogió un cazo del fuego y vertió agua hirviendo en dos tazas de barro. A continuación, dejó caer en cada una de ellas una pizca de un polvo oscuro y agregó un trozo de algo que podría haber sido mantequilla o queso blando. Luego agitó ambas tazas con un cepillo duro; cuando se hubo formado espuma, entregó una a Chil-du y la otra a Lyra.

—Gracias —dijo esta—, pero...

Señaló la taza y después a Yozdah. Con ello pareció violar alguna norma de etiqueta, porque Yozdah frunció el entrecejo y desvió la vista, y Chil-du empujó con suavidad la mano de Lyra a un lado.

—Bueno, gracias —accedió esta—. Espero que usted pueda utilizar la taza una vez que yo haya acabado. Es muy generoso por su parte.

La bebida estaba demasiado caliente, pero Chil-du la bebía succionando con ruido por el borde. Lyra se decidió a imitarlo. Aunque tenía un sabor amargo y rancio, dejaba un regusto bastante parecido al del té. Después de tomar varios indiscretos sorbos, le encontró un toque ácido y reconfortante.

—Está bueno —apreció—. Gracias. ¿Cómo se llama?

Señaló la taza con aire interrogador.

—*Choy* —dijo Yozdah.

—Ah. Entonces es té.

Chil-du estuvo hablando con su mujer durante un minuto, formulando propuestas tal vez, o dándole instrucciones. Ella sonreía con expresión crítica, interviniendo de vez en cuando, hasta que al final dijo algo con lo que manifestó claramente su aprobación. Ambos pasaron a observar a Lyra de pies a cabeza. Ella los miraba con cautela, tratando de captar alguna palabra conocida e interpretar la expresión de sus caras.

Una vez concluida la conversación, Yozdah se puso en pie y abrió un arcón, de madera de cedro tal vez, que era el único objeto hermoso y de apariencia cara de la habitación. De su interior extrajo una tela doblada de color negro, que agitó para desdoblarla. Con asombro, Lyra advirtió que era muy larga.

Yozdah la miró y la invitó a acercarse con un gesto. Luego se puso a doblar la tela de otra forma, indicándole que mirase. Lyra así lo hizo, procurando memorizar la secuencia de pliegues. A continuación, Yozdah se situó detrás de ella y empezó a ceñirle la cabeza con la tela. Primero colocó un extremo sobre el puente de la nariz, dejando caer la tela sobre la parte inferior de la cara, después enrolló el resto en torno a la cabeza ocultándola en su totalidad, con excepción de los ojos, y remetió las puntas en ambos lados.

Chil-du, que observaba la operación, se señaló la cabeza. Yozdah comprendió y escondió la última hebra de pelo de Lyra. Entonces el hombre dijo algo con lo que sin duda daba su aprobación.

—Gracias —dijo Lyra.

Su voz sonó amortiguada. Aunque detestaba aquellos ropajes, comprendía su utilidad. Estaba impaciente por ponerse en camino, como si supiera adónde iba a ir. No había nada que la retuviera allí, máxime cuando no tenían ninguna lengua en común con la que comunicarse.

Así pues, juntó las manos para despedirse, con un gesto con el que pretendía demostrar también su gratitud y, tras inclinar la cabeza, cogió la mochila y se fue. Lamentaba no tener nada que darles salvo dinero; aunque se planteó por un instante ofrecerles un par de monedas, temió que constituyera un insulto según sus reglas de hospitalidad.

Echó a andar por el callejón, donde permanecía arrimado el carro de las inmundicias, como si se avergonzara de sí mismo. No tenía ninguna llave ni candado. ¿Quién iba a querer robar semejante objeto? En la calle, el sol relucía con intensidad. Lyra no tardó en sentir el calor bajo la abominable constricción del espeso velo.

Sin embargo, nadie la miraba. Había logrado transformarse en un ser invisible, tal como quería lograr desde el inicio de aquel viaje. Combinado con la pesadez de movimientos propia de una persona abatida que le había recomendado adoptar Anita Schlesinger, el velo la volvía impermeable al interés de la otra gente. Los hombres caminaban delante de ella como si no tuviera más sustancia o importancia que una sombra, y no se fijaban para nada en ella. Poco a poco, comenzó a sentir que ese estado le procuraba una especie de libertad.

No obstante, el calor se volvía más sofocante a medida que el sol ascendía. Se encaminó hacia la zona donde pensó que debía hallarse el centro de la ciudad, en la dirección donde había más tráfico, más ruido, tiendas más grandes y más transeúntes en las calles, con la esperanza de encontrar algún sitio donde hablaran inglés.

Había cantidades ingentes de policías armados. Algunos jugaban a los dados sentados en el suelo; otros, de pie, escrutaban a todos los viandantes; los componentes de un grupo inspeccionaban los artículos que trataba de vender en una maleta un pobre vendedor ambulante; los de otro, comían y bebían en un puesto callejero ilegal. Lyra, que los observaba, notó su mirada cuando se dignaron a reparar en ella, la breve ojeada displicente a la cara tapada y luego el automático e inevitable repaso del cuerpo, antes de que desviaran la vista. Ni siquiera su falta de daimonion suscitó un atisbo de atención. A pesar del calor, era casi como una liberación.

Además de la policía, había soldados instalados en vehículos acorazados o que patrullaban con fusiles cruzados frente al pecho. Parecía como si previeran un levantamiento, sin saber en qué momento se iba a producir. En un momento dado, Lyra estuvo a punto de topar con una escuadra que, al parecer, interrogaba a un grupo de muchachos. Algunos eran tan jóvenes que sus daimonions no paraban de cambiar de forma, a cual más rastrera, tratando de apaciguar a aquellos hombres armados con caras encendidas de cólera. Un niño que se hincó de rodillas y extendió las manos en actitud suplicante solo logró que le golpearan con un fusil en la cabeza, derribándolo en la calzada.

A punto de gritar «¡No!», Lyra tuvo que reprimir el impulso de precipitarse para protestar. El daimonion del chiquillo, convertido en serpiente, se estuvo retorciendo débilmente en el suelo hasta que el daimonion del soldado la pisó con contundencia. Después se quedó quieta, como el niño.

Los soldados se dieron cuenta de que Lyra estaba mirando. Al ver que el que había golpeado al niño levantaba la vista y gritaba algo, dio media vuelta y se alejó. Detestaba sentirse tan impotente, pero la violencia de aquel hombre avivó la conciencia de todas las magulladuras y rasguños que conservaba de la agresión del tren; el recuerdo de aquellas manos que se habían colado dentro de su falda le causó una helada repugnancia en las entrañas. Su primer cometido era salir de aquel lugar viva y en buen estado. Y para ello debía pasar inadvertida, por más duro que resultara.

Siguió adentrándose por las calles más transitadas, hacia una zona de tiendas y pequeños establecimientos, de reparación de muebles, de venta de bicicletas usadas, de confección de ropa barata... Había policías y soldados por todas partes. Se preguntó qué tipo de relación debía de existir entre ambos cuerpos. Parecía como si procurasen mantenerse aparte, aunque se saludaban con formal cortesía cuando tenían que cruzarse en la calle. Le habría gustado que Bud Schlesinger apareciera de repente para orientarla tranquilamente por el laberinto de dificultades que se le presentaban allí, o Anita, para animarla y darle conversación; o Malcolm...

Dejó aquel pensamiento en suspenso hasta que se esfumó.

Cuanto más se acercaba al centro de la ciudad, más crecía su desasosiego, porque el dolor de la mano izquierda empeoraba con cada pulsación de sangre en las arterias en las proximidades del hueso roto. Escrutaba todos los letreros de las tiendas, todos los rótulos, todas las placas metálicas de los edificios, en busca de una señal que pudiera indicar que allí se hablaba inglés.

Al final, encontró en un oratorio lo que buscaba. Una pequeña basílica de piedra caliza, con tejas rojizas, en medio de un polvoriento patio donde crecían tres olivos rodeados de grava, anunciaba en inglés, francés y árabe: SAGRADA CAPILLA DE SAN FANURIO. Debajo constaban los horarios de los servicios, así como el nombre del sacerdote titular, el padre Jerome Burnaby.

La princesa Cantacuzino... ¿no había dicho que su daimonion se llamaba Fanurio? Lyra se detuvo para mirar el interior del recinto. Junto a la basílica se alzaba una casita dotada de un jardín sombreado de palmeras, donde un hombre vestido con una camisa y pantalones de un azul deslucido regaba unas matas de flores. Al levantar la vista, este le dedicó un alegre ademán y, alentada por este, Lyra avanzó con cautela hacia él.

—*As-salamu aleikum* —la saludó, dejando la regadera en el suelo.

Lyra se acercó un poco más, entrando en el jardín, en el que abundaban los diferentes matices de verde, mientras que las flores presentaban todas la misma tonalidad de rojo intenso.

—*Wa-aleikum as-salaam* —respondió en voz baja—. ¿Habla inglés?

—Sí. Soy el sacerdote de esta basílica, el padre Burnaby. Soy inglés. ¿Usted también lo es? Se diría que sí, por su forma de hablar.

El hombre tenía un acento propio del condado de Yorkshire. Su daimonion, un petirrojo, observaba con la cabeza ladeada a Lyra posado en el mango de la regadera. El sacerdote, corpulento y de cara rojiza, era mayor de lo que le había parecido a primera vista; su expresión irradiaba perspicacia teñida de inquietud. Viendo que Lyra tropezaba en una piedra, alargó la mano para sujetarla.

—Gracias…

—¿Está bien? No parece muy en forma, aunque sea difícil verlo…

—¿Me puedo sentar?

—Acompáñeme.

La condujo al interior de la casa, donde se estaba un poco más fresco que fuera. En cuanto hubo cerrado la puerta, Lyra se desenroscó el velo de la cabeza y se lo quitó con alivio.

—Pero ¿qué le ha pasado? —preguntó el religioso, desconcertado por los cortes y cardenales de la cara.

—Me agredieron. Lo único que necesito es averiguar…

—Necesita un médico.

—No. Por favor, déjeme sentarme solo un minuto. Preferiría no…

—En todo caso, tomará un vaso de agua. Espere aquí.

Estaba en un pequeño vestíbulo, donde solo había una silla de mimbre de aspecto endeble. Aguardó hasta que el hombre regresó con el agua.

—No era mi intención…

—Da igual. Entre aquí. Está algo desordenado, pero los asientos al menos son cómodos.

Abrió la puerta de una habitación que parecía una mezcla de estudio y trastero, abarrotada de libros diseminados incluso por el suelo. A Lyra le recordó la casa de Kubiček, en Praga. ¡Parecía que había pasado una eternidad desde entonces!

El sacerdote retiró una docena de libros de un sillón.

—Siéntese aquí —la invitó—. Los muelles todavía están intactos.

Lyra tomó asiento y observó cómo distribuía los volúmenes en tres pilas separadas que, según supuso, correspondían a tres aspectos diferentes del tema sobre el cual leía, filosofía al parecer. Su daimonion petirrojo la miraba con ojos relucientes desde el respaldo del otro sillón.

—Es evidente que necesita atención médica —dijo Burnaby, que se sentó—. Eso es indiscutible. Enseguida le daré la dirección de un buen médico. Ahora dígame qué más necesita. Aparte de un daimonion. Eso también es indiscutible. ¿En qué puedo ayudarla?

—¿Dónde estamos? Sé que esta población es Seleukeia, pero ¿queda lejos de Alepo?

—A unas horas en automóvil, aunque la carretera no es muy buena. ¿Por qué quiere ir?

—Quiero ver a alguien allí.

—Comprendo —dijo—. ¿Me podría decir su nombre?

—Tatiana Prokovskaya.

—¿Ha probado a recurrir al cónsul moscovita?

—No soy moscovita. Solo mi nombre lo es.

—¿Cuándo ha llegado a Seleukeia?

—Anoche. Era demasiado tarde para encontrar un hotel. Una gente pobre tuvo la amabilidad de socorrerme.

—¿Y cuándo sufrió esa agresión?

—En el tren proveniente de Esmirna. Fueron unos soldados.

—¿La ha examinado algún médico?

—No. No he hablado con nadie, salvo con las personas que me ayudaron, y no había forma de entendernos porque no hablábamos el mismo idioma.

—¿Cómo se llamaban?

—Chil-du y Yozdah.

—Un recolector de inmundicias y su mujer.

—¿Los conoce?

—No, pero esos nombres no son anatolios. Son tayikos. Significan Once, en el caso de la mujer, y Cuarenta y Dos, en el del hombre.

—¿Tayikos? —preguntó.

—Sí. No se les permite tener nombres personales. Se les atribuyen números: pares para los hombres; impares para las mujeres.

—Qué horrible. ¿Son una especie de esclavos?

—Algo así. Solo pueden ejercer un número limitado de actividades. Las más comunes son enterrador y recolector de inmundicias.

—Fueron muy amables. Me dieron este velo, chador, este... nicab, ¿es eso?

—Ha hecho bien en ponérselo.

—Señor Burnaby..., padre... ¿Cómo debo llamarlo?

—Jerome, si quiere.

—Jerome, ¿qué es lo que ocurre aquí? ¿Por qué hay soldados en la calle y en el tren?

—La gente está inquieta, asustada. Ha habido disturbios, incendios, persecuciones... Desde el martirio de san Simeón, el patriarca, se ha aplicado una especie de ley marcial eclesiástica, con el trasfondo de los conflictos en torno a los cultivos de rosas.

Lyra meditó un instante la cuestión, antes de plantear otra.

—La gente de anoche... no tenían daimonion, igual que yo.

—¿Me permite preguntarle a qué se debe su carencia de daimonion?

—Desapareció. Es lo único que sé.

—Ha tenido suerte de que no la detuvieran esta mañana. A las personas sin daimonion, generalmente tayikos, no se les permite aparecer en lugares públicos durante el día. Si hubieran creído que era tayika, la habrían arrestado.

Lyra guardó silencio un momento.

—Este sitio es horrible.

—En eso tiene razón.

Tomó un sorbo de agua.

—¿Y su intención es ir a Alepo? —prosiguió el sacerdote.

—¿Sería complicado en este momento?

—Esta es una ciudad de comerciantes, donde se puede conseguir cualquier cosa con dinero. De todas formas, un viaje así será más caro ahora que en épocas de más calma.

—¿Ha oído hablar de un sitio llamado el Hotel Azul? —preguntó—. ¿Un sitio adonde van los daimonions?

—Ah..., por favor..., tenga cuidado —le recomendó él, con ojos asustados.

Por su parte, extremó la prudencia levantándose del sillón para recorrer la habitación y mirar por ambas ventanas: una daba a la calle, y la otra, al estrecho huerto contiguo a la casa. Emitiendo trinos de alarma, el daimonion petirrojo voló primero hacia Lyra antes de dar media vuelta para ir a buscar la seguridad del hombro del sacerdote.

—¿Qué tenga cuidado con qué? —preguntó Lyra, extrañada.

—En ese lugar que ha mencionado hay fuerzas que no son de este mundo, fuerzas espirituales, malignas. Le aconsejo que no vaya allí.

—Es que trato de encontrar a mi daimonion, como bien sabe. Si ese sitio existe, cabe la posibilidad de que esté allí. Debo intentarlo. Estoy..., estoy incompleta, compréndalo.

—Tampoco sabe con certeza que su daimonion esté allí. He visto casos... Le podría exponer ejemplos de auténtica maldad espiritual surgida de lugares donde.... Entre personas que... No, no, le desaconsejo encarecidamente que vaya allí, incluso si existe.

—¿Incluso si existe? ¿Quiere decir que igual no existe?

—Si existiera un sitio así, no estaría bien ir.

«¿Es esto lo mismo que Bolvangar?», pensó Lyra. Sin embargo, no podía perder tiempo explicándoselo.

—Si le preguntara en condición de..., no sé..., de periodista o algo así, si le preguntara cómo se puede llegar hasta allí, ¿me lo diría?

—Bueno, en primer lugar, no sé cómo llegar a ese sitio. Todo son rumores, mito, puede que pura superstición incluso, aunque yo diría que, si alguien lo sabe, esa persona es su amigo el recolector de inmundicias. ¿Por qué no se lo pregunta a él?

—Porque no hablamos el mismo idioma. Mire, da igual. No tengo fuerzas para ir a ninguna parte en ese momento. Gracias por escucharme, y por el vaso de agua.

—Perdone. No tiene por qué irse. Lo que ocurre es que me preocupa su bienestar, espiritual y... Quédese sentada descansando. Quédese un rato. De veras, creo que debería dejar que la examinara un médico.

—Me repondré. Pero ahora me tengo que ir.

—Ojalá me dejara hacer algo para ayudarla.

—De acuerdo. Entonces infórmeme de cómo puedo viajar de aquí a Alepo —pidió—. ¿Hay un tren?

—Había uno hasta hace poco, pero ya no permiten su circulación. Hay un autobús, dos veces por semana, creo, pero...

—¿Hay otra forma de desplazarse hasta allí?

El sacerdote respiró hondo, tamborileó con los dedos y sacudió la cabeza.

—Hay camellos —repuso.

—¿Dónde puedo encontrar un camello? ¿Y alguien que me haga de guía?

—No sé si tiene conciencia de que esta ciudad constituye el punto final de muchas de las variantes de la Ruta de la Seda. Aunque los grandes mercados y almacenes se encuentran en

Alepo, una parte considerable de las mercancías llegan aquí para seguir su trayecto por mar, y también hacia las tierras del interior. Los caravaneros cargan los camellos aquí al inicio de viajes con destino a lugares tan remotos como Pekín. Alepo es solo una primera parada para ellos. Si va al puerto…, eso es lo que haría yo… Vaya al puerto y pregunte por un caravanero…, hablan todas las lenguas imaginables. Olvídese del otro proyecto, se lo ruego. Es un desatino, un engaño, algo peligroso, en serio. Alepo queda más o menos a dos días, quizá tres. ¿Tiene amigos allí?

—Sí —se apresuró a afirmar—. Una vez que llegue allí, estaré a salvo.

—Bien, le deseo buena suerte, sinceramente. Y recuerde que la autoridad nunca desea que su creación quede escindida. Usted fue creada con un daimonion, y este se encuentra en algún lugar ansiando reunirse con usted. Cuando eso ocurra, la naturaleza quedará restaurada en parte, y la autoridad se alegrará de ello.

—¿Se alegra de que esos pobres tayikos tengan que vivir de esa manera?

—No, no. El mundo no es un sitio fácil, Tatiana. Hay pruebas que nos son enviadas…

Lyra se puso en pie, sorprendida del esfuerzo que le exigía, y tuvo que agarrarse al respaldo del sillón.

—No está bien —observó el hombre con tono amable.

—No.

—Eh…

Se levantó a su vez y juntó las manos. En su cara se sucedía toda una secuencia de pensamientos y sentimientos; aparte, efectuaba un curioso movimiento ondulante, como si quisiera desprenderse de unas cadenas o unas esposas.

—¿Qué ocurre? —preguntó Lyra.

—Vuelva a tomar asiento. No se lo he contado todo… No le he dicho toda la verdad. Por favor, siéntese. Procuraré decírselo ahora.

Se notaba que estaba conmovido. Luchaba contra algo y, al mismo tiempo, le avergonzaba revelar qué era.

Lyra se sentó, atenta a los cambios de expresión de la cara del sacerdote.

—Los daimonions de sus amigos tayikos deben de haberlos vendido —declaró en voz baja.

—¿Cómo? ¿Ha dicho vendido? —preguntó, dudando si había oído bien—. ¿La gente vende a sus daimonions?

—Por su pobreza —explicó—. Existe un mercado para los daimonions. Aquí el conocimiento médico está bastante avanzado, a diferencia de otros aspectos. Las grandes compañías son las promotoras de ese desarrollo. Dicen que las compañías médicas están experimentando aquí antes de expandirse en el mercado europeo. Hay una operación quirúrgica... Muchas personas sobreviven a ella. Los padres venden los daimonions de sus hijos a cambio de un dinero que les permite subsistir. Técnicamente es ilegal, pero las sumas de dinero que mueve sirven para burlar la ley... Una vez que crecen, al estar incompletos, estos niños no son ciudadanos de pleno derecho. Una consecuencia de ello son sus nombres y los oficios que tienen que ejercer.

»Hay traficantes... Yo sé dónde..., incluso puedo decirle dónde se pueden localizar. No es que esté orgulloso de transmitir este tipo de conocimiento. En realidad, me repugna hasta la médula... No me puedo perdonar el hecho de estar enterado de esto. Hay hombres que pueden proporcionar un daimonion a las personas que no tienen. Parece atroz. Parece absurdo. La primera vez que oí hablar de ello, cuando me instalé en este sitio para cuidar de esta capilla, pensé que era algo restringido solamente a la confesión, y reconozco que sufrí... Me costaba creerlo. Sin embargo, lo he sabiado por diversas vías. Al parecer, si una persona como usted, que ha sufrido la pérdida de un daimonion, dispone de dinero suficiente, puede recurrir a los servicios de un traficante que le suministrará..., le venderá un daimonion que se hará pasar por el suyo. He visto a varias personas en ese estado. Tienen un daimonion que va a todas partes con ellas y que aparenta tener una cercanía e intimidad con ellas, pero...

—Se nota —intervino su propio daimonion petirrojo, con voz dulce y reposada—. Parecen desconectados, a un nivel profundo. Es muy perturbador.

—A mí me causó un gran conflicto —confesó el sacerdote—. Luché por comprenderlo y aceptarlo, pero... Mi obispo no me sirvió de orientación. El Magisterio niega que esto ocurra, pero yo sé que sí es cierto.

—No es posible —dijo Lyra—. ¡No puede ser! ¿Para qué aceptaría un daimonion fingir pertenecer a otra persona? Ellos son una parte de nosotros. Tienen que echarnos de menos en la misma medida en que nosotros los añoramos a ellos. ¿Se ha separado alguna vez de su daimonion?

El hombre negó con la cabeza. Su daimonion dijo algo en voz baja y él lo cogió con ambas manos y se lo acercó a la cara.

—¿Y por qué se quedan los daimonions con unos desconocidos? ¿Cómo pueden soportarlo?

—Quizá sea mejor que permanecer donde están..., en el sitio donde los han seccionado.

—¿Y... los traficantes? —prosiguió Lyra—. ¿Está autorizada su actividad? ¿Disponen de una licencia o algo así?

—He oído decir... —empezó a responder el religioso, antes de modificar la frase—. Sé que esto son conjeturas y rumores... Pues bien, algunos de los daimonions que venden son los que han seccionado a los tayikos. La mayoría muere, por lo visto, pero..., y esta es una clase de transacción muy clandestina, ilícita, ¿entiende?... Las autoridades hacen la vista gorda porque las compañías promotoras son hoy en día más poderosas que los políticos. ¡Ay, cuánta razón tenía al decir que este era un sitio horrible, Tatiana!

—Explíqueme algo más del Hotel Azul —pidió Lyra.

El hombre torció el gesto.

—Por favor —añadió—. He venido de muy lejos en busca de mi daimonion. Si está por esta región, entonces debo hacer lo posible para que no caiga en manos de esos traficantes. Y si el Hotel Azul es un sitio adonde van los daimonions, es posible que allí no corran peligro. ¿Dónde está? ¿Qué es? ¿Qué sabe de él?

—La gente se mantiene alejada de ese lugar por miedo... —repuso con un suspiro—. Yo creo que hay fuerzas malignas que obran allí. Por lo que tengo entendido... Uno de mis parroquianos, que fue a indagar movido por la curiosidad, volvió marcado, cambiado, disminuido... No es un hotel. Eso es solo un eufemismo. Es una ciudad muerta, una entre cientos. No tengo idea de por qué lo llaman el Hotel Azul. En todo caso, allí hay algún poder que atrae a los daimonions, tal vez a los daimonions que han sido seccionados y que luego han escapado... No es un buen sitio, Tatiana, estoy convencido de ello. Por favor, no...

—¿Dónde puedo encontrar a uno de esos traficantes?

—¡Ojalá no le hubiera dicho nada! —se lamentó, llevándose las manos a la cabeza.

—Yo me alegro de que me lo haya contado. ¿Dónde puedo encontrarlos?

—Todo este asunto es ilegal, inmoral. Es peligroso, tanto desde el punto de vista legal como espiritual. ¿Entiende lo que quiero decir?

—Sí, pero, de todas maneras, quiero saberlo. ¿Adónde tengo que ir? ¿Qué tengo que solicitar? ¿Hay una forma especial de referirse a esa gente y a esa transacción?

—¿Está decidida a hacer esto?

—Es la única pista de que dispongo. Sí, por supuesto que estoy decidida, y usted lo estaría en mi caso. Esa gente que compra daimonions... ¿cómo localiza a los traficantes? Por favor, señor Burnaby... Jerome..., si no me cuenta todo lo que sabe, podría incurrir en peligros mayores. ¿Hay un sitio especial adonde van? ¿Un mercado, un bar en concreto o algo así?

El párroco murmuró algo y Lyra se disponía a pedirle que lo repitiera cuando se dio cuenta de que hablaba con su daimonion. Fue el daimonion quien contestó.

—Hay un hotel cerca del muelle —dijo—. Lo llaman el Park Hotel, pese a que no hay ningún parque cerca. La gente en su estado va allí y alquila una habitación para varios días. Los traficantes se enteran y van a visitarlos. El hotel es más bien mediocre, pero cobran una tarifa alta.

—El Park Hotel —repitió Lyra—. Gracias. Iré allí. ¿En qué calle está?

—En una calle retirada llamada Osman Sokak —especificó Burnaby—. Cerca del puente giratorio.

—Osman...

—Osman Sokak. En realidad, es un callejón.

Lyra se levantó. Aquella vez se sentía con más fuerzas.

—Le estoy muy agradecida —dijo—. Gracias, señor Burnaby.

—Me imagino lo difícil que debe de ser encontrarse en su situación... Aun así, le ruego que desista y vuelva a casa. Simplemente.

—Eso de volver a casa no tiene nada de simple.

—No —reconoció él—. Es más fácil decirlo que hacerlo.

—Y no pienso comprar un daimonion. Sería una transacción horrible.

—No debí... —Sacudió la cabeza, antes de proseguir—. Si en algún momento necesita ayuda, venga a verme.

—Es muy amable. Lo tendré en cuenta. Ahora me tengo que ir, padre Burnaby.

Con un suspiro, se acordó del velo. Lo dispuso con cuidado encima de la nariz y después por encima de la cabeza, para luego remeter las puntas. En el espejo de la mesita del vestíbulo, comprobó que estaba bien puesto. A un tiempo la protegía y la anulaba.

Tras estrechar la mano del sacerdote, abandonó el frescor de su casa y, rodeada del calor de la mañana, comenzó a andar con decisión hacia los muelles. En la calima de la lejanía, divisaba las grúas y tal vez también los mástiles, de modo que no le cupo duda de la dirección que debía seguir.

—Osman Sokak —repitió para sí.

De no haber descubierto ya que aquella ciudad era mucho menos agradable que Esmirna, el trayecto hasta el puerto la habría convencido de ello. A nadie parecía habérsele ocurrido plantar un árbol o cultivar algunos arbustos o un ínfimo retazo de césped, o hacer de los barrios lugares placenteros y cómodos, en vez de un compendio de negocios sin alma. El sol caía a plomo sobre las polvorientas calles sin nada que mitigara su ardor. No había bancos donde reposar, ni siquiera en las escasas paradas de autobús, ni tampoco cafeterías, por lo visto. Si uno quería descansar, tenía que sentarse en el suelo y buscar algo de sombra entre los edificios, muchos de los cuales eran desangeladas fábricas o almacenes, o deslustrados bloques de pisos. Las únicas tiendas eran pequeñas y funcionales. Las mercancías se exponían descuidadamente fuera, a pleno sol, y las verduras se marchitaban con el calor, y el pan absorbía el polvo del tráfico. Los ciudadanos se desplazaban sin mirarse entre sí, cabizbajos, sin ganas de prestar atención a nadie ni a nada. Aparte, había patrullas por doquier: la policía que circulaba despacio en sus furgonetas azules, los soldados que paseaban con aire desenfadado y con sus rifles.

Cada vez más cansada, dolorida y oprimida, Lyra avanzaba con determinación hacia el puerto. Cuando encontró el callejón denominado Osman Sokak, estaba casi a punto de echarse a llorar, pero logró mantener la compostura al entrar en el cochambroso edificio que se anunciaba como Park Hotel, puesto que la «k» había desaparecido del letrero.

El empleado de recepción tenía un aire aletargado y huraño. No obstante, en los ojos de su daimonion lagarto asomó un destello de interés reptiliano cuando se dio cuenta de que Lyra no tenía daimonion. Sin duda, el hombre recibiría una comisión cuando hiciera correr la voz de que había llegado un cliente. Entregó la llave de la habitación a Lyra sin molestarse en acompañarla.

Una vez dentro del exiguo y recalentado cuarto, se quitó el velo y lo arrojó a un rincón. Después se acostó con cuidado en la cama; con cuidado porque sus lesiones se estaban aglutinando en un solo e inmenso dolor, que, más que estar dentro de ella, parecía más bien envolverla. Se sentía enferma y desconsolada. Después de llorar un poco, se quedó dormida.

Despertó al cabo de una hora, todavía con lágrimas en las mejillas. Alguien llamaba a la puerta.

—Un momento —reclamó, antes de colocarse a toda prisa el velo.

Abrió un resquicio en la puerta. Un hombre de mediana edad aguardaba fuera, con un maletín en la mano.

—¿Sí? —dijo.

—¿Es usted inglesa, *madeimoselle*?

—Sí.

—Yo estoy en condiciones de ayudarla.

—¿Quién es usted?

—Soy Selim Veli. Más concretamente, el doctor Selim Veli.

—¿Qué tiene que ofrecer?

—A usted le falta algo muy necesario y yo puedo proporcionarle lo que necesita. ¿Me permite entrar para explicárselo?

Su daimonion era un loro que observaba a Lyra desde su hombro, con la cabeza ladeada. Lyra se preguntó si sería su daimonion o si lo habría comprado. Aunque sabía que normalmente lo habría distinguido de inmediato, todas sus certezas comenzaban a difuminarse.

—Espere un momento —dijo.

Cerró la puerta para cerciorarse de que tenía la porra al alcance de la mano.

Luego volvió a abrir y lo dejó pasar. El desconocido tenía unos modales ceremoniosos y correctos, llevaba la ropa limpia y bien planchada, y unos zapatos lustrados.

—Siéntese, por favor, doctor Veli —lo invitó.

El hombre se instaló en la única silla disponible y ella se sentó en la cama.

—No sé si va en contra de las normas y costumbres, pero no estoy acostumbrada a llevar un nicab y me lo voy a quitar —advirtió.

El hombre asintió con gravedad. Su expresión se descompuso un poco cuando vio su cara magullada.

—Dígame a qué ha venido —pidió Lyra.

—La pérdida de un daimonion es un acontecimiento grave en la vida de una persona. En muchos casos, tiene un fatal desenlace. La existencia de un suministrador de lo que desean quienes carecen de daimonion es una necesidad, y yo puedo proveer a dicha necesidad.

—Lo que yo quiero es encontrar a mi daimonion.

—Es lógico, y le deseo de todo corazón que lo encuentre. ¿Cuánto hace que desapareció?

—Más o menos, un mes.

—Todavía goza de buena salud, aparte de... —Le señaló con delicadeza la cara.

—Sí.

—En ese caso, es muy probable que su daimonion también esté bien. ¿Cómo se llama y qué forma tiene?

—Pantalaimon. Es una marta. ¿Dónde consigue los daimonions que vende?

—Ellos acuden a mí. Se trata de una transacción totalmente voluntaria. Lamento decir que hay traficantes que compran y venden daimonions arrancados a la fuerza o sin consentimiento.

—¿Se refiere a los daimonions de los pobres tayikos?

—Tayikos, sí, y a veces otra gente. Los tratan con desprecio y repugnancia por vender a sus daimonions, pero, cuando uno ha visto de qué manera tienen que vivir los pobres, se muestra más compasivo. Yo no tengo nada que ver con ese negocio. No pienso entrar en él.

—Así que sus daimonions acuden por voluntad propia.

—Yo represento solo a daimonions que han decidido por sí mismos desprenderse de su conexión anterior.

—¿Y cuánto cobra?

—Depende de la edad, el aspecto, la forma... En la valoración entran también otros atributos, como los idiomas que hablan, la extracción social... Nuestro objetivo es encontrar la mayor coincidencia posible. Siempre existe el riesgo de que la persona de quien se escindió el daimonion fallezca, en cuyo caso el daimonion también morirá. Yo ofrezco una póliza de seguros que cubre dicho riesgo y prevé el coste de una sustitución.

—¿Y cuánto cuesta? —logró preguntar Lyra, venciendo su sentimiento de repulsa.

—Por un daimonion de calidad superior, bien nivelado con la persona, el precio sería de diez mil dólares.

—¿Y el más barato?

—Yo no trabajo con daimonions de baja calidad. Otros vendedores le cobrarían menos, desde luego. Para eso tendría que tratar con ellos.

—Pero ¿y si tuviera que negociar con usted?

—Bueno, entonces tendríamos que ponernos de acuerdo en una cifra —contestó, como si fuera un comerciante de categoría que hablara de la compra de una valiosa pieza de artesanía.

—¿Y qué tal se lleva la gente con sus nuevos daimonions? —planteó Lyra.

—Cada caso es distinto, por supuesto. Los clientes asumen un riesgo. Con buena voluntad por ambas partes, se puede llegar con el tiempo a un equilibrio satisfactorio. El objetivo es lograr un *modus vivendi* aceptable en circunstancias sociales normales. En cuanto a la unidad y al entendimiento perfectos que han perdido uno y otro, de la que disfrutaban desde el nacimiento..., le mentiría si le dijera que se alcanza siempre. Sin embargo, es posible establecer una especie de tolerancia e incluso, con el tiempo, un vínculo de afecto.

Lyra se levantó y se fue a mirar por la ventana. La tarde declinaba; el dolor que sentía no había mermado en lo más mínimo; el calor era casi insoportable.

—Dada la naturaleza de este tipo de transacción —prosiguió el vendedor—, no es posible hacer publicidad. Aun así, podría interesarle conocer los nombres de algunos clientes satisfechos.

—Sí, ¿a quién le ha vendido daimonions?

—Al *signor* Amedeo Cipriani, presidente del Banco Genovese. A *madame* Françoise Guillebaud, secretaria general del Foro Europeo para la Colaboración Económica. Al profesor Gottfried Brande...

—¿Cómo? ¿A Brande?

—Sí, como le he dicho, el profesor Gottfried Brande, el distinguido filósofo alemán.

—He leído sus libros. Es un profundo escéptico.

—Incluso los escépticos necesitan moverse por el mundo con una apariencia normal. Le conseguí un perro alemán hembra, muy parecido a su daimonion anterior, tal como él mismo reconoció.

—Pero él… ¿cómo llegó a perder a su daimonion?

—Ese es un asunto privado que no me incumbe.

—Pero si en uno de sus libros afirma que los daimonions no existen…

—Esa es una cuestión que se debe tratar en el ámbito de sus seguidores. En todo caso, no creo que quiera que se haga público que ha realizado esta transacción.

—No —reconoció ella, un poco aturdida—. ¿Y cómo viven los daimonions convertirse en objetos de compra y venta?

—En el estado de soledad y desolación que padecen, agradecen que les presentemos a alguien que se ocupará de ellos.

Lyra trató de imaginar a Pan recurriendo a ese traficante, siendo vendido a una mujer solitaria, tratando de adaptarse a la vida de un desconocido, a fingir afecto, a recibir confidencias, soportando mientras tanto el contacto físico de alguien con quien nunca llegaría a componer una unidad. Con un nudo en la garganta, se volvió un momento para ocultar las lágrimas que afloraron en sus ojos.

—Tengo otra pregunta —anunció poco después—. ¿Cómo puedo llegar al Hotel Azul?

Al volverse, advirtió que el hombre se había llevado una sorpresa, aunque enseguida recobró la compostura.

—No tengo ni idea. Nunca he estado allí. Prefiero creer que ese lugar no existe.

—Pero ¿ha oído hablar de él?

—Desde luego. Son rumores, supersticiones, habladurías…

—Bien, eso es todo lo que quería saber. Adiós, doctor Veli.

—Con su permiso, le dejaré una pequeña selección de fotogramas y mi tarjeta.

Se inclinó para diseminar varias fotos encima de la cama.

—Gracias y adiós —zanjó ella.

El vendedor se marchó tras inclinar el torso. Lyra cogió uno de los fotogramas. Era de un daimonion gato, de pelo ralo y disparejo, encerrado en una jaula de plata. Pudo ver su expresión de rabia y rebeldía.

En la parte inferior de la imagen, había sujeta una etiqueta con una descripción escrita a máquina:

NOMBRE: Argülles
EDAD: 24
IDIOMAS: tayiko, ruso, anatolio
Precio a convenir

En la tarjeta constaba tan solo el nombre del vendedor y una dirección de la ciudad. Lyra la rasgó, así como el resto de las fotos, y lo arrojó todo a la papelera.

Al cabo de unos minutos, volvieron a llamar a la puerta. Esa vez no se molestó en ponerse el velo. El vendedor era un griego de cierta edad que le respondió lo mismo cuando preguntó por el Hotel Azul. Solo se quedó cinco minutos en el cuarto.

El tercero llegó al cabo de media hora. A este también le precisó que no quería comprar un daimonion, sino ir al Hotel Azul. Puesto que el hombre no sabía cómo llegar allí, se despidió de él y cerró la puerta.

Sentía una incomodidad sofocante; tenía calor, hambre y sed y, para colmo, le había entrado un terrible dolor de cabeza. La mano fracturada, oscura e hinchada, manifestaba su dolor con una fuerte palpitación. Siguió sentada, aguardando.

Así transcurrió una hora. «Ha corrido la voz de que no quiero comprar un daimonion y ya no se molestan más en venir a verme», se dijo.

Sentía la tentación de acostarse y morir. No obstante, su cuerpo reclamaba comida y bebida, lo cual interpretó como una señal de que su envoltura física al menos deseaba seguir viviendo. Se colocó el velo y salió con intención de comprar pan, queso, agua embotellada y, si podía, algún medicamento contra el dolor.

A pesar de ir cubierta con el velo, los tenderos la trataban con hostil recelo. Uno se negó a venderle nada y no paraba de hacer gestos como para preservarse de alguna posible influencia maligna. Otro, sin embargo, aceptó el dinero y le vendió lo que necesitaba.

De regreso al hotel, encontró a un hombre esperando fuera de su habitación.

Los tres primeros iban vestidos de manera respetable y se comportaban como hombres de negocios profesionales que disponían de valiosas mercancías que ofrecer. En cambio, aquel individuo parecía un mendigo. Iba harapiento, tenía las manos mugrientas y la cara atravesada por una cicatriz que iba de la mejilla izquierda hasta la oreja derecha, formando una línea blanca que destacaba sobre la cara morena, atezada por el sol. Podría haber tenido entre treinta y sesenta años. Aunque en la cabeza solo presentaba unos ralos y cortos cabellos grises, su rostro expresivo carecía de arrugas. Los ojos expresaban agudeza e inteligencia y hablaba deprisa, con voz liviana y un acento que parecía una combinación de toda la región del Levante. Llevaba su daimonion, un gecko, instalado sobre el hombro.

—¡Señorita! Me alegro mucho de verla. He estado esperando aquí sin tregua. Yo sé lo que quiere. Ha corrido la noticia. ¿La dama quiere comprar un daimonion? No. ¿Está interesada en visitar los restos de templos romanos? Otro día, quizá. ¿Está esperando a un mercader de oro o marfil, o de perfumes o sedas o frutas secas? No. Yo voy a adivinar su deseo más ferviente, señora. Sé lo que desea. ¿No es así?

—Lo que deseo es abrir la puerta y sentarme dentro de la habitación. Estoy cansada y hambrienta. Si quiere decirme algo, hágalo después de que haya comido y descansado.

—Con sumo placer. Esperaré aquí. No me voy a ir. Tómese todo el tiempo que necesite. Póngase cómoda y después llámame, y yo la serviré con toda la honradez de la que soy capaz.

Después de dedicarle una inclinación de cabeza, se sentó con las piernas cruzadas en el pasillo, delante de la puerta. Juntó las palmas de las manos con un gesto que tal vez era una muestra de respeto, aunque en sus ojos había un brillo burlón. Lyra abrió la puerta y, una vez dentro, la volvió a cerrar con llave antes de quitarse el velo. Luego se sentó con el pan, el queso y el agua, y se tomó dos analgésicos.

Después de comer y beber, se sintió un poco mejor. A continuación, se lavó las manos y la cara, y se arregló un poco el pelo antes de abrir la puerta.

El hombre seguía allí, sentado pacientemente; al instante, se levantó con agilidad y energía.

—Muy bien —dijo ella—. Entre y explíqueme qué vende.

—¿Ha disfrutado de la comida, señora? —preguntó él, una vez dentro.

—No, pero necesitaba comer. ¿Cómo se llama?

—Abdel Ionides, señora.

—Siéntese, por favor. No me llame señora. Me puede llamar «señorita Lenguadeplata».

—De acuerdo. Ese es un nombre que expresa cualidades personales, y me atrevo a pensar que sus padres debieron de ser unas personas interesantes.

—Ese nombre me lo puso un rey, no mis padres. Y ahora dígame qué es lo que vende.

—Muchas cosas. Puedo suministrarle prácticamente de todo. Lo de «prácticamente» lo digo para que vea que soy honesto. Por una parte, la mayoría de la gente que acude a este hotel padece un estado lamentable al haber perdido a sus daimonions y seguir, pese a ello, con vida. Su sufrimiento es grande. Como yo tengo un corazón compasivo, si me piden que les encuentre un daimonion, lo hago. Es un servicio que he prestado muchas veces. ¿Me permite decir algo sobre su estado de salud, señorita Plata?

—¿Qué?

—Usted sufre dolores. Y yo tengo un ungüento fantástico, proveniente de la región más misteriosa del remoto Oriente, que garantiza el alivio de los dolores de toda clase y origen. Por el equivalente de solo diez dólares, le puedo vender este maravilloso medicamento. —Sacó un pequeño tarro metálico del bolsillo, parecido a los del betún, pero más pequeño y sin etiqueta—. Pruebe, por favor, a aplicarse una pequeña cantidad y quedará convencida, se lo aseguro —afirmó, ofreciéndoselo destapado.

La pomada era grasienta y tenía un color rosado. Lyra cogió un poco con la punta del dedo y lo extendió sobre la mano lesionada. Aunque no notó ningún efecto, no tenía ganas de discutir, y el precio no era caro.

Le pagó la suma. Al ver su sorpresa, se dio cuenta de que preveía que regateara. Bueno, qué se le iba a hacer, se conformó, dejando el tarro en la mesita de noche.

—¿Conoce a un hombre llamado —cogió la tarjeta que había dejado la anterior visita— doctor Selim Veli?

—Oh, sí. Es una persona acaudalada y de renombre.

—¿Es honrado?

—Eso es como preguntar si el sol es caliente. La honradez del doctor Veli es conocida por todo el Levante. ¿Desconfía usted de él, señorita Plata?

—Me ha contado que había vendido un daimonion a alguien que conocía y me he quedado extrañada. No sabía si creerlo.

—Ah, a él puede creerlo sin duda ni temor.

—Comprendo. ¿Dónde...? ¿Cómo consiguen los daimonions las personas que los venden?

—Hay muchas formas. Como veo que es usted una persona de corazón tierno, no le voy a explicar algunos de los métodos que se emplean. De todas formas, de vez en cuando hay un daimonion que se pierde, que es infeliz y desdeñado, por más que cueste creer tan horrenda verdad, y nosotros nos hacemos cargo de él y tratamos de encontrarle un compañero agradable con la esperanza de formar un vínculo que dure para toda la vida. Cuando lo conseguimos, sentimos una felicidad casi tan grande como la de nuestros clientes.

El daimonion gecko, de color naranja y verde, se puso a corretear por sus brazos y hombros, hasta llegar a la coronilla. Lyra vio cómo sacaba la lengua para lamerse los ojos y después susurraba un par de palabras al oído del hombre.

—Yo no quiero un sustituto para mi daimonion —afirmó Lyra—. Lo que quiero es ir a Alepo.

—Puedo guiarla hasta allí con gran facilidad y comodidad, señorita Plata.

—Y, de camino, quiero ir a otro lugar. He oído hablar de un sitio llamado el Hotel Azul.

—Ah, sí. Ese nombre también lo conozco. A veces nos referimos a él con el nombre de Selenópolis o Madinat al-Qamar. Son palabras que significan la ciudad o el pueblo de la luna.

—¿Sabe cómo llegar allí?

—He estado allí dos veces. No había creído que fuera a ir otra vez, aunque percibo el hilo de su pensamiento y me atrevo a decir que podríamos ponernos de acuerdo en un precio para que la acompañe. No es, sin embargo, un sitio agradable.

—Es horrible —aseguró el daimonion gecko, desde su hombro izquierdo—. La tarifa será alta para pagar el sufrimiento que voy a tener que soportar. Por nosotros mismos, nunca habríamos vuelto allí, pero si es lo que usted quiere, lo consideraremos un deber. No será un placer, desde luego.

—¿Queda lejos de aquí?

—A uno o dos días en camello —repuso Ionides.

—Nunca he montado en camello.

—Entonces le tendremos que enseñar. Es la única manera de ir. No hay carretera, ni ferrocarril, solo desierto.

—Muy bien, entonces dígame cual sería la tarifa.

—Cien dólares.

—Es demasiado. Me parece que el precio está más bien en sesenta.

—Ay, señorita Plata, se confunde en la apreciación de la clase de viaje que es. Esta incursión en el mundo de la noche no es una simple visita de turismo. No se trata de un templo romano ni de un teatro en ruinas, con pintorescas columnas y piedras caídas, y un puesto donde venden limonada y suvenires. Vamos a caminar por las fronteras de lo invisible y a entrar en el reino de lo inexplicable. ¿No merece eso un precio mayor que la suma que ha propuesto, que apenas cubriría el alquiler de un camello? Pongamos noventa.

—También es excesivo. Yo puedo invocar lo inexplicable siempre que quiera. He pasado semanas de mi vida en presencia de lo inexplicable y lo invisible. Para mí no son algo extraño. Lo que quiero es un guía que me lleve a esa ciudad o ese pueblo de la noche. Le ofrezco setenta dólares.

—¡Ay de mí! Usted quiere viajar como una mendiga, señorita Plata. Para un viaje de esa categoría y con tanto peligro, es una muestra de respeto para los habitantes, de respecto para su humilde guía y también de respeto para su propio daimonion, viajar de una manera que exprese la calidad de su posición y el alcance de sus apoyos. Ochenta dólares.

—De acuerdo, ochenta dólares —aceptó, cansada—. Veinticinco antes de irnos, veinticinco cuando lleguemos al Hotel Azul y treinta cuando lleguemos a Alepo.

Ionides sacudió la cabeza con tristeza. Encaramado en ella, su daimonion miraba fijamente a Lyra.

—Yo soy un hombre pobre —se lamentó—, y seguiré siendo un hombre pobre después de este viaje. Confiaba en poder ahorrar un poco de lo ganado en esta misión, para protegerme de la pobreza de la vejez, pero veo que va a ser imposible. Aun así, tiene mi palabra. Treinta para cada etapa del viaje, entonces.

—No. Veinticinco, veinticinco y treinta.

Ionides abatió la cabeza. El daimonion se bajó de un salto hasta la palma de sus manos y se volvió a lamer los ojos.

—¿Cuándo querría emprender el viaje? —preguntó Ionides.

33

La ciudad muerta

Lyra se pasó el día siguiente montando en camello, dolorida. Ionides se ocupaba de todo con tacto y buen humor; sabía cuándo convenía callar y cuando sería bien recibido un comentario gracioso; encontró un lugar sombreado donde descansar a mediodía y se cercioró de que bebiera suficiente agua.

—Ahora estamos realmente cerca, señorita Plata —afirmó poco después de la pausa de mediodía—. Calculo que llegaremos a las proximidades de Madinat al-Qamar hacia el atardecer.

—¿Ha entrado alguna vez allí? —preguntó ella.

—No. Para serle inmaculadamente franco, señorita Plata, me daba miedo. No hay que infravalorar el grado de temor que provoca en las personas que están completas la idea de una aglomeración de daimonions separados o del proceso de separación que se tiene que haber producido antes.

—No infravaloro ese miedo. Yo misma lo sentía. He estado causándolo en otra gente durante más de cuatro mil kilómetros.

—Sí, claro. No es que pensara que no lo sabía de una manera profunda y concienzuda, pero, a consecuencia de esa reacción emocional, estaba demasiado asustado para seguir a mis clientes hasta las inmediaciones del Hotel Azul. Así se lo expliqué con perfecta sinceridad, y ellos fueron solos. Yo los llevé hasta allí, pero nunca les garanticé el desenlace de su búsqueda. Lo único que garanticé fue que los llevaría al Hotel Azul, tal como hice, al cien por cien. Lo demás era cosa suya.

Lyra asintió con la cabeza. Estaba demasiado cansada incluso para añadir algo. Siguieron adelante con los camellos. Lyra sacó del bolsillo el tarrito de ungüento de Ionides y, procurando mantenerlo en equilibrio, lo abrió para untarse la mano, que le dolía horriblemente. Después probó a aplicárselo en las sienes. El dolor de cabeza que sufría desde hacía días se estaba volviendo crónico, y el resplandor de la arena no hacía más que acentuarlo. No obstante, pronto empezó a sentir un maravilloso frescor que le alivió la frente y hasta pareció que el brillo de la arena disminuía un poco.

—Señor Ionides, cuénteme algo más de esta pomada —pidió.

—Se la compré a un camellero que acababa de llegar de Samarcanda. Sus virtudes son muy conocidas, se lo aseguro.

—¿De dónde proviene?

—Ah, quién sabe, del oriente lejano, de las tierras que quedan más allá de las montañas más altas del mundo. Ninguna caravana de camellos efectúa el viaje por esos puertos de montaña. Es demasiado elevado y demasiado arduo incluso para los camellos. Todo aquel que quiera transportar mercancías desde ese lado hasta este, o desde este lado hasta aquel, tiene que negociar con los bagazhktis.

—¿Y qué es eso?

—Seres que son como humanos, en el sentido de que tienen un idioma y son capaces de hablar, pero que se diferencian de nosotros en que, si tienen daimonions, estos son internos o invisibles. Son como camellos pequeños, sin joroba ni cuello largo. Uno los puede alquilar como medio de transporte. Tienen muy mal carácter, eso sí. Son desagradables y arrogantes, pero pueden subir hasta los puertos más altos con cargas de un tamaño increíble.

—O sea, que esa pomada proviene del otro lado de las montañas.

—En una parte de trayecto la debieron llevar los bagazhktis. Los bagazhktis también poseen otra virtud. Las montañas están infestadas de unas grandes aves de rapacidad carnívora, a las que llaman *oghâb-gorgs*. Son peligrosísimas. Solo los bagazhktis han encontrado la manera de ahuyentar a esos pájaros. Los bagazhktis son capaces de escupir su ofensiva y venenosa saliva de forma muy certera hasta una distancia considerable. A las aves no les gusta nada y, en general, se retiran. Así, al pagar los servicios de los bagazhktis, el caravanero se procura su supervivencia y la de las mercancías que transporta. Claro que, como comprenderá, señorita Plata, eso incrementa los costes. ¿Me permite preguntarle cómo sigue su dolor ahora?

—Va un poco mejor, gracias. Dígame, ¿usted conocía este ungüento? ¿Lo pidió concretamente?

—Sí, lo conocía y por eso conseguí encontrar un mercader que lo podía tener.

—¿Tiene un nombre especial?

—Lo llaman *gülmuron*. Aunque hay muchos otros más baratos que no tienen ningún efecto benéfico. Este es el auténtico *gülmuron*.

—Lo tendré en cuenta. Gracias.

El dolor de la mano era más o menos soportable, pero, para acabar de complicar las otras causas de malestar, empezó a notar un conocido tirón en el bajo vientre. Bueno, era inevitable. Ese dolor resultaba algo tranquilizador incluso. «Si esa parte funciona, entonces es que mi cuerpo todavía mantiene la normalidad», pensó.

Aun así, era incómodo, de modo que se llevó una gran alegría cuando, al rayar el sol en el horizonte, Ionides anunció que era hora de acampar.

—¿Hemos llegado? —preguntó—. ¿Es eso el Hotel Azul?

Al mirar en derredor, vio una cadena de colinas desgastadas. En realidad, no eran siquiera colinas, sino más bien unas laderas rocosas que se elevaban a la derecha. Por la izquierda, había un inacabable desierto plano. Justo enfrente, se distinguía una masa de piedra desbaratada que a primera vista no parecía indicar que allí hubiera existido una población, aunque los últimos rayos del sol iluminaban la parte alta de una hilera de columnas de caliza clara erosionadas por el viento, que en otras condiciones no habría alcanzado a ver. Mientras Ionides ataba los camellos y preparaba el fuego, Lyra subió a la roca más cercana y contempló el amasijo de rocas desmoronadas y, con la menguante luz, empezó a vislumbrar algunas formas definidas: una serie rectangular de paredes caídas, un arco que se había inclinado levemente sin llegar a venirse abajo, un espacio pavimentado que pudo haber sido un mercado o un foro...

Todo estaba desprovisto de vida. En caso de que allí hubiera daimonions, se escondían bien y no hacían ningún ruido.

—¿Está seguro de que es este el lugar? —preguntó, reuniéndose con Ionides junto al fuego, donde asaba un poco de carne.

—Señorita Plata, no me parecía que fuera usted una escéptica intransigente —replicó él con tono de hondo reproche.

—Intransigente no, solo un poco cautelosa. ¿Es este el lugar?

—Garantizado. Allí están los restos de la ciudad..., todas esas piedras eran antes edificios. Incluso todavía quedan algunas paredes en pie. No tiene más que caminar entre ellas para darse cuenta de que está en un antiguo centro de comercio y cultura.

Se quedó mirando las sombras que se iban alargando mientras Ionides daba la vuelta a la carne y mezclaba un poco de harina con agua y aplanaba la masa antes de cocerla en una sartén renegrida. Cuando la comida estuvo lista, el cielo se había oscurecido casi del todo.

—Una buena noche de sueño, señorita Plata, y podrá despertarse temprano y descansada para investigar las ruinas por la mañana —dijo.

—Voy a ir esta noche.

—¿Le parece mínimamente sensato?

—No lo sé, pero es lo que quiero hacer. Mi daimonion está allí y quiero encontrarlo lo antes posible.

—Es comprensible, pero allí dentro puede haber otras cosas aparte de daimonions.

—¿Qué cosas?

—Fantasmas. Espantos de distintas especies. Emisarios del Maligno.

—¿Usted cree en eso?

—Desde luego. Lo contrario sería un fallo intelectual.

—Hay filósofos que afirman que el fallo sería creer.

—Entonces, con el debido respeto, señorita Plata, es que han separado su inteligencia de sus otras facultades, y con eso no demuestran mucha inteligencia.

Al principio no dijo nada, porque estaba de acuerdo con él..., al menos de forma instintiva, aunque no racional. Una parte de ella todavía era presa de las ideas de Talbot y de Brande. No obstante, mientras acababa de comer la tierna carne y el pan caliente, comprendió lo incongruente que era proyectar ese escepticismo universitario en el Hotel Azul.

—Señor Ionides, ¿ha escuchado alguna vez la expresión «la comunidad secreta»?

—No. ¿A qué hace referencia?

—Al mundo de las cosas entrevistas y de los susurros apenas percibidos. A las cosas que las personas que se consideran listas tachan de superstición. A las hadas, los espíritus, los fantasmas, los entes de la noche. Ese tipo de cosas de los que, según usted, está lleno el Hotel Azul.

—«La comunidad secreta»... No, nunca he oído hablar de tal cosa.

—Quizás haya otras maneras de referirse a eso.

—Seguro que hay muchas.

Ionides rebañó la sartén con el último fragmento de pan y lo masticó despacio. Lyra estaba extenuada, al borde del delirio. A pesar de que estaba deseando dormir, sabía que, si cedía y daba una cabezadita, no se despertaría hasta que la mañana inundara el cielo. Ionides se puso a trajinar por el exiguo campamento, cubriendo el fuego, sacando las mantas, enrollando un cigarrillo de hoja de fumar... Finalmente, se detuvo para acurrucarse a la sombra de una roca del tamaño de un camello. Solo la diminuta punta candente del cigarrillo delataba su presencia allí.

Lyra se levantó, con renovada conciencia de los distintos dolores y lesiones que la aquejaban. La mano había empeorado; con el dedo índice, cogió una pequeña cantidad de ungüento de rosas y se la aplicó con la suavidad con que se posaría una mariposa en una brizna de hierba.

Después guardó la pomada en la mochila junto con el aletiómetro y se alejó del fuego en dirección a las ruinas. La luna ascendía en el firmamento, atravesado por la vasta franja de la Vía Láctea. Cada uno de aquellos minúsculos puntos era un sol de su propio sistema, que aportaba luz y calor a diversos planetas, generando vida tal vez. Quizá desde allá alguna especie de ser tendía, pensativo, la mirada hacia la pequeña estrella que era su sol, hacia ese mundo y hacia Lyra.

Delante de ella, el esqueleto de la ciudad se recortaba, casi blanco, con la luz de la luna. Allí la gente se había amado, había comido, bebido y reído, había traicionado a otros y había recelado la muerte. Aquello había sido escenario de vidas, de las que no quedaba ni el más mínimo fragmento. Solo piedras blancas y sombras negras. A su alrededor había un omnipresente susurro, tal vez producto de la conversación de insectos nocturnos. Había sombras y susurros. Allá vio los restos derruidos de una pequeña basílica, donde la gente había rezado. Un poco más allá, un arco coronado con un pedimento clásico se erguía en medio de la nada. La gente había caminado por ese arco, había arreado reatas de burros debajo y se había parado a charlar a su sombra durante las horas de calor de un día remoto. También había un pozo, o una fuente, o un manantial; en todo caso, alguien había considerado que valía la pena tallar piedras para formar una cisterna y una representación de una ninfa en lo alto. Ahora la ninfa se veía desdibujada, limada por el tiempo, la cisterna estaba seca, y el único ruido evocador de un goteo era el chirrido de los insectos.

Siguió caminando, adentrándose en el silencioso paisaje desolado de la Ciudad de la Luna, el Hotel Azul.

Y Olivier Bonneville observaba, acostado entre las rocas de la ladera cercana al campamento. Estaba allí casi desde que Lyra y Ionides habían llegado. Miraba con sus binoculares mientras Lyra se abría paso entre las piedras de la ciudad muerta, con un rifle cargado a su lado.

Había procurado instalarse lo más cómodamente posible sin encender un fuego. Su camello reposaba arrodillado más atrás, masticando algo resistente, con aparente actitud meditativa.

Aquella era la primera vez que Bonneville veía a Lyra en persona. Quedó asombrado de lo distinta que se veía en relación con el fotograma, con el pelo corto y oscuro, la expresión tensa y cansada, ese evidente agotamiento y el dolor con que llevaba a cabo cada movimiento. ¿Sería la misma chica? ¿Habría seguido a otra persona por error? ¿Era posible que hubiera cambiado tanto en tan poco tiempo?

Tuvo ganas de seguirla por las ruinas y encararse a ella. Al mismo tiempo, temía hacerlo, intuyendo que sería mucho más fácil disparar a alguien desde lejos, por la espalda, que de cerca, cara a cara. Al hombre que iba con ella, el camellero, el guía, lo consideraba como una leve molestia, nada más, convencido de poder granjearse su colaboración a cambio de unos cuantos dólares.

Lyra seguía visible y, alumbrada por la luna, componía un blanco fácil a medida que avanzaba despacio entre las piedras. Bonneville era un buen tirador. Los suizos eran aficionados a las actividades relacionadas con el servicio militar, la caza y la puntería. No obstante, si quería abatirla con un tiro certero, era mejor que disparase antes de que se alejara más hacia el interior del Hotel Azul.

Dejó a un lado los binoculares para coger el rifle, con cuidado, sin hacer ruido, consciente de su peso, su longitud y del contacto de la culata en el hombro. Bajó la cabeza para mirar por el visor y movió las caderas unos milímetros para afianzar mejor la postura.

Entonces se llevó un buen susto.

A su lado, vio tendido un hombre, mirándolo, a menos de un metro de distancia.

—Ah —exclamó en voz alta, de forma involuntaria.

Su daimonion se alzó aleteando por el aire, presa del pánico.

El hombre permaneció inmóvil, a pesar de que el cañón del rifle se movía de una forma descontrolada entre las manos temblorosas de Bonneville. Tenía una calma monstruosa, inhumana. Sentado en una roca, justo detrás de él, su daimonion gecko se lamía los ojos.

—¿Quién...? ¿De dónde sale usted? —preguntó Bonneville con voz ronca, hablando de manera instintiva en francés.

Su daimonion acabó deslizándose hasta su hombro.

El camellero, el guía de Lyra, le respondió en el mismo idioma.

—No me ha visto porque ha dejado de prestar atención a la totalidad del panorama. Llevo dos días observándolo. Escuche, si la mata, cometerá un gran error. No lo haga. Deje ese rifle.

—¿Quién es usted?

—Abdel Ionides. Deje ese rifle ahora mismo. Déjelo.

A Bonneville le latía con tal violencia el corazón que pensó que incluso el otro hombre podría oírlo. La sangre le palpitaba en la cabeza cuando relajó las manos y apartó el arma.

—¿Qué quiere? —preguntó.

—Quiero que la deje con vida por ahora. Hay un gran tesoro y ella es la única que puede hacerse con él. Si la mata ahora, nunca lo conseguirá. Y lo que es más importante, tampoco lo conseguiré yo.

—¿Qué tesoro? ¿De qué habla?

—¿No lo sabe?

—Se lo repito: ¿de qué habla? ¿Dónde está ese tesoro? ¿No se referirá a su daimonion?

—Por supuesto que no. El tesoro está a cinco mil kilómetros hacia el este y, tal como he dicho, solo ella puede llegar hasta él.

—¿Y su idea es que ella lo encuentre para luego quedarse con él?

—¿Y usted qué cree?

—¿Y a mí qué más me da lo que usted quiera? A mí no me interesa ningún tesoro que esté a cinco mil kilómetros. Lo que yo quiero es lo que ella tiene ahora.

—Y si lo coge, ella nunca encontrará el tesoro. Escúcheme. Le hablo con dureza, pero también lo admiro. Es una persona con recursos, valiente, esforzada e inventiva. Yo aprecio todas esas cualidades y considero que merecen una recompensa. Por el momento, sin embargo, usted es como el lobo de la fábula que agarra al cordero más cercano y despierta al pastor. No centra la atención en el lugar oportuno. Espere, observe, aprenda y después mate al pastor; así estará en condiciones de quedarse con todo el rebaño.

—Habla con acertijos.

—Hablo con metáforas. Usted es lo bastante inteligente como para comprenderlo.

Bonneville guardó silencio un momento.

—¿Y qué es ese tesoro? —preguntó.

Ionides empezó a hablar en voz baja, con aplomo y aire confidencial. En la fábula que él conocía, aparecía un zorro, pero le gustaba que lo comparasen con un lobo. Y, por encima de todo, le encantaba recibir elogios de hombres mayores. Mientras la luna proseguía su ascenso y Lyra continuaba su solitario recorrido por la ciudad muerta habitada por daimonions, Ionides siguió exponiéndole su plan y Bonneville lo escuchó. Cuando volvió a mirar hacia la ciudad abandonada, Lyra había desaparecido.

La había perdido de vista porque Lyra se había desviado para rodear una masa reluciente de mármol desmoronado que antaño fue un templo. Llegó al extremo de una columnata, que arrojaba negras franjas de sombra sobre el lechoso color blanco de las losas del camino.

Y allí, sentada encima de unos escombros, vio a una muchacha de unos dieciséis años, de aspecto norteafricano, que llevaba un vestido raído. No era un fantasma. Al igual que Lyra, proyectaba una sombra; también como ella, carecía de daimonion. En cuanto vio a Lyra, se levantó. Bajo la luz de la luna, parecía tensa y atemorizada.

—Usted es la señorita Lenguadeplata —dijo.

—Sí —confirmó Lyra, con asombro—. ¿Quién eres tú?

—Nur Huda el-Wahadi. Venga, venga deprisa. La estábamos esperando.

—¿Quién más aparte de ti? ¿No te referirás a…?

Sin contestar, Nur Huda tiró de su mano derecha con apremio y ambas se apresuraron a bordear la columnata, para dirigirse al corazón de las ruinas.

> Así ella allí esperó hasta la caída de la tarde:
> aun así, viviente criatura ninguna ella vio aparecer:
> y ahora las tristes sombras comenzaron el mundo a esconder
> de la mortal vista, y envolver en tinieblas terribles;
> aun así no se quitaría ella las agotadas armas, por temor
> de secreto peligro, ni permitió al sueño oprimir
> sus pesados ojos con la gran carga de la naturaleza,
> sino que se hizo ella misma a un lado para su seguridad,
> y sus bien afiladas armas sobre ella preparó.*
>
> Edmund Spenser,
> *La reina de las hadas,*
> Libro III, Canto XI, 55

Continuará…

* Traducción del poema de Ricardo Mena Cuevas.

Agradecimientos

Son muchas las personas a quien debo dar las gracias por su ayuda en la redacción de esta trilogía y así lo haré de forma detallada al final del tercer libro. No obstante, hay tres deudas que querría pagar de inmediato. Una es la contraída con la gran obra de Katharine Briggs, *Cuentos populares británicos* (*Folk Tales of Britain*), donde leí por primera vez la historia de la Luna muerta. La segunda es con el poeta y pintor Nick Messenger, cuya descripción del viaje en la goleta *Volga* incluida en su poema *Sea-Cow* suscitó la idea de la historia de la hélice de bronce fosforado. La tercera es con Robert Kirk (1644-1692), cuyo libro repleto de prodigios *La comunidad secreta o un Ensayo sobre la naturaleza y acciones de los entes subterráneos y (en su mayoría) invisibles hasta ahora aludidos con los nombres faunos y hadas, u otros similares, entre los escoceses de las Tierras Bajas, tal como los han descrito quienes poseen capacidades de clarividencia* ha sido una fuente de inspiración en diversos sentidos y me ha recordado, por ejemplo, el valor de un buen título. Por eso lo robé, aunque acortándolo.

En esta novela hay tres personajes cuyos nombres corresponden a personas reales cuyos amigos deseaban que quedara constancia de ellos en una obra de ficción. Uno es Bud Schlesinger, que ya apareció en *La bella salvaje*; el segundo es Alison Wetherfield, a quien también veremos en el libro final; y el tercero es Nur Huda el-Wahabi, que fue una de las víctimas del terrible incendio de la Grenfell Tower, en Londres. Para mí es un privilegio contribuir a perpetuar su memoria.